直隶女诗人著作辑录

韩荣荣　陶承昊　**编著**

社会科学文献出版社
SOCIAL SCIENCES ACADEMIC PRESS (CHINA)

韩荣荣　南京师范大学中国古代文学专业博士毕业，首都师范大学访问学者，现为石家庄铁道大学语言文化学院副教授，长期从事明清女性文学的教学与科研工作。近年来，围绕明清女性文学，在《光明日报》《河北学刊》等报刊上发表论文 20 余篇，主持河北省社科基金项目 1 项，河北省教育厅项目 2 项。

陶承昊　中国传媒大学中国古代文学专业硕士研究生，在《阴山学刊》《山东大学中文论丛》等期刊上发表论文 5 篇，参与社科基金项目 4 项。

◉ 前　言

在以往的古代女作家研究中，江南地区的女性作家作品一直是重中之重。而直隶作家群、闽南作家群等研究仍有非常大的空间。初步统计，直隶古代女诗人约有142人（其中包含34位无作品传世的女诗人），虽然这一数据远远不能与当时女学蔚为繁盛的江浙地区相提并论，但仍然出现了一些诗词名家值得研究者关注。其中纪玘文、蔡琬、冯思慧、窦兰轩、金至元等人均有别集传世，存作丰富且风格鲜明。并且也出现了家族中女性皆善诗文之风雅现象，如大兴胡氏、文安纪氏等，以她们为代表的直隶女性作家群是古代女性文学研究中不容忽视的存在。

一

直隶女性作家的群体分布相对零散，安平、柏乡、保定、博野、大名等多个州县内均有女诗人存在，其中大兴与宛平是女诗人分布相对集中的地方。与全国女诗人的兴起时间一致，直隶古代女诗人以明清时期居多，占直隶历代女作家总数的四分之三以上。生活在燕赵大地上的女性作家，其为人为文都与这片土地上的文化密切相连。

燕赵文化滋长于游牧文化与农耕文化的交汇之处，二者的交流碰撞使燕赵文化既保留了中原文化里慷慨报国的豪情，也带着游牧文化中任侠仗义的情结。正是得益于燕赵文化的浸润滋养，直隶古代女诗人的性情与作品与江南女作家不甚相同，形成了特殊的风貌。

首先，质朴尚实、豪侠仁义的燕赵文化为直隶古代女性作家注入了刚健风骨，形成了女作家铮铮铁骨的性情，也成为无数女性作家崇尚的价值取向。历来燕赵诗人性格多阳刚豪迈，朴实敦厚。他们关心家国天下，忧国忧民的思想与磊落侠义的性情贯注其中，变为其精神血脉。与此相同，生活在这片土地上的女性作家也将这样的文化沿袭传承下来，渗入了自己的性情之中。如：

> 郑义宗妻卢氏：范阳人，适郑义宗。夜有盗劫其家，人皆匿窜，惟姑不能去。卢氏冒刃立姑侧，为贼捽捶几死。贼去，人问何为不惧，答曰："人所以异禽兽者，以其有仁义也。今邻里急难尚相赴，况姑而可弃耶？万一不幸，有死而已。"姑曰："岁寒，然后知松柏后凋，于妇见之。"①

> 陈俞妻贾氏：庆云人，诸生陈俞妻。正德六年，兵变，值舅病卒，家人挽之避，痛哭曰："舅尚未敛，妇何惜一死。"身服斩衰不解。兵至，纵火迫之出，骂不绝口，刃及身无完肤，与舅尸同烬，年二十五。②

> 贾义妻王氏：隆庆州人。宣德间，义樵古城，山中遇虎。氏闻之，踉跄往救。义已死，氏奋身号叫，夺夫尸，负之而归。虎随至，绕其屋咆哮，久之去。……自缢死，遂同棺葬焉。③

前两则材料中的郑义宗妻卢氏（范阳人）与陈俞妻贾氏（庆云人）都能做到面对匪兵临危不惧。她们的行为与燕赵文化的精神血脉颇为一致，无怨无惧，即使持刀相向，危在旦夕，也敢于和匪徒直面反抗乃至搏斗。当然这样的行为也与以孝为先观念紧密相连，反映出她们深受儒家文化"教孝即教忠"的影响。第三则材料中贾义妻王氏（隆庆州人），因丈夫在山中遇虎而前去营救，奋力在老虎出没的山林将丈夫尸体背回家。老虎尾随至其家，也无可奈何之。这些层出不穷的某某氏都是生活在燕赵大地上的平凡人，但在危急时刻，她们内心的正义、孝道、无所畏惧却在道德与修养的感召下被激发出来，形成强大的精神力量，使她们直面猛虎与匪兵，无惧死亡。

此外还有敢于直谏请求代替丈夫接受死罪的杨继盛妻张贞（容城人），狱中上书为自己辩解冤屈，终得天子怜惜释放的李玉英（顺天人）等。这些生活在燕赵热土上的女性不管是面对贼人，还是面对猛虎，不管是面对官府，还是面对皇帝，都颇有临危不惧、横刀立马、舍生取义的任侠豪气。这样的铮铮铁骨反映出的正是女诗人们轻生死、重仁义的侠骨柔肠。燕赵大地的风貌

① （清）恽珠：《兰闺宝录》卷一，清道光十一年（1831）红香馆刻本，第9页。
② （清）恽珠：《兰闺宝录》卷一，清道光十一年（1831）红香馆刻本，第26页。
③ （清）恽珠：《兰闺宝录》卷四，清道光十一年（1831）红香馆刻本，第26页。

铸就了燕赵女诗人豪爽无伪饰的性格，这也为她们作品的质朴面貌奠定了基础。

　　其次，在燕赵大地农耕文明安土重迁思想以及地理环境的影响下，燕赵女性也颇有敦厚良善、克制隐忍的性格特征。这种性格特征促使她们时时匡正自己言行并将其化为行为规范，敦促自己在艰难世事中依然要保持品行纯良，道德高尚。如黄中理妻李氏（保定人），兵难之际，独自抚养夫家与父家的两个幼子，艰难困苦，终得幼子成人。如果说李氏的行为还有为两姓存后嗣的封建思想，那么冯淑安的行为则体现出燕赵女性根深蒂固的以隐忍求生存的艰难情状。

　　　　冯淑安，大名人，李如忠继妻也。如忠初娶蒙古氏，生子任，数岁而卒。大德五年，如忠病笃。冯引刀断发，誓不他适。既殁两月，遗腹生一子，名伏。李氏及蒙古氏之族来山阴，尽取其赀及子任以去。冯不与较，一室萧然，朝夕哭泣。久之，鬻衣权厝如忠与蒙古氏两枢，携子庐墓侧。时年二十二，嬴形苦节，为女师以自给。父母怜其孤苦，欲使更事人。冯爪面流血，不肯从。居二十年，始护丧归葬汶上。齐鲁人敬之。[①]

冯淑安（大名人）的生活际遇颇多磨难与隐忍：夫死，艰辛抚育两子；被人夺财，隐忍不予计较；二十年做女塾师辛苦自给。这是直隶女诗人的代表性品格：面对生活给予的磨难，依然保有坚韧不拔的态度与隐忍坚强的生活习性。这样的性情与品格，正是直隶女性创作的基础。

二

　　燕赵文化孕育了直隶女性的性情与品格，为直隶女性创作的纪实典重奠定了基础，形成其宗经务实的质朴文风。她们将自己的豪迈磊落、敦厚良善、克制隐忍等倾注在文学作品中，平实地记录自己的闺中生活，艺术上少雕饰少华彩，基本上以平实浅易的语言加以描述。具体来说，直隶女诗人的创作特征主要有以下四个方面。

---

① （清）恽珠：《兰闺宝录》卷二，清道光十一年（1831）红香馆刻本，第29页。

　　首先，直隶女诗人创作中最明显的特点是"日记体"叙事，即诗歌的日常生活化与情感的个体化。女诗人们面对着有限的空间与阅历，心中无限的诉说渴望不得不聚焦在自己最熟悉的事物上，她们把自己日常生活里的所思所想、所见所闻用敏感细腻的笔触记载下来，形成富有个人生命体验的"日记体"叙事。如窦兰轩（丰润人）在诗集《兰轩未订稿》中，记载了她与莲溪居士的往来，包括《送莲溪姊》《秋日寄莲溪》《寄莲溪》《中秋寄莲溪》《清明邀莲溪远望》《哭莲溪》《寒夜挑灯闲翻旧卷，莲溪、桂园手迹依然，念及当日，感怆盈怀，聊写短句以志闷意》等。这些作品连缀起来，几乎可以说是两人交往的组诗。其中有相聚时谈古论今的畅快，分离时依依不舍的情感，得知莲溪去世时万念俱灰的诉说，以及后来生命中时不时会出现的刻骨想念。这些作品，如果单论题材，并不特别；如果单说艺术，也并非精工至极。但它们是反映作者心灵史的一个见证与片段。这时候的文字，更多的是作者反映自己日常生活的一种方式。这种书写如同一部个人色彩鲜明的"日记"，带领读者领略诗人的内心世界和生命历程。

　　其次，直隶女作家的创作特征还表现为诗歌语言不事雕琢，叙写纯任性灵。女性创作发展至清代，可以说一切可以描写、可以体会的情感都已经被诗人书写过，因此在清代中期，出现了像李佩金（苏州人）这样专事词艺的诗人——既然不能在作品题材上有所拓展，就在词艺的精美上努力。但是这样的情况并不出现在直隶女诗人的笔下，她们的写作遵从"日记体"的写作方式，似乎根本不在意词艺的锤炼。例如对于春日的吟咏是女诗人笔下常见的题材，尤其在江南女性笔下，春景是非常优美的，如"鸟声知日暖，树影觉风微"（常熟席佩兰《春暮》），"暮云千里碧，春色一庭幽"（上海李心敬《春日晚眺》）。这些作品大多通过艺术化的表现手法展现出一幅幅静态的优美的春光图。而河间府金至元的作品则显得不尽相同。其《春日》有云："钩帘乳燕多寻垒，隔巷吹箫已卖饧。忽见侍儿来插柳，始知节物近清明。"[①]更像是在不事雕琢的笔触里，展现春光中的动态景象。整首诗歌是素朴和自然的。因为诗歌之于她们，是私密的个人日记，无须通过雕琢与世人分享她的这份情感。此外，她们的作品没有佶屈聱牙的词语，也不刻意用典故堆砌显示自己的文学修养，而是全凭性灵而出。如林佩环"修到人间才子妇，不辞清瘦似梅花"，张锡龄"却恨无双翼，乘风远送君"，齐景云"愿将双泪啼

－－－－－－－－－

① （清）金至元：《芸书阁剩稿》，清乾隆八年（1743）精刊本，第3页。

为雨，明日留君不出城"，等等。这些诗句清新自然，虽少学力，却充满了艺术感染力。

再次，直隶女诗人的创作注重诗歌功能的世俗化。在中国文学史上，诗歌的功用一直是重要且复杂的。男性文人在《诗经》传统、诗赋取士的制度下，多数把诗歌当作经国之大业、不朽之盛事来对待。但当诗歌发展至明清，为生活装点诗意的功能逐渐强化。因此对于文人来说，诗歌功能的改变使得他们"不必追求诗歌内容的崇高与艺术的创新……所谓渔樵耕读，各司其业，诗歌对于这些文人是份内之事，是其生活和生命的自然反映，或是消遣岁月的智力劳动"①。因此在写作的崇高感被消解的时代，女性作诗也浸染了这样的风气。

在直隶女诗人的作品中，用日常语言来吟咏身边事、眼前物、一己之情的占到了大多数。她们的写作，既不要求在内容上深重阔大，也不要求在诗艺上极求精工。在诗歌功用上，既不像科场士子要争名逐利，也不像官宦文人要千秋留名，甚至也不为社交应酬，她们的诗歌寄托的是自己的当时情怀。如查为仁为金至元《芸书阁剩稿》所作序云："予索视至三，偶出数首，旋复毁去，曰：'吟咏非妇人所宜，聊以摅一时之怀抱耳。'……呜呼，吉光片羽，孺人岂求世知？予之存此者，盖不忍孺人之淑慧能文，竟以夭折，终泯灭而无传也。"② 纪玘文（文安人）《近月亭诗稿》自序曰："别而存之，得若干首，譬如田家之梧角，童子之芦笙，天籁自鸣，聊适己意而已……非敢谓此编堪传。盖以志天伦之乐于不忘也。"③ 这种非常随意的"聊以摅一时之怀抱"的写作动机使得女作家的作品关注的不是诗歌的崇高功用，而是诗歌的记录功能。因此她们的作品更像是女诗人闲暇之时的情感记录，记载着她们短暂的出游、思乡的苦闷以及生活里大大小小的片段。这些片段共同构成了女诗人个人化的生活史或者生命史。在放宽了诗歌评价尺度的背景下，诗歌的题材之重与艺术之美并非收录诗歌的唯一尺度和标准，诗歌的功用改变使得世俗化日常化的诗歌题材也多了留世的可能性。

最后，直隶古代女诗人的作品充满了浓重的女德色彩。女德作为封建社会

---

① 张剑：《情境诗学：理解近世诗歌的另一种路径》，《上海大学学报》（社会科学版）2015年第1期，第95页。

② （清）查为仁：《芸书阁剩稿序》，载（清）金至元《芸书阁剩稿》卷首，清乾隆八年（1743）精刊本，第4页。

③ （清）纪玘文：《重刻近月亭诗稿附十三名媛诗草》自序，清嘉庆十九年（1814）刻本，第1页。

女性必须遵守的行为规范，以其受众广泛与教条严厉濡染到了女诗人作品中。在众多直隶女诗人的笔下，关于女德的叙述比比皆是，其内容大致可分三类。

一是女诗人自身所具有的女德。这部分女性之所以留名青史，多数不是因其作品，而是因其德行。如郝湘娥（保定人）《绝命词》云："一女如何事二天，甘心毕命赴黄泉。誓为厉鬼将冤报，肯向人间化杜鹃。"[1] 郝湘娥为窦鸿妾，才艺双绝，某大户人家欲强娶，便诬陷窦鸿致死。郝湘娥作此诗，遂投笔殉夫。另有被大妇嫉妒，与夫君无缘得见的扈氏，作有《衣带诗》："飞燕伯劳此日分，断肠无计暗消魂。愿从野蝶依青草，携手双双到鬼门。"[2] 她们的情感是如此决绝，生死在她们心中的信念面前显得无足轻重，为了保持情感的坚贞，也为了维护自尊，她们情愿以生命为代价，毅然决然地献身赴死，保全自己的气节。其可谓性之所至，情之所及！在这些史料中的"她们"不曾作为自我存在过，始终以女德为闺范和终极目标。也正因此，这样的"女德"以现代的眼光来看颇多局限。

二是为不相识的贞德之女立传颂扬。如窦兰轩在《吊于烈女》中写道："女滦州人，父旧家子。字同邑张氏。婿赴武闱，故于京。贞女闻讣，吞金卒。"并赋诗："丽质娟娟殒夜台，歌成黄鹄志堪哀。贞魂化向瑶池去，种作莲花并蒂开。"[3] 言语中颇多赞许。又纪昀文《题平阳范氏三世节妇》诗云："三世茕茕系此身，饮冰茹蘖倍艰辛。舅姑丧葬皆如礼，孙妇劬劳尽蹈仁。金石为心光日月，山河誓志表枫宸。宜家宜室垂闺范，千载能令慕素真。"[4] 平阳范氏一门三代节妇，这些女性上事舅姑，下抚儿孙，饮冰茹蘖，备尝艰辛。所以作者赞许道"宜家宜室垂闺范"，宣扬女性应忠孝守节。

三是为历史女性翻案，以全其女德。如纪昀文的《秋胡行》对秋胡妻的论述就显得与众不同。诗云："结发为妇恩不轻，职司中馈家道成。失意一人是永毕，岂有触忤遂轻生。秋胡之妇虽激烈，扬夫之恶成己名。雄雉诗人明大义，相勉君子慎鸡鸣。御者之妻昔请去，其夫改恶扬休声。胡不流涕相劝勉，即赴波涛未为贞。夜阑挑灯读列女，中垒编辑苦不精。寄谢闺中侠肠

---

① （清）恽珠：《国朝闺秀正始集》卷七，清道光十一年（1831）红香馆刻本，第1页。
② （清）恽珠：《国朝闺秀正始集》卷二，清道光十一年（1831）红香馆刻本，第4页。
③ （清）窦兰轩：《兰轩未订稿》二集，清道光辛卯（1831）平涿王氏刻本，第2页。
④ （清）纪昀文：《重刻近月亭诗稿附十三名媛诗草》卷四，清嘉庆十九年（1814）刻本，第14页。

女，死比鸿毛未是荣。"① 秋胡戏妻的行为历来遭到众人非议，而纪咫文却从女德的角度对秋胡妻做出了批评，认为秋胡妻应该识大体明大义，及时劝勉秋胡，而不是徒徒跳河失了性命，也坏了丈夫的名声。这样的死，比鸿毛还轻，不算贞节，也谈不上光荣。事实上，类似纪咫文这样的态度不在少数，女德的巨大影响力与濡染程度远远超过我们的想象，这些时代造成的局限与她们身上的女性意识交相辉映，成为中国古代女性作家非常明显的标志。

直隶女作家在燕赵文化的浸润中，以性灵为触发点，通过对琐碎单调的日常生活的描写，构建了北方女性文学的群体创作特征。她们用"日记体"的写作方式，描述日常化生活化的景物和事件，展现女性相似又独特的生命世界。她们的作品只为记录，并不期待留名。因此，无意在诗艺上超越前贤，作品也不注重精工雕琢。诗歌在她们笔下，不再承担经国大业式的重任，而是世俗化的代言工具。与此同时，由于封建女德的束缚与自身局限，她们并不能跳出性别的禁锢，成为引领女性自我意识觉醒的一批人。

三

直隶女性创作与当时蔚为繁盛的江南女性创作相比，无论在数量还是质量上，抑或是名家的成批涌现与交游的广泛程度上都不能相提并论，但其也呈现出许多更为传统的特质。与江南女性作家的大胆激进不同的是，她们似乎游离于结社、追求文名、女性自我意识之外，她们安静地固守在自己传统的文字世界里，去抒发伤怨，去记录女德，去感怀故人。文字只是她们遣怀的工具，诗词也并不拿来追求不朽与声名。具体说来，南北女诗人的差异性主要表现在以下三个方面。

一、诗歌写作传统的偏重不同。江南作家群偏重抒情，直隶作家群更偏重于叙事。叙事传统与抒情传统是中国文学发展的两种表达方式。它们一注重事物、事件本身的描述，叙述客观；另一个则注重情感的展现，带有非常个人化的主观色彩。直隶女性诗词中，展现更多的是她们经历的事情，这些事情既真实也非常客观，构成北方女性生存的画面。而南方女性诗词中，侧重的却是事件背后的情感流向，是诗词背后涌动着的一个个鲜活的个体生命

---

① （清）纪咫文：《重刻近月亭诗稿附十三名媛诗草》卷三，清嘉庆十九年（1814）刻本，第5页。

体验。我们以女性写作题材中最为常见的季节描写为例。同是送春，南北不同地域女作家的写作偏重就不尽相同：

> 无端春去太匆匆，樽酒相酬意不穷。欲送韶光犹淡荡，渐来微暑尚朦胧。一林绿暗三更雨，满径红残半树风。小阁萧条闲眺望，天涯一带碧茸茸。
>
> ——窦兰轩《送春》①
>
> 风雨连宵掩碧纱，空庭又见夕阳斜。寻常岁月过飞鸟，侍儿楼台尽落花。垂柳多情牵别绪，游丝不解系春华。忍听杜宇催归去，倚遍阑干只自嗟。
>
> ——张纨英《送春》②

窦兰轩（直隶丰润人）的作品用白描的手法展现举酒送春的场景、绿肥红瘦的暮春景象与小阁眺望的闺人形象。这些画面是静态客观的，似一幅幅淡笔写就的人物（故事）的片段。这种运用白描手法但是情感表现较少的诗作符合多数北方女作家的写作习惯。而张纨英（江苏武进人）的诗作则更注重作者内心情感的描摹，垂柳多情、游丝不解、忍听杜宇、自伤自嗟，蕴含了满满的送春不舍与诗人内心的伤怨，在送春的主题下，整首诗作的情感外露且明显，这种把内心丰沛的情感灌注在作品中的方式则是南方女作家的专长。由此，两首同题之作侧重点可见一斑。当然抒情与叙事的分界并不是绝对的。"抒与叙界线清晰，而在中间却存在一段混沌模糊地带，在那里是一种我中有你、你中有我的关系（但若严格细分仍可分出你我），而文学，特别是中国古代文学，又特别是占据主流地位的诗词曲赋和文章类作品，历来最受重视从而被运用得最多的，正是这中间地带的色彩。"③ 所以即使南北方女性作家在创作时有不同的侧重，也不代表她们的写作模式是单一的，不交互的。叙事与抒情更多的情况下总是以不同比例融合在作品中，用纪事言情给读者展现特殊的美感体验。

二、性格禀赋与价值观念上有所差异。受自然环境、风土人情、社会习俗、经济发展程度等的影响，南北方女诗人的气质不尽相同。南方女作家相

---

① （清）窦兰轩：《兰轩未订稿》初集，清道光辛卯（1831）平添王氏刻本，第12页。
② （清）张纨英：《邻云友月之居诗初稿》卷一，清道光二十九年（1849）刻本，第3页。
③ 董乃斌：《论中国文学史抒情和叙事两大传统》，《社会科学》2010年第3期，第172页。

对来说更加激进，她们生长在经济状况良好的江南水乡，家族中普遍能文善写，不少人就出生于书香或者官宦世家。开明的社会风气让她们开始思考为什么女性不能跟男性一样吟诗作词，为什么女性不能走出家门交游结社，为什么女性不能凭借书写千秋留名，于是，不少南方女性作家笔下表现出强烈的求名意识、女性意识、自我意识。如王贞仪将遗稿托付给友人蒯夫人，目的是"蒯夫人能彰我于身后者也"。① 赵棻《滤月轩集》自序云："盖疾夫世之讳，匿而托于若夫若子以传者，故不避好名之谤，刊之于木。"② 吴藻云："愿掬银河三千丈，一洗儿女故态。"③ 李佩金作品中有对置身于家庭之外角色的思考，熊琏作品里更是有对女性命运以及落魄文人命运的深刻关怀。这些对于求名的直接追求、对于女性命运的深刻关注都是南方女作家笔下的闪光点。与此相对的是，这种对于自身命运的深刻思考和为姓名流芳的奔走在直隶女作家身上是鲜见的。受燕赵文化的影响，在直隶女性作家群身上呈现出来的是侠义磊落之风、坚韧包容之态。总之，诗歌对于直隶女性作家，更是记录自己生活、抒发一己情怀的工具，他们并不希望借此千秋留名，也无意于冲出和逃离女性身份的局限，她们代表了封建社会能诗会文的更为传统保守的一批女性。

　　三、交游范围有广阔与狭窄之差异。北方女性的交往通常出现在家族或亲友之间，而南方女诗人的交游相对更为广阔。如北方女诗人纪钜文（文安人）与为亲友的李学淑、李学慎、李汝瑛、方芬均有唱和往来。朱韫珍（大兴人）作品基本都在叙述家人家事——临帖、大捷、来归、送别、思念等，均为家族内。而南方女诗人在诗社的助力之下，交游显得较为广阔。如随园女弟子骆绮兰的交友圈包括：毕汾、王倩、王琼、席佩兰、卢元素、鲍之蕙、鲍之芬、王贞仪、钱惠尊、鲍之兰等。清溪吟社张允滋与李嫩、江珠、陆珍、沈缠、张芬、尤澹仙、沈持玉、王琼、陆瑛、席慧文、朱宗淑等交往密切。与陈文述关系密切的李佩金和归懋仪、杨芸、许庭珠、吴藻、孙云凤、季兰韵、梁德绳、顾太清、汪端都有唱和往来的作品。当然，南北方女诗人之间并非两相隔绝，女诗人的出嫁、随宦等经历使南北方诗人之间往来渐多。如北方女诗人陈蕊珠嫁入丹徒之后，延续了京江鲍氏一门的书香氛围，鲍之蕙、

---

① （清）萧穆：《女士王德卿传》，载（清）萧穆《敬孚类稿》卷一三，清光绪三十三年（1907）刻本，第14页。

② （清）赵棻：《滤月轩集》自序，清同治刻本，第2页。

③ （清）徐乃昌：《小檀栾室汇刻闺秀词》第五集，清光绪二十二年（1896）本，第11页。

鲍之芬、鲍之兰三姊妹均有作品传世。常熟的席佩兰、甘泉（今扬州）的江瑗等均与北方女性诗人有书信往来。使南北女诗人的交往现象更加受到瞩目的则是清中后期著名的秋红吟社。此为跨越地域与家族的女性文学团体。社团成员不以血缘关系为基础，多为由南入北的女诗人与北方包括满族的女诗人。她们的社团活动和成员虽不固定，但也展示了南北方女诗人交流的印记。

江南女性创作与北方女性创作代表了中国古代女性文学中两种不同的美学形式。鉴于两地社会文化与地域背景的差异，江南女性作家更注重诗歌中抒情传统的继承，并且得益于经济的发展与社会风气的开明，此地更易于涌现反省女性角色与思考自身命运的一批人，她们承担起了女性意识逐渐觉醒的重任，无论对女性文学的发展抑或对女性角色的转变，都有积极的推动作用。而直隶女性作家则更为传统地书写着闺阁中的春花秋月与离情别意，固守着社会赋予的身份职能。她们发扬了诗歌的叙事传统，在消解了诗歌崇高功能的背景下，把诗歌写作当成了抒写个人生命的方式。并且与燕赵文化的背景呼应，直隶女诗人多展现出侠义慷慨之情，文风多质朴自然，代表了女性文学创作的另一种美感。

四

直隶女性作家正是在这样的背景下，将燕赵文化的魂脉与自身性格结合起来，形成了独具一格的创作风貌。她们以隐忍坚韧的精神、典重纪实的作品风格伫立在历史的一角，在中国古代女性文学史上具有重要的意义和价值。

首先，直隶女性作家质朴尚实的创作对于当时女性创作纤美旖旎的整体风貌是一种反拨。古代女性的诗词作品中，当然也不乏境界宏阔、风格遒劲的作品，但总体上因为女性生活背景的局限与社会发展的制约，她们的视野多数集中在庭院的春花秋月与个人的悲欢离合。这类内容反复详尽地出现在女作家笔下，呈现出类型化、单调化的总体特征。这类作品大致可以代表女性的总体风貌，即内容狭小，艺术偏向清丽纤美，个人特征不甚突出。作为女性生活的真实记录，这些作品的存在有自己的价值意义，代表了一定时期内女性创作的总成就。但是直隶女性却将创作内容别开一路，她们更关注生活中的平淡日常、家人的叮咛絮叨、课子育儿的生活艰辛等内容，展现出女性生活的另外一个侧面。她们不是只会闲立庭院、闲看落花秋月的无事少女，不是只能缱绻情绪、哀怨伤怀的闺秀；她们是承担了大部分家庭责任、生儿育女、支撑生活的主妇。所以她们作品中才会更加倾向于表达真实的生活状态，表达生活的艰辛苦楚，表达自己的铮铮铁骨，表达自己对于情感的坚定不移。正是因为这样的内容，其作品风格转而质朴典重，客观上为女性创作开辟了另外一种风貌，反拨了女性创作中盛行的旖旎纤美的文风。

其次，直隶女性作家群的出现对于研究燕赵地域文化、探究地域文化与作家之间的关系有重要的意义。对于地域文化的研究数不胜数，上溯《楚辞》中迷离惝恍的氛围与楚地文化的关系，下至清代大量以地名命名的文学流派，都可看出独特的地域文化对作家作品的滋养。尤其对于古代女性作家而言，多数人的青史留名是因为家族中父兄的垂怜、师长的提携、地域文化中女性作文的传统。所以在众多研究女性文学的论文中，地域与家族的影响始终是一个无法逃避的话题。对于直隶女性作家来说，同样如此。燕赵文化的厚实积淀影响了无数文人的书写风格与审美观念，滋养出一篇篇动人的华章。地域文化的延续传承，地方生活的积淀，给了直隶女作家创作的土壤与施展才华的天地，是我们研究女性文学的重要切入点。当然，燕赵地域文学的"个性"最终还是要回到文学与文化互为促进的"共性"中来。

最后，直隶女性作家的研究是整个女性文学史的重要一环。在女性文学史中，对于大家名家的研究自然必不可少，但边缘作家群体的研究依然有重要价值。中国古代的女性文学以江南地区最为发达，江浙一带孕育了许多优秀的女性作家与大量文学作品，如徐灿、熊琏、李佩金等清代女性作家几乎都是江南人。所以传统的古代女性文学研究一般以江南为重，在文献的整理与出版方面，也是《江南女性文学别集》系列最先亮相。因此，一部女性文学史，几乎被书写成了江南女性文学史，这毫无疑问是不符合历史真实的。我们应该打破这种惯有的、保守的研究视野，拓展女性文学研究的范围，应该将曾经被忽视、被视为处于边缘地带的女性作家、女性文学社团一并纳入研究范畴，以展现真实的女性文学书写创作的历史，改变目前研究中偏于主流、重视名家的单调局面。文学史的生态是精彩纷呈的，一段历史的构成一定会有熠熠闪光的太阳，但一定也有浩如烟海的星辰。正是由于这些璀璨星辰的存在，女性文学的发展才最终迎来了自己的繁荣和高峰。换句话说，女性文学发展高峰的到来正是因为这些大大小小不同文学群体的涌现，只有将她们一并纳入研究视域，才可以真正展现女性文学创作的原貌，开拓女性文学研究的格局。

◉ 整理说明

一、本书所收为中国古代直隶地区女诗人的文献资料。本书"直隶"地区范围参考清代所称，主要包括今北京、天津及河北等地。并以地域为目划分章节，按照直隶北部、直隶东部、直隶中部、直隶南部排列，同一区域内以诗人生活时代先后为序。

二、本书以 1912 年为时间下限，所收对象为主要生活在 1912 年中华民国建立之前的直隶女性诗人，范围从宽，包括出生、嫁娶、迁转等多种情况，凡长期生活于此地者，本书皆作收录，生于 1912 年之前然主要文学活动在民国以后的不录。

三、诗人籍贯以胡文楷《历代妇女著作考》及麦吉尔大学图书馆"明清妇女著作"数字档案与数据库为主要依据，著述以明代锺惺《名媛诗归》，清代恽珠《国朝闺秀正始集》《国朝闺秀正始续集》，徐世昌《晚晴簃诗汇》，今人所编《清代闺秀集丛刊》《清代诗文集珍本丛刊》等为主要参考。

四、每位诗人名下先列小传，后辑录本人作品及他人唱和、寄赠等相关诗文，最后汇辑前人评价。

（一）小传部分介绍作者生平及创作概况，对于诗人姓名、著作名称存在多种说法的情况，取文献可见最早说法或现今通行之说，于作者介绍与诗文出处统一，辑录部分所涉他说不再改正，以保留原貌。

（二）作品辑录分为"整集收录"与"散见收录"两类，有别集留存至今者首先转录别集，列入"整集收录"之下，保存作品原序。除作者自序外，序末有款识者，文前只题"序"字，序末无款识者则于题目处标出作序人。其余作品与无别集留存者的现今可见作品辑入"散见收录"当中。对于笔者未见有著作流传者，于正文后列附表作为补充。全书共录有著作留存者108 人，附表 34 人，共计 142 人。

（三）唱和及寄赠部分所录诗文为其他文人对本节文人的唱和及寄赠，

非本节作者所作。为尽可能全面地体现作者的交游情况，该部分既包括往来酬唱赠答之作，也收录怀想、挽吊等作品。对于同为直隶地区女性文人且唱和、寄赠之作可见于其本人作品集者，出注标明作品题目及页数以便查找，不再二次收录。

（四）辑评部分为笔者所见总集、选本中的总体性评论汇辑，既包含诗人生平简介，又包含文学作品批评。对于同时具有皇后、宫妃等政治身份且事迹见于史书的女性文人，仅录史书中涉其文学创作的部分，有关政治身份的记载不录。

五、本书所录钞本、刻本，存在多种版本或不同文献间转引的情况，为保留底本原貌，文本相异之处仅录一种，确有必要补充说明者出注，由印刷或书写产生的明显错字径改不注。钞本、刻本中的小字部分用括号标出，凡为他人评价者，皆保留，以"某注"说明，不额外出注。凡为作者自注者，分以下两种情况处理：其一，对于作品题下小字，凡以廓清题意、概括内容为旨的短句直接列于标题后，叙事言情及陈述写作背景缘由等起补充信息之用者列为诗（词）前小序；其二，对于诗（词）正文中作者对作品的解释说明，说明对象为整首诗（词）或末句则以括号附于完整作品后，说明对象为末句之前某一句内容，则直接以括号附于该句后，插入作品当中。

六、对于钞本、刻本中缺漏或难以辨认的字，用□代替。

目 录

卷一　直隶北部

1

卷二　直隶东部

卷三　直隶中部

卷四　直隶南部

卷 一
直隶北部

◉ 北　京

刘燕歌

　　刘燕歌，又名刘燕哥，元代大都（今北京）人，名妓，善歌舞，能诗。《古今女史》《历朝名媛诗词》《青楼诗话》《名媛汇诗》《名媛诗归》著录。

有　感

　　忆昔欢娱不下床，盟齐山海莫相忘。那堪忽尔成抛弃，千古生憎李十郎。

太常引·饯齐参议还山东

　　古人别我出阳关，无计锁雕鞍。今古别离难，兀谁画蛾眉远山？

　　一尊别酒，一声杜宇，寂寞又春残。明月小楼间，第一夜，相思泪弹。

　　（清）陆昶辑《历朝名媛诗词》，清乾隆三十八年（1773）红树楼刻本

　　陆昶《历朝名媛诗词》（卷十）：刘燕歌，名妓，信口成吟，不着一字做作，而千古句奇。

　　陆昶《历朝名媛诗词》（卷一一）：刘燕哥，妓，葱倩之笔，读之心爽。

　　雷瑨《青楼诗话》（卷下）：元时名妓刘燕歌，善歌舞，能诗。《有感》云："惜昔欢娱不下床，盟齐山海莫相忘。那堪忽尔成抛弃，千古生憎李十

郎。”按：元代少名妓，遑问能诗如刘者，诚所谓凤毛麟角矣。

锺惺《名媛诗归》（卷二四）：刘燕歌，名妓，善歌舞。《有感》：“忆昔欢娱不下床，盟齐山海莫相忘（‘莫相忘’即述盟语）。那堪忽尔成抛弃，千古生憎李十郎（‘生憎李十郎’遂足定其千古，眼力心力俱狠）。”

王　妃

王妃，明代燕京（今北京）人，武宗妃，能诗工书，以才色得幸。《名媛诗归》《名媛诗纬初编》著录。

【散见收录】

陪侍武宗皇帝幸蓟州题温泉宫①

沧海隆冬也异常（一云“塞外风霜冻异尝”），冰池何事旷如汤。溶溶一脉流今古，不为人间洗冷肠。

（清）王端淑辑《名媛诗纬初编》，清康熙六年（1667）清音堂刻本

【辑评】

锺惺《名媛诗归》（卷二八）：王妃，燕京人，能诗工书，以才色得幸，尝侍武宗幸蓟州温泉宫，题诗刻石，即其所自书者，今石刻尚存。《侍武宗幸蓟州题汤泉宫》：沧海隆冬也异常（出口粗疏），水池何事旷如汤。溶溶一脉流今古，不为人间洗冷肠（“洗冷肠”寄感自深）。

王端淑《名媛诗纬初编》（卷一）：康陵皇妃王氏，顺天人，能诗工书，以才色得幸，尝侍康陵行幸蓟州温泉宫，题诗刻石，即其所自书，今石刻尚存。

端淑曰：昔康陵当四海承平之时，欲慕古天子巡幸之乐，以天下为儿戏，若非二祖列宗之遗烈在人，则岌岌乎不可知矣。王妃以宠幸偕游，且

---

① （明）锺惺《名媛诗归》卷二八录此诗，题为《侍武宗幸蓟州题汤泉宫》；（清）周寿昌《宫闺文选》卷二三录此诗，题为《题蓟州汤泉》；（清）范端昂《奁诗泐补·续补》卷二录此诗，题为《题蓟州汤泉宫》。

才色冠绝古今，又能诗善书，与古之有才而遭废弃者，天壤矣。诗不甚佳，唯存一质字。

郑贵妃

郑贵妃（1565—1630），明代大兴（今北京大兴）人。《明史》卷一一四《恭恪贵妃郑氏列传》著录。

【散见收录】

重刊闺范序

尝闻闺门者，万化之原，自古圣帝明皇，咸慎重之。予赋性不敏，幼承母师之训，时诵诗书之言。及其十有五年，躬逢圣母广嗣之恩，遂备九嫔之选，恪执巾栉，倚蒙帝眷，诞育三王，暨诸公主，惭叨皇号，愧无图报微功。前因储位久悬，脱簪待罪，赖乾刚独断，出阁讲学，天人共悦，疑义尽解，益自勤励。侍御少暇，则敬捧我慈圣皇太后《女鉴》，庄诵效法，夙夜兢兢。且时聆我皇上谆谆诲以《帝鉴图说》，与凡训诫诸书，庶几勉修厥德，以肃宫闱。尤思正己宜正人，齐家当治国，欲推广是心，公诸天下，求诸明白易简，足为民法者。近得吕氏坤《闺范》一书。是书也，首列四书五经，旁及诸子百家，上溯唐虞三代，下迄汉宋我朝，贤后哲妃，贞妇烈女，不一而足。嘉言善行，照耀简编，清风高节，争光日月，真所谓扶持纲常，砥砺名节，羽翼王化者是已。然且一人绘一图，一图叙一事，附一赞，事核言直，理明词约，真闺壸之箴鉴也。虽不敢上拟仁孝之《女诫》，章圣之《女训》，借令继是编而并传，亦庶乎继述之一事也。独惜传播未广，激劝有遗，愿出宫赀，命官重梓，颁布中外，永作法程。嗟嗟！予昔观《河南饥民图》，则捐金赈济，今观《闺范图》，则用广教言，无非欲民不失其教与养耳。斯世斯民，有能观感兴起，毅然以往哲自励，则是图之刻，不为徒矣。因叙厥指，以冠篇端。万历二十三年乙未七月望日序。

（清）周寿昌辑订《宫闺文选》，清道光二十六年（1846）本

颜　氏

颜氏，明代顺天（今北京）人，早卒，夫为锦衣千户李雄。长于书史，以贤孝称，有三女一子，长女李玉英，作有《辩冤疏》。《名媛诗纬初编》著录。

【散见收录】

忆　夫

会少离多莫怨天，贞心已贯石金坚。愿君早奏平南策，公义私情两获全。

（清）王端淑辑《名媛诗纬初编》，清康熙六年（1667）清音堂刻本

【辑评】

王端淑《名媛诗纬初编》（卷四）：颜氏，顺天人，锦衣千户李雄妻。工书史，以贤孝称，生三女一子，玉英其长女也。早卒。雄镇陕西，作诗忆夫。

端淑曰：恭人四德三从，《女则》、妇道、文墨、女红，靡不兼通，有古贤媛之风，惜其早逝，所遗子女遭逢妒悍，继母备诸茶苦，而夫祀遂为所斩，幸有贤女具疏上控，感动至尊，得以昭雪，幸矣。其诗庄重不苟，绝无轻媚，苍然老气。

李玉英

李玉英，明代顺天（今北京）人。父为锦衣千户李雄，母颜氏，继母焦氏，妹李桃英。《古今女史》《名媛汇诗》《名媛诗归》《名媛诗纬初编》著录。

辩冤疏①

臣闻先正有云:"五刑以不孝为先,四德以无义为耻。"又闻《烈女传》云:"以一身而系纲常之重者,谓之德;以一死而正纲常之重者,谓之仁。"故窦氏有投崖之义气,云华有坠井之贞风。是皆所以正纲常以励风俗,流芳名于后世,垂规范于无穷也。臣父李雄,早以荫籍百户回还,荷蒙朝廷恩宠,以征陕西有功,寻升前职。臣早丧母,遗臣姊妹三人,有弟李承祖,俱在孩提。父恩见怜,仍娶继母焦氏,存恤孤弱。臣年十二,以皇上嗣位,遍选人才。府司以臣应选,礼部怜臣孤弱,未谙侍御,发臣宁家。父于正德十四年征陕西反贼阵亡。天祸臣家,流移日甚。臣年十六,未获结褵。姊妹伶仃,孑无依倚。摽梅已过,红叶无凭。尝有《送春诗》一绝:"柴扉寂寞锁残春,满地榆钱不疗贫。云鬓衣裳半泥土,野花何事独撩人。"又《别燕诗》一绝:"新巢泥落旧巢欹,尘半疏帘欲掩迟。愁对呢喃终一别,画堂依旧主人非。"是感诸心声,形诸笔札。盖有大不得已而为言者矣。奈何母氏不察臣衷,但玩此情,疑为外遇,朝夕逼责,求死无方。逼舅焦榕拿送锦衣卫,诬臣奸淫不孝等情。臣本女流,难辩口说。问官昧臣事理,拟臣剐罪重刑。臣只俯首听从,盖不敢逆继母之命,以重不孝之罪也。适蒙圣恩宽恤,时以天气炎热,在监军民未经发落,凡事枉人冤,许诸人陈奏。臣钦此,不得不兴乐生之心,以冀超脱而有言也。臣父本武人,颇知典籍,臣虽妾妇,亦幸理其遗教。况臣继母年方二十,有弟李亚奴生周岁。臣母欲图亲儿继袭,故当父方死之时,计令臣弟李承祖十岁孩儿,亲往战场,寻父遗骨,盖欲陷于非命之死,以图己私也。幸赖皇天不昧,父灵不泯,臣弟得父遗骨以归。前计不成,忿心未息,仍将臣弟成祖毒药身死,支解弃埋。又将臣妹李桃英卖与权豪之家,充为媵婢,名虽赡养,事实有谋。又将臣妹李月英沿街抄化,屏去衣食,朝夕拷打,靡有怨言。今将臣诬陷前情,臣纵有不才,四邻何不纠举?又不曾经获某人,为此数句之诗,寻风捉影,以陷臣罪。臣之死固不足惜,恐天下后世为继母者,得以肆其奸妒之心,而凡为人之儿女者,得以指臣之过也。是以一身而污风俗,以一死而亵纲常也。臣在监日久,有欺臣孤弱而兴不良之心者,臣抚膺大恸,举监惊惶。伏望陛下俯察臣心,将臣所奏付诸有司,昭布各衙门知道,将臣速斩。庶身无所苦,

---

① 周寿昌《宫闺文选》题为《狱中讼冤疏》,程余斋《历代妇女书信》题为《辩冤书》。

免《行露》之沾濡；魂有所归，无《青蝇》之遗污。仍将臣之诗句委勘有无事情，推详臣母之心，尽在不言之表，则臣父之灵有感于地下，而臣之义心亦不掩于人间矣。①

送　春②

柴扉寂寞锁残春，满地榆钱不疗贫。云鬟衣裳半泥土，野花何事独撩人。③

别　燕

新巢泥落旧巢欹，尘半疏帘欲掩迟。愁对呢喃终一别，④ 画堂依旧主人非。

（明）赵世杰辑《古今女史》，明崇祯问奇阁刻本

【辑评】

赵世杰《古今女史》（姓氏）：李玉英，千户李雄女也，为继母诬陷极刑，英婉丽有才，狱中上书分辩，天子怜而释之。

锺惺《名媛诗归》（卷二八）：李玉英，顺天人，锦衣千户李雄女也。雄卒，为继母焦氏诬陷玉英奸淫不孝，下锦衣狱置极刑。英婉丽有才，狱中具书，令妹桃英陈其事（附《辩冤书》全文）。天子怜而释之，置焦氏于法。

王端淑《名媛诗纬初编》（卷五）：李玉英，顺天人，锦衣千户雄女也。雄卒，为继母焦氏诬陷玉英奸淫不孝，下锦衣狱置极刑。英婉丽有才，狱中具书，令妹桃英陈其事。天子怜而释之，置焦氏于法。

齐景云

齐景云，一作锦云，后证为误刻，字不详，明代顺天（今北京）人。善鼓琴作诗，夫为士人傅春。《古今女史》《闺秀词钞》⑤《青楼诗话》《名媛汇诗》《名媛诗归》《名媛诗纬初编》著录。

---

① 原稿此处有："唐伯虎曰：'娇才如许，那堪许多磨折，应是千古恨事。'"
② 《名媛诗归》此处注："焦氏诬英以此诗为证也。"
③ 《名媛诗归》此处注："野花撩人，无是事而有是情，空山客路，往往想着，说得送春益无奈。"
④ 《名媛诗归》此处注："'终一别'三字伤心。"
⑤ 本书所用《闺秀词钞》均为（清）徐乃昌编，宣统元年（1909）小檀栾室刻本。

【散见收录】

赠庠士傅春谪戍诗

一呷春醪万里情，断肠芳草断肠莺。愿将双泪啼为雨，明日留君不出城。

（明）赵世杰辑《古今女史》，明崇祯问奇阁刻本

望江南·怀婢

思昔日，披发觯香肩。帘外落花浓似雾，枕边飞絮软于绵。斜日照雕阑。

浣溪沙

晓起无人上玉钩，迟迟日午怯梳头。罗衣绣帕冷香篝。

满眼落红粘别泪，一天疏雨织春愁。倚栏无语暗凝眸。

虞美人·弟二体

双涡红晕檀霞满，钿镜横波远。宿妆无奈是春前，刘郎洞口谢娘船、思无边。

鹌鹑啄破赪桐叶，云掩圆蟾截。小楼回首绿烟迷，微风半夜揭珠帏、认郎归。

（清）徐乃昌辑《闺秀词钞》，清宣统元年（1909）小檀栾室刻本

【辑评】

徐乃昌《闺秀词钞》（卷六）：景云，字不详，北平人。《众香词》：景云善琴能诗，对人雅谈，终日不倦。与士人傅春定情后，不复见客。春谪戍远方，景云不得随，蓬首垢面，闭户不出，日读佛书，未几病殁，人咸异之。

雷瑨《青楼诗话》（卷上）：诗妓齐景云，亦善鼓琴，与士人傅春定情。春坐事系狱，景云为脱簪珥以供橐馈。春谪远戍，景云从行不得，赋别云："一呷春醪万里情，断肠芳草断肠莺。愿将双泪啼为雨，明日留君不出城。"春去，云竟以想念殁。

锺惺《名媛诗归》（卷三五）：齐景云，直隶人，误刻锦云。《赠庠士傅春谪戍诗》：一呷春醪万里情，断肠芳草断肠莺。愿将双泪啼为雨，明日留君不出城。（但欲"留君明日不出城"耳，何等委宛，可续白驹诗以永今朝语。）

王端淑《名媛诗纬初编》（卷二四）：齐景云，一作锦云，直隶人。与文学傅春定情，不见一客。春坐事系狱，景云为脱簪珥，至卖卧褥以供橐馈，

春谪戍，景云欲随行，不可。春去，蓬首垢面，闭户阅佛书。未几，病没。

端淑曰：景云赠傅春诗，即有相随至死之意，不特慧心，且具筠贞矣，收之以为青楼增色。

杜　氏

杜氏，明代顺天（今北京）人，名妓。从直隶彭歌祥，色美工诗。《名媛诗纬初编》著录。

【散见收录】

寄程九屏兵宪①

为怜贵客芳心醉，欲访仙郎帆影遥。

（清）王端淑辑《名媛诗纬初编》，清康熙六年（1667）清音堂刻本

【辑评】

王端淑《名媛诗纬初编》（卷一九）：杜氏，北京人，名妓也。从提学彭公歌祥，色美工诗。

端淑曰：予阅杜氏小序，不觉歔欷流涕曰"嗟乎，此乾坤何等时哉！"天地流血，臣子请缨之不暇，而彭公肆意平康，秉心何忍，况至诘奏以玷官尝耶？程公殉节，可谓收之桑榆矣。杜氏诗不足录，特存之以示劝惩。

梁　成

梁成，明末清初顺天（今北京）人，正阳门外芦草园名妓，外貌仪容出众，善音律。《名媛诗纬初编》著录。

———————

① 王端淑注："诗见邹流绮明季遗文。"

【散见收录】

赠 友

栏干斜倚怨双鸥，试问终身可自由。最恨西邻轻薄者，闲抛莲子过墙头。

（清）王端淑辑《名媛诗纬初编》，清康熙六年（1667）清音堂刻本

【辑评】

王端淑《名媛诗纬初编》（卷二四）： 梁成，北京正阳门外芦草园名妓，美姿容，善音律。

端淑曰：成娘姿容妍丽，柔媚可餐，睿子曾为余道之。此一诗亦吉光片羽也。

王梅仙

王梅仙，明末清初顺天（今北京）人，名妓，能鼓瑟，能诗文，与山阴进士茹铉交好。

【散见收录】

闺 咏

花枝点点落梅苔，一片清香绕梦来。倦起临流看碧色，痴魂犹忆楚阳台。

（清）王端淑辑《名媛诗纬初编》，清康熙六年（1667）清音堂刻本

【辑评】

王端淑《名媛诗纬初编》（卷二四）： 王梅仙，北京名妓也。山阴进士茹公铉未第时与交，见茹所著《出京门篇》。

端淑曰：梅仙能鼓瑟，善笔墨，议论风生，颇轻南国，而性情则甚柔丽，诗出佳人齿颊，只觉其香艳也。

曹静照

曹静照，字月士，明末清初顺天宛平（今北京丰台）人，明泰昌年间入

宫为女官，明亡后出家。在掖庭二十五年，著有《旧宫词》百首。《众香词》《国朝闺秀正始集》《小黛轩论诗诗》《名媛诗纬初编》《红蕉集》著录。

【散见收录】

宫　词

其一

掬面东风只自知，燕花牌子手中持。椒房领得新龙纸，敕写先皇御制诗。

其二

一树寒花冒雪开，幽香寂寂映楼台。女官争簇传呼近，知是鸾宫选侍来。（光宗李选侍也，后册庄妃。）

其三

宝妆云髻鲜金衣，娇小丰姿傍玉扉。新入未谙宫禁事，低头先拜段纯妃。（熹宗皇贵妃。）

其四

口敕传宣幸玉熙，乐工先候九龙池。妆成傀儡新番戏，尽日开帘看水嬉。

其五

阅遍司农水旱书，君王减膳复斋居。御厨阿监新承旨，明日羹汤不进鱼。

其六

俭德慈恩上古稀，他方织锦尽停机。赭黄御服重经涤，内直才人着布衣。

（清）王端淑辑《名媛诗纬初编》，清康熙六年（1667）清音堂刻本

【辑评】

陈芸《小黛轩论诗诗》（卷上）：妙音郑妶逐西风，月士新词忆故宫。何事若兰陈女士，道家装束咏闺中。月士宛平人，亦明宫人，随内监南走白下，为尼名静照，著宫词百首。

恽珠《国朝闺秀正始集》（附录）：静照，字月士，顺天宛平人。月士姓曹，本前明宫人。李闯犯京城，月士随内监刘南奔，乙酉后削发为尼。著宫词百首。

王端淑《名媛诗纬初编》（卷一）：月士不特才情双绝，而笔力雄健可敌万人，此等格调惟李杜能之，花蕊以下早为其奴视久矣。端皇帝十七年忧勤反被此女道破伤哉。

《红蕉集》曰："静照，光宗宫女，以泰昌元年选良家女入宫，李贼自成

犯阙，随刘中贵至金陵为比丘尼，法名静照。凡在掖庭二十五年，作宫词百首，多记三朝事实，薙染后遂谢笔墨。"

胡文楷《历代妇女著作考》[①]：《旧宫词》，（清）尼静照撰（曹氏），《众香词》著录（未见）。

静照字月士，直隶宛平人。曹氏，良家女，泰昌时选入宫。在掖庭二十五年，作宫词百首。崇祯甲申，始祝发为尼。

陆 氏

陆氏，清代顺天（今北京）人。幼时由伯兄抚育，聪慧有才学，年十五嫁进士周公，前往吴越之地，三载后周公没，修斋守节三十年，病逝时约四十五岁。《名媛诗纬初编》著录。

【**散见收录**】

病 枕

其一

绣佛长斋数十年，天涯南北亦徒然。而今肠断匆匆去，流与人间几字传。

其二

人生何必历多年，一片冰心自泠然。不朽莫言男子事，他时或向素封传。

（清）王端淑辑《名媛诗纬初编》，清康熙六年（1667）清音堂刻本

【**辑评**】

王端淑《名媛诗纬初编》（卷一二）：陆氏，北京人。幼育于伯兄，氏慧而多才，年十五，随进士周公归吴，越三载，公没，修斋矢节三十年，寿凡四十五，以病终。

端淑曰：陆氏闭户修持柏舟永誓大士像，一幅而外，一室萧然。平生雅志幽淡，不妄言笑，每有议论，殊深人意解。但搦管吟诗，辄不令人见，人亦不之知也，其诗殊不修饰而骨力铮然。

---

① 本书所引胡文楷《历代妇女著作考》内容皆出自上海古籍出版社 2008 年版，张宏生等增订本。

陈淑媖

陈淑媖（一作"英"），字宜斋，一说号宜斋，顺天大兴（今北京大兴）人，夫为孝廉于振翀（一作"融"），子为训导于融。著有《碧香阁小草》。《河北通志稿》《撷芳集》《国朝闺秀正始集》《柳絮集》《小黛轩论诗诗》著录。

【散见收录】

梅 影

疏影横阶瘦，相看独掩扉。离魂疑倩女，画手误明妃。玉蝶迷香砌，冰蟾伴缟衣。罗浮清梦杳，芳躅记依稀。

（清）恽珠辑《国朝闺秀正始集》，清道光十一年（1831）红香馆刻本

【辑评】

恽珠《国朝闺秀正始集》（卷六）：陈淑媖，字宜斋，顺天大兴人，训导于融母。著有《碧香阁小草》。

陈芸《小黛轩论诗诗》（卷上）：梅月楼头见海棠，碧香小阁向春光。同名却有单高密，只觉春来昼渐长。陈淑英字宜斋，曹县人，归于举人振融，著《碧香阁小草》，有"百花谁得向春光"之句。

胡文楷《历代妇女著作考》：《碧香阁小草》，（清）陈淑媖撰，《河北通志稿》《撷芳集》著录（未见）。

淑媖，号宜斋，直隶大兴人，孝廉于振翀妻。《柳絮集》作曹县人。

赵 氏

赵氏，清代顺天宛平（今北京丰台）人，号残梦主人，夫为知府佟锁，子为进士潙，著有《残梦楼稿》（《残梦楼草》）。《国朝闺秀正始集》《小黛

轩论诗诗》著录。

【散见收录】

题边塞图

黄沙漠漠迥无垠，万古关河不度春。今见画图肠欲断，可知当日戍边人。

（清）恽珠辑《国朝闺秀正始集》，清道光十一年（1831）红香馆刻本

【辑评】

恽珠《国朝闺秀正始集》（卷六）：赵氏，号残梦主人，顺天宛平人，知府佟镆室，进士濬母，著有《残梦楼稿》。

陈芸《小黛轩论诗诗》（卷上）：残梦楼和近月亭，南游诗草亦芳型。含英独著芸书阁，少女风随侍女星。赵氏，乐浪人，归知府佟镆，早寡，著有《残梦楼草》。

胡文楷《历代妇女著作考》：《残梦楼稿》，（清）赵氏撰，《正始集》著录（未见）。

氏，号残梦主人，顺天宛平人，知府佟镆妻。

查容端

查容端，字淑正，清代顺天宛平（今北京丰台）人，举人查为仁第三女，曲沃裴昇文妻，知州裴振母，著有《晓镜阁稿》《淑正诗稿》。《山西通志》《国朝闺秀正始集》《畿辅书征》《小黛轩论诗诗》著录。

【散见收录】

秋 灯

无边凉气夜漫漫，且爇兰膏独自看。好句吟成余烬落，峭风吹过寸光寒。照来清影随人静，明向芸窗待夜阑。料是也伤秋渐老，故流珠泪不曾干。

（清）恽珠辑《国朝闺秀正始集》，清道光十一年（1831）红香馆刻本

【辑评】

恽珠《国朝闺秀正始集》（卷十）：查容端，顺天宛平人，举人为仁女，知州裴振母，著有《晓镜阁稿》。按：振字西鹭，乾隆乙未进士，年五岁即能诵唐诗百首，皆容端口授也。

陈芸《小黛轩论诗诗》（卷下）：映山秋蝶抱寒枝，庄镜初开镜晓痴。可惜双清归日暮，太行留梦梦余时。查端容，曲沃人，归裴昇文，著有《晓镜阁诗稿》。

胡文楷《历代妇女著作考》：《晓镜阁稿》，（清）查容端撰，《山西通志》《正始集》著录（未见）。

容端字淑正，直隶天津人，查为仁三女，曲沃裴升文妻。《淑正诗稿》，同上，《畿辅书征》著录（未见）。

胡慎仪

胡慎仪（1723—1795），字采齐，号石兰，又名鉴湖散人（一说字石兰，又字观止，号鉴湖散人）。清代顺天大兴（今北京大兴）人，父胡越风，从妹胡慎容、胡慎淑，夫骆烜，甥女冯思慧。著有《石兰诗钞》（《石兰集》）。《撷芳集》《国朝闺阁诗钞》《闺秀词钞》《国朝闺秀正始集》著录。

【散见收录】

自端溪入羚羊峡

西行过端溪，放棹入谷口。千峰叠回环，一水何深浏。沿津三五家，寥落依山阜。岩石凌空虚，相对如配偶。老坑生奇质，鬼神日夕守。鹳鸽眼难逢，蕉叶贵清厚。造琢付词人，文光直射斗。龙蛇惊毫端，烟云泼墨后。举目眺两崖，苔铺虎豹走。俯耳聆渚宫，风激冯夷吼。山川爽襟怀，笔砚吾良友。对此融心神，萧然出尘垢。孤鸿一声来，魆地乡心陡。

舟行遇暴风雨

逆水行舟嫌道远，旅人闷对难消遣。倏忽之间风暴来，遥望高山黑云卷。一霎船颠如簸扬，舟子篙乱如飞蝗。随流未辨泊何处，岚光云气纷茫茫。东西南北都不辨，空中但听走雷电。聒耳波涛夹雨声，杳冥变幻如流霰。此时客怀心胆寒，新愁往事集眉端。少年不解离乡苦，老大方知行路难。追思昔日深闺内，玉肌绰约飘香佩。小鬟扶我傍花阴，弓鞋怕溜苔痕翠。宁知中岁苦奔波，烈日狂飙任折磨。自怜憔悴风尘里，谁唱红颜无渡河。坐久云收风雨了，余霞远带尖峰小。低徊鸥鹭泛清流，忘机只有无情鸟。

岭南道中

五槎十三人，艰危仗此身。经年泪洗面，百感痛伤神。塞北无茅屋，燕南有老亲。如何千树雪，不是昔时春。

岁　暮

岁暮催寒景，凄然自掩扉。眼花看字小，身瘦觉衣肥。异地人情薄，家乡鱼雁稀。一心无着处，空复忆庭闱。

客途新柳

金缕毵毵舞态新，额黄初试正宜人。参差灞岸舍朝露，掩映章台报早春。青眼慵舒还是梦，修眉未展画难真。风流绰约谁能似，张绪当年最得神。

惜花春起早

一番花信五更风，那管春宵梦未终。起傍芳丛频检点，夜来曾否损深红。

爱月夜眠迟

银蟾朗澈有余光，静坐庭轩寄兴长。地僻不知更漏永，瞥惊花影过东墙。

掬水月在手

长空皎皎夜光寒，倒浸清波影未残。偶近金盆濯素手，姮娥惊向掌中看。

弄花香满衣

小苑红深绿未肥，独攀娇蕊弄芳菲。双双粉拍穿花蝶，何事随人上下飞。

（清）蔡殿齐辑《国朝闺阁诗钞》，清道光二十四年（1844）刻本①

---

① 蔡殿齐《国朝闺阁诗钞》共一百卷，收诗集一百种，卷五录胡慎仪诗十首，为此处九首及《侍蒋太夫人滕王阁小宴》，诗前总题《石兰诗钞》，并注明著者"大兴胡慎仪采齐"。虽标明诗集，却仅录十首，参徐乃昌《闺秀词钞》、胡慎容《红鹤山庄诗钞》可知绝非全本。其中《侍蒋太夫人滕王阁小宴》一诗《国朝闺阁诗钞》仅录其一，另有其二见于《红鹤山庄诗钞》，故现辑《红鹤山庄诗钞》中所见两首，于《国朝闺阁诗钞》辑录部分不再重出。

满江红·题三泖渔庄图

古渡扁舟,横系在、柳阴深处。视西风、泖湖秋早,挂帆归去。一片斜阳蓼岸曲,半湾流水沿门住。把渔竿、独坐自忘机,盟鸥鹭。

频领略,烟霞趣。寒复暖,朝还暮。趁箕踞,长啸逍遥寰宇。茅屋春深鹤梦老,金炉香袅琴心古。劝垂纶、莫漫向衡门,栖迟误。

(清)徐乃昌辑《闺秀词钞》,清宣统元年(1909)小檀栾室刻本

寿王太夫人

其一

南极星辰曜,西池日月悠。和风开寿域,瑞气霭朱楼。玉树千寻茂,蟠桃几度秋。愿为蓬岛吏,海上纪添筹。

其二

令族乌衣重,争传孟母迁。同为异乡客,得拜绣帘前。酒进春回曲,人钦不老仙。麻姑齐献祝,介祉自年年。

侍蒋太夫人滕王阁小宴

其一

章城何幸遇仙俦,会向江楼纪胜游。一片夕阳红蓼岸,数声渔笛白蘋秋。西山雨过烟光碧,南浦风翻雪浪浮。自愧暂依乔荫下,敢同兰桂占先筹。

其二

琼筵遥对翠岑开,环珮声飘逐队来。潭影秋云飞画阁,山光野色浸霞杯。移将萍梗浮沉迹,列向萱庭次第栽。应惜佳游无好咏,春风空遣谪仙才。

同寄菊庄即用见寄韵

春满章城日正迟,片帆何事促分离。客中每羡江淹笔,篷底犹吟杜甫诗。别后风光空过眼,年来愁思倍攒眉。何当远递凌云句,海国欣沾翰墨滋。

意难忘·送蒋太夫人北上

驿柳初黄向江亭,轻折惜别情伤,梦随流水远,魂逐雁南翔。总难禁,恨偏长。无计倍苍茫。一段愁肠谁得释,帆映斜阳。

文名见说无双,愧倚松日少,未列门墙。密意人难去,兼葭念讵忘,空回音暗彷徨。不曾有何妨?关心者,半林残叶,暮色秋光。

(清)胡慎容撰《红鹤山庄诗钞》,清嘉庆三年(1798)刻本

宴滕王阁饯蒋太安人北上

一阁到而今，重看玉珮临。词章随世变，别意共江深。宴罢帘都卷，悲来酒再斟。难随孝乌去，孤鹜自浮沉。

元城学社省二亲作

十笏广文斋，尊慈白首偕。亲容存满月，女骨剩枯秸。匆匆人真返，深深玉已埋。琴书都散尽，莫检嫁时钗。

寄怀蒋心余太史表弟

如何疏散卧江皋，却负诗中一世豪。沽酒每闻捐玉佩，济人时复典宫袍。文星下界耽游戏，婺姊天涯苦郁陶。消受吾乡严壑美，玉堂风月未宜抛。

偕女思慧及婿刘侍御秉恬陶然亭踏青

萋萋芳草绿成隅，花外同搴御史车。胜迹登临荒冢地，孤亭突兀破窑墟。簪裙雅集庭闱共，鸾凤和鸣宴饮余。倘割菰蒲结茆舍，不嫌来作野人居。

（清）徐昭华撰《浣香阁遗稿》，清道光二十七年（1847）枫溪省三书屋刻本

【唱和及寄赠】①

酬和采齐姊过访见赠
许 琛

报道云軿枉驾过，秋窗顿觉病除魔。班荆每怨中宵短，投袂还期后会多。丽句缤纷星斗落，深情往复海潮波。为言闽峤迂疏质，坛坫同登意若何。

酬采齐姊见赠元韵
许 琛

小楼五载暗伤神，疏影凝香伴病身。我爱梅花花皎洁，梅花怜我断肠人。

---

① 另有胡慎容作《客途新柳》（见本书第30页）、《寄采齐姊荼蘼花》（见本书第34页）、《答采齐姊荼蘼花》（见本书第35页）、《戏赠采齐姊》（见本书第41页）、《月夜寄采齐姊》（见本书第43页）、《柬采齐姊》（见本书第51页）、《答采齐索菊扇韵》（见本书第51页）、《答采齐姊惠海棠》（见本书第54页）、《见梅有感呈采齐》（见本书第60页）、《待素心采齐不至戏柬》（见本书第60页）、《凤栖梧·寄采齐大姊》（见本书第62～63页）、《双调望江南·剪并蒂兰寄采齐姊》（见本书第65页），共十二首，亦属与胡慎仪唱和及寄赠。

寄怀采齐

许 琛

常劳驿使往来书，略解离怀讯起居。旧雨那堪还剪烛，新诗不寄为寻鱼（采姊札云："近作颇多，俟日后寄阅"）。珠江花发垂帘幕，闽峤梅开闭草庐。每怅蹉跎好烟景，关山迢递故人疏。

得采姊信怆然书寄

许 琛

其一

羡尔庄梁案，相随年逐年。鸣春临月下，选句坐花前。

其二

不道有今日，何期失所天。从兹哀怨调，二十五条弦。

其三

似我悲殊命，因君倍怆神。可怜四行泪，同是未亡人。

其四

也知归去好，唯恐报书稀。从此层楼上，朝朝望雁飞。

其五

归榇良非易，长途只独行。应知形影吊，多少断肠声。

其六

世态如云幻，人生若梦纷。怜人聊自慰，何地不思君。

其七

春去花无态，愁来月倍明。时光相次改，憔悴两今生。

画梅寄石兰姊

许 琛

其一

傲骨生来耐岁寒，可怜零落惜香残。当年松竹清阴好，百匝巡檐月下看。

其二

楚天望断雁行分，消息沉沉渺不闻。诗思暗香和月冷，五更梦觉便思君。

其三

冰肌玉蕊无脂粉，墨沈由来是色香。半写横斜半题句，愿君相忆莫相忘。

有怀采姊并作梅菊图以寄

许 琛

小楼独坐思依依，望断孤云隔岭飞。遥羡霜台明月下，谢庭玉屑落霏霏（时采姊居于令婿竹轩公御史署中，睿之甥女亦诗名籍甚，故并及之）。伤离感逝不禁悲，无赖生涯午梦迟。瘦骨迩来成老态，如梅梢冷菊离披。

代梅答采姊并和元韵

许 琛

其一

残云流水尽相思，每忆罗浮薄暝时。今日横斜明月下，暗香零落有谁知。

其二

广平词赋细披寻，字字吟来遍调音。一幅缣缃香暗逗，争教琼蕊不倾心。

其三

幽兰倚石叹离群（姊字石兰），远岫无心出片云（云姊宿草芊芊故并悲及）。惆怅寒梅和月落，一襟悲恨与天分。

其四

何事寻人要和诗，暗香疏影寄遥思。陇头驿使无消息，不敢花前拗一枝。

其五

几度寻君晓梦难，计程万里道漫漫。遥知嚼雪成佳句，应念梅花耐岁寒。

其六

昔年花下事茫茫，旧雨新诗更可伤。九载别来花落尽，愁肠何处检诗肠。

其七

故里归来岭上开，香飘梢冷半成灰。远钟何处敲霜月，疏影楼前一树梅。

其八

铁干冰肌不解春，傍他松竹便津津。寄言好买闽南棹，再与梅花结旧邻。

和采齐姊寄怀原韵

许 琛

其一

曾约林泉取次行，无端迅速别离生。可怜泪滴珠江水，水带离情分外清。

其二

一载敦槃同笔砚，清风明月共开襟。嗟嗟廿五年来事，不改梅花一片心。

其三

由来世事本成尘，闪闪孤槃伴此身。笔墨生涯寻活计，须知无益费精神。

其四

梅花为伴数幽兰，气味投来露胆肝。水复山长人不见，香魂多向月中看。

其五

未亡人愧逐尘埃，不识之无敢曰才。疏影小楼梅一树，花开时节独徘徊。

（清）许琛撰《疏影楼稿》，清抄本

【辑评】

徐乃昌《闺秀词钞》（卷五）：慎仪字采齐，号石兰，又号鉴湖散人，山阴人，诸暨诸生骆煊室。有《石兰集》。《越风》：石兰父世绎，入籍大兴，官元城教谕，遂家于北。石兰同夫客岭南，夫死携家累及五榇北归，抚妹卧云女思慧为女，遂婿洪洞刘侍郎秉恬。

甘晋《国朝闺阁诗钞》（第五册卷三）：胡女史慎仪，字采齐，一字观止，又字石兰，号鉴湖散人。直隶大兴县人，元城教谕世绎女，诸暨诸生骆煊室。著有《石兰诗钞》。

恽珠《国朝闺秀正始集》（卷十）：胡慎仪，字采齐，号石兰，又号鉴湖散人。顺天大兴人，骆煊室。著有《石兰诗钞》。石兰早寡，抚幼子，未几亦卒，家益落，乃受聘为闺塾师，历四十年，受业女弟子前后二十余人，多以诗名。

沈善宝《名媛诗话》（卷四）：采齐慎仪号石兰，又号鉴湖散人，骆煊室。石兰早寡，幼子未几卒，家益落，乃为闺塾师，历四十年，受业女弟子前后二十余人，多以诗名。女冯睿之为侍郎刘秉之室，睿之本玉亭女，幼继石兰遂从冯姓，著有《绣余草》。

陈芸《小黛轩论诗诗》（卷上）：红鹤山庄胡玉亭，石兰有姊却伶仃。岭南道上风兼雨，纱缦孤灯独授经。慎仪字采齐，号石兰，归骆某，早寡，为闺塾师，著《石兰诗钞》，尝游广东，有岭南道中云："五榇十三人，艰危仗此身。经年泪洗面，百感痛伤神。塞北无茅屋，燕南有老亲。如何千树雪，不是故乡春。"采齐有女，继与玉容，遂姓冯名思慧，字睿之。

胡文楷《历代妇女著作考》：《石兰诗钞》，（清）胡慎仪撰，《撷芳集》著录（未见）。

慎仪字采齐，号石兰，直隶大兴人，胡玉亭女兄，诸暨骆煊妻。生有凤慧，及随祖父宦游岭南江表，识解益进。道光二十四年（1844）嫏嬛别馆刊入《国朝闺阁诗钞》第五集，凡选诗十首。

胡慎容

胡慎容（1728—1760），字玉亭，号卧云，又名红余，慎仪妹。祖籍浙江山阴，随其祖迁直隶，遂为顺天大兴（今北京大兴）人。诸生冯烜（一说为冯坦）室。有女冯思慧，后继慎仪。著有《红鹤山庄诗钞》，有蒋士铨、王金英评点及序，王槐植跋。《撷芳集》《闺秀词钞》《国朝闺秀正始集》《小黛轩论诗诗》《闺秀词话》著录。

【整集收录】

序

卧云冯夫人，与余中表裘氏女为妯娌，向闻其能诗而未得见也。夫人母氏，与夫家皆为宦族，而皆贫。乙亥、丙子间，羁旅江右，颇窘。夫人善为堆帛屏景，以此资赡日用。余友蒋苕生之母太夫人得其所作《秋水丽人图》，且询知能诗，益重焉。是时余偶冒寒，苕生来视余，未问疾，遽诵其《古庙》及《吴元戎墓》诗，曰："子以为谁作？"余闻之，霍然起曰："目前能作是语者非子即挚云耳。"苕生以夫人告，余大惊，然尚不知即与裘氏为妯娌者也。又阅月，苕生已北上，冯君公路以裘氏故来谒，携其夫人《红鹤山庄诗》，属余校订。余展卷见苕生所诵诗，则又大惊曰："即若人耶？"冯君因述其故，且曰："向以闺阁无师之作，恐贻笑大方家，不敢出以就正。今既为蒋君所赏矣，君与蒋齐名，愿幸教之。"余遂为之点次毕，作而言曰：二南为风化之始，其诗过半出于闺门。盖上而后妃媵御，下而庶妇处女，或感遇以出，或触物而动，莫不各以其忻戚离合之情，发而为缠绵笃挚之语，使人读之而油然以兴，肃然以敬，悠悠然与之化而不自觉。故曰：人而不为《周南》《召南》，由正墙面而立也。说《关雎》者曰：情欲之感，无介乎仪容，燕私之意，不形于动静。於戏！此岂独《关雎》为然？凡二南莫不皆然。三代而下，此风邈矣。或德不称才，或遇不称德，于是乎有淫泆之辞，悲怨之什。岂古今人不相及，虽女子亦然欤？何醇风之难觏也！今《红鹤山庄诗》温而不狎，柔而不弱，秾而不纤，丽而不佻，有光明正大之情，无抑郁怨尤之意，使人钦其德并忘其才，服其才并忘其遇，盖庶几得二南之雅化者矣。余遭逢沦落，其于吟咏虽不敢过为激昂，然如陈子昂所云："前不见古人，后不见来者，念天地之悠悠，独怆然而涕下。"盖时时见之，以视夫人，其安于义命何如也？夫剑埋地下，非剑所得自主也，而牛斗之间，隐隐间有光气，岂剑之急于表著，亦自然而不可掩耳？于是友人金霞牖、宗人殿邦阅之，皆叹诧以为异，因取付梓，曰："吾将以弁冕千古名媛，岂独一时哉？"卧云兼攻诗余，敏妙莫与敌，他日当向公路索全稿读之，当更有可观者。

乾隆丙子长至日，江宁王金英菊庄居士书于章江客邸之双桐亭。

跋

余宗人菊庄君，以白下才人流寓豫章。然自弱冠游京师，居豫章日实少。兹以守制来归，将历二载，于是一时能诗者，皆与之游。菊庄以才为命，尝装潢小卷，取杜少陵"不薄今人爱古人"句书卷首，见佳什则录之。凡文人学士，山林墨客，方外名媛，无所不有。余每过，辄纵观焉。一日，出《红鹤山庄诗》示余曰："此卧云女史冯夫人作也。"余接而诵之，奇思仙句，络绎献珍，令人应接不暇。闻夫人本山阴产，真诗如其地矣。菊庄曰："余欲先梓此卷，以公宇宙，而力有不给，子能为我助一臂乎？"余曰："诺。"时金君霞牖在座，亦读而喜焉，因相与共成之。

嗟夫！女子而能诗难矣，能诗而工如夫人则尤难，使不表而出之，其何以答造物生才之心？卧云姊采齐骆夫人亦善诗，其附于集中者数首，又见选于菊庄"不薄今人"本中者数首。有《赋得惜花春起早》云："一番花信五更风，那管春宵梦未终。起傍芳丛频检点，夜来曾否损深红。"《爱月夜眠迟》云："银蟾朗彻有余光，静坐庭轩寄兴长。地僻不知更漏永，瞥惊花影过东墙。"《掬水月在手》云："长空皎皎夜光寒，倒浸清波影未残。偶近金盆濯素手，姮娥惊向掌中看。"《弄花香满衣》云："小苑红深绿未肥，独攀娇蕊弄芳菲。双双粉拍穿花蝶，何事随人上下飞。"诸诗与卧云实难兄难弟，惜其颇少，未能为之合刻云。

乾隆丁丑谷雨后五日，新城王槐植殿邦氏跋。

序

《离》象文明而备位于中女，女子之有文章，盖自天定之。然离者丽也，必有所附丽而其文始著。象曰：柔丽乎中正，故亨。其不待师傅讲习，能自疏瀹性灵，汩汩而出，终克几于有成，又岂寻常香奁所有哉！余游海内三十年，所见妇人诗，或有佳者，亦不过雕饰软美，秾丽纤巧而已。今诵冯夫人《红鹤山庄诗》，排奡纵横，凌空超旷，卓然有丈夫气，中间哀乐互形，皆得性情之正，所谓《国风》《小雅》支流者，非耶？

夫人姓胡，名慎容，字玉亭，本山阴产，以祖迁直隶，遂为大兴人。早孤，负宿慧，方六七岁，未识字即能信口为韵语。闻者皆奇之。稍长，伯父宝言先生授以书，一过即成诵。岁余，乃自构经传及韩、欧、曾、苏文，读之不倦。既而复取唐宋人诗涵泳之，心怦怦然如有得于是。祖官于粤，遂以夫人缔姻冯氏。冯氏舅亦山阴人仕粤者也。夫人从两家宦游四方，历览名山大川，俯仰凭吊，所作动盈束，第不自珍惜，多随手散佚。其在岭南时，才名籍甚，几为戚党中忌者所窘，因废吟咏数载。然风雨一灯，拥残书数十卷，寝食其间，刻苦如书生，视人世华膴一切，无所忻戚。及对江山清远处，又依依若有所系恋，低回不能去。

嗟乎，男子力学数十年，口谭道义胸次龌龊者，纷纷矣。夫人以闺房之秀，顾能高澹若是。夫人简重寡言笑，虽生长阀阅，布裙椎髻，不肯为艳装，恬然若将终身。其门内知己惟姊氏二人，伯采齐、仲景素，皆才媛也。景素远适，又早寡，惟伯姊赘婿骆氏，因侍母夫人故，偕处不少离。花朝月夕，比肩酬唱，友爱之情，如脊鸰对语于碧梧翠竹间。东坡云"四海一子由"，夫人姊妹庶几似之。岁丙子，将随母姊赴伯父元城官署，侨寓江右，因以母事我太夫人，故余从太夫人得其品概学问为最深。采齐诗如光风兰蕙，舒展自如，兼工为诗余，姿致楚楚，在金荃兰畹间。景素诗惜未见也。昔刘孝绰三妹皆有文名，今夫人与二姊清裁辉映，足追芳躅。他日列国朝诗中，信为一代列女之冠。惜羁旅江城，闭门萧摵，无名媛往复，仅偕君子抚诸雏，依依慈母之侧，且身又善病，药炉茗碗，屡空晏如。值我母北行，离别之感，盖难已已。经曰：出涕沱若，戚嗟若。其由来概可知矣。吾母视夫人不啻所生，命士铨以女弟视之，且序其诗，恭承命而弁于首。夫人一字卧云，又字红余，伯姊名慎仪，仲姊名慎淑，并识以见胡氏多才云。

乾隆丙子九月晦夕，铅山蒋士铨雁沙居士书于章江舟次。

·红鹤山庄近体诗卷上·

五言律

望庐山

奇势环吴楚，崔嵬迥不群。峰从天上现，泉借日边曛。翠色浓堪摘，岚光秀可分。紫烟缥缈处，只许卧层云。（蒋评①：李杜光芒，其声欲满天地。）

题望江楼

危楼堪远望，此日共登临。山月明高下，江云变古今。烟光迷野径，鸟影逗禅心。上界闻何物，风飘祇树林。（王评：逼真王孟。）

云海（社题）

日丽天南水，光涵眼界宽。洪涛惊地动，白浪荡空寒。霞气昏潮影，风声壮海澜。望中何处极，云路共漫漫。（蒋评：壮阔。）

鸟道

古道人踪绝，嵯峨乱石侵。云深迷谷暗，木老振风音。断壁悬残月，飞流下翠岑。往来惟野鹤，日日积愁阴。（蒋评：笔力劲拔。王评：五六绝似何大复。）

帘月

帘挂遥空月，炉霏午夜熏。明明花入影，漠漠水生纹。丝映千痕镜，光浮一片云。清华沁诗骨，霜露白纷纷。（蒋评：熨帖细致。）

九日

九日登临早，天高秋气清。山云遥吐翠，溪鸟远闻声。晓径多红叶，微波点白萍。折花怀旧日，篱畔赋秋英。（蒋评：淡远。）

暴雨

惊飙翻树叶，顷刻黯无光。雨密飞银练，云浓叠玉章。池花疑雾锁，溪柳似烟囊。何处山川是，乾坤一渺茫。

---

① 胡慎容作自本集后皆由蒋士铨、王金英评阅。

雁

沙岸云初起，江天有雁行。数声连古塞，几点映斜阳。雪覆芦洲梦，愁生月夜霜。秋风思万里，霄汉白翱翔。（王评：情景兼到，咏物妙手。）

秋 夜

漏滴清光白，风吹秋夜深。孤松垂秀影，丛菊覆香阴。月魄迷红叶，霜华染素林。谁家捣寒练，萧飒动哀音。

别景素四姊

姊妹相依久，情亲胜弟兄。忽惊南北别，不音死生盟。春梦人千里，秋风雁一声。来宵楼上月，空似镜华明。（王评：情真而语自工。）

燕

东风蘋末转，双燕隔花飞。带月留清影，迷烟染素衣。梦侵春院落，魂绕翠帘帏。自爱差池羽，轻身学赵妃。

芦 岸

野岸秋风起，寒芦带夕阳。傍舟花舞白，映水叶翻黄。色寄霜千片，声归雁一行。萧条孤客梦，烟月自茫茫。

病 中

惚惚魂无定，飘飘若梦中。扶行惊地软，倚卧觉头空。放眼皆疑雾，闻声似起风。那堪窗下雨，寂莫一灯红。（王评：病容如见，"地软"二字尤新。）

久 雨

久雨无晴日，连绵不断愁。怕泥怜绣袜，多病拥重裘。绿架闲金蒯，重帘控玉钩。任他花似锦，懒摘上人头。（蒋评：吹息似兰。）

腊 梅

破腊丰神古，凌寒态不禁。枝疏情自别，色淡韵偏深。秋菊余金蕊，春兰吐素心。不知风月里，好句孰堪吟。

秋雨忆别

云暗重门掩，烟深锁画楼。故人千里梦，凉雨一天秋。别泪滩头水，离魂汇渚流。闷来谁共语，独自下帘钩。（王评：名句。）

南粤早春

南粤韶华早，和风正可亲。映帘芳草碧，绕砌绿苔新。粉蝶才舒翅，娇莺欲唤人。眼前无限好，不是故园春。（王评：前只写景，着结语便无限感慨。）

山　行

山径深深入，寒泉滴翠微。野花香印屐，蔓草绿牵衣。古寺钟声度，乔松鸟影稀。水光横远岸，云叶映斜晖。（蒋评：幽秀。）

松

野寺松遥见，秦时五大夫。苍烟围碧障，清露滴香珠。风过涛声急，云垂月影疏。岁深鳞甲老，夭矫立山隅。（王评：工妙。）

寿王太夫人

其一

诗礼传家世，高门产大贤。福星尊寿母，绮阁列华筵。觞满金茎露，人多玉洞仙。黄花复朱实，共祝永如天。

其二

钟郝仪型在，瞻依凤世因。质惭林下秀，宠并锦堂宾。自有长生术，仍然黑发人。他时归故里，还拟结为邻。（予外有卜居金陵意。）

附

胡慎仪同作

其一

南极星辰曜，西池日月悠。和风开寿域，瑞气霭朱楼。玉树千寻茂，蟠桃几度秋。愿为蓬岛吏，海上纪添筹。

其二

令族乌衣重，争传孟母迁。同为异乡客，得拜绣帘前。酒进春回曲，人钦不老仙。麻姑齐献祝，介祉自年年。

孤　雁

月冷风清夜，孤鸿叫断烟。客中愁易得，云外信难传。影落半溪水，声闻万里天。潇湘江上怨，一曲寄冰弦。（王评：通体老气。）

初　春

东风回薄暖，细雨湿新苔。蕉叶青犹卷，花苞红未开。临池怜瘦影，对月忆寒梅。欲写孤山兴，无人摘韵来。

七言律

古　庙

画壁藤萝岁月深，荒山云影覆层阴。空阶春草飞蝴蝶，古殿秋松宿暮禽。坏瓦消磨风雨暗，断碑零落鬼神吟。不知何代残香火，惟有斜阳日日侵。

（甘茶老人评：七律健逸非常，名流巨制，庶可颉颃。蒋评：盛唐杰作。王评：萧瑟苍凉，通体不落弱调。）

瀑　布

倚日飞琼昼夜流，穿崖度壑几经秋。翠峦珠溅银河动，苍壁云喷雪浪浮。千尺白虹垂海穴，一行素练挂山头。奔腾天际疑风雨，漱石泠泠百丈湫。

（蒋评：壮阔似男儿语。岂香奁所有之作！）

梅　花

寒梅破腊暗传春，一种孤芳绝俗尘。小院风来香韵冷，疏帘月上粉痕新。冰心晓忆临妆面，玉骨情含入梦人。清瘦不求骚客爱，寒宵惟与雪为邻。

（王评：温雅似唐人。）

荷　珠

擎雨摇风倚碧流，如盘托出万珠浮。盈盈洁白分还合，颗颗圆明散复收。无粉不粘青玉盖，有丝难结水晶球。波平香滴清凉夜，疑是寒冰碎叶头。

（蒋评：工丽松脆，西昆之遗。王评：吐语之新，有题无二。）

题望江楼

江山危楼翠霭间，当帘白鸟影翩翩。云堆东岭千峰现，月挂西窗一镜悬。芦叶卷风声似雨，浪花翻雪色如烟。游人莫凭阑干望，无限山川意渺然。

（蒋评：清峭酷似许浑。）

松滋惜别

绿云曾傍晓窗窥，此后谁来更拂眉。绕屋鸟飞花自落，凌波人去柳空垂。

春风何事能相送，诗意难禁惜别时。回首宦途真是梦，不堪临照再凝思。
（蒋评：结句别致。）

客途新柳

轻黄浅碧色初新，一树依依似傍人。愁缕暗牵离别恨，东风空度可怜春。
沙痕烟月斜拖影，水曲残阳淡写真。自是断肠枝叶苦，不关远客易伤神。
（王评：极跌宕顿挫之致。蒋评：曲为解释正是万难解释。）

附

胡慎仪和韵

金缕毵毵舞态新，额黄初试正宜人。参差灞岸含朝露，掩映章台报早春。
青眼慵舒还是梦，修眉未展画难真。风流绰约谁能似，张绪当年最得神。

月　斜

客梦初回漏点残，西楼明影月光团。碧梧枝下移金镜，红绮窗头侧玉盘。
疏影上帘花露重，清辉穿穴鸟声寒。登高独倚阑干立，轮转长天尽意看。
（王评：清警。）

雁

来时秋水照芦花，别后春风拂翠华。云淡远天归路渺，月明孤嶂梦魂赊。
晓烟叫断伤离恨，片影飞残暗浅沙。一字似传乡国信，故园何处是吾家。
（蒋评：不徒作体物语，方有寄托。）

新秋寄景素四姊

其一

印江分袂泪盈襟，何事离人意绪深。岭上横云迷望眼，楼边斜月挂愁心。
慵妆不为秋来病，倦绣聊书别后吟。一片情怀无着处，携将玉笛弄清音。
（王评：真至。）

其二

秋风初透素帘帏，庭院寥寥独掩扉。月满绣窗花影瘦，尘浮妆镜粉香微。
清宵细细劳人梦，寒雨凄凄湿泪衣。为报存心言莫尽，料应相爱不相违。

春　残

堂堂春已背人归，检点余光付品题。曲径愁铺芳草路，小桥横断落花溪。
无情夜月能相照，有恨流莺莫乱啼。赢得诗人多少意，碧桃空老雨凄凄。

（王评：洗马言愁，木石皆愀然不乐。）

言　怀

其一

妾家近住越江波，江岸疏篱挂薜萝。乡井那堪千里隔，梦魂已是十年过。
青山云路增愁重，黄叶西风觉恨多。几度诉将天上月，浮踪无定待如何。

其二

偶然随宦粤东来，春月秋花度几回。刺绣空描灵凤翼，读书深愧彩鸾才。
心从云水涯边想，巧向莺花队里开。无限好怀天念否，一番往事总成灰。

其三

双亲弃我去黄泉，血泪飘零二十年。妆阁尘生蒙宝镜，琴台谁唤辨冰弦。
秋山呖呖来鸿雁，春树凄凄叫杜鹃。故国欲归归未得，空余儿女断肠篇。
（王评：用蔡邕事恰好。）

蝶　影

飞过园林似不知，飘飘无迹到花枝。绣窗难润闺人笔，书案常供骚客诗。
两翼粉香偷未得，一身金翠可能移。谁将造化重相化，梦入庄周亦自疑。
（蒋评：庄重。王评：愈幻愈佳。）

吴元戎墓

　　元戎讳六奇，字葛如，明末聚众数千，雄峙潮州。国朝定鼎，
　　召为总兵，寻没，赐葬于潮属大埔之湖乡云。

荒茔野草碧如烟，旧是元戎葬骨阡。尚有鸣鸟悲白日，更无长剑倚青天。
松声瑟瑟心犹壮，竹影森森志未迁。万古谁能消此恨，暮云残照共凄然。
（王评：悲壮绝伦。）

画中雪景

一幅生绡半是云，寒光照眼倍精神。远山漠漠浮烟影，古木蒙蒙点玉尘。
茅屋日来寒不减，冻溪风过色全真。石桥径畔骑驴叟，冷袖斜肩几瓣春。
（蒋评：东坡。）

拟裴航携玉杵再访蓝桥

烟霞深窟素真居，再访游仙入梦庐。流水多情通碧落，行云有路到清虚。
声寒玉杵留明月，道悟裴郎识秘书。风景依然尘自绝，元霜捣尽意何如。

（王评：曹唐诗未足拟此。）

清溪夜泊有怀景素四姊

远岸平铺一片烟，霜风飒飒欲寒天。清溪回望人何处，明月流光梦暗悬。无限哀鸣江上雁，数声凄咽岭头蝉。多情最是秋杨柳，一树依依系客船。
（蒋评：缠绵凄楚，风调可人。）

风　筝

丁当风雨骤檐前，孤客先闻到枕边。乍觉悠扬同楚珮，还将断续和秦弦。敲残夜月空留影，响澈花铃动可怜。一派清音更漏永，重楼深院最宜悬。
（蒋评：刻画中仍含劲气。）

南楼望山寺

南楼遥对北山岑，寺影斜侵叠翠阴。芳草白云生色相，晨钟宿鸟定禅心。寒烟漠漠空仍染，野水茫茫境最深。指点虚无成妙悟，此中何物可追寻。

镜　花

谁采芳英到镜边，春光荡漾影翩跹。虽然有艳难为摘，纵使无心亦动怜。娇态分明空引蝶，露华点滴不栖蝉。红颜未许风摇动，彩笔无工更画妍。
（王评：三四的是鱼玄机。蒋评：旖旎。）

百花洲

湖光面面景都幽，时有骚人载酒游。烟柳碧笼枝上鸟，霞天红映镜中楼。亭开云影山横翠，帘卷波纹月现钩。一曲荷花香气遍，坐看白鹭下汀洲。
（蒋评：雅练。）

代人挽姚姬

风雨何由丧翠梧，秋宵寂寂恨偏殊。玉环隔世能来否，珠珮临江事有无。碧海月沉悲凤子，蓝田春去泣龙雏。香烟烛影空消受，留得芳神写画图。
（蒋评：与义山、碧城诗同一清绮。）

又　作

品注青宵第几人，偶来尘世了前因。天香有梦征兰瑞，金屋何由返玉真。春草碧思裙共色，秋风起觉柳含颦。从今莫问闲花月，归去蓬瀛别有身。

侍蒋太夫人滕王阁小宴

其一

胜事依稀忆往年，我来细读子安篇。欣看壁上龙蛇字（阁上书王勃序），重拂筵前鸾凤笺。千古仪型推孟母，一壶冰雪仰青莲。于今多少文章士，试问谁能与比肩。（王评：兴复不浅。）

其二

笔花漫说艳于春，坐对江山写未真。洞口野云横翠霭，波心落照漾红鳞。东风有意留仙棹（时太夫人将就养京邸，以风阻未发），夜雨他时怆客神。莫使片帆容易挂，从兹分手梦中人。（王评：对法□动可人。）

附

胡慎仪同作

其一

章城何幸遇仙俦，会向江楼纪胜游。一片夕阳红蓼岸，数声渔笛白蘋秋。西山雨过烟光碧，南浦风翻雪浪浮。自愧暂依乔荫下，敢同兰桂占先筹。

其二

琼筵遥对翠岑开，环珮声飘逐队来。潭影秋云飞画阁，山光野色浸霞杯。移将萍梗浮沉迹，列向萱庭次第栽。应惜佳游无好咏，春风空遣谪仙才。（王评：圆如转环，健如屈铁，李龙眠白描高手。）

题菊庄居士种菊图

频托秋花寄性情，高怀原不慕渊明。爱于冷澹时中见，喜向清幽林下生。九月霜深知傲骨，一篱香晚占芳名。飘然脱尽尘凡虑，自觉形神尔许清。（蒋评：司空表圣论诗曰"落花无言，人澹如菊"，唯此足以当之。）

五言绝句

秋 晓

天清闻晓雁，嘹唳碧云高。风过寒生袂，微霜湿素条。

秋 夜

白露澄清夜，遥空月似盘。庭阶流素影，玉户不胜寒。

秋 色

山静含秋翠，郊原草木黄。烟迷红叶乱，江阔落霞光。

秋　声

凄凄清夜雨，呖呖月边鸿。衰柳鸣蝉韵，疏林落叶风。

寄采齐姊荼蘼花

素架芳心露，荼蘼一院春。为怜花似玉，特寄有情人。

红　梅

数萼横疏影，孤标占早春。不知香韵里，可妒艳妆人。

新　柳

浅翠依窗绿，柔条拂院长。风烟偏弄色，摇漾曳春光。

水　月

溶溶池内波，皎皎秋空月。对此清明光，忘尽繁华色。（王评：非光明佛后身，安能会此？）

春　暖

冬尽余寒薄，春初暖气回。东皇新岁令，多放一枝梅。

惜　桂

一树金秋色，藏阴在月环。天香不自惜，流影到人间。（王评：我闻此语心骨悲。）

春　闺

绿树娇莺语，红窗新燕飞。停针春绣懒，无力掩朱扉。

雁

秋江寒落日，塞雁凌高风。一片遥横影，茫然天地中。

闺　情

月样双蛾秀，花般带露娇。自从秋月照，日日减轻腰。（蒋评：古淡浑含。）

空　宅

寂寥春色去，空户雀巢居。门径多芳草，无人为扫除。

答采齐姊荼蘼花

柔姿欺白雪,素艳占芳春。无限风流态,含情对玉人。

秋 月

秋夜闲庭静,花枝拂袖香。银河浮玉练,桂影漏清光。

远 山

山远色常碧,天空翠耸霄。峰云浑莫辨,黛色遣谁描。

偶 成

步月穿芳径,拈花香正浓。秋声惊鸟梦,却扇对西风。

秋 柳

其一

春色留青眼,秋风减翠眉。似知零落苦,愁向水边窥。

其二

残丝绾别恨,细缕结愁心。寂莫风烟里,空牵玉笛音。

题鸥鹭忘机图

水阔天空处,幽禽自在栖。翛然适天趣,人亦与无畦。

·红鹤山庄近体诗卷下·

七言绝句

落 梅

其一

小桥斜处见疏枝,冷淡芳心寂莫姿。惆怅轻风消玉魄,满溪飞雪月明时。

其二

零香剩粉欲谁看,梦断罗浮晓月残。一片芳魂招不得,随风吹入笛声寒。
(蒋评:传神妙句。)

秋 柳

其一

秋来何物最凄然,残柳西风落照前。几日绿阴憔悴尽,一声羌笛雁来天。

其二

寒蝉嘶断夕阳枝，减尽灵和旧日姿。残缕若教愁里折，不胜离恨怨空丝。

其三

往日青青翠已消，多因秋色减轻腰。长条纵有来春叶，也是人间一恨苗。

其四

高楼尽日费沉吟，一笛秋风万里心。远客莫伤秋色瘦，玉关哀怨不成音。
（蒋评：阮亭司李扬州作秋柳诗，海内和者数百人，都无此慧想。王评：能于对面托出心灵手敏。蒋评：顿挫抑扬，不减小杜。）

春游倦吟

其一

欲踏春阳意转迷，不关春草绿萋萋。吟窗春寂无人问，一院春愁鸟乱啼。

其二

丽日暂烘桃影醉，东风暗染柳条黄。归来仍倚闲窗绣，绣到梅花恨线长。
（蒋评：韩致光得意之作。）

初春夜月

横空皎月漾银光，露气犹寒欲化霜。人立小庭吟韵冷，一帘梅影透春香。

春 鸟

春来好鸟遍和鸣，吹入寒窗梦亦惊。任尔巧心能解事，莫将春思作愁声。

庾岭道中

竹影松涛接岭云，断桥流水落花津。客心欲寄梅关梦，野鸟多情解唤人。

忆 梅

春到梅花意倍深，临风卧月起长吟。谁人解得侬思苦，肯借幽香慰客心。
（王评：隽永耐人玩味。）

松滋惜别

其一

烟波无际接天愁，泪洒东风恨未休。回首暮云看不得，浓春景色似残秋。
（王评：苦调酸心。）

其二

帆影迷离挂客心，横空飞雁动归音。春江万里云千叠，不抵侬思一寸深。

望庐山不见

准拟匡庐在望中，行来却被白云封。可知妾命原如叶，不是名山不爱侬。

（王评：是深于怨者。）

买玫瑰花

呼童买得紫云香，欲衬花簪恨蒂长。滴滴露痕犹可吸，背人斜插翠鬟傍。

自　感

翠发蒙尘镜影寒，不知春色为谁残。自从云掩深庭月，开遍名花懒去看。

（王评：楚楚可怜。）

秋夜偶怀

满户秋香落桂英，无聊思向小庭行。徘徊立尽梧桐影，十二重门空月明。

（蒋评：瘦劲。）

荷　池

秋水银塘映碧天，红蕖袅袅叶田田。无人解唱吴娃曲，白鸟一双沙上眠。

（王评：结句不测。蒋评：许丁卯有此仙才逸思。）

送　春

翠老红残绿树阴，韶华无计可追寻。空余烟柳丝千尺，不系春归一寸心。

甲戌仲春，别诸兄弟于松滋柳岸，有客途春柳之句，是秋寓楚，见残柳依依动人之感，虽非离别之时，别有一种悲怀也

万缕千丝拂岸头，春英才展又经秋。生成一种伤情树，不是离人亦系愁。

（王评：正是确语，非好翻案。）

梦　梅

梦里依稀见画桥，碧溪春雪逗疏条。觉来似有余香在，满袖春风不可招。

章江留别

三年闲卧楚天云，吟啸谁能识此身。又被游风吹散去，桂花秋冷夜思人。

（蒋评：自伤语，亦自负语。）

梦　吟

心在桃源悟秘书，身随流水寄凡居。年来笔墨无尘色，吟得江山一片虚。

（蒋评：此慧根也。王评：不愧所言。）

子 规

何处啼鹃怨不休，叫低残月五更头。小斋应有思归客，书出伤心一段愁。

秋 望

秋山积翠碧云高，南望韩江路正遥。无数乱鸦翻日影，断蒲野水共萧萧。
（蒋评：晚唐。）

较 镜

五镜照来容各别，不知何镜得容真。若教面面同悬影，疑杀台前照镜人。
（王评：一气旋折。）

秋日送静山五兄

怕到秋来话别离，别离果是在秋时。那堪病里吟愁句，泪滴阳关柳一枝。

嘉平十五夜月

一年圆影今宵止，十二盈轮下月初。珍重诗人多赠句，流光最是易消除。

愁 雨

连宵愁雨助愁声，一滴心头万滴情。好景莫来愁里见，愁人最是不分明。

梦景素四姊

想像时能会梦中，相依还与旧时同。此身若得长为梦，也好浮生半不空。
（蒋评：慧绝痴绝。）

梦吹笛

残灯微焰映窗纱，罗幌风摇月半斜。梦里不知愁老大，犹将玉笛调梅花。

戏代巢霞弟寄内

归期准约过中秋，将近重阳未买舟。遥忆玉人心上事，朝朝凝望画楼头。

代弟妇答巢霞

红藕花开别玉郎，忽惊庭外桂枝香。金风若肯吹愁去，为报秋思绣带长。
（蒋评：愈婉愈庄。）

送周南窗表叔

杯酒支离君自宽，云山无数路漫漫。伤心莫听离群雁，明月芦花客梦寒。

新 柳

细柳新青二月初，晓风轻袅澹烟疏。一帘绿影无人卷，几叶春深翠半舒。
（王评：唐人隽句。）

早 梅

帘卷清华月似霜，疏枝斜对玉人妆。阳和初透春犹浅，先破寒梅一点香。
（蒋评：大雅。）

春晓闻雁

为怯春寒故起迟，归鸿忽过傍云枝。一声叫破愁人梦，疑是深秋夜半时。
（王评：又于对面着笔，作者善用此法。）

忆别乡里

余祖越人，业于燕时生余，后宦游粤海。余年九岁，别燕地出郡东关，见酒旗日影，不觉掩泣不止。今果十数年矣，未知何日返故土也。

忆昔乘车出郡东，酒旗风卷夕阳红。即今回首频挥泪，万里风尘一望中。

渔父词

其一

柳岸眠风守钓矶，轻云微雨湿蓑衣。半江烟月桃花浪，欸乃一声何处归。
（春）（王评：风致嫣然。）

其二

红霞一片映孤篷，浅水湾头收钓筒。卖罢鲈鱼归去晚，芙蕖香里醉吟风。
（夏）

其三

蟹舍鱼庄任去留，西风红叶不知愁。寒芦两岸花如雪，横笛闲吹夜月秋。
（秋）（王评：西涯后劲。）

其四

一江寒水浸霜天，不脱蓑衣带雪眠。日暮远村闻犬吠，挈壶买酒白云边。
（冬）

舟中赠松溪七弟

小小扁舟一叶篷，寒涛声里寄浮踪。轻身不畏风波险，且枕长流作卧龙。

乙亥秋送静山五兄旋粤

其一

旧岁西风惜雁群，今春才会又还分。年年秋思年年别，肠断江头日暮云。

其二

十幅风帆送客身，前途光景我能陈。泊时若近芦花岸，斜月哀鸿愁杀人。

（王评：结句哀艳。）

其三

离亭木落雁悲秋，把酒临风双泪流。明月孤舟清梦醒，几多离恨到心头。

窥采齐姊晓妆

其一

鬓涵秋水黛长插，对影评来若个娇。莫把玉人轻比似，前生端合是云翘。

（蒋评：风致好。）

其二

徘徊明镜漫凝神，个里伊谁解效颦。一树梨花一溪月，隔窗防有断魂人。

（王评：五代崇嘏诗"愿天速变作男儿"同此雅谑。）

夜泊琵琶亭

其一

往事消沉发浩叹，游人空自倚阑看。碧山依旧云来去，秋水谁怜夜月寒。

其二

瑟瑟西风楚岸秋，寒潮似泣古今愁。不须更吊青衫泪，江上芦花几白头。

（王评：此题若一沾滞便是呆相，看其超脱处，殊足压倒一切。蒋评：深人无浅语，信然。）

舟中晚眺

山色蒙蒙映客船，轻帆斜照落霞天。一双属玉飞来晚，拂破秋江碧浪烟。

春 莺

横枝密叶小身轻，觑得无人唤一声。何处梦回听正好，不防流韵入愁城。

（王评：善体物情。）

挽姚姬

姬，武林人，为南昌顾明府爱妾。归顾十余年，生一女曰来凤，生一男曰种麟。男未周，姬病故。顾君哀之，邀诸同寅题挽。与余有亲者命为之词。

其一

自古名花易陨香，不因修短恼人肠。多题恨句留青简，也好招魂到故乡。
（蒋评：解嘲语益加沉痛。）

其二

绣幌尘生掩素罗，残妆剩粉动悲歌。玉笺写到伤情处，亦欲临风唤奈何。

其三

来梦依稀去梦飞，锦帏空帐旧魂归。仙凡杳断成虚约，玉燕从他傍日飞。

其四

鸾影消沉翠钿空，断烟残照叫归鸿。云阶谁使来仙驭，灵药尝余到月中。

其五

我不关情亦动神，越罗犹带旧时熏。芳魂何处随风引，应化巫山一段云。

其六

袖掩啼痕暗恨生，避尘身许伴飞琼。如今故国招魂地，似有余香在月明。

其七

人隔重泉事渺茫，莫因情爱使神伤。彩云曾化来仪凤，好与君家继世香。

其八

红颜薄命古同怜，何必仙凡别后先。咫尺有家归未得，最多情处亦空然。

山　居

门对青山好处开，白云岚影共徘徊。草花绕砌飞蝴蝶，野鸟争虫下绿苔。
（蒋评：新句前人未有。）

戏赠采齐姊

碧池新浴玉无瑕，皎皎临风月也遮。若使素绡帏下映，一团白雪罩梨花。
（蒋评：绝妙香奁诗。王评：元微之有此风情。）

闻　笛

浩浩西风直恁狂，吹将笛韵入愁乡。如何一曲关山月，断尽悲秋远客肠。

梦

愁多思向梦中消，梦里愁魂亦正饶。万里青山一片月，杜鹃花下独吹箫。

忽　悟

镜花水月原难久，开谢圆明无定形。若使此中真可得，世间红紫不凋零。
（蒋评：具此慧光便登彼岸。）

暮春有感

莺啭空枝蝶梦残，月沉花谢动哀怜。争如天外闲云好，舒卷随风得自然。
（王评：太史公所谓秦云如美人。）

季春望夜怀浦云

月印瑶窗坐未眠，一帘花影似轻烟。去年今夜兰闺里，忆汝吟诗到水仙。

寄别表姑母史若兰

余与姑同居汇水数年，姑先别去凤城，相隔犹未远也。明年秋，余随祖父有羊城之役，书此相寄以志远别云。

其一

长恨行踪不自由，岂堪耽病对清秋。离情恰似长堤柳，一树烟丝万缕愁。

其二

一封书寄泪潸然，从此芳音雁字传。欲识旧时人意好，秋风吹梦到韩川。

其三

韩江路渺水空流，坝岸重云锁暮秋。别恨不堪灯下写，夜来魂梦倍添愁。

其四

汇城一别柳如烟，今日留题意黯然。十载风光浑似梦，未知佳会又何年。

寄表姑母史若兰

金凤乌丝玉叶笺，书成幽恨寄尊前。关山月色无边好，照到愁人便可怜。
（王评：实有此情究不可解，令飘泊道路者凄然欲绝。）

忆表姑母史若兰

芳音阻断玉人遥，梦接韩江水上潮。秋色正浓看不得，画帘寒雨故萧萧。

落花有感

阶前花落映帘栊，独对愁人分外红。自是伤心言不得，怜他无语怨东风。

重会秀三叔于汇川别墅，有怀浦阳旧事

昔年共作印江游，客路风尘又几秋。今日相逢言旧事，岂堪重上汇川楼。

（蒋评：含蓄。）

秋夜寄远

疏灯摇影夜光浮，小雨寒生落叶秋。漫展素笺书别恨，瓶花憔悴向人愁。

（蒋评：细腻。）

暮 春

小陌残红逐絮狂，杜鹃声里杂莺簧。可怜春色余多少，留得荼蘼一架香。

骆女邀游百花洲，余以病未赴，作诗柬之

其一

胜地佳人不易逢，无边清韵在其中。罗裙荷叶谁增碧，脸色芙蓉若个红。

（蒋评：飞卿好句。王评：从堤上女子芙容一诗翻出。）

其二

病躯未得伴游车，想像芳塘景亦赊。一镜绿云新带雨，却从天上衬红霞。

自 吟

楚水波平不卧云，非关微恙系闲身。芙容不改年年色，来岁花开亦见人。

（蒋评：一往情深。）

月夜寄采齐姊

畏拥罗衾独掩门，愁人那禁到黄昏。知心唯有窗前月，夜夜清光照泪痕。

寄巽洋伯父

生小原无富贵心，愿同山水永为邻。空成三十余年想，翻作红尘碌碌人。

（蒋评：有根器人大都如是。王评：未免同声一叹。）

女郎词

其一

荼蘼新种小窗前，不许邻娃漫折攀。却被晓莺轻啄损，怒拈花叶打双鬟。

（王评：数诗艳冶可爱。）

其二

绿带偏垂碧浪裙，红莲落处起香尘。春来不解愁如许，犹倚花台学笑人。

其三

阿姊新梳小髻弯,也来对镜学鸦盘。垂垂短发难随手,多把花簪着意攒。

其四

相呼同伴到帘帏,偷看新来客是谁。又恐被人先瞥见,却从纨扇隙中窥。
(蒋评:画出小女儿痴照之状。)

其五

争取篱边数瓣香,不防有客立回廊。幸同小妹牵衣出,推避游蜂入画堂。
(王评:颖妙。)

新春曲为表姊王若华作

其一

碧桃花映回廊里,画帘飞燕双斜羽。春风若作断肠思,柳条依旧黄金缕。
(王评:数诗竟是温飞卿。)

其二

晓莺啼梦惊花魄,红雨飘残难再得。愿将心事似莺花,年年春至还相识。
(蒋评:晚唐人得意之作。)

其三

芳草生池诗梦远,袜罗轻步春游懒。山光不妒画眉人,纤毫似觉灵思短。

其四

小阁重门春昼永,艳思空语谁能省。芳魂咫尺化行云,依稀顾惜梅花影。

其五

阶前新月微光吐,瑶笺写就衷肠句。愁将鸾影对窗窥,芳心只有娇莺妒。
(王评:求一能妒才者了不可得,况爱才耶?)

其六

回风婉转吹瑶草,昔时好梦年来少。春朝愁系石榴裙,带罗宽处腰围小。

其七

绿树娇莺声已彻,不防泪尽愁难绝。游蜂不解惜幽香,名园花放空如雪。

其八

翠怨红羞人意懒,伤心日共春潮满。闲裁玉翦斗金声,柔魂恐逐刀痕断。
(蒋评:不减长吉锦囊中物。)

其九

春芳妒我情何极,墙边柳带伤心碧。轻丝不系短长情,偏向闺人弄愁色。

其十

凤箫不是秦娃侣，清声咽断谁同语。梦去香消不自知，可怜憔悴人如许。

（蒋评：何处能消千古恨。）

残　梅

才发疏林便褪妆，冰姿空对月昏黄。东风只顾吹零雨，那惜枝头有暗香。

茉　莉

映阶轻素晚香飘，叶底枝头发玉苗。数点雪痕浮架上，绿云飞影傍琼瑶。

罗　敷

陌上青桑映翠裙，春花如面鬓如云。秦筝一曲明心事，莫误登台赵使君。

江上晚眺

江水悠悠江草黄，江头晚色共苍苍。沙洲尽处连山翠，千里浮云抱水光。

（王评：绝好画景，李营邱得意笔也。）

再别景素四姊

春来话别欲何由，心似寒泉不断流。记取碧纱窗下柳，翠烟千缕结长愁。

寄景素四姊

弱质多愁不奈愁，况经春尽暮江头。自从别后增憔悴，梦里相寻上小楼。

（王评：言不尽意，正极沉郁。）

画　竹

潇洒临轩笔墨香，不教风雨动新篁。素绡独寄清虚节，一拂凌云凤尾长。

水　仙

仙姿幽映镜波寒，素艳风摇玉一团。冷骨含香冰缕薄，夜深和露缀银盘。

家园桃花

别是清溪洞里人，绕林红映小桃春。东风莫乱吹花片，流水不通云外津。

（王评：托意幽深，君子以礼自防，固当如是。）

九日有怀表姑母史若兰

篱菊新开雁别乡，故人何处过重阳。料应也有思侬句，两地登临一断肠。

（蒋评：凄婉。）

送别蒋太夫人

其一

不尽珠玑逐日来，随风柳絮锦文回。肯将小草闲枝叶，写作幽兰对月开。

其二

多谢词人笔墨工，黄金点石慧能通。侬无莲性超凡骨，君有慈云大士风。

其三

相见无多便别离，秋风从此系长思。他年把笔题诗处，月地云阶念我师。

代松溪弟赠江南华君

其一

花开十丈藕如船（用句），品第曾闻太华莲。却被仙禽衔一瓣，落来尘世与人传。

其二

孤情最惜暗香枝，彩笔频题幼妇词。忽向东风怨零落，一林疏影化新诗。（君有悼梅诗九首最佳。）

其三

踪迹茫茫与世移，江湖载酒几多时。于今赢得青油幕，风度人方庾杲之（时将应某监司召）。（王评：阮亭风调。）

其四

聚会方欣讲论深，别来何日更相寻。半潭秋水涵明月，足见平生一片心。

《红鹤山庄诗钞》二集序

尝读李弄玉《哀愤》诗，怪其跋尾"玉无瑕，弁无首，荆山石，往往有"数语，是殆将以泯其姓氏乎？夫既泯其名氏矣，何事隐语为也？以是知人之有名，虽闺阁不欲泯，亦正不必泯耳。

玉亭少喜为诗，有家后善病，时其祖为大埔令，署后山多柏，每晨就饮露。病差，遂废吟，旧稿多焚散。迨偕夫氏寓豫章，以姻戚故谒先太孺人，仅搜集若干诗就正于余。余为惊异，付剞劂氏，于是吴楚之间莫不知有玉亭者。丁亥秋，予北上，玉亭亦之南粤，如云随风萍逐水，不可复聚。然有作则必寄余，益攻为词，前后共得若干首，余皆珍袭藏之。癸未，玉亭弃世，其姊采齐以挽章来报，痛好音之不再，恐美玉之终捐。爰汇为二编，更梓以行。嗟乎！有诗如玉亭，虽非闺阁，得无传乎！第当其焚散时，几不欲以笔墨留人间。讵意中年以后，劳苦之余，而所增又有如是者，是名之泯不泯，殆有数焉。

玉亭诗苍秀雄丽，人温文如士夫，先太孺人甚爱之。今予复来豫章，则先太孺人亦见背，追维曩事，涕泣长倾。采齐迁厝其枢于进贤门外，适近先茔地，因展扫，每绕道奠之。嗟乎！玉亭身没而名称焉，亦可以含笑于九原矣。

乾隆三十二年孟冬既望菊庄王金英书于豫章客邸。

·红鹤山庄诗钞二集·

丁丑孟夏采齐姊与余初别未数日见微雨初收余霞满地有感

萧萧微雨片帆中，满棹斜阳水上红。想得此时人两地，一襟别泪对东风。

别采齐姊后寄蒋太夫人

我本烟霞野窟人，偶将微句惹红尘。于今独寄西江上，南北情牵一病身。（王评[①]：含意无穷。）

画庐雁扇菊庄属题

沙石明霜月，秋风起雁群。含芦照湘水，一字映归云。

前题赠鱼亭居士

一纸秋光薄，烟凝沙水深。萧萧飞不去，呖呖动归心。（王评：一气流注仍复含蕴五言佳境。）

送菊庄居士北上即用留别原韵

其一

胜会难常聚，无逢岂有思。感君千种德，表我一番奇。不信成暌隔，胡为竟别离。向谁书此恨，最切是秋时。（王评：朴老是白香山。）

其二

我亦萍踪客，飘零每自怜。烟霞原有癖，富贵本无缘。柳色愁难绝，花光意更牵。悠悠心念处，风月夜行船。

---

① 胡慎容之作自本集后皆由菊庄居士王金英评阅。

其三

一派长江水，东西各自归。容颜寒暖异，乡国信音稀。芳草连天碧，啼鹃带月飞。回头一怅望，能使素心违。（王评：离愁忧思笔端缭绕。）

其四

从此天涯隔，凄凄不自禁。关河长绕梦，风雨起悲吟。别处殷勤寄，临时着意寻。折残江上柳，共是一沾襟。（王评：哀怨动人。）

题华君悼梅图

芳心何处最凄酸，准拟归来着意看。玉骨不当琼户冷，冰肌长卧暮烟寒。空随明月寻香迹，总引春风觉梦残。试把素绡传月魄，一枝疏影画来难。（王评：丰神淡荡。）

初秋夜

凉夜清如水，新寒满画楼。拂金云度月，敲玉竹吟秋。菊叶含乡意，荷花卷客愁。砧声休早动，霜已在人头。（王评：我欲擎杯唤奈何。）

立秋日梧桐一叶落

知秋惟此叶，先下最高枝。渐染黄金色，终含碧玉姿。因风悲物老，爱月脱柯迟。更有堪怜处，飘飘傍我时。（王评：风致楚楚。）

题墨菊扇寄菊庄

南国霜天未有梅，秋风独见菊花开。频将纨素传芳影，寂莫烟姿冷翠苔。

前题寄清容

素质清奇最傲霜，不将妖冶斗群芳。篱边月下常潇洒，占尽秋风第一香。（王评：足为菊花增色。）

江头红树

千林霜染照江秋，万叶争红夹客舟。不忍辞柯便飞去，变成颜色恋枝头。（王评：造语新趣。）

芦 雁

横江片影一声秋，楚岸湘波事事愁。同是水云乡里客，归心空怅荻花洲。（王评：意旨微茫。）

题卷头墨菊

传影西风里，题诗素卷头。冷烟吹不去，疏雨一枝秋。（王评：含毫邈然。）

题墨菊扇寄王丈毅堂

素蕊香英夜露寒，深秋托影上冰纨。霜姿莫作寻常比，翠叶浓堆玉一团。

舟中暮望

白云红树满江堤，碧水苍烟入望迷。无数客舟争棹急，一帆斜日乱鸦啼。
（王评：唐音。）

题南安旅社

西楚关河此地分，行人休唱鹧鸪群。明朝再叠南征曲，霜树红遮庾岭云。

舟过峡江和松溪韵

峡口出层碧，孤城落照间。一湾红叶路，四望白云山。雁影风中断，人
声江上还。悠悠行客意，无事不相关。（王评：雄浑逼真工部，诸名家不足
道也。）

舟中有感倒叠前韵

自分深闺客，何劳名利关。无心依世去，不意傍人还。三饮名滩水，重过
大庾山。却如秋社燕，渺渺道途间。（王评：落落大方，胜人处在不雕饰。）

过十八滩

十八滩头日半斜，一行征雁起平沙。西风冷冷穿云树，寒水萧萧溜雪花。
万叠青山堆翠髻，九秋霜叶抹红霞。此中足可开心境，何用乘槎到海涯。

舟中暮感

暮霭平林杪，长川水石清。微霞半山紫，纤月一钩明。远火依村社，归
鸦乱雁声。独怜江上客，犹自挂帆行。（王评：六语妙绝，此种句总于无意
中偶然得之。）

辛未暮春随亲有西江之游，题庾岭句云：断桥流水落花津。今已七载，复回粤中时，丁丑孟冬也，自九岁客游数省已二十年矣，终不能安居故里，是以感题

廿载浮踪一瞬间，寒泉依旧水潺潺。风尘容易催零落，乡国难凭再往还。

半岭梅花勾旅梦，数声牧笛咽空山。鹧鸪音里南征客，回首烟霞太等闲。
（王评：有不言神伤之妙。）

闻景素四姊回山阴，有感题寄，用何处青山是越州尾之

其一

悔向高枝别凤俦，江湖空泛似闲鸥。幽兰倚石仍纫佩，疏柳临塘几系愁。
横绝海云无雁到，飘残岁月为谁留。缄封不尽情中苦，何处青山是越州。

其二

燕去鸿归叹阻修，客心无物可忘忧。空耽笔墨邀新恨，牢种愁根到白头。
兰渚秋香重作念，鉴湖春水旧曾游。依稀记得南来路，何处青山是越州。

其三

瘴海谁知又自投，翻疑贫泊肯淹留。野云倦卧梅花岭，破镜愁窥明月楼。
海角一身飘若絮，天涯只影淡如秋。年来亦有还乡梦，何处青山是越州。
（王评：离情乡思写得情致淋漓。）

其四

常系山阴念未休，而今谁与泛轻舟。相思鱼雁书中字，珍重关河梦里愁。
镜水烟消渔唱晚，菱花香度晓风秋。五羊城外天连海，何处青山是越州。

梅

其一

林下雪深高士梦，岭头香满玉人诗。月明溪岸春风冷，若个能书第二枝。

其二

山村烟淡黄昏影，石径云横古树根。一段暗香飞去远，勾留明月到花魂。
（王评：一语百媚。）

再 题

瘦影横窗户，冰姿映镜台。心含春意发，枝带晓霜开。月逗幽人梦，香
浮隐士杯。一年最佳处，莫怨岁华催。

咏采齐姊窗下红梅

日向闺人晓镜中，畜心已欲放轻红。看他虽似桃花色，雅淡丰神自不同。

闻松溪弟窗下梅花盛开戏柬

梅影当窗月满轮，分明留意对诗人。花神若许须臾梦，水珮风裳要记真。

柬采齐姊

总是前因了不开，钟情深处渺无涯。相逢依旧成暌隔，悔趁西风破浪来。

偶 感

江海浮沉已数春，诗书有术不医贫。空闻多少怜才士，谁是长门买赋人。
（王评：感慨系之矣。）

仲春同采齐松溪登观音山

蒙蒙春雨带轻烟，黄鸟平飞绿草田。四望海云铺地远，一声人语在天边。
风翻红袖终粘色，花发奇香未了缘。景物不迷仙路近，洗心从此悟真禅。
（王评：咳唾生珠玉。）

答采齐索菊扇韵

瘦叶残枝写玉英，秋思深处未分明。齐纨不及诗人洁，恐辱鸾绡玉腕擎。

予爱好诗必长吟静处声韵凄然，每吟罢，如有所失，随口占以自述

避俗常关竹下门，独吟永夜句常温。最深情处无人见，一笛梅花落远村。
（王评：声情仿佛。）

画 菊

露白霜清雪貌团，秋深托影上冰纨。幽情染出青苍色，疑有香魂在笔端。
（王评：语妙至此。）

月 影

白月挂庭树，瑶光落绮窗。秋风吹不定，飞影过寒江。（王评：仙句。）

画芦雁扇

横扫西风满荻洲，水云浓淡一痕秋。不教声断衡阳浦，恐惹诗人雪上头。
（王评：芦雁墨菊诗极多，而每作必有佳句奇绝。）

写菊扇寄浦云表弟

一种灵苗玉作胎，竟随风雨落尘埃。霜姿不向篱边现，写上冰纨四季开。
（王评：鲜妍可摘。）

夏日雨后纳凉

其一

雨过花阴湿，凉生藕叶香。薄云铺远汉，明月满芳塘。草际虫声脆，邻家笛韵长。景中人摘句，挥洒起愁肠。（王评："脆"字好。）

其二

愁肠清且苦，云影聚还开。玉镜悬高树，金荷倚绛台。旧游难再得，新恨总无涯。幸有幽兰在，香滋碧石栽。（王评：深情无限，结句盖谓石兰姊。）

其三

芳草垂香露，浮云叠怪峰。诗吟神骨爽，花映月波红。梦短惊萤火，帘低透晚风。此时心一片，可与故人同。（王评：唐人得意处。）

其四

卧月披风露，身心等岫云。气涵阶砌草，目对斗牛文。斜影垂松髻，轻风飘素裙。放情一吟啸，深夜有清芬。

其五

何必长宵饮，无烦弦管歌。花深浓露气，人倦亦颜酡。夜静忘愁迹，身闲多睡魔。微吟风有韵，月下淡明河。

秋意柬松溪弟

其一

庭院薄梧阴，萧条秋意深。晓天鸣海雁，夜月响疏砧。竹瘦棱棱玉，蕉残片片金。苍凉原上草，尽是古人心。

其二

凉雨来清夜，新寒满客衣。砌花红已瘦，丛菊绿初肥。梁燕泥香减，庭槐叶翠稀。不知乡国信，秋至几人归。

管夫人与余联名未几随别诗以送之

其一

翠帘高卷画堂深，桂叶兰英次第吟。此日定缘他日会，他时还是此时心。筵前花放双明烛，月下光移一寸金。只恐行旌风影急，凭高一望一沾襟。

其二

乍见仪容认未真，忍将别梦寄江津。岭头香信谁先发，海上烟霞我独掔。锦缆无由牵桂棹，冰姿何意隔清尘。前途冷暖宜珍重，水远山高月一轮。

题菊扇寄管夫人

其一

寒枝不怯晓霜凋，香满疏篱韵更饶。曾见白衣来白日，却随青女发青条。清新质伴三秋老，冷淡愁堪一醉消。别有傲情幽艳里，飧英风味独君招。
（王评：有风水相遭之妙。）

其二

小径丛丛掩翠华，似疑仙子到山家。移将破竹窗前月，种作琼瑶台上花。淡影露滋金碎湿，芳英风折玉欹斜。题诗自愧非陶谢，愁写霜枝对素霞。

题梁观察夫人遗照

雅度高风何处寻，轻尘微隔海江深。无端鹤冷松阴梦，空负梅花爱月心。

戊寅九秋十有三日得梅花一株，自种小窗以为他日却愁之物，又可为销魂之感，从此香韵缠绵，疏枝披拂，似喜似悲，其中深味亦不能自解

罗衣轻薄见秋风，自植梅花小院东。好借月明横瘦影，莫招野蝶溷芳丛。闲窗从此生香韵，素魄何时会梦中。应备彩笺千百卷，春来写句入诗筒。

寄蒋太夫人

其一

千里缘先约，慈云念本深。秋潭波底月，从此悟初心。

其二

心在西江水，滔滔昼夜流，秋风归去路，一岭暮云愁。

其三

愁叠梅花国，心灰旧草堂。何年松子赤，共入白云乡。

其四

乡国迷人望，江鸿自去来。飘零灯下泪，尽在一缄开。（王评：情至语。）

所 愿

满架荼蘼覆小窗，满阶芳草侵罗袜。满几笔墨满床书，满院梧桐满枝月。

所 思

松风石上清如水，花露枝头香不已。白云去住最高峰，横笛一声烟雾里。
（王评：读此诗恍入蓬莱仙境，不觉肺腑一清。）

所　恨

回塘疏柳寒蝉咽，吟到秋风花事绝。酒醒好梦觉来时，月明飞尽梅花雪。
（王评：真属恨事。）

所　爱

青山何处峰峦冷，一段白云横半岭。飞泉直下古松根，夕阳穿树筛红影。
（王评：诗中有画。）

惜　春

风雨催时酒正醒，年来花态更关情。余红忍结香千片，浓绿空堆翠几茎。
絮逐愁莺依短梦，蝶消金粉恋残英。诗人尚有怜春意，尽付青山杜宇声。
（见采齐松溪惜春诗皆有杜宇二字。）

赋得有情杜宇恋春悲

莫怪愁鹃叫月迟，亦能惆怅恋芳时。也知春去难为别，故有啼红怨一枝。

上五层楼

其一

才到五层楼，高心便上头。春风知我意，花鸟莫增愁。

其二

曲槛盘空丽，炎州一大观。登临须有句，莫作等闲看。

其三

再踏重云上，风烟又出尘。回看山下路，微见往来人。

其四

身在层霄立，心空万象非。白云双惹袖，红日一沾衣。

其五

绝顶人烟杳，风涛塞耳声。鸟飞天上路，四极暮云平。

下五层楼

层层直下五层楼，海上烟波一望收。归去落花仍满地，春风遣得几多愁。

答采齐姊惠海棠

春前想到有秋枝，翠片勾红粉未施。我是野人浇植惯，短篱深土自扶持。
（王评：白香山。）

海 棠

花里神仙种，移将下界来。风多愁叶软，雨猛虑枝摧。微露滋红线，轻阳暖绛腮。栏前双蝶舞，莫认有香胎。（王评：海棠无香，如此用来便新。）

柬松溪七弟

窗外花香只梦知，晓莺归燕语迟迟。下帘不问春多少，恐惹新愁上柳枝。（王评：苦语。）

松溪弟以荔枝诗见寄作此转达

闲卧斋头未起时，忽传佳士有新诗。芳香满口真堪味，如坐霞林食荔枝。

附

广祁鲜荔枝诗

幸作南游客，关情荔子丹。彩笼仙鹤顶，香透水晶丸。霞树含光艳，珠林带露寒。摘来浑可爱，岂忍便开餐。（王评：工丽绝伦，如此方是知味，方非老饕。）

赠许素心

素心闽之才媛，早年孀居，为人高雅无脂粉气，随亲宦粤中，与予朝夕倡酬，真奇遇也。

明窗潇洒净微尘，肯许幽斋一卧云。衣带芬芳余翰墨，篇章灿烂若绫纹。床头横枕书千卷，灯下长吟夜几分。羡极爱深情转妒，自惭高雅不如君。

初 秋

其一

庭院暂萧条，微云掩碧霄。愁人悲镜影，暗月隐江潮。破梦风中笛，招题雨后蕉。客心零落久，乡恨恐难消。（王评：第四语声拔之至。）

其二

亦有关愁者，悲秋总不同。飘飘飞木叶，憔悴泣西风。荷老凋香翠，莲残坠粉红。罗衣知怯露，向晚薄寒冲。

其三

人立梧桐影，秋风先与知。高台鸣促织，大木见蹲鸱。诗卷真成癖，吟情竟近痴。病来浑不解，消瘦是何时。（王评：巧思妙义，出笔总不犹人。妙语解颐。）

秋　草

郊原无意倚秋光，子细花疏叶半黄。云影铺残连晓月，烟光迷断满斜阳。谢池梦杳愁难绝，南浦魂销心更伤。莫上越王台上望，天涯何处共茫茫。

寄怀菊庄

其一

旧事不堪道，秋风万木摧。病多疑少药，愁重怪轻杯。诗梦怜池草，归心望岭梅。雨窗空有寄（菊庄有雨窗见寄诗），锦字恨难裁。

其二

月下封行字，和光寄座前。关河明不减，晓夜影常传。万里澄秋水，千山锁翠烟。开缄知此日，朗照一般圆（此十五夜缄封时作）。（王评：四十字一气贯注，此天籁也。）

附

慎仪（采齐）同寄菊庄即用见寄韵

春满章城日正迟，片帆何事促分离。客中每美江淹笔，篷底犹吟杜甫诗。别后风光空过眼，年来愁思倍攒眉。何当远递凌云句，海国欣沾翰墨滋。（王评：曲□赴题，清空如话。亦是元白的派，可谓闺中连璧。）

寄怀蒋太夫人兼致清容

白云红叶乱清秋，锦字无音雁过楼。江水不分归海路，山光只解上眉愁。他乡旅客常萦梦，南浦登临念可休。回首旧游真未远，一天明月在心头。（王评：秀丽明媚。）

秋日病起

病后形多减，临秋每自欺。窥妆宜暗镜，解笑却题诗。草色斜阳外，花香夜月时。药炉须好护，霜气渐侵肌。（王评：宜暗镜妙。）

归猿洞

其一

闻说归猿洞，苍崖翠壁深。白云横古意，明月老禅心。断峡悲流水，烟萝想旧吟。至今清夜里，草木发余音。（王评：老气横秋，不意闺阁至此。）

其二

脱落尘中碍，超然又一天。月残知镜破，松老为根牵。化境何由息，真空已断缘。洞门云自掩，万壑锁苍烟。

偶 感

所作由人性，人情感物情。画梅心亦瘦，吟月字皆明。秋扇何曾弃，罗衣却自轻。大都天下理，尽是此中生。（王评：小中见大，仙机妙语。所谓意在象先，神行语外者也。）

达观和三弟坦衢舍人韵

人杰山灵数大儒，风流公子爱图书。繁华无路萦青眼，只合匡庐顶上居。

又和愁种韵

不尽人间汗漫游，山辉川媚望中收。灵根百结无穷处，便是诗家第一筹。

闻许素心窗前梅花盛开占此奉柬

回廊深雅现横枝，帘卷微风月上时。一片暗香浮远梦，十分丰韵濯冰姿。孤山雪满春初透，东阁诗成兴可知。莫使飞琼吹玉笛，有人惆怅不胜思。

夏日山居午兴

苔藓侵幽径，晴丝袅碧天。峰峰日正午，树树影都圆。风定蝉声急，天高云叶悬。山空无苦热，石上枕书眠。

疏影楼看梅归次答许素心

昨夜看梅似未真，幽香但觉暗缤纷。归来怅念浑如昨，半为梅花半为君。

有怀汇川秋柳

沙浦晴云一望秋，夕阳垂影下高楼。盈盈翠色凋霜夜，漠漠寒烟笼岸头。羌笛空惊游子梦，雁声终带玉关愁。风流已尽悲迟暮，十二年来念未休。（王评：意超象外，映带生情。）

季春望夜作

寒薄风微入夜分，似怜红紫半成尘。又防明月随春减，特度微云护玉轮。

清明哭印儿

其一

三年空幻人间住，一朝杳邈轻抛去。模糊不解在怀时，而今魂化眛何处。

其二

连云芳草天同碧，野鹊昏鸦亦如泣。小坟孤寂谁可怜，萧萧风雨荒烟碧。

其三

春残又值清明节，红紫纷纷飞不绝。教人肠断谁独知，杜鹃啼尽枝头血。

闻采齐斋头木芙蓉盛放与素心往来唱酬真韵事也偶成二绝见寄

其一

闻说芙蓉并蒂开，诗人双对更徘徊。不知好句联吟处，可想闲云傍岫来。

其二

新相知胜旧相知，也为新诗胜旧诗。不比桃源诸女伴，痴娇惟解画胭脂。（王评：正从肺腑中流出，方是才人本色语。）

自 咏

妾力不能耕，妾艺不能织。虽无耕织工，终岁无暇日。

秋 柳

翠脱黄消亦绊愁，谁将风雨碎枝头。一声寒雁隋堤晚，几树残阳瀰岸秋。笛里魂惊红粉泪，水边烟冷白蘋洲。余丝留得年年恨，笼络昏鸦映画楼。

闻 雁

海雁声高叫断云，晓风残月梦中闻。此时正有思乡恨，谁信离肠起自君。

春 感

春到人间又几时，片红低绕绿杨枝。玉楼香暖闺人梦，金管愁拈旅客诗。草色断肠人共碧，莺声流韵蝶先知。年光到处皆堪惜，好景东风莫乱吹。

暮春答许素心原韵

一年春事又纷纭，惆怅芳时为忆君。竹干已高门里节（素心一字竹轩），梨花空幻梦中云。知情不怪成疏懒，得意何妨历苦勤。日日对君犹恨少，那堪风雨念离群。（王评：涉笔成趣。）

叹 春

媚紫娇红总是空，一场春梦又将终。愁人依旧增惆怅，青帝何由恁晓风。杨柳池深烟漠漠，梨花院闭雨蒙蒙。年年枉起怜春意，谁问新枝发旧丛。（王评：晚唐人得意之笔。）

晴 山

晓色初开镜，晴山丽远空。露余松顶湿，日出海波红。叠叠青螺现，峨峨翠髻同。骚人须放眼，领会自无穷。

山居夜兴

猿啸千林静，乌啼一梦孤。人居翠微里，尘气已全无。（王评：灏气并包。）

病中思二亡亲泣笔

病里思亲切，重泉杳不闻。泣将花下泪，洒作岭头云。

病后自感

身似荒原草，枯根少露滋。又逢秋夜晚，摧败不成枝。

初 月

初月挂微云，清风拂衣冷。独对起愁思，垂帘飘素影。（王评：想见绿窗人静之况。）

小春与素心共宿疏影楼见早梅作

其一

小鬟低语又凌晨（用句），笑说寒梅已报春。枝上数花才着蕊，暗香便解动诗人。

其二

日高犹自压衾眠，梦到瑶台疏影边。亲与飞琼花下约，愿教岁岁似今年。

其三

琼姿不是等闲开，似爱轻云淡月来。为怯晓寒垂纸帐，十分珍重护瑶台。

初春约素心于疏影楼不遇

其一

有约相期竟未成，吟笺翻起助愁声。可知事事皆天定，不合天心独有情。

其二

深院春阴见小红，画栏归燕语东风。此时幽怨真何似，月落花残晓梦中。

读七弟荔枝诗忽感去年此时同联吟咏，今日人归燕地，予仍海角飘零，不觉哽咽成句

去岁兹晨兴味长，新词同谱荔枝香。春风一棹人千里，旧句重吟泪万行。

南国珠林人似火，燕山思客亦如狂。此时此景饶清梦，应到松溪旧草堂。（王评：好处只在情真。）

遇故居有感

香减妆楼已化尘，柴门松锁孰为邻。过墙柳絮还寻主，逐蝶莺雏不避人。裙色已输芳草碧，云光犹护月华新。阑干十二花飞尽，更有余红惹俗嗔。

挽闺秀陶韫素

十五盈盈掌上珍，便随烟化入埃尘。香消绣架余长线，月冷瑶阶认旧身。桂影书声秋院静，云容花貌画图新。伤心莫问兰闺事，海阔天长梦未真。

见梅有感呈采齐

独剪瑶华为寄君，一枝仍发旧时春。眼前零落愁如许，谁似梅花念故人。

送石泉公归闽

海雁带霜飞，天寒木叶稀。离心似初月，夜夜长清辉。（王评：不即不离，得诗家三昧，其一往清劲，直入古人堂奥。）

代外挽枫亭骆公

一顾人间八十秋，风风雨雨几经愁。画图曾见涂青鬓（公曾以少年小照见示），蓬岛于今话白头。梦里家山空有路，水中明月已无钩。果能化鹤来天上，谁验文章在玉楼。

月夜思疏影楼梅花柬素心

其一

疏影楼中梦觉时，一窗明月助清思。可知林下怜香客，此刻魂销白玉枝。

其二

一生癖爱是梅花，古淡丰神夺众华。雪里暗香何处好？卧云庄上月初斜。

待素心采齐不至戏柬

滚滚香尘未见来，愁人怀抱郁难开。仙妃不下凌波步，寂莫陈思空费才。

题渔洋山人秋柳图

流水飞鸦冷岸头，淡烟微雨绘清秋。已无青眼窥离恨，犹向西风挂别愁。（王评：脱尽寠白，当日一时名士未足颔颔。）

感 秋

怕听寒蝉噪夕阳，恐惊白发换新妆。须臾三十年间事，何事追思不断肠。

· 红鹤词 ·

渔家傲 · 山居

绕户青山围翠壁，一湾流水无穷迹。几间茅屋依松石，长年色，小桥横断云中碧。

闲把药苗和露摘，草花香印游人屐，好鸟唤雏声喷喷，清泉隔，四时飞雪连天白。（王评：绘影绘声，画家所不能到。旧作只此一阕，令人有不睹全豹之憾。）

满江红 · 赠菊庄居士

妾归冯氏，与菊庄中表女为娣姒，爰得以旧作相讨论，承赠以词依韵和之。

客里萧条，免不得、许多愁恨。闭柴扉、独倚寒窗，此心堪问。故纸偶然留手迹，名流愧与相亲近。倘门墙、许列占春风，原吾分。

暂退与，时流逊。终看作，中朝俊。睹满目，清光青莲丰韵。万卷诗书藏肺腑，十年湖海传声闻。欲联吟、还自愧凡才，难提论。（王评：笔气清矫，绝无脂粉，固当自树一帜。刻画无盐不足，当此菑白。）

满江红 · 菊庄见示新稿且投以词依韵即题卷后

卅载沉湮，争奈此、风云之困（王评：起笔陡峭）。蕴藉处、玉润冰清，庸愚安认？江上人行离恨满（集中有送蒋舍人诗），窗间吟就孤灯烬。念浮生、何幸遇多才，无骄客。

一字字，输他隽。一首首，消人恨（王评：转笔圆健）。最堪怜，就里思亲愁闷（集中哭太翁诗甚切）。客地浑如萍梗合，故乡本与仙源近。谢珠玑、不尽意缠绵，深垂问。

满江红 · 寄蒋太夫人

若道无缘，该与得、兰舟风便。阻秋江、几首新诗，高情难换。想像慈颜真未远，依稀雁影还相伴。甚春光、舞弄锦成团，无人见。

那烟柳，空如线。这花雨，才飞片。论鹤氅、云乡十分心念。自恨生成寒素质，不能长侍雕文案。整鸾笺、特寄短长吟，如人面。（王评：笔歌墨舞。）

附

慎仪意难忘·送蒋太夫人北上

驿柳初黄向江亭，轻折惜别情伤，梦随流水远，魂逐雁南翔。总难禁，恨偏长。无计倍苍茫。一段愁肠谁得释，帆映斜阳。

文名见说无双，愧倚松日少，未列门墙。密意人难去，蒹葭念讵忘，空回音暗彷徨。不曾有何妨？关心者，半林残叶，暮色秋光。（王评：采齐与卧云才亦伯仲，存此以见一斑。）

踏莎行·拙稿刻成有感题奉菊庄

数载吟魂，半生愁旨。尘湮久已抛残纸。无心着笔写云烟，岂期悬向槐阴市（闻坊间印以售）。

厚意难忘，怜才谁似。蕙兰弱质栽培起。文章深处有灵根，前因未了今如此。（王评：卧云少耽笔墨，及于归后废吟已久。予索其稿，仅得什一，天地生才之心自不容泯。予何力哉？采齐诗亦云"秋士爱才名，不假青娥感。德意难陈愧，愧声情无限"。）

又

多谢诗人，深蒙才士。不憎戚末堪因倚。吴头楚尾一相逢，白云红鹤传千里。

南浦悲吟，西窗闲技。居然尽附秋香里。寸心从此莫言愁，人间已有人知己。

洞庭春·再送菊庄

柳带空长，萦恨不绾，离人方寸。一路水云芳草溷，蓦见斜阳衬。

谁比词章，丰韵伴客，天涯驰奔。两岸青山满村烟，树心头愁闷。（王评：如画。）

凤栖梧·寄采齐大姊

罗袂香微风暗度，佳节重逢，越自生愁绪。镜影懒窥消几许，一枝愁压榴花雨。

岁月催人容易故，不是无情，故惹相思句。往事徒悲肠断处，双双燕子来还去。（王评：苦心苦调，读之感人。）

又

节物般般都似故，绣户书窗，少个人同住。纵使琼浆浓若露，千杯难敌愁如许。

笑指芙蓉曾誓语，永结联芳，不使相离去。对影自怜终不悟，秋风依旧凋残素。（王评：情真意真，有大气盘旋其中。）

又

别泪临风吹不去，梦绕天涯，那得留人住。花影重重无觅处，夕阳红透伤心树。（王评：声中有泪。）

流水远通芳草路，一点痴情，牵惹愁无数。杨柳青青朝复暮，翠烟空罩黄莺语。（王评：蒋清容母太夫人题红鹤诗后云"不应生作有情人，煞是至言"。）

又

江上风威催客路，半幅云帆，载得愁何处？蜀魄声中将我误，不唤人归唤人去。

粤海茫茫须自护，莫把闲情，抛掷凌云赋。惆怅远山空日暮，归鸦飞过烟村树。（王评：不如归去，常语也，二字拆开，慧绝。）

金菊对芙蓉·和菊庄夏晚喜雨原韵

雨洗炎光，风消暑气，阶檐滴滴如金。正晚庭闲立，碎踏花阴。自知愁病浓于酒，把荷杯、兀自慵斟。微云隐月，飞萤绕户，爽透身心。

晚来怯露披襟。念兰英远秀，香迹谁寻。愧尘寰碌碌，转废长吟。韶华屈指秋期近，送新凉、竹影窗深。晓鬟梳罢，云笺飞到，击玉声音。（王评：字字锤炼而出。）

附

胡广祁同作

宝鸭香消，昼长人静，日光灿烂如金。向庭轩寄兴，乍转桐阴。忽然骤雨狂风起，坐书斋、绿酒频斟。闭门高卧，松涛谡谡，伴我闲心。

倚阑凉透衣襟。偶思量往事，翘首追寻。喜新词接读，颇慰孤吟。瑶笺一串珠圆洁，韵悠扬、字字情深。流莺百啭，柳阴浓处，恰恰娇音。（王评：松溪为玉亭幼弟，其才清敏可喜，为之不已又何可量？）

和菊庄再叠前韵柬予及松溪之作

好句重裁，凌晨见寄，如云漏月筛金。念愁思易续，空怅分阴。新凉乍透风初起，惜时光、有酒权斟。一溪松竹，半窗花影，事事惊心。

雨痕微洗尘襟。羡黄华秋士，雅淡难寻。写长笺索和，韵韵堪吟。浮踪我亦飘零久，莫将愁、感得人深。且看帘外，鸣蝉飞燕，别有清音。（王评：善于宽解。）

三叠前韵呈菊庄

两首新词，一堆乱石，烦君点化成金。看山间云影，溪上松阴。清风有韵皆奇调，苦无才、字字劳斟。碧荷凉露，红莲微雨，欲洗尘心。（王评：伤心语。）

天公换一胸襟。好长篇短幅，今古闲寻。见珠圆玉润，坐咏行吟。穷愁江海皆描尽，对词人、意远情深。佳章叠叠，封题种种，累倒知音。（王评：游戏趣甚。）

和菊庄积雨不晴四叠前韵

天已晴明，晚庭斜照，回廊绿树笼金。倩文人墨汁，洒作云阴。雨余莫恨多泥泞，庆丰年、酒再重斟。遥看天际，龙光电影，变化无心。（王评：新词丽句叠出不穷，求之吾辈中亦自难得，安得不令人叫绝？）

晓来风逼青衿，似黄花时候，霜径幽寻。接芳香美句，再四披吟。文章千古君家事，愧红妆、共赏精深。料君此际，倚阑无语，怅忆佳音。

月夜有怀采齐姊五叠前韵

月透湘帘，清光满户，溶溶池水浮金。爱几丛兰菊，满苑轻阴。明河夜静横银练，剪荷筒、玉液谁斟？虫鸣远砌，竹摇幽径，微动秋心。

拈花露滴衣襟，忆伊人别后，何日相寻。在风前月下，也怨孤吟。鸾笺同写冰蟾影，望天涯、路渺山深。章江庾岭，今宵共照，两地芳音。（王评：一气旋折顿挫精力到底不懈。）

霜天晓角·初秋柳

秋风秋色。柳线盈千尺。不管客愁深浅，苍烟外、犹含碧。

残翠。空留陌。影逗寒蝉急。如此绊魂枝叶，何苦向、人间积。

临江仙·题金柳渔居士垂钓图

坐对清江千里碧，飘飘独泛吟篷。蓼花香惹钓丝红。夕阳明远岸，烟柳挂轻风。

自是高怀多洒落，扁舟常载诗筒。一竿一笠画图中。玉壶天地阔，醉月笑群鸿。

临江仙·题金啸钱居士鸥鹭忘机图

松竹森森多古秀，烟波深处凝眸。兼葭碧石一江秋。静观霞色好，不与世同俦。

两两沙禽相对语，冰壶金鉴常留。半天水影照心头。飘飘神韵里，疑是泛轻舟。

双调望江南·剪并蒂兰寄采齐姊

纤月影，清夜有微光。小苑幽兰新借色，一茎双秀吐奇香。并蒂结联芳。（王评：如食哀梨口齿俱爽。）

留此意，常在玉人傍。金剪断痕和露湿，石屏闲倚沁心凉。珍重珮罗裳。（王评：大姊一字石兰，故云。）

昭君怨·秋江晚眺

远岸几痕沙草。远道行人影小。林外月钩悬。隐村烟。

江上归鸿声乱。点破残阳一片。水气暗芦花。暮云斜。（王评：如画。）

秋蕊香·仲春闻杜鹃

一院春光依旧。暗惜玉梅香瘦。轻丝正恨春杨柳。长短惹人怀袖。

东风不管愁时候。韶华漏。杜鹃声在花间逗。悔别山明水秀。

又

隔树穿林声骤。字字逼人清瘦。芳春未是归时候。苦把红颜啼厚。

最难改处天生就。频回首。一团锦绣成孤陋。心与愁魂消受。

菩萨蛮·病后自嘲

人言我瘦形同鹤，朝朝览镜浑难觉。但见指尖长，罗衣褪粉香。

若能吟有异，不管腰身细。清减肯如梅，凋零亦是魁。（王评：自伤自负，齐到笔端。）

菩萨蛮·种紫薇花

红丝颤影轻纱绉，绿条微界胭脂瘦。带雨种窗前，和泥染翠烟。（王评：细腻熨帖。）

叮咛梁上燕，莫乱团成片。透月最玲珑，徘徊弄晚风。

浣溪沙·松溪弟买茉莉见赠兼索词以答

何处薰风透晚香，小桥深院有微凉。门前争唤卖花郎。

一串碎琼雕玉珮，数球瑶粉纫珠珰。翠鬟松髻夜来妆。

又

手把瑶华未赠时，先呼纸笔索题诗。清心深处在琼枝。

嫩玉有香娇翠鬓，新霜生艳映乌丝。芳魂和梦觉来迟。

晓起见残香委枕复寄一阕

晓起犹闻茉莉花，枕函香印玉钗斜。晨光窗外有余霞。

娇蕊半黄非色染，芳心含素委红纱。一翻惆怅懒堆鸦。

春宵雨（松溪自度曲）·和松溪弟闻雨原韵

孤窗夜雨，滴碎心如许。薄袂十分凉。梦断回风寸寸肠。

年光易去，碌碌尘埃谁肯住。我亦为时伤。检点身无一事长。

踏莎行·松溪七弟将欲入都以素笺索书作此以志远别

行色休惊，客心须悟。途中莫忆题诗处。回头一望一消魂，白云芳草青山树。（王评：情深之人，说来便欲涕下。）

断岸斜阳，孤村烟雾。伤心又共谁同语。一帆明月一鞭风，迢迢总是愁来路。

离别难·前题

远行人比天涯路。今日离情，又在天涯尽处。有约住溪山，松叶长青云自还。

眼前惆怅真难遣。只恐双丸，不似人心流转。无计挽兰舟，细草春烟一片愁。

苏幕遮·寄蒋太夫人

竹风凉，桐影碎，楼角残霞，一缕红窥水。手把纤毫还着意，写得离愁，字字愁相似。

远山青，秋草细。望眼难遮，叠叠穿空翠。旧句新章吟两地，天上人间，何处将心寄。（王评：吐属之妙，别有慧心。）

浪淘沙·寄清容

午院绿阴浓，蝉噪梧桐。此时把笔正缄封。笺短意长书不尽，依旧匆匆。（土评：本色语白佳。）

江月自朦胧，沙上秋鸿，翱翔已起日边风。好句不辞千里寄，刻玉玲珑。

又

愁病日如年，只合闲眠。吟残花月又徒然。满目青山空自好，亦有啼鹃。

愁写此来笺，无句联篇，何时留计买归船。天水茫茫都是梦，芳草如烟。

前调·寄菊庄

不忆又南征，消息空惊。论文旧事已全更。一岭梅花香有韵，零落春英。

愁听鹧鸪声，海月波明，风传雁信到羊城。满笺离怀珠碎进，丽玉飞琼。

又

窗外雨初收，云影悠悠。夕阳红抹最高楼。多少山川萦别恨，惯系人愁。

何日是燕游，天可为筹，萍踪到底任飘浮。长记西江心未远，尺素难修。

沙豆雨·秋思

衰柳残梧，秋风吹起愁千结。不胜凄切，那更寒蝉咽。

荒草斜晖，无不萦心穴。伤离别，萧条难说，偏感天涯客。（王评：秋士能悲，何堪闻此。）

跋

此吾从祖母胡太孺人所著诗集也。孺人少长习勤，能工组织，天机敏悟，雅好诗书，穷篆籀之奇文，追风雅之正韵。谢庭高咏，芳词偕兰雪同清；鸿案联吟，秀句与树风并馥。不巾栉藻思第一，少须眉才调无双。江乡挽鹿，索胜迹于西山南浦之间；粤峤骖鸾，记风土于蜒雨蛮烟之地。无奇不赏，有境必探。千行锦字，不夸织女之襄；万颗明珠，半是鲛人之泪。盖自外曾祖（讳审言）先生道重山阴，拟长城于五字，宦游广晋，流著作以千言。孺人幼承庭训，所得已深，更兼姊弟倡酬（姊石兰，弟松溪），长此吟风咏月，晨昏研悦，无非锦轴牙签。是知学有源渊，不仅才思超迈已也。嗟乎！才长运短，早回天上之骖；剩简残编，尚拜先人之泽。叹吾生之已晚，请业无由；怅镂板之飘零，访求莫得。心驰燕北，知季父之系念尤深（谓西园陶斋雨叔）；艳寄江南，向亲朋而搜求殆遍。乃有菊庄王太姻丈，南邦名宿，海内宗工，幸瞻拜之有缘，知收藏之无恙。爰征副墨，助我装池，俾奉遗言，永垂先范，时则著雍敦牂且月之下浣也。

　　侄孙澍谨跋。

（清）胡慎容撰《红鹤山庄诗钞》，清嘉庆三年（1798）刻本

【唱和及寄赠】①

酬胡卧云姊见赠元韵

许　琛

　　年来无梦到尘氛，只有情牵向卧云。杨柳风微春试茗，梧桐月冷夜论文。莫言回首东西别，且喜连床上下分。拥卷每嗟知己少，半生深慰得逢君。

家大人携眷凤署，行期在迩，采齐、卧云来寓话别，率成二律奉赠，并述愁怀

许　琛

其一

　　绿尊飞琼两女仙，谪来尘世几多年。绛唇唾出珠玑字，银管挥成锦绣篇。志乐林泉期后日，义坚金石了前缘。只应为我高堂去，懒向青云峰上眠。（齐、云二姐尝约他日结茅于林壑，余感而愧谢，故并及之。）

其二

　　空闺长下读书帷，自捧新诗喜溢眉。颠倒神魂形梦寐，缠绵情绪笑痴迷。依依似悟前因在，恋恋唯惊后会迟。未别先吟离别句，人间最苦是相思。

怀卧云六姊

许　琛

　　自从分手后，到处不相宜。尔我同多病，何堪远别离。强笑聊开口，关心又蹙眉。欲离烦恼念，应是省相思。宁不思乡井，身归心未归。几回残梦觉，犹认故人依。君爱吾才好，君才十倍高。一言能醉我，几度饮醇醪。执笔诗千首，清淡酒一尊。相邀日来往，不许掩柴门。我到君庄上，君过疏影楼。牵衣频怅怅，已去更回头。尚离无多地，相依不等闲。况兹千里路，重

----

① 另有胡慎仪作《客途新柳》（见本书第17页）、《寿王太夫人》（见本书第18页）、《同寄菊庄即用见寄韵》（见本书第18页），共三首。

叠隔河山。偶尔萍踪合，东床称我心。怜余有快婿，摩顶解能吟。两地遥相忆，两心各自知。欲书书不尽，琐语碎如丝。别后何为慰，平安一纸书。从今无别嘱，珍重觅鳞鱼。

哭挽卧云姊

许 琛

其一

急离烦恼病愁身，骑鹤无端到玉真。最痛向平事未了，速归蓬岛悟前因。当年曾约林泉趣，今日谁将笔砚亲。天上人间齐一恸，茕茕惭愧堕红尘。

其二

记订余生再会期，谁知一别永分离。可怜昔日敦兰谱，不料今朝哭路岐。半抹彩云原易散，五更玉露不多时。音容何处难寻觅，捧读遗篇总泪垂。

其三

彼苍何不念孤寒，知己闺中文字难。把笔每惭才思短，见君便觉病怀宽。珠江曾溢千行泪，闽海今添九曲澜。红鹤山庄诗一卷，临风雏诵竟忘餐。

其四

去年分袂返乡关，二老承欢略解颜。曾道应须归天上，果然不久在人间（老父曾云姊应归碧落，不能久在人间）。梅花零落谁怜惜，兰叶扶疏独往还。肠断临终遗一语，风清月白到三山。

（清）许琛撰《疏影楼稿》，清抄本

浙中喜晤胡慎容姊即次见赠原韵

王贞仪

京华一别思方切，浙水相逢意倍殷。似尔才真诗博士，大堪名署女参军。看花回忆三更月，织锦新成五色云。不易美人欣见止，论心莫漫感离群。

答胡慎容夫人

王贞仪

前岁仲秋奉别，带病以行，舟中沈闷时，每诵夫人送行之作，情辞真挚，格律暇整，较今日之调弄脂粉者，何啻霄壤，令人佩服。归来日月易迈，寒暑三周，知夫人近所习于诗学，当有倍进于曩昔者。然又恐以仪既别，复弃置不事，念切之私，反不能已。上年接读手书，得悉平祉，慰甚。并读近稿一帙，谬委删汰，细品诸作，更倍从前，始知虽索居而犹讨论于诗道不辍也。昨月更接令妹夫人札，彼即作简奉答过，但令妹夫人似甚讶仪久不相问讯，则不知仪近来之况耳。仪自昨冬将欲随家父游旧里，拟买棹一过令妹宅，少图良晤，不意疾复作，偃寒床第者几半载，今始勿药。此久疏讯问之故也。彼来书中又有论仪之诗"太劲洁，不免失闺阁本来面目"并"有意求工"等语，似令妹夫人犹未深知仪之诗之所以为诗者。窃仪自九龄，先祖母教以诗学，祖母既逝，迄今十有余年，固非有良师为之指训，初若瞽者之问途，伥伥乎不知四径也。稍长，又分心于女红中馈事，唯暇日或读或作，欣然有得，无日夕焉，无寒暑焉，无寝食焉，专志于其道，不少自惰。及东出山海，西游临潼，而复历吴楚燕越之地，经行不下数万里。而山水风景胜概之助，又足以扩达其胸境，故性情既加之疏瀹，而并不自知诗之何以近乎"劲洁"，又何暇计工拙为哉？至"失闺阁本来面目"，此又仪避之出于有心者。盖诗道关乎风教，三百篇中美者、刺者、幽者、达者、好色者、致哀者、敬而贞者、靡而淫者、一唯人心之近，而出乎不容已。或可惩创，或可感发，心异者而声亦异焉。无非皆本来面目，而实无一存本来面目者也。魏晋而下，视为缘情之作，专事绮艳陋僿，一出于儿女之私，大远乎不淫不乱之遗。至唐以来，诗称极盛，然自数十家而外，工于赋景者多，深于言志者卒少。迄乎时下，言诗者更多漫无所志，唯专用攻苦之心于酬酢往来中。或有吾辈巾帼能工翰墨者，又喜斗竞于香奁浮艳，求其有先辈识见，涤尽柔媚之态，而相题成章，则百难获一，又何足尚论于魏晋以前之旨乎？噫，有赋而无比，有颂而失风雅，四始六义阙如矣。仪方深以为病，正自愧不能尽去闺阁之面目，而不意令妹夫人之教余者，反在是也。此则尚祈夫人转达令妹，急留意古歌诗中，细为讲论，思索其法律格调，俾他日树闺中之帜，有其原委，使世知脂粉中正不乏诗人，仪有厚望焉。外尊稿有不合处，擅敢评削一二。其《闺怨》六首并可不存，故代删之。谅能割爱，肃此藉覆不次。

寄题山阴女史胡慎容红鹤山庄集后

王贞仪

　　名闺才女多少年，绮青媲白能齐肩。香奁解咏即鄙世，推敲妙绪思涌泉。气粗语大尚编集，背后倾毁当面怜。不道真才近来少，乌丝玉板原赝镌。锦囊好句刀可捉，半出剿袭归陈编。一经巨识遂称播，闺中名姓皆相宣。慎容女士我素友，三生契结文章缘。胸怀冰雪有夙慧，搜罗子史称腹便。才情自掩守隐德，阿谁珍赏留丹铅。平生雅负丈夫志，老年随宦游回延。名山大川任历览，俯仰但与诗周旋。归来笥中日以富，长歌短咏遗新篇。纵横排奡有奇气，由情率性何缠绵。晴霞散绮濯鲜艳，怒马蹴阵枉奔逬。笔花灿发不暇饰，蛾眉淡扫翻增妍。触目辄归剪裁丽，拾来好景成当前。手钞百纸读百遍，令人齿颊俱馨然。始知实学岂能假，含珠韫玉终当传。吁嗟乎！如君才德两足服，纷纷满眼何称焉。

（清）王贞仪撰《德风亭初集》，民国五年（1916）蒋氏慎修书屋校印本

【辑评】

恽珠《国朝闺秀正始集》（卷十）：胡慎容，字玉亭，号卧云，慎仪妹。诸生冯烜室。① 著有《红鹤山庄诗钞》。

徐乃昌《闺秀词钞》（卷五）：慎容字观止，号卧云。又号玉亭，山阴人。天游妹，慎仪从妹。会稽冯坦室，有《红鹤山庄集》。

《两浙輶轩录》蒋士铨红鹤山庄诗序略曰：夫人本山阴产，随其祖迁直隶，遂为大兴人。早孤，负夙慧，方六七岁即能信口为韵语。稍长，伯父实言先生授以书，一过成诵，乃自购经传古文读之。既而复取宋人诗涵泳之，心有所得。于时祖官于粤，遂以夫人缔姻冯氏，旧亦山阴人官粤者也。夫人从两家宦游，历览名山大川，俯仰凭吊，所作遂多随手散佚。时而风雨一灯，拥残书数十卷，刻苦如书生，每对江山清远，依依系恋，低回不能去。

《冷香山馆诗词集》调《满江红·题山阴女史胡卧云红鹤山庄诗后》云：仆本恨人，争禁得、愁人言恨。三十载、谪堕红埃，青天难问。顾影自怜情黯淡，知名不觉心亲近。叹人生、离合亦寻常，皆由分。　真不与，前人逊。岂特是，今时俊。看一编，珠玉一分丰韵。联璧况生佳姊妹，高才忍使埋声闻。拟他年、淑媛补新编，千秋论。原注云：集中秋柳诗有"也是人间一恨苗"之句。

《随园诗话》蒋苕生序玉亭女史之诗曰："离象文明而备位乎内，女子之有文章，盖自天定之。玉亭嫁冯氏，所天非解此者，遂一切焚弃之。然其韵语已流播人间，有《红鹤山庄诗》行世。其女兄采齐、仲景亦皆能诗，俱不得志，玉亭郁郁，未四旬没矣。苕生尝诵《菩萨蛮》一词云云。"可想见其概矣。

《越风》红鹤与同怀姊慎淑字景素，堂姊慎仪字采齐，俱负隽才。称胡

---

① 胡慎容夫名冯烜，《鬼亭诗话》《闺秀词钞》载为冯坦。

氏三才女。红鹤夫亡后以贫困，姊采齐游岭南，郁郁死，无子，有一女即思慧。

《凫亭诗话》予当戊寅、己卯在岭南，曾见红鹤，年仅四十，并晤其夫冯坦，年小于胡，是时思慧十二龄。今观《越风》所载，谓夫亡后始同姊游岭南，误矣。予女蕴素聪颖，早亡，心甚痛之，有秋灯夜读遗照一幅。尝携行笈中，海内名流题咏颇多，红鹤亦有句云：十五盈盈掌上珍，便教烟化入埃尘。香消绣絮余残线，月冷瑶阶认旧身。秋院无声缃帙掩，银缸有影玉钗新。分明萼绿云英侣，忍话神仙谪后因。

陈芸《小黛轩论诗诗》（卷上）：红鹤山庄胡玉亭，石兰有姊却伶仃。岭南道上风兼雨，纱缦孤灯独授经。胡慎容字玉亭，又字玉容，号卧云，大兴人，归冯坦，著《红鹤山庄诗钞》。

雷瑨、雷瑊《闺秀词话》（卷一）：蒋苕生太史序玉亭女史之诗曰：离象文明而备位乎中，女子之有文章，盖自天定之。玉亭名慎容，姓胡，山阴人。嫁冯氏，所天非解此者，遂一旦焚弃之，然其韵语已流播人间，有《红鹤山庄诗》行世。袁子才先生尝问苕生玉亭貌可称其才否，苕生乃诵其《菩萨蛮》一阕，云："人言我瘦形同鹤，朝朝揽镜浑难觉。但见指尖长，罗衣褪粉香。　若能吟有异，不管腰身细。清减肯如梅，凋零亦是魁。"可想见风调使人之意也消。

红鹤山庄诗乃王菊庄孝廉为之刊行，玉亭作词谢云：多谢诗人，深蒙才士。不憎戚末堪因倚。吴头楚尾一相逢，白云红鹤传千里。　南浦悲吟，西窗闲技。居然卷附秋香里。寸心从此莫言愁，人间已有人知己。

沈善宝《名媛诗话》（卷四）：山阴胡玉亭慎容，别号卧云子。诸生冯坦室。有《红鹤山庄诗钞》。超旷凌空，五言如《云海》云："霞气昏潮影，风声壮海澜。出峡云雁影，风中断人声。"《水上还病中》云："扶行惊地软，倚卧觉头空。"《归猿洞》云："白云横古意，明月老禅心。"七言如《题望江楼》云："芦叶卷风声似雨，浪花翻雪色如烟。"《瀑布》云："翠峦珠溅银河动，苍壁云喷雪浪浮。"《答许素心》云："竹干已高门里节（原注素心一字竹轩），梨花空幻梦中云。"《送蒋太夫人》云："侬无莲性超凡骨，君有慈云大士风。"

胡文楷《历代妇女著作考》：《红鹤山庄诗钞》二卷，（清）胡慎容撰，撷芳集著录（见）。

慎容字玉亭，号卧云，又号红余，直隶大兴人，采齐之妹，会稽冯坦妻。简静娴雅，精工篆隶；丝绣剪彩，黏贴花卉，临摹法帖，莫不臻妙。乾隆二十一年丙子（1756）写刻本。卷首题铅山蒋士铨苕生、江宁王金英澹人评点。评语在书眉。前有蒋士铨王金英序，后有王槐植跋。

冯思慧

冯思慧（1748—1774），字睿之，清代顺天大兴（今北京大兴）人，侍郎刘秉恬室，诰封一品夫人。为女史胡慎容女，幼继与姨母慎仪，故其名有冯思慧、骆思慧二说。著有《绣余吟》，有刘秉恬序。《山西通志》《国朝闺秀正始续集》《名媛诗话》《撷芳集》著录。

【整集收录】

序

诗之为义，上原风雅，不独文人学士流连景物，陶写性灵，即闺阁名媛亦往往按节循声，抒思逸响，故不必尽有卷轴之辅、江山之助而迨其为之。既久，好之笃而资之深，其博综典要，旷览方舆，虽文人学士，莫或过焉。是盖以自适者瀹其天和，非复强而赴之，遂能猝有所获也。余亡室冯夫人，少随其先人宦粤东，遂家岭表，母胡太君，博学工诗，旧有《红鹤山庄》之刻。夫人自其六七岁时即解音韵，太君授以经，兼及史事。夫人朝夕手一编，吟咏弗辍。年十九归余，归八载，以甲午夏卒于京。余时于役驻蜀西徼外，家问不以闻。嗣戎事凯旋，还成都，适司马徐芷堂以秋海棠唱和，征诗海内，卷中闺媛十六人，夫人遗稿四首与焉。余既为之引其端，惟念夫人生平日不废吟，箧中所藏甚富，久思点订向所存本，以公事忽忽，且十年未暇，及今夏儿子宝筏钞录全集，请定正，为删其半，将付剞劂。因思古昔名媛不乏人，迹其所传诗皆发乎情、止乎礼义。然则今兹之有是刻也，非敢谓夫人之诗希宗风雅，第披诵之余，其澄思逸致，即方之文人学士，卷帙中实有不可磨灭者，凡以夫人承母训，具凤因，卷轴辅其性灵，而五岭风烟，三江胜概，往来于扁舟帆影间，故有渺然于尘俗之外者矣。惜乎天之不永其年，则又以才夺之也。阅竟为之泫然。

乾隆甲辰仲秋之月竹轩刘秉恬书于滇南使署。

· 《绣余吟》卷一 ·

五言律诗

古 砚

传来何代砚，邺瓦竞称坚。采发红丝秀，光含金线妍。醉娇谁捧侍，郑重想磨穿。快志从挥洒，云霞出素笺。

晚 霞

暝色沉山后，余霞散碧天。素辉明远浦，文绮耀前川。笼树惊归鸟，穿林映暮蝉。红绡浮瑞彩，一缕曳晴烟。

初 夏

转眼逢初夏，闲闲岁月过。庭前飘败絮，池畔发新荷。乳燕翻红日，游鱼戏渌波。风来帘幕静，门外落花多。

荷

芙蕖争放好，十里散芬芳。惊雨翻新艳，摇风荡远香。轻盈夸国色，绰约妒宫妆。一叶花丛去，歌声送夕阳。

新 月

窗外一痕月，纤纤如玉钩。微云风澹扫，皓魄冷含秋。色贲千山白，光涵万象幽。清辉犹未满，影散碧池头。

月下听促织

皓魄当窗照，苔边促织鸣。啾啾吟露冷，轧轧弄风清。旋动秋娘感，时深懒妇惊。更阑人倦听，细韵杂砧轻。

池塘乳鸭

鹜性生宜水，由来习惯成。新翎浮浪碧，弱蹼弄波清。尚怯鸡争食，应邀雁订盟。脱胎虽未久，也自解呼名。

木芙蓉

万木凋零后，芙蓉独占芳。浅深笼晓日，浓淡映斜阳。带露红新吐，含风绿半藏。任君夸艳色，不及美人妆。

夜　雨

雨气侵人冷，萧萧良夜何。漏声和断续，蛙鼓杂滂沱。洒竹依檐落，敲窗傍枕多。无端惊客梦，鞭日待羲和。

喜　晴

初收天际雨，爽气漾晴空。霁色连云翠，霞光映树红。花开残照里，鸟唤暮烟中。何处吹长笛，凭栏兴未穷。

秋　山

天际山光秀，青青秋色横。泉声流石冷，云影傍峰清。野鸟投林噪，村童采药行。此中无限景，遥望最关情。

远浦飞云

一片苍茫里，遥看出岫幽。参差舒水际，缥缈映霞流。拥日波光绚，垂天瑞彩浮。银河濯细锦，极目思悠悠。

秋　帆

孤帆天际外，斜挂夕阳边。映水拖红叶，侵云拂翠烟。砧声催棹紧，渔火隔林偏。极目秋江上，茫茫一色连。

夕阳秋树

夕阳笼远树，斜照漾晴空。影射杨枝瘦，光摇槲叶红。荒山归野鸟，寒渚落飞鸿。依槛频舒眼，江天一望同。

暮雨寒江

孤舟何处宿，暮雨正潇潇。已见添新涨，还看助晚潮。烟深封古渡，花落缀溪桥。飘泊堪怜也，离人魂梦消。

霜林落叶

宾鸿天外度，渐觉晚凉侵。霜染疏林醉，风凋落叶吟。残红依树杪，遗响和秋砧。二月花应逊，秋思更莫禁。

天半飞霞

织出天孙锦，携将继落晖。光浮秋水动，彩散碧天微。翔鹤笼丹顶，飞鹉拂绛衣。凉风吹不尽，满目绚烟霏。

空庭夜月

天际开奁镜，流光动两楹。色凝霜地白，影抱露珠明。灵桂横空舞，飞鸦绕树惊。关山秋正好，吹笛韵偏清。

村舍晚烟

墟落寒烟锁，归鸦噪夕阳。樵歌隔山郭，渔笛隐沧浪。远舍灯微现，荒村树半藏。犬声惊异客，长吠板桥旁。

远浦归帆

扁舟天际远，寒水夕阳边。帆破穿云脚，篷开透晚烟。青山连野渡，渔火杂星天。乍逐秋鸿急，离魂落照前。

新　春

细雨催春早，烟深锁落晖。残梅香馥馥，新柳绿依依。幽谷莺初出，南天雁欲归。阶前双舞蝶，绣幕往来飞。

花上露

检点花丛里，香飘夜露中。蕊含珠错落，瓣缀玉玲珑。叶底滋新翠，枝头润粉红。不知谁见妒，凝泪诉东风。

晚　妆

云鬓整参差，垂帘月上迟。素容重照镜，青黛再描眉。袖染奁香满，风催花影移。倚栏闲眺处，碧水逞芳枝。

寄蕙亭八姊

偶向窗前立，庭花拂面香。每思当日景，几度断柔肠。畏路关山远，寻声笛韵长。愁心对明月，无限使人伤。

春　游

极目春郊外，萌芽衬马蹄。平畴交野阔，堤岸筑沙低。柳弹迷幽境，花繁蔽曲溪。闻声不见鸟，静里听黄鹂。

送　春

催春留杜宇，此别又经年。红紫成零落，韶华识变迁。柳阴迷曲径，草色拂长天。莫负冲寒信，相期庾岭边。

落 花

花落无人扫，翻成锦绣堆。余香留馥郁，飞蝶尚徘徊。片片铺芳径，纷纷点绿苔。可怜风雨妒，狼藉委尘埃。

新 燕

新燕当春社，重来觅垒栖。候迎寒食雨，香带落花泥。对语过烟径，双飞逐柳堤。几回惊午梦，帘幕影高低。

春 柳

春色归杨柳，垂条翠欲流。椻烟笼晚照，拂雨系孤舟。缕缕牵新恨，丝丝织旧愁。巧莺枝上转，不尽韵悠悠。

题访真图

超然忘俗虑，访道入幽岑。松竹山中韵，烟霞世外心。焚香天籁远，习静化机深。小结茆亭处，仙踪尚可寻。

鸣 蝉

蝉噪情何苦，清吟向夕曛。食单含白露，衣薄负青云。似有悲秋意，宁关送暑殷。乘风声振远，高洁自超群。

芙蓉出水

秋至花争发，妆成锦绣丛。朱颜吐嫩白，娇态润新红。冷艳凝寒露，清芳醉晓风。一枝初放蕊，潇洒有谁同。

立 秋

荏苒流光速，清商又报秋。嫩凉生薄袂，大火转西流。梧叶飘金井，新篁映画楼。雨余残暑散，一抹淡烟浮。

赋得露从今夜白

秋高白露下，今夜气偏清。乳菊明珠缀，疏桐玉液倾。湿阶痕较洁，滴草冷无声。渐逐西风紧，泠泠散碎琼。

桂 花

窗下亭亭桂，深秋独吐奇。影留明月夜，香散晚凉时。露浥黄金蕊，风摇碧玉枝。清芬谁可侣，应有傲霜姿。

秋雨连宵

何事连宵雨，潇潇槛外声。点和残漏滴，响杂候蛩鸣。寒逼书窗冷，秋深旅客惊。短檠光闪烁，帘幕贮风清。

晚　眺

凭眺舒青眼，江村薄暮天。柴门依翠竹，茆屋傍清泉。烟锁林间寺，人争渡口船。渔歌斜照里，鹭影白云边。

秋江晚眺

夜泊秋江上，西风漾客槎。野庐栖旅雁，衰柳噪寒鸦。白浪翻新月，青山带落霞。渡头渔唱晚，烟水渺无涯。

秋　晚

金井梧飘叶，凉风拂面吹。悲秋蝉噪急，送暑雁来迟。池上花初落，阶前草渐衰。刑官司肃杀，初莅已如斯。

赋得满城风雨近重阳

风雨迎佳节，凄凄撼暮城。寒声迷野树，秋意入空楹。采菊花争媚，囊萸山未晴。试看谁送酒，不识白衣名。

瓶菊和韵

篱菊凝疏蕊，秋光满胆瓶。绿窗摇秀质，绣户霭余馨。晓逼霜凌叶，夜寒风到庭。幽香如对语，领略酒初醒。

残　荷

秋来荷已败，零落夕阳中。妆卸金塘露，容消碧沼风。轻鸥傍老翠，新涨浴残红。隔断凌波梦，相看楚岸枫。

立春和韵

韶光应律换，转眼又逢春。凝暖条风发，辞寒丽日新。阳和调地脉，淑气布天津。岁岁藏椒酒，携尊庆此晨。

观剧和韵

多少兴亡事，于斯见古人。声留千载曲，形绘百年身。为吐英雄气，还传风雅神。浮生空色相，泡影总非真。

·《绣余吟》卷二·

七言律诗

春　晓

融融淑气正良辰，满院东风满院春。曲槛海棠红渐放，小庭芳草绿初匀。雪消已觉梅花老，雨过应添柳色新。欲卷珠帘寒尚怯，忽闻莺语似呼人。

山　居

茆屋清幽依翠巅，山中寒暑不知年。数峰烟雾孤猿啸，半岭松花野鹤眠。映日岚光含秀色，绕门溪水碧漪涟。白云深处行人少，峭拔千层夕照边。

雨中听黄鹂

帘外纤纤凉雨轻，晓窗妆罢听流莺。风传巧舌绵蛮语，烟袅歌喉宛转声。柳坞尚含求友意，花间犹带惜春情。于飞自怯金衣湿，唤绿啼红欲待晴。

江楼远眺

登临乘兴上江楼，景物无边望里收。四面烟光天漠漠，一帘风月水悠悠。行云出岫随舒卷，素练横空任去留。万叠青山含翠色，笑看沙渚起飞鸥。

登五羊城

穗城登览景无穷，放眼炎荒一望中。海接珠江翻浪白，天连五岭映霞红。神仙余迹云根秀，豪杰残茔石兽雄。徙倚西风为怀古，芦花头白老哀鸿。

赋得花发多风雨

倏经天意减芳丛，检点春园枉费工。曲槛频窥浓荫绿，苍苔乱落碎香红。飘零只为连宵雨，狼藉难胜一夜风。蜂蝶有情寻旧迹，依依欲恋故枝空。

闻　笛

长笛悠扬近画楼，谁调律吕谱清秋。音留余响情偏切，风透凉襟韵倍幽。几曲奏残猿鹤梦，数声吹破古今愁。夜深侧耳凭栏听，飘落梅花尚未收。

瀑　布

劈破高峰最上头，玉龙喷吼下潭湫。横空百丈银河泻，挂壁千寻素练浮。溅雪飞云枫叶老，穿崖度壑翠峦秋。谁来濯足飞泉里，洗尽红尘万里流。

荷池纳凉

帘卷虾须透晚凉，闲来避暑到金塘。烟笼翠柳风中软，露滴红蕖水面香。
两部池蛙吹碧岸，一钩新月浸回廊。松声竹韵无人和，洗笔题诗倚石床。

书楼远眺

何处清风集画楼，古今图史一齐收。山围旷野天垂幕，云绕都城地涌流。
吴隐墓前荒草白，越王台上晓烟浮。谁堪俯仰成陈迹，落照霏霏映渚鸥。

羊城八景

珠江秋月

一天爽气大江秋，皓魄横空漾碧流。踏月僧归林外寺，舒怀人倚水边楼。
联珠排浪蟾光皱，双镜凌波素影浮。画桨兰舟独长啸，恍疑身入广寒游。

白云晚望

浮云散尽现群峰，暝色苍茫滴翠浓。人坐小桥几樽酒，僧归远寺一声钟。
鸣泉石底流深涧，野鹤枝头唳古松。楼阁参差山寂静，夕阳影里晚烟封。

大通烟雨

珠海潮回水拍天，溟蒙四野远相连。一溪新涨迷朝雨，两岸荒村锁暮烟。
牧笛依稀孤屿外，渔歌断续大江边。微茫树木浑难辨，古道千年近五仙。

石门返照

金鉴西沉散彩虹，石门高峙插天雄。丝丝碧浪纹生锦，片片文鳞影射红。
返照远凌千里外，回光直贯两山中。渔舟隐隐幽岩下，独对残阳理钓筒。

金山夜泊

微风袅袅水生纹，夜泊金山暮色分。归路行人频问渡，投林野鸟解呼群。
柴门寂静遮村竹，古刹清幽隐白云。极目烟波杳无际，疏钟余响月中闻。

蒲涧濂泉

寂静深岩水一泓，穿云滴月冷无声。松琴断续传仙韵，竹籁清幽寄野情。
叠叠楼台临涧秀，层层花木映泉明。小桥人立斜阳里，指点浮云傍岫生。

波罗浴日

晓日初升挂海浔，红轮赫赫漾波心。影穿细浪千层锦，光射扶桑万点金。
华耀凌空随上下，灵辉逐水共浮沉。云消雾卷天如洗，一道炎威仰照临。

景泰僧归

半钩新月挂山腰，古寺僧归曲径遥。石洞雨晴猿独啸，禅关云锁鹤相招。

空中卓锡飞青冥，岭际芒鞋远市嚣。流水潺湲人寂静，挑经扶杖过溪桥。

山居偶成

乱山深处结茆庐，为厌尘嚣避俗居。笑傲乾坤一樽酒，消磨岁月五车书。人情似梦都归幻，世事如云总属虚。枕上松风眠白昼，半生寄迹拟樵渔。

早 梅

五出争传岭峤回，一枝先占百花魁。芳姿绰约冰为态，素艳清高玉作腮。偏向岁寒霜后发，却偷春信腊前开。林逋梦入罗浮早，管领东风着意培。

雁 字

排成图篆绝尘埃，羽翰翩翩别体裁。书破碧天星斗灿，阵冲江浦浪花开。一行画断云偷变，几点横空影暗催。日晚平沙浑印迹，封题带月塞边来。

烟笼淡月

云霭霞沉薄暮天，冰轮乍拥画楼前。青霄漠漠涵轻雾，碧落迢迢锁暗烟。清影朦胧怜皓魄，浮光黯淡惜婵娟。美人小立栏杆望，惆怅尘蒙金镜悬。

雁来宾

征雁相呼度画楼，叫云音咽楚江秋。影沉寒渚他乡水，声断衡阳故国愁。几阵远临红蓼岸，一行横挂白蘋洲。翱翔万里长为客，北去南来不自由。

柳

长堤弱柳发新苗，袅娜临风舞细腰。青眼乍开秋水秀，翠眉初展黛痕娇。鹅黄淡染拖金缕，鸭绿轻匀拂板桥。带露含烟垂紫陌，春光摇漾满柔条。

赋得梨花带雨开

梨花轻素最宜人，倚槛相看迥绝尘。带雨半开千点雪，摇风初放一枝春。玉容含泪冰魂湿，粉脸藏娇冷色新。淡质不争桃李艳，洗妆林下更精神。

赋得苔痕上阶绿

幽斋寂寂无人到，阶际苔痕叠翠丛。石发雨余呈嫩绿，土花风过衬残红。门连野径何嫌僻，地积青钱不济穷。分付家童莫轻扫，待留冷艳透帘栊。

雨后看花

春雨初晴晚气寒，新诗吟罢卷帘看。娇红半放颜添色，嫩蕊初含湿未干。

数朵轻盈临曲槛，几枝绰约映雕栏。芳丛检点痕犹在，不为潇潇过后残。

落 花

片片飞花拂画楼，翻红堕粉倩谁收。繁华狼藉随风舞，艳影飘零逐水流。只剩香魂留叶底，难装春色到枝头。莺歌蝶舞归何处，芳草斜阳锁暮愁。

山居即事

闲居地僻得从容，野色苍茫诗思浓。绕屋数竿君子竹，迎门几树大夫松。白云一片遮芳径，素练千寻挂远峰。静里俗尘俱不染，深林何处响疏钟。

远 眺

岚光云气挂苍崖，满目山川一放怀。石径雨余迷竹影，深林风过落松钗。声声疏磬荒村外，两两沙鸥碧水涯。几度迟留花下立，欲题新句费安排。

小园避暑

潇洒幽园一径深，临流倚石坐花阴。红蕉叶底眠驯鹿，碧藕池边浴水禽。消俗静观前代史，忘机偶拂未烧琴。茶烟半塌余清昼，满院薰风伴我吟。

赋得秋山风月清

绝顶烟霞翠色横，碧天无际彻虚清。千峰夜静猿啼寂，万壑松涛鹤梦惊。萧飒似闻砧杵响，微茫一任塞鸿征。疏枝摇动婵娟影，疑是人间不夜城。

杏 花

名园点缀费春工，艳质轻盈自不同。几朵泪凝疏雨后，一枝笑舞晚烟中。羞争柳絮纷纭白，却占桃花浅淡红。绰约浓妆多少态，芳姿无那倚东风。

春 晓

融和淑气艳阳天，曙日微曛绣幕边。倚槛桃花红带雨，侵阶芳草绿含烟。黄鹂枝上歌声巧，紫燕梁间舞态妍。睡起深闺无一事，晓妆对镜绮窗前。

春 昼

庭轩寂寂日当天，帘幕风清倦欲眠。曲径落花红簇簇，半池芳草绿芊芊。娇莺隔树千般语，垂柳迎窗万缕烟。金鸭香浓消永昼，新诗书付彩云笺。

赋得秋月正中天

团圞明月正当空，皎洁清辉处处同。杨柳梢头金琐碎，梧桐枝上玉玲珑。

余光直送千山外，万象都归一鉴中。坐对碧天浑似洗，闲吟深夜兴无穷。

菊 花

黄花烂漫绕篱东，潇洒孤芳自不同。新放繁英含玉露，半舒紫蒂舞金风。
层层细蕊浮疏梗，冉冉清香散满丛。最是小庭秋色好，一枝开向傲霜中。

秋日书怀

绣帘深处袅炉香，落叶纷纷秋思长。归梦乡园隔山水，行踪异地老风霜。
寒芦傍渚翻新白，野菊沿苔缀嫩黄。无限客怀消不得，潇潇微雨渐生凉。

深秋桂尚无花

桂丛犹未吐新黄，庭院萧条风露凉。仙蕊不开迟晚节，天香独靳耐秋光。
梢头漫许分三种，叶底何从识五芳。攀客未逢犹有待，故教酝酿广寒乡。

秋山暮雨

愁云蔼蔼雨蒙蒙，烟锁秋山暗碧丛。残叶滋余微径绿，剩花沾及远林红。
一声孤雁潇潇里，四野寒蛩漠漠中。冷逼罗衣添客思，不堪凄楚逐飘蓬。

夜 泊

日落孤村夜泊船，几多秋气满山川。一江渔艇然新火，两岸寒砧度远天。
敲竹凉风声飒飒，照人明月影娟娟。篷窗兀坐舒青眼，万叠峰峦挂晚烟。

赋得江山晴云杂雨云

岚气山光作野云，烟波江上带斜曛。织成锦绣妆天际，变就溟蒙覆水渍。
飞鸟窥晴任来往，断虹招雨蔼氤氲。扁舟一棹拖长练，坐对微风散缬纹。

秋江罢钓

烟波万顷驾扁舟，满棹斜阳罢钓游。一水沧浪三峡静，几声欸乃五湖秋。
远村枫树栖山鸟，绕岸芦花宿野鸥。收拾丝纶归去晚，载将明月过江头。

舟夜蝉声

满耳凄凄梦不成，疏林萧飒一蝉鸣。枝头余响音犹远，叶底悲吟韵转清。
断续频添游子泪，悠扬能动旅人情。几回杂噪寒虫里，云淡长空月正明。

· 《绣余吟》卷三 ·

七言律诗

舟中野望

长天飘渺暮云低，古树苍苍水拍堤。一幅酒旗花径外，几家茅屋板桥西。夕阳渐下千山麓，钓艇横依隔岸溪。闲倚篷窗舒倦眼，无边烟景望中迷。

赋得寒衣处处催刀尺

处处寒声响暮砧，天严气肃月沉沉。风高渐觉凉侵袂，露重才知秋已深。促织悲鸣惊旅梦，捣衣韵急动愁吟。遥思杜老当时咏，白帝城边万古心。

即 景

几家村舍掩柴门，日暮寒烟两岸分。远水近天天接水，归云拥树树穿云。绿杨影里人争渡，红叶林中鸟唤群。此夜轻舟何处泊，渔歌隔浦静相闻。

金陵怀古

二百余年王气终，故宫禾黍但秋风。一朝俎豆同浮梗，几代衣冠类转蓬。帝业荒凉天阙旧，鸿图萧索海门雄。渡边五马归何处，浩浩长江夕照中。

西 施

会稽空保五千兵，不敌姑苏歌舞声。一曲留来勾践地，片纱浣去阖闾城。春山缥渺浮湖翠，秋水澄清射镜明。回首苎罗村际月，黄昏犹照旧台情。

项 羽

不渡江东为赧颜，英雄落落出人寰。气消亭长空扛鼎，力夺儒生枉扳山。一曲悲歌来楚帐，八千壮士散秦关。数年伯业归何处，应悔彭城衣锦还。

虞 姬

子弟生亡伯业空，美人烈性报英雄。魂销楚帐歌声里，骨冷乌江剑血中。鼓角残时秋月白，旌旗散后夕阳红。绝怜巾帼须眉气，草木知名拜下风。

杨 妃

满目干戈一战场，六军不发美人亡。红颜零落棠梨萎，白骨抛残古驿荒。罗袜拾来留旧迹，锦囊殉处尚余香。雨霖铃曲添新恨，归去无心作帝王。

春日即事

风敲庭竹碧琅玕，宝鸭香沉午梦残。新句偶从闲里得，名花时向静中看。
黄莺睍睆啼芳树，紫燕翩翩掠画栏。欲拂鸾笺书锦字，几多春色上毫端。

雨后望西山

雨散遥天开翠竦，西山一色绿新浮。烟迷古寺苍松老，路入深崖曲径幽。
倒浸东湖千嶂翠，斜临南浦数峰秋。长林草木浑如洗，独倚栏杆忆旧游。

寄怀蕙亭姊

萧萧独夜怅离群，坐久更残漏厌闻。不信泪红还看烛，尽教肠断自挑文。
临风对月君思我，涉水登山我忆君。两地关情人不见，落花飞絮正纷纭。

春日志事

春光寂寂鸟声寒，庭院无人清昼残。竹影半帘摇凤尾，落花几片拂雕栏。
绣窗香袅金猊暖，曲径棋敲石磴宽。妆点东风颜色好，满园红紫耐人看。

春　游

携琴载酒踏春游，处处行来景物幽。遣兴偶寻芳草渡，抒怀斜倚夕阳楼。
一湾溪水流无际，半岭烟霞望里收。坐久顿教忘俗虑，每回归去为迟留。

春游晚归

踏春偶向夕阳天，柳色迷离带晚烟。堤畔丛花开艳冶，门前画索架秋千。
一声睍睆莺歌巧，双翦参差燕羽翩。乘兴莫辞归路远，照人明月正高悬。

有竹轩即景

纷纷红紫绕亭栽，画槛纱窗面面开。芳草一池迷曲径，青芜几簇映霞杯。
常闻好鸟啼花下，时有清香入座来。偶步深阴闲伫立，松风竹韵共徘徊。

落　花

萋萋芳草怨王孙，寂寂春光掩院门。粉褪香销埋国色，红稀绿暗葬残魂。
玉楼寂寞悲疏影，金谷萧条认旧痕。风雨无情任狼藉，空山杜宇叫黄昏。

初　夏

帘间人静暑初长，满院薰风草树芳。飞絮漫漫飘乱雪，落花片片散余香。
呢喃新燕翻文羽，睍睆残莺送夕阳。心境顿消尘俗虑，石床高枕卧羲皇。

晚　望

翩翩鸥鹭共忘机，愿借阳戈指落晖。试听樵歌来谷口，还看牧笛出林扉。浮云依石连青冥，啼鸟争巢隔翠微。江上夜深千点火，渔灯如月照人归。

湖上观花

湖上花开照眼红，芳姿和露醉东风。冰壶冷浸胭脂萼，玉镜光涵锦绣丛。一水暗香罗绮内，两堤春色画图中。繁华妆点无边景，尽是天机造化功。

咏红白鸡冠和韵

雄冠朵朵列盈厢，潇洒幽姿却秘香。朱顶月笼霞冉冉，白头风滴露瀼瀼。曾偕枫叶摇文锦，堪与梅花斗素妆。绛帻何须勤报晓，满瓶彩羽拟鸾凰。

九日对菊和韵

佳节重阳风景清，坐看篱菊绽金英。囊萸不尽他乡意，酌酒聊舒故国情。逸兴每从诗里得，幽香疑向袖中生。登高倚石人人醉，会听长空白雁声。

秋日忆诸姊弟

关河叠叠思依依，梦里相逢泪湿衣。雁影参差乡信杳，离情撩乱素心违。倏来蓟北三年别，那更天南万里归。满目风烟仍是昔，追思往事已全非。

咏秋海棠和芷斋汪夫人原韵

其一

寂寞秋深独艳妆，不留颜色为春伤。芳心未许葵倾日，弱质何输菊傲霜。潇洒有情怜逸态，轻盈无力想柔肠。怪他闲丽姮娥妒，直贡寒辉照夜堂。

其二

亦欲携壶为洗妆，却嫌冷露湿银床。情含明月留光照，影动西风耐夜凉。秾艳不夸资蝶粉，妖娆宁必借蜂黄。看花频探秋消息，一院梧阴玉漏长。

其三

雾鬟云鬓秀复娟，临风掩映觉天然。漫夸题品应超界，究恋尘缘未证仙。婉转艳情疑有恨，娇柔媚态剧堪怜。萧疏莫怨终无伴，江上芙蓉秋正妍。

其四

不随春色媚春皇，半倚栏杆半倚墙。自是名花能解语，漫从国色更求香。含颦带笑参差舞，挹露笼烟浅淡妆。检点寒丛无限意，那堪砧杵捣秋凉。

归 雁

翱翔远向海门飞，万里东风送北归。几阵横斜分碧嶂，一行嘹唳破晴晖。
海棠魂落莺歌巧，杨柳丝牵燕翦微。南国还须随候渡，秋高莫负稻粱肥。

菊 屏

满屏红紫独呈奇，秋色迷离吐艳迟。一架高低争绰约，几曾潇洒斗参差。
漫沽浊酒酬寒蕊，且咏新诗赋逸姿。仿佛北窗陶处士，名花掩映绕东篱。

菊 花

一枝潇洒映朱栏，嫩白轻黄仔细看。九日难逢陶令酒，三秋空忆屈平餐。
移来小径供吟笔，开向东篱耐岁寒。香散月明风露冷，赢将佳句入诗坛。

梅 花

冰肌玉骨绝纤尘，肯下瑶台寄此身。风逗暗香因破腊，月留疏影为传春。
罗浮曾入诗人梦，庾岭常教处士珍。一种孤芳谁作侣，惟同霜雪斗精神。

题鸳鸯戏莲图

冉冉荷香一水通，鸳鸯两两拂薰风。红幢罩羽翻波外，绿盖遮眠戏浪中。
绣采远穿花几簇，绮文遥杂叶千丛。共游沙渚斜阳暮，无限机心若个同。

元 夜

晴空云敛月娟娟，烛共清光对影圆。风度笙歌迟玉漏，香浮罗绮满琼筵。
银花火树长春景，贝阙珠宫不夜天。樽酒良宵堪一醉，疏帘筛影射金莲。

春初牡丹花

名花不肯殿春生，却占群芳次第荣。一簇绛纱攒碎锦，几层绿绮发奇茎。
水仙罗袜输芳步，梅萼冰心斗丽情。富贵莫嫌多冷淡，携将柏酒醉繁英。

春 夜

无聊不寐倚熏笼，十二珠帘灯影重。杨柳风微声细细，梨花月淡夜溶溶。
杯倾绿蚁情怀爽，梦入池塘诗思浓。睡觉乍惊清漏永，一声疏响五更钟。

芍药花

迎风浥露倍精神，一种奇葩独殿春。烂漫开余三月景，妖娆羞效百花馨。
坐看婪尾争妆巧，斜映栏杆舞态新。桃李何须斗颜色，芙蕖应愿结为邻。

拟四时词

其一

大地阳回初解冻，卷帘尚怯春寒重。枝上流莺恰恰啼，午窗惊破幽人梦。
睡起闲庭日半曛，炉香几缕蔼氤氲。栏杆十二东风遍，斜倚妆台整绿云。

其二

紫燕穿帘初学语，双飞漫舞参差羽。一榻茶烟清昼长，满庭绿荫浓如许。
曲槛芳塘纳晚凉，风来水面菡萏香。深丛荡入小舟去，落将花瓣惊鸳鸯。

其三

梧桐别院风萧索，黄叶纷飞满阶落。薄罗衣冷渐侵肌，篱边菊绽黄金萼。
一行鸿雁掠云轻，银汉迢迢秋月明。冰簟梦回良夜静，寒虫唧唧声凄清。

其四

霏霏瑞雪凝妆白，拂面朔风风凛冽。漫扶小婢过溪桥，寻梅为探春消息。
袖冷肩斜逦迤归，绣帷低放怯寒威。新韵吟成呵冻笔，围炉酌酒聊忘机。

九日遇雨和韵

山寺登高兴未阑，满天风雨作秋寒。远枫不尽翻时艳，瘦菊偏宜浴后看。
应节囊萸随处佩，放怀纵酒独成欢。潇潇无限他乡意，裁罢新诗自倚栏。

秋　晓

霜月西沉透曙光，梦回晓起怯秋凉。未开奁匣梳青鬓，且向金猊注好香。
满院露华声寂静，一行过雁影微茫。夜来惟恐花憔悴，呼婢开帘看海棠。

松　声

风摇雪干影森森，仿佛宫商奏远音。露冷虬枝秋月白，霜凝翠盖暮烟深。
悠扬乍觉如鸣珮，断续还疑是弄琴。虚籁一天良夜静，萧萧清韵满疏林。

冬日即事

寒威阵阵逼朱栊，深闭重门畏朔风。枫叶凋零堆石径，雪花飘漾舞晴空。
酿成春瓮松醪绿，初换熏炉兽炭红。呵笔欲吟频辗转，愧无好句入诗筒。

· 《绣余吟》卷四 ·

五言绝句

竹

翠竹攒云秀，疏竿逗月来。生成君子性，不许俗人栽。

梨　花

梨花开小院，素影最精神。蛱蝶双双舞，飞来却傍人。

对　镜

晓对菱花镜，相看月里人。清辉曾不减，日日照妆新。

竹　影

翠色侵阶秀，清阴扫不开。迎风摇碎影，随月入窗来。

听　莺

风送莺声巧，歌喉啭绿阴。晓窗频侧耳，呖呖弄娇音。

月　影

细影筛庭竹，流辉射远林。穿帘疑碎玉，斜整拂花阴。

一丈红

染就胭脂萼，娇红透艳春。朱栏刚五尺，容我半藏身。

江干夜泊

江畔轻舟泊，风飘两岸砧。秋山云影秀，归鸟噪枫林。

雁衔书

江上芦花白，秋风夜月寒。一行凭塞雁，关外报平安。

枫　叶

瑟瑟西风紧，枫摇夕照红。辞柯飞不去，零落御沟中。

新　燕

海燕应春社，知寻故垒归。绣帘长不卷，来往弄晴晖。

醒后口占

月明秋夜阑，窗透梧桐影。唧唧寒虫声，罗帷梦初醒。

寄蕙亭八姊二首

其一

一别何时见，相逢魂梦中。关山太迢递，难觅寄书鸿。

其二

满地黄花放，无聊昼掩门。那堪风雨夜，萧飒断离魂。

闻 蝉

晓起对菱花，新蝉鸣远树。清韵觉悠扬，闻声不知处。

晓起看花

夜半梦初回，惜花惊风雨。凌晨入小园，检点余芳去。

七言绝句

焚 香

花气清幽夜更薰，闲烧龙脑和氤氲。风吹淡荡余烟袅，疑是蓬山顶上云。

种 竹

移得琅玕剔绿苔，亭亭翠色已成堆。知君素负凌云质，不惜殷勤着意栽。

灌 花

惜花惟恐花憔悴，故把山泉润众芳。洒去如珠圆颗颗，艳红红上学啼妆。

钓 鱼

隐隐青山一抹霞，小舟泊处近芦花。清波影里长垂钓，钓得江鱼日又斜。

赋得花前笑语声

满院芳菲照眼明，偶然闲步听流莺。东风偏是多情者，送出花间笑语声。

月

良宵休问夜如何，皓魄涵虚映碧波。万里腾空悬宝镜，长流清影照山河。

护 花

为惜花枝小院中，芳菲易落莫教空。金铃呼婢殷勤挂，休惹流莺损剩红。

雨催花

雨声点滴响帘栊，聒耳潇潇润翠丛。晓起推窗见蜂蝶，群芳一院放新红。

雨中海棠初放

小庭春晓雨蒙蒙，嫩绿枝头吐艳红。浑是太真初被放，柔情无力泣东风。

剥新莲子

十里沧波水面香，红衣脱尽见蜂房。采花无兴归来懒，剥出新莲取次尝。

秋 扇

庭树萧条秋又至，冰纨弃置暗生尘。违时偏惹西风炉，莫谓无情怨主人。

雁 声

江岸芦花变白头，数声嘹唳过高楼。天涯何处传家信，明月秋风动客愁。

九 日

篱菊花黄客思悠，重阳风雨一城秋。登高且饮陶家酒，笑把茱萸插满头。

秋日偶成

天边鸣雁不堪听，落叶萧萧下小亭。惆怅绿窗秋色冷，拈毫犹忆一帘青。

秋宵听雨

四壁寒虫镇夜鸣，清宵异地最关情。不堪窗外潇潇雨，更滴芭蕉叶上声。

芟 草

万紫千红斗丽春，那容蔓草占芳尘。呼童芟尽芜蘼种，留得春光分外新。

雁来红

一声雁过色添新，叶染胭脂片片匀。性耐风霜颜不减，偏逢老去更精神。

新 橘

秋色萧条橘已黄，芳馨犹带洞庭霜。枝头磊落垂金颗，劈破冰齐冉冉香。

欲　雪

晓雾蒙蒙四野遮，朔风凛凛透窗纱。满天雪意寒云布，巧酿琼林六出花。

过旧宅

空居寂寂景犹存，阶草凄凄长绿痕。满院花开人不管，一帘风雨锁重门。

寄蕙亭八姊

几番春色透湘帘，回首当年已不堪。两地相思隔岭峤，离魂夜夜绕天南。

梅　花

开向瑶台避俗尘，素姿应与雪为邻。不同桃李争颜色，独占人间第一春。

新春试笔

春色芳菲映画帘，草芽初染绿纤纤。小栏闲倚书新句，赢得韶光到笔尖。

莺　语

晓听莺声选上林，垂杨深处弄娇音。歌喉婉转如簧巧，恰恰风传透绿阴。

画眉晓唱

巧样朱笼金缕垂，回廊长挂近深闺。一声晓唱惊残梦，唤起佳人学画眉。

春　寒

寂寂春寒花较迟，东风凝雪缀琼枝。漫沽浊酒敲新韵，炉火焚香翠幕垂。

春　雨

珠帘料峭怯东风，恰恰娇莺细雨中。九十韶光留不住，满园新翠衬残红。

晓　起

翠帷睡起怯春寒，露滴花梢湿未干。昨夜海棠开也未，低呼小婢卷帘看。

晴

春雨初晴百草萋，风飘弱柳絮沾泥。惜芳微步深阴里，黄鸟窥人枝上啼。

花前小酌

移樽小苑兴偏饶，雅令闲徵自解嘲。微醉不知天色晚，月华斜浸海棠梢。

落　花

怪煞无情一夜风，芳菲转眼半成空。青苔狼藉谁收管，落尽深红复浅红。

扫落叶

风吹残叶作秋声，零落阶前无限情。欲扫几回更惆怅，可怜辜负傍枝生。

· 《绣余吟》卷五 ·

七言绝句

春　草

萋萋芳草满堤边，一片迷离带晓烟。好是春朝游女过，罗裙碧色斗鲜妍。

残　柳

垂柳丝丝叶半凋，寒蝉凄咽短长条。摧残一夜西风紧，楚女含愁减翠腰。

孤　雁

露冷风凄雁影孤，一声嘹呖宿寒芦。更残惊起他乡客，梦里消魂听寄奴。

红　叶

一夜霜零草木知，满林枫叶染胭脂。御沟犹是当年水，曾见何人再赋诗。

秋　夜

云薄天高雁影沉，萧条落叶响空林。夜深寂寂幽斋静，月冷风清何处砧。

寒　夜

风敲庭竹作寒声，挑尽青灯梦不成。漏转三更霜月冷，梅花瘦影小窗横。

蜡　梅

寒英翦素缀容新，先占名园第一春。蜡蕊半开香暗度，鹅黄娇色最宜人。

落　梅

片片飞花绕画栏，暗香零落有谁看。最怜坠尽枝头雪，不向春风伴夜寒。

题画菊

花随笔底放秋光，写出孤芳瘦影长。一任霜风摇不动，冷烟常绕素笺香。

春游即景二首

其一

行来曲径野花幽，处处春山翠色浮。长啸一声深谷里，白云溪水共悠悠。

其二

深林诘曲路西东，漠漠轻阴淡淡风。满地松花人不见，一声清磬白云中。

春郊二首

其一

垂杨一带绕闲门，满地平芜长绿痕。风送樵歌闻别浦，酒帘高扬杏花村。

其二

乘兴闲游绕郭行，无边春色远相迎。娇莺也识风光好，飞上花间唤一声。

春 夜

一钩淡月照帘栊，十二朱栏柳絮风。寂寂夜阑人不寐，梅花吹入笛声中。

山居即事

乱山深处晚风微，门外疏林挂落晖。坐向溪边消俗虑，闲看鸥鹭自忘机。

月 夜

清宵万籁寂无声，女伴遥分百感生。院宇深沉人不寐，梨花枝上月三更。

春深杂咏四首

其一

曲池新涨草萋萋，静掩重门日又西。满地落花人不扫，绿阴成幄乱莺啼。

其二

萋萋芳草夕阳斜，暮霭空蒙曲径遮。洞口春深人不见，忽闻仙犬吠桃花。

其三

春事阑珊昼掩扉，小园红瘦绿添肥。莺声唤醒幽人梦，一院东风柳絮飞。

其四

东风擘柳翠眉颦，原上离离草似茵。花落缤纷红雨乱，杜鹃啼老一年春。

燕 来

明媚春光透翠微，燕来犹傍画帘飞。穿花度柳庭前舞，两翅轻翻杏雨肥。

夏夜闻笛

白罗衫袭荚荷香，明月如秋晚景凉。何处倚栏吹玉笛，一天爽气满芳塘。

夏夜二首

其一

红藕池边月正明，夜阑人静寂无声。小窗花气侵书幌，一枕松风鹤梦清。

其二

凉生人静小窗虚，皎月斜侵半塌书。偶向荷池临水照，香风冉冉袭衣裾。

听促织

促织报秋鸣四壁，珠帘低放夜沉沉。怜他也识寒将至，泣露吟风和远砧。

秋　夜

隔院梧桐月色清，夜深灯影半昏明。新吟未稳难成寐，四壁寒虫唧唧声。

寄蕙亭八姊

回首关河路渺茫，南天不见雁成行。那堪月白风清夜，两地相思一断肠。

燕辞巢

差池海外认乌衣，紫燕辞巢傍我飞。来往年年浑似客，每逢秋社便思归。

将之都门留别谢吟絮

其一

芝兰何幸挹清芬，丰度飘然迥不群。谢絮才高人已远，西堂今又得逢君。

其二

云亭侧畔借幽居，相聚今经一载余。无那别君江上去，彩笺莫忘付双鱼。

其三

双桨轻摇欸乃声，匆匆南浦别君行。不堪回首西江月，堤柳丝牵两地情。

其四

云树苍苍叠翠峦，扁舟一叶路漫漫。芦花夜月征鸿老，江上秋风客梦寒。

山　行

四面春山翠色浮，篮舆咿轧度清幽。深林处处闻啼鸟，满涧红桃漾碧流。

舟中闲望

茫茫绿水少人家，远望江光似碧纱。深树鸦啼秋色冷，白云一片隐山花。

舟中忆蕙亭八姊

山长水远路漫漫，两地离情欲话难。一叶孤帆天际去，遥知香阁独凭栏。

舟中晚眺

归鸦几点翅翩翩，山下孤村蔼暮烟。人倚篷窗帘半卷，落霞红衬水中天。

蓼 花

浅翠轻红映客舟，江天夹岸斗清秋。萧萧碎翦斜阳外，妆点西风古渡头。

江行远望

岭云村树两悠悠，万里长江昼夜流。默默篷窗舒望眼，冷风疏雨一扁舟。

即 目

轻帆江上挂西风，隔岸荒村夕照中。独倚篷窗天际望，一番秋色老芙蓉。

观 瀑

合沓巉岩千万重，遥空匹练挂高峰。飞流疑是银河泻，劈破青山走白龙。

赋得霞影沉波绿

霞影红光照绿波，溶溶滟滟意如何。却疑春至桃源水，赢得桃花色几多。

渔 父

欸乃江湖寄兴长，年年生计水云乡。满船明月归来晚，秋染芦花一岸霜。

江上读楚骚

倚醉沉沉读楚骚，一樽蒲酒想兰皋。彩丝缠得忠魂在，湘水千年卷怒涛。

岁暮舟中口占

抛残针线岁寒天，转眼韶华又一年。行客不知春信至，梅花瞥见小桥边。

柳四首

其一

细织莺梭上绿条，丝丝烟锁黛痕娇。如何陶令门前种，日向东风舞楚腰。

其二

嫩绿轻黄万缕垂，堤边绰约斗芳姿。春来不识愁多少，逢着东风但敛眉。

其三

何处传来羌笛声，阳关无奈别离情。凭他飞尽花如雪，还折长条解送行。

其四

婆娑无复短长条，憔悴西风困舞腰。青眼轻眉留不得，满天霜月正萧萧。

步虚词八首

其一

竹径松关啸野猿，逍遥蓬岛脱尘烦。深山采药归来晚，半岭烟霞锁洞门。

其二

世外飘然日月长，酕醄烂醉白云乡。松林偶共群仙语，一阵天风拂草香。

其三

日暮云遮古洞深，丹炉火息鹤归林。呼童扫净溪边石，竹月松风任啸吟。

其四

松琴谡谡枕清流，山石泠泠野鹤幽。偶倚洞门吹玉笛，一声韵彻海天秋。

其五

诗酒生涯乐有余，逍遥久与世相疏。山中甲子无人问，林下翛然读道书。

其六

相携仙伴采琪花，处处浮云物外家。游罢五湖归去晚，昆仑顶上醉流霞。

其七

玉草瑶花散远芬，炉香几缕袅余薰。一声长啸千峰外，仙犬惊人吠白云。

其八

修竹千竿几树松，洞门寂静白云封。飘然海岛乘鸾去，更上蓬莱第一峰。

·《绣余吟》卷六·

七言绝句

睡起口占

睡起恹恹倚绣床，几回无力理新妆。怪他惊梦堂前燕，何事呢喃入画梁。

送春二首

其一

一池芳草绿初肥，流水无言对落晖。小院春残花已老，那堪杜宇更催归。

其二

年来岁月去如梭，九十韶光暗里过。几度留春留不住，绿阴深处落花多。

闻 蝉

绿窗香细坐调琴，何处新蝉发远音。深院寂寥清韵冷，湘帘不卷昼沉沉。

新秋曲十首

其一

池塘潋滟浮新碧，零落荷衣半欹侧。寒蝉一树噪斜阳，依堤杨柳黄金色。

其二

白露稀微深夜静，凉风吹入罗衣冷。窗前淅飒撼秋声，碧梧落叶飘金井。

其三

催凉砧杵鸣秋早，黄染凄迷墙畔草。凉风瑟瑟雁南归，满阶落叶无人扫。

其四

辞巢紫燕频回顾，呢喃细把离情诉。闲垂红袖倚栏杆，珠帘低卷双飞羽。

其五

荒芜凝露侵台榭，满耳清商木叶下。一声玉笛远飞来，阶前蟋蟀吟深夜。

其六

碧天云净秋光秀，暑散风凉微雨后。低呼小婢卷珠帘，篱边新浴黄花瘦。

其七

西风两岸芦花白，水落潮平山横石。一天凉月叫寒螀，秋云江上连波碧。

其八

木落草枯山骨瘦，飞泉石底苍龙吼。几家茅屋远村烟，小桥深处红霞透。

其九

雨滴芭蕉声断续，西风瑟瑟敲庭竹。寒气侵人枕簟凉，吟成新句挑灯读。

其十

虫声唧唧鸣东壁，月照空庭凝地白。数株梧叶战秋风，萧萧纷落阶前石。

红 梅

盈盈额点汉宫妆，几拟娇颜是海棠。却恐隔帘人错认，一枝红艳独凝香。

十九岁初度竹轩赠诗四章依韵次答

其一

大江风送片帆迟，恰值寒梅吐艳时。水面烟波杳无际，满船明月载金卮。
（谓客岁途中。）

其二

沾来村酿酒花香，浅酌深吟对绣妆。春色小园开也未，愧无好句赠芬芳。
（余生岭南，每当初度梅花盛开故忆之。）

其三

蜡炬红灯射绮栊，亲帏定省与君同。昊天恩极浑难报，只向红龕一拜中。

其四

黾勉同心乐有余，半台香茗半床书。兰闺随倡情何极，十九年前鞠育初。

买书和韵

鸟啼隔院梦初回，落叶西风翠作堆。买得新书饶雅韵，拈毫莫待雨声催。

和少农裴公四首

其一

孤芳潇洒许谁同，雪里凝妆香暗通。梦入罗浮林处士，满山春色月明中。

其二

文林学海愧无知，柳絮因风负所期。茗碗香猊清昼永，闲挥斑管写乌丝。

其三

燕钗斜掠鬓边丝，十二珠帘月影迟。桃叶渡头江上曲，麝薰和墨谱新词。

其四

江南春色易探寻，植得名花伴独吟。新句传来披锦绣，怜香半是古人心。

并蒂芍药二首

其一

绰约凝香露粉腮，芳姿疑是降天台。不随群卉争颜色，独殿春风并蒂开。

其二

一种烟葩压众芳，故标烂漫拟花王。向人并立娇无语，醉倚风前斗艳妆。

咏梅妃

寒月斜拖疏影痕，暗香寂寞锁长门。冰肌玉骨天然质，何必珍珠伴夜魂。

题剪绒菊花

谁家剪彩夺天工，点缀秋光尺幅中。巧手裁成新色样，未应渲染许关全。

寄蕙亭八姊四首

其一

忆君情绪向谁陈，夜夜离魂梦里频。寄尔平安书一纸，切须珍重莫伤神。

其二

西风萧飒雁离群，惆怅惟看塞北云。迢递关河千万里，每逢佳节倍思君。

其三

云山渺渺信音疏，惜别今经三载余。忽讶长空征雁过，如何不寄一行书。

其四

怜君飘泊滞他乡，珠海燕云去路长。每向灯前思往事，冷风寒雨断离肠。

偶步回廊值雨

潇潇秋雨响空斋，满地新痕浸两阶。拟入深闺闲觅句，步迟犹恐湿弓鞋。

中秋和韵二首

其一

佳节登楼忆去年，长空云散月华圆。徘徊斜倚栏杆望，为爱清光不忍眠。

其二

疏帘不卷蓼花风，桂魄高悬漾碧空。皎洁清晖千里共，江山都隐玉壶中。

杂咏四首

其一

拈毫怕露玉纤纤，竟日闲窗下绣帘。寂静无人清昼永，日光筛影射牙签。

其二

萧条苔径落桐花，风急天高雁影斜。午梦乍回妆阁静，一杯香泛雨前茶。

其三

坐对金猊意渺然，深秋声撼小窗前。无聊倚案频翻阅，检点新篇与旧编。

其四

竹林风冷透帘疏，满目凄凄草不除。赢得消闲无俗事，囊中绿绮箧中书。

吊丹霞姊四首

其一

人间天上两茫茫，归去蓬莱鹤梦长。慧业灵根无处觅，芳魂应在白云乡。

其二

风雨无端葬玉鱼，香魂飘渺赴清虚。遗苗只有神仙种，不见瑶池女较书。

其三

珮冷香销湘水裙，玉楼十二屈修文。那堪一诵招魂赋，月地云阶杳不闻。

其四

小劫消余梦幻身，月明何处叫真真。冰弦声断知音杳，绿绮年来久掩尘。（姊善鼓琴。）

春日偶成

池塘水满绿蒲浮，春色阑珊细雨收。寂寂小窗帘不卷，一声莺啭过高楼。

初夏四首

其一

落花如雨点苔衣，院宇深沉昼掩扉。最是可人梁上燕，呢喃故故绕帘飞。

其二

香沉宝鸭篆炉烟，昼永抛书倦欲眠。转眼莺花春已老，小池荷叶叠青钱。

其三

窗外微风动午薰，沿阶花气绕氤氲。低垂绣幕无人到，闲听时禽噪夕曛。

其四

草色如烟望里迷，一春好景愧无题。拈毫欲续花前句，别院槐阴日已低。

题山居图二首

其一

山色扶苏翠影微，几竿修竹蔽柴扉。藤萝挂石峰峦秀，风卷浮云片片飞。

其二

啼鸟声声曲径幽，数间茅屋对清流。山中寂静无尘虑，四面烟云散不收。

七　夕

云汉西风路正遥，银河无影鹊成桥。双星为问何时渡，玉露泠泠秋半宵。

初秋偶成

满院梧阴秋漏声，沿阶黄叶乱蛩鸣。绿窗夜静风萧瑟，十二珠帘挂月明。

新秋杂咏四首

其一

海棠庭院已秋初，天际浮云任卷舒。绣罢绿窗人寂寂，怡情惟有案头书。

其二

日暮寻巢鸟乱呼，朱栏倚罢索人扶。谁家吹笛危楼上，并作秋声入井梧。

其三

明窗潇洒净无尘，满架牙签照眼新。闲听秋蝉鸣小院，晚风萧瑟最宜人。

其四

虾须帘卷透新凉，一带朱栏落照黄。偶立小园芳径外，烟笼疏柳锁池塘。

忆诸姊弟

万水千山人两地，秋声萧瑟倍无聊。不堪日暮凭高望，黄叶西风去路遥。

残　菊

风雨潇潇作夜寒，晓来秋色半阑珊。余香满院难收拾，倚遍栏杆独自看。

看梅二首

其一

日暖晴初踏雪来，满山春色透寒梅。携樽花下徘徊处，风逗余香落酒杯。

其二

几株瘦影爱横斜，月色凝寒上碧纱。晓起开帘见春色，枝头雪缀两三花。

· 《绣余吟》附录 ·

诗　余

玉楼春·早春

最喜东风花信早，染得柳条黄遍了。花开满院静无人，绿阴深处怜芳草。
浓浓春色谁能晓，纱窗一炷沉香袅。无聊倦倚画屏间，恹恹自觉腰围小。

杨柳枝·柳

黛色鹅黄万缕垂，绿烟迷轻盈，弱质欲斜欹，态依依。

笑暖颦寒无意绪，含娇处临风，轻袅舞腰肢，翠眉低。

虞美人·梨花

冰肌洁白宜清昼，素艳含娇秀。小庭闲立倚栏杆，正是潇潇微雨做春寒。
频洗胭脂后，粉面轻匀瘦，玉容凝泪学啼妆，为爱冷香风度透霓裳。

杏花天·晓起

春眠倦起身何懒，控却金钩帘不卷，脸霞印枕红凝浅，风袅游丝如线。
听别院歌喉宛转，侵阶芳草纱窗畔，桃花雨滴胭脂绽，隔树啼莺声唤。

如梦令·落花

何事春光归早，烟锁连天芳草，一夜恶东风，摇落娇红多少，谁晓，谁
晓，枝上流莺啼老。

玉楼春·春归

赏春不识春来处，忽闻杜宇催归去。落红万点绿添肥，帘前阵阵吹花雨。
莺声啼老难留住，东风乱舞垂杨絮，空余芳草碧连天，倚栏目送斜阳暮。

南乡子·夏杪雨后

荷败小池塘，飒飒西风冷碧窗。遥见穿云鸿雁影，成行，烟锁千山古
树苍。
枫叶染新霜，篱畔清幽菊蕊香。蝉咽疏林声韵切，凄凉，满目萧条秋
思长。

玉楼春·即事

横陈爽气收炎后，淡淡碧天云影秀。凝眸秋色寄吟情，栏杆小立垂红袖。
雁声嘹呖西风逗，帘卷霜华寒渐透。潇潇疏雨又重阳，东篱掩映黄花瘦。

忆王孙·舟中晚眺

江天日暮漫凝眸，千叠云山翠色浮，萧萧风冷白蘋洲，水悠悠，渔火如
星映渡头。

忆江南·江行

舒眼望，茅屋几人家，两岸荻花栖旅雁，一堤烟柳带归鸦，山外夕阳斜。

浪淘沙·春昼

淑景艳阳天，绿媚红妍，柳丝轻袅绣窗前，宝鸭香沉春昼永，闲整花钿。
双燕舞梁间，翠羽翩跹，芳菲满院斗婵娟，睡起几番舒倦眼，草色如烟。

前调·坐月

秋色满庭中，月上梧桐，小窗默坐意溶溶，欹枕欲眠眠不稳，起听疏钟。
落叶响帘栊，烛影摇红，凉侵衣带觉宽松，四壁虫声唧唧，① 一院西风。

玉楼春·秋夕

帘纹如水风吹皱，寒气侵人明月逗，孤鸿嘹呖向晴空，玉肌轻减腰围瘦。
猛然听彻残更漏，新诗吟罢频回首，檐前铁马韵悠悠，小庭翠竹风轻扣。

（清）冯思慧撰《绣余吟》，清乾隆二十九年（1764）刻本

【散见收录】

小园夏日

潇洒幽林一径深，临流倚石坐花阴。红蕉叶底眠山鹿，碧藕池边浴水禽。
消俗静观多阙史，忘机偶拂未烧琴。茶烟半塌余清昼，满院薰风畅我吟。

（清）恽珠辑《国朝闺秀正始续集》，清道光十六年（1836）红香馆刻本

【辑评】

恽珠《国朝闺秀正始续集》（卷四）：冯思慧，字睿之，顺天大兴人，侍郎刘秉恬室，诰封一品夫人。著有《绣余吟》。睿之本姓骆，为女史胡慎容女，幼继与姨母慎仪，故从冯姓，能传其学。

沈善宝《名媛诗话》（卷四）：冯睿之思慧，为侍郎刘秉之室。睿之本玉亭女，幼继石兰，遂从冯姓。著有《绣余草》。《秋江晚眺》云："夜泊秋江上，西风漾客槎。野芦栖旅雁，衰柳噪寒鸦。白浪新翻月，青山远带霞。渡头渔唱晚，烟水渺无涯。"

汪启淑《撷芳集》：骆思慧，浙江会稽人，本姓冯，父坦，母即胡慎容，幼抚于母姨胡慎仪，遂从骆姓。髫龄负才名。洪洞少宰刘秉恬室。

胡文楷《历代妇女著作考》：《绣余吟》，（清）冯思慧撰，《山西通志》

---

① 此处原文脱一字。

《正始续集》著录（未见）。

思慧字睿之，顺天大兴人，侍郎刘秉恬妻。《名媛诗话》：睿之，山阴人，冯垣女。《撷芳集》：骆思慧，浙江会稽人，本姓冯，父坦，母即胡慎容，幼抚于母姨胡慎仪，遂从骆姓。髫龄负才名。洪洞少宰刘秉恬室。

胡相端

胡相端（1775—1850），字智珠，又名湘端。清代嘉庆前后顺天大兴（今北京大兴）人。父为湖南知府胡文铨，夫为诸生许荫基，长女淑贤，次女淑慧。智珠工画用没骨法，得瓯香馆笔意，许生工写兰竹以尽相唱和。著有《抱月楼小律》二卷、《散花天室稿》三卷。《抱月楼小律》有许荫基、陈文述序，归懋仪、席佩兰题辞，董珠题辞，林宝跋。《清河县志》《贩书偶记》《柳絮集》《国朝闺秀正始集》《国朝闺秀正始续集》《小黛轩论诗诗》著录。

【整集收录一】

· 《抱月楼小律》卷一 ·

玉山讲院
堂上先容问字来，承欢每博笑颜开。生徒未到庭阶寂，一卷亲携学秀才。

题画芍药
其一
百卉开残见一枝，春光到此亦将离。红情绿意偷描取，怎及微之五字诗。
其二
消领余春剩几朝，嫣红收拾上生绡。昼长一枕花前卧，梦在扬州廿四桥。

红黄牡丹
春晚才开压众芳，一枝红映一枝黄。生来自是神仙品，半作宫妆半道装。

玉峰春游舅侍御公命和

其一

两两肩舆出院门，踏青天气正微温。绯桃一树开当路，似引游人到废园。

其二

红墙古柏影婆娑，入寺拈香上石坡。不辨是村还是郭，菜花黄处野田多。

茸城探梅

其一

出城放棹为寻花，正值春潮上浅沙。何处暗香吹一缕，水边篱落野人家。

其二

冷云一片鼍溪头，花气浓熏蝶亦愁。但少青山回一角，此间应算小罗浮。

其三

半尚含苞半放全，东风飘处雪盈田。临行细拾香千瓣，两袖轻携带上船。

牡　丹

脱稿曾无一幅同，遍摹淡白与深红。当年九十屏风品，都在侬家寸管中。

罗汉松蔷薇合景

翠影红香叠几重，蔷薇开傍万年松。前生傥入如来座，拈处曾看对笑容。

山塘杂咏

其一

绿阴如画日光晴，缓缓香车尽出城。已过残春入初夏，犹闻七里卖花声。

其二

行尽长堤叩竹关，红廊翠阁径回环。谁知转过繁华地，别有苍凉一段山。

其三

心恋层楼下故迟，丽人来往影参差。裙衫一色翻新样，不但梳头竞入时。

其四

吟罢呈诗向佛前，几回徙倚夕阳天。水嬉更约明朝看，早上吴娘六柱船。

重过山塘观水嬉

其一

画船箫鼓满回塘，人影衣香七里长。瞥见石榴红上鬓，家家蒲酒过端阳。

其二

看花小驻白公堤，转瞬重来景色迷。认得数株堤上柳，长条绿过画楼西。

秧　针

乍密还疏界浅汀，细如荇藻瘦于萍。晓风暗度丝丝雨，绣出半畦一角青。

荷　钱

轻圆贴水碧留痕，买断清溪莫放浑。却笑鸳鸯双宿惯，年年撒帐学新婚。

题荷花

其一

乘凉记得傍清池，槛外亭亭见一枝。香瓣摘来谁共嗅，月明风细立多时。

其二

香通百窍认前身，缥缈凌波不染尘。愿学此花修净业，他生免作钝根人。

西湖避暑和家大人作

其一

一雨连宵送嫩凉，侵晨联袂上轻航。双蛾未扫休嗤懒，恰称西湖是淡妆。

其二

荷花万朵透波红，双桨轻摇任好风。何处花多何处住，全家都在此船中。

其三

篷窗惯拂柳条条，穿遍双堤又六桥。为待峰头凉月起，湖心亭上坐吹箫。

芙　蓉

艳抹燕支作晓妆，秋光淡极幻春光。同时剩有东篱菊，一样凌寒不怕霜。

红绿梅

点额凭谁学寿阳，黛痕粉渍各生香。仙娥性岂无分别，半爱秾妆半靓妆。

初　夏

检点余花倚画阑，晓风扑面怯微寒。阶前红药偏迟放，犹认春光尚未残。

忆西湖

画船系处万花扶，太守风流继白苏。胜迹即今成往事，不堪回首旧西湖。

捡先大人泥金楷书旧扇梅花诗感赋三首

其一

乌油纸扇瘦金书，带泪重看感有余。犹记临池亲手写，海棠花下退衙初。

其二

旧稿曾无片纸遗，幸留手泽慰儿思。冰心原比梅花洁，写惯青邱九首诗。

其三

银钩零落剩余芒，怀袖临风挹暗香。开摺恐教痕易灭，只宜长贮女儿箱。

寄三妹杭州

其一

两地相思泪暗垂，那禁同气却分枝。昨宵梦见西湖上，恍惚深闺刺绣时。

其二

湖山隔断迥如天，分袂无端倏二年。料得垂杨还忆我，门前不见系依船。

寄外茸城

其一

漫束轻装别故山，遨游应在九峰间。闲云踪迹浑无定，飞向谁边不肯还。

其二

三秋旅况果何如，豪气知君尚未除。十丈霜纨供洒翰，寸笺偏懒作家书。

接宁弟粤东书却寄

其一

雁足传来一纸轻，四千里外见深情。报书欲发还重拆，为有离愁写不清。

其二

珠江江上仅留连，入幕名齐庾杲莲。料得衙斋多暇日，看花频上蜑娘船。

其三

多感殷勤问起居，绣床课女日无虚。近来夫婿狂逾甚，灰却名心懒看书。

小　隐

其一

小隐山城水竹居，传家犹剩一床书。闲来何计消长昼，且向芸窗拂蠹鱼。

其二

蓬门客到酒先赊，赢得人称办咄嗟。恰笑金钗留不得，年来常质子钱家。

秋窗杂书寄外

其一

卷起湘帘夜色清，银河耿耿入秋明。多情怕看如钩月，离绪先从七夕生。

其二

老树低垂叶接苔，小窗刚对绿阴开。也知摇落萧辰近，且嘱凉飙缓缓来。

其三

重门静掩比山深，早桂香飘隔院金。小女那知钗典尽，索钱还要买花簪。

其四

晓风吹过雨丝丝，暂缓梳头为改诗。吟就寄君君识否？此中一字一相思。

寒夜偶成

其一

风入空帷两袖寒，抛书欲睡料难安。一瓶瘦菊怜清供，重为移灯照影看。

其二

百计排愁愁又生，熏笼斜倚到三更。敲窗况有萧萧雨，故作寒柯落叶声。

别旧居二绝

其一

侨寄城西过十春，几番歌哭迹都陈。底须苦恋三间屋，别处青山也结邻。

其二

一树名花傍镜台，是侬昔日手亲栽。从今让与他人管，剩把银灯照一回。

哭红儿

其一

肠断难禁泪满腮，霜严生把玉芽摧。原知乞自慈云座，只比昙华一现来。

其二

襁褓初离望长成，如珠也在掌中擎。可怜面目聪明甚，才识之无了一生。

题艺兰女士《烬余草》

其一

彩云易散玉难坚，一载恩情重比肩。赢得萧郎生抱恨，泪弹锦瑟怅华年。

其二

赋茗才华绝世姿，烬余珍护一篇诗。诵来字字声幽咽，无愧生前爱楚辞。

其三

谷口花开似旧无，绳床经案十年孤。料应环珮魂归夜，记得吟声是鹧鸪。
（女士氏皇甫归郑。）

其四

灯前掩卷意酸辛，香冢春回草又新。一样芳名骤湮没，红闺更有可怜人。

供 菊

胆瓶新供霜前菊，高下枝疏印纸窗。画出秋魂看隐约，只凭一盏小银缸。

匹素画蕙数丛偶题

空谷分来一段香，爱将小字学苏娘。迟开也入时人眼，省得春前耐雪霜。

郑生春塘秋林读书图小影

其一

缥缃插架尽开函，爽气西来兴不凡。读罢异书凭槛望，远山浮翠夕阳衔。

其二

阶前书带草成丛，疏树经霜叶渐红。知有客来须扫径，松枝自缚唤奚僮。

其三

谁擅丹青制此图，诗情无限妙传摹。秋容或比春光好，不用花前唱鹧鸪。

题白桃花牡丹合景

沉香亭北斗芳妍，冷落霓裳玉洞仙。寄语阿环休擅宠，八姨素面也朝天。

春 暮

闭门寂寞傍妆台，弄粉调脂日几回。只有侬家春未老，万花仍向笔端开。

月夜弹琴

静解琴囊小拨弦，亭亭鹤立听鸣泉。未知今夜清光里，几处深闺尚未眠。

凤梧道院

其一

拈罢神前香一瓣，关心更访好园池。谁知紫府清严地，也许闲身坐片时。

其二

满园新绿逼春残，取次风光到牡丹。且喜游人来尚少，半开时候我先看。

过钱氏息园口占三绝

其一

薄病经旬倦理妆，闭门负却好春光。寻芳只恨迟三日，狼籍残红剩海棠。

其二

一龛深在万花丛，花气芬菲隔幕通。忆我昨宵先有梦，梦随双蝶到龛中。
（园东偏斗室额曰蝶梦龛。）

其三

行遍回廊十二阑，层层金碧对林峦。嵌窗一片玻璃影，幻出亭台几样看。

题莲卿夫人簪花图照（息园主人配）

其一

澹妆绝不斗豪华，高髻初盘鬓鬖斜。宜称只凭心作主，自揩明镜自簪花。

其二

水晶帘卷靠妆台，手摘秾葩玩几回。满架纵饶千百朵，输他一朵鬓边开。

其三

玉立长身态欲仙，妆成更觉影翩跹。寻常绕砌闲花草，才上云鬟分外妍。

画白桃花牡丹小幅赠莲卿夫人

园亭一度踏香尘，归替名花各写真。富贵场中春似海，玉颜还让息夫人。

荷花小幅

亭亭玉立美人妆，月晓风清一段香。人自爱花侬爱叶，好留浓绿护鸳央。

荷 钱

飞尽杨花曲岸隈，田田浮处碧于苔。春光已逐东流去，万串抛残买不回。

晚 眺

欲遣闲愁倚夕曛，当窗榆荚绿如云。笑他飞倦双蝴蝶，也为春残瘦一分。

偶 成

其一

体弱何堪病屡侵，聊凭绿绮写愁心。晓妆初罢薰香坐，先试梅花一曲琴。

其二

斗室无尘静悄然，幽兰开向小窗前。嗔他稚女娇憨甚，不解宫商乱拨弦。

画牡丹

标格矜严比大家，一枝装点便繁华。不妨富贵名随俗，暂买胭脂画此花。

即 事

瘦尽嫣红春事残，浓阴如幄罩窗栏。小鬟休摘青梅子，可识侬心一样酸。

偶 题

良宵且罢点银缸，月色当轩人影双。多感嫦娥能作伴，夜深犹自恋红窗。

题 画

娇红莹白灿成堆，湘管应同羯鼓催。借与人间作佳谶，好花并向一时开。

即 事

绯桃折得自庭前，插向铜瓶几日妍。忘却短琴横桼儿，夜来花瓣打冰弦。

课 女

姊妹分抄一卷诗，灯前亲课诵声迟。何心望汝成才女，免学邻家斗草嬉。

团扇写牡丹折枝

浅碧轻红点染新，最难摹是淡精神。临风一握香盈手，浓绿阴中忆好春。

牡丹小幅

冠冕三春赖此花，开时池馆顿繁华。寻常岛瘦郊寒句，比到清平是小家。

消 夏

羽扇频挥暑未清，聊凭粉墨遣闲情。林阴四面围窗绿，一朵红霞几上生。

苦 热

炎蒸难避昼偏长，帘卷高楼倚竹床。盼得月华檐际白，便无风到也生凉。

牡 丹

姚魏难求紫与黄，玉楼春亦冠群芳。饶伊近侍夸秾艳，未必丰台胜洛阳。

鱼儿牡丹

低垂串串粉痕新，点缀闲阶媚晚春。一样嘉名非国色，何妨婢竟学夫人。

夏日书怀

几上翻书看便忘，花前得句未成章。愁多真觉难消遣，反怪如年昼太长。

钮生耕岩以团扇索画牡丹因题

天香染满月团团，画出骈枝粉未干。想得携归深阁里，有人含笑并肩看。

黄蔷薇

博得瞿昙带笑看，晶帘返照夕阳残。无从觅得姚家种，满架还应当牡丹。

白杜鹃

夜月谁将蜀魄招，泪痕初染白生绡。分明认得巴山路，春暖峨眉雪未消。

绿牡丹

明珠十斛换应难，雾鬓风鬟子细看。谁叶谁花浑未辨，累侬倚遍碧阑干。

荷花二首

其一

碧阑干外小池塘，影蘸清波炫晓妆。净极那知三伏暑，美人心里自生凉。

其二

玉样温存水样清，香通百窍太聪明。与侬似有前缘在，侬奈迟他四日生。
（予生在六月廿八。）

宁弟奉母恭人归自粤东将卜居吴下

其一

飘零雁序早分飞，海角天涯信久稀。忽地灯花连夜结，人来千里叩柴扉。

其二

十年客邸勉承欢，垂老慈闱意未安。拟就吴门商僦屋，外家原当故乡看。

其三

迁移笑我居无定，寻访多君触热行。咫尺尚教迟见面，全家犹说滞江城。

其四

团栾指日拜高堂，翡翠移巢共此乡。倘使新人修贽礼，袖中先乞海南香。

芙　蓉

十分清丽缀秋江，倒映明漪艳作双。记得扁舟同鹭宿，一枝横影到篷窗。

中秋雨

其一

浓云如墨雨连绵，忽阻姮娥见面缘。万事岂能都满意，昨宵看过九分圆。

其二

邻家依旧起歌声，红烛高烧一室明。纵是年年晴有月，阿侬懒向六街行。

牡丹桃花合景

爱写浓葩不厌繁，洛阳城接武林源。笔花开处春如锦，风信难分第几番。

又牡丹二绝句

其一

醉态轻盈晕浅红，舞衣缥缈散香风。画阑记得相逢处，四角灯明锦幔中。

其二

一笑风前满面春，胭脂洒脱出凡尘。严妆未许刘桢视，分付仙云近护身。

自题月下看花小影

其一

苍苔径滑冻初融，绿水回桥宛转通。满树好花疑是雪，春光只在有无中。

其二

曲阑深处自徘徊，宛宛香风扑面来。花信休论今第几，才先十日早梅开。

其三

刻镂惭无好句成，临风何敢斗神清。团栾但看冰轮起，照到花梢不肯明。

其四

凝神底事费沉思，凉露沾衣尚未知。虚拟仙人空际下，珊珊琼佩怪来迟。

读宁弟感怀诗奉慰

离索频年看雁行，客途景况信难详。而今纵是嗟贫薄，姊弟居然共一乡。

初冬即事

帘帷高卷倚阑干，瓦上霜浓怯晓寒。篱菊已残梅尚早，暂将红树当花看。

画菊花

几夕新霜色愈妍，西风帘卷乍寒天。年来身比花逾瘦，画到秋容辄自怜。

梅花水仙合景

萧森玉骨原离俗，绰约冰姿更绝尘。知否岁寒同气少，合称世外两佳人。

梅花山茶合景

芳园风信几番催，开到山茶接玉梅。休笑红妆太粗俗，一般曾历雪霜来。

绿萼梅

湖冰乍泮迓春回，香动南枝次第开。一树恰临清浅水，分他寒碧染花来。

红　梅

晓日烘开烂似霞，巡檐索笑倍夭斜。幽香艳色能双占，不许人思第二花。

郑生小谷学画牡丹小幅因题

久荒笔墨觉清寥，偶忆名花对景描。羡尔轻年能作画，秾华点染十分娇。

赠上海张筠如女史即题其画卷

其一

生绡着手便成春，浅碧轻红点染新。不是替花摹小影，镜奁自写好丰神。

其二

学临粉本自髫年，家法清河笔最妍。别具灵心兼秀骨，恽冰真可继南田。

其三

郎君才艺亦兼精，深院时看绿绮横。彩笔乍停弦又响，花间人影一双清。

其四

香阁知名有几家，织云翰墨并堪夸。效颦侬愧东邻丑，敢唤青溪姊妹花。

答归佩珊夫人六首

其一

心香遥奉十多年，问讯频思托寸笺。忽喜九天珠玉堕，临风合掌拜花前。

其二

学吟偶取一编呈，多感题词费品评。好句胜他皇甫序，从今转恐负虚名。

其三

闺阁篇章近代工，绣余妙句更玲珑。萱闱自有相传谱，超出仓山女弟中。

其四

奇才休说少人知，万口争传咏古诗。想得草堂花月夕，一灯双管苦吟时。

其五

清贫争得百无忧，茂苑吴淞往返游。水曳罗裙山扫黛，年年惯逐美人舟。

其六

一面缘悭注想殷，连宵梦绕海边云。妆楼许结清吟侣，开到桃花定访君。

春日杂吟

其一

红闺草草过新年，可奈寒轻未暖天。箧里春衫多典去，为偿隔岁买花钱。

其二

几日春阴户不开，落梅庭院长青苔。今朝倍觉琴弦润，只恐窗前雨又来。

其三

啼鸟声中睡起迟，闲愁满眼懒成诗。未知红杏开还未，聊剪冰纨写折枝。

其四

湖山景色一番新，画舫清游渐有人。恰喜今年添闰月，未妨缓缓去寻春。

常熟省外祖母蒋太恭人适值八十寿诞作此奉祝

其一

再拜重瞻冰雪容，金闺稀见后凋松。称觞漫作冈陵颂，家傍虞山翠万重。

其二

犹识当年女外孙，从容问讯见慈恩。卅年旧事从头数，灯影玲珑笑语温。

其三

阃范端严是女师，一堂四代重威仪。休惊此日麻姑老，曾见蓬莱水浅时。

其四

依依难别又相扶，回望仙云隔海虞。欲借丹青增老福，呕毫亲作寿萱图。

早 秋

七月先看早桂开，侬家庭小惜难栽。金风恰自多情甚，吹得香从隔院来。

中 秋

未到昏黄月已明，中秋难得十分晴。回思去岁当今夕，红烛光中听雨声。

· 《抱月楼小律》卷二·

画牡丹呈陈云伯明府

饱咽仙山五色霞，笑拈斑管吐光华。从他百卉心生妒，不写人间第二花。

上海晤乔氏六姊喜作

其一

入门犹讶梦中逢，握手旋看露笑容。却怪来迟缘底事，桃花开处便思侬。

其二

行过书斋入绣房，小鬟捧到茗瓯香。袖中各有新诗草，今夜挑灯好共商。

自首夏至伏日往返虞山舟车历碌久离笔砚归坐北窗消暑补成四绝句

其一

两月吟身未得闲，束装几度到虞山。多情山色如含笑，迎我船过送我还。

其二

天净云丝树绝风，炎熇难避客途中。梳头懒更拗花插，孤负榴花火样红。

其三

雪色齐纨妙手裁，有人索画到妆台。不知我正愁心结，那有闲情搦管来。

其四

归来刚值嫩凉天，小病支离又自怜。琴网蛛丝书掩蠹，敢迟拂拭向窗前。

红　梅

依然铁石是心肠，偶晕胭脂作艳妆。自有诗人能辨别，更无花比此寒香。

绿　梅

乍讶苔枝未着花，岂知春已到贫家。一双跳脱何从觅，降下仙人萼绿华。

生辰自述

其一

重逢设帨敞兰堂，佛座亲烧一瓣香。漫把华年轮指算，但教六六数鸳鸯。

其二

美酝频斟琥珀钟，绿窗初日照芙蓉。后花三日生辰好，羞见花容胜妾容。

其三

夫婿情豪礼法疏，行年四十尚闲居。功名一笑知无分，卧对青山读异书。

其四

持家辛苦近粗谙，蔬水尝来味亦甘。只怪投怀无玉燕，十年空自佩宜男。

其五

家树骚坛盛昔时，深闺弱息敢论诗。一编自愧灾梨枣，敢望微名后世知。

其六

屏悬图幛几横琴，长夏消闲乐可寻。缀得短章聊自寿，琅琅听取女儿吟。

题暧城金坚斋先生卧游图

其一

名迹收藏富满家，从知癖结在烟霞。即论册内诸图画，墨妙当今已足夸。

其二

卧游真合老江城，一室云山照眼明。他日我来横绿绮，定教四壁起秋声。

白桃花

帘纤小雨掩柴关，露井花开斗玉颜。梦逐蝶魂枝下宿，犹疑春尚在孤山。

白牡丹

羞涩群芳半已残，团团玉影压朱阑。直看洗尽豪华气，国色何嫌带雨寒。

题申江女士沈吉云《昙影楼遗稿》

其一

未识人间伉俪情，居然已字尚含贞。此身恨不为男子，甘奉慈亲过一生。

其二

形影相依抵死怜，共拈罗带极缠绵。无端忽绾同心结，抱入清池作水仙。（女士与沪城主讲祝简田太史簉室乔六顺交契甚密，每值太史远出则同宿讲院，一夕以巾带互缠投池而死。）

其三

昙花才现已无痕，零落妆楼剩稿存。合比离骚经一卷，凭谁读罢与招魂。

题二卯山人传奇三种·樱桃梦

其一

弹压风姨仗酒星，玉缸三百当金铃。果能护得花长好，但醉花前不愿醒。

其二

打窗风雨夜凄其，手剪凉灯卷重披。侬正悲秋添瘦病，可堪又读饯春词。

题二卯山人传奇三种·鄱阳月

其一

展卷难禁泪暗流，怜他奇节出青楼。同心岂亦遭天忌，未许团栾到白头。

其二

去留一决未分明，小杜难辞薄倖名。纵托成仙聊释恨，成仙未必定忘情。

题二卯山人传奇三种·广陵钟

其一

美人名士概飘零，剩水残山战血腥。一样南朝哀艳事，填词何让孔云亭。

其二

打劫棋残局已收，春光依旧满扬州。只余骑鹤飞仙到，闲听钟声倚寺楼。

乔鹭洲茂才寄示月满楼秋日之作为和二绝

其一

疏花瘦石境清幽，百尺楼高一览收。想得心闲工索句，凭阑吟尽满园秋。

其二

凉夜初深白露泞，四窗清影不胜寒。分明天上神仙府，玉宇琼楼一样看。

兰　花

不共千花艳一春，湘江明月认前身。风流自赏常含笑，休道芳心解媚人。

从外学画兰

其一

分拈斑管扫苔笺，缕缕清芬出袖边。一叶一花看已足，可知妙处在天然。

其二

绝无稿本展离骚，摹写幽芳笑太劳。竹屋纸窗秋雨冷，夜来同梦到湘皋。

冬日杂书

其一

傲霜枝剩几花开，绿叶依然覆砌苔。时有诗翁与琴客，不嫌荒寂到门来。

其二

荒岁持家奈此时，空囊羞涩有谁知。平生浪被人称巧，无米终难强作炊。

其三

棐几湘帘一室宽，画图爱对碧琅玕。恰如杜老佳人咏，翠袖无言倚暮寒。
（时锡山吴松崖先生写墨竹小幅见赠。）

其四

深掩重门岁欲阑，诗题九九借消寒。红炉小火亲烘砚，好句难成墨易干。

寒夜小饮

宵深细酌密垂帘，兽炭炉中取次添。渐觉春生方寸暖，不知霜已压重檐。

孙心青太史以道华夫人《长真阁集》见贻书此奉谢

其一

贻我琅函两卷新，性灵语语见天真。分明绣谱遥相授，谁说金针不度人。

其二

生而天教妙笔开，清于秋月绝纤埃。试将历代名媛较，公论应推第一才。

其三

无缘识面但心倾，想见襟期一味清。何日玉台长侠拜，亲传彩笔作门生。

雪

其一

宵深寒重梦魂清，欹枕微闻飒飒声。未到晓钟天已白，冷光直射纸窗明。

其二

连天一色白漫漫，忽地风来舞作团。应为玉梅消息杳，先教老树着花看。

口占示两女

帘栊明暗影模糊，风峭天寒日易晡。但得眠迟还早起，何曾妨却绣工夫。

又 雪

侵晨又讶玉花飞，顷刻林园白四围。任没径苔休便扫，畏寒我总掩柴扉。

除 夕

其一

如此清寒雨满天，喧声扰扰六街前。深闺辛苦持家久，又共梅花老一年。

其二

囊剩青钱已尽倾，酒逋花债了难清。拈毫待写宜春帖，又听柴门剥啄声。

新正试笔

缥缈万轴伴闲身，合与三生有夙因。一卷乍摊心便静，幽窗细雨最宜人。

画 兰

一花一叶影纤纤，笔墨无多未可添。相对恍闻香在室，蒙蒙春雨下湘帘。

蕙

乍转光风吐玉芽，不将真色斗纷华。较他空谷香何异，原是湘江姊妹花。

寄珮珊夫人

其一

乍喜阶前冻雪融，趁晴便拟访仙踪。定知一见情如旧，昨夜先曾梦里逢。

其二

触景吟成信手抛，粗心未解细推敲。要求掾笔删裁定，断句零篇特地钞。

其三

学浅深惭百不知，空疏翻诩性灵诗。竟无一卷书曾熟，问答应愁见面时。

晤珮珊夫人后又寄

其一

果然见面胜闻名，温语真堪慰半生。替我两人心作证，碧阑干外月弦明。

其二

枵腹论诗最是难，幸逢绣阁有词坛。而今悟得风骚旨，不乞仙家换骨丹。

美人月下焚香图

雀炉缕缕篆烟飘，心字分明未肯消。一角湘帘半钩月，可怜人伴可怜宵。

春夕同长女淑贤

湘帘卷起又黄昏，满院花香露有痕。秋月争如春月好，一般照影却温存。

喜珮珊夫人过舍

其一

预呼小婢扫苍苔，亲迓香车小阁开。不负诗人题额意，果邀天女散花来。
（心青太史曾署小斋曰"散花天室"。）

其二

娓娓清谈坐碧纱，留君消得紫茸茶。襟怀潇洒诗情健，闺阁中堪数大家。

其三

萍踪相聚总前因，还拟他时结比邻。同是赁春倚庑下，两家一样耐清贫。

画红绿梅呈舅母廖夫人

几费东君渲染忙，淡红浅绿斗新妆。才逢第一番花信，已觉繁华比艳阳。

仲春之望，双树先生偕心青太史、小真茂才、红雪山人过散花天室，适珮珊女史亦至，流连竟日，山人为作雅集图，即题其上

其一

红阑干外雪初消，日放晴光满绮寮。忽喜联翩裙屐至，芳辰同赏古花朝。

其二

布衣狂客锦袍仙，挥麈高谈压四筵。更有兰闺女都讲，新诗脱口诵花前。

其三

有情能不共怜春，绿已盈阶草色新。暂拨闲愁须命酒，一尊先自酹花神。

其四

迟迟圆月出林端，客尚流连兴未阑。多感濡毫传雅集，玉梅花下写图看。

长女淑贤学画牡丹戏题二绝

其一

一朵初经晓露开，三分红晕粉凝腮。神仙骨格非凡艳，岂是胭脂画得来。

其二

染翰朝朝事写生，春深蓬户一家清。画成惯被名花笑，毕竟难忘富贵情。

与外论画

其一

丹青秘诀果何如，落笔先须习气除。但具妍姿无秀韵，个人终欠读诗书。

其二

频年涂泽污冰纨，浪得虚名意未安。愿洗箧中脂粉笔，只将淡墨写幽兰。

其三

腕底真难骤老苍，遍临旧迹费评量。绣奁鬷画寻常事，对客挥毫亦未妨。

读问花楼集吊梅卿女史

其一

夫婿才名遍九州，同心佳耦爱同游。年年踪迹萍飘惯，卷里诗多写旅愁。

其二

闺秀三吴数此人，生悭一面怅无因。画楼想在花深处，谁更凭阑问好春。

书谢香严茂才瘦吟别集后

其一

花开红豆感难禁，梦醒樱桃恨又深。擘尽彩笺书本事，腰肢吟瘦到如今。

其二

何堪哀乐逼中年，回忆华鬘境渺然。一寸春心灰未尽，箧中别集又重编。

春 雨

灯晕红花掩小斋，一宵春雨称吟怀。残梅已分飘零尽，檐溜玎玱听亦佳。

雨 霁

朝来喜鹊一声声，未损花枝雨早晴。添得满溪芳草绿，销魂春已近清明。

赴虞山舟中作

其一

炊烟几缕趁风斜，小市人喧半酒家。回首春城犹未远，沿溪看过万桃花。

其二

飞飞双蝶逐船遥，袅袅垂杨隔岸招。不是行人心事急，何妨随处小停桡。

其三

一条路熟几回经，遥指虞山似画屏。舟自徐行山渐近，试看澹翠变浓青。

蒋氏外祖母出示先大人手书悼继母蒋恭人诗稿感述二首

其一

残笺乍展便伤神，三十年来墨尚新。欲洒泪珠还强忍，奈他白发八旬人。

其二

悲欢琐屑尽成诗，尚在家贫未仕时。后此仍嗟春梦短，儿孙漂泊有谁知。

初夏病起

花残荼尾尚余香，小病经旬强起床。自觉伤春心甚苦，坐来怕近药炉旁。

理 琴

旧曲重温指不灵，弦调初觉韵清泠。病余借此闲消遣，家事休来絮我听。

重过狮子林时李心庵农部寓此口占奉呈

其一

探奇何厌百回来，一径盘旋绕石开。约略不盈三亩地，是谁幻出小蓬莱。

其二

不种花枝四面环，翠藤倒挂古松弯。园林多少夸繁艳，真趣何能及此间。

午日偶书

其一

懒看榴花照眼明，贫逢佳节少闲情。笑他两女娇痴甚，隔夜钗符已制成。

其二

晴阴不定正梅黄，犹怯余寒坐绣床。浑讶今年时令误，绵衣未脱过端阳。

赠汪小韫夫人

其一

曾把吟笺认姓名，玉容难见久心倾。神仙眷属吹箫侣，福慧双修到此生。

其二

怀里新添小凤凰，筵开汤饼敞华堂。人间喜事无过此，先向重闱奉一觞。

梅 雨

其一

淙淙檐溜似帘垂，渐看方庭变小池。一榻炉香拥书坐，都忘薪湿午炊迟。

其二

入夜翻盆势更颠，银缸照壁不成眠。床床屋漏何妨避，闻说山农好种田。

画荷花赠闺友

翠盖参差晓露倾，凌波独立影分明。何曾略受污泥染，水月光中过一生。

白荷花

片片溪云冷不流，花开如雪露光浮。十分净极浑忘暑，独抱冰姿向素秋。

偶 成

一瓯苦茗碧浮香，消受如年白昼长。随手乱翻书几页，卖花声过已斜阳。

凉 夜

纸窗不掩一楼空，湘簟横铺易受风。半夜梦魂清似水，那知身卧月光中。

惜花小憩图珮珊姊嘱题

其一

一坪芳草软于茵，小憩风前蝶绕身。莫讶惜花情太重，美人原是属花人。

其二

沉吟欲去复低徊，花信无多次第催。杏雨梨云如梦过，最迟看到小桃开。

聚芳呈瑞图（图为茸城张且耕筐室丁寄生偕其四女合作 珮珊姊携来索诗为书二绝）

其一

红闺消夏境何清，斑管分拈各写生。比似联吟同觅句，五人合作一诗成。

其二

丹铅着处幻云霞，艳色妍姿宛共夸。就里阿谁称老手，画将玉树领群花。

集和堂雅集口占

其一

茶瓜堆案酒倾瓯，弹罢瑶琴韵尚留。只惜今宵少明月，卷帘先赏一庭秋。

其二

缘深翰墨各聪明，契爱应知出至情。吟遍新诗评到画，又牵清梦落茸城。
（时筠如妹归宁在家。）

为鹭洲茂才题玉女名笺册

其一

短幅零星叙旧欢，长篇重叠写愁端。多情一入才人手，便作琅函秘笈看。

其二

何须词翰定精专，但解拈毫已足怜。零乱粉痕和墨沈，芸香长护薛涛笺。

秋　怀

西风着意做凉天，不定帘栊荡槛前。早有垂杨感萧瑟，清阴未得覆鸣蝉。

自题帐檐画兰

其一

一幅吴绫下剪迟，商量制作帐檐宜。傲他八宝流苏饰，写满丛兰更写诗。

其二

疏疏密密叶交加，露出情根与恨芽。病起自怜消瘦甚，帐中人似画中花。

其三

绣帏悬处定吹香，倒影离披恰罩床。从此绿窗秋夜月，伴侬幽梦落潇湘。

仓莲庄刺史属画莲因图系诗四绝

其一

举头忽睹法王居，遍礼慈容惝恍余。半晌不知身在梦，衙斋清冷晓钟初。

其二

曾种池莲结净因，襟期如水绝纤尘。佛名经尾题名在，或本莲花座下人。

其三

一椽精舍倚云根，诗画淋漓满壁存。大好幽栖果何境，还应不远板桥村。

其四

频烦妙手作图传，也是三生翰墨缘。笑我绣奁无粉木，含毫遍想四禅天。

乙亥十月望移居白杏吟巢诸诗人见过口占奉呈

其一

市廛杂处厌喧哗，拟卜幽居愿未奢。终欠买山赀十万，依然傲屋暂移家。

其二

指点城南碧树阴，小桥流水境幽深。携来家具人休笑，一束残书一古琴。

其三

房栊明净绝纤埃，庭角花枝任意栽。恰喜旧时楼上月，清辉一样上窗来。

其四

何碍清贫食砚田，诗人来访尽流连。隔篱呼酒频供醉，自有丹青可卖钱。

寒夜月色甚皎

其一

记得移家月正盈，连宵吟赏遣幽情。团栾又见冰轮满，似照新居分外明。

其二

仰首青天绝片云，露华如水湿侵裙。几人能耐清寒况，我独凭阑到夜分。

梅 花

影照清波自写真，直疑明月是前身。众芳如梦无消息，先吐心香占早春。

天 竹

离披枝叶翠阴寒，顶上圆匀结实攒。寄语相思一双鸟，莫猜红豆去衔残。

岁暮偶吟

其一

门径荒寒雀可罗，索逋客去少人过。贫真彻底谁能信？尚羡图书四壁多。

其二

典衣易米晚炊迟，冷雨幽窗卒岁时。聊遣愁怀作清课，篝灯自校一年诗。

丙子元旦

其一

听得邻鸡第一声，柴扉闭稳待天明。暂时宽我心头事，便祝新年十日晴。

其二

澹泊家风喜共安，厨空何计办椒盘。布裙怜汝垂鬟女，拜见依然一笑欢。

雪　望

半夜寒衾卧不温，晓看大雪白连村。移居到此惊奇绝，万顷琼田正对门。

盆中水仙

风裳水佩古仙装，伴我横琴坐曲房。恰与庭梅同耐冷，一窗风雪自吹香。

茸城待潮拟访织云女史不果书寄二绝

其一

准拟相寻待诘朝，浅滩舟阻不通潮。最怜咫尺犹难见，他日思君百里遥。

其二

梅飘粉瓣落船舷，杏破红梢出岸边。似展锦香居士画，江村风景早春妍。
（织云自号锦香居士。）

自　嘲

日满湘帘睡起初，安排笔砚傍窗虚。平生自笑涂鸦拙，却怪人多索我书。

古花朝虞山舟中作

其一

忽惊春又五分过，难挽韶光似逝波。犹喜一番寒勒住，百花开放未全多。

其二

垂杨系我木兰船，客里花朝倍可怜。难忘去年当此日，众仙同集散花天。

忆　家

其一

双女依依故近身，同来婢仆亦相亲。眼中纵算全家在，那有闲怀赏好春？

其二

敝庐遥忆子城东，门俯春波一棹通。愁绝潇潇连夜雨，桃花应落满溪红。

南园踏青词

其一

芳畦一碧草痕深，软称弓鞋曲曲寻。蝴蝶双飞引人去，前头知有好园林。

其二

磬声幡影水东西，花暗禅房径欲迷。市上红尘飞不到，一重柳护一重溪。

其三

疏梅繁杏几番开，又讶桃红点翠苔。忽雨忽晴春渐老，游人剩为菜花来。

其四

双桥流水别成村，画舫都看系岸根。恰喜侬家当胜处，衣香不断到蓬门。

新葺旁舍诗以题壁

其一

吟屋三椽小似舟，芦帘纸阁境清幽。仅堪坐卧消长日，写韵何须更起楼。

其二

窗安栏设屡经营，有几囊钱已尽倾。应识衔泥一双燕，辛勤不易见巢成。

过陆氏园

其一

绿阴浓护小池台，人比游鱼逐队来。谷雨今番花信准，三朝果见牡丹开。

其二

寻诗几遍绕回廊，蜂蝶争喧下夕阳。蓦听旁人猜姓氏，知侬家亦近沧浪。

其三

徘徊栏侧上舆迟，欲检名花折一枝。似此林园春不浅，合教补入踏青词。

种　花

高干低枝整复斜，窗前位置势交加。园丁笑我因循甚，过了花时始种花。

春残苦雨

其一

绿抽芳草已芊芊，红堕残花满砌边。一日喜晴三日雨，今年春尽最堪怜。

其二

欹枕终宵梦不成，潇潇渐渐到天明。颇闻野老忧农事，岂独闺中厌此声。

自题稿后

俚词何敢向人夸，聊遣心情纪岁华。下笔终嫌才力薄，漫云一体已专家。

《抱月楼小律》跋

抱月楼诗，独写性灵，尽芟肤廓，故能玲珑清脆，妙绪纷披，时或矫健雄奇，声情激越，求之闺阁，罕觏其伦。顾所作惟七绝一体，而众体未备，人或少之，殊不知诗之各体，惟七绝最难，非神而明之鲜有合作。且古人中亦有以一体擅长见称于世，或众体兼善而一体未工者，又何必强所不能，以求美备哉？前刻出而问世，已不胫而驰，兹复衷其续稿，属余略为删辑，授之梓人，将见风雅之流，争先快睹，人手一编而不忍释。作者年未四十，积以岁时，充之学力，或能诸体咸备，奄有众长，其所诣未可量也，为识数言，拭目以俟。

嘉庆岁次柔兆困敦春病月既望龙岩林宝（原名镐）手跋。

（清）胡相端撰《抱月楼小律》，清嘉庆二十一年（1816）刻本

【整集收录二】

《散花天室稿》序[1]

散花天室者，智珠女士从其夫子梅甫茂材之所居也。女士为吾同年胡衡斋太守之女。余宰平江时，太守杠过，乐数晨夕。后余迁江北，不相闻者十余年。今见女士，始知太守入都复客于杭而卒，家世中落，茂材为许穆堂侍御之三子，亦失旧业，挈眷侨苏。念晨星之既杳，稔西华之莫怜，未尝不恻然伤怀也。女士长于诗画，诗工花蕊夫人体，画在仲姬冰仙之间。心细如发，而书肖之，气清若兰，而琴传之。茂材为儒医，尤精绘事，两女皆善琴解吟，擅熙荃法。傥所谓天女散花者非耶？入其室，鸿案相庄，缝幔高悬，午达问字，环珩讲业，家无斗筲，门有轩盖，论者以为刘刚文箫神仙眷属也。然女士别有寄慨，形诸笔墨，刻有抱月楼诗二卷，极窈窕蕴藉之致。今又葺近作一百四十余首，为散花天室稿，属余点定，隽永之中更臻闲淡，如《横琴》

---

[1] 胡相端《散花天室稿》共三卷，分二集，其中卷一、卷二为一集，卷三为二集。一集有序一篇，唐仲冕作，题为《〈散花天室稿〉序》，位于卷一前。二集有序三篇，分别为李廷芳、钱杖、陈邦泰作，见本书第152～153页《〈散花天室稿〉二集序》、《〈散花天室稿〉卷三序》及《陈邦泰叙》。

《供菊》诸章，何等领会。盖结习已除，参得妙明法界矣。而余于此，转不胜其抚琴闻笛之感也。因书之以为序。

岁在丁丑夏六月既望陶山唐仲冕撰于苏州之并蒂庐。

·《散花天室稿》卷一·

月夜听两女弹琴

绿绮双横傍绮寮，朱弦十四一时调。心心相印声声协，定有娇鸾下碧霄。

题林远峰山人双树图

其一

诗仙游戏托尘寰，以姓名图亦太顽。今古林家两处士，画中双树胜孤山。

其二

与树相依且少留，空山叶落不知秋。虬柯若化苍龙活，跨稳先寻少室游。
（时将有中州之行。）

买春赏雨图

其一

半幅缃帘湿翠寒，云迷千个碧琅玕。分明画境传诗境，乞我留题著句难。

其二

人影瘦还同竹影，雨声清似和吟声。一壶共醉茅檐底，转怕啼鸠唤晚晴。

芍药花放同长女淑贤作

粉澹香清引蝶来，四围浓绿罩楼台。东君怕泄春光尽，最好花教最后开。

重过虞山书寓斋壁三绝句

其一

水边林密画眉啼，城上山横翠黛低。添得一篙新涨绿，停舟不辨旧时堤。

其二

凄凄四月尚余寒，红药当阶幸未残。乍漏日光还洒雨，苍苔湿透久难干。

其三

无聊心绪与谁谈，听雨连宵住水南。长昼三眠又三起，刚逢病懒似春蚕。

长真阁社日觞梅图

其一

花前客与燕同来，花下倾壶酌玉醅。画笔诗篇皆纪实，今年社日始开梅。

其二

重叠疏枝压画廊，月中人影也生香。是谁先醉先成咏，一片花飞酒一觞。

口占寄佩珊姊

香车有约过蓬门，一卷新诗待共论。不见珮环花外至，累侬伫立到黄昏。

晚　景

垣低容易下斜阳，早见新蟾一点黄。满眼诗情吟未就，绿阴如雨湿罗裳。

病　述

其一

书懒开函笔懒拈，小斋欹卧掩缃帘。无从觅得安心法，触着闲愁病又添。

其二

香茗疏来药里亲，腰肢瘦称苦吟身。喘多怕与人相语，两女无知问字频。

其三

倩婢扶行弱不支，闲阶小立碧苔滋。关心昨夜风催雨，无力蔷薇倒几枝。

酬徐澹安先生

其一

扁庐绝艺继前贤，廿载名高海内传。结习未除还弄翰，医仙谁识即词仙。

其二

不出山林道亦成，也同良相活苍生。终年门巷喧车马，心地翛然总太平。
（巷名小太平。）

其三

深闺若与病为仇，多感灵丹两剂投。争奈蕉心常自卷，纵然销病不销愁。

其四

偶献丹青未足夸，翻蒙好句赠瑶华。闲窗方戒拈毫苦，又动清吟倚碧纱。

漫　成

其一

鸟声喧处梦初回，病懒梳鬟婢屡催。谢尔卖花人送到，一篮红露滴玫瑰。

其二

只托闲吟遣闷怀，药烟影里坐萧斋。尝新喜是樱桃熟，记折花枝自下阶。

观长女淑贤画牡丹小幅

其一

离离带露色娇华，纸上分明散绮霞。知否红颜多命薄，旁边休画小桃花。

其二

旧稿翻新费较量，花头好在势低昂。不宜多费奁中色，绝世丰神爱澹妆。

蚕 豆

花开低傍菜畦边，四面匀圆结实鲜。记取尝新其樱笋，南园四月养蚕天。

笋

一番雨过迸篱根，侵晓锄来带雨痕。笑我病中方戒饮，为尝清味又开尊。

午 日

其一

嫣红未放海榴枝，长昼无聊睡起迟。闲拨熏炉烧白芷，薄寒犹似暮春时。

其二

敲窗忽听雨声来，渐见冥冥湿翠苔。孤负山塘水嬉节，画船游女一时回。

题次女淑慧画墨兰

一蓊香清雨乍残，轻风澹荡拂红阑。不矜颜色矜心素，当作幽窗静女看。

僻居南城投诗者甚众偶拈一绝

寒闺何敢附名流，屡见诗笺户外投。一曲沧浪水清澈，词人多在水南头。

敬题先舅侍御公蕉阴执卷图

其一

朝衣脱却赋闲居，稳卧沧江十载余。悟彻浮生俱梦境，绿蕉阴里自翻书。

其二

不复风前想玉珂，此身已分老烟萝。画师善写骚人意，秋气萧森纸上多。

其三

两鬓皤然古貌慈，焚香展视不胜悲。百篇诗史曾亲授，犹忆堂前问字时。

自题琴松风图

其一

乱云如絮裹山深，谡谡松涛响一林。仙境非遥频梦到，苍苔白石坐横琴。

其二

画工补作此图宜，写出无声太白诗。浓翠湿衣幽壑冷，正看素月出林时。

其三

一片空明夜景妍，泠泠清韵乍调弦。居然身在烟霞窟，貌纵非仙骨已仙。

其四

露侵风逼漫相催，胆怯空山意欲回。一曲未终清籁发，凤鸾啸下碧天来。

秋宵立月图

其一

竹梧相击响萧萧，云破蟾光照寂寥。如此凉秋风露冷，为谁惆怅立中宵。

其二

清辉已满一方庭，童子垂头睡未醒。渺渺闲愁寄何处，诗成吟与素娥听。

白石榴花

谁将清露洗朝霞，到眼疑非五月花。昼永水晶帘卷起，澹妆人亦卸铅华。

白蔷薇

柔枝嫩叶贴银墙，花作圆涡露粉光。一折小阑人静后，月明风细但闻香。

题唐春桥上舍静虚室稿

其一

笔上生花舌吐莲，艳词尤妙写鸾笺。终看韩偓存诗品，别取香奁一体编。

其二

共命文禽集一枝，何堪双影遽差池。西风落叶凄清夜，屡赋黄门感悼诗。

其三

色界华鬘旧有因，难圆好梦怅三春。可知禅榻茶烟畔，早悟楞岩妙谛真。

其四

竹梧仙馆小灯红，醉谱新词调更工。洗尽梦窗金粉腻，瓣香应奉玉田翁。

过南邻静虚室赋呈唐太孺人

其一

相望衡宇看花来，花下双扉为我开。多谢白头贤阿母，隔宵呼婢扫苍苔。

其二

高堂争卷缝帷纱，尽室相迎笑语哗。怜我病余心倍热，金盘先剖绿沈瓜。

其三

帘栊明净槛幽深，花木萧森日易阴。绝胜云林清閟阁，许侬小坐一横琴。

苦 热

红日烘窗眼倦开，炎氛难避倚妆台。一年最苦逢三伏，偏是秋风盼不来。

复病呈澹安先生

瘦腰禁得病消磨，又枉高轩两度过。不惜神方教驻景，仙人自古热肠多。

题次女淑慧画牡丹

自然富贵出天姿，百宝阑前见此枝。霞彩云芳描不尽，借谁彩笔更题诗。

又题画芙蓉

临池斜出一枝花，摇曳风前散绮霞。不作人间寒女态，经秋颜色愈妍华。

题耕岩钮生绿天染翰图

其一

买得芭蕉种一林，几番疏雨叶成阴。爱携笔砚中间坐，篱外人看绿雾深。

其二

草书不学醉僧狂，隶法曾摹汉与唐。一叶翦来聊当纸，风前挥洒墨云凉。

题小谷郑生画白荷花

冷香一片荡江烟，翠盖参差映碧涟。貌取水仙新出浴，亭亭对立晚风前。

题孙杏峤秀才梧阴小憩图

其一

满院凉阴扬碧云，科头小坐正斜曛。清标不许纤尘染，一树高梧共此君。

其二

心闲却懒展残编，无际秋情思渺然。一扇手中开复摺，新诗哦就晚风前。

题震泽王研农秀才白燕倡和集

其一

梨花庭院二分春，双燕飞来雪色新。赢得才人亲浣笔，貌他天女澹风神。

其二

名高崔郑并风流，极意翻新句共酬。较胜铁崖夸座上，吴融一序足千秋。

（集有谷人年伯弁言。）

病起重诣澹安先生

未能半晌得翛然，应笑先生悔学仙。竹室籐床清冷甚，昼长惟有一琴眠。

七夕词

其一

穿针楼静晚妆妍，酒果争排乞巧筵。侬有闲情诉牛女，别将香粉散诸天。

其二

红阑东角夕阳过，露坐空庭夜气多。妒煞昏黄一弯月，照他双影渡银河。

舟中即景

其一

舟近渔矶白鹭猜，凉风满棹四窗开。荷花已尽蘋花老，早觉秋从水面来。

其二

几家茅舍夹疏篱，桥塌堤平古柳欹。忽忆前年曾过此，溪流如线橹行迟。

题帐檐画兰

盆兰窗外早抽芽，几箭花开映碧纱。夜半微香吹入梦，不知是画是真花。

画秋海棠

娇颜常似酒微曛，占得秋容有二分。却忆下阶亲手摘，伶俜瘦蝶绕缃裙。

玉簪花

冰魂雪魄早迎秋，香气浓熏小阁幽。绝胜云鬟簪一朵，蜻蜓误认玉搔头。

栀子花

的的花明月上时，暑中那得雪封枝。问他一树庭前放，结就同心赠阿谁？

秋 窗

其一

秋窗病起卷重开，凉意萧骚满镜台。隔院木犀花早放，晚风无赖送香来。

其二

未秋早已抱秋心，听到秋声感不禁。只爱宵来凉月好，流光照我弄瑶琴。

程也园吏部枉过敝庐赋呈四绝

其一

寒闺早识寓公名，得见偏迟悔半生。竟枉高轩来陋巷，呼童净扫绿苔迎。

其二

闻与先公是旧知，十年前事忍回思。情深父执同师长，问字何须隔绣帷。

其三

毫宕襟期响绝伦，挥金结客不知贫。玉山水绘风流杳，近代如公有几人。

其四

深掩寒闺负岁华，乱书堆里作生涯。粗才那得工吟咏，惭愧殷勤誉左家。

为林砚庄上舍画红绿梅小幅

浅红深绿斗斓斑，疏影依然水一湾。多少湖边桃柳树，早分春色到孤山。

听春图

其一

一半红阑绿树遮，玲珑花馆拟仙家。细帘卷起春刚晓，处处莺声面面花。

其二

春寒春暖语分明，倚槛临风听有情。只恐春归花事歇，枝头啼遍不成声。

画牡丹

明艳常如带露华，几枝开向美人家。群芳相较都无色，直是仙云幻此花。

横琴四绝句

其一

萧疏秋影满闲房，磁斗兰抽几箭长。调罢冰弦弹一曲，幽花如笑尽吹香。

其二

琐窗正向绿阴开，秋气高梧叶上来。调罢冰弦弹一曲，碧云片片堕苍苔。

其三

连宵月照小庭幽，向晚开帘赏素秋。调罢冰弦弹一曲，冷光如水入窗流。

其四

阶前老鹤瘦玲珑，凉露如珠滴玉翎。调罢冰弦弹一曲，教他仙梦霎时醒。

供菊词

其一

正怜金粟委苍苔，喜见园丁载菊来。难得今年重九节，此花已报十分开。

其二

疏疏密密一枝枝，整整斜斜位置宜。人坐中央花四壁，居然野趣似东篱。

其三

渐移斜照入疏棂，五色霞光烂一厅。向夕更烧红蜡看，层层写影上秋屏。

其四

蓦地西风拂槛寒，重帘深锁不吹残。花中惟此开能久，仅约诗人匝月看。

其五

细碎幽香簇素襟，秋闺多病识秋心。定无人笑腰围减，对尔裁诗称瘦吟。

酬徐鸿宝秀才惠笔洗佳墨

其一

笔有纤尘画未妍，教侬净洗取寒泉。定磁一片须珍重，常置琉璃砚匣边。

其二

古墨庚庚发麝香，欲磨未忍好收藏。分明诗老当年物，上有金镂字一行。
（面镂昙绣先生吟诗墨七字。）

题鸿宝鲸犀集

其一

弱冠能诗久共夸，兰苔翡翠擅鲜华。年来忽变清苍格，手掣鲸鱼俨大家。

其二

蓬莱旧事记惺惺，怅望仙宫隔杳冥。梦里教君归故砚，模糊云篆认题铭。

题吴倚云女士金海楼稿

数首词传戛玉音，爱他佳句百回吟。临风宛与佳人见，如水罗裳坐绿阴。
（用集中句。）

海上舟中偶成

其一

近游又自叠轻装，侵晓门前上小航。耐尽清寒篷底坐，开箱添着旧衣裳。

其二

败芦枯苇自萧萧，十里沙塘未落潮。乍讶雁声天际下，咿哑柔橹一枝摇。

其三

推篷日影澹迷离，雾重浑如雨散丝。此际城中人未起，已看村舍作朝炊。

追挽张筠如夫人

其一

尘世难留鸟爪仙，匆匆一别隔人天。哀词欲写难拈管，安置心头已一年。

其二

记来相聚每经旬，花里哝哝语笑亲。何忍重过旧妆阁，画帘垂处了无人。

其三

相知情重怕思量，特地来偿泪数行。吹面海风寒雨细，并添此日意凄凉。

题筠如画册遗迹

其一

绝世佳人再见难，空留妙迹在冰纨。无多小幅尤珍重，几度挑灯掩泪看。

其二

平生早悟画中禅，绝艺真看过马荃。何苦聪明神耗尽，描摹活色太鲜妍。

其三

苟郎难忍泪渍渍，看罢收藏付小鬟。此卷长留人俨在，画中花即玉人颜。

红楼梦传奇载，林颦卿花朝生日，海上乔鹭洲茂才戏于斯辰，招同社诸君以酒果祀花，即为颦卿寿作征诗小引，和者如云，为赋四绝

其一

芳林系遍艳红绡，填出新词谱玉箫。不独为伊花上寿，个人生日亦今朝。

其二

眼前花满万枝新，强半前身是玉人。独有幽兰低泣露，分明眉黛一双颦。

其三

红闺不少有情痴，卿最怜花花自知。千点落红千点泪，断肠忍读葬花诗。

其四

炉香微袅洒温醨，竞向花前捧一尊。毕竟潇湘馆何处，年年此日与招魂。

闻雨思归

忽闻细雨洒窗纱，知是风吹一阵斜。休更酿成长日雨，扁舟未得便还家。

舟中见木芙蓉

瘦影伶俜傍水□，清霜特为洗胭脂。比他岭上梅开早，此是冬花第一枝。

对酒当歌图

其一

歌声宛转意低回，劝尔频倾玛瑙杯。自有天风吹酒醒，莫辞烂醉玉山颓。

其二

兴酣喝月更飞觞，酒气都看化月光。爱听琼箫吹到晓，恐伊罗袂不禁凉。

过毕氏园谒母姨曹蘋香夫人即呈姨丈香墅都尉四首

其一

清池峭石古亭台，深锁园屏特地开。此日恰逢摇落候，花时悔我未曾来。

其二

广厦当年覆庇周，尚书风雅足千秋。只今八百孤寒客，犹对文孙忆故侯。
（此诗感慨遥非寻常不栉所能道。）

其三

卅载流光石火更，两家疏阔旧亲情。相逢各溯儿时事，不觉模糊似隔生。

其四

林下风清数大家，珊珊琼珮曳云霞。芳年采遍仙山药，配得闺中孝女花。
（夫人有仙山采药图。）

咏冬日菊花呈曹氏外祖母

其一

瞥见幽葩一簇黄，仲冬犹道是重阳。风霜历尽花难老，愈使人间重晚香。
（识见高卓。）

其二

绿叶萧疏尽耐看，灵根溉水不曾干。天然抱得冬心在，欲伴梅花度岁寒。

岁杪杂吟

其一

未飘腊雪已东风，墙下冰泥暖欲融。屈指残年余几日，愁生半夜雨声中。

其二

两板衡门掩水边，在城如野境翛然。渐看绿到庭前草，小住南园又一年。

其三

如穗残灯伴独吟，时闻爆竹响更深。囊空不作明朝计，且对梅花理素琴。

画岁朝图呈吴玉松太守

几年宦迹滞天涯，今日安闲始在家。领略故园风景好，岁朝清供岁寒花。

偕佩珊姊过玉松太守涵碧楼留题

其一

十二红窗面水开，琉璃浮碧净纤埃。一宵雨过春波长，无数惊鸿照影来。

其二

四围只与万花邻，景色更番到眼新。昨夜月明浑似昼，吹箫定有倚阑人。

题漱霞夫人拈花小影

其一

屏山六曲蔽书床，妆罢闲吟春昼长。消受仙家清净福，一瓯绿茗一炉香。

其二

幽兰或本是前身，一笑拈来气味亲。懒看春花桃李艳，红闺原有素心人。

玉兰花

未叶先开一树花，书空银管势腾拿。春风吹遍全无色，合种瑶台玉女家。

山 茶

儿女花能历岁寒，一株好共玉梅看。娇颜如笑红初晕，偷舐仙人绛雪丹。

题长女淑贤画

绀梅乍放绿窗深，似与幽兰共素心。清赏最宜人对坐，半帘疏雨静横琴。

十九日偕佩珊姊重过涵碧楼小集，以长女淑贤寄漱霞夫人膝下再呈四绝句

其一

神仙夫妇共怜才，容我论诗拜玉台。指点花津一湾水，两番挈伴荡舟来。

其二

花下琼筵泛碧觞，玉梅早绽水仙香。拈花各赌藏钩巧，不觉沈沈漏点长。

其三

拂面东风雨脚斜，春灯尚闹万人家。不嫌今夕云遮月，为有楼前火树花。

其四

随行稚女太娇痴，偏荷垂怜阿嬰慈。小草自惭根太弱，寄生许附最高枝。

题周云岩山人《韵兰草堂图册》

其一

人影团圞小阁深，风吹兰气袭幽襟。丹青自写庭闱乐，不尽春晖寸草心。

其二

绝艺能工在早年，布衣声价敌南田。同心况有红闺侣，缃管双持证画禅。

其三

展图不觉泪痕滋，瞥见先公墨迹遗。省识两家原有旧，十年待我更题诗。
（册首有先舅侍御公一词故云。）

春雨连朝书此遣闷

十分春已二分过，檐溜淙淙扰睡魔。不信杏花开不得，年年此日雨声多。

听两女读唐人绝句

绿纱窗下两编横，宛转吟来调共清。若个能谙个中妙（可以为师矣），耳边听去自分明。

仲春六日，子潇太史自邓尉探梅归，同远峰丈、吴寿芝、李小霞过访，觞咏竟日，小霞复作携琴访琴图见贻，为题二绝

其一

携琴邓尉雪中归，来叩南城白板扉。重拂冰弦弹一曲，残香犹满十三徽。

其二

写愁侬惯借枯桐，琴理深惭尚未通。多感诸君题句赠，许从林下托清风。

花朝前三日过梦碧仙馆赠珠林同砚

其一

闲房曲入洞天深，清绝双栖养道心。面面窗开花树底，红香翠影上瑶琴。

其二

频来不待玉人招，每听兰言意也消。把盏劝侬须尽醉，百花齐放近花朝。

仙山采药图

其一

一磴桃花四面环，点衣红雨落班班。随身仙婢携鸦嘴，踏遍崚嶒几叠山。

其二

半空峭壁列如屏，瑶草丛生石窟青。劚向西风心暗祝，为侬堂上驻衰龄。

其三

高堂侍疾瘁晨昏，姑妇应同母子恩。和药记曾偷割股，可怜玉腕尚留痕。

其四

井臼辛勤廿载难，大家曹更少君桓。休因画里容姿好，当作仙姝一例看。

（四诗有闻风化最佳。）

桃花小帧

百朵争开散绮霞，春风艳影一枝斜。玉京和露仙妃种，不是寻常洞口花。

（自况。）

·《散花天室稿》卷二·

梅　花

寒威历尽始逢春，正要水霜炼此身。瞥见瑶花开数点，人间烟月一时新。

题玉松太守除夕游山图

其一

冷云满坞拥禅关，岁尽伊谁更往还。不道万人尘海里，翛然有此四人闲。

其二

点笔成图各咏诗，清狂不问是何时。回头廿五年前事，煨芋香边老衲知。

（自辛亥至今屈指二十六年矣。）

题秀岩表弟妇先春消息图

其一

几□巡檐步碧苔，扳枝瞥见数花开。人间杳未通消息，□喜春先入手来。

其二

暗香吹动一丝丝，昨夜曾先梦里知。折到绣窗亲供养，比肩同咏早春词。

题吴馥秋少府正月三日秦淮雅集图

其一

丽情如许写来妍，韵事秦淮早共传。眉月一弯花四照，豌香水阁赏新年。

其二

□字帘垂亚字阑，东风吹过尚余寒。酒边一串歌珠溜，词客□情欲别难。

题画牡丹

其一

一枝带露粉痕新，七宝阑前占晚春。不是有心矜富贵，花开烂漫自天真。

其二

卷帷冉冉异香闻，浓沁春人似酒醺。艳彩难将罗绮比，晴空吹下妙鬘云。

画　蝶

一片平坡草似茵，时飘几点坠红新。惜花情重飞无定，风子前生本美人。

季春十日偕珮珊姊暨珠林同砚游南园诸胜归成三绝

其一

风光又是暮春初，百卉芳菲一雨余。宛转流莺隔窗唤，踏青同上七香车。

其二

名园相接径逶迤，差喜寻春不算迟。绿护晓烟红滴露，牡丹恰好半开时。

其三

画□□沼新亭榭，怪石奇松古洞天。游遍城南更回望，□□黄煞菜花田。

梦碧仙馆饯春

其一

开窗满眼绿阴繁，拂面和风日渐暄。樱绽红珠梅似豆，送春草草又今番。

其二

分坐花前把玉卮，主人不醉为裁诗。斜阳有意迟迟下，也劝东皇住少时。

倚桐园对雨

疏帘卷处雨冥蒙，满眼楼台似画中。只惜牡丹开正艳，晚晴已减一分红。

画牡丹呈唐年伯陶山观察

锦帷高卷露初收，如此春光愿久留。艳本无双香第一，纷纷凡卉总低头。

谒石琢堂廉访赋呈

其一

城市偏藏水石区，繁阴满院绿模糊。隐居疑是柴桑里，高柳参天恰五株。

其二

主人当代文章伯，况是蓬山第一仙。拂袖归来头未白，又从林下育群贤。

其三

仙耦多情亦爱才，殷勤相见笑颜开。早知咫尺元亭近，悔我偏迟问字来。

扇头画蔷薇桃花赠赵味辛司马

晶帘手卷午晴初，细细香来拂绮疏。绿渐成阴红未老，一年好景是春余。

画　蝶

翩然粉翅舞斜晖，春暖南园草正肥。记得踏青寒食后，双双惯扑画裙飞。

初夏携珠林兰君过山塘玉松太守新居

其一

数株老树画塘湾，浓翠阴中静叩关。争羡神仙居处好，左衣绿水右青山。
（二桥名。）

其二

暖风柔软扬罗裳，楼角迟迟下夕阳。犹讶白堤春未老，杂花满圃尚吹香。

其三

风光触处动诗情，默自吟哦未敢呈。替我拂笺兼捧笔，同来愧有女门生。

寿玉松太守

其一

鸒铄身轻却杖仙，重逢揽揆敞华筵。过来甲子人休问，林下逍遥第二年。

其二

争捧瑶觞进玉杯，当阶红药万枝开。龙华好继团栾会，隔日先看浴佛来。

其三

仙郎此日梦趋庭，南望吴山晓色青。朝罢料携香满袖，玉堂自拜老人星。

其四

寒闺许附众仙行，亲侍刘樊到后堂。一部笙歌听不倦，绿天风静昼方长。

即席有赠

其一

亭亭玉影瘦堪怜，浅笑凝鬒总觉妍。羞煞人间艳桃李，琪花一树下瑶天。

其二

五铢衣薄散香风，一笑花前颊晕红。仙骨珊珊谁可近，前身合住蕊珠宫。

画　兰

清芬一缕袭芳襟，枨触幽怀谱玉琴。未识几生修可到，花开并蒂复同心。

和李湘浦大令扇头近作二绝即次原韵

雨后邓尉探梅

冒雨探梅不待晴，到时已惜落琼英。山灵特慰诗人意，放出林梢片月明。

山塘泛舟

移棹寻春屡出城，听残丝管听啼莺。最怜娇柳秾花外，一角青山洗眼明。

建　兰

香草名都见楚骚，闽江别种胜湘皋。素心莫谓无人赏，一出山来价便高。

午日涵碧楼即景

其一

榴花红上鬓边明，一盏菖蒲酒共倾。微雨偶飘应易歇，万家儿女祝天晴。

其二

红楼终日响笙箫，胜地偏当绿水桥。叠舸单舟排两岸，更无隙处可停桡。

画小竹偶题

一窗凉影净炎氛，岁晚能苍是此君。解箨已看高节在，置身何必到青云。

题莺湖范文如女史遗稿

其一

遗诗百首尽堪传，带泪荀郎手替编。开卷香魂疑宛在，美人黄土已多年。

其二

清词丽句孰评论，未向仓山附及门。幸得一篇名媛序，此间此卷定长存。
（卷首有金云门夫人骈体一序。）

六月二日陶山年伯枉过敝庐并贻大集谨呈五绝句

其一

红闺夙昔爱公诗，全集今才得手披。不作美人香草句，一般忠爱配骚词。

其二

管遍名区领海天，下车随处耸吟肩。一官一集亲编次，万首诗成二十年。

其三

政闲怀古吊荒湮，韵事重修旧迹新。每过六如祠畔路，看花辄想种花人。

其四

衰微侬已愧清门，偏荷垂怜古谊敦。父执于今几人在，见公背自揾啼痕。

其五

已分双栖隐草莱，春风嘘拂到妆台。雕虫亦有诗三卷，敢乞鸿文制序来。

读湘浦大令安蔬草堂诗

其一

溽暑方蒸白昼长，缃帘六幅蔽书堂。开编恍有清风到，顿使心头片刻凉。

其二

吏能如隐为贤明，随意抽毫写性情。胸次了无尘一点，果然诗格并官清。

其三

登山临水入花丛，纪到清游句更工。摩诘诗中都是画，拟图好景上屏风。

画梅赠月身夫人

其一

冷香吹动一枝新，宜向孤山占早春。雪貌琼姿谁比得，只应明月是前身。

其二

好在含苞乍欲开，诗仙得意手亲栽。替君郑重摹清影，先向冰瓯濯笔来。

题扇头画山水

图书四壁屋三间，长夏拈毫足破闲。不是催诗兼索画，更无人到叩柴关。

题次女淑慧梅边香韵图

静理冰弦坐小庭，扑衣香雪夜冥冥。莫教指下宫商乱，防有仙娥月里听。

陶山年伯又以旧刻花坞联吟见赠为题四绝

其一

桃花庵主久成仙，寻冢招魂有昔贤（谓宋牧仲中丞）。又得使君修废址，香林添筑屋三椽。

其二

绝代才名重一时，佯狂心迹有谁知。能令后世人争慕，不在风流画与诗。

其三

歌楼伎馆醉千场，文祝当年比雁行。并祀一龛真得计，晨昏分炷佛前香。

其四

小说荒唐未足论，阮弦弹唱遍吴门。墓前一树花含笑，我亦心疑倩女魂。

生辰自述

其一

满径幽花烂漫开，侵晨唤婢扫苍苔。柴门不少高轩过，早听鸣驺入巷来。

其二

廿年偕隐爱林邱，茹苦相期到白头。多愧词坛争致祝，全家道气近仙流。

其三

蓬鬓荆钗已懒妆，病多无处觅神方。只应忏向慈云座，稽首朝朝奉瓣香。

其四

玉缸菡萏几枝红，酌酒当筵取碧筒。差喜今年秋令早，昨宵凉已坠梧桐。

画荷花

涟漪清浅淡生香，仿佛凉风半亩塘。叶叶花花各遮掩，不知中有睡鸳鸯。

画荷花呈伊存朴廉访

露洗红霞雨朵新，拈毫难写澹风神。碧波照彻清如许，不染人间一点尘。

七月中旬下榻枭署报平安室课余偶成

其一

仙女娇姿玉不如，绛帷侍坐共摊书。情深省识师生谊，回忆当年问字初。

其二

凉生几榻雨新晴，心地能随境界清。前有高梧后修竹，微风过处作秋声。

过尚衣署观瑞云峰同女弟子柔生顺生作

其一

晴空忽现碧芙蓉，倒映清池水几重。缥缈海东云一朵，何年幻作此奇峰。

其二

古翠飞来湿髻鬟，题诗我欲剔苔斑。不须梦里寻蓬岛，仙境分明即此间。

秋海棠

石阑于外又秋风，小朵齐开翠叶丛。一种幽情甘僻处，露痕轻浥可怜红。

凤仙花

娇红琐碎发墙阴，雨过凉阶一蝶寻。留与陶家充菊婢，可能开得到秋深。

荷花小幅

粉红半坠叶犹遮，如镜波平照影斜。好为秋塘加点缀，一枝红出水渶花。

题松陵女史殷（德徽）清映堂诗

其一

玉映芳怀水样清，新诗一册写真情。闺中眼界能开拓，曾向滇南万里行。

其二

荼蘼中年苦备尝，看儿成立鬓垂霜。颂椒咏絮寻常事，难得黄花晚节香。

秀水汪孝女诗

汪氏芳姑秀庠生小坡之女，小坡病亟，芳姑祷天请代病，果愈。芳姑旋死，年裁十九。

其一

病甘身代祷青天，果喜严亲命又延。含笑从容归地下，更期堂上享高年。

其二

何处孤坟葬玉深，红颜似此贵千金。一丸檇李城头月，照彻聪明孝女心。

画过墙梅

疏枝瘦比玉虬蟠，珍重花开及岁寒。雪貌冰姿自高洁，不妨人向隔墙看。

月夜看桂

阵阵天香透碧纱，枝飘黄雪干槎枒。连宵正照团栾月，花与嫦娥本一家。

屏风词为宁太夫人寿

其一

琼筵早向画堂开，隔日麻姑进酒来。一院晴云团五色，仙人聚处即蓬莱。

其二

善女由来有夙因，莲台默佑老人身。朱颜绿鬓还如昨，谁信高年已八旬。

其三

子婿官尊重礼仪，花前双拜捧金卮。慈容喜极亲消受，回忆红窗抱女时。

其四

云仙小队舞霓裳，吹竹弹丝列两行。好景正逢秋八月，旃檀世界遍称香。

斌笠耕观察索诗谨呈四绝句

其一

彤缨世胄绣衣身，潇洒襟期更轶伦。财赋江南称重地，从来转运要才臣。

其二

竹马欢迎未到前，下车甘雨遍琴川。三农有庆三吴福，早卜今秋大有年。

其三

红旗飘处画辕开，政暇论诗许客来。面面岚光青入座，衙斋胜比小蓬莱。

其四

我愧才输管仲姬，虚名也被使君知。海东近日人文盛，坛坫兼须仗主持。

横　琴

如此幽宵月似霜，罗帷卷处尽清光。横琴爱向中庭坐，一炷还焚伴月香。

连宵对月

本来人意共秋清，况是连宵对月明。奈触愁心易生感，三更四壁碎虫声。

秋窗画竹

其一

秋窗一片翠阴新，露叶烟梢画未真。千古两家传妙迹，李夫人后管夫人。

其二

簌簌含风叶叶斜，晚晴摇绿上窗纱。一梢绝似青鸾尾，付与瑶姬扫落花。

秋夕雨

虚堂怪底夜寒凝，疏雨敲窗窗欲应。清我梦魂偏喜听，不眠频起剔孤灯。

杂书寓馆壁

其一

西风连夕响飕飕，叶落高梧满眼愁。不是雕梁容寄宿，飘零紫燕怕逢秋。

其二

凉人单衾夜悄然，挑灯懒更展残编。人声断后蛩声接，欹枕愁听惯不眠。

其三

短梦回时夜已残，竹声如雨小窗寒。满怀幽怨难消释，且拂瑶琴一再弹。

呈孙制府年伯

其一

正思拜佛到灵山，咫尺旃檀喜可攀。究竟云泥情自隔，未能稽首见慈颜。

其二

偶托鱼笺达姓名，知公能念旧交情。果劳厚恤传温语，争不衔恩过此生。

其三

单寒门户太萧然，破砚生涯更可怜。宛转相依惟两女，关心都是及笄年。

其四

翠袖无聊倚竹吟，风高官阁已秋深。思公翘望中天月，应照寒闺一寸心。

九日雨中携淑贤淑慧暨诸女弟子虎阜登高

其一

清秋转眼又重阳，桂未飘残菊已黄。雨细风疏游艇少，特移官舫到山塘。

其二

连云塔影有无间，碧树层层护佛关。谁似兰闺足幽兴，登高冒雨上秋山。

其三

烟波七里送归船，疏柳残荷晚景妍。好纪清游题短句，凭谁更写画图传。

木芙蓉

水边堤畔几枝斜，残柳疏疏更不遮。如此秋光难绘出，夕阳红艳似桃花。

画牡丹赠阿织造女公子

其一

锦帷娇吐一枝新，晓露如珠润色匀。为语东风好调护，开时遍足冠三春。

其二

标格评量自大家，珊珊仙珮曳云霞。托根知与蓬山近，岂是人间第二花。

菊屏诗

其一

秋云吹满阁中间，十二银屏曲曲环。到眼忽惊迷五色，万花高下叠成山。

其二

霜天转暖过重阳，佳种全开发细香。高卷重帘风日静，秋光艳觉胜春光。

其三

萧疏瘦影画难成，绛蜡高烧四照明。连夜赏秋邀客共，飞觞不惜到三更。

其四

去年九月菊开迟，陋室荒寒供百枝。秋梦重寻犹未杳，对花今又咏新诗。

题次女淑慧画荷花障子

其一

亭亭水佩与风裳，媚态偏如怯太阳。最好一天凉露下，绿云扶出万红妆。

其二

花里吴娃唱采莲，纳凉曾记过前川。人归细雨斜风后，碎绿零红满一船。

报平安室插菊一瓶亦楚楚有致雨夜剪灯独赏漫拈一绝

分得霜枝插一瓶，三更烧烛照娉婷。萧萧帘外风兼雨，瘦影依然上纸屏。

挽郑生小谷

　　小谷名治，竹坪山人，子髫龄习画，善承家学，闲尝携其所作下问于余，执弟子礼甚恭，余更授以写生钩染诸法，艺日益进。丁丑初冬遭暴疾卒，年甫及冠，哀哉！

其一

芳兰易折最堪悲，恶耗传来泪忽垂。念汝聪明难再见，几年问业绛纱帷。

其二

草草人间过此生，可怜生未毕良姻。幽魂不散招应到，阿父心伤替写真。

为陶山年伯写晚香图系诗二绝

其一

碎霞一径影纷披，趺坐花丛自咏诗。人意从来比秋淡，休疑处士在东篱。

其二

更饮花前酒满觞，生辰恰喜近重阳。愿公岁岁身长健，好与花争晚节香。

题画山水

其一

寻秋日被野鸥猜，过了重阳菊盛开。莫道山村秋色少，扁舟有客载花来。

其二

门前树罨翠阴清，屋后山横暮霭轻。不用更教题短句，画中诗意自分明。

寒窗二绝

其一

半瓯苦茗一炉香，检点闲中事却忙。落叶打窗难卷坐，短垣容易下斜阳。

其二

近别蜗庐已半年，消愁默自擘吟笺。篱边寄迹花虽好，不奈霜寒岁晚天。

枕上作

烛烬虚斋夜倍寒，月光一片照窗阑。罗帏卷起明于昼，手揽残编就枕看。

岁　残

岁残尚不是闲身，风雪溪山入梦频。薄有俸钱偿夙债，一家仍似往年贫。

除夕立春

连天雪拥万人家，愁守红灯掩碧纱。不待鸡鸣春始到，瓶梅早放一枝花。

画　梅

老干横斜画最难，疏香一片落冰纨。欲传世外翛然意，更取瑶琴花下弹。

姑苏南仓桥爱莲室周宜和刻

《散花天室稿》二集序

余承乏松陵，往来省会，见装池家多智珠女史画，心窃异之，顾未知女史之能诗也。嗣女史以《琴松风图》索题，册中有自题四绝句，始知女史之工于诗，而琴与画特其余艺耳。继而与其夫子梅甫游，乃得尽读女史之诗。其《散花天室稿》，陶山观察既序而行之矣，复辑近作若干首为二集，而属余弁其卷端。余维三百篇毛公所叙，《竹竿》《河汉》，孔子不删，后世腐儒辄谓翰墨非女子事。然山川灵秀之气钟于闺阁，其慧心妍辞诚有须眉不及者。矧发乎情，止乎礼义，温柔敦厚，亦妇言之一，又恶得而废之？女史为衡斋太守女，传其家学，有伏蔡风。梅甫尊甫穆堂侍御，提倡风雅，著述宏富。殁后家中落，梅甫挈眷属侨寓吴门，以医给衣食，暇则作丹青自娱。两女皆善琴，能吟咏，工花卉，家无宿储，弦歌声恒达户外，时人咸目为鸥波亭焉。女史之诗专长花蕊体，气清若春兰，神淡如秋水，视初集进而愈上。盖其胸襟高旷，无纤尘俗累，故能抒写性情，极幽闲贞静之致，不必穷而后工也。由此推之，其能相夫子以安贫乐道，进于古圣贤之学，岂特以诗为女史重哉？女史尝收余安蔬草堂诗意，绘山水一册贻余。真摩诘画中诗也。顾余诗拙陋不足，仿摘句图之例，序女史诗益恧然愧矣。

嘉庆己卯上巳后一日济南李廷芳序。

《散花天室稿》卷三序

诗莫难于截句，盖截律之半而成之，体不一格而限于篇幅，非如律之可以舒卷自如也。故李唐以来，作者代有，长篇巨什，撰著等身，而截之绘炙人口者，人不过数首，截固若斯之难也。今读吴淞智珠夫人《散花天室稿》第三卷，衰然成集，纯用截裁，可传之作多于古人，何才之富耶？则所著他体，卓乎可观，当类是矣。至其芊绵清绮，满纸性灵，固由山川秀气所钟，要亦练于识、深于情，故言之辄凄惋动人也。读古琴题诸诗，知博涉艺事，足为闺秀冠，读别外二章，又知伉俪雍和，视古之有才不偶者相去几何矣。惟闻夫人富于才而啬于境，殆永叔所谓穷而后工耶？不然乃亦琴剑飘零，栖皇靡骋耶？道光壬午，假馆广陵之梅花讲舍，夫人亦客寄邗江，梅甫姻长三兄携此卷来，遂得展读，用弁数语归之。

仁和次轩钱栻谨序。

陈邦泰叙

镂红刻翠，非无绮席之才，咏絮铭兰，亦有璇闺之秀。顾写雅怀于韵事，无关名教于词林。求其人在情天，语生性海，缠绵伦物，放旷遭逢，未有如智珠夫人散花天室诗稿者也。散花天室诗稿者，卷是三编，言堪百诵，聊寻端绪，足补兴观，浣来弱息之卮，鹿城草宿，抗彼师儒之席，燕寝薪传。廿载离筋，晤女兄于东阁，连番游舸，迟闺友于西湖，乃至绿绮勾留，抚徽心醉，红颜零落，展笄神伤，叠叠睦姻，拳拳感旧，以及遣怀花月，寄意丹青，莫不触景流连，抚时缱绻，研摹题咏，仿佛生平。若夫境遇不齐，啸歌弗辍，楚辞并案，偕行不及秦嘉，门仰双楣，顺命有如伯道，又况诗简画卷，羁旅年年，水驿山程，经游处处，岂真无才为福，抑将由困而亨。仆久顿风尘，自伤飘泊，萍踪乍接，艳落同嗟（时泰寓邢，闻夫人适亦客此）。顷从观察钱次轩年丈处得读是编，既笃钦崇，益增振触。要之，人情嫉技，造物忌名。欲成千载之流传，称君才媛，应受一时之抑塞，厄我诗人。

道光壬午秋七月望同里鲁山陈邦泰拜叙。

·《散花天室稿》卷三·

寒　树

霜欺老干愈槎枒，曲径柴扉隐士家。几点叶留吹未尽，斜阳明灭误栖鸦。

寒　花

一枝清艳照斜阳，瘦挺穷秋径未荒。吹遍霜风颜似冷，翻从冷处得真香。

李湘浦明府夫人招往谭氏园小憩归后寄呈四绝

其一

名园一角近蓬庐，仙令移家暂此居。自愧比邻迟过访，偏劳遣婢走招余。

其二

亲领兰言侍绛纱，夫人闺范信堪夸。钗荆裙布家风旧，十载河阳佐种花。

其三

红苞绿萼斗芬菲，香雪吹来冷湿衣。十笏小轩临碧水，看花兼看燕双飞。

其四

半晌论心笑口开，诗人眷属总怜才。春寒连夕潇潇雨，犹遣双鱼问讯来。

散花天室饯春三首

其一

吹残二十四番风，点砌紫阶尽落红。消领春光能几日，一年芳事太匆匆。

其二

何计留春驻绣帏，啼鹃声里易斜晖。蘼芜绿遍门前路，欲认春从底处归。

其三

堆盘白笋问朱樱，词客芳筵酒漫倾。一片暝烟将化雨，倍添无限惜春情。

送马太守夫人随宦彭城

其一

相逢才喜订香盟，忽复辞侬赋远行。转侧一宵眠未稳，心头早动别离情。

其二

近日相知首数看，临歧自觉手难分。凄然各下双珠泪，洒湿胥江渡口云。

其三

此去穿斋定久留，安能千里共君游。新诗题遍江山胜，第一先寻燕子楼。

其四

画船且缓趁风开，争奈篙师几度催。望到云帆天际远，斜阳惆怅独归来。

寄怀马太守夫人

其一

吴门相识转相亲，深感过从雅兴真。怜我天涯飘泊久，红闺今见爱才人。

其二

芝兰子弟旧曾闻，共说才堪傲左芬。心力总归家计里，绝无情绪绣罗裙。

即 景

其一

饭罢寻诗手自义，一镫红透小窗纱。晚饭忽送萧萧雨，却是空庭落柿花。

其二

几株老桂荫参差，秋到黄金始满枝。碧藓空阶春寂寞，有谁来看未开时。

偶 成

其一

横琴最爱坐中庭，可有人从花下听。怨调凄凉风递去，红楼仙梦一时醒。

其二

呢喃紫燕最多情，辛苦营巢尚未成。欲替衔花怜瘦蝶，闲园觅遍少残英。

谢湘浦惠玉版笋

其一

佳品随时捡食单，纤纤最爱笋堆盘。一筐贻我全家喜，急唤山厨具午餐。

其二

松下清斋此更宜，虚心玉骨绝瑕疵。尝来味外还余味，除却诗人总不知。

家有古琴一张，爱弗忍离，与同卧起已数年矣，每当人静更深，

和弦三弄，音韵凄清，稚女梦回，犹怪泠泠未已，

爱成三绝，以纪痴情

其一

焦桐三尺韵秋泉，伴我红闺已数年。纸帐罗衾清似水，宵来常共一床眠。

其二

攲枕和弦偶一弹，萧寥众响静更阑。几回惊破胎仙梦，月堕西窗露气寒。

其三

玲珑抚遍七条丝，忽到铜壶漏尽时。我本善愁常不寐，年来却被鞠通知。

题朱秋岚桐阴课子图

其一

净扫秋阶落叶新，书摊一卷课宵晨。百年嘉荫青桐树，阅到君家五世人。

其二

碧云深浅叶参差，凉满轩窗月上迟。静对斯图追昔梦，难忘兄弟对床时。

题莫城女史画扇

其一

回文织锦擅聪明，侍女寒簧本著名。绝好玉台诗弟子，三生悔未定鸳盟。

其二

十四年来旧扇存，画中眉黛惨啼痕。分明自写花前影，展向春风欲断魂。

其三

空拈红豆寄相思，觅遍花无得意枝。哀乐中年谁可解，有情人易鬓成丝。

其四

一幅青裙过十年，宜男花早发阶前。他时红袖承欢处，休忘周家络秀贤。

消暑杂咏

其一

起来悄倚画罗屏，晓气微凉逼梦醒。白板衡门休便启，桐花落满一方庭。

其二

頳尾金鱼跃瓦缸，窥帘翠鸟语双双。数竿手种墙边竹，已有清阴覆纸窗。

其三

小山老桂透檐长，碧叶茏葱蔽夕阳。早盼金风吹暑退，秋阴门巷尽花香。

其四

临市三间板阁低，曾传仙客此双栖。一枝红柿依然在，合把山庄旧额题。

自 述

其一

两女皆能慰我情，调弦染翰斗聪明。但期宛转常依膝，何恨无儿过此生。

其二

生涯澹泊自年年，不使人间造孽钱（借用唐六如句）。一束湘豪三寸砚，抵他下濯十双田。

花 篮

白白红红花数枝，一筐贮满露犹滋。记曾携在瑶妃手，去采仙山五色枝。

题画蝴蝶

草碧花红满画栏，飞来粉翅忽成团。几回摹取风前影，便作滕王拓本看。

画牡丹偶题

吟罢清平第一诗，描摹艳态更妍姿。合从金掌分仙露，润此生春笔一枝。

题沈西雍（涛）明府郡斋坐月图

其一

露下空阶碧藓滋，凉生薄袖未曾知。一双人影如秋瘦，吟到更阑月堕时。

其二

璇闺画笔更谁如，月色依稀照绮疏。枫叶有声蛩暗答，郡斋清夜似山居。

重游上海杂成三首

其一

两桨轻舟薄晚开，迢迢烟水碧潆洄。浑忘身为饥驱出，先喜重游旧地来。

其二

亲串相逢喜可知，花前惜别已多时。女儿节又端阳近，早见安榴放一枝。

其三

楼船鳞次集东城，乱飐风旗夕照明。今夜思乡眠不稳，静听一枕海潮声。

鹿城展先侍御公墓

其一

松楸郁郁锁苍烟，转过前湾好泊船。迎面小桃红似泪，墓门伫立倍凄然。

其二

荒草亲浇酒一卮，纸钱挂处折杨枝。低徊拜罢迟归棹，路远重来又几时。

至武林舟中作

其一

侨寓中吴室几迁，栖迟只有七年缘。离乡今日匆匆甚，细雨江头上越船。

其二

本无遗产久居贫，家具零星暂寄人。砚匣琴囊书画卷，胜如奁镜要随身。

其三

烟柳楼台人画图，梦魂久不到西湖。水晶世界花千顷，还似当年胜景无。

其四

篷窗回首尚依依，此去何时放棹归。客况或添诗一卷，只愁闺阁赏音稀。

生辰自述

其一

香焚卍字袅双烟，草草妆成礼佛前。设帨重逢翻自感，四旬人已逼中年。

其二

手种宜男未发花，无家今倚婿为家。鹿门偕隐成虚愿，惆怅红尘负岁华。

其三

年年此日藕花香，画阁同倾碧玉觞。骨肉无多欢语笑，今朝不道在他乡。

莲　子

擎来一颗子盈房，手剥纤纤上口尝。漫说个中心最苦，花开曾见满池香。

喜晤二姊

其一

倾心情话怅无踪，此日犹疑梦里逢。二十年来人未老，依稀各认旧时容。

其二

上倚高堂色笑偏，下看儿女满阶前。单寒我独依双女，不觉因君又自怜。

月　夜

人静虚廊悄倚栏，栏前一片露光泞。年时最爱清宵月，今在他乡觉怕看。

桂　花

一株老桂是谁栽，秋暑连朝花乍开。未必有风吹树过，空中自送妙香来。

与闺友再泛西湖

其一

如镜波光碧浸天，重来移棹柳阴边。兰舟喜有佳人共，似觉湖山境亦仙。

其二

扑衣阵阵桂花香，何处园亭迹未荒。半晌低徊闲觅句，黄妃塔上过斜阳。

往武林留别外子

其一

萧然门户太清寒，出处商量总觉难。半世双栖今远别，未知何地更团圞。

其二

风前一样转蓬身，肠断临歧泪洒频。我往西湖君渡海，可怜飘泊各依人。

咏　藕

嫩如玉雪砌盘中，濯以清泉百窍通。颇怪缠绵丝不断，此心只为太玲珑。

留别毕氏母姨

其一

两年聚首在吴门，至戚亲情古谊敦。此后相思愁隔面，梦魂应到慕家园。

其二

相期重见在深秋，挥泪分离作远游。辛苦此身多病扰，慈心早替女甥愁。

西湖展拜先大人殡所

其一

坟里空存旧墓田，亲营马鬣待何年。伶仃弱女多愁病，一度凭棺一怆然。

其二

荒凉破屋半间低，导引无人路恐迷。浊酒一瓢和泪滴，山风吹户草萋萋。

其三

旅寄他乡总未安，三千余里得归难。当年廉吏名徒好，谁识儿孙彻骨寒。

冷泉亭

孤亭突兀绕长廊，亭下泉流可泛觞。笑我平生心太热，愿尝一勺化清凉。

不寐听雨

官阁吟秋忆往年，高烧绛蜡照无眠。转因听雨增诗料，人坐疏梧瘦竹边。

西湖泛舟

其一

香车侵早出城来，泼面湖光洗俗埃。旧日白鸥应识我，水风凉处画船开。

其二

篷窗斜系绿杨边，亭榭倾颓异昔年。一杵荒钟斜日里，南屏山翠故依然。

书　感

断续凉虫槛外吟，分明亦有感秋心。一镫欲灭露华冷，听尔无眠到夜深。

飞来峰

千佛何年斧凿成，奇峰崒嵂势孤撑。金神幻相空中见，石罅天留一线明。

哭婿郑海门

其一

悔我轻为海上游，君来吴下见无由。骤闻恶耗惊魂梦，泪洒江天一叶舟。

其二

及到杭城已盖棺，痛闻临逝剧悲酸。吏才未展平生志，剩写头衔七品官。

其三

芳年弱女竟成孀，誓欲相从哭万场。幸有孤儿堪抚立，此生拚得耐凄凉。

其四

我苦中年境太穷，早目身托婿乡终。可怜昨夜灯前坐，还想全家到粤东。

萱　花

雨过莎庭日未残，淡金花放教人看。北堂但得长春好，便已忘忧抵合欢。

丹阳道中

其一

回首吴门路渺然，东风十幅布帆悬。年来踪迹飘零惯，差喜琴书尚一船。

其二

望中烟树认丹阳，高岸如山夜色苍。梦里金焦前面近，待将江水濯诗肠。

舟中月

不眠欹枕听疏更，摇漾篷窗水色明。连夕依依解相照，可怜江月最多情。

将至扬州湘浦夫人留拙照为记念

其一

十年憔悴绣闱身，蓬转天涯惜别频。但看容颜如许瘦，世间此一可怜人。

其二

花落离筵冷似秋，将行特遣画图留。图中万叶芭蕉绿，难写东风别后愁。

寄怀湘浦夫人

其一

聚散原知有夙因，临歧无奈泪沾巾。更从何处求知己，骨肉相怜只一人。

其二

连宵对月断人魂，烟景凄迷水上村。不畏大江风浪险，时时飞梦返吴门。

渡 江

其一

风静平波好放船，茫茫万顷碧连天。江神可识闺中客，前度来时正少年。

其二

中流一叶扬浮萍，眼底螺鬟两点青。我欲高弹水仙操，掀波恐有老龙听。

初到扬州

其一

游赀未蓄一囊悭，岂易经营屋数间。聊借闲房暂安榻，剪灯先话蜀冈山。

其二

天涯春老倍伤心，落尽庭花正翠阴。扰扰万人尘海里，一方冷砚独清吟。

月 夜

其一

迟迟盼月上帘端，几度沈吟倚短阑。一样流光清似水，浑忘身在异乡看。

其二

风露盈阶月二更，碧霄云净影逾明。可怜照到云鬟上，绿发萧疏感几茎。

其三

虚窗灭烛坐多时，睡亦难安不厌迟。娇女聪明知我意，替拈斑管写新诗。

四十三岁生辰

其一

清寒门第信长贫，惆怅重逢设帨辰。镜里玉颜看渐老，负他四十有三春。

其二

湖头花放万枝红，飞梦琉璃世界中。瑟瑟凉波惊堕叶，一年容易又秋风。

对 月

几榻无尘小阁幽，清辉如水入窗流。一声玉笛来何处，替我风前诉客愁。

扬州杂书

其一

天涯踪迹又扬州，安顿轻装两月留。十里平山城外路，了无清兴去寻秋。

其二

风叶萧萧作雨声，客愁都集夜三更。无端双眼时流泪，影照孤灯亦不明。

其三

身怜惯病万缘疏，何日安闲得定居。骨肉亲情我早识，半生期望渐成虚。

张观察夫人相延教读女公子（婉仙）
兼习琴画读倦绣吟诗草漫题五绝

其一

绝代聪明咏絮才，琼思瑶想见新裁。海棠娇重秋兰静，卷上珠帘月正来。

其二

一庭春色日初长，玉叶金枝倚槛芳。记得重帏亲指点，天孙机上刺文鸳。

其三

女诫深通内则娴，问安早向鲤庭还。瑶池省识群仙队，吹过天风响珮环。

其四

楼阁玲珑水木清，大家风度久知名。课闲更学瑶琴曲，弹到关雎第几声。

其五

我来谬向绛帏居，步障青纱愧不如。只恐深闺愁夜寂，吟诗伴尔夜窗虚。

偶 成

其一

情多每共惜惺惺，如梦愁怀未易醒。几遍种花都不发，枉抛心力作园丁。

其二

满院斜阳满地苔，红襟双燕舞低徊。及秋预恐分飞近，愿祝凉风缓缓来。

题季青夫弟（乃椿）丛桂招隐图和郭频伽韵

其一

淮南金粟灿如然，招得诗人隐碧天。莫怪长吟秋露里，飞琼本是月中仙。

其二

广寒宫阙昔曾游，谁说梯云不是舟。两汉文章今再见，天教管领小山秋。

秋雨书斋漫赋

红坠灯花焰不明，无聊枯坐到深更。岂知风月繁华地，亦有萧条冷雨声。

菊影和定生次女韵

其一

东篱明月认前身，一片凉云有夙因。毕竟陶潜忘色相，要从空际见精神。

其二

瑟瑟西风惯耐寒，几枝影上画阑干。本来富贵能忘傲，合向山中澹处看。

别婉仙婉筠两女弟

其一

绣帏问字玉珊珊，言别凄然各不欢。侬亦伤心知己少，离筵有泪手偷弹。

其二

偶论琴理尽聪明，爱我依依出至情。临去不堪调玉轸，听来恐亦带离声。

月下花影

苔阶乱罩影纵横，移上银墙月有情。摇扬如烟复如水，看来好在不分明。

灯下花影

忽看明白忽模糊，烛影摇窗意态殊。绝好徐熙新粉本，浅深疏密折枝图。

寒夜对月

其一

连宵月皎带愁看，烛尽更残尚倚阑。霜气满空云影薄，嫦娥也恐不胜寒。

其二

飘泊闲身类转蓬，又惊残岁景匆匆。虚悬一样无依傍，月在天心我客中。

客　感

愁近残年日易过，御寒无计怅如何。囊中检点新诗稿，不及丛残质票多。

岁朝图

一瓶清供绝纤尘，点缀新年色色新。竹报平安花索笑，华筵同庆太平春。

定生画花笑图

行随双蝶过雕阑，瘦影依稀宛似兰。红雨满身香扑袖，名花也爱美人看。

春夜月

六扇纱窗影忽明，檐前一片露华清。嫦娥应亦怜春好，照到梅梢倍有情。

玉柳村（豫）征君过访

其一

闻说江南老布衣，诗坛旗帜古今稀。几回愿见无由见，何幸今朝款竹扉。

其二

先公同辈几人存，念旧知谁恤后昆。多感座间频问讯，年来人事不堪论。

其三

飘泊如侬亦自怜，工愁善病负华年。向来夫婿浮云似，辛苦全家赖砚田。

题阮梅叔（亨）珠湖草堂诗钞

其一

一点明灯夜悄然，玉梅花下展瑶编。羡他悱恻缠绵处，具见鸿才有异传。

其二

名流如鲫满江都，慧业争夸手握珠。能使才人齐俯首，阮咸不愧是名儒。

题季青夫弟无尽意斋稿

其一

才人慧业谪仙风，雅道应多复古功。剑阁朝霞庐狱瀑，难攀声色在空中。

其二

十载才名胜牧之，逢人多恨识君迟。水村山郭斜阳路，齐唱青青芳草词。

其三

我欲留题苦句难，新诗十卷几回看。挑灯读到三更月，忘却罗衣入夜寒。

作 画

绣衾清暇日调脂，卷袖轻拈笔一枝。着手顿教春欲活，有人乞画更求诗。

社 日

细雨蒙蒙罨半窗，檐铃风戛玉玎珰。杏花不语帘栊悄，早见飞来燕一双。

蝴 蝶

众香国里小游仙，栩栩双飞影亦妍。寄语看花诸女伴，莫将团扇扑阑前。

题吴小亭（兆庆）雪夜校书图

稳骑鹤背上扬州，夜校唐书兴独幽。窗里篝镫窗外雪，清光同照选文楼。

落 花

潇潇风雨欲黄昏，愁见空枝染泪痕。明日残红休便扫，好从些子觅春魂。

牡丹二首

其一

一枝脱手太鲜妍，斗觉秾华满眼前。好梦如云容易过，含毫未免忆当年。

其二

炉有名香碗有茶，闲将小笔弄铅华。因嫌凡卉都寒瘦，惯写人间第一花。

菊花二首

其一

采采疏篱不胜愁，冰毫寒涤露华幽。荒园东畔斜阳里，写出陶家一段秋。

其二

幽香细细扑筵前，疏影层层欲上肩。紫白红黄开始足，万枝艳入小春天。

《散花天室稿》题跋

玉盐堆向水晶盘，不使纤尘上笔端。曹女辞真黄绢匹，徐熙画最白描难。生成冰雪无边净，养到烟霞几度餐。剧想才华清绝处，君身仙骨定珊珊。

陈邦泰拜题。

其一

读罢琳琅妙语鲜，扫眉才子画中仙。瑶池知有飞琼子，谪向尘寰已几年。

其二

乍听泠泠浙浙音，吴山家世旧闻名。料来无限关心事，谱入丝桐不尽声。

映薇女士谨题。

生来笔格是珊瑚，始信人间智有珠。一片灵机归活泼，兰薰雪白见真吾。

道光壬午秋七月秋谷拜题。

神仙谪人世，游戏以诗名。笔墨不到处，天机随手生。取将画中意，弹出琴外声。含毫欲有赠，掩卷复忘情。

癸未春晚读竟，敬题即请智珠夫人正，小江潘宗艺草。

智珠女史诗如秋水芙蓉，冷艳欲绝，视寻常儿女涂脂琢粉之作，奚啻霄壤之别，读之令人有飘然出尘之想，谓为女中太白，其殆庶几。

癸未初夏年家侍生汪端光阅读并识数字。

（清）胡相端撰《散花天室稿》，清道光三年（1823）刻本

【散见收录】

题行述后用太夫人忆江南韵

其一

乐莫乐兮新相知，何况斯文脉似丝。梨枣五年不胫走，今朝方是感知时。（《正始集》刻于己丑，于今五载。）

其二

王孙不管草萋萋，极目春心绿满堤。不谓妙莲持玉尺，应时采到候虫啼。

其三

共云小律尚妍纤，用意须知独忌尖。转笔却宜微婉处，味余神似水中盐。

其四

随侍吴江折柳枝，新歌自咏槿花篱。初闻盖代闺房秀，未得亲商有道师。（先舅侍御公主讲吴门时泰安公分符苏州始闻太夫人之名。）

其五

白云古渡北江头，尽遣花魂佐玉舟。赖有风流在闺阁，素纨光共墨云浮。

其六

翰墨全凭自得赊，不观竹外一枝斜。评诗若到红香馆，恰比低腰笑插花。

其七

多应倦卧紫霞昏，秘籍携来一爪痕。只我缘悭迟数月，不同画法受清门。（相端作画受恽清于之法，守之数十年，惟恨不及亲炙太夫人，使诗画俱出恽门也。）

其八

年来东海几扬尘，换得红香碧浪新。青鸟不来仙蝶至，琼楼飞报吉祥人。（侍郎与太常仙蝶有缘，癸巳冬曾来南河节署故云。）

（清）恽珠辑《国朝闺秀正始续集》，清道光十六年（1836）红香馆刻本

又（题花里写诗图）

其一

小阁闲吟倚夕阳，莲云妙谛漱群芳。春风梦醒花含笑，滴露拈来句亦香。

其二

从来写韵是仙才，雪作冰肌玉作胎。似我如花分不得，妙莲身本出瑶台。

其三

全荃才调本翩翩，好句传来拟是仙。漫说一珠当一字，洛阳片纸值千钱。

其四

杏坛春雨是传家，绿萼丰姿绝世夸。访戴有缘千里便，罗浮不碍五陵车。

（清）朱玙撰《小莲花室遗稿》，道光二十五年（1845）刻本

【唱和及寄赠】

菩萨蛮·过琴清轩留呈智珠夫人

江　瑛

空帘斜日蛛丝满，鸭炉烟冷香痕断。何处问归期，听风听雨时。

愁和天共远，离恨难消遣。尘梦到长安，马嘶秋塞寒。

（清）徐乃昌辑《小檀栾室汇刻闺秀词》，清光绪二十二年（1896）南陵徐氏刻本

胡智珠夫人（相端）抱月楼稿题词

席佩兰

其一

十笏螺丸百番笺，琼楼写韵著诗仙。胸前自有灵珠在，夜夜关窗抱月眠。

其二

柳絮因风起谢庭，撒盐空际太摹形。始知绝妙传神句，不在辞华在性灵。

其三

妙手生花夺四时，自临小影自题诗。仲姬画稿文姬咏，只是聪明笔一枝。

其四

廿八明珠个个圆，底须云锦织长篇。胡家乐府新翻出，抄杀成都十样笺。

（清）席佩兰撰《长真阁集》，民国九年（1920）扫叶山房石印本

【辑评】

恽珠《国朝闺秀正始集》（卷一四）：胡相端，字智珠，顺天大兴人。知府胡文铨女，诸生许荫基室。著有《抱月楼小律》。智珠工画，用没骨法得瓯香馆笔意，许生工写兰竹，以画相唱和。

陈芸《小黛轩论诗诗》（卷上）：纫兰抱月更遗芳，红蕊贞衾冷亦香。试问愿为才子妇，何如一曲桂林霜。胡湘端字智珠，归许荫基。著有《抱月楼小律》。

沈善宝《名媛诗话》（卷九）：大兴胡智珠（相端），知府文铨女，诸生许荫基室，有《散花天室诗稿》，中有云："家有古琴，爱弗忍离，与同卧起已数年矣。每当人静，和弦三美，音韵凄清，稚女梦回，犹怪泠泠未已。爰成三绝，以纪痴情云：'焦桐三尺韵秋泉，伴我红闺已数年。纸帐罗衾清似水，宵来常共一床眠。欹枕和弦偶一弹，寂寥众响静更阑。几回惊破胎仙梦，月堕西窗露气寒。玲珑抚遍七条丝，忽到铜壶漏静时。我本善愁常不寐，年来却被鞠逼知。'"韵人韵事，洵不多见。

胡文楷《历代妇女著作考》：《散花天室稿》三卷，（清）胡相端撰，《清河县志》《贩书偶记》《柳絮集》著录（未见）。

相端字智珠，直隶大兴（集中作吴淞）人，湖南知府胡文铨女，青浦（集中作玉峰）诸生许荫基妻。道光三年癸未（1823）刊本。

《抱月楼小律》二卷，同上，《清河县志》著录（见）。

嘉庆二十一年丙子（1816）刊本。前有其夫许荫基序及陈文述序，归懋

仪席佩兰题辞，后有林宝跋，末有赵亮彩刻四字。又常熟瞿氏藏有钞本，仅一卷。较刻本多董珠女史题辞。

洪井桐

洪井桐，清代顺天宛平（今北京丰台）人。《国朝闺秀正始集》著录。

【散见收录】

答闺友杨雨香

锦鲤传书尺半长，来时分破水烟苍。知君病比黄花瘦，赠我诗真白雪香。读向芸窗醒醉眼，和拈彤管索枯肠。碧玲似惜人凄寂，细戛西风响画廊。

和杨雨香女史秋日病起韵

雨过遥天淡淡容，疏林缺处暮云封。栏杆倦倚愁千叠，帘幕低垂翠几重。蝉翼觯钗欹玳瑁，鲛绡拂簟冷芙蓉。更阑喜有逢君梦，怪煞无情露砌蛩。

（清）恽珠辑《国朝闺秀正始集》，清道光十一年（1831）红香馆刻本

【唱和及寄赠】①

略

【辑评】

恽珠《国朝闺秀正始集》（卷一四）：洪井桐，顺天宛平人。

林佩环

林佩环，清代顺天宛平（今北京丰台）人。布政使俊女，知府张问陶室。

---

① 有杨雨香《秋日病起简闺友洪井桐》（见本书第 414 页）。

夫妇琴瑟谐和，得唱随之乐。《国朝闺秀正始集》《小黛轩论诗诗》著录。

【 散见收录 】

夫子为余写照戏题

爱君笔底有烟霞，自拔金钗付酒家。修到人间才子妇，不辞清瘦似梅花。

（清）恽珠辑《国朝闺秀正始集》，清道光十一年（1831）红香馆刻本

寄外子张船山书

船山夫子左右。妾闻南郭先生，逃楚国之聘，黔娄安贫乐道，冀缺躬耕，梁鸿佣春，均能夫妇厮守，不违旦夕。弃非分之荣，有唱随之乐，心窃慕焉。自君一挥出守，五马尊崇，贵则贵矣，其如离别何？日月忽过，节序潜移，草木摇落，松菊犹存。抚景怀人，神飞意驰。念君才华盖世，裙履到处逢迎。一觞一咏之间，俱有琴操朝云辈相与唱和，乐亦乐矣，其如离别何？君亦一思及蜀否？昔谢安未出东山，丝竹相随，弟子在侧。李白夜宴芳园，桃李争春，群季满座，此真天伦之乐叙也。何必软红十丈，青紫一官，始是称豪当世耶？数月暌离，不为久别，然窃思膏粱富贵，未若贫贱糟糠，读北山移文，使念青云之士，林皋幸即田园将芜，陌上花开，可以缓缓归矣。

王秀琴编集，胡文楷选订《历代名媛书简》，商务印书馆，
民国三十年（1941）四月初版

【 辑评 】

沈善宝《名媛诗话》（卷五）：宛平林佩环，方博俊女，张船山太守问陶室，瑟琴谐和，得倡随之乐。诗如《夫子为余写照戏题》云："爱君笔底有烟霞，自拔金钗付酒家。修到人间才子妇，不辞清瘦似梅花。"

恽珠《国朝闺秀正始集》（卷一五）：林佩环，顺天宛平人。布政使俊女，知府张问陶室。按：问陶字船山，乾隆庚戌进士，以诗画名，与林氏琴瑟谐和，得唱随之乐。

陈芸《小黛轩论诗诗》（卷上）：纫兰抱月更遗芳，红蕊贞衾冷亦香。试问愿为才子妇，何如一曲桂林霜。林佩环，宛平人。归张船山先生，有"修到人间才子妇，不辞清瘦似梅花"之句。

王秀琴《历代名媛书简》（小传）：林佩环，顺天宛平人。布政俊女，知府遂宁张问陶室。

黄友琴

黄友琴（1796—1850），字美心，清嘉庆道光年间顺天宛平（今北京丰台）人，员外郎黄炳奎女，庶吉士刘师陆继室。著有《南滨偶存稿》。《国朝闺秀正始集》《小黛轩论诗诗》著录。

【散见收录】

国朝闺秀正始集序

完颜恽太夫人选国朝闺秀诗竟，既得校读一过，复承来命，俾为之序。自惟生长不离闺阃，读书无多，于风雅流别实鲜知识，何能为一词之赞？顾謦欬之训，平日习闻，因勉就臆见所及，约略言之。《周南》居《国风》之首，而《关雎》《葛覃》《卷耳》《樛木》先列妇人诸作。是知画眉点颊者，不废言志申怀，其从来远矣。世多谓女子有才非令德事，夫含五常之性，备五官之用，女子亦人耳。使或违逾礼法，则虽才高柳絮，颜若舜华，犹当为世所鄙弃。若纯静专一，而能职思其居，圣人固将采而录之矣。况女子之于诗，较男子为尤近。何也？男子以四方为志，立德立功，毕生莫殚吟咏一端，宜其视为余艺。女子则供衣服，议酒食而外，固多暇时，又门内罕与外事离合，悲喜之感发，往往形诸篇什。此如候虫时鸟，一任天机，了无足异。且敬姜不云乎劳则思，思则善心生，故尝以为女子之读书属文，亦所以习之于劳而已。今太夫人是编，操选綦严，实有以整一人心，扶持壸教，与寻常月旦自命者不同。自来诗家惟有唐称极盛，其见于《唐诗品汇》者，宫闺并女冠外，彝尚不满四十人。兹之所辑，数几廿倍，固可见圣代文治之隆。亦有风会既开，优柔渐渍，千有余年，而后妇人娴此者，与织纴组纫同其服习焉。夫女有四行，次即妇言，言之不足，而长言咏叹，乃理之自然。苟言出于正，存其言并存其人也，固非以矜张炫耀之意与其间也。

道光十一年岁次辛卯夏五月既望宛平黄友琴谨序。

书雅雨堂重刊金石录序后（并引）

李易安作《金石录》跋时，年已五十有二，国朝雅雨庐公重梓是书，序中决其必无更嫁事，谓是好事者为之，殆造谤如碧云騢之类，数百年覆盆，遂得昭雪，自是易安可免被恶声矣。诗以咏之。

李氏本清门，赵亦天族裔。淹通敌儒冠，文采蔑侪类。讵逾就木年，而违泛舟誓。金为口所铄，葵竟足不卫。卓哉都转公，一语抉蒙翳。披云始见天，湔雪洵快事。词怜漱玉新，图爱打马慧。旷代有知己，九原当破涕。

书史心玉贞女离鸾集后

凄风苦雨打窗湿，若有人兮歌复泣。怪底秋声入耳繁，多因诵尔《离鸾集》。怜尔生成明月身，耶娘爱护掌中珍。只宜纸阁芦帘贮，不是甘荼茹蘖人。如何未举齐眉案，锦瑟将调弦忽断。惊传河鼓掩寒芒，织女无期渡银汉。呼天一恸誓捐生，忽听耶娘唤女声。回顾高堂双白发，儿身敢比鸿毛轻。铅华尽洗衣如雪，卫女当年柏舟节。三秋夜月一春花，都与愁人助凄绝。新诗读罢心悒怏，少小与君共生长。读君此集为君悲，闲阶切切闻蛩响。

偶　成

地窄编篱小，裙腰一径斜。菊英如我瘦，柿叶助秋华。空外生寒籁，云边隐暮笳。飞虫缘底事，作响闹窗纱。

次韵驿柳

其一

道旁摇曳弄春晴，惯折腰支解送迎。别浦绿波残月影，谁家玉笛晓风声。饥乌乍去余空垒，老骥长嘶有废城。莫效桓公今昔感，依依凄断汉南营。

其二

千株新绿忆扬州，带雨和风更惹愁。紫陌含颦怜送客，翠楼凝望悔封侯。远遮酒肆飘帘影，低拂渔矶映水流。极目短长亭子外，微黄楚楚又经秋。

（清）恽珠辑《国朝闺秀正始集》，清道光十一年（1831）红香馆刻本

【唱和及寄赠】

和美心女史春日韵

史璞莹

连天草色绿无涯，瞥眼韶光感物华。几树阴垂春已晚，一钩帘卷日初斜。凄凉小院怜飞絮，寂寞空庭扫落花。何事流莺如有恨，声声啼近碧窗纱。

（清）恽珠辑《国朝闺秀正始集》，清道光十一年（1831）红香馆刻本

【辑评】

沈善宝《名媛诗话》（卷一一）：宛平黄美心友琴，员外炳奎女，观察刘师陆继室，有《南滨偶存稿》。《书雅雨堂重刊金石录序后（引）》云李易安作《金石录》跋，时年已五十有二，国朝雅雨卢公重梓是书，序中决其必无更嫁事，谓是好事者为之，殆造谤如碧云騢之类。数百年覆盆，遂得昭雪，自是易安可免被恶声矣。诗以咏之，云："李姓本清门，赵亦天族裔。淹通敌儒冠，文采蓂侪类。讵逾就木年，而违泛舟誓。金为口所铄，葵竟足不卫。卓哉都转公，一语抉蒙翳。披云始见天，湔雪洵快事。词怜漱玉新，图爱打马慧。旷代有知己，九原当破涕。"

沈善宝《名媛诗话》（续集中）：宛平黄美心诗曾采于十一卷中，再读《驿柳次韵二章》觉笔情沉着。

恽珠《国朝闺秀正始集》（卷一九）：黄友琴，字美心，顺天宛平人，员外郎炳奎女，庶吉士刘师陆继室。著有《南滨偶存稿》。按：师陆字子敬，与大儿麟庆同举乡试，精金石之学。春秋佳日每与美心考订文字以为乐。

陈芸《小黛轩论诗诗》（卷下）：遏云吟罢苏台冷，伫月诗称赤壁游。一自芸轩吊铜雀，南滨丽景总悠悠。黄友琴，字美心，宛平人，刘编修师陆继室。著《南滨偶存稿》。

王秀琴《历代名媛文苑简编》（卷下）：黄友琴，直隶宛平人。

胡文楷《历代妇女著作考》：《南滨偶存稿》，（清）黄友琴撰，《正始集》著录（未见）。

友琴字美心，顺天宛平人，员外郎黄炳奎女，庶吉士刘师陆继妻。

黄兆兰

黄兆兰，字景木。清代顺天大兴（今北京大兴）人。父为举人梦鹤，夫为知县清年。《国朝闺秀正始集》著录。

【散见收录】

燕

秾桃艳李正繁华，小巷寒深未见花。最喜卷帘来燕子，春光有主问谁家。

清室大兴黄兆兰景木题词

其一

诗学熙朝雅颂尊，歌弦化被及闺门。元音正始探源本，删尽风云月露言。

其二

争传彤管笔生花，锦织苏家赋谢家。莫谓无才方是德，名姝自古擅词华。

其三

选楼高建动吟哦，赋茗人来著作多。东遍朝鲜西绝域，香兰醉草尽搜罗。

其四

笔夸老健欲凌云，风雅扶轮属太君。分得瓣香欣下拜，纱幮不隔侍宣文。

（清）恽珠辑《国朝闺秀正始集》，清道光十一年（1831）红香馆刻本

【辑评】

恽珠《国朝闺秀正始集》（卷一九）：黄兆兰，字景木。顺天大兴人。举人梦鹤女，知县清年继室。按：清年字泰庵，能诗文。

方 芬

方芬，字采芝，清代顺天大兴（今北京大兴）人，嘉善知县方维翰女，国学程约泉（程晋芳幼子）妻。著有《红蕊山房学吟稿》《绮云春阁诗钞》。《撷芳集》《国朝闺秀正始集》《贩书偶记》《小黛轩论诗诗》著录。

【整集收录】

序

前明方君静廷尉，以学术气节擅名当代，其子少司马孔照、孙检讨以智，俱负海内重望。两女孟式、维仪，并有妇德，笃志诗书。时称大家者，必首推二方夫人。孟式为张含之方伯之配，鸡鸣昧旦，以忠义相勖，卒能共垂千古。次归于姚，秉节含贞，研究文史，删古今宫闺诗什，刊落纤俏，区明风烈。迄今诵其《出塞》等诗，抚时伤乱，感慨系之。盖皖桐方氏，功名德业，学问文章，流播艺林，比肩接踵，虽壸内亦积习风教，越数百年犹未艾

也。余幼时随侍来秦，偶过从于程约泉先生处，时德配方孺人已先殁，而习闻其言动有则，尤工吟咏，以督部之女孙，郡丞之女公子，濡染家学，自迥异乎裁云镂月、妃红俪紫之伦，凌班铄谢，有自来矣。兹余承乏陕藩，适小泉二兄衰刻孺人遗稿，清词丽句，咀雅含风，《绮云春阁》几与《纫兰》《清芬》二阁后先辉映，其传于后无疑也。小泉为鱼门先生之孙，祖砚犹存，孙谋勿替，所负荷者，甚远且大。是编之刻，特以展孝思之一端耳。

咸丰丙辰仲春端州司徒照谨识。

题词

彩笔瑶笺出镜台，天教吟遍水云隈。也知春草池塘好，更擅名传咏絮才。

余与藕塘昆玉交久矣，风流儒雅，畏友也。今复读其令爱采芝先生《绮云春阁》两集，思情格老，手动心和，年未及笄，长句短章，无一不合。爰占二十八字，缀其集端，以博哂正。

枳六居士鹏蜚顿。

二分明月下，水槛镜台清。作客汝方幼，吟诗吾已惊。三年倍多学，五字早知名。一卷垂相示，波澜正老成。

白发不自惜，重为京辇行。吾真惭博士，君实胜诸生。风雅迢递户，温柔见性情。何时舒老眼，云里看雏鸣。

庚子九月既望全椒金兆燕题。

五字青云迥不同，谢家飞絮空专工。桂花香里恬吟遍，想见当年林下风。

春草池塘句有神，大名久溢凤城闉（藕塘介亭都门有二方之目）。更钟才子香闺里，日美红笺彩笔新。

辛丑八月夏邑李树谷题。

其秀在骨，其韵在神。镂雪团香之手，裁云缝月之能，兼而有之。妙龄得此，仿佛淳熙间之林幼玉矣，与左家娇女同名，上下千载，诏之二芳可也。

庚子重九后五日嘉定壬初桐读于京邸。

国朝名媛诗多矣，惟番禺方恭人芬，字彩林，能宗汉魏盛唐，卓然大家，非寻常闺襜可比，是卷格律气韵，骎骎乎入恭人之室，尝天地秀灵之气，独钟于君家坤造邪？下视《午梦堂集》，不独奴畜，直可婢使。

初桐又笔。

序

吾母太孺人，氏方，为皖江望族。外祖父讳维翰公，文学甲于一乡，筮仕浙西金华郡司马。太孺人为外祖父所钟爱，幼稚时即教诵读，年长，于书无所不窥，尤好吟咏。其时叔外祖父讳维祺公知处州府事，太孺人随之任。闺阁针黹之余，益肆力于诗。幕中全椒金棕亭、宜兴储玉琴两先生皆一时名宿，为吟坛主伯，太孺人从之学。年十七，归家君。家君习举子业，频困场屋，后以县佐分发陕西。授咸宁县丞，道光八年见背。太孺人于嘉庆乙丑年以疫疾不起，时如棣甫七龄。今倏忽五十载，贫无所资，从事于笔砚为生活计，自恨不能扬名声以显母。每念劬劳恩，终夜彷徨，抚心自咎。恒念家君临危时，谕如棣曰：汝母诗稿藏箧已久，检出待刊，即瞑目黄泉，见汝母亦无憾矣。如棣谨敬收藏，暇时捧读，手泽如新，音容永隔，伤心惨目，悔不可追。乃积岁修所入梓而行之，庶几赎愆于万一耳。

男如棣谨识。

·《绮云春阁诗钞》卷上·

长安街八咏

玉桥春晓

长虹飞跨碧云霄，带水横空束玉桥。露湿花房银漏断，垂杨两岸影迢迢。

绛阙云光

曈昽旭日出东方，瑞霭融融五色光。云里帝城瞻望迥，九天飞下玉炉香。

御沟流水

御沟春水碧如油，玉镜冰壶清浪流。总是圣朝膏泽地，红楼紫阁影悠悠。

鸾车待漏

疏星淡月映和鸾，夜色何其尚未阑。玉轸花骢看雁列，早朝待漏破轻寒。

锁院清风

曾摇玉佩侍彤庭，归院红兰照眼明。好是凤凰池上客，阳春一曲玉壶清。

金桥传筹

景阳楼上鼓声宣，金桥频催次第传。此际深宫和漏听，鸡人常颂太平年。

东街夜市

荧荧星火御街东，别样繁华烟市中。交易有无勤继晷，夜窗不让女灯红。

西岭晴岚

卷幔西山翠色参，朝阳霭霭射晴岚。丹峰耸出青天外，方丈蓬壶万象涵。

瑞莲诗并序

　　益阳廨后有荷池，花开时，家君对花而祝，欲得异种，以卜来秋试事。七月十六日忽发一枝，色独与众异，花亦独大，即而视之，中挺白干，擎红如意，长二寸许，背拖黄穗如垂带，洵为花瑞。家君作瑞莲图，芬恭纪以诗。

　　时逢新雨后，小步曲池边。秋莲开几处，风味美娟娟。此花本君子，亭亭水上仙。水上有奇植，如意生天然。记得花未开，敛袵拜花叶。愿得吐奇葩，一枝卜秋捷。我亲含笑言，安得意真惬。今日见此花，不觉喜动颊。花兮花兮如有灵，明年丹桂还同馨。

瑞　芝

瑞草居然发九枝，祥光缥缈映琼姿。仙山何处抛奇种，秀撷三三珠露垂。

敬步家严九日鳊鱼山登高原韵

其一

遥天雁字向南时，满目秋光重系思。宅外茱萸看倍好，枝头常棣忆轻离。龙山旧事传佳话，湘水新晴动远期。斑管题糕清兴发，桂香馥馥入帘帷。

其二

涵碧亭前碧水浔，恰逢佳节一登临。翠萍小聚因风漾，黄菊多情喜雨阴。斜日苍茫凝柳岸，片帆缥缈度云岑。鳊鱼山色诗中见，读罢悠然惬素心。

癸卯暮春恭送家君入都应试

　　季父官三楚，全家一舸移。今当春之暮，去去湘之湄。牵衣问行期，知期怕别离。此行多善愿，愿折桂华枝。秋风京兆试，直上青云梯。途路当珍重，风霜未可辞。临行无限语，欲语首频低。芬年方逾笄，中间多别时。恨不是男儿，万里长追随。客中宜加饭，朝暮宜添衣。旅况多凄清，感怀切莫生。谁欤依左右，从仆嘱叮咛。道傍杨花白，舟边江水碧。扬帆过洞庭，飞渡云梦泽。计日到皇都，泥金捷报初。看花忙不了，莫忘平安书。

对月寄怀家君

其一

又见蛾眉月一弯，居人常忆旅人颜。清光千里应无恙，楚水燕云隔几山。

其二

昨见资阳家报传，故人留款暂停鞭。旧时亭子题涵碧，好句应同出水鲜。

中秋寄怀家君

绕砌徘徊深夜望，时逢佳节远思亲。可能化作天边月，一样光华到帝阍。

赋得小阳春（得元字）

孟冬天气好，和煦庆调元。早见梅妆出，时闻雀语喧。野人思献曝，游侣待窥园。莫恨韶光浅，春风次第繁。

酒帘次韵

遥识花村酒出筥，一旗先已醉双眸。招邀游骑穿芳径，指引行人上小楼。太白吟情随处有，相如渴病望中瘳。流涎可似逢车后，香影飘飘堕陌头。

见吴月娟诗有怀

未接丰姿意自亲，诗中仿佛见才人。牙樯锦缆遥相忆，江上秋风得句新。

寄挽家白莲夫人

其一

回忆芜城握手时，画栏西畔侍题诗。而今梦断梅花岭，谁赠江南第一枝。

其二

钟郝真堪继好风，如何仙去太匆匆。二分明月凉于水，不照娥眉照殡宫。

围　炉

满天雪意淡融融，放下重帘百宝笼。兽炭频添香雾袅，不知窗外响春虫。

春　日

其一

风拂柳枝千绿挂，烟迷花径万红娇。分明记得寻春处，人在扬州廿四桥。

其二

火树银花到处多，金觞玉柱且停歌。遥情只忆江南路，春草青青映绿波。

春雨步季父原韵

膏雨溶溶入耳欢，蝶飞帘外趁轻寒。好花一半舒香靥，深浅含滋着意看。

牡　丹

国色占春光，生成巧样妆。含娇呈洛土，带笑奉君王。锦蕊无双艳，檀心第一香。梦中传彩笔，写出有余芳。

清　明

舍南舍北花如锦，又听饧箫应节声。却忆常年踏青处，裙腰草色系人情。

饯　春

九十春光去莫留，落花风里思悠悠。多情胜有青青柳，惜别流莺唤未休。

杏　花

不让争春馆独奇，新娇先占上林枝。一鞭宝马人遥指，十里红云好赋诗。

赋得春日载阳

东皇初转律，上苑一番风。谁念蚕功苦，微行小步中。

芍　药

芳姿美满烂春霞，殿后从来倍足夸。婪尾一杯情不尽，怕人呼作可离花。

初　夏

薰风初入户，新试薄罗衣。池面荷钱出，亭前柳絮飞。

柳　絮

其一

两岸垂丝幻作绵，飘飘原不倩人怜。多情芳草萦情水，相映隋堤夕照边。

其二

满径落花谁是主，漫空榆荚又抛钱。妆楼翠黛羞描出，如雪如霜飞半天。

送别官眉山姑丈之官河南

其一

髫齿相随荷育成，骊歌催唱暮云横。依依杨柳霏霏雨，别我诸姑感倍生。

其二

此去栽花满洛城，公余举案自怡情。可知弱质临风想，犹是牵衣送别诚。

久 雨

檐前溜滴连朝雨，困我居人阻客程。惟愿新晴收宿雾，西山爽气入窗楹。

新 晴

乍欣屋角朝暾映，宿雾全消霁景昌。新试罗衣何处去，芰荷池畔绿阴凉。

萤 火

最爱纳凉清夜静，珠帘巧入散流光。风吹不灭星星火，纨扇初摇又过墙。

巧 云

欲得新花样，秋空看巧云。天孙舒妙手，绣出月中文。

晚香玉

玉骨生来脆，冰姿见亦凉。最怜清露静，香气袭衣裳。

新 秋

一天爽气炎光退，金井梧桐叶报秋。初觉新凉微雨后，蝉鸣断续树高头。

秋日喜晴

西风吹散潇潇雨，乍见晴岚雾气收。明月满楼摇桂影，一声鸿雁唳清秋。

葡 萄

何处抛仙种，生成碧玉枝。匀圆千万颗，凉意沁心脾。

中 秋

桂香飘放碧云边，秋色平分月倍圆。此际清光千里共，素娥初试羽衣鲜。

秋 水

盈盈一片望中明，野鹭沙鸥自在行。极目秋波无尽处，玉壶千里共澄清。

重阳有感

佳节年来感不休，登高懒去赋清秋。篱边莫遣茱萸发，怕见他人插满头。

呈金棕亭（兆燕）先生

多感先生加训辞，之无略识愧庸痴。何曾续得因风句，一样逢人说项斯。

题王竹所（初桐）西山游纪集

小窗快意披新稿，芦沟西去山光好。尺幅千言白雪词，置身疑在山阴道。画帘卷起总徒然，日日遥看翠嶂悬。何似先生清兴迥，棕鞋五两到峰前。

寒月次韵

其一

当天悬玉镜，千里共寒光。素影惊林雀，清辉拂砌霜。长空凝远望，永夜倍生凉。残菊东篱下，婵娟相映黄。

其二

一片长安月，凝寒出皓光。盈盈清照水，皎皎白欺霜。疏幌侵来透，斜廊绕更凉。金猊香炧后，残影尚拖黄。

早雪二首

其一

晓来妆阁寒光逗，忽见霏霏雪作花。一树梅香犹未绽，却怜红叶腻银沙。

其二

缘甍冒栋影依稀，今夕霜华讶更肥。岂是阳春吹柳絮，因风片片入林微。

雪霁次韵

小雪消来速，晴光晓阁融。竹枝摇旧翠，梅蕊浣新红。冻雀乍如喜，青云迥不同。香车趁初霁，群玉径能通。

大雪偶成

其一

纷飞白雪婆娑舞，巧翦冰花顷刻间。望里不知身在世，一时千里玉江山。

其二

岭梅初绽寒光逗，先向瓶中供一枝。此际深闺无别事，围炉斑管写新诗。

香叶草堂夜集奉命分韵（得来字）

刻烛联吟逸兴催，草堂今夜论清才。诸君斑管花争发，明月高寒入座来。

冬　夜

其一

寒夜书灯静，金猊香未消。窗前移竹影，征雁一声遥。

其二

卷帘看夜色，寒月映冰池。归户偎炉火，烘开梅一枝。

早 梅

冻蕊生香绽小檐，月明初见影纤纤。寒梢点玉传芳信，瘦骨一枝春隔帘。

冬 至

气动南枝春欲绽，管灰初验一阳生。日行北陆添宫线，记取花砖晷影横。

车中口占

金柝初闻第一声，半湾新月对眉生。人烟晚市纷如昼，陌上红灯车上明。

金棕亭先生辱题拙稿献以针黹数事又荷以小镜香珠见贻赋此志谢

鬌年笔墨弄虚名，自惭蝉噪与蛙鸣。垂青深感拳拳情，居然出手呈先生。题词过奖无为报，针线初拈君笑倒。如何又赐明镜光，玲珑桂珮分天香。

见湘云、依云、芝云姊妹诗赋赠

天半飞来五色笺，一齐香口唾珠联。姑苏别后常相忆，乍见娥眉定可怜。

春月忆旧游四首

其一

首春初月夜光融，东阁官梅忆小红。一样清华帘外照，岂知风景总难同。

其二

池馆依稀想旧时，月明闲步弄花枝。广陵一别今如梦，何日重吟览胜诗。

其三

生长江南十二年，湖山花草总堪怜。归来五载常相念，春月当空别绪牵。

其四

银花火树满神京，可似虹桥月有情。骀荡春风十里路，柳堤桃港小舟横。

白梅花次韵

寿阳妆出暗香殊，黛影轻盈入画图。月满瑶阶春色好，风侵粉蕊竹枝扶。冰姿可似梨花面，玉骨偏宜白雪肤。最爱巡檐清夜静，芳魂留伴桂轮孤。

红 梅

含章檐下看新妆，一树丹霞春色芳。不是冰肌霜后态，错疑红杏出东墙。

春 雪

点点帘前舞，溶溶池上消。百花催放了，天女散琼瑶。

上 巳

何来燕喜语堪听，垂柳丝丝拂眼青。爱日方长春昼暖，深闺小坐读兰亭。

清 明

其一

何处玉箫声可怜，青青芳草卖饧天。和风宕宕花如绣，细雨蒙蒙柳着烟。

其二

榆火新钻耀好春，踏青相约艳阳晨。东风吹送秋千影，树树夭桃花映人。

梨 花

一树梨花傍玉墀，却嫌脂粉腻冰肌。嫣然半笑窥桃杏，淡白春风面最宜。

牡 丹

百宝栏边晓露融，天香第一富春风。由来倾国无双艳，锦蕊檀心分外红。

白丁香

清香粒粒朵参差，月下风前素影移。最爱玉栏干外立，碎云千片缀成枝。

常棣花

辂辂新枝烂晓霞，阶前偏反致堪夸。怡然不比寻常艳，一树春风兄弟花。

赋得帘外春寒赐锦袍

帘外风寒晓色新，歌残子夜翠眉颦。六宫此际齐偷眼，天锦初颁白玉人。

见三云姊妹画有赠

天机到处趣堪寻，随手都能见妙心。而我愿分香一瓣，先将水月画观音。

送 春

其一

廿四番风风力微，饯春花下倍依依。榆钱不买韶华住，翻共嫣红错乱飞。

其二

依依小草绿盈庭，一夜池塘点碎萍。渐觉街头卖花少，筼篮唤出杏儿青。

题周芝云墨兰

本是君子花，写自美人手。一篆贮军持，犹似空谷否。

晓起见新荷

风来太液水纹鲜，圆叶初生小翠钱。露浥珠盘犹未散，晓阴闲步曲池边。

辛丑六月随任楚南留别金棕亭先生

其一

依依数载沐春温，何日能忘教育恩。诲我殷勤藏我拙，临行更为序千言。

其二

才调输他谢女诗，一官湘水嘱相随。只因叔父怜痴小，遂使先生惜别离。

其三

楚天杳杳三千里，此后还求尺素书。遥忆燃藜宵不倦，白头珍重祝何如。

其四

汴梁南接武昌遥，一舸长沙趁去潮。多少江山吟不尽，寄将新句当巴谣。

读鲍佩芳诗稿题赠

廿四桥边碧玉流，二分明月忆扬州。清诗早擅江南誉，彩凤欣联冀北俦。妙语乍传风肆好，蛾眉未接意先投。可能久侍班姑训，帆转潇湘惜远游。

卢沟晓发

别却金台望楚湄，卢沟桥上早行时。垂杨一碧蝉声乱，淡月疏星惹客思。

清风店口占

今宵旅邸情无限，明月清风景自新。女子何曾惯行役，且凭小憩浣胸尘。

早渡滹沱河

作客南行问去程，滹沱渡口望中平。轻舟水急天风阔，远树烟开曙色清。试听邛须声杂沓，即看浪破势纵横。悬知秋水湘江路，饱挂云帆倍畅情。

怀鲍佩芳

握手欢言刚半日，催程传驿忽经旬。我今对景思闺淑，君定临风忆远人。

邢台道中

点地黄花乱，依城碧水清。西风动罗袖，入目总关情。

杜村偶题次壁间吴观察韵

晓别邯郸问去程，一餐草店韵初成。新晴山色明如黛，前望漳流水始平。

夜渡漳河

千里漳河纵远眸，烟迷深树水东流。半弯新月浮清影，一苇飘然作胜游。

七月初八日晓发步季父韵

唧唧秋蛩傍短墙，玉绳低处晓风凉。银河一带藏形影，才散填桥乌鹊忙。

晓过淇水

淇水悠悠入望遥，千竿翠竹响萧萧。长桥一带看如画，雾色初开露未消。

至亢村驿因河滩淤深不能渡黄留阻三日

黄河阻客困旅栖，沙堤水阔无东西。更多深泥没马腹，前望去路何迟迟。此时欲进不能进，耳听溅溅辙难定。致言河伯为扶轮，亦若海水扬灰尘。

渡黄河

秋帆流素影，斜日漾金波。晚景参差变，神河顷刻过。

南行见竹

山前忽见千竿竹，高影猗猗最可人。自别此君双眼俗，相逢为我涤征尘。

山行即景

深树笼轻雾，高峰吐白云。山花怜雨沐，涧水漾秋纹。

过武昌府漫兴

我从北来三千里，汉口江山畴可比。龟蛇山卧分东西，鹦鹉洲横芳草里。晴川阁下万人家，世事无心随白沙。武昌城堞倚江水，驾鹤仙人星汉槎。匆匆促我登舟去，回望江楼增别绪。岸旁杨柳向人青，帆影迢迢又三楚。

帆 影

十尺锦云帆，一片潇湘影。才过绿杨蹊，又入斜阳岭。

蓼 花

几丛摇曳向西风，小蕊临波浅淡红。细碎秋光堪入画，是谁点染夕阳中。

江上对月有怀旧游

扁舟夜泊秋江上，推篷新月弯弯向。远树迷离灯火红，咿哑双桨临风荡。
露气澄清夜气幽，一声鸿雁思悠悠。故乡遥隔三千里，对此烟波起我愁。

舟行杂咏

十尺趁长风，高影横烟渚。不须双桨劳，飘然向南浦。

右　帆

咿哑左右闻，临流双影分。参差看不定，快似翼凌云。

右　桨

点处月光碎，撑来鱼影惊。舟人奋全力，莫笑一竿轻。

右　篙

青丝萦百丈，系我木兰船。秋水无边阔，能教宛转牵。

右　缆

全舟都借力，转处不因风。讶是神龙尾，盘旋波浪中。

右　柁

听雨复听风，蒲芦几叶中。何如明月夜，江上一推篷。

右　篷

（阙文）

过石头口

江水茫茫接碧空，片帆飞渡夕阳中。石头渡口峰如削，诸葛先生此祭风。

岳州道中

风正帆悬最上乘，羊陵才渡又城陵。秋江一片连天际，两岸青山浪几层。

过洞庭湖

君山十二晚峰稠，秋入巴陵天水悠。万顷波连云梦泽，几行雁过岳阳楼。
片帆疑入青霄迥，落照斜烘碧浪浮。便趁好风南去也，长沙八景望中收。

午　日

红榴似火偏争艳，碧艾如云又此时。且向闺中续长命，五丝新制项前垂。

舟中望月

推篷看夜色，秋月半轮悬。缥缈烟笼岸，迢遥水接天。碧波流素影，红蓼映清涟。佳景饶诗兴，徘徊不忍眠。

秋 凉

秋色平分时荐凉，新寒轻入越罗裳。亭前雨后添深碧，芳树迎窗橘柚香。

喜见桂花

其一

数年望月想芳姿，今见秋容忆旧时。庭外小山香满径，蕊珠金粟缀新枝。

其二

折来供向古瓶头，云外琼枝伴小楼。玉叶层层花簇簇，今年香国度三秋。

重九前三日偶成

闲步亭前过雨天，新怜竹洗翠娟娟。三秋佳景重阳近，帘外茱萸花渐然。

重九长沙作

其一

潇湘细雨滴秋声，报道重阳节序更。相约登高清兴倦，红萸黄菊总关情。

其二

岳麓名山清兴豪，满城风雨阻登高。茱萸折向军持供，伴我题糕入彩毫。

题李东川先生云来梦曲

云来山馆赋长歌，梦入瑶台逸兴多。不向秋风怨摇落，琼浆饱饮乐如何。

谢李东川先生见惠列女传及题湖山小景图

千秋壶范标名传，三首新词抵玉徽。好作案头清供奉，夜深读到篆烟微。

秋夜偶成用田山姜先生移居韵

乡关北望辞巾车，全家南泛官为家。结庐对面青山近，呦呦绕屋鸣麋麚。不闻今柝连宫漏，但闻更鼓传官衙。凭栏倚徙月初白，东篱黄菊参差斜。宾鸿过处声嘹唳，有怀每忆长安花。抱琴随我当阶立，小鬟鬟影双义鸦。绣余敛手爱高咏，繁弦不用筝琶挝。忽听西邻吹短笛，清音缥缈思仙娲。

月夜听袁念圃先生弹琴

十三徽操七条弦，古调平沙一曲传。听到无声忘夜永，光风霁月满当筵。

梦游岳麓

我来长沙二月余，耳闻岳麓思嶔崎。思之思之未得见，昨宵梦到城南隅。长溪才过入岭去，拾级湾还无限处。丹枫黄叶映青松，翠凉深处不知路。高峰插青天白云，窈然吐行行力怯。憩山陬噌咬瀑布，秋泉流拂衣起步。归去也，天风吹送临江舟。觉来一枕游仙梦，罗帏月鉴清光浮。

留别醴陵官舍二首

其一

匆匆竟欲扬帆去，绕槛徘徊四面看。最是迎窗山色好，可能携去见青峦。

其二

年华两度系心情，传舍还教百里行。今夜不知何处泊，扁舟人对渌江清。

春日江行

夹岸梅花香始融，推篷爱立晓寒中。一篙平点鸭头绿，两桨斜分雁尾红。

春夜舟中作

鼓吹欣闻何处传，银花火树满前川。上元时节扁舟里，明月横空夜放船。

赋得光风转蕙（得行字）

光风何处见，幽蕙喜春生。空谷香盈手，湘江客有情。暗随阳气转，犹怕晓寒轻。二十四番里，居然自在行。

春日小坐

绣余闲展旧吟诗，燕板莺簧又此时。惹得春风来小阁，折将桃杏两三枝。

雨中咏海棠

垂丝袅袅雨中新，阁近香霏绝点尘。睡起嫣然逢一笑，笑他桃李漫成春。

得家严维扬来信寄怀二首

其一

伻来喜得数行书，廿四桥头春事初。见说梅花香似海，此时清兴定何如。

其二

萍踪小住亦欣然，旧雨重逢句共联。此际竟忘身作客，匆匆送上渡江船。

题美人春睡图

春风先到美人居，倦绣心情画不如。试遣莺儿轻唤醒，午窗重与读关雎。

县试曰叔父以祷雨诗命多士和诗成而时雨沛然，敬次原韵以志喜

为盼当空雨气深，于郊步祷意何钦。由来官阁犹多暑，应念田庐定少阴。
宁独一时欣利济，更期三日沛甘霖。试听道路歌神力，是我诚求父母心。

喜雨再叠前韵

山气空蒙雨意深，果然不负祷求钦。池塘十亩添新涨，田舍千畦有绿阴。
从此秋郊卜遗穗，一时夏木尽沾霖。因知造物功非易，不用亭成已惬心。

偶　吟

已暖犹寒四月天，花开婪尾柳飞绵。凭栏又送春归去，燕语喃喃听可怜。

蝉

高柳毿毿绿满林，绣余小步踏芳阴。一声摇曳斜阳里，不似螳螂捕后音。

金药坡先生回闽，同人即席送行，叔父代芬拈得何字韵属赋，
因成二首，即寄怀伯父

其一

故人千里泛湘波，送别匆匆寄语多。弹指八年违膝下，因风想望定如何。

其二

爱怜常自忆恩多，别后遥思奈若何。便欲化为天际月，瑞榴轩畔照颜和。

秋　夜

云静天如水，开帘夜气清。依依怜素月，皎皎上朱楹。幽竹频移影，凉
蛩不住声。回廊人绕遍，河汉倍光明。

丙午生日叔父以诗赐祝，敬步原韵

一番风信早春天，火树银花灿目前。好句知从怜爱得，坐中人侍月同圆。

春兰次叔父原韵

香从幽谷喜初分，入室端应惬使君。不羡官梅红点额，枝苞一味永清芬。

留别叔父母二大人（时随家慈赴浙任）

其一

今夜灯前话别离，相亲相见得多时。就中无限伤神处，骨肉情深各泪垂。

其二

随亲无奈整行鞍，楚尾吴头道路漫。怕见极天杨柳色，离愁日日上眉端。

其三

依依绕膝廿余年，训语殷勤爱且怜。从此天南望来雁，平安两字慰堂前。

其四

惜别虽言会有期，有期相聚卜何时。含情欲语难为语，恨不男儿是女儿。

其五

骊歌唱彻艳阳天，欲别牵衣语万千。朝暮更谁依左右，叮咛惟有阿姨前。

其六

临行赠语更关情，不忍重吟怕失声。若到放衙小坐后，感怀切莫为儿生。

舟中寄呈叔父

别后离思呈不尽，几翻清梦到庭闱。片帆南下千回首，不见昭潭见翠微。

萍乡店中阻雨闷成

旅况凄清百感生，无端风雨阻行程。楚天已隐云深处，小愿前途及早晴。

春日江行有怀叔父母

一舸迢迢趁早潮，推篷相望楚天遥。波清是处山光翠，风暖惟余春色娇。柳已千丝萦别恨，莺还百啭绕兰桡。行人此际情何限，去住都难心自焦。

舟过南昌感旧赋此

忆昔髫龄从此过，全家一舸泛江波。只今十载重回首，闽海湘江异地何。

四月十二日舟中作寄程畹香先生

初霁轻寒易感心，金闺兰友忽分襟。填膺离绪缘何事，两岸蛙声沸不禁。

端阳日再寄畹香

前度端阳今又来，独携团扇傍妆台。与君斗草看花处，多少新芽隐绿苔。

端阳后二日仍寄畹香姨

数行心语寄班姬，越调悲凉胜楚词。极目云山千里隔，拟从梦里说相思。

夏日雨中偶作

坐中随意读毛诗，六月栖栖正此时。何事调冰兼雪藕，罗裳犹薄雨如丝。

舟泊滕王阁下偶作

昔年曾泛章江头，拈毫学句情何幽（甲午年随亲自闽赴都门过此）。春花满眼春江碧，到此依稀记旧游。旧游匆匆十余载，台隍如昨连长洲。滕王不见见高阁，星移物换何悠悠。自经伯屿作伟钱，子安属序谁其侔。文章巨灵信神助，马当一夜风飕飕。吾侪深闺负弱质，操觚非分将奚求。从亲远出名区路，家君亦宦古杭州。揽胜岂无诗思发，水光摇荡沙棠舟。清风袭袭吹人醉，傍徨徙倚都夷犹。忽焉纵体归高阁，众灵杂遝方赓酬。惠姬主席擅著作，若兰轧轧新机抽。莘兄昭弟皆学士，披香侍者咸能讴。谢家小妹致我语，二难四美今然否？二难四美不易得，请君赋手毋延留。时有红线掌笺侍，转虞斗墨徒贻羞。断霞明练映几幌，渊然之气与神谋。栋云帘雨不称意，摛华直驾长天秋。尘寰一望渺无际，翠螺摘向囊中收。左姨有句不出手，玉尺平章飞下楼。绿珠棒琴鼓中散，文君送酒斟金瓯。若为鸿爪追千古，真成佳会烦觥筹。一声鹤唳梦初醒，月堕空江思未休。

新春偶吟

春日吟诗发笔新，翦成彩燕写宜春。眼前万物含生意，先有梅花报好辰。

新春叠前韵

吟罢低徊思更新，卷帘日暖已逢春。辛夷花伴庭梅立，风信传来第一辰。

春日登楼

胜日登楼时最宜，陌头柳色映春旗。倚栏一一闲中望，春水春山总入诗。

花朝日西湖看桃花二首

其一

莺儿唤起寻芳兴，千树攒云到眼中。春色向人娇欲语，水光作镜照初融。波翻柳影无边翠，日转花梢分外红。明月催人归去也，几回回首六桥东。

其二

涌金门外小桥西，十里湖光任取携。翠黛几重空一面，蒸霞千树艳双堤。云山缥缈看如画，景物参差尽入题。好记绿杨消夏处，扁舟到此听黄鹂。

题雪藕冰桃画扇

佳品应时好,图来团扇中。色香无限妙,岂独奉仁风。

送 春

细雨催春春欲归,可怜红瘦绿添肥。东风无力留难住,怕见庭前柳絮飞。

雨 过

雨过庭阶事事幽,嫩凉喜得一天秋。海棠绕砌胭脂湿,半背新添暮倚楼。

秋日雨中寄怀季父母

远别日已久,三月音书迟。晨昏望色笑,何处不相思。遥问庭前树,秋来发几枝。举首见归雁,衡阳忆旧时。秋色眼前满,云山怅别离。

对月有怀季父母

遥见中天月一轮,团圞对我远离人。匆匆已作经年别,梦里长闻笑语亲。

次介亭叔寄怀伯父原韵

千里喜伻至,临风展尺书。寄情如面语,相对更何如。骨肉各天杪,怀思有梦余。钱塘潮信发,一纸附双鱼。

中秋雨中寄怀程畹香先生

此夕阴晴千里同,寄书遥慰趁归鸿。秋声秋色眼前满,离绪离思尺幅中。

咏菊二首

其一

九月寒英发晚香,眼前赢得好秋光。朝来细雨怜新沐,宅外篱边色倍芳。

其二

高洁生成莫厌迟,冷香挺秀未过时。桂花落尽芙蓉老,独向秋风艳短篱。

· 《绮云春阁诗钞》卷下 ·

冬日咏月季花

伴他松柏岁寒天,一样经冬致独妍。的的朱颜娇欲语,层层碧叶艳如钿。拈来四季皆春色,开处长年赛月圆。最是军持闲供养,时时点缀笔花鲜。

先祖讳日

十载含饴顾复情，七年杖履听无声。松楸遥入湘南梦，梦里凄然泪暗倾。

晚　菊

香冷军持无意栽，过时忽见浅深开。清标本是三秋客，却向寒窗伴雪梅。

蜡　梅

吟到茱萸花已迟，幽香吐向岁寒时。迎梅先透春消息，磬口檀心傲雪姿。

天　竹

枝头颗颗讶珊瑚，种向人间致独殊。好置梅花松树畔，分明一幅岁寒图。

寒夜偶成

一篇三复对青灯，为爱奇文最上乘。满径松风吹落叶，小窗寒月夜光凝。

赋得梅花时到自然香

扫出冰花路，凝寒雪霁时。好香讶何处，春已到南枝。林下横疏影，檐前见玉姿。孤标自娟洁，别韵任风吹。

步官眉山姑丈寄怀诗韵

其一

柔橹声声江上歌，全家一舸泛秋波。洛阳过处闻人说，百里鸣琴韵事多。

其二

潇湘云物动人歌，回雁峰头横目波。几度临风思骨肉，天涯寄语感情多。

录南行诗寄呈官眉山姑丈

随宦湘南计客程，湖山系我远游情。巴吟不觉诗成帙，聊附梅花驿使呈。

嘉平十五夜对月

冰轮三五向人圆，盼得重逢是隔年。一树雪梅相映处，多情月姊倍娟娟。

正初见兰

为寻香草来三湘，时逢岁首娱椒觞。春风初动态煦煦，无言独盼含幽芳。年来未见情何限，素心喜结舒双眼。官梅华发方巡檐，笑他尚有红妆皖。

次金棕亭先生寄怀诗韵

白发江南客，新诗老更强。因风传楚泽，字里见离肠。多感关心语，追思纵目望。悠悠湖上水，雁影渡衡湘。

纪蕴山、李韫华二女史以《松云》《近月轩诗稿》
并所著《多心经释》《女训注》见遗

千里随亲作宦游，天涯喜识女荆州。松云近月劳相赠，湘水高风未可侔。同室芝兰看结臭，浅根蒲柳敢轻投。菩提心性班姬训，不独才夸咏絮流。

谢李东川先生见惠《竹兰梅菊画谱》即次咏菊诗韵

髫年好纸墨，自怜心性幽。之无甫略识，所怀正未休。欲觅无声句，不省描山陬。感君赠古谱，探若茧丝抽。竹兰与梅菊，仿佛殊悠悠。分香谢长者，不愧天南游。临风带雨意，拙手虞难侔。敛衽更有请，常期示率由。

新 柳

才见春阳淑气妍，垂丝弱柳早含烟。依依绕岸欣堪折，袅袅临流最可怜。青眼乍开翻旧绪，黛眉初扫入新篇。东风拂面枝先觉，破碧抽黄细雨天。

闻李东川先生偕同人游白沙泉看桃林极盛赋此

闻说城南桃始花，相交绿柳萌新芽。翠眉朱脸笑迎送，莺喧蝶舞春喧哗。白沙泉畔驻马饮，蕙兰风转吹衣斜。泉之水，桃之华，寻幽选胜真堪夸。清流一勺漱碧玉，芳姿满眼攒红霞。此时定忆诗千首，未许同游兴自赊。

前事又闻用宋苏学士上巳载酒出游韵赋诗余，
因之有怀旧游次韵一首

连朝霏霏膏春雨，早春已是花成坞。千树万树如蒸霞，雨收犹见珠轻侮。帘外晴光煦煦来，绣余春昼天过午。胜游闻说出城南，微和拂面风吹汝。软红润玉见新娇，燕语莺啼蝶乱舞。如此风光真足夸，客中不觉关山苦。白沙泉畔驻肩舆，酒铛茶灶谁为主。周回红树入云林，好把青山作眉妩。行踪何异到仙源，妙境居然生下土。无数诗情尽入诗，眼前春色盈春圃。归途指点说游踪，后问津者可迷所。岳麓山光对面来，远峰新沐双鬟女。羡君联袂登春台，大块文章供仰俯。倦来露顶坐泉亭，呼童汲瓮松枝煮。案上军持供折枝，好花相对春无语。曾记江南三月三，和风淡荡满平宇。翠柳夭桃结锦城，画船新涨鸣箫鼓。廿四桥头修禊诗，迄今时过心犹许。今来湘汉渺天涯，旧游每恨江山阻。且读泉明记太原，聊当卧游来相予。

白桃花

青青芳草柳垂丝，淡白梨花未入诗。自别官梅萦好梦，忽逢玉蕊拟冰姿。红衣应愧妆犹俗，渔父重来见欲疑。灼灼粉痕常带笑，最宜春月隔帘时。

花朝逢雨

晓起窗前风雨敲，况逢今日是花朝。红绡拾向香奁里，笑系枝头春意饶。

清明偶成

其一

内官火赐一番新，满树榆钱买好春。垂柳丝丝临水碧，流莺唤遍踏青人。

其二

帘外风轻细雨斜，杏花十里泛红霞。良辰又到清明节，处处饧箫春事赊。

锦 鸡

羽毛向日文成锦，爪翼凌风品冠群。我欲开笼轻放去，翻飞任尔上青云。

春灯曲

耿耿照良夜，兰膏馥气清。何须惜春昼，对久花自生。惜阴忘夜永，光辉倍有情。

远 山

隐隐遥岑映绣帷，翠微深处白云披。青鬟新沐怜朝雨，黛色三分初画眉。

寄旧婢

湘波春涨发，纵目思悠悠。相逢知有日，离恨未常休。有怀频入梦，遥寄燕山头。

留别李东川先生（时随任益阳）

春江新涨绿波生，待整蒲帆益水行。何日重闻长者训，依依半载动离情。

留别纪蕴山李韫华二女史

楚天遥见暮云横，小雨轻帆欲远行。此后遐思何日了，春江一舸载离情。

别长沙作

春风解缆别长沙，今夜扁舟水一涯。细草青青江岸阔，遥天岳麓暮云遮。

寄怀鲍珮芳

其一

琴声难藉诉离心，空听潇湘鼓瑟音。回首乡山何处是，拟从梦里接高吟。

其二

尺书奉贺于归喜，梁孟遥知举案庄。为问如椽扛鼎笔，可能妩媚画如张。

偶　成

绣余敛手绕栏行，高柳参差落照明。何处笛声清到耳，水边亭畔赋幽情。

益清亭观荷

其一

轻携纨扇寻幽境，水阁风来四面香。翠袖招摇千叶舞，红衣绰约几枝芳。脸痕欲绽疑娇语，粉晕初匀爱靓妆。玉井自来根柢贵，此中许我纳新凉。

其二

益清亭畔足相徉，扇引清风水槛凉。几处新蝉鸣翠柳，满塘荷芰腻人香。

对　月

身依湘水住官衙，风送歌声入耳斜。一样月明清露夜，多情偏忆故乡花。

晓起观荷

罗裳薄试晓风凉，圆叶高低翠满塘。明镜奁开何太早，已笼轻日照红妆。

涵碧亭观荷次韵二首

其一

为怜万选小青钱，几日花开水上仙。不染淤泥香自吐，波清人静对云天。

其二

绕池轻步踏苔钱，太液风飘花欲仙。翠袖红衣新雨后，萍开漾出夕阳天。

莲子咏

芳塘一夜雨，应见褪红衣。风味出尘外，房房结子奇。漫道莲心苦，雅意沁诗脾。

莲　叶

雨过闲从池畔行，绿云铺满碧波清。如钱忆见初浮水，几日亭亭翠盖倾。

莲 心

宛转盘旋玉作胎，芳心一搦自栽培。春来学向炉中种，应见莲花一样开。

七 夕

彩线轻拈上小楼，水光针影漾帘钩。月明几度银河望，巧思今宵乞得不？

月下闻笛

花影横斜倚翠帘，罗衣渐觉夜凉添。坐来何处清风送，一曲桓伊月挂檐。

赋得禾九穗（得嘉字五言六韵）

共讶灵根异，巍巍九穗夸。东皋香五里，南亩喜千家。沃土呈奇兆，丰年添瑞华。十千应合颂，双秀让称嘉。耕蓄何须久，仓箱庆倍加。太平真物宝，击壤遍荒遐。

秋日雨中涵碧亭小坐偶得二绝句

其一

翠盖翻风碧浪浮，凭栏闲望思悠悠。罗衣渐觉凉生袂，细雨潇潇作早秋。

其二

瑟瑟渐闻木叶声，满亭秋气向人清。莲塘眼底添新碧，几处花香系我情。

中秋玩月二首

其一

今夜光华觉倍鲜，五分秋色十分圆。绕栏桂蕊香依□，人在瑶池第一天。

其二

冰轮今夕倍团圞，岂是寻常一样看。几度徘徊眠未忍，更深微觉桂香寒。

壬寅小春十日留别益阳署后涵碧亭诗五首

其一

来时时近麦秋天，小叶浮波乍作钱。次第花开香面面，倚栏看到夕阳偏。

其二

朝暮登临半载余，风华水月画难如。萍踪不定轻言别，秋老池塘雁影疏。

其三

垂杨绕槛绿成林，六月炎蒸喜有阴。最是月明清露夜，池蛙声惹惜花心。

其四

幽境生怜秋柳垂，别情萦系只留诗。湘江好景归图画（余作涵碧亭图记游），何日重游忆旧时。

其五

来日临波花映蒲，颒梅香发又登途。潇湘细雨萦情处，谁绕阑干数落珠。

晚行即景

其一

又转帆樯江上浔，微茫烟雾出秋林。斜阳一碧看如画，无数鱼舟入浦深。

其二

今夕扁舟乘好风，青苍两岸夹丹枫。橹声摇月流帆影，林暗人家灯火红。

夜宿乔口五更得顺风天明至长沙

推篷正值晓妆时，为谢封家十八姨。水陆洲前帆似马，举头山慰故人思。

奉寄玉琴储先生

回首文窗下，临风缅讲帷。数年劳远望，一纸慰遐思。柳折江南路，书传楚水湄。洞庭千里隔，相见待何时。

探 梅

乍听春虫（雪名）隔绣帘，金炉香烬夜寒添。但逢旭日开新霁，应让南枝早破尖。

晚行过昭山（时随任醴陵）

长沙西去水驿长，季冬不觉江风凉。昭山对面挹秀色，龙口飞渡波茫茫。斜阳缥缈入林去，岸风吹送梅花香。山头古寺鸣钟起，噌吰镗鞳和鸣榔。松声摵摵复入耳，须臾明月浮清光。眼前景物动吟兴，千态万变非寻常。

春 兴

枝上莺声碎，春华满眼来。蕙风披绣阁，融日照妆台。小草知春意，名花向暖开。隔江山色好，遥望翠云隈。

赋得登春台（得梯字）

煦煦晴光艳，寻芳上玉梯。羽觞随曲水，游屐绕花蹊。淑气临高阁，和风吹绣袿。渌江春涨碧，凭望入新题。

红拂墓

巾帼怜才独赏音，征衣常对战云深。芳魂缈缈依何处，孤墓凄凄傍翠岑。千载残碑传旧恨，多情湘水识初心。可堪青冢埋香处，古树参差乌满林。

赋得风暖鸟声碎（限时字）

杏花天气日迟迟，百鸟鸣春正及时。绕树玲珑如戛玉，隔帘宛转助敲诗。低徊细数春光好，下上同音淑景宜。耳底幽然无尽意，因风摇曳最高枝。

有忆资阳署后涵碧亭

其一

资阳好景思悠悠，涵碧亭池豁我眸。半载别来香梦远，此时谁见翠云浮。

其二

又值熏风入户初，回怜翠盖漾清渠。一枝如意（客夏池中有如意莲一茎，曾作瑞莲图，一时多倡和者）天然巧，采遍湘江何处如。

得载堂兄遗稿有感（稿在江南曹光祖君处，储玉琴先生特为寻寄）

君诗只拟久浮沉，千里阻隔谁能与。忽得吾师尺素传，开缄三复泪如雨。如何锦字太匆匆，为忆生前吟最苦。此卷长留人不还，重泉永隔成今古。相逢惟盼清梦间，一灯如豆何曾睹。

赋得闻歌识采莲（渌江书院试题得裳字）

歌声何处发，仿佛近莲塘。未见凌波态，遥思出水妆。绿云依雪腕，翠盖隐红裳。一路香风送，轻桡泛晚凉。

寄怀官眉山姑丈

其一

回首东华送别时，爱怜常自忆恩慈。而今尺素传千里，好句因风辱赠遗。

其二

诸姑别后思绵绵，秋月春花情倍牵。寄语天涯劳训诲，金闺聚首卜何年。

其三

闻说琴堂雅事多，牙签锦轴乐如何。才非百里应无愧，衙散常闻白雪歌。

赋得卷幔天河入（渌江书院试题得秋字）

钩帘看夜色，遥挹几分秋。举首云霄近，披襟河汉浮。但闻牛女渡，谁见鹊桥头。伴月怜清晓，盈盈淡处收。

中秋对月

小山桂蕊香飘动，节到中秋秋更妍。天上一轮光倍满，人间万里影同圆。

赋得月傍九霄多（渌江书院试题得垣字）

素月秋逾皎，团圞欲上轩。当空悬玉镜，耀彩傍薇垣。蟾窟香应满，天衢近可援。迢迢良夜值，瞻咏戴君恩。

读季父渌江新咏寄怀二首

其一

秋色斑斓景物真，匆匆小别已经旬。东篱黄菊初含蕊，掩映芙蓉弄色新。

其二

传来好景句中收，读罢萧然满目秋。四壁虫声声唧唧，当空凉影半轮浮。

小至夜作

金炉火正然，冻云吹不散。漏尽今宵长，晷添来日线。

赋得天半朱霞（得轩字）

彩彻云衢外，超超入望轩。九光依日月，五德丽乾坤。散绮照人色，因材荷帝恩。朝来瞻气象，赤水出昆仑。

小　阁

小阁摊书坐，帘垂午夜凉。一枝梅绽雪，满地月欺霜。炉火薰香细，灯花缀漏长。松声清到耳，谡谡过回廊。

赋得竹外一枝斜更好（得寻字）

其一

一枝斜倚琅玕外，别样幽芳耐我寻。想是天寒偎翠袖，支空无力影横参。

其二

此君清绝清于影，雅称高人冰雪吟。笑口轻开疑欲语，春风第一出深林。

立春前二日雪分韵（得谢字）

九九将消春欲来，瑟瑟珠光生不夜。一夜天工剪彩新，冲寒晓起临亭树。先向百花头上开，散花谁遣缤纷下。堂前授简未教迟，愧我吟成不如谢。

叠韵二首题美人握管照

其一

曾闻正雅训无仪，镂月裁云贵不知。问女何思复何忆，却拈斑管似题诗。

其二

后妃贞静自心仪，内则庄严敢不知。女亦无思亦无忆，拟抄中壸八篇诗。

谢余伯扶先生见惠墨画桃李小帧

从君乞取墨痕香，更比催花羯鼓忙。徼倖一枝春到手，得随桃李傍门墙。

新春寄家君二首

其一

乍听莺儿弄好音，蕙风转处入芳林。履端未展堂前拜，待寄春晖一寸心。

其二

春到湘江景物新，好乘归雁附书频。几回梦里牵衣问，何日弹冠出凤阍。

正月十四日立春偶作

其一

莫道今年春信迟，好春来处伴灯期。试看连夜催花发，分得东风次第吹。

其二

火树银花景物宜，春回正值上元时。帘前草欲裙腰展，郭外花才绣幛垂。

仲春四日雪二首

其一

杏花时节雪霏霏，柳乍垂丝讶絮飞。着地溶溶消处易，好风吹动湿人衣。

其二

帘外风寒雪作花，春时犹见舞银沙。千林万树皆同色，疑是山梨早发华。

雪中看山

一夜东风岂等闲，天葩吹散向人间。开门一片迎眸处，不见岚光见玉山。

赋得嘉树下成蹊（渌江书院月课题得园字）

春光何处好，迤逦见花繁。色乱鞭丝影，香留屐齿痕。众芳如爱客，一笑共无言。访胜宁须问，依依直到园。

久雨步季父韵

久听檐前滴滴声，入春何事总无晴。林花欲语珠频俙，笑靥微含系我情。

叔父得牡丹一株命题二首

其一

谁赠雕阑一搦脂，倚风微笑竹秋时。试将三叠清平诵，始信无双品独奇。

其二

枝头喜见十分春，锦蕊天香迥绝尘。不用向人夸富贵，自然高格问谁邻。

送　春

其一

一夜檐前雨作声，点池初见碎萍生。落花无语随春去，芳草青青自有情。

其二

流莺啼遍柳枝头，欲借长丝绾别愁。细雨如酥衣欲湿，几回花下步悠悠。

立夏日偶作

流莺惜别声逾宛，小步芳阶绕翠苔。榆荚无情随处散，海棠欲语向人开。乍怜细雨催春去，渐觉薰风送夏来。好景隔年期早至，一杯蒌尾更徘徊。

催耕鸟

其一

小鸟居然具性灵，似催东作语叮咛。侵晨绕屋钩辀处，想见千畦荷锸听。

其二

不独催耕千亩同，数声还绕画檐中。何须巧舌黄鹂唤，随意深闺课女工。

奉贺季父得程姨之喜即次记梦原韵

其一

年前江上梦还家，今日居然泛斗槎。红烛笼花香细细，双鬟扶下锦云车。

其二

蛾眉淡扫首频低，昧旦堪偕共听鸡。试看新妆团扇护，鬓云香透出簪犀。

其三

出水红莲比瘦粗，兰言乍启吐成珠。最怜迢递湘南路，小胆行将万顷湖。

其四

整衣拜罢立身傍，惹得随香粉蝶忙。尽说照人颜色好，一时珠玉喜生光。

新 蝉

微雨初过晚气清，槐阴风静一蝉鸣。斜阳临槛轻摇扇，霁色新声共有情。

芭 蕉

绿天深处开帘坐，半展全舒总有情。试看临风摇碧影，擘来一幅写秋声。

秋夜偶成

花影参差上小墙，月明闲步绕回廊。一声长笛因风送，吹彻清空秋气凉。

秋日即事

绣帘半卷篆烟微，满径秋花斗晚菲。正是题糕佳节近，举头惟盼雁南飞。

早 梅

初绽南枝第一春，珊珊仙珮步芳尘。折来暗觉香盈手，林下依稀见美人。

叔父书来以诗寄怀即次原韵

开缄三复不辞频，纸短情长意未伸。春去春来经两度，梅花香隔宦游人。

和储大世妹咏雪诗韵

邗江旧梦年芳变，当年赏雪夸白战。十里梅花放棹寻，倚栏还复临清涧。谢家才调古今传，丽句因风撒盐面。千里飞香到武林，仿佛披云觌素面。笑嚼梅花读万回，深闺喜得吟芳伴。天生秀骨净无尘，犹见寒香飞片片。琼楼十二巧妆成，三千银界瑶光乱。江南二月泮春冰，七香车碾花如霰。

牡丹次韵

富贵称名第一花，洛阳佳种在谁家。锦帏初卷天香馥，飞燕新妆玉珮斜。三叠清平传古调，十分春色向人夸。笑含晓露无双艳，醉舞东风斗丽华。

次郎蠡湖大姑丈湖上春游诗韵

其一

三月花飞片片红，余香拂面趁微风。寻芳最是西湖好，览胜应知佳士同。楼倚青山丛树里，舟摇远水夕阳中。此身已入仙源境，何事溪边问钓翁。

其二

开向东风总占先，爱花岂独海棠颠。一泓春涨浮新碧，千树夭桃似去年。风送钟声来晚寺，柳遮楼影系归船。良辰美景无过此，买醉人人不论钱。

夏日偶吟三首

其一

艾叶青青梅子黄，荷钱浮水贴圆光。春归别绪谁能诉，紫燕呢喃绕画梁。

其二

几度晴阴日月忙，湖头又泛芰荷香。绿阴庭昼清如许，时有南风送晚凉。

其三

葛衣纨扇又当场，桃李盈筐入市忙。倚槛徘徊何所见，奇峰云吐对斜阳。

留别四望楼（在浙江经历司署）

最难忘处小楼栏，镇日登临四面观。二载盘桓清昼永，一时离别夕阳残。紫薇仙署闲中望，丹凤晴山坐里看。几树绿杨攀不住，新诗题壁暮云攒。

约泉夫子归白门应试赠行二首

其一

两度春光是一年，匆匆小别亦情牵。愿君帆趁秋风快，得路须知一著先。

其二

囊中锥处颖能穿，自古功名非偶然。此去萱堂知快慰，饮冰心迹赖君传。

送官眉山姑丈归嘉禾三首

其一

不辞千里访西湖，领取湖光竞入图。纪胜携将诗百首，向人夸说此邦都。

其二

七夕刚逢最有情，倚楼人似在蓬瀛。银河清浅星三五，相映芙蕖照水明。（时新置二姬人。）

其三

三旬小住此湖边，骨肉相逢非偶然。数载离思言未尽，如何又欲放归船。

秋闺咏桂

其一

小径香浮碧玉柯，清秋对此乐如何。姮娥纤手栽培厚，分向人间得几多。

其二

晓临宝镜画双眉，帘外能言鸟唤谁。说道桂华香满界，几人折去一枝枝。

己酉上元日奉步家严纳韩姨韵

银花火树密如丝，三市行看锦绣帷。百里归来刚令节，高堂乐奏庆螽斯。
红灯华烛当窗艳，紫燕芳兰入梦时。拜罢低眉人似玉，从教棣萼发庭墀。

春日赠约泉夫子二首

其一

一番风信早经梅，春色融融淑景来。岁月须知行似箭，前程努力好栽培。

其二

春来兰蕙喜同心，伴我吟哦意更深。良日芳辰莫轻度，光阴须省寸如金。

中 秋

弦管吹开云外天，秋光缥缈望无边。香风飘出园中桂，明月当楼璧影圆。

秋海棠

几枝含笑映雕栏，点缀秋光最耐看。绕砌剧怜新雨后，柔情媚态不胜寒。

赋得浮凉带雨来（得来字）

绣余小立朱栏畔，乍觉微凉风送来。纨扇渐停新雨际，芳塘轻点翠萍开。
遥闻百里欢声遍，却忆三农佳气培。今日衡斋集诸士，应怜倚马试雄才。

怀畹香女友

梧桐一叶报新秋，天外鸿归带旧愁。千里怀人空有目，登楼长望思悠悠。

题葛辑五舅父小照

其一

坐对西风岂等闲，幽然尺幅出尘寰。虽无明月移桐影，却喜名花照玉颜。

其二

梧阴兰韵赏心同，秋草秋花入画中。倚石临流心自在，长年颜色愿如松。

菊 影

颂菊曾传左女才，晚香疏影上屏来。一篱秋色描难就，满地香痕扫不开。
住客坐中应觅句，清晖光里试浮杯。霜姿瘦态谁为伴，明月怜君几度陪。

咏雪二首

其一

同云初布雪纷霏，梅蕾初封失瘦肥。坐里炉烟香细细，望中风景絮飞飞。

其二

轻裁玉叶斗纷霏，谁剪冰花益鹤肥。昔日谢庭吟好句，而今谁续絮花飞。

和葛理斋表弟梅花诗韵

冻蕊香生春欲来，一番风破腊前梅。罗浮林下萧疏影，落月依稀见玉腮。

叠前韵一首

东风昨夜透春来，闻说南枝已放梅。谁向红罗翻艳曲，看倾天酒晕红腮。

冬 夜

挑灯闲读旧时诗，多少诗成在此时。霜月照人眠不得，今宵应梦到梅枝。

嘉平十五夜月

数枝残菊摇清影，一树霜花讶玉堆。今夕团圞千里照，娥眉相对隔年来。

冬夜吕叔猛先生来严君相与谈咏至漏下四鼓

扫开雪径邀明月，吟到梅花味自香。旧雨重逢欢不尽，高谈不觉夜偏长。

寄怀介亭叔父母

一枝谁寄陇头吟，怕听征鸿响远音。尺一书成萦别绪，平安两字价千金。

萧山县署有枯池凿之得井即唐主簿宋思里孝感泉也，漫成一首

浚古池塘得古泉，旧名孝感考唐年。待安龙吻通华沼，先置禽阑护碧涟。舫内鸣琴声漱玉，亭边汲绠影垂渊。好将佳话标亭额，袖引清风百里传。

赋得摛藻艳春华（得毫字）

书窗清兴切，舒卷试纤毫。春为青阳转，诗成锦句毫。鸟声依画阁，烟景满兰皋。笺纸桃花浣，敷文起凤毛。

和黄蕙园先生登越王城诗韵

湘湖水满绿波横，山碧台荒著胜名。容膝易安胸有术，卧薪虽苦志存城。雄图尚赖孤臣策，百战争留故国兵。乌鹊绕林啼不住，千秋往事等棋枰。

葛理斋表弟归娶赋此赠之

彩笔生花发巧思，催妆试取扫双眉。晴江新涨看如画，宝马连环好入诗。
南浦送行春窈窕，太行西去路逶迤。相逢月姊休轻负，须折蟾宫第一枝。

雨中咏桃花

几片蒸霞艳好辰，枝头喜见十分春。廉纤细雨如丝织，照面胭脂腻处匀。

汪绣谷先生自邗上来赋呈

平山晴泛木兰舟，别后时时忆旧游。空谷有声传绝响，明湖无处不攀留。
十年遥隔江淮远，春日重逢花月悠。记得垂髫随杖履，韶华荏苒使人愁。

寄怀季父

卷帘新月向人初，鸿影南飞似告余。好梦长萦湖上水，离情难借笔尖书。
沅陵风景闻如画，小酉山光春正舒。五马黄堂行处好，遐方新政近何如。

寄程畹香

几度书来借远鸿，云山迢递各西东。桃花山下春光好，可与苏堤一样同。

中秋对月

团圞有意向人明，万里光辉秋气平。正是八旬天子寿，普天弦管奏华清。

柬谢笕书三姊兼以寄怀

鸿飞千里劳相问，别绪如新好入诗。廿四桥边怀月夜，十三年远梦天涯。
一枝碧玉如人影，尺幅香罗织恨丝。两地同心吟不尽，迢迢捧袂定何时。

题云山叠秀图

其一

秋云笼处翠裳衣，面对青山过雁归。稠叠远峰岚秀耸，沤浮墨醉似妃豨。

其二

豨妃似醉墨浮沤，耸秀岚峰远叠稠。归雁过山青对面，衣裳翠处笼云秋。

其三

一幅云林信手挥，碧峰高趁白云飞。罗衣翠黛客清昼，红叶青松伴落辉。
林鸟无心添物色，烟岚有态尽天机。三间茅屋堪容膝，人向遥岑采药归。

梅坡登高

其一

摘取黄花三两枝，玉钗钗上正宜时。登高乘兴梅坡好，秋色斑斓映碧池。

其二

雁过声留节序新，年年游览喜随亲。小山翠接西山秀，秋草秋花尽可人。

秋园晚步次约泉夫子韵

其一

碧天如洗入诗矇，小步亭池致足娱。金线滑靴侵积藓，玉钗倚鬓冒悬蛛。东篱湛露香逾远，西岭含烟淡欲无。莫以秋声伤逆旅，古人秉烛几曾迂。

其二

风和云净气清矇，天送微凉尽兴娱。秋到寒塘怜旧草，人迎明月避垂蛛。一帘花影移还在，满地香痕扫却无。三读高人诗四叠，吟成犹愧笔疏迂。

其三

斜日落尽红霞矇，芳园秋好动游娱。晚风生竹竹瑟瑟，蛩声叫月堕檐蛛。芙蓉池上凝秋水，玉露沾衣时有无。凭栏不觉漏三下，双鬟私语笑余迂。

菊 影

寒英晚发傲霜株，明月移来着地铺。秋满东篱花上槛，影摇瘦态倩谁扶。

芙 蓉

灵泉池上碧如黏，浅白深红次第添。晓露晚风劳护惜，美人秋水共廉纤。

新 月

其一

花影横疏人倚栏，弯弯一寸对眉端。嫦娥半面今宵望，盼到团圞光倍寒。

其二

一钩斜挂碧云端，几度如弓仔细看。宝镜盒虽开未满，清光一样照人寒。

雁 字

雁字明秋宇，排空月印窗。几行无定迹，一阵带边腔。天阔题难遍，云开影自双。书成衡浦近，遥寄到江邦。

秋　声

其一

雁过声寒明月中，风摇林树落丹枫。谁家笛弄西江引，一曲清秋烛影红。

其二

银河似练月光融，风过应怜落叶红。何处清砧添客恨，闺情多少入声中。

玉　尺

并翦裁开未忖量，持将玉尺细端详。宫袍制就山龙补，分寸谁能话短长。

蠹　鱼

此鱼非俗类，嗜性喜书函。百物皆不食，好读未为馋。人学领旨趣，彼学徒口衔。穿经兼通典，有已背人谙。

灯　花

春夜燃膏坐，凝辉结异苞。乍看金蕊绽，莫把玉簪敲。焰里芳华逗，眉端喜气交。无香有真色，珍重漫轻抛。

秋夜观菊

南山已隐暮烟袅，长廊绕遍情难了。木叶初脱雁横飞，胡为乎来人不晓。有菊有菊开满丛，一花一叶都玲珑。镇日东篱看不足，寻芳晚步才称雄。楼头月上笛声起，径里花光冷欲空。花前月下多幽思，侵衣霜气寒蒙蒙。爱花不已向酤索，手掇金英细咀嚼。白衣酒竟夜深来，兴酣更擘黄橙壳。

（清）方芬著《绮云春阁诗钞》，清咸丰六年（1856）刻本

【散见收录】

阻风敬步伯父原韵（十一岁作）

大风彻夜舞狂漪，正是扁舟系缆时。两岸霜枫萦远梦，一帆寒雨乱乡思。江闲白浪青山动，天外黄云画角吹。寄语石尤须早息，扬舲稳渡莫教迟。

读杜少陵诗

为爱新晴展卷宜，小窗细读少陵诗。分明国史同家乘，一洗人间月露辞。

（清）恽珠辑《国朝闺秀正始集》，清道光十一年（1831）红香馆刻本

【辑评】

恽珠《国朝闺秀正始集》（补遗）：方芬，字采芝，顺天大兴人，知县维翰女。著有《红蕊山房学吟稿》。

陈芸《小黛轩论诗诗》（卷上）：纫兰抱月更遗芳，红蕊贞夐冷亦香。试问愿为才子妇，何如一曲桂林霜。方芬字采芝，大兴人，著《红蕊山房学吟稿》。

胡文楷《历代妇女著作考》：《绮云春阁诗草》，（清）方芬撰，《撷芳集》著录（存）。

芬号采芝，顺天大兴人，嘉善县丞方维翰女，国学程某妻。《贩书偶记》：《绮云春阁诗钞》二卷，咸丰六年丙辰（1856）古歙程氏刊本。《撷芳集》有金兆燕序。

《红蕊山房学吟稿》，同上，《撷芳集》著录（未见）。

孙玉树

孙玉树，字芝香，清代顺天大兴（今北京大兴）人。父为庶吉士孙济，从父为知县孙润。《国朝闺秀正始集》著录。

【散见收录】

黄鹤楼

高咏谁能接上头，凭虚览尽古今秋。两峰云气连三楚，万里江声聚一楼。书到琼都须借鹤，歌听玉笛欲呼鸥。遥思满目芳洲路，睹此应抛去国愁。

（清）恽珠辑《国朝闺秀正始集》，清道光十一年（1831）红香馆刻本

【辑评】

恽珠《国朝闺秀正始集》（补遗）：孙玉树，字芝香，顺天大兴人。庶吉士济女，知县润侄女。

王桂蟾

王桂蟾，字绿云，清代顺天大兴（今北京大兴）人，《国朝闺秀正始集》
著录。

题千墨庵重摹七姬志石刻

何年玉骨委云根，屈指娉婷倩女魂。青鸟啼残香欲烬，金莲栽罢火犹温。
仙姿此夕归坏土，贞性当时报主恩。碑蚀苔深留古迹，今人凭吊忆吴门。

（清）恽珠辑《国朝闺秀正始集》，清道光十一年（1831）红香馆刻本

恽珠《国朝闺秀正始集》（补遗）：王桂蟾，字绿云，顺天大兴人。

兰　姬

兰姬，清代顺天大兴（今北京大兴）人，谢堃侧室。《国朝闺秀正始续
集》著录。

集唐寄主人

嫁得萧郎爱远游，烟花三月下扬州。远书珍重何由达，春日凝妆上翠楼。

（清）恽珠辑《国朝闺秀正始续集》，清道光十六年（1836）红香馆刻本

恽珠《国朝闺秀正始续集》（卷一）：兰姬，遗其姓，顺天大兴人。管勾
厅谢堃侧室。按：堃字佩禾，有才名，著有《兰言集》及《春草堂诗话》。

吕琴姜

吕琴姜，清代顺天大兴（今北京大兴）人，方履篯继室，著有《琴姜遗稿》，《历代名媛文苑简编》著录。

重刊法苑珠林序

式仰骏迦，首崇调御。青莲焕相之辰，紫山寄庄之始。髻涌百宝，睫照四天。吉祥之瓶，广纳赤宙，智慧之药，俯接黔眦。莫不因妙以立觉，借寂以探机。设教止乎一慈，建谛俟其顿悟。上行所届，微言已伸。复以三界昏寝，六贼攀缘。鼠入角而焉通，狼守斋而易毁。于是转意珠之朗，扬慈水之澜。吐奥旨以拔迷根，积雕谈而揩险树。芬逾蕾卜，梦发优昙。虽四十九龄未拈般若之义，而三十二士，各示依趣之阶。无说无闻，天花早堕，非坚非久，蜡印自传。白马创刹，羽林之使初归，神龟肇年，洛阳之求益备。乃使九乘大典，西辞乎流沙；八梵呗音，东詹乎震旦。自迦叶口授之文，菩萨净行之品，睹骊龙而竖指，逢饥虎以施身，请雨有经，移山著论。至于辨意长者，成贝字之篇，善思童子，效琅函之诰。成敷精业，婉迪群蒙。加以前皇蕭忱，喜阐胜因，儒生绮毫，乐为释用。梁帝重云之讲，既耀南区，姚氏草堂之集，实隆北学。昙柯之所宣译，罗什之所发明。彦和燔发，编定林之经藏，小山洁愿，获开善之香龛。由是绵帙繁臻，金绳密约，庄情束影之词，启谬开贤之制，足以跞灵飞之绿检，抗圣藉之丹签。列栋连甍，浮烟散竹。语夫博涉，从事斯难，索彼菁华，懵徒莫忆。乃有沙门释道世者，植踪唐代，应诏西明，学通内外，谊合教宗。拟弥天之道安，为方袍之平叔。愍夫真如易旸，法匠难遭。遂乃综览义林，穴穿奥赜，举其纲纽，明其指归。辟入藏之键，挈一裘之领。大乘小乘之别，幽显俱详，语业意业之关，源流可溯。如酥就熟，亿转不窬，如水散泡，千沫共见。百篇之目既析，四禅之用皆纯。若其敬摄旆檀，聿宣慧炬。日精入口，炫白净之宫，月爱舒光，孕青霄之座。铁猪受矢，玉象扶轮，独守心王，不离智食。富楼那之姓氏，标若星躔；波头摩之劫寿，罗于纹掌。欲使维卫威神，感而即应，尼干邪计，见而辄摧。

此则僧祇之本律，亦赞述之愿海也。因以湔濯尘冥，解脱顽固，七珍勤表，五浊泛陈。以莲舌为振铎，以绌素为长桴，汲汲苦言，悢悢凄韵。逆风爇炽，惩导欲之心，行厕画瓶，泯惜身之念。四蛇引于鼻耳，二鼠逼于肾肠。凡诸怖畏，足起信心。倘使钵露能濡，自无酸酷，幡云获荫，岂遇燀煜。敲骨剔髓之诚，济生非斋，抷土雇花之细，得报靡穷。巨障裂而长空明，深痾蠲而凡劫尽。此犹御寒之设诺，拯渴之苏陀。福利之阶，斯为最要。至若曲辨情灵，富该图史，缛英彬蔚，丽篆纷纶。事多集夫佚文，语每秀于天拔。鹊园异迹，香散惊精，马苑余辉，华飞璎珞。求黄缣于安慧，神灌浮来，梦白服于昙延，夜光照彻。兴公铭颂，逊此芳尘，休文碑状，愧其妍制。多闻亲授，阿难为之展斡，总持强记，摩诘于焉避席。信可以梯航众品，肴核横书。猎藻者珍比青箱，馈贫者非徒黑学。宜其千祀不刊，三教传录者也。世所行旧椠本，曾经明人窜改，妄析为百二十卷，全与《新书·艺文志》著录百卷不符，以致简叶违错，章段崩离，字句之间，亦多脱误。邢子才之一适，非可例观，贾慧远之五论，难期暗合。披卷寻览，能勿慨然。清信女士董申林，虞山蒋伯生大令之簉室也。生善女号天仙人子，珉膏饫齿，石黛修蛾，悦意驰称，妙音作眷。悬金九十日，争誉便娟，载车五百丸，皆名欢喜。琉璃砚匣，不犯绮词，迷迭薰炉，潜持密教。因披藏本，用勘此书。始知万历之讹，曾非恽上之失。丹铅既匝，缁论悉明。遄发宏心，谋资众悦。同时名闺淑仪，大善知识，咸分华鬘，襄助锼梨，共得百人，费凡千镒。校雠审察，镂造精严。以道光七年春月刊订讫功，福不唐捐，美冠诸蕴。阿育建塔，受凤世之慈缘，瞿夷献花，遘阎浮之良匹。宝髻尊宿之前，六门开示，优婆塞夷之侣，四谛显扬。竟令佉楼半字，易旁行倒住之风，脂那全胜，播辨物类名之训。成一切种智，为三界导师，具此净因，超于戒垢。天银阙下，鹤女无遇辜之经，水香园中，鹿母迎善见之律。十重缇褐，偕慧日而齐晖，五色霞笺，垂法涛而愈永。兴言襃赞，略叙毗尼，心尘未离，空怀彤管。心田被润，欲丐青苔。虽来旨之勉酬，惭觉缘之终蔽。（《畿辅通志·列女传》）

> 王秀琴编，胡文楷选订《历代名媛文苑简编》，商务印书馆，
> 民国三十六年（1947）二月初版

【辑评】

王秀琴编，胡文楷选订《历代名媛文苑简编》：吕琴姜，直隶大兴人，方履篯继室，著有《琴姜遗稿》。

扈　氏

扈氏，清代顺天宛平（今北京丰台）人，年十七归福建邓某为妾。《福建通志》《国朝闺秀正始续集》《闽川闺秀诗话续编》《兰闺宝录》著录。

【散见收录】

衣带诗

其一

征尘万里伴夫君，冷落深闺哭不闻。薄命蛾眉终见妒，一缣传送到燕云。

其二

飞燕伯劳此日分，断肠无计暗消魂。愿从野蝶依青草，携手双双到鬼门。

（清）恽珠辑《国朝闺秀正始续集》，清道光十六年（1836）红香馆刻本

【辑评】

恽珠《兰闺宝录》（卷四）：扈氏，北平人，为同安邓某妾，嫡妒闭氏幽室，邓殁，嫡乃出之，氏奠柩前自缢死，衣带有"愿从野蝶依青草，携手双双到鬼门"之句。

恽珠《国朝闺秀正始续集》（卷二）：扈氏，顺天宛平人。氏年十七归福建邓某为妾，嫡妒甚，闭置幽室，数年不见。邓殁，出奠柩前自经死，衣带有诗二首，事载《福建通志》。

丁芸《闽川闺秀诗话续编》（卷三）：《福建通志》：晋江邓某妾扈氏，嫡妒之，闭氏幽室，数十年不得见。邓殁，嫡乃出之，氏奠柩前自经死，衣带有诗云："征尘万里伴夫君，冷落深闺哭不闻。薄命蛾眉终见妒，一缣传送到燕云。"又云："飞燕伯劳此日分，断肠无计暗消魂。愿从野蝶依青草，携手双双到鬼门。"

汪燕淑

汪燕淑，字云浣，清代顺天大兴（今北京大兴）人。《国朝闺秀正始续集》著录。

【散见收录】

送二兄之闽

其一

登车说壮游，有泪不敢流。珍重临歧语，高堂已白头。

其二

及时谋吉壤，行役宁辞远。只有慈母心，车轮共辗转。

其三

同怀亦多人，兄独嗟行路。生女信可悲，劳劳空乳哺。

其四

鸿雁暂分飞，故巢生事微。衔芦须及早，莫待寄当归。

（清）恽珠辑《国朝闺秀正始续集》，清道光十六年（1836）红香馆刻本

【辑评】

恽珠《国朝闺秀正始续集》（卷三）：汪燕淑，字云浣，顺天大兴人。

徐应嬛

徐应嬛，字珊若，清代顺天大兴（今北京大兴）人，夫为朱瑞增。《国朝闺秀正始续集》著录。

【散见收录】

花　朝

瑶天团住一窝云，锦幛吹香不耐薰。廿四番风春九十，两边花事正平分。

（清）恽珠辑《国朝闺秀正始续集》，清道光十六年（1836）红香馆刻本

【辑评】

恽珠《国朝闺秀正始续集》（卷四）：徐应嬗，字珊若，顺天大兴人，朱瑞增室。

陈翠翘

陈翠翘，字秀君，清代顺天大兴（今北京大兴）人。夫为尚书祖之望，诰封一品夫人，著有《伫月轩诗草》。《国朝闺秀正始续集》《小黛轩论诗诗》著录。

【散见收录】

春　闺

晓燕呢喃语，春闺日渐长。闲来搓柳絮，红袖一时忙。

高楼眺远

春到和风暖，南楼纵目新。无边青草色，烘著看花人。

复游赤壁

青山绿舫小春天，泊近江楼月正圆。从此画图添故事，两番赤壁写婵娟。

岳阳楼夜泊

水色湖光似镜平，行舟夜泊岳阳城。此身已入游仙梦，静听湘灵鼓瑟声。

（清）恽珠辑《国朝闺秀正始续集》，清道光十六年（1836）红香馆刻本

【辑评】

恽珠《国朝闺秀正始续集》（卷五）： 陈翠翘，字秀君，顺天大兴人。尚书祖之望室，诰封一品夫人，著有《伫月轩诗草》。

沈善宝《名媛诗话》（卷一一）： 顺天陈秀君夫人翠翘，尚书祖之望室，著有《伫月轩诗草》。夫人为素卿继姑，诗存不多，殊有逸韵。《复游赤壁》云：“青山绿舫小春天，泊近江楼月正圆。从此画图添故事，两番赤壁写婵娟。”

陈芸《小黛轩论诗诗》（卷下）： 遏云吟罢苏台冷，伫月诗称赤壁游。一自芸轩吊铜雀，南滨丽景总悠悠。陈翠翘字秀君，大兴人。归祖尚书之望，著《贮月轩诗草》。《再游赤壁》云：“从此画图添故事，两番赤壁写婵娟。”

胡文楷《历代妇女著作考》：《伫月轩诗草》，（清）陈翠翘撰，《正始续集》著录（未见）。

翠翘字秀君，顺天大兴人，尚书祖之望妻。

吴　氏

吴氏，清代顺天大兴（今北京大兴）人，父为诸生吴西庚，《国朝闺秀正始续集》著录。

【散见收录】

东鄂氏殉节词并序

故将军东鄂氏之女，适中丞雅公族弟某。未及一周，父兄继亡，公子以哀毁致疾而夭，满俗：夫死，妇截发以身殉者则否。氏蒙首痛绝，家人泣劝不顾，乘间遂投缳而殒。中丞公有启征诗，感而赋此。

王孙秀发宗潢胄，屺岵失依心负疚。蓼莪茶苦鹡鸰悲，玉叶林残坠远岫。入门新妇嗟未期，疾风吹折连理枝。鬓云不截尘青镜，节烈本自将军性。举家环泣俱惊猜，委宛难移识力定。仰无堂上亲，为夫侍昏朝。俯无襁褓儿，为夫保宗祧。一身四顾何逼仄，一死等若轻鸿毛。手提约发咽复恸，白日无光天地痛。星沈雨绝无还期，夜台茫茫叫孤凤。史臣再拜述金册，遗徽彤管千秋重。

（清）恽珠辑《国朝闺秀正始续集》，清道光十六年（1836）红香馆刻本

【辑评】

恽珠辑《国朝闺秀正始续集》（卷六）： 吴氏，顺天大兴人，诸生西庚女。

周莲裔

周莲裔，清代顺天宛平（今北京丰台）人，《国朝闺秀正始续集》著录。

【散见收录】

咏虞美人

盈盈态欲飞，含笑逗春晖。清露匀娇面，轻风试舞衣。群葩不敢媚，艳质复何依？惆怅韶华暮，楚宫魂不归。

（清）恽珠辑《国朝闺秀正始续集》，清道光十六年（1836）红香馆刻本

【辑评】

恽珠《国朝闺秀正始续集》（卷八）： 周莲裔，顺天宛平人。

韩孝梅

韩孝梅，清代顺天宛平（今北京丰台）人，父为知县藻，终身未嫁，四十二岁卒。著有《孝梅诗草》一卷。《畿辅书征》《国朝闺秀正始续集》著录。

【散见收录】

早 梅

摇落众芳菲，庭前始放梅。甘居百花后，反道最先开。

春日与胥亭兄垂钓

其一

绿涨春池若画图，绕堤杨柳倩风扶。幽人自领烟波趣，莫向竿头问有无。

其二

回波风细钓丝轻，衣上飞花坐久盈。缩项鹭鸶当水立，看人得失自分明。

（清）恽珠辑《国朝闺秀正始续集》，清道光十六年（1836）红香馆刻本

【辑评】

恽珠《国朝闺秀正始续集》（卷十）：韩孝梅，顺天宛平人，知县藻女。女性纯孝，父官安徽东流令早卒，矢志不字，侍母终身，比母卒，绝粒以殉，事载《怀宁县志》。

胡文楷《历代妇女著作考》：《孝梅诗草》一卷，（清）韩孝梅撰，《畿辅书征》著录（未见）。

孝梅，直隶宛平人。幼随父藻任所，矢志不嫁，事亲以终。卒年四十二。

孙　英

孙英，字小姮，清代顺天大兴（今北京大兴）人，夫为诸生萧廷弼。《国朝闺秀正始续集》著录。

【散见收录】

偶　述

五岁能识字，阿爷教音声。十岁能弄笔，阿兄夸聪明。吟咏月素彩，描绘花轻英。女红不事事，阿娘怒容生。巾帼纵有才，曷与峨冠争？果其多所能，不祥谶将成。少小罔思悛，回首心怦怦。慈亲言何中，掩泪挑灯檠。

（清）恽珠辑《国朝闺秀正始续集》，清道光十六年（1836）红香馆刻本

【辑评】

恽珠《国朝闺秀正始续集》（补遗）：孙英，字小姮，顺天大兴人，诸生萧廷弼室。

朱韫珍

朱韫珍，字琬卿，清道光同治年间顺天大兴（今北京大兴）人。父朱秉璋，母刘之来（一说刘之莱），夫冯怡常，姊妹朱瀛恭。单士釐在《闺秀正始再续集》中曰琬卿为刘之莱女。有《浣青吟稿》一卷，兄朱寓瀛序。《贩书偶记》《启秀轩诗钞》著录。

【整集收录】
序

仲妹韫珍，字琬卿。端秀明慧，博通书史，工琴善绣，处事识量有过士夫，诗之超迈亦如之。性尤孝友，能曲博亲庭欢。先考于诸妹中最所钟爱。年及笄，适山阴冯怡棠比部，二载遽卒。余有联挽之云："是吾家不栉才人，况能德象深谙，柔婉早叨严父爱；问何处随班仙母，竟等昙华一见，思量难巳阿兄悲。"先考览而堕泪曰："汝妹固无愧是言也。"兹因梓先姚诗，搜其遗墨得十五首，辑刊集后，俾附以传云。

兄寓瀛识。

·《浣青吟稿》·

望 月

昨宵一雨见精神，金粟飘香影更新。身似白瑶宫里住，不知何处有红尘。

自题画兰

不教俗韵染毫端，学画先挥九畹兰。静抚秋芳还一笑，并头容易素心难。

陆韵琴姊（翰缘）画美人团扇见贻赋谢

娉婷绘出果然工，珠玉胸怀秋水瞳。绝似君身亲写照，永从林下拜清风。

韵琴姊以皋兰李荔耘夫人（毓娴）书来
订予姊妹入兰因文社奉答代柬

早从闺阁见机云，漱玉清才远更闻。我愧刘家三妹誉，尺书空负意殷勤。

琇卿四妹好为诗词而善病，诗以规之

其一

昔闻伯姊氏，善病贻亲忧。聪明胡可误，得福在能修。

其二

我虽耽柔翰，盥栉晨兴忙。要勤组纴事，婉娩奉高堂。

其三

濯濯红芳妍，霜起葳蕤折。我爱青筼姿，尘中镇高洁。（妹有洁癖故云。）

喜大兄秋捷

清才何减桂宫仙，况正簪香舞菊筵（时方重九值大兄生辰，家严亦甫于前，二日称觞也）。为博高年增悦豫，泥金亲捧到堂前。

偕两妹临帖

晨兴几度绣工分，揽镜匆匆理鬓云。爱趁小窗花影畔，灵飞同写玉真文。

喜钟氏大嫂玉娴来归

绮梅香里迓朱轮，筵簇笙歌喜气新。南国诗方赓吉士，旧家礼本出夫人。携来针线工应密，问到羹汤意早亲。惟愿绿窗常与伴，好花秾映一家春。

送珮卿三妹于归傅氏

肩随将廿载，姊妹最情亲。门卜乘龙早，钗传咏凤新。徘徊花满路，旖旎柳含春。愿尔勤归省，团栾话锦茵。

偕怡棠谒外大母墓

伶俜深荷老人怜，恩等含饴过十年。太息凰雏今得偶，彩衣空拜墓门烟。

题怡棠所画绿萼梅横帧

绘得名香出，拈毫句喜题。淡标仙子品，高称雅人妻。艳色卑桃李，清风饱藿藜。岂因花命妇，忘却白云栖。

侄女毓蓉年甫四龄能日识十数字昨泥予书扇喜
其聪慧异之以诗兼为兄嫂贺

娇小情怀粲丽神，爱传缔素更超伦。漫嗟桐苗龙枝晚（今年二月兄复举次女毓蕙，以堂上盼孙方深悒悒），瑜珥娟娟解慰人。

九月寒砧催木叶试体诗代怡棠作

其一

扑簌飞黄叶，寒知九月深。无边催落木，有韵起清砧。

其二

远杵应难住，秋怀自不任。乍开窗户影，频助翦刀音。

其三

肃已逢霜节，凉还近水浔。随风增旅思，和月警芳心。

其四

小院声方续，幽闺梦与寻。何人笙调叶，翠竹倚森森。

史母王太宜人寿词

乐亭史香崖先生梦兰母也，清节邀旌又以孙履泰官刑部主事，封太宜人，香崖先生博学名儒，著有《全史宫词》行世，岁己巳四月八日值太宜人七十诞辰，驰启征诗偕大兄赋此。

彤史一编贤母录，乐府三章寿人曲。不比寻常谀颂词，捣锦虽工少人读。卓哉史母人中师，岂特褕翟彰徽仪。茹蘼捋荼五十载，方扶鸠杖占期颐。我怪世俗鲜真见，训子成名动相羡。千秋只有欧母难，一代鸿声六一占。今得史母称两贤，不见全史宫词传。阿兄持归授我读，为想画荻勤当年。画荻名今岂空重，早瞻绰楔词辉凤。总因冰檗一生心，得受琳琅百篇颂。生同佛界长松看，雪霜万劫无凋残。笑尔蟠桃尚凡木，瑶池未必多春寒。

（清）朱韫珍著《浣青吟稿》，光绪二十四年（1898）大兴朱氏刻《启秀轩诗钞》附录本

【辑评】

陈芸《小黛轩论诗诗》（卷下）：兀兀云岩亦典型，浣兰初发棣华馨。石轩莫唱鸳湖曲，启秀杯棬付浣青。女韫珍字琬卿，归冯主事怡常，亦早卒，著《浣青吟稿》。

李戭媖

李戭媖（1863—1899），字陶吟，清代顺天大兴（今北京大兴）人，知

府李苏辰长女，长治知县武安白昶妻。卒年二十七。著有《剑芝阁集》七卷（包含诗钞二卷，续选一卷，词钞一卷，赋钞一卷，试帖一卷，文钞一卷），《畿辅书征》著录。

【整集收录一】

序

诗源于三百篇，所以道性情者也，观其诗知其志。两汉踵之，犹存厥旨。六朝缘情绮丽，多靡靡之音。至于有唐诸公，骎得性情之正，亦洎于宋，可谓闳中肆外矣。而辽金元明则又几于不振，可知得正则盛，夫正则衰，理有固死者也。夫三代之时，闺士游女莫不吟咏，复虽代有作者，如汉之班昭、晋之左芬、宋之鲍令晖辈，皆卓然可传，而皆未能精能纯粹以上几乎三百篇之正。若得其正而又精能纯粹者，其唯吾陶吟姊乎。姊天姿颖悟，生三月，即识六堂二字，三岁授以书，辄哦哦若读，七岁学诗，有惊人语。十二三岁读史，能解其意，阅十年而全史毕，更旁及于各种丛书，与夫子集之浩博，星卜医术之繁杂，则又靡所不读，靡所不通，而诗益因以大进，今择尤自录出三百余篇以视沆，沆受而读之，简具似汉，秀润似六朝，恢阔似唐，浩瀚似宋，辽金以下则又所不屑道，而莫不声色并蓄，综贯靡遗，沆既读毕，废卷而叹。嗟夫！沆幼与姊同受趋庭之训，长又学诗于姊，乃以举业牵制，场屋奔驰，十年以来，此事几废，姊今甫二十七岁，已成卷如此，积此以至欲欧，得不与白香山、陆剑南抗行哉？然非有得于性情之正而见其志，又何能迈古绝今如是！神者以志美，即以为异日之叹，天焉可。

光绪己丑季夏弟忠沆谨序。

·《剑芝阁诗钞》卷一·

古 意

凤昔广问学，志欲穷灵源。才高竟安用，慷慨辞故园。长歌对明月，舞剑倒芳樽。人生无名死，不如栖云根。酒阑出门去，长揖谢尘樊。朝共鸾鹤啸，暮听水石喧。千岩竞清响，万象一气吞。静中契至理，妙悟已忘言。

步虚词二首

其一

夜静长吟金蕊篇，已通妙悟未通玄。谁知犹结飞霞佩，闲向云中响玉鞭。

其二

瑶台宴罢碧云寒，笑向长风跨紫鸾。醉后不须吹玉笛，且登蓬岛听飞湍。

游东园和舍妹韵

偶从绮陌玩韶华，蛱蝶翩翩绕钿车。廿四番风来有迹，二分春色普无涯。小桃映水花含笑，细柳临风线半斜。赏罢芳菲天欲暮，清谈美景一时赊。

重阳登小五台

汾水去滔滔，长空入望遥。香台蠡天外，山势落云霄。髻重寒英满，醪芬逸兴饶。临风一怀古，落帽仰清标。

丁丑九月晦，余梦至一小园，中有枫树数十株，时繁霜初降，碧叶尽丹，独松柏二株苍翠可爱，为题一绝于其上，既醒，犹记三句云："叶叶秋来尽染丹，惟有葱茏松柏色，森森偏耐晓霜寒"，遂作长歌纪之

小园暗淡锁寒烟，古径荒芜咽冻泉。凉风动叶声清圆，严霜明灭白云巅。晚风夹道红色鲜，一朝叶落景萧然。独有松柏翠娟娟，傲骨不畏风霜研。凌寒秀色存天全，岂共桃李争芳妍。无风自响月满川，瘦枝耿耿静如禅。迎秋犹茂节益坚，苍苔遍地白鹤眠。信知梦中化境便，蘧然一觉空流连。愿从松下寄一廛，饥食茯苓自得仙。虬枝葱茏北窗前，闲倚云根调七弦。清音泠泠盈耳边，万籁具息物外天。他时风雨忆我篇，化石又是三千年。

戊寅九月记异

重阳将近湿云遮，朔雪凄风战齿牙。半夜画檐敲玉柱，五更庭树散琼花。高才咏絮知何处，败兴催租定几家。瘦菊萧疏芳景寂，清香一瓣读南华。

灵石道中口占三首

其一

南来十月草犹青，万点苍山暮霭中。莽莽关河难极目，抗怀每欲御长风。

其二

静对青镫总不眠，起看门外曙星残。平生未解和衣睡，此日方知行路难。

其三

拂面霜华晓气清，荒垣断栎听鸡鸣。岩深风劲鞭声急，万马如飞入岭行。

读书漫成

兀兀摊书坐，真光内自充。堂深春昼永，院静午风融。荷叶浮圆碧，榴

花斗小红。山居饶胜景，不必问尘空。

即景叠韵

仙莲妍前川，小鸟绕筱杪。深林吟琴音，浩曷造颢道。

秋 怀

秋色来何处，清光又满林。小池飞属玉，丛桂散黄金。菊酒连香饮，荷衣怯露侵。飘然别有思，时听响玟砧。

七 夕

年年乞巧向银河，几在筵中得凤梭。度罢金针深下拜，赢余分我可能多。

纪 梦

我梦翠崖前，烟霞笼玉树。上有仙人临，笑指云中路。

梅花四首用渔洋秋柳韵

其一

万松岭上返香魂，璀璨微横月下门。花意争春清有影，琼姿映水澹无痕。孤山处士裁新咏，萼绿仙人忆远村。高格总推群卉首，丰肌弱骨不须论。

其二

绰约仙肌最爱霜，疏枝香动丽银塘。此时雪岭飘霞蕊，他日冰盘荐玉箱。第一清新陪洛女，无双秾艳笑花王。要知独秀空山里，更胜繁华碎锦坊。

其三

檀心胜麝玉为衣，春到淮南景未非。濯锦江边芳意歇，含章殿下晚妆稀。玄裳冷落和苔啄，翠羽殷勤绕树飞。寒彻瑶台尤韵绝，一樽香醑莫相违。

其四

每拈长笛倍相怜，只恐轻绡破晓烟。竹外自斜天漠漠，春归曾致雨绵绵。繁英满树看今夕，瘦干凌霄记昔年。寄语百花休竞巧，和羹相待五云边。

雨后吟平仄各一首

其一

长松吟清风，飞珠跳瑶阶。悠然南山前，晴光真幽佳。

其二

黛色笼远岫，湿翠滴竹屋。景静俗虑绝，倚石采紫菊。

月夜闻琴

花明新雨足，瑶轸发清音。石磴成幽赏，松涛静道心。梦惊天外鹤，神化海中岑。坐久忘朝暮，碧林秋月深。

秋吟三十首

新秋

乍觉西风扬碧空，露华湿韵滴疏桐。香阶秋意清如水，爽气新来绿野中。

秋松

峰峦掩映耸长松，几度经霜翠更浓。劲节凌寒秋色里，贞心不改旧时容。

秋江

银山曾记拥船窗，白露清秋迥浩淙。夹岸霜林红似锦，谁家玳笔赋吴江。

秋池

瑟瑟秋风淑景移，疏萍潋滟漾清池。凉波一镜澄怀爽，正是芙蓉欲放时。

秋月

停琴赏桂夜凉微，镜月初清弄素辉。焰焰众星浑欲灭，碧天无际一轮飞。

秋阴

浓阴漠漠早秋初，烟树苍茫雁影疏。雨意酿成云似墨，清风吹遍暗香居。

秋雨

天光忽暝阴云湿，乱点珍珠溅碧梧。几度催诗窗外急，一帘秋影兴能无。

秋晴

一阵西风现晚霓，雨痕犹带淡烟低。晴空送尽浮云影，新水争流涨碧溪。

秋菘

霜落风寒菊圃开，园菘剔以晚尤佳。秋来最是山居乐，啮玉餐英逸兴偕。

秋柳

半阶秋色覆苍苔，细柳迎霜叶未摧。碧缕依依弄寒影，萧森惟有夕阳来。

秋草

芊芊芳草满闲庭，嫩叶含香点缀新。书带纵横秋更绿，青青生趣最宜人。

秋云

长空澄碧净无尘，冉冉遥峰起白云。飞去飞来自高妙，无心何必似罗纹。

秋园

黄华开遍满东园，清静都无市井喧。红叶青山多爽气，一溪秋水自潺湲。

秋兰

桂歇荷枯菊已残，国香终是让秋兰。披榛欲采无由至，独向秋风傲岁寒。

秋山

长天极净列螺鬟，一望苍茫雨后山。紫翠万重何处写，岚光明媚夕阳间。

秋蝉

古槐疏冷拂晴天，一缕繁音噪暮蝉。饮露吟云谁得似，惊秋羡尔已通仙。

秋竹

猗猗绿竹入云霄，披拂凉风独后凋。寒玉琤珧添爽籁，秋来佳景不全消。

秋燕

秋风送社满芳郊，客燕将归谢素交。珍重繁霜沾玉翦，杏花时节再来巢。

秋鹰

苍鹰素有凌云志，倦眼迎秋意倍豪。顾盼生姿初得路，寒声猛气撼霜皋。

秋笛

玉笛泠泠弄雅歌，月明风静雁声和。梦回此夜闻余韵，客思秋情倍觉多。

秋菊

清霜落后发英华，竞秀春兰莫漫夸。为爱高吟须满插，晚香佳色遍诗家。

秋霜

池莲半倒晚风凉，苇白枫红尽改妆。最是秋来多景物，一钩明月满天霜。

秋露

玉露溙溙夜气清，桂花香里湿无声。珠玑的皪金风送，时有仙禽绕砌鸣。

秋萤

耿耿银河淡淡星，画阑干畔度流萤。轻罗小扇休轻扑，留取寒光照读经。

秋菱

秋水潺湲爽气澄，露华轻浥小塘菱。风香曾共芳菇荐，不怯微寒向晚凝。

秋虫

半窗凉月景深幽，砌下虫声报早秋。细韵凄清相续出，素琴短笛总难俦。

秋霖

酿秋强半是甘霖，禾黍偏欣润泽深。几度欲晴还复暝，文窗日日展蕉阴。

秋岚

昨夜西风送雨寒，山光破晓正沉酣。妆成画景浮空际，叠嶂排云滴翠岚。

秋叶

坐觉遥峰出玉尖，金飙吹叶舞廉纤。清霜渐重吴江冷，胜有疏枝影入帘。

秋帆

瑟瑟芦花碧水环，橹声欸乃扬轻帆。飘然一叶秋风里，指点斜阳半入岩。

读神仙传二首

其一

云笈读遍悟天真，浮世悠悠愧此身。绛雪早飞空剩鼎，青山依旧已迷津。
烟波渺渺笼寒碧，秋月莹莹证静因。几度临风惜往日，九霞竟作醉翻人。

其二

大道精微岂易寻，东虚云路杳无垠。碧城缥缈谁传迹，珠阙迢遥会有因。
妙诀得来空炼性，灵源觉去已忘身。书中苦觅知何益，自分难为洗髓人。

庚辰十月初三，梦至一处，瑶墀绣户，碧水青山，迥非尘世，
傍有青衣导余前进。回视阶下，珍卉绮合，五色相宣。中有一花，
似菊而大，低昂照耀，清芬袭人。信步而入，则锦帙琅函，充栋盈几。
余欲取视，青衣急以手掩，不许，余问："此何地?"曰："岑华山也。"
问："来此何为?"则指壁上横幅曰："读是当自得之。"仰观乃草书三绝句，
末写李子耳书，字字秀挺，笔如龙蛇。正欣赏间，而晨钟一响，
余蘧然觉矣，醒时尚能记之

其一

瑶阶拾级步嶙峋，浥露金英倚石新。幻梦年年犹不醒，岂知子耳是前身。

其二

淋漓醉墨灿云霞，逸势何须说晋家。三十年前芸阁地，也曾彩笔梦生花。

其三

禀性灵和独此姿，芳蕤那让玉峰芝。赠君一句修修利，会见蓬莱清浅时。

春雪四首次智友二舅原韵

其一

一夜无声灿白华，芳春又向玉壶赊。人间自尔留真色，天上因兹绝窍瑕。
艳影半归江店杏，韶光行苗野汀葭。绿章乞借晴晖展，为护名花碧水涯。

其二

玲珑珠树映兰轩，几度因风宛转翻。书幌飘时微有迹，春衫润处总无痕。
漫猜香国红云冻，此后瀛洲玉雨繁。欲探韶华在何许，银涛十丈正堆门。

其三

鸟声怯冷罢咿嘤，点水梨花片片轻。冒雪惟聆君复语，惜春敢拟子瞻名。
云遮玉阙仙为戏，风舞青山笑绝缨。待得冰丝消尽后，双柑斗酒听新莺。

其四

已见东风拂水新，恰逢白雪丽阳春。花浓直道香成海，月出还疑界是银。
朝服集霙怀宋事，弓衣绣句属夷人。妙音自古元难遇，试向云山证静因。

家慈送三弟还燕应试诗以志别二首

其一

莫念儿身扰旷怀，临行牵袂更徘徊。安舆碾月劳亲思，骏骥吟风忆弟才。
美景正当三月暮，好花齐向万山开。归期恰是荷香候，净扫华堂待母来。

其二

阿弟文章五凤才，此行稳夺锦标回。山城水驿题诗遍，瑶草琪花傍笔开。
献艺北归空冀北，侍亲东去近云来。临歧何必增惆怅，衣绣还乡亦快哉。

奉和二舅见赐原韵二首

其一

自愧才华逊幅巾，辱蒙元礼许超伦。妙因凤果休深异，云水光中寄我身。

其二

不帢何须云叶巾，敢将后学拟前伦。称奇乐霭因谈史，漫对清文慨此身。

食桑椹

为怜桑葚美，把酒意难穷。欲赋思亲句，惭无漫尉工。

暮春思亲偶成

其一

庭花如雨落毵毵，此日思亲只自谙。身似炳鱼羁鄂北，心随蝴蝶到燕南。
晓暄谁侍高堂膳，夜静聊同小妹谈。欲祝兰釭结瑞烬，归期早定不须参。

其二

东风一夜送春寒，计日萱帏在路间。绣闼萦思连梦寐，云山阻隔怯瞻观。
草名吉利迎軿右，竹报平安到简端。拟学仙人王次仲，凌霄一振九天翰。

家慈在平定道中，常口占一句云："桃红柳绿菜花黄"，命三弟续之，
未暇也，转谓二舅，亦辞匆忙，归为黢媄言之，
不揣冒昧，遂足成截句五首

其一

桃红柳绿菜花黄，过眼云烟笑客忙。蓣未风来诗思远，淡云微雨酿韶光。

其二

桃红柳绿菜花黄，珠雨廉纤正洗妆。无限妍华春欲暮，有人阁笔括诗囊。

其三

桃红柳绿菜花黄，瑞霭晴扑到众香。欲问仙津迷锦浪，且邀山翠琢琼章。

其四

桃红柳绿菜花黄，坐啸诗豪有渭阳。到眼忽推迷五色，紫薇今日失君房。

其五

桃红柳绿菜花黄，水秀山明客路长。如此芳菲无隽句，令人那不忆平阳？

春日早起二首

其一

和风披拂转花梢，火镜苍凉隐碧霄。惆怅芳枝鸟声碎，满庭红雨湿芭蕉。

其二

群芳斗艳玉栏傍，小燕呢喃语杏梁。清睡足时无一事，翠华簪罢墨华香。

春宵映月读书偶兴二首

其一

芸篇乍启散浓芬，题遍牙签夜已深。宝剑犹存余侠骨，清诗爱咏澹名心。忘机未至拈花笑，悟道还从枕石寻。谁识个中真妙景，蕉窗影绿漏沉沉。

其二

团团芳月是知音，一片空明彻素心。窗外紫云飞镜槛，帘前清露滴瑶琴。人间华贵闲中领，梦里书篇醒后寻。毕竟气豪终不改，时将青眼对星镡。

初　夏

千朵芙蓉映日开，溪山好处尽徘徊。梦回静对云容坐，渐入菩提胜境来。

夜闻雨声有作

石破天惊势莫禁，烈风奔厉怒气侵。赫然一线紫电掣，千山万木声沈沈。银竹夜敲金甲响，宝刀晨啸玉龙吟。飘忽似乘沧海浪，滂湃直接仙闾岑。岂但六月不苦热，翻嫌寒意森人心。须臾余韵渐悠悠，又如虫语鸣深秋。萧萧瑟瑟倍细碎，小窗月出镫痕幽。会不崇朝暴雨收，青山一抹画楼头。晓来试凭雕栏望，萍绽荷新翠欲流。

后园闲眺

其一

石径清幽绣碧苔，古根天矫舞龙槐。东风亦似知人意，芳草如茵迤逦开。

其二

自喜寻芳已数来，厌看群蚁战高槐。无端更起沧洲想，顿觉青云向我开。

晚 晴

土润膏含百草薰，清风澹荡卷罗云。开帘试向长空望，彩翠千山焕日文。

中秋无月至夜半忽现弥觉清绝洒然赋此

桂子落鹫峰，秋空雨正浓。晚来雨声歇，共说今宵月。月出故徘徊，罗云拥不开。幽人步芳榭，吟诗三五夜。夜静碧云轻，应怜延伫情。清光亦何皎，霁色愈莹好。浩歌忆谪仙，举酒邀婵娟。轩轩欲霞举，云阻奈何许？白莲证后因，金粟认前身。珠跳花下露，玉戛窗前竹。晶帘不卷霜，琼宇飘天香。荧荧大地影，耿耿琅霄迥。曙色坠银河，瑶台梦若何。

读红线传四首

其一

千古文章爱博观，每从静里洞人天。悠悠世味消除尽，只办心香供剑仙。

其二

御气乘风现侠身，十年磨剑未能神。名山若许凌华侍，愿把龙文谒后尘。

其三

巍巍高义薄云天，一读遗文一惘然。恨我无师徒有志，感知酬德是何年。

其四

肠断高楼一曲歌，绣袍滟滟泪痕多。夜深不用虚前席，十九年来厌绮罗。

读 史

懒向明光折桂柯，肯随小隐入岩阿。狂奴故态犹难改，烈士雄心自不磨。玉具拄颐聊痛饮，锦囊负背漫吟哦。海山要是移情者，图史其如励志何。

梦中作

从来志士易悲秋，驾鹤真为汗漫游。醉上昆仑山顶望，苍烟九点是齐州。

鄂城怀古

闲依雉堞望苍茫，鄂水真堪一苇航。玉璧英风平昔慨，柏山高节古今伤。

卓奚弱劣何能辅，欢泰宏才不可量。形胜岿然惟茂草，无边秋色下牛羊。

夜饮即事

雅集胜西园，称觞乐意兼。清风来曲幌，残月转湘帘。酒冷哦诗久，镫昏笑语添。夜深秋梦薄，莫使斗花签。

读书示三妹

繁华浓艳皆陈迹，宪也虽贫道自全。时论古今资策励，每惭痴钝苦钻研。激昂志气穷千卷，洒落胸怀吸百川。莫向丹书觅真诀，已从诗境得飞仙。

听　雨

瑟瑟萧萧入耳清，芭蕉叶上雨来声。泠然我亦忘机者，滴尽寒宵梦未成。

乡宁八景

鄂城晚照

巍巍雉堞与云齐，一望苍茫众巘低。每到夕岚含落日，万层金碧画栏西。

寿院晨钟

贝梵才空曙色澄，清钟点点隔崚嶒。香岩一击千门晓，试问黄粱醒未曾。

昭远清泉

渺渺孤峰似玉莲，数椽古殿翠微前。何当携取龙团茗，来试山中第一泉。

荀山堆翠

孽子孤臣世所悲，竭忠无补有谁知。空留翠柏含生气，想见当年迥立姿。

石洞生云

白云缥缈淡黏空，洞口才离映碧峰。出岫原期作霖雨，苍生普润午阴浓。

悬崖滴水

悬崖千仞夺天工，古洞深深走玉龙。恰似珠旒落寒镜，清音滴处白云封。

岱庙层峦

昔年曾向岱山游，九点苍烟一望收。日观群峰何处去，谁摹庙貌壮山陬。

禹门汲浪

滔滔如线落龙门，指顾俄成万籁喧。何必探奇寻禹穴，一波三折悟灵源。

焚诗草四首

其一

焚却梅花亦偶然，聊将奇气傲前贤。不随刘蜕埋文冢，恐向人间化醴泉。

其二

慷慨激昂托素篇，文章小技岂堪传。锦囊弃厕诗人耻，好傍金盆幻火莲。

其三

十载劳神亦可怜，清辞丽句费题笺。祖龙一炬归何处，散作空空五色烟。

其四

牙签缃帙知无益，付与炎洲蕴万年。已忏三生文字过，却从无处转清便。

辛巳嘉平月三日梦读勒古诗传醒而书之

其一

平生心迹最堪明，肯学争巢占树莺。蓬岛春深谁恋阙，石萝风细系归情。

其二

海燕吟来几见惊，鸾凰岂作不平鸣。五湖一棹烟波去，从此闲情付短檠。

上元观山镫

衣香人影月明中，宝阁参差半倚空。芳苡铜荷齐烂漫，红云堆里幻鱼龙。

早春微雪和澹泉弟

　澹荡柔风解冻痕，霏微瑞雪斗初春。瑶华似絮黏云缕，细草含香缀玉尘。寒意先教迟艳冶，清光特为润芳新。霓裳咏罢谁能和，自是蓬莱第一人。

题竹下美人把卷图二首

其一

瘦石含贞竹比清，绿天云净读金经。芳心解悟青莲偈，转笑禅参玉版形。

其二

湖石玲珑玉不如，天香缥缈艳云裾。适从嶰谷吟修竹，便向麟洲阅素书。

苦热喜雨

苦热偏教困日长，百花待雨秘幽香。萧萧一夜鸣鸳瓦，冰簟银床梦亦凉。

初　秋

　金飙驱酷暑，玉宇惊早秋。归鸿天末动，修竹窗间幽。欲学独醒客，佩芷荡兰舟。乘兴听其止，随波任所休。烟霞本素契，松柏真清俦。此志既不遂，还登百尺楼。淋漓挥妙墨，慷慨对神州。岁月樽中尽，山川笔底收。智者闻之笑，君言亦太优。不见古英杰，渺渺已东流。不见古明月，娟娟犹碧浮。浩气凌霄汉，神光贯斗牛。抗怀天地间，吾道信难酬。

菊课二十首（有序）

　　盖闻采从荒径，趣高陶令之诗，嗅绕疏篱，兴起坡仙之咏，而且隋家天子曾夸竞秀于春兰，凉国夫人亦自舒才于秋菊。当兹丽景，岂可无辞？对此幽芳，自宜寄兴，若文未雅，比以玉津龙声，如诗不成，罚依金谷酒数。

菊芽

秀叶纤纤织翠茸，幽香郁郁发芳丛。世人只解吟红药，不道灵根蕴淑容。

栽菊

小庭雨过芳畦润，分得新苗手自栽。无限春丛笑迟暮，岁寒谁伴节花开。

新菊

芳苞渐拆秋光老，小试初花细雨天。莫笑冷酚殊不远，古香犹继桂堂仙。

灌菊

素绠挑来玉井华，云峰日出灌秋葩。冰湍一勺千枝润，抱瓮同劳漫自夸。

晒菊

晓日瞳瞳转玉岑，秋荣丽草绽黄金。勤同运甓诚何意，花事关心亦惜阴。

移菊

从此移根出碧潭，荷锄带月立花南。秋风篱落骚人咏，更倩银屏倚暮酣。

盆菊

洗尽铅华概自珍，素瓷罗列蕊抽芬。晓寒移去文窗畔，玉案金盆恐涴君。

篱菊

短短疏篱小小扉，黄花绚烂耀秋晖。掇英处士看山去，留得幽光傲翠微。

签菊

碎劈香皋碧玉枝，佳名题遍墨淋漓。幽人不羡牙签富，耿介冰心只自知。

架菊

湘枝一一似回栏，捧出名花翠影寒。头重好扶休睡去，夜深留向月中看。

盛菊

菊圃秋容又一新，金风玉露发清真。繁英茂茜天然韵，不斗桃花烂漫春。

赏菊

冷落西风菊散英，渊明去后伴谁清。悠然我亦忘机者，自酌金樽与细倾。

菊影

满庭瘦影正扶疏，秉烛相看淡欲无。应是菊仙邀月饮，芳踪未许画师摹。

采菊

尽日花前醉碧醪，乾坤清气属诗豪。暗香盈袖拈枝嗅，泡露东篱自拟陶。

簪菊

醁颊浅紫虽云美，未若金英正色饶。醉后要当香覆髻，花枝细剪簇云翘。

餐菊

湘累餐罢楚天秋，咀得菁英兴最幽。欲令寒芬浸肺腑，好披荒径带霜收。

瓶菊

偶携紫艳插瑶瓶，秋水澄余挹远馨。岁暮山窗聊寄傲，不胜清绝梦初醒。

对菊

岩阿未暇寻三秀，香国时来对一丛。愧我无才继辛赋，空随朝暮挹清风。

残菊

拟赠佳名号拒霜，一枝玉立秘幽香。将残尚有凌风意，宁槁羞为半面妆。

枯菊

风急秋深细蕊干，余香袅袅澹无言。他时阆苑归来日，佳色依然又满园。

中秋月二首

其一

秋半风光雨后天，珠宫贝阙梦游仙。冰壶洗出金波艳，玉斧修成璧彩圆。
花萼连辉吟水调，庭帏上寿竞芳筵。夜深我欲乘风去，鼻观先参木樨禅。

其二

金风吹雨洗娟娟，霁色初澄桂魄圆。玉笛三声聊永夕，霓裳一曲是何年。
楼中起舞菱开镜，花下题诗锦叠笺。明日酒醒仙境远，涛头如雪蠹青天。

乡宁秋夜

飔飀一夜北风寒，黄叶辞枝彻晓喧。又听霜钟飘远岫，不堪清梦到芳园。

家有一剑，余甚珍惜，忽为人所夺，颇觉不平，既而静坐深思，恍然顿悟。嗟乎，淬锋敛锷，原为致道之基，沥胆披肝，岂避狂言之诮？感慨之余，聊申数语，敢矜磊落之才，用叙平生之志耳

最爱莲花不染尘，豪情壮志苦难禁。为文欲学探骊客，济物常存破浪心。
自有清诗轻万户，何须宝剑值千金。旧痕肯向舟中记，好化游龙跃碧浔。

壬午冬媖随侍家严慈赴高平任留别乡宁庭树

手植桃柯已二年，蟠根双秀小庭前。春风欲暮花如锦，夜月初清影若烟。

献寿每将冰实进，分甘喜共碧筒传。雕鞯欲上犹回首，好傍甘棠慰别筵。

去鄂行二首

其一

宦游屡迁徙，别意坐超忽。三载此安居，一旦成分隔。草木有殊芳，楼阁多清绝。飞梯接望中，崎岖如九折。爱山心未至，竟未探云穴。拍遍画阑干，此心以何热？但去勿复辞，徒使离思切。奋袂登轻舆，揽辔慕古杰。出城日已暮，月色忽爽澈。金铎振喧阗，流澌响清咽。千岩如拱揖，似惜匆匆别。我行信悠悠，多情愧岑崒。他日傥再来，清晖为娱悦。

其二

我行亦云劳，况值岁将阑。北风何猎猎，慷慨歌路难。山高林木黑，野阔星斗寒。重裘亦不暖，游子憎衣单。火明至旅店，解装治晚餐。豆粥咄嗟办，幸博慈颜欢。茅柴亦难得，莫作新丰看。明发遵前途，晓气清漫漫。霜威在何许，但见枫林丹。岚光画遥碧，人影晃冰湍。岩深虎豹嗥，天回云气团。阴晴及朝暮，所见非一端。关山信修阻，引领起长叹。

夜行山中二首

其一

凄迷香雾隐鞭声，试着征衫趁好风。骑火照山清夜永，荒村遥在翠微中。

其二

登车揽辔志澄清，金铎摇摇振晚风。无限壮怀谁会得？平沙人语月明中。

再用前韵二首

其一

暮色苍然暗远峰，清诗有味欲凌风。梦回却忆前宵事，正对华镫绣闼中。

其二

山石嶣峣倚半空，槎枒老树吼长风。此行古锦囊边物，尽在低星远火中。

劳耕晓发二首

其一

门外传金柝，天涯夜若何？不知霜意重，只觉晓寒多。命酒悠然酌，摊书侧帽哦。莫嗤频起舞，雅志总难磨。

其二

曙色穿窗入，残星影渐低。含情维看剑，抚景怯闻鸡。征铎音齐起，微吟梦已迷。蓦惊香雾散，火镜射峰西。

山行迷道闷极忽睹一峰楼排金碧欣然有作后询之众人盖未见也二首

其一

回峰叠嶂秘清幽，灵境今归荨绿不？缥缈云霞无限思，三山如在好重游。

其二

歧路何期见异山，岑崟突兀碧摩天。再逢此后真难必，抚遍雕甃意怅然。

至高平署

揭来古长平，繁丽纷相萦。交衢通四会，百雉列坚城。重楼跨空出，嘉木接林生。阳春一以至，万物各自荣。青松压檐馥，月出钗影横。翠筠进阶发，一一抽新茎。海棠破浓睡，肃肃仙肌清。牡丹与红药，尔空享大名。樱桃最娇小，红豆抛轻盈。湖石具灵境，莲池分碧泓。斜阳转林角，百鸟喧新声。愿言携阿妹，同作园中行。笑簪花满髻，上寿称金觥。承欢良足慰，未始两无情。

春日游后乐园忆乡宁南山

莺啼蝶舞弄春晴，绣幕园林取次行。杨柳半舒风色暖，海棠浓醉露华明。已为芳韵杯中尽，不觉韶光句里生。回首名山成久别，每临香国忆云城。

雨后步至吟窝

绣余无所事，散步到东园。芳草侵阶绿，明漪带雨浑。竹新留色相，莲净散香痕。日暮行吟去，还欣少俗喧。

·《剑芝阁诗钞》卷二·

述　怀

胸中峥嵘千仞山，眼前寥廓百道泉。光芒直彻万古上，兴酣携卷叫紫烟。箕倨嫚骂吾不取，苏子亦说刘伶颠。名士但当痛饮耳，此语便已亏天全。望之不鄙士行正，诗豪酒圣空称贤。迩来慷慨动君子，愿谒兰陵舞秋水。平生意气今几何？玉具拄颐聊耳耳。达人清节贵磨奢，精金讵受纤尘滓。后者瓦砾前秕糠，文士相轻尽如此。愤极冲天欲一鸣，畏人嗔怒还须已。

后乐园四时词

其一

樱桃花亚玉阑干，檀板金樽倚暮酣。香雾轻笼芳草气，一钩新月挂纤纤。

其二

澹烟乔木覆松亭，喧枕涛声午梦醒。久羡卧游高遁乐，开窗恰对一峰青。

其三

疏林落叶响萧萧，风送长空雁影高。九辩歌残谁解续，醉看石壁走飞涛。

其四

天低和雪压楼台，翠竹苍松作意裁。不是花时谁肯至？只应玉局赏枯荄。

食新藕

采得千常藕，冰盘荐自今。雪来光的皪，捧出影萧森。顿觉秋光至，都忘暑气侵。清芬流玉齿，冷韵沁芳心。花露犹嫌腻，星铓莫漫沈。兰桡何处觅？渺渺碧波深。

定香池纳凉

水天溶漾碧相连，石磴松阴读小山。展卷不知尘世事，此心已逐白云闲。

听雨轩避暑

差喜年来道味深，还欣避暑有园林。风亭雨过催新句，水槛香来助浅斟。扣砌久闲生石发，湘帘微扬挂松针。瑶琴更奏云山调，满座疑闻韶濩音。

季夏雨后望月二首

其一

雨过花气一庭浮，月色澄清却似秋。人世炎熙那得此？只疑身已在琼楼。

其二

绮疏几见月檀栾，霁色澄空碧海宽。斜倚枕屏观竹影，夜深香雾入楼寒。

定香池桥上

纱窗卷尽下回廊，小立桥心纳晚凉。鬓湿不知风露重，笑披纨扇领荷香。

咏后乐园花木十九首

桂

仙味知难觅，天香要足珍。剧怜金粟影，葱蒨好留人。

莲

为爱莲花净，殷勤引碧泉。晓来初日上，万柄镜中妍。

杏

文杏正红酣，繁枝蜂蝶舞。几日未窥园，春色浓如许。

桃

着雨胭脂晕，临风锦浪迷。仙源何处是？怅望武陵溪。

兰

倚石为披榛，无令萧艾侵。清宜骚客佩，香上美人簪。

牡丹

香雾散徐徐，仙姝敞碧虚。浅斟银凿落，同赏玉盘盂。

芍药

弱质盛繁华，风度却修谨。应嗔后世人，绮语留金粉。

海棠

晓露初消候，珠苞半放时。玉人春睡足，微晕淡胭脂。

丁香

澹月映栏斜，香生白玉花。幽人咏芳夜，翠幕紫云遮。

棚梅

秀色超梅格，柔枝胜舞腰。最怜春雨足，珠泪湿红绡。

忍冬

翠蔓牵枝瘦，银花贴鬓寒。幽芬宜暑月，煮茗凭雕栏。

芭蕉

谁插青罗扇，凉飔透绣枕。芳心殊未展，妙质本来空。

松

灵枝耸翠虬，桢干几千秋。对子尘心涤，清风胜桂楼。

竹

植竹东窗下，新篁迸玉枝。此君真益友，已具岁寒姿。

桑

携篮邀女伴，采采悯蚕饥。自具童童势，天风那得知。

榆

飞荚助佳餐，抡才归大匠。精华应列星，历历森天上。

樗

桂以堪餐伐，兰因映户除。龙门高百尺，何似不材樗。

枣

枣花弄微香，群卉羞与逐。谁念秋风来，佳实果君腹。

槐

蝉噪绿槐风，黄花细细零。蟠根何代有，午翠荫中庭。

夜　雨

欹枕不能寐，支颐听雨声。每当逢素节，转更忆朱明。冷意关心切，繁音到耳清。高斋最萧洒，拈笔写秋情。

中秋阴雨用东坡先生韵

琼楼岑崟接天高，中有仙人濡吟毫。烟云落纸杂风雨，方塘潋滟生波涛。闻说天台落桂子，故应缥缈随流水。天香云外竟谁传？空阶夜滴凉音起。世事犹来似走丸，珠宫几见瑞光蟠。好凭玉笛吹深处，试掷虹桥入广寒。漳水悠悠近清汴，古风逸事今多变。隽句空留碧玉笺，雅词谁唱红牙板。金飙肃肃合空山，云影虽沈那得坚？自卷湘帘拜蟾魄，更留弦管夜深看。每惜阴晴不长好，掩却秋光太草草。窈窕佳月难屡逢，此语吾闻自坡老。锦绣罗胸未是贫，筵前棣萼亦诗人。松花酒熟莫轻出，举盏惟邀修月客。

秋望二首

其一

天地又秋风，光阴便不同。芋羹思岭外，鲈脍忆吴中。适意机先觉，安心介即通。凭虚聊设想，一叶下梧桐。

其二

绮疏空徙倚，临眺意茫然。世外谁观局，壶中别有天。秋痕瘦山骨，暮色冷溪烟。怅望遥空碧，长歌慕昔贤。

九月丁香花重开二首

其一

好是韩湘为染根，芳容重冠百花群。难开最属丁香结，不道秋风发淑芬。

其二

千株扫尽净无埃，蓦见丁香作意裁。我岂道人殷七七，能令倾刻便花开。

瓶中枯菊

隐逸仙人梦已阑，抱枝残蕊尚珊珊。嶙峋傲骨存风雅，莫作寻常俗艳看。

回 文

寒光晓透窗纱绿，紫帐凝烟度麝熏。兰蕙绕风香味别，满庭空翠落纷纷。

留别后乐园

渠渠传舍恨深潭，每到芳园意即便。万壑松风喧枕上，一城山色聚栏前。来时雪雨纷盈道，去日山樱恰欲然。珍重定香池畔草，鹏飞万里隔云天。

甲申仲春，媖侍家母来，并自长平至狼孟，千岩竞秀，万壑争流，如行山阴道中，真令人应接不暇矣，偶成四律，以纪胜游

其一

才着春衫又远行，吟鞭遥指是长平。岩深尚有邯郸骨，地胜谁传竖子名。漳水久浑缨未濯，丹山乍见眼偏明。古人已往休追论，且听荒村长短更。

其二

草草晨妆已觉迟，雕軿忙上漫沉思。云容清媚金轮转，日影暄妍絮帽披。芳树黏天青逗影，春渠漫野绿生漪。胜游胜具吾何敢，画卷新添几首诗。

其三

斯游佳绝信难名，大块悠悠劳我形。一带溪声敲石裂，四围山色逼人青。幽人无语翻芸帙，野老争来看翠軿。荦确坡头惊蝶梦，春风十里短长亭。

其四

山容淡冶似含矉，一抿清晖百态新。骏马鞭垂残梦远，藤舆帘蹙晓风匀。青蘋白芷牵离思，水驿山程忆往因。惆怅韶光足游览，莫将诗句绊余春。

子洪遇雪四首

其一

一峰才过一峰迎，万叠烟云幻玉霙。寄语天公休作戏，崎岖山径滑难行。

其二

晶莹文石比珠圆，青紫纷堆满目前。安得筠篮供采撷，山中煮食学焦先。

其三

曾记髫时向此游，桃花和雪湿春愁。十年重走山阴道，依旧云笼碧水流。

其四

涧底春雷吼断冰，纷纷白雪舞崚嶒。平生结习无多在，任尔天花著定僧。

题花卉小幅

几回绕树几沈思，欲写生红下笔迟。百五韶华何处去，香风吹入海棠丝。

忆后乐园草木

书卷余春不可寻，中庭燕麦一时新。人间几事堪惆怅，莫向桃源再问津。

怀古五首

其一

冠佩雍容侍从臣，论边禁御壹何神。郭倪躁性难平贼，殷浩虚名最误人。一舸苍黄从上策，诸君慷慨独忘身。书生志略真堪痛，十万貔貅弃海滨。

其二

南天烽火近如何，太息空思马伏波。不见楼船横洱海，早闻驰义下牂牁。玉书励士频宣赏，肉食筹边但乞和。溃败纷纷犹报捷，何年能靖夜郎戈？

其三

一从不战坐相高，海外诸夷气久骄。岛屿空存唐节度，衣冠谁是汉嫖姚。羽书似箭传三省，烽火连云透九霄。见说无盐已旬月，扶疮齐望鹿门潮。

其四

棻戟争开大将营，诸公衮衮尽知兵。上书维罢珠崖议，拜表空谈粤峤清。楚子师徒宵已溃，条侯壁垒夜常惊。众中谁解强人意，珍重南皮有盛名。

其五

拔扈飞扬势已成，廿年端揆误苍生。逢君媚贼秦丞相，辱国惭魂李少卿。青史微辞何计免，士林清议久难平。一钱不值何须说，终使黄昌笑薄情。

七 夕

风飘小院篆烟清，一瓣心香达至诚。瓜果陈庭聊复尔，诗书晒腹未忘情。人间富贵非吾欲，天上神仙世莫名。愿祝椿萱千万寿，夜深吉语许分明。

中秋夜宴

桂魄初圆夜，秋辉遍寰瀛。幽人感节物，举盏吸空明。绮筵穷芳甘，四坐振珠缨。林园少尘韵，箫管有余清。新词霏玉屑，佳文震金声。却忆昔年时，罗云蔽太空。徘徊不得见，竟夕封瑶宫。岂知今日游，光景殊难穷。念此坐叹息，世事将无同。酣歌缺唾壶，聊以写吾胸。陶然为一醉，不觉日生东。

夜读苏诗集句

故应文字不离禅，总把空花眼里看。清夜漫漫困披览，天风吹月入阑干。

去并州留题二首

其一

风埃蓬勃暗征衣，太息繁华识昨非。冉冉山川愁路远，骎骎岁月耻功微。静观岩宝皆佳境，欲枕流泉洗道机。忽忆故园山色好，乡心一夜逐云飞。

其二

贪人执政嫉修名，群吠猖狷足重轻。秋鹄凌空原矫矫，夏虫逐秽枉营营。图书宕荡聊娱目，琴鹤操持似不情。富贵本来吾自有，诙谐戏笑任唐生。

雪后登邻霄台

北台纵眺意茫然，尝怪冰泥沁锦斑。万瓦寒生晴雪里，一峰独秀乱云间。迟留岁暮衡斋冷，洒落生平笑语闲。试倚危栏望天际，神游汤穆胜骖鸾。

乙酉季夏赴辽涉汾河

岭路萦云望未真，翠鞿拍遍独凝神。嵚崎谁识平生志，崄峻徒惊现在身。花落鸟啼春不管，水光山色合相亲。不须惆怅横汾曲，兰菊依然夹岸新。

平遥道中

触目成心赏，幽寻意未穷。一溪瓜蔓水，十里黍离风。暮霭生遥碧，斜阳抹淡红。迟留不忍去，归骑促匆匆。

度八赋岭

磴道纡盘次第过，太行千里望中多。烟消日出炎光薄，野阔云低雨意和。侠志敢兴投笔叹，壮怀肯让缺壶歌。半峰茅屋知谁结，或有仙人在涧阿。

交横寺遇雨

山中一雨葛衣凉，斜插莲花倦晚妆。地俭不知康岁乐，民贫惟识野蔬香。箸书玩世真何益，采药怡情计亦良。遥望前村半扉水，数家烟火入微茫。

宿石拐忆并州旧事二首

其一

铄金利口今安在，揽辔澄清志不磨。往事浑同蕉鹿梦，此行殊胜惠黄过。好花夹道低徊久，长袖临风感慨多。岂敢逃名称避世？倦游聊和采芝歌。

其二

楼上元龙志未灰，登山临水一低徊。燕鸿翼举飞腾术，郢匠思存瀽落材。

梦醒烟波青箬笠，诗成沧海紫澜回。扫除天下寻常事，会驾云螭戏九垓。

望太行山

太行天下脊，形胜孰能齐？一线盘空上，三霄入望低。杂花薰巇峄，怪石碎轮蹄。千古孙阳顾，何人解骏嘶。

登红岭怀舍弟滗泉时在京师

举手青云上，斯游亦复佳。乱山应铎语，旷野恐人怀。石齿号惊濑，松根络断崖。阿连应自乐，骏马踏天街。

长城早行

径转峰逾秀，修眉斗远青。缠绵飞絮影，珍惜晚花馨。欲去怜松韵，何当驻翠軿。再游应更好，萍迹记曾经。

杂咏九首

其一

野草山花扑鼻馨，斑斓五色不知名。园芳总自饶佳丽，那及岩阿臭味清。

其二

冰纨不解汗珠融，坐待长空万里风。何似昨宵清梦里，定香池上月方中。

其三

幽花馥郁留仙蝶，粉翅黏金映日辉。惆怅乱山高下处，凌空恰有一双飞。

其四

邃谷弯环异境开，万花香里且徘徊。烟云过眼平生梦，只有新诗胜玉台。

其五

结习全空月印川，肯将尘梦扰天全。火云势壮犹余事，愁绝蚊虻喜扑缘。

其六

云树沈沈隐翠微，朝来爽气令人思。遄征潦暑吾无恨，喜见山红涧碧时。

其七

芳草萋萋路欲迷，断云掠雨石桥西。岩花嫣润如迎笑，珍重幽芳漫品题。

其八

路转岩深翠袖单，一番盛暑又阑珊。画图佳景无多子，记取长城着色山。

其九

清漳一曲绕城回，形胜争夸上党来。碧玉波涵花缭乱，苦无佳句歆欧梅。

纪 梦

澹泊夙所安，齐物得宗旨。既长习勤劳，昼作夜乃止。颓然适天放，杳不知所以。叩门谁氏园，灵境殊栗里。野舍牵薜萝，林木森可喜。云开淡淡山，日漾溶溶水。褰裳涉涧滨，延芳采兰芷。响泉横绝巘，斑斑土花紫。挥手一再行，天籁萦吾指。广陵不世传，叔夜信非美。弃置勿重弹，恐使音盈耳。次律悟前生，那须闲故纸。人生亦有涯，世事何穷已。早知蝶是周，不待蘧然矣。

冬 夜

茶瓯冰碗兴无穷，小阁重帘宝篆红。佳句忽从天外至，不须风雪灞桥中。

瑞芝堂宴集

绮筵纷错列佳肴，四坐生春绛蜡高。侍史浅斟银凿落，诗人谁拨郁轮袍。飞扬自诩轻三士，局促招尤陋二豪。只有雪山看不厌，乾坤清气属吾曹。

送家母舍弟赴秦接二伯庶女

急难遄征路几千，更衣珍重护春寒。萱帏暂别犹嫌远，棣萼同行好侍欢。日照潼关思保障，云开华岳识平安。尺书好托飞鸿寄，只恐归期过执兰。

闷 坐

愁来浑似千丝乱，闷极维拈一卷书。欲向化人观至境，那知尘梦本来无。

得秦中信知家母旋归有日

顿使离愁得少宽，平安二字署银械。细寻训语知旋日，遥想安舆转翠岩。函谷鸣鸡问晓驿，灞桥飞絮扑征彩。黄河稳渡胸怀阔，岸夹桃花送锦帆。

寒 食

修禊才过又禁烟，养花天气逗余寒。烟梢雨萼浑无赖，不许游人走马看。

残杏花

一枝瘦影不胜簪，谁见繁英落玉樽。寂寂香阶红不扫，澹烟斜月怨黄昏。

题折花图

一抹春烟压绮棂，幽人晓起步中庭。纤纤细雨花新浴，淡淡微风蝶乍醒。玉手红黏增韵度，云鬟绀湿散芳馨。韶光嫣润真无限，谁写丰容向翠屏。

**箕州桐峪镇人于田间获一雁，归而纺诸庭，其一随至，长鸣相向，
若求释然。村人怒执而烹之，前系者亦不食。适余舅氏至其地，
闻而赎归，养于园中，翼渐完好，一旦飞去，竟为犬所伤而卒。**

作小诗五首以吊焉

其一

旅雁辞南国，翩翩向北飞。去去渐以远，行行将安归。山川日妍暖，草
木尽芳菲。竭来山之曲，暮色横翠微。斜阳没林表，百鸟相因依。愿言憩筋
力，岂复堕危机。弋人望昏至，举网遭缚归。

其二

归来置庭前，欲去知无缘。良朋望风至，待我同高骞。自顾翮已铩，无
计空迁延。细人不知义，遽尔相烹煎。坐视不能救，焉用身独全。中肠迫沈
痛，危急谁见怜。何期君子至，见赎不论钱。

其三

钱刀意则那，感君厚惠多。置身广庭内，旦夕相抚摩。朝餐足稻粱，暮
宿眠文莎。中宵生感慨，涕泪双滂沱。念昔同游者，高飞渺烟萝。秋风何时
来，霄汉当经过。长鸣下阶砌，欲去将如何。

其四

何尝无适意，野性自难同。商飙肃天地，奋迅思腾空。六翮未全备，飘
然落墙东。持归胸已裂，裹药惜匆匆。既愈又复然，一飞冲长风。只疑冥冥
举，岂料逢犬戎。畜德愧未卒，感叹知无穷。

其五

穷困有尽日，曷不忍须臾？欲速狗小利，适足杀其躯。爱瘗于高冈，名
与遗山俱。不见丹山凤，栖止维修梧。不见濠梁鱼，相忘渺江湖。小大虽有
异，胡越将无殊。作诗戒世人，慎勿施罗罛。

送邻女清真入道二首

其一

闻说仙人在紫庭，肯从尘世驻云軿。晴川气概偏多侠，兰雪心情岂独馨。
玉斧千修神已静，金丹三咽梦通灵。相期东海寻立妙，五夜焚香望窈冥。

其二

蓬壶员峤接飞裙，帝乐天香似许闻。月到琅霄虚镜影，剑横秋水动星文。
一时笔砚陪吟雪，千里关山隔望云。知子麟洲受真篆，好将牙齿借余芬。

夜　坐

豪气消除百虑空，静闻虫语度帘栊。太虚不碍纤云滓，笑煞秋花媚晚风。

雪霁偶行松下二首

其一

园林雪后径全无，只有长松景不孤。粉质素欺钗影乱，虬枝翠扫练光铺。顿令眼界清于水，可要灵台朗胜珠。还教夜来勤秉烛，芳迹一失恐难摹。

其二

相邀阿妹踏琼霙，松雪交辉意最清。万瓦峥嵘冰作柱，千林寂静鸟无声。石龙变态休深异，盐絮陈言莫再赓。便嚼梅花咽寒馥，恍疑身已返瑶京。

拟古三首

游仙

岩阿有逸士，枕石漱清流。采兰寄幽愤，攀桂聊淹留。悟彼尘中趣，爱此象外幽。旷视小区夏，高步凌沧洲。三山半明灭，邃宇腾飞楼。安期与羡门，灵气今在不？排云足容与，餐玉恣遨游。岂伊市骏骨，将应黄金求。鹓雏纵远引，鸱吓无时休。笑谢蚊虻辈，安知鸾鹄俦。

励志

弱龄授诗书，钻研忘早晏。既长读文史，篇帙苦浩瀚。傍搜及百家，茫乎若河汉。迩来二十年，奥义时一见。欣然欲起舞，得失已过半。圣人垂箸述，游夏终莫赞。岂余庸陋姿，所得望津岸。偃鼠走饮河，未动腹已满。蚍蜉不自量，乃欲抱树撼。掩卷发深思，浩然起长叹。

感遇

昔有交让树，蒙茏荫千章。蟠根日郁结，绿叶何芬芳。下有麋鹿游，上有鸾鹤翔。贞石生其隈，廉泉出其傍。高风迈千古，令誉安可望？谁知逢匠石，一旦遭斧斨。零枝作器玩，大本充栋梁。镂金复错彩，奉君白玉堂。自谓尽材任，岂识非其常。修名仍遇侮，掩抑徒自伤。

题　画

寒泉漱玉冷涓涓，野豹依微隐暮烟。沙上幽人自来去，秋山秀削晚枫妍。

春日六言二首

其一

日午楼台倒影，岚开峰嶂舒尖。密竹横斜曲径，繁花掩映疏帘。

其二

满庭芳草纤碧，晓露初消润含。隔叶黄鹂韵美，翻阶红药香酣。

暮春独行后园遥见垣外白海棠盛开

山城春晚风雨恶，沈沈宝篆萦珠箔。纱窗独坐苦无聊，悄下香阶望遥嵝。举头恰见一树花，亭亭玉立临风斜。珠苞翠叶互掩映，苔垣芜院深深遮。却恨土人不知贵，忍令暮雨朝烟渍。安得移归绣闼傍，日日花前为一醉。乍睹应同拱璧珍，丝丝柔萼绝纤尘。沈香浓艳知难并，定惠清超恐未真。华月笼光转林麓，滟滟寒波浸明玉。天然素体淡丰容，千古幽兰秀空谷。珍重名芳好自将，冰肌玉骨秘幽香。荒园尽日安荆棘，肯学嫣红薄媚妆。犹忆长平旧时见，药栏东畔开清宴。猩红带露晓霞明，酒醒梦回人已倦。桃李无言杏已霏，绿阴青子送春归。可怜满树玲珑雪，独抱清芬隐翠微。徘徊曲径情何已，繁枝折得芗盈几。胸中华靡久不纷，岂借烟波濯纨绮？刻意惜花我亦痴，每逢佳卉便题诗。留连一物真成过，不及黄州梦醒时。

怨歌行

申旦不得寐，起坐搴我帷。念昔山水游，邈在天一涯。三旬九食士，岂受人之遗？澄怀观万物，侠志不复思。沈吟惟自笑，闵默更何辞。缄口如金人，奉身如玉卮。庶几少过行，未敢自矜持。奈何仍见恶，成是贝锦诗。溪谷多层波，风林无安枝。移突终不赏，啜尘乃见疑。逝将鸿鹄举，不受罻罗施。翱翔恣寥廓，千载以为期。

闻杜鹃

春云漠漠雨霏霏，小白长红簇翠微。折得一枝香惹袂，杜鹃声里独忘归。

初 夏

绕屋扶疏句自工，樱桃红熟雨声中。一春花事匆匆过，愁凭雕栏度好风。

夏夜雨霁

珊钩荡漾织帘纹，陡觉罗纨腻麝芬。冻雨乍晴庭翠活，浮烟散尽月华分。护屏蕙炷通宵馥，喧枕涛声彻晓闻。谁向空山赏寥廓，翩翩仙袂思凌云。

夜 读

璚窗薇帐冷沈沈，展卷清吟到夜分。银烛渐销欹倦枕，博山香霭散氤氲。

后院晚凉

芳庭坐数漏迢迢，风露无声夜寂寥。纨扇罢挥蕉葛爽，两三萤火度花梢。

观杨忠愍公二疏遗墨效其体

天留二疏照尘寰，把向西风制泪看。臣息尚存终殉国，君恩未报不图官。捕蛇赤手谈何易，捋虎丹心势本难。千古权奸同一辙，合将桧俊拟嵩鸾。

秋晓望崀山

晓起看山紫翠浓，地偏心远兴无穷。便思超世非仙骨，只合研经似蠹虫。梦里繁华空扰扰，闲中岁月惜匆匆。何时一剑飘然去，真得烟云涤此中。

早 起

冷意侵肌粟，窗纱渐渐明。人扶残梦坐，鸟噪霁霞生。帘额幽痕浅，镫茎澹影横。秋心入寥廓，列岫尽情清。

纵笔书怀二首

其一

忆从总角事篇章，坐拥书城乐未央。磨盾才雄空激烈，雕虫技小爱论量。侧身便欲无前古，披发真思下大荒。俯视万殊同一芥，迢迢天路恣翱翔。

其二

廿年辛苦竟何成，几见含毫气吐虹。出水芙蕖方焕若，凌霄云鹤得无同。逞才枉诩屠龙技，锻句真如刻楮功。却悔安心犹未竟，泠然我欲御长风。

秋日闲咏

凉风谡谡袷衣单，惆怅秋光渐欲阑。渺渺林峦空寓目，深深庭院独依栏。飞鸿灭没琅霄迥，芳月檀栾碧海宽。花影满身吟正苦，不知香雾湿丛兰。

静 坐

闲来惟静坐，未觉战纷华。纨绮习俱尽，云山志未赊。名心淡秋水，清梦到梅花。处处皆佳境，吾生亦有涯。

登飞阁远眺

晓色秋光特地寒，药栏花事渐阑珊。有情瘦蝶犹旋绕，无意闲云任往还。飞鸟爱投烟外树，幽人贪看水中山。归来一榻眠初熟，梦绕千峰紫翠间。

山居听雨

向晚关门卧，纱帱听雨眠。秋声起林薄，凉意答山泉。静许诗情得，清教俗虑捐。至人何处梦，吾思本超然。

示三妹

岁月骎骎似骏奔，头颅如许阅升沈。南容慷慨悲身世，东野穷愁寄咏吟。学道未成华悦目，读书不进务经心。何当却作泠泠水，闻见都忘念亦深。

黄雀行

榆叶落，黄雀过。群群阵阵何怡乐，稻粱满地不用谋。朝翔暮宿逍遥游，自谓身世永无忧。岂知虞人待汝立，山头扬缯缴施网罗。若不冲霄奈若何？一朝身入樊笼内，欲出不能羽毛碎。世人爱惜巾箱中，尽希杨宝传三公。栖以湘竹枝，饰以玉璁珑。绵蛮竟日含悲思，黄花烂漫摇秋风。回思丰草长林地，渴饮溪光饥啄山。花子踥蹀而今羽翼垂，旧游如梦空相忆。宇宙亦寥廓，黄雀乃至微。不能自奋迅，致与始愿违。人生亦如此，何必今是而昨非？早知富贵有危机，悔不修翎振刷贴天飞。

病中风雨萧然竟夕不寐二首

其一

薄寒初透碧绡帱，顿觉蚊雷势少休。欹枕搜诗殊不恶，挑镫起舞欲何求。炎凉阅尽时将晚，黑白分明兴最遒。热念渐消心愈静，疏桐闹雨一庭秋。

其二

坐觉萧然秋意深，百端交集只沈吟。黄花空有清霜操，立鹤初无溷世心。解脱未能超上乘，飞鸣应合爱长林。浮生尚苦身为患，愁对陈篇阅古今。

庚辰十月，梦至岑华山，录三诗以归。丁亥十月，复至其地，欣灵境之不殊，愧钝根之未脱，孔宾犹在，平甫初醒，抚今追昔，不胜怅然，乃作二绝以纪之

其一

振袂遥临意已仙，芝田万顷正耕烟。天香帝乐谁能见，荒怪还须问子年。

其二

漆园蝴蝶方酣适，郑国蕉隍孰假真。重到灵芝观化境，始知无梦亦无尘。

大　雪

斗帐峭寒生，开门雪满庭。色分虚室白，光蔽远山青。柏子禅初悟，梅

花梦未醒。夜深勤习诵，好映读书棂。

水仙花

翠羽明珰洛浦仙，瑶流绮石足清寒。暖香帘幕休轻卷，护取幽花尽日看。

元　日

首祚集嘉祥，筵开昼锦堂。椿萱正荣茂，花萼亦芬芳。不羡浮云贵，惟欣爱日长。彩衣重上寿，欢乐未渠央。

瑞芝堂步月

丝雨初晴冷未收，春衫香润晚风柔。杏花梢上玲珑月，筛向金铺似水流。

题海棠美人扇头

海棠红簇未能匀，绡帐笼寒瘦玉人。翦翦晓风浑不定，杨花乱扑一帘春。

春闺曲

纱窗倚遍意恹恹，悄下芳阶望远山。黛色依微描不得，空将桂叶逗弯环。

阅旧作

总角耽文翰，篇章每自娱。只疑多碔玉，岂望得骊珠。杨子悲岐路，庄生戒畏途。廿年尘土梦，展卷一长吁。

读史二首

其一

正位除奸志自雄，谁知柔佞已藏中。庙谟枉奋纲维计，党祸方殷水火攻。求治太勤民愈乱，修刑过甚将无终。坐令流寇盈畿甸，披发方思问昊穹。

其二

贼中逃出走踆踆，玉树歌残继后尘。南国君臣工宴乐，北来军马遍江浔。不闻凤诏求贤佐，但见钿车选贵嫔。一夜大星天外陨，空将忠烈负斯人。

晓行南涧

水暖沙平浪不生，远山一抹画难成。黏天芳树青如荠，时有幽禽自在鸣。

屡欲出游不果

自我来此邦，已过三年者。未省出门行，那得观原野？窗中见远岫，翠黛浓如泻。欣然欲出游，辄复中税驾。春风忽忽过，繁花任开谢。霰集感岁迁，萤飞知物化。焚香坐清昼，展卷吟午夜。呵壁书问天，愤懑时一写。浮生信扰扰，梦境宁相借。坐久念何深，悄然独悲咤。

落　花

暖莺捎蝶过花梢，一阵飞英似雪飘。浅衬碧苔明胜锦，轻摇渌水艳于绡。彩云散后香仍在，璧月沈时酒未消。江北江南无限恨，惯将金粉送前朝。

饯　春

把酒临芳榭，春消细雨中。莺啼三月梦，花落五更风。刻烛吟情苦，闻钟晓色空。归来应有日，无奈惜匆匆。

送　春

春去惜春愿已违，落花寂寂柳依依。开帘恰见芳塘燕，衔得红香掠水飞。

和潪泉弟游崒山

一径幽深入翠微，回看空际锁烟霏。岚开日色明珍阁，风驾花香透縠衣。大壑云生山石润，芳田雨过麦苗肥。怡情采药知何日，夹道松涛送我归。

夏　园

风舞繁香蕊渐稀，方塘萍合送春归。千林绿净森清昼，一蝶随花缓缓飞。

山中杂句

碧磴云生屦，幽怀托涧阿。薇芜能长性，丛桂近如何。

咫园夜坐

新篁森玉立，耳目怡闲旷。花际露光明，松间微月上。

秋　思

木末采芙蓉，苔垣牵薜荔。梧叶雨声寒，泠然动秋思。

晚秋病中作

镫火青荧夜若何，萧萧风叶下庭柯。心期静摄荒书史，肺病萦缠废啸歌。大药难求劳怅望，名山欲到亦蹉跎。半生热恼刚除得，往事真如梦寐过。

采　药

山空松昼响，水落石粼粼。劚得黄精去，无劳采涧蘋。

不 寐

暝色入闺闼，小窗幽更清。凉风渐以厉，落叶交纵横。揽衣下庭除，仰视霜月明。孤光耿云表，山骨瘦峥嵘。浓翠遽如此，节物令我惊。归来倚案立，嗒然忘其生。中心无适莫，勿勿非所营。蓬壶远莫致，浊骨终难轻。兜率在何处，吾欲从之行。二者无一得，翻然辞瑶京。亮维朝市隐，岂顾俗虑萦？推迁有至理，气象能移情。秋光虽足悲，春色行自荣。谁怜不寐者，竟夕和蛩鸣。

己丑十月廿日大寒睡起作

严寒砭骨似痴蝇，拥褐南窗睡思腾。梦到西园风日暖，山茶枝上拆红冰。

还山辞

逝将去兮遵岩阿，餐芳藿兮藉薜萝。乔木参天兮山石嵯峨，涓涓漱玉兮溪谷腾波。薇芜养性兮吾生几何，穷达有命兮焉知其他？繁忧用老兮慷慨则那，心游沕穆兮守吾太和，寥寥天宇兮千载何多？

《剑芝阁诗钞》跋

余继室李氏于壬辰腊日来归，初至时，见其温柔敦厚，淑慎端庄，似深于诗教者。因与论诗，手检数章，辄征工雅。及再索之，始尽出平日所作稿本，卒读一过，觉其诗既清隽，字亦刚健，绝无闺阁气。诚以诗本性情，性情既正，其发为词章者，无在不轨于正也。迨当花晨月夕，公余之暇，谈论经史，尤能探本寻源，言之凿凿，益知学问渊深有自来矣。室人为河间李太守苏辰公长女，幼承庭训，研经读史，并旁通诸子百家，上几班马，宏通淹博，又岂仅以吟咏见长哉？而其于诗，实专攻坡老，豪放而兼深秀。兹特择录三百余首，付诸剞劂，聊以为诸子侄吟哦之助云。

光绪十有九年清和月上浣吉日武安白昶跋于长治县署之晴碧堂。

（清）李巘媄撰《剑芝阁诗钞》，光绪十五年（1889）录定，摩兜鞬斋选本

【整集收录二】

《剑芝阁诗钞续选》序

剑芝阁诗钞者，余继室李氏陶吟所手著也。室人来归之明年，癸巳夏，曾于长治署中，自选所作诗三百余首，质之于余，业经先为镂板矣。今春因余奉调相随来霍，下车后，即于行箧中尽检其平生所作词赋，以及诸杂著，

手编一帙，属为付梓。余谓前稿甫经刊出，为日方长，何必亟亟于是。室人复坚请曰："此媛一生心血所积而成，藏之日久，迁调不常，恐难免有遗失。曷若趁此付诸手民，合前编为正续选，留为孙辈他日授读稿本，以稍尽我区区属望后人绳武之深心笃。"余感其意，因勉从其请，随为发刊初。不料镌未竣，而室人竟以疽疾不起也。呜呼！室人之亡，岂果有所先见耶？抑或是稿之续刻，有以促之耶？回思室人之佐我已历七寒暑，其心计之精细，学问之渊深，似非不寿者比。何年未四旬，竟遽尔长逝耶？今览其遗稿，能不为苟奉倩之黯然神伤乎？然而浮生若梦，修短不齐，弱草轻尘，终归代谢，此事又岂人生所能免哉？室人以巾帼之身，毅然而修博士之业，生而好学，考古证今，搜异探奇，几于无书不读，虽未获身享大年，尽其胸巾所蕴，著为简编，而即此稿本之存，正如家训鼎铭，亦可以昭兹来许。俾我诸孙等之能读祖书者，姑奉以为自勖之资，笃可也。

时光绪二十五年岁次己亥腊月晦日武安白昶谨序于山西霍州官廨。

·《剑芝阁诗钞续选》卷三·

花下散步

春宵间不睡，推枕起徐行。月色令人悦，花香入夜清。闻根频领略，心际顿空明。未许纤埃着，真如步玉京。

上巳午窗独坐二首

其一

一榻清风引睡长，树浓晴翠滴吟窗。梦回不觉庭阴午，卧看雕栏燕语双。

其二

九十春光忽忽过，尚余诗思未销磨。秉蕳修禊都依旧，谁把清文继永和。

恝园赏雨

雾雨暗朝日，霏空绮不如。林花秾欲滴，池藻聚还舒。拔地怜新竹，腾波羡大鱼。为霖应自此，聊复惜三余。

病 起

晴云烘画已春深，石畔才看草似针。山静不知迟节物，日长惟觉转松阴。燕鸿逐热频南去，代马乘风向北吟。病久每惊销素志，猗兰空谷畏人侵。

春日登崟山二首

其一

兹晨心志怡，言瞩芳华景。绣甸扇微风，春岩凌倒影。欣欣灌木荣，澹澹晴川静。水暖白蘋香，露浥红蕖靓。鹭鹚县闲暇，迴立沙堤永。幽人自往来，赏遍尘凡境。暮色下林端，云霞满遥岭。

其二

列岫晓沈沈，烟光入望深。杂花明散绮，晴旭映兼金。瀑布如龙吼，松涛作雨吟。振衣酬素志，高步极天岑。

山桃花用东坡先生红梅韵三首

其一

独殿春风未是迟，生红灼灼艳当时。武陵渔父迷尘路，姑射仙人逊妙姿。自可飞英追雅会，莫将䩾面损芳肌。态秾意还谁能赋，曾记香山折一枝。

其二

蜂喧蝶舞日迟迟，山径崇桃烂漫时。万点晴霞明翠巘，一瓶春水注琼姿。檀心细吐香盈室，玉颊微颣酒晕肌。自是容华称绝世，紫薇空诧萼繁枝。

其三

莫向东风怨暮迟，深山犹及冠芳时。元微餐罢生仙骨，永叔吟成叹淑姿。翠黛浅匀舒密叶，胭脂浓染透香肌。鞓红对此无颜色，合让雕栏树万枝。

同佩青妹馥如侄女岊园闲眺二首

其一

荒园五亩足芳菲，小阁峥嵘傍翠微。倦客登临聊一快，绿槐阴里燕双飞。

其二

池塘春水扬螺蚊，鸟语花香到处闻。风景熙熙情得得，无心舒卷似闲云。

暮春偶集

深院绝尘埃，云根面面栽。风前斑篁响，露下碧桃开。酒熟松花酿，诗成锦绣裁。韶光洵可乐，无事且衔杯。

病后小步园中归来读静春堂集三月一日诗有感于心因次其韵三首

其一

绣幕园林涨晓天，波光潋滟碧生烟。修篁解箨含新粉，细柳摇风舞薄绵。

其二

吹破缃梅昨夜风，海棠莹露绽猩红。药栏花事昇平甚，无奈相看是病中。

其三

新泥满径且归休，羸弱难追秉烛游。惆怅南园花似锦，空留莺语织芳愁。

愈后再次前韵三首

其一

山光泼翠采兰天，试着春衫趁暖烟。俯仰兴怀千古事，桃花红雨柳花绵。

其二

名花绰约倚东风，国色天香一捻红。把酒惜春忙底事，芳菲犹在雨声中。

其三

诗成珠玉傲浮休，佳景弥年供啸游。池馆清华风物美，只应尘世更无愁。

孟夏即景同佩青妹作

罗衫新试水沈薰，闲凭雕栏对此君。晓日乱明莲叶露，和风轻扬柳花云。鱼游宛转涵生趣，鸟啭清圆入静闻。自笑年来忙底事，惟将辞采策殊勋。

午窗苦热偶与三妹话及昨宵梦境诗以记之

溽暑烦襟困郁蒸，挥毫落纸赋憎蝇。窗中列岫清如洗，便拟移居最上层。富贵逼人何日了，飘茵落溷徒纷扰。况我身居华屋中，雕栏紫阁如蓬岛。一望云霞一慨然，平生山水有深缘。却思昨夜清凉梦，直到匡庐看瀑泉。仙音泠泠供洗耳，浣尘正要聪明水。一条白练玉龙飞，千古常新谁得拟。长风浩浩袭衣轻，遥指天边桂月明。万顷玻璃身一叶，人间何事更关情。青云冉冉随风漾，蘧然一觉惊绡帐。罗衾展转不成眠，恍忽犹疑行雾上。烟消日出霁霞生，鸟语花间报早晴。梦寐闲思何足忆，会当鼓翼指霄程。

家畜一雁已二年矣每闻鸿飞天外辄戛然长鸣余甚怜之为赋此诗

空有冲霄志，其如折翼何。徘徊依瘦影，寂寞步庭莎。鹰隼无劳妒，龙鸾要少和。故人天际语，犹忆在烟萝。

梦登华山书所见二首

其一

天风袭衣袂，高坐华山顶。皓月坠林峦，涵空水荇影。

其二

山开成独往，霞峤莹心目。投书别家人，不作昌黎哭。

长夏久雨

中庭积雨长莓苔，惆怅层阴拥不开。新病怯风惟静坐，小诗矜艳愧清才。昂霄杞梓森森立，夹水笙簧阵阵催。摇笔更吟康岁乐，绮窗无事且衔杯。

佩青妹以画蝶扇索题漫书付之八首

其一

暖云烘昼画栏东，蝶蝶群飞趁好风。草碧花殷春似海，胜他栩栩漆园中。

其二

茧丝才脱气如虹，肯向罗浮觅旧踪。嫩翼乍舒金粉腻，百花香里尽雍容。

其三

新焙佳名润诗肠，风送花香扑玉缸。深院昼长蝴蝶乱，翠纱窗上影双双。

其四

雨后园林绿草滋，春驹飞上海棠丝。美人欲扑终怜惜，更为韶光往少时。

其五

杨柳微风相媚妩，碧苔满地映芳晖。逍遥更展凌空翼，密竹繁花任所飞。

其六

玉沼香生四月初，轻翔凤子飓芙蕖。蜻蜓点水时相见，比较云裙总不如。

其七

花枝宛宛蝶徐徐，耀日凌风质自殊。多少青蝇争骥尾，看渠稳步陟云衢。

其八

树杪枯香历乱稀，又随花担过前溪。风漪写出仙仙影，纵使滕王画亦迷。

登郡城飞阁

水榭荷香满，疏桐雨意微。清樽吸沆瀣，高咏唾珠玑。瑞霭天边绚，凉云树杪飞。湖山尤秀绝，日暮憺忘归。

阅邸报偶成

不肯因人热，其如爱晚凉。魂清无梦寐，齿冷到岩廊。破浪心情懒，看云意兴长。此邦真乐土，何暇计炎荒。

闻某相罢归

十年春梦醒黄扉，高蹈东山愿不违。万里清光新送爽，一庭秋影澹相依。闲支石鼎评茶品，净扫松阴待鹤归。名遂身闲有如此，肯将簪黻易荷衣。

秋　怀

西风飒爽掩重扃，卧听琤然落叶声。诗是虚名犹作想，身虽外物总关情。低回形影思千古，点勘丹铅拥百城。犹怅英怀销未得，每将时序叹劳生。

冬夜病中

多谢寒镫焰，依依瘦影傍。茶清新句美，药渍故衾香。伏枕心超忽，搴帏意慨慷。垂天方戢翼，他日勿相忘。

立春后三日试笔

帘垂昼永觉春融，砚释轻冰晕碧泓。晴旭半窗香篆烬，水仙花底写兰亭。

病愈把卷漫题

卧病兼旬渐已痊，韦编重理意欣然。方书系肘矜新得，药里关心累世缘。冰炭战肠徒自苦，鹓鸿争路亦堪怜。海山旧室权封闭，且任逍遥白乐天。

花朝早书毕以余沈作墨花一枝

风风雨雨到花朝，沈水香清闭绮寮。仿得兰亭墨华润，更将芳意写生绡。

雨中次静春堂三月一日诗韵三首

其一

微阴暂霁早梅天，杜宇惊春叫紫烟。静坐华堂试新茗，帘衣香润雨绵绵。

其二

无数飞花逐晓风，窗纱远映浅深红。聊将烟景娱心目，不谓华胥是梦中。

其三

此生诗债几时休，懒向陈编忆旧游。蕙洁兰崇洵可乐，更于何处觅春愁。

三　月

三月春犹浅，山园景物妍。风翻兰叶露，雨湿杏花烟。蝶梦迷香草，莺声隔远天。群英宣五色，相对意欣然。

上巳前一日作

赏心乐事及芳晨，树色山光触目新。滟滟杯擎千日酒，霏霏雨酿一园春。诗成不用催银烛，坐久频思换锦茵。霭霭花香润衣袂，明朝应有采兰人。

孟夏雨后望晕山

晓起望遥岑，浑如碧玉簪。鸟鸣新雨霁，风急落花深。萝径生苔滑，林峦舞桧阴。何人采芝术，飞瀑满衣襟。

秋夕读楚词偶成四言二章

怦怦谅直，处世斯难。古人不作，涕下汍澜。

秋气飒爽，天高潦清。回还终古，无乃劳生。

永　夜

永夜数更漏，微吟意自迷。寒镫余焰耿，幽幌曙光低。瑟缩重衾冷，依稀宿鸟啼。不眠倚倦枕，月落独闻鸡。

雪后山行有怀三妹二首

其一

别来终日情怀恶，遮莫长歌行路难。游子衣单劳远念，居人夜坐感悲欢。平田漠漠饥乌下，孤塔亭亭野鹊盘。只有梅花伴清淑，金樽聊与慰荒寒。

其二

野阔天低晓气寒，貂裘不暖耸吟肩。雪山万叠晴相射，大似襄阳孟浩然。

留别智友二舅

春日吟成镂雪词，曾令诸舅诧奇思。漫夸破浪乘风志，辜负韩擒许药师。

送漶泉弟回辽州

征辔轻摇去路长，日薰风暖透春光。万峰回望明晴雪，聚散匆匆易断肠。

寄佩青三妹

纱窗刺绣同欢笑，玉案摊书共校研。别后相思倍惆怅，雁行高义薄云天。

外子以冬笋馈方荷浦太守蒙赐佳章令媵拟和

园笋新登未厌粗，迎寒先已荐樱厨。绮诗乍启霏珠屑，斑箨初开见雪肤。传纪冰壶殊咏芥，禅参玉版胜依蒲。偶成芹献知何似，欲报琼琚愧竟无。

孟春十八日偶成

远游每恋晨昏奉，一刻难忘寸草心。思极双亲不能寐，夜深独听漏沈沈。

奉和外子春雪元韵

轻寒轻暖透崇垓，酿得天花傍坐开。帘幕晓光含润泽，关山微霰记初来。清言云涌挥银管，隽思风飞艳玉台。曾到琼林压群卉，敢将短尺妄量裁。

将归宁辽州留别外子永熙三首

其一

晨昏久缺念庭帏，薄浣衣裳我欲归。驷马既闲车既好，迟迟春日正芳菲。

其二

风度端凝品节清，文章政绩两峥嵘。自惭无补君家事，枉向时人博盛名。

其三

来时雨雪遍瑶田，归路云峰碧插天。岁月几何人又至，山花列锦簇雕辂。

黄崖晓发

辨色严妆竟，登舆破晓行。麦苗才覆雉，柳叶未藏莺。小雨沾衣润，柔风拂面轻。山灵应笑我，何事日长征。

襄垣道中口占二首

其一

征尘仆仆暗春衫，晓日初升豁远瞻。一路杏花香不断，韩山景物自清严。

其二

芳草黏天雨后新，山城水郭画难真。垂杨应为离情瘦，斜倚东风绿未匀。

晚次郝村闻杜鹃二首

其一

荒村夜冷不成眠，欹枕沈吟手一编。底事情怀偏怅触，拈来远道思绵绵。

其二

更上离亭把一卮，云山杳杳柳垂丝。杜鹃只管催归去，红杏香中对语时。

山行见浣女甚多偶成

柳风澹荡扬晴空，山色波光入画中。为问溪边浣纱女，近来花样重青红。

由温城登山睹风物之美欣然有作

原田每每列崔嵬，振袂遥临亦壮哉。万壑奔涛飞脚底，千重灌木簇云隈。登车不改澄清志，涉水还思济世材。万物争荣春正永，瑞芝堂里待归来。

自洪水至松树坪一路山水绝佳漫赋二章归贻三妹

其一

绮陌花光满，行歌缓缓归。登山清兴在，刻烛赏心违。谷口春云暖，河干野彴微。回看岩上瀑，天际玉虹飞。

其二

矫睇天衢振佩环，水声花影任闲关。倩谁写出诗中画，黛浅红鲜上巳山。

得外于书并赐和归宁留别之什

忆曾锦字答秦嘉，换得珠玑灿若花。彩服承欢良足慰，不将芳草感天涯。

闻咫园紫芍药盛开以病不果赏赋此解嘲

庭院深深掩碧纱，药栏犹忆旧分葩。香风乍动惊鸾影，紫艳初开灿瑞霞。病过一春如中酒，愁来万斛为怜花。小园咫尺犹难到，强起偏思管物华。

红岭早行遇雨

岚气黏天树色平，篮舆直上梦初醒。当风谷溜喧金奏，着雨岩花作麝馨。阁道纡回围绿野，云峰层叠入青冥。江山信美偏劳思，更拂吟鞭古驿亭。

登梯云关

泽蒲河柳动离情，自笑平生得未曾。万里丹霄从此始，却思携手与同登。

山行见紫玫瑰一株欲移不果诗以记之

深山岁月郁奇英，乍睹偏惊照眼明。国艳迟回原独立，浓香馥郁倍含情。只应嘉种来琼岛，好共骖鸾上紫清。珍重纤埃都不着，仙根那许世人名。

漳水晓渡

川路去悠悠，行人满渡头。鸟鸣青嶂外，花落白蘋洲。至乐思庄惠，英辞薄应刘。铜台何处揭，漳水日东流。

蔡岭微雨

廉纤晚雨净尘沙，广袖单寒掩翠纱。烟树苍茫云漠漠，有人此际正思家。

癸巳季夏自平定回潞早行至辛兴滩阻雨

卷帘遥怅望，伏雨净浮尘。欲去冲泥滑，翻愁阅苦辛。高堂应念子，川路阻羁人。却忆趋庭日，花明五字新。

题　壁

山气蒸浓雾，河声撼枕秋。予方困行役，闲暇愧沙鸥。

辛兴滩道中即景二首

其一

落落高吟兴味豪，黄花满地似东皋。此身合是陶彭泽，懒向人前一折腰。

其二

千山浓绿蔽崇霄，万顷黄流接岸高。俯视人寰惟一气，寥寥天宇任游遨。

午至芹泉驿见黄菊盛开有感

辞亲远行迈，所适天一方。脂车戒前途，陟彼千仞冈。清风来禾黍，蕉葛生微凉。忆昔别君初，桃李繁秋芳。如何三月后，遂见黄花香。采采不盈掬，怅然中心藏。手把珊瑚枝，身袭芙蓉裳。清节亮可贵，不佩庸何伤。人生有臧否，此心任低昂。仰视碧天末，矫矫鸿鹄翔。

晚宿东阳

山行尽日水云乡，万树蝉声噪夕阳。下界炎蒸那辨此，风来蘋末纻衣凉。

过紫洪镇二首

其一

碎石滩头碧浪鲜，披沙得宝意欣然。桃花春水留佳句，弹指光阴又十年。

其二

浩浩奔湍去不留，冰桃瑰丽满林秋。雪泥鸿爪曾何处，只有黄花枕碧流。

中秋阴雨谨次邹荫斋师原韵

凉雨清路尘，秋气盈上党。云树暗遥峰，只恐佳月朒。隽句忽飞来，文澜驱泱漭。薄寒入疏帘，芳润到幽幌。小窗苦蕉阴，移向银屏敞。纵横笔凌云，未肯随俯仰。霓裳咏众仙，此景杳天壤。商飙飒然至，空阶有余响。停琴迟素彩，吹笛邀真赏。烛销语不尽，良时夜渐养。琼楼迥何处，长啸起遐想。小诗法郊寒，未害襟期朗。

又七律一首（是日为荫斋师生日谨步元韵奉祝）

雨霁天开不夜城，一年今夕最分明。白莲凤果银毫艳，金粟前身月露清。曾记梯云随法善，共钦危坐似延平。瑶樽更上南山寿，长领春风煦我情。

壬午仲冬，媖侍家母赴长平任，所宿旧县，竟夜清吟，颇多雅趣。
今冬随外子赴擒昌任，复至其地。屈指已岁星一周，风景宛然，
而人面非矣。所幸家严慈并皆康健，虽远违膝下，
足慰予怀因题二诗以志之

其一

十二年前事，依稀记未曾。寒山犹若昔，彩笔恐难胜。身似乘轩鹤，心如过海鹰。庭帏应眷念，天际望云腾。

其二

蕴秀当年此地过，呒毫呵壁足吟哦。烛光曙色今犹昔，谁识英锋已尽磨。

中秋对月口占六首

其一

庭树沈沈影不斜，水晶宫阙浸银霞。闲吟极目江山句，不觉啼珠湿绛纱。

其二

月华无处不团圞，只有深闺雁影单。遥想天涯诸弟妹，正飞彩笔咏高寒。

其三

庸庸厚福我何堪，幸有清辉映画檐。闲向中庭踏花影，悄无人迹露光涵。

其四

幽花绕砌尽徘徊，拜月新词手自裁。漫道清光千里共，独吟独和有谁来。

其五

醉倚西风一慨然，碧空云净月娟娟。木樨香里寻遗韵，何异醯鸡舞瓮天。

其六

蟋蟀惊秋不住鸣，曾令宋玉感宵征。独醒我亦何为者，斜倚庭柯看月明。

甲午季秋思亲书此寄呈

忆自违亲舍，浮沈又一年。初心真负负，归兴渺翩翩。鱼雁虽常达，衷怀总莫传。何时重定省，舞彩侍尊前。

寄澧泉弟佩青妹

苦忆连枝秀，相望各一天。分甘承色笑，为好悟言筌。归意浓于酒，诗情淡若仙。重阳佳节近，挥翰记当年。

洪洞八景选二

玉峰耸翠

黏天翠色耸如龙，迥出尘氛玉一峰。林表层岚画杳霭，石根寒溜漱鲜秾。云横霍岳飞晴雪，影落汾流卷碧淙。琳宇苍松几今昔，拟从胜地问仙踪。

靳柏堆青

川原落落望中开，古柏云平翠作堆。碧灿金明初日上，龙吟鹤啸晚风回。千家紫气围华构，一片青山覆草莱。铁干凌寒方独秀，肯同杞梓共呈材。

赵城道中口占

湖山经雨润新妆，露点如珠晓气凉。轧轧兰桡何处去，隔堤飞过藕花香。

乙未中秋侍家大人登涌云楼赏月四首

其一

银镫照上石阑干，今夕欣承杖屦欢。渐见晶球出林表，万山环绕碧空寒。

其二

竹阴黄菊送疏香，采得繁枝助晚妆。漫向西风咏秋扇，笑依湖石谱霓裳。

其三

尽日凭栏乐意融，置身真在画图中。绮疏岑寂今何似，月照高楼一笛风。

其四

去年曾咏感秋诗，月白风清只自知。今日彩衣重起舞，酒光花影滟金卮。

自平定旋洪介休道中口占

芦花瑟瑟月华清，人影波光滉漾行。记否来时汗如雨，柳堤十里嫩凉生。

霍州和壁间韵二首

其一

揽辔遵长路，关河岁再经。汾流云外白，霍岳雪中青。宛洛心犹昔，邯郸梦未醒。行行重回首，环翠忆名亭。

其二

昔我来时路，繁华目未经。芰荷千顷碧，杨柳万重青。美景分朝暮，行踪半醉醒。悠悠三十载，身世一邮亭。

题　画

亭亭净植艳朝阳，雨过风清十里香。看到渚田新蟹上，鹭鹚闲暇水云凉。

读邹阴斋师玉峰书院有感诗即成二律兼写鄙怀

其一

讲学高斋四坐春，十年树木出风尘。整躬自分如冰洁，进德长教与日新。
道大莫容方见道，真空无我始为真。捧来佳句千回读，自是蔷薇惯刺人。

其二

曾从紫府究天人，悔向尘寰役此身。附骥青蝇徒扰扰，咋人狝子漫猖狂。
奋飞未可伤才思，炙热无端损性真。千古鹓雏笑鸱吓，好将齐物证前因。

哭澨泉弟五首

其一

千里惊传一纸书，雁行中断痛何如。惠连已死吾何望，从此诗怀不似初。

其二

三上公车不见收，奇才天妒判牢愁。文章到此应知命，紫府何须记玉楼。

其三

画师摩诘本天然，挂壁真生五月寒。料得人间少佳境，却归蓬岛纵奇观。

其四

去年曾咏菊花诗，骨格丰神自一时。重向案头寻旧句，锦笺犹在子何之。

其五

长吉歌诗不世传，披罗端赖令晖贤。刊成为付双犹子，片玉零金只此编。

题某人诗二首

其一

浮沈宦海几多年，谁识人间宝剑篇。犹有案头奇气在，季常豪迈信天然。

其二

落落才华迥不群，词源倒泻扫千军。清光照处纤毫见，潭月何曾碍岭云。

有感二首

其一

不须冰炭日相煎，落度形骸只自怜。举世尽贤谁见恕，一生无我却成颠。
饥鹰敢有飞腾志，病鹤聊随饮啄缘。遥想庭帏瞻望久，彩衣归去戏堂前。

其二

绮绪离情久忏除，临歧把盏漫长吁。一鸣一息究谁是，三沐三薰近所无。
守拙不须重辨命，归愚何用识夷途。既行厚意犹存念，千载而还只望诸。

秋夕望月和张曲江韵

暑退才三日，蟾光迥不同。炎威散林薄，秋意满庭中。园藿滋凉露，池莲堕晓风。澄清徒有愿，常恐壮图空。

七夕用王渔洋元韵

晏坐庭除听夜笙，银河潜潜两星明。蟏蛸巧织三霄网，蟋蟀空催四壁声。化国春风迷雾阁，曝楼秋思满云城。万家镫火新凉后，何事人间尚有情。

早 起

醒余小步古槐阴，秋气侵人感不禁。折得玉簪花数朵，冷香偏胜海南沈。

得外子书并承赐木樨茉莉花数朵走笔奉答二首

其一

盥手开缄挹露华，天香分得月中葩。虽非士会琴钗赐，厚谊高情敢拜嘉。

其二

韵洁香清晚景前，云笺里寄尚鲜妍。鬘华风味宜吾辈，合向芸窗伴茗禅。

重阳即事（是日鲈鱼橙橘纷错筵中数年来所未有也）

酒泛茱萸菊绽黄，关河千里晓苍苍。清谈秀夺湖山绿，上寿甘分橘柚香。书史园林能有几，咏吟鼓吹乐无央。人生适意真难得，不为莼鲈始忆乡。

怀 古

黄金台势矗青云，去国图存百不闻。能令猜王释疑忿，千秋惟有望诸君。

予性耽文翰坐是致疾者屡矣书以自解

重裘坐拥尚憎寒，羸弱真堪仿士安。不为读书耽雅趣，那能与病结清欢。妄心已逐风云散，素志终期宇宙宽。香畹凤因何日觉，庭前柏子任君看。

立春日试笔二首

其一

绮岁何遒驶，光景如奔轮。回思三十载，所见无一真。绿鬓渐以华，朱颜日以陈。尘务未能遣，愧彼贤达人。东风吹户牖，万象皆呈新。繁花吐芳树，玉沼游锦鳞。欣欣物向荣，我生益自珍。冰炭勿相战，为乐须及晨。何当屏百虑，一赏郊原春。

其二

彩胜新裁五色霞，春风两鬓簇韶华。酒酣起作莱衣舞，赢得庭帏一笑哗。

咏水仙花二首

其一

微波欲托怅无从，帘幕春融喜乍逢。金盏银台轻富贵，云裾翠袖淡丰容。瑶流浅注香逾远，珠月频窥韵最秾。如此韶华何处写，陈思空自赋仙踪。

其二

锦蕾初绽玉交枝，宛似湘皋解佩时。翠压书棂殊冷艳，香澄镜水擅仙姿。素心只许梅为友，清节真堪竹作师。最是绮寮春睡美，枕函余馥酿新诗。

元宵偶作二首

其一

积雪空明溢暮寒，玉盘潋滟出林端。东风一夜知多少，吹尽冰花碧海宽。

其二

早起看山似雾堆，晚来天净碧云开。月华依旧团圞甚，只欠当年作赋才。

花朝登涌云楼五首

其一

料峭风吹绣缬寒，玉人微醉倚阑干。春光千里情何极，不独灵均怨子兰。

其二

楼上柔风拂面轻，酿花天气半阴晴。远山空自明如画，每到凭栏百感生。

其三

秋实春华各自芳，三年两度往来忙。仲宣亦是何人物，赋到登楼意慨慷。

其四

池塘春草梦中欢，醒后翻愁锻句难。惆怅同怀今不在，感时思旧一汍澜。

其五

五渡花明锦浪飞，千岩云净霭春晖。何须更羡闲闲老，目送飞鸿愿不违。

得家书知手植湘梅今年盛开喜而有作

新得平安报，寒梅发绮窗。国香原第一，春色自无双。弄影辉芸壁，飞英扑玉缸。谁人伴清淑，高洁志难降。

春日杂句二首

其一

璨窗初见月华明，润上轻裘冷未平。领略清香消午醉，水仙花底坐吹笙。

其二

两卮春酒十分荣，上寿归来昼锦行。红药翻阶香正远，暖风迟日语流莺。

即　事

避贤无一事，何异在家僧。孱弱甘成志，摸棱愧未能。容华空自惜，然诺信难凭。况复经年别，伊蜮感不胜。

论书二首

其一

格妙簪花迥出群，家鸡野鹜日纷纷。可怜卫铄多才调，犹把书名让右军。

其二

超逸端方出汉家，岩岩气象扫浮华。开元天子趋姿媚，丰艳纤秾亦足夸。

仲春游冠山寄外子永熙三首

其一

寒轻新脱紫茸裘，无是无非得自由。诗酒勤春聊复尔，溪山胜景足夷犹。散才见放难充栋，真赏谁同独倚楼。往日炎威还忆否？年来世味澹如秋。

其二

寻芳选胜去匆匆，李白桃红映碧峰。如此山川如此景，诗情应比宦情浓。

其三

阶前细草逐春生，便觉韶光已满城。取次杏花红破萼，西洲风物最关情。

古　意

艺兰那计踠，一一春风前。芳枝抱贞素，翠叶何鲜妍。幽芬不及远，空谷谁能传。乃知璠玙质，不遇终相捐。馨香虽自好，赍蒘世方贤。对此坐叹息，中心为悁悁。

题梅花扇头

罗浮山色四时奇，彩笔移来竹外枝。香韵双清谁领略，参横月落独醒时。

清吟怨

读到回文意气和，此心湛湛似晴波。愚忠得一究无谓，市虎成三可奈何。

薄有才名供篆刻，了无佳趣苦研磨。南窗寄傲吾何敢，肯对云山废啸歌。

题井陉言大令夫人汪韵梅诗词碣后四首

其一

银钩铁画勒新词，儒雅风流自一时。不独和鸣情况好，羡他兰玉尽能诗。
（夫人子媳皆能诗。）

其二

陉山云物助清新，谢女才华孰比伦。更把芳猷佐君子，遍将仁政抚斯民。
（凡有善举夫人莫不与焉。）

其三

兴来笔阵扫千军，绵蔓河头寄慨深。不见当年建旗鼓，萧萧废垒土花侵。

其四

执经问字苦无从，怅望云霞隔几重。安得平原十日饮，杏花春酒尽雍容。

咏栀子花

洗尽铅花见玉真，夜凉风定净无尘。温馨气味宜之子，澹远丰神最可人。
漫绾同心垂宝带，肯将离思浥罗巾。蕊珠宫里如相问，薝卜林中别有春。

菊花山二首

其一

招隐何须赋小山，东皋风物碧巑岏。移来画几文窗畔，合胜千岩紫翠间。

其二

兰釭照灼影横斜，冷韵幽香浸帐纱。最是夜阑秋梦醒，锦衾犹自咏黄花。

并头菊花二首

其一

曾记坡仙咏瑞莲，芙蓉并蒂本天然。如何开向秋风后，也有床山比翼缘。

其二

玉色鲜明画不成，琼轩并立可胜情。汉皋解佩惊初见，应笑支离已半生。

题山水横披二首

其一

一邱一壑足风流，何事频年翰苑游。故国江山空入画，王孙芳草自淹留。

其二

书画兼长妙入神，一时朝士更无伦。含豪写出吴山态，叠嶂层峦万古新。

偶 成

碧梧庭院夕阳迟，悄立花阴有所思。无限秋芳争艳冶，风华偏让海棠枝。

·《剑芝阁词钞》卷四·

生查子·早秋二首

其一

秋光薄似纱，爽气盈华屋。深炷海南沈，细撷篱东菊。

其二

三生道味深，一卷南华读。窗外雨声来，误道风敲竹。

望江南·长平怀古

长平道，凭轼吊秦坑。四十万人齐束手，百千年后尚吞声。竖子竟何成！
形胜地，往事误纵横。小器易盈嗤马服，沈机先见爱虞卿。千载恨难平。

浣溪沙·闰七夕二首

其一

玉露金风洗暮烟，恰逢秋闰两回妍。义山佳句欲飞仙。
碧汉何来云锦旆，绮筵分得凤梭笺，笑君乞巧枉年年。

其二

曾忆前时续句成，敛裙低佩拜中庭。翠軿重渡彩云停。
绣箔秋光浸练影，天阶夜色冷银屏。九霄耿耿淡疏星。

沁园春·九日代澧泉弟作

又值重阳，令节欣逢，秋光正寒。忆龙山雅会，嘲文嘉美，马台清宴，
隽句斑斓。达志谁傅，豪情漫诉，且复逢迎水石间。凭栏望，见千峰列翠，
万树飘丹。

佳宾满座皆贤，况杖屦亲承膝下欢。更芳醪盈盏，紫萸可佩，冷香绕袖，
黄菊堪餐。吐凤先成，探骊莫及，愧我登高作赋难。行行去，早夕阳浸涧，
红湿回澜。

鹧鸪天

乌丝书罢对兰釭。想到沈酣兴最长。锈铗摩挲增侠志，芸篇披拂秘幽香。

休讨论，漫推详。英雄竖子两茫茫。不如石室寻三友，笑看珍珠溅客忙。

采桑子·阅邸报有感

江山烽火何时静，植党相攻。谁上平戎，羽檄交驰报粤中。

持和议战终归误，安得英雄？一炬东风，坐令番夷万舶空。

长平忆·寓望江南十首

其一

长平忆，元夕月明中。箫鼓竞呈千部伎，鱼龙变幻万镫红。人立绣屏风。

其二

长平忆，烟霭敛春城。池畔兰苕香已熟，枝头蝴蝶梦初成。芳韵可怜生。

其三

长平忆，花径最堪思。蹋翠搴芳人倦后，石阑干畔立多时。香惹海棠丝。

其四

长平忆，水阁晓阳骄。沁齿芳鲜夸雪藕，映唇红艳进冰桃。凉意胜珠招。

其五

长平忆，最忆定香池。雨过莲芬时澹荡，风回林影久参差。鱼漾白蘋湄。

其六

长平忆，暑气喜新消。四面溪山朝送爽，一城楼阁暮吹箫。云外桂香飘。

其七

长平忆，佳景数中秋。香气四围浮玉斝，瑞光千丈照高楼。疑入广寒游。

其八

长平忆，雨瘦一庭梧。菊院丛荒飘碎锦，苔阶滑忽泻明珠。罗袂觉寒无。

其九

长平忆，秋晚独凭栏。木落纵横鹰眼疾，草枯出没雉雏斑。小猎望丹山。

其十

长平忆，香梦到梅花。忍冻巡檐珠的皪，清樽藉草月横斜。此景渺天涯。

菩萨鬘

小楼一夜东风恶，湿云低压檐花落。细雨洗余春，芳枝绿渐匀。

湖山石畔好，烘遍池塘草。种藕水中央，行看菡萏香。

玉楼春

绮寮深锁韶光住，中有幽人搜秀句。吟成凤藻傲东风，一桁晶帘遮绣户。

溶溶芳月清如许，宝篆香生烟几缕。枕屏斜掩漏沈沈，窗滤霁霞春又曙。

采桑子

元龙豪气今何在，深炷南沈。藉草松阴，流水空山自鼓琴。

翩翩云袂花光沁，斜月平林。瑶轸收音，万籁萧萧静道心。

沁园春·九月紫丁香花重开

才丽东风，又傲霜华，纤苞绽香。记兰径初开，花光明媚；石砰重晒，树色苍茫。雨洗珠英，烟凝紫艳，几见凌寒忽再芳。沈思久，似祥同金带，瑞异丝棠。

天公作意难量，且上寿庭帏伴菊觞。看风枝犹密，三秋胜迹；霞绡碎蔚，百结仙装。竞秀韶华，收芬晚节，高格端宜阆苑藏。知谁比，信鹤林神女，来自瑶乡。

浣溪沙·平遥道中二首

其一

蘋末风来万木秋，浓云盖野翠光浮。柳丝和雨织芳愁。

山鸟解啼泥滑滑，行人空叹水悠悠。忘机鸥鹭立汀洲。

其二

行到箕州首重回，故山猿鹤漫惊猜。长林丰草意悠哉。

雨过石桥黄菊乱，风清沙渚白蘋开。无端诗思又萦怀。

水调歌头·七夕雨

今夕是何夕，佳节又经过。那知楼回碧汉，云色暗银河。犹忆年时此日，一水盈盈似练，低佩拜星娥。俯仰皆陈迹，伟志总难磨。

露萤凉，香雾湿，瘦池荷。为问天孙，近况云锦织应多。几许金针巧度，无限翠軿吉语，一笑渺沧波。秋气透冰簟，风雨夜如何。

减字木兰花·元宵

鱼龙漫舞，无人不道寻芳去。绣鞯玲珑，宝马香车处处同。

春还依旧，何事年年箫鼓奏。雪月交辉，料峭余寒浸锦衣。

踏莎行·春夜

莲漏声沈，兰钉烬结。满庭碎影浑幽绝。绮疏深静水沈温，等闲又是芳菲节。

红杏酺春，碧筠筛月。湘帘不卷清光彻。散花妙手倩东风，晓来吹遍燕支雪。

卖花声·阅书见旧日所夹海棠花

缃帙秘幽香，花片谁藏？丝丝红萼贴书傍。记得那年和露折，芬袭罗裳。
往事已茫茫，留得名芳，一回展卷一思量。更比飘茵多爱护，未许风扬。

画堂春·寒食

石泉新茗足芳甘，一卮独酌花南。东风浅薄卷云岚，不放春酣。
燕子初归时候，傍画梁、小语呢喃。池塘烟柳绿毵毵，莫冒游骖。

抛球乐·上巳

料峭春风入绣帘，雨丝云片酿花天。采兰斗草刚三月，曲水流觞又一年。
漫惜芳菲梦，且自题诗碧玉笺。

春风袅娜·春晚杏花

望湖山东畔，一树花新。红欲笑，粉初匀。卷湘帘恰对，杏梢香暖，绛
绡轻剪，绿鬓簪频。翠琲光浮，洞箫吹彻，爱尔迟开概自珍。上苑繁华醉浓
露，闲阶清瘦散余春。
十二雕栏凭遍，珠苞玉映，浑不许，蝶梦纷纶。笼纤月，影含蘋。风姿
艳发，供我吟身。竟夕攀条，每多着袂，明朝酒醒，无限飘茵。芳菲谁问，
最高楼听雨，传来消息，几度凝神。

卖花声·白海棠花

玉萼弄丝丝，芳意纷披。碧云凝叶雪盈枝。却恨蘅皋遮望眼，惆怅多时。
折得倩谁持？珍惜吟诗，梨花酽腻杏花痴。绰约冰肌看不足，姑射仙姿。

踏莎行

曲曲屏山，深深院宇。晶帘不卷留香住。忽思阿母别经旬，天涯芳草长
安路。
晓枕莺声，驿桥飞絮。安舆行处花盈树。玉阑干外雨纤纤，归来只恐春
将暮。

浣溪沙·镫花

小小兰钉缀玉虫，金钗欲剔意还慵。留将芳蕊灿重重。

斗草赢时当致谢，吟诗得处惯相逢。一枝称艳占春容。

玲珑玉·春雪

晓色凝寒，锁窗外、粉絮纤纤。春阴浅薄，故迟枝上红添。好是探芳兰径，任云鬟绀湿，罗帕香黏。休嫌。似谢庭、吟絮拟盐。

且自吟成丽藻，嘱东风为我，烘透花尖。料峭冰丝，更飞来、拂幌萦帘。慢愁韶光无迹，便赢得、黄昏云破，冷斗瑶签。倩谁赏，月华生、辉映绮檐。

秋波媚·饯春

青山绕屋翠痕鲜，草色更芊芊。酝酿香处，绿杨影里，漾出秋千。

幽人近日诗情懒，愁叠碧苔笺。隔帘莺语，点波花片，争送春妍。

浣溪沙·春晓

薇帐香销蕙炷残，莺声啼破梦阑珊。晓阴留得一庭寒。

已爱游鱼酣碧沼，更携佳茗就花栏。韶光妍媚好承欢。

满江红·高欢洞

石洞萤寒，人说是、魏时所擘。想神武、当年英略，迁都飞檄。应自晋阳朝邺下，还时车马曾经历。爱云峰、万叠境清凉，屯千骑。

人去后，秋空寂。团焦室，从何觅。笑威名，震主蚁争玉璧。卓识先知魏明懦，雄才只有周文敌。到而今、乔木映芳晖，山凝碧。

浣溪沙·中秋

彻骨清寒质欲仙，袷衣重著思装绵。月华犹在小山前。

淰淰银波初泛影，沈沈楼阁似含烟。碧天无际共澄鲜。

沁园春·和澨泉弟

岁月如流，风景不殊，哀乐何多。看梦回酒醒，云山雪叠；兴酣笔落，珠玉星罗。不遇盘根，谁知利器，烈士襟期自不磨。君休说，任天怀浩落，豪气嵯峨。

回思往事都讹，算千古英雄竟若何。纵怀黄纡紫，飞腾廊庙；长林丰草，高遁岩阿。臧谷虽殊，荆凡孰在？一笑蚁虻瞥眼过。无相溷，且唾壶击缺，慷慨悲歌。

泛清波摘遍·家母自陕归为言骊山温泉之胜倚声纪之

川原缭绕。楼阁参差，二月骊山花正好。倚栏凝望，绣岭朝元恨多少。

芳菲早。繁英落雪，修竹吟风，更放小荷盈曲沼。筑得新汤，澹荡温波斗
凫藻。

翠华杳。无复镜殿按歌，留得故宫云表。纵使珊钩尚在，玉窗人渺。嫩
寒悄。愁思恰似碧云，归梦莫迷香草。且赏红酣绿净，雨中春晓。

虞美人·定香池纳凉

钿床珍簟清无暑，露重荷香舞。白蘋风细漾疏帘，恰映一弯眉月影纤纤。

玉笙哀怨谁家弄，缭乱繁音送。蕉衫渐觉夜凉多，坐看两三萤火度庭柯。

减字木兰花·元夕病中

其一

茗香烛莹，围炉人正安心竟。诗兴新删，懒向清光映玉颜。

去年今日，万树银花天半亦。叶子轻拈，怕听铜壶闹晓签。

其二

黄昏过后，山城烟火明如昼。麝月檀栾，共道今宵胜往年。

人生行乐，无事当倾银凿落。小倦春醒，欲赋韶华病未能。

浪淘沙·月夜

山静暮钟圆，芳月流天。华桐露洗碧云鲜。坐久不知兰烬落，冷逼吟肩。

婉娈暗香传，风袅炉烟。金铺花影自便娟。却恨流光真一梦，惆怅年年。

生查子·春寒

摊书睡思浓，倚案瓶花落。小院竹风清，冷逼春衫薄。

池塘梦句成，乐事今犹昨。红入早梅，天香润秋千索。

更漏子·送春

绿阴齐，红雨乱，又到送春诗宴。抽丽笔，骋妍辞，难留住少时。

行有日，从何忆，偏是晓钟声急。香梦远，彩云空，催将归意浓。

浪淘沙·病起

花落已经旬，草碧如茵。珠帘到地静无尘。闲却珊钩慵不卷，燕子应嗔。

窗外紫篁新，簇满云根。风枝露叶晓光匀。把笔欲题仍又搁，瘦损诗人。

闲中好

归来好，寿酒捧双卮。寸草虽微眇，春晖正永时。

水调歌头

久别喜重遇，纵饮不须愁。难逢旌节来驻，恰值月当头。帘外木樨香满，座上银毫彩焕，佳景为公留。挥尘发清论，玉屑落无休。

对遥峰，延爽气，快凝眸。人生适意，何堪鲈脍正思秋。永夕沈沈更漏，竟日昏昏簿领，浩荡羡轻鸥。洗盏且斟酌，借箸更前筹。

金缕曲·张丽华祠

风雨雷塘渚，指道傍、丛薄中有，丽华祠宇。南国江山王气尽，梦里惊闻鼙鼓。更床下、战书谁数，璧月新词歌未阕，恨横戈、跃马韩擒虎。兴亡事，遽如许。

胭脂井底人一束，究未把、倾城留得，此情良苦。玉碎兰摧千古怨，休共幼芳低舞。但回首、烟荒平楚，桂殿嫦娥何处去？掩灵旗、蕙帐堆尘。谁到此、荐芳醑。

·《剑芝阁赋钞》卷五·

濠梁观鱼赋（以安知我不知鱼之乐为韵）

探南华之奥旨，得濠上之遐观。人临渊而自适，鱼纵壑而弥欢。锦浪悠悠，笑子鳞矜雪洁，源泉浩浩，乐其身不埃漫。信相忘之有欲，亦在藻之多安。方庄惠之在濠梁也，和风淡淡，淑景熙熙。神会清泠之化，心冥脱跃之奇。道术衡机，千山内影，泥涂独乐，一水扬鳍。融顺逆之情，各臻妙境。觉去来之理，方是真知。子不见鱼乎，载泳花南，载巢叶左，鼓浪从容，随川澹沱。陋屈子之行吟，嗤于髡之炙輠。脱迹在形骸放浪，吾岂为鱼？寄怀于秋水澄清，子非知我？然而子尝有言，虚以传物，今兹忽移，无乃诘屈，况是鱼也？乍露首以逡巡，旋依蒲而披拂，既畏于芳纶，又惊于大绋。泠然称善，疑君子以观其。伏矣潜游，指若人而省不是。盖已贯天全之趣，何矜诡辩之辞。或喷云而戏，或遗目以嬉。致诘安知，岂是虚心而问。请其循本，竟同冷眼相窥。固一时之绝调，实千古之深知。既而菱荷香散，杨柳风疏，神游幻幻，蝶梦蘧蘧。明兹喜怒，通时身心俱泰。悟到水天似鉴，物我皆虚。孰有瞻于象？孰有羡于鱼？故得眺岚光之栩栩，空潭影以怡怡。洞大同之要道，起齐物之遐思。盖梁上之游，无鱼亦妙，异隍中之梦，有鹿翻疑。芥可为舟，是何术也？鲲能化鸟，总自诚之。客有托兴沧洲，希踪秘阁，玩秋水之寓言，如游鱼之喜跃，凿智三无而外，奚必聪明运心，八极之中，维存淡漠。穷物物之真玄，喻形形之至乐。

秋雨赋（以农夫相与忭于野为韵）

金风信爽，玉露华浓，峰峦顿失，烟雨欣逢。翩翩兮稻花净，浥裛裛兮秋雨微溶，惠泽频施，已副为霖之望，凉风渐肃，还欣盼岁之农。于时轻阴泼翠，疏点跳珠，蒙蒙委草，瑟瑟敲梧，商音激越，沟塍滋濡。带笠而芸，颇有耕云之稚子；荷锄而问，何须隔水之樵夫。犹忆春帆野岸，春草池塘，蕴出千堤柳色，催开十里花香。那知岁月如流，铃通栈道，忽觉江山改旧，叶脱潇湘。树净而胭脂淡染，云流而水墨闲相。则有结桂骚人，听松逸侣，对三径之青苔，赏一帘之白潊。高楼望处，云横渺渺征鸿；平野看来，风动离离禾黍。且徙倚以徜徉，聊逍遥兮容与。亦有郊外园丁，村边耕佃。未经霖霖之沾，尚待珠玑之溅。俄而远水光凝，近郊响遍，期丰穰于东作，预卜霙霏；歌大有于西成，欢呼雷忭。若夫书摊玉案，香爇铜炉。镫明五夜，诗学三余。白点玲珑，响芭蕉于屈戌，清寒料峭，瘦芳菊于庭除。笼秋色于重霄，松间杳霭，湿钟声于远岫，烟外迤于。少则香雾低迷，琼瑰浩泻，乱东壁之玫砧，和高檐之铁马。爽籁萧森，凉音幽雅。此际膏含北屈，旧痕已长于千溪；待当气霁西山，新水争流于九野。

金银花赋（以水香送秋为韵）

于时绿雾沾衣，薰风拂水，爰散步于园林，见幽丛之至美。纤纤翠蔓，笑斗艳之棠梨；皎皎霜葩，惭多妍之桃李。移蟠根于月里，黄白连枝；醉玉露于风前，芬芳竟体。弄素影以徘徊，傍阑干而依倚，则见左藤尽碧，正色惟黄，娟娟独秀，裛裛含芳。著劲节于忍冬，雪貌凛其相似；开繁花于盛暑，金钩差足相方，代茗则冰壶扬馥，酿醪则镜槛添凉。素魂雅丽，瘦影悠扬。花气沁人，倍惬清幽之趣；霓裳自舞，遍宜浅淡之妆。供向瓷瓶，晶帘映雪；移来棐几，玉质生香。若乃琼岛山家，名园小洞。百卉皆腓，幽馨远送。冰姿岂受轻尘，皓质天然越众。翩翩粉蝶，绕琼蕊以徐飞；细细金蕡，借清风而巧弄。冰容绰约，宛如姑射之仙；淡粉依稀，远胜梨花之梦。况夫轻云夕敛，宿雾朝收，天光秀媚，景色清幽。素尊临风，裛晴烟而韵远；香肌映水，湿冷露以芳浮。漫云花是金银，绝不富丽；况乃心如雪玉，岂解温柔。瑶簪差可伍，琪树总难俦。含芬胜麝，漾月如钩。金粟银花，皎皎发寒芬于永夏；冰心翠叶，棱棱傲霜气于凉秋。

山月照弹琴赋（以清风入指寒为韵）

若夫蓬莱仙境，群玉云城，奇峰耸碧，皓月空明。奏落霞以寄兴，抚绿绮以传情。一弹而玉韵泠泠，微含曲妙；三叠而风声浩浩，倍觉神清。当其万籁俱寂，素影腾空，林涧幽远，松石冥蒙，调水仙之缥缈，响贺若之玲珑。玉镜团圞，照千秋之雅器；朱弦宛转，含上古之遗风。尔乃五弄，初调冲和，莫及舞玄鹤之奇音，弄清风之雅什，起志义之思，尽操缦之习。千山澄净，蟾窟华临，万壑争喧，松间风入。于时响发高山，心移流水，洋洋盈耳，可谓盛哉，袅袅生秋，亦云清矣。皎洁兮万木澄阴，铿锵兮八风尽美，初疑凉风飒飒，神托冰弦，继如暮雨萧萧，韵飘纤指。俄而青催嶂曙，白迫宵阑，华阳曲歇，广乐音残，绕轸泉声，散潺湲于谷口，当头桂影，尚的皪于云端，乃为之歌曰："瑶琴鼓罢对清澜，万树朦胧静处看。山色深虚参太古，云阶月地自生寒。"又歌曰："潭净澄空碧，秋高桂吐丹。须臾玉镜晻然落，就视不见空漫漫。"

瓶花影赋

绮寮春满，玉几香萦。琼枝半弸，素影微横。映壶冰之皎洁，汲井水之晶莹，依画棍而韵绝，伴兰釭而景清。写艳质于高楼，仙仙欲舞；画疏枝于半壁，袅袅含情。于时微扬和风，才过新雨。嘉卉全开，琼钩渐吐。眺淑景于芳园，赏名花于小圃。折来手内，添雅玩于纱窗；插去瓶中，供名香于绣户。照云屏而影静，映月壁而阴圆。清如印水，澹若含烟。幻奇观于案侧，斗逸态于镫前。瘦影浮空，宛尔凌波之子；浅痕丽壁，何来倚浪之仙。若乃漏细宵深，神留意远。泡泉香于一滴，绝胜雨露千重；夺夜色于一枝，岂让芳馨九畹。风入帘而影乱，玉手难遮；月穿窗而影移，香魂又返。岂随瑶斗之青晨，聊共金炉之馥晚。此际镫明景媚，偶驻仙容；他时月落花飞，仍归阆苑。

紫丁香花赋（有序）

己卯媖随家大人来鄂。鄂之衙署，倨中峰尖，万山环绕，二水分流，烟云变幻，景致颇佳。有东阁者，尤为杰出。每当春夏之交，杂花狼藉，山鸟咿嘤，凭栏俯视，如望空青之井，惟瞻五色烟耳。院内亦植花数株，中有岿然高峙，童童若车盖者，则文窗前丁香树也。其卉仲春始开，浃旬弥盛，馨迷三径，紫压半庭。媖与弟妹或分韵赋诗其下，或称觞献寿其前，挽长条则香飞玉翠，踏清影而雪洒芳襟，洵可乐也。家慈尤为珍惜，每至香笼夜月，翠冷晨风，未尝不秉烛相寻，举杯相属，或折而插向胆瓶，供来瑶席。后询之邑人，邑人云，"未有此闲，即有此花，考之县志亦无闻焉。"嗟乎！此花岂琼岛飞来乎？抑花之真隐耶？彼桂树梅花，特僵寒荒寒，取重名耳，何可与此比哉？余每欲赋之，因诵流连一物，吾过矣，以自嘲，辄复投笔。今春华尤繁茂，适值闲暇，偶为赋之，以发文贞侯之所未及耳。其辞曰：

美嘉树之葱蒨兮，信香国之无双。盘铁干以夭矫兮，若游龙之将翔。同鸡舌之小字兮，久比迹于名香。射花光而四照兮，张翠盖以飘扬。飞绛雪于三霄兮，横珠穗之千行。来清芬于琼宇兮，陋绣伞于玉堂。抱幽姿以独秀兮，晕紫艳以遗芳。仿神仙之丰格兮，让富贵于花王。馥生枝与翠叶兮，超香草于潇湘。簇碎蕊以淡白兮，含小蕚而微黄。著霞绮于朱栏兮，胜月下之霓裳。回紫云于碧落兮，邈高韵之不可望。虽太洁人之所忌兮，究异于凡卉之和光。恨湘累之未咏兮，不得媲美于药房。药房兮桂苑，曷若此兮锦幪？挂璧月兮香正远，扑晶帘兮春欲晚。去紫府兮临碧崄，映琐窗兮逾清婉。沐芳膏兮披素艳，洗玉英兮光潋滟。锁愁态兮倚东风，抗清节兮原无忝。浣花去后兮好句无，空玲珑兮春藻捒。羡新雨兮初晴，乍好风兮相迎。肃肃仙肌兮，浴千重之露液。森森晓态兮，荧万点之星明。扫金粉之芍药兮，压芬馥之荃蘅。黄蜂远避兮，蝶梦空惊。夫何幽人之要眇兮，步扣砌而飞觥。叠芳辞于棣萼兮，振四坐之珠缨。鼓灵璈兮，奏新声于元圃。擘彩笺兮，写遗韵于赤城。凭镜鉴兮韵绝，酌金樽兮细倾，纫紫华兮佩紫琼，绿阴净兮红云轻。众皆恶其细碎兮，余独爱此之廉贞。既五醉其下兮，岂三宿之可忘情？乱曰：猗彼丽质，植何年兮。花如紫玉，望若烟兮。亭亭袅袅，临风前兮。纤苞纷出，竞珠联兮。天衣百结，阆苑仙兮。江山清空，钟此妍兮。静守玄默，以乐天兮。吾之咏此兮，其犹灵均之颂橘，濂溪之说莲乎。

杏花春雨赋（有序）

雨窗无事，偶阅六朝文絜，爱其清新峭蒨，遂作是篇，以博一粲。

雨香云淡勒轻寒，微湿春烟压画栏。檐际杏花浑欲拆，小楼吟罢卷帘看。芦鞭一穗幽更妍，风信二分香愈好。晓莺啼破觉日迟，嫩蝶飞难恨春早。海棠睡，香兰笑。让珍卉于日边，擅佳名于云表。何处传消息，端在雨声中。拂绮疏以淅沥，洒芳树以溟蒙。珠盈秀野，绡织长空。草含滋而晕碧，花饮液以嫣红。倚艳名园，弄芬朵殿。千叶争开，万花齐绚。动谢客之清吟，胜吴姬之妆面。当灵雨之既零，恰惠风之似扇。奏羯鼓之新声，指曲江而高宴。花浓似雾，雨密如烟。浴山新翠活，点水縠纹圆。惊数声之清漏，落杂佩以珊然。插向胆瓶，供来瑶席。秀色可餐，生香欲滴。未放春酣，犹余雨液。横疏影于银钉，写浅痕于雪壁。茆屋高士，玉堂仙人。眠琴赏雨，把酒惜春。攀长条而落雪，讶细点之如尘。尊黏琼斚，香飘锦茵。酒阑春暗，雨歇花新。怨韶光之莫住，笑秾丽之无因。乍徘徊以却步，或惆怅以凝神。花落花复开，春至春还去。一夜雨声长，红湿帘前路。更拣繁枝覆鬓妍，柳塘漱玉冷涓涓。洞箫吹彻江南梦，绿叶成阴又一年。

·《剑芝阁试帖》卷六·

赋得佛瓶初见杏花开

其一

折得名园杏，携来供佛瓶。几枝初破萼，数点乍含馨。一笑拈花悟，三春旧梦醒。空香今领取，深巷昔曾经。静色清依水，芳心妙入灵。何如栽日下，献瑞伴尧蓂。

其二

春色来何处，名花发佛瓶。清波频汲灌，红杏自芳馨。乍见成心赏，相观悟性灵。能同兰入室，不共芷升庭。缥缈临香案。玲珑映画棂。上林多美荫，繁艳倚云青。

赋得八月书空雁字斜

紫塞来秋信，长空雁影斜。五云凭作画，八月漫随楂。丽阵鸿文妙，书名大笔嘉。题诗商韵切，写篆舞烟霞。挥尽霄无迹，横分墨有华。临池如欲学，翠管属兼葭。

赋得晚凉看洗马

泽国支筇望，秋风亦已凉。乱流云外急，斜鞚水中央。目送怜神骏，材呈顿彩光。绿波喷玉碎，红颔溅珠忙。洗伐功深至，腾骧气自扬。知怀千里志，迥立意何长。

赋得满树玲珑雪未干

亘古神仙戏，都归此卉端。玲珑香未远，罨亚雪难干。万朵横雕槛，千层压画栏。抛来春色淡，绣出晓光寒。粉质风前映，冰姿月里看。御园花事早，佳景惬宸欢。

赋得春来遍是桃花水

那识桃源境，韶华景自新。青波迷旧梦，红雨艳芳春。缥缈随流水，玲珑落钓纶。四围香雾绕，十里绛霞匀。不辨花间洞，何分镜里人。乘槎如可到，便拟问仙津。

赋得东阁官梅动诗兴

诗思先春发，梅花寄兴幽。无私元属子，得句总超侪。东阁裁新咏，西湖忆旧游。一枝冰影淡，五色笔端稠。照玉飘馤馥，雕琼托唱酬。临风怀水部，恍似在扬州。

赋得润物细无声

万物待春生，霏霏雨意清。如酥难破块，着地腻无声。点细凉音秘，花浓晓色明。本来冰缕软，况是碧云轻。风力藏诸嶂，烟光画一城。天阶饶胜景，五色绘昇平。

赋得蟋蟀梧桐秋满庭

何处吟蟋蟀，梧桐一叶零。碧云凝静院，秋意满芳庭。细碎多清切，高寒接窈冥。瑶阶声恻恻，金井响泠泠。爽气来烟树，凉音隔画屏。夜深风露冷，桂子又飘馨。

赋得请缨系南越

威伏瓯闽后，南蛮尚未平。欲将羁外服，端合请长缨。眼底无胡越，胸中足甲兵。系援君自取，组练尔何成。壮志思摴虎，雄心欲斩鲸。运筹帏幄定，持节笑谈行。遂使金城固，都归玉镜清。子云谁得溯，隽句属文贞。

赋得劝耕曾入杏花村

披图追往事，忽忆杏花村。劝穑曾经入，敦耕记旧论。韶华应似昔，美景想犹存。绣陌风光软，芳塍笑语温。世原殊栗里，人却拟桃源。比栉多陈迹，行踪落笔痕。维殷犁雨望，几见倚云繁。圣代崇农政，霏香傍御园。

赋得猩红带露海棠湿

晨起清无际，春风到海棠。乍惊猩色腻，为带露华香。绛雪萦雕槛，红云护晓妆。玲珑涵玉润，的皪走珠光。睡足脂含晕，醒余翠倦扬。叶低滋醴液，花重湿琼芳。旭霁霞千点，烟笼水一方。兹游已奇绝，那问碧鸡坊。

赋得瓜田傍绿溪

极目郊原外，瓜田翠蔓齐。分甘思夏圃，借润有清溪。傍处香生垄，浮来绿映堤。三篙流亩畔，五色遍桥西。冰实看犹小，蕵花望易迷。青连芳草密，碧合远峰低。绣陌通兰泽，晴波接李蹊。御园欣茂育，莘莘正盈畦。

赋得崖山祈雨

何处祈甘澍，崖山迹最昭。不同鞭石雨，每借积薪烧。火烈拿空举，云屯接汉飘。沛然来万里，邈尔落三霄。烟霭东峰树，风催水伯潮。成霖滋大野，澍润仰天瓢。玉帛峦前爇，笙钟谷口饶。太原名胜地，遗事段君标。

赋得荷花生日

绿沼荷花发，佳辰廿四名。放春同一笑，买夏又三生。水佩亭亭净，云依叶叶轻。空香来碧海，旧梦忆瑶京。翠盖堪为寿，金樽与细倾。濂溪言自美，康乐句何清。濯骨冰壶洁，窥妆玉镜明。结根依太液，仙景仰蓬瀛。

赋得分龙雨

俗谚占应谂，祈甘望奉龙。分来知雨立，擘处喜云从。马鬣瓢三滴，羊群澍万重。泰山阴欲遍，滏口意何浓。潇洒因风透，沾濡借水逢。一犁深润土，七宿仰高踪。传记常雩祭，书留触石容。飞天钦圣德，膏泽慰三农。

赋得高树早凉归

天未传归信，林梢送早凉。松槐高百尺，杞梓荫千章。暝色干云影，秋心借月光。桐疏添爽籁，莲净散幽芳。张幕寒犹薄，披襟暑已忘。素波行渐起，丛桂欲生香。清景推薇省，佳文胜玉堂。云卿当此夕，吟咏意何长。

赋得秋月如珪

爱尔秋宵月，空明水不如。为珪非雪后，似璧耀山初。送冷单罗袂，流光漾绮疏。停琴迟素彩，赏桂待庭除。玉露珠痕淡，银河练影虚。圆灵知有象，点缀更无余。轩广开金镜，楼高响佩琚。文通曾赋就，别恨几时摅。

赋得新蒲倚石近溪生

何处延清赏，溪边景足娱。波光涵峭石，碧叶发新蒲。泛沚同萍小，穿云比竹殊。生机盈大野，芳意到平湖。翠粲添诗思，玲珑占画图。风痕香近远，水色影模糊。罗带纤纤展，山鬟淡淡扶。植根依太液，献瑞到皇都。

赋得采菊东篱下

一片东篱菊，千秋隐俊豪。餐英谁继屈，浥露独传陶。细撷香盈袖，轻披翠映条。含情怜丽草，遗世借芳醪。晓日迎微暖，西风任怒号。清超彭泽秫，浓笑武陵桃。山色围三面，花光覆一皋。帽檐应插满，雅兴在吾曹。

赋得蛮布弓衣织春雪

春雪诗谁擅，尧臣笔独挥。高文惊卉服，丽藻织弓衣。布自蛮中得，人从岭外归。辞超千字锦，彩绚一张机。白氎经营细，乌丝界画微。鸡林名足并，鴂舌问难希。玉律凭君度，金梭任尔飞。欧阳工记载，佳话古今稀。

赋得吹面不寒杨柳风

杨柳呈新绿，依依扬惠风。射眸寒乍退，吹面气初融。不受扬仁力，谁知煦物功。暄回千树外，春在一身中。舞絮和光霭，穿枝暖意通。屦黏芳草碧，巾映落花红。拂耳心原热，弹衣志自雄。上林韶景丽，解愠惬宸衷。

赋得奉扬仁风

赠行惟一扇，拜赐惠风亲。奉此吹嘘力，扬公化育仁。送来连郡守，慰彼下方民。德意怀君子，良谟答故人。泠泠心自爽，习习物皆春。纨素当头洁，蒲葵入手新。招凉差足拟，解愠亦堪伦。圣治南薰奏，恩光荷紫宸。

赋得夏云多奇峰

一片石嵯峨，浮空画碧螺。只疑峰嶂耸，却是夏云多。带雨玲珑滴，随风潋荡过。飞来应似此，擘去更如何。苍翠千岩立，沈酣万木摩。魂奇殊魏鼠，明净让秋罗。墨色浓于染，岚光淡不拖。为霖占出岫，纠缦颂南讹。

赋得露似珍珠月似弓

薄暮延清景，香山兴独酣。露刚明下九，月恰艳初三。半璧痕犹浅，如钩影共参。珠霏苔院湿，弓势碧霄涵。的皪惊鱼散，晶莹引鹤探。凉浸珍簟上，光射翠帘南。承倩金茎滑，修惟玉斧堪。重吟钦丽藻，秋思动江潭。

赋得余响入霜钟

鼓罢瑶琴曲，余音绕碧峰。泠泠飘风轸，杳杳接霜钟。响入珠三叠，凉生树几重。暮天青霭合，古寺白云封。听处心逾静，敲来手渐慵。风涛喧峭石，月色隐高松。海上情如寄，山中乐乍逢。谪仙多逸韵，曾此记游踪。

赋得性侔夷鱼

汉代褒贞谅，宣光性有侔。夷鱼真亚匹，会仲亦同俦。高节超千古，孤忠第一流。之滨曾避纣，叩马竟辞周。荐左如蓬子，留孙胜卫侯。铮铮心似铁，皎皎气横秋。君纵随殷暴，臣终为国谋。诏言媲贡禹，清直映前修。

赋得暑不张盖

不事纷华者，吾钦百里奚。宣勤行暑月，却盖慰群黎。张弛皆知悦，休容孰与齐。搴帷民自化，露冕政堪稽。纵使炎威炽，无劳曲柄携。旗常千载上，风雨二陵西。此日看行马，当年感伏鸡。贤臣崇俭德，寿域快同跻。

赋得不觅书看觅剑看

忽动凌云思，诗书懒觅看。一经难就老，三尺足游观。壮志杯频引，雄心铗屡弹。时将青眼对，偶抚白芒端。巨阙星光烂，龙泉宝气寒。匣开秋水溢，卷掩网丝攒。试问囊萤读，何如倚剑叹。会须投笔去，慷慨结征鞍。

·《剑芝阁文钞》卷七·

秋夜赋序

九秋闲暇，万籁俱息。或披卷长宵，灯知书味，或凝思静坐，面壁参禅。但闻落叶打窗，寒风萧瑟，起视星汉，秋水盈盈，碧天如洗。或弄月于篱菊之间，或长吟于风露之下，浩然觉此身如在琼楼玉宇中耳。清凉佳境，良足快也。适三弟潋泉以是题见命，不得已聊为赋之，以继西堂之秋梦云尔。

七夕乞巧记

七月辛巳，溽暑乍退，秋怀独清。予方正襟危坐，侍婢来告余曰："今当七夕，理宜乞巧。瓜果已陈，酒醴既好，迟恐天孙驾旋，虽勤无所用矣。"予乃肃然而起，瓣香再拜而祝曰："惟神灵圣，云汉昭然。拙能使巧，丑能使妍。贫穷者能富贵，夭悼者能长年。凡斯数事，神实司焉。今媖以骑省之年，远违色养；有士安之病，何计生全。亦刚亦拙，不儒不元。疾恶如仇，莫扪朕舌；嗜书成癖，岂待言筌。无酣眠之坦括，有嚇腹之狂颠。但求化百炼之钢，柔能绕指；平千寻之浪，澹若晴川。"祝毕归寝，梦一灵妃，乘云车，驾赤螭，降于中庭，召予而告之曰："适阅所奏，具晓至诚。吾能赐汝父母以汾阳之寿考，而不能正汝之狂清。盖富贵本从天授，而心性实由人生。是以屈子独醒，不能一醉；周令沈湎，难遇其醒。太柔则近于奸佞，过默则蹈于欺朦。或禀质瑰奇，当济之以浑厚；或赋性果毅，宜辅之以和平。圣人有作必择乎中，汝其勖哉。"予闻斯言，恍然而悟，伏枕终宵，不知云軿之已去。

虎文传

虎文，姓苗氏，燕人也。其先见于有虞，曰"有苗"，尝负固不驯，舜乃舞干羽以招之，三旬乃格，因氏焉。其后以武勇善治盗闻天下，田畯农夫争迎致之，而其族因以大显，虎文乃其裔也。初名豹，生而才捷刚猛，疾恶如风，见不善者必聚而歼诸。由是鼠辈畏而恶之，毁谤日至，几不自容，每循墙而走，重足而立。适李子以事至燕，见而惊曰："豹质而虎文，真英物也。"字之曰"虎文"，与之归鄂。其所以待之者良厚，文亦感激思奋。时鄂多鼠贼，因命讨之，文一战而尽，靡有介遗，田畴赖以屡稔文之力也。后随李子居狼孟，居邹城，所至之处，崇墉不穿，嘉禾无害，人皆望其风采。有韩卢者，性凶狡，嫉其能，思中伤之而不得。一日，适李子他出，乘机突入，裂眦抉齿，斗狠不解。比李子归，亟救之，已无及矣。文张目诧曰：遂成竖子之名。愤惋而卒。李子悼之深，瘗于园中，为作传焉。有子六人，皆散居他方，虽勇健足称，然德不及虎文远矣。

赞曰：赫赫苗氏，礼载书封。桓桓虎子，世挺豪雄。早愠群小，晚奏肤功。震荡巢穴，鼠贼潜踪。廓清疆场，年岁以丰。仁德遐被，骏誉日隆。嗟彼小丑，遽肆狂凶。胡为不备，致殒犬戎。缅怀英魄，永闶园中。白榆列宿，黄土尘风。旧勋长往，余烈犹崇。

郭有道论

盖闻：知人不易，山川莫喻其深；保身则明，管蠡难窥其大。当汉季衰微之世，正处士横议之秋，不有英豪，孰为冠冕？猗欤有道，幼禀瑰奇。慨慷辞亲，不处斗筲之役；激扬善类，遂开谈论之风。就学业于三年，博通典籍；振声名于一见，望若神仙。高遁岩阿，周游郡国，以元礼之高简，兼叔度之宏深。贞孝见称，既具珪璋之品；明哲无失，复多器识之才。季伟叔达，则藻鉴咸归；子厚仲文，亦陶甄并化。德孚雅俗，百年之名世挺生；学贯天人，一代之兴亡早识。以逊言危行之道，开忠告善导之诚，故士类莫名其德，而宦寺莫肆其谗也。迨夫党锢事兴，无救燎原之势；陈窦并命，每兴殄国之悲。彼夫孽由自作，君子见机；此则行成于身，达人抱憾。要之陶物振俗，蔚为一世儒宗；据德安仁，洵是千秋人杰。

岑华山人赞

武则击剑，文则吟诗。洞观万物，各得其奇。邈然而啸，莞尔而嬉。清风为袂，白云为旗。其人可见，其道难知。

三子照像赞（有序）

甲午秋九月既望，有以泰西法照像来者，三子皆与焉。既成，请赞于予，予谛视之，须眉毕肖，神采宛然，诚胜丹青远矣。惟古无赞其子者，但来意不可却也。因援老泉名二子说之义，各就所长，为弁数语于其端，俾令知所向往，三子其勉之哉！

其一

丰神俊朗，头角峥嵘。是为伯子，千乘之英。凤毛济美，磨盾谈兵。多才多艺，丕振家声。

其二

仲子翩翩，诗书励志。骨瘦神清，金纯玉粹。学贵本原，不尚才智。他日嘉名，庶几三瑞。

其三

逸翩遇顺，气宇凌霞。英姿飒爽，笃实无华。是乃叔子，武则堪夸。握戈提印，光辅皇家。

致蕙荪表妹书

小雨初过，远山如沐，园花艳发，幽鸟间关。伏思纱窗绣倦，书阁春慵，何不来此听松亭中，赏彼芳润乎？如肯惠然，幸携侍琴、捧剑二妹来，当令其松下张琴，花间舞剑，亦快事也。清兴如何，望即移玉。

又

昨来得侍清谈，顿消鄙吝。非我叔度，孰能陶镕如此其速耶？偶作园中四时词数首，录呈以博一粲，得无责其绮习未除乎？不罪！不罪！

又

婢至，捧诵芳什，口齿皆芬，细腻缠绵，直恐天花着袂矣。但我辈谨守闺闼，除针黹外别无所营，不于此时少逞妍辞，以自娱乐，岂复有生活耶？彼荆棘横胸，强作解脱语者，吾无取焉。

代外子永熙复李峻臣刺史书

日昨驺从辱临，未得趋侍，寸衷歉仄，不律难宣。归来捧读高文，弥深景仰。惟以连篇之锦绣，必欲下询于刍荛，内子何才，过蒙推许。遂使太行未上，已逢伯乐之知；彩笔试操，便得元晖之奖。自惭燕石，敢混随珠；未辨淄渑，辄轻月旦。僭越之罪，所不敢辞。妄肆称量，尚祈原宥。

（清）李癙娛撰《剑芝阁续选》，光绪二十五年（1899）录定，淡香斋选本

方倚云

方倚云，号倚云女史，清代顺天（今北京）人。《闺秀诗话》著录。

【散见收录】

（阙题）

广寒宫阙俯齐州，云拥仙装最上头。今夜幽闺人尽望，几家欢笑几家愁。
附
嫦娥答
偎偎倚倚偏尘寰，唧唧哝哝满世间。更有可怜人一半，思思想想隔河山。

（阙题）

妾贪鸾镜落红尘，卿向蟾宫老一身。莫笑春蚕丝自裹，大家都是茧中人。
苕溪生辑《闺秀诗话》，民国十五年（1926）铅印本

【辑评】

苕溪生《闺秀诗话》（卷二）：顺天方氏女，姿色明秀，颖悟能诗。以所适顾生，字云卿，乃自号倚云女史。其中秋与嫦娥问答诗，三者最佳。浅语俗情，正复奇思创事。

方玉坤

方玉坤，清代顺天（今北京）人，夫为丁筱舫。《闺秀词话》著录。

【散见收录】

雁字长短句

叮咛属付南飞雁，到衡阳与侬代笔，行些方便。不倩你报平安，不倩你报饥寒。寥寥数笔莫辞难，只写个一人两字碧云端。高叫客心酸，高叫客心酸。万一阿郎出见，要齐齐整整仔细让他看。

调笑令

面壁。泪痕湿。想见含毫灯下立。风鬟雾鬓吴宫隔。芍药香消堪惜。明妃远嫁归何日？一曲琵琶凄恻。

（清）雷瑨、雷瑊辑《闺秀词话》，民国五年（1916）扫叶山房石印本

【辑评】

雷瑨、雷瑊《闺秀词话》（卷一）：顺天方玉坤女史，能诗，性聪颖，适丁筱舫部郎。后丁南旋，女史赋《雁字长短句》寄之，丁得诗即归。宋牧仲《枫香词》中附有任邱旅舍题壁诗，又小词一首，调寄《调笑令》，诗词皆极悲切，字字中有泪痕也。

高芝仙

高芝仙，清代顺天（今北京）人。《青楼诗话》《眉绿楼词》《嚼梅咀雪庵笔录》《余墨偶谈》著录。

过秦楼

月旧愁新，宵长夜短，今夜如何能睡。灯疑泪晕，酒似心酸，一样断肠滋味。独自背着窗儿，数尽寒更，懒寻鸳被。更空槽马啮，荒邮人语，嘈嘈盈耳。

空叹息、落絮沾泥，飞花堕溷，往事不堪题起。美人红拂，侠客黄衫，不信当时若此。试问茫茫大千，可有当年，昆仑奇士。提三尺青萍，访我枇杷花里。

（姜良家女，为匪人所诱，误堕风尘。父母早亡，叔氏又病，门户衰微，势力薄弱，遂无能与争卫者。荏苒三年，朝夕惟以眼泪洗面，纷纭人海中，古押衙向何处求耶？北平高氏第三女芝仙留题。）

（清）雷瑨辑《青楼诗话》，民国五年（1916）扫叶山房石印本

【辑评】

雷瑨《青楼诗话》（卷上）：顾子山《眉绿楼词》有《过秦楼·天津旅舍》和女子题壁之作，并附原词。近人《嚼梅咀雪庵笔录》亦载此事，云：天津旅店，旧传有高芝仙校书题壁词，调寄《过秦楼》，案其词即顾氏所见者，互相印证，知非虚诬。惟后有跋语，则顾所未录，意其时或先遭剥蚀矣。又燕山孙诗樵《余墨偶谈》亦纪其词，并云：后读潘绂庭封翁蝶圆词，谓有客近自天津来者，能举其居址形貌者，言全稿尚多，大致凄婉动人，有才如此，沦落堪怜，云云。益信非落拓词人所假托者。

杨翠喜

杨翠喜，清光绪年间通州（今北京通州）人。《青楼诗话》著录。

寒闺词（残）

天低云暝，一角红楼寒意紧。赢得清才，偷擘蛮笺赋茗来。才添半臂，

笑泥檀郎斟，绿蚁香透纹纱。帘外黄梅俏着花。

（清）雷瑨辑《青楼诗话》，民国五年（1916）扫叶山房石印本

钱玉吾

钱玉吾，清代顺天宛平（今北京丰台）人。父钱符祚，姊妹钱媛。徐乃昌《闺秀词钞》著录。

【散见收录】

凤凰台上忆吹箫·题拙宜园乐府五种

修月帘栊，织云亭榭，最宜琴语缠绵。为爱拈红豆，瘦了三年。病酒伤春情绪，都付与、急管繁弦。消魂处，夕阳无限，只在愁边。

谁怜。拍中换拍，千万折柔肠，吹断还连。算一番花放，一度离天。唱到青青柳色，催梦去、梦也难圆。歌筵畔，拚将此身，化作啼鹃。

（清）徐乃昌辑《闺秀词钞》，清宣统元年（1909）小檀栾室刻本

【辑评】

徐乃昌《闺秀词钞》（卷一三）：玉吾字不详，宛平人，符祚女。

张景芬

张景芬，字左卿，清代顺天宛平（今北京丰台）人，徐乃昌《闺秀词钞》著录。

【散见收录】

临江仙·见延秋阁剩稿题词

宝篆香浓帘半卷，读来锦句生怜。裁云镂雪写新篇。红梨春雨梦，黄菊

晓霜天。

　　鲍妹才华应逊此，风流南国词仙。苦今善病度年年。鹤归妆阁冷，遗恨旧吟笺。

　　　　（清）徐乃昌辑《闺秀词钞》，清宣统元年（1909）小檀栾室刻本

【辑评】

徐乃昌《闺秀词钞》（卷一四）：景芬字左卿，宛平人。

◉ 天 津

田娟娟

田娟娟，明代天津武清人，营缮郎木泾侍姬，父忠义。《名媛诗纬初编》著录。

【散见收录】

寄木元经
闻郎夜上木兰舟，不数归期只数愁。半幅御罗题锦字，隔墙里赠玉搔头。

寄 别
楚天风雨绕阳台，百种名花次第开。谁遣一番寒食信，合欢廊下长莓苔。

（清）王端淑辑《名媛诗纬初编》，清康熙六年（1667）清音堂刻本

【辑评】
王端淑《名媛诗纬初编》（卷三）：田娟娟，武清人，为营缮郎木泾侍姬也，父忠义，其先以梦异与木泾成礼，时人多传诵焉。虞山杨化传其事。端淑曰："二诗有古意，以其无盛唐衣冠及赠答套语，故存之。寄别诗说得风流扫地，令人悲感。"

许雪棠

许雪棠（1644—1703），清代天津人，《国朝闺秀正始集》《女世说》著录。

雪中海棠

移从香国种无双，几见凌寒意不降。日映轻红娇带泪，风扶弱质笑迎窗。朱门旧许宜春睡，冷院新看伴玉缸。却恨杜公无好句，空教十月渡寒江。

（清）恽珠辑《国朝闺秀正始集》，清道光十一年（1831）红香馆刻本

【辑评】

恽珠《国朝闺秀正始集》（卷六）：许雪棠，直隶天津人。查心谷《莲坡诗话》载："曲周别业庭前海棠忽于十月雪中盛开，张若岩大尹为赋七律一首，和者虽多，以此为最。"汪西颢征士《津门杂咏》有云："不栉书生不画眉，传来艳绝海棠诗。若教玉秤称才子，压倒楼头旧婉儿。"正指此也。又魏敏果公《寒松堂集》载："易州范女许田氏子，未娶田殁，女亦服毒死，有海棠变白之异，作诗吊之云：'力挽天河一气通，殉花血尽失殷红。可怜地下从夫女，亦在潇潇易水中。'"虽哀乐不同，皆见物理之感召，合附记之。

严蘅《女世说》：曲周别业庭中海棠十月雪中大开，一时名士皆有诗，许雪棠为之最。汪西颢《津门杂咏》云："不栉书生不画眉，传来艳绝海棠诗。若教玉秤称才子，压倒楼头旧婉儿。"为雪棠作也。

曹　炯

曹炯，字重光，清代天津人。著有《非非集》。《撷芳集》《国朝闺秀正始集》《本朝名媛诗钞》著录。

【散见收录】

题爱莲亭

面水一亭在，临风绕芰荷。香消长日暑，色借醉颜酡。隔浦栖文鸟，方桥引素波。徘徊何限意，伫听采莲歌。（胡评：结有悠然不尽之致。）

游仙

其一

九天天路路迢迢，阆苑奇葩尽吐苞。忆得看时忘日暮，归来新月挂松梢。

其二

朝来洞口饭青精，晚侍金仙晏玉京。忆得昨宵松下坐，月明星朗听吹笙。

其三

九天何事万仙齐，玉旨传来赐锦衣。忆得玄都朝谒散，双凫仍伴彩云飞。（胡评：自是君身有仙骨，世人那得知其故。）

（清）胡孝思辑《本朝名媛诗钞》，清康熙五十五年（1716）凌云阁刻本

【辑评】

恽珠《国朝闺秀正始集》（卷二）：曹炯，字重光，直隶天津人，著有《非非集》。重光生而胎素，熟读《黄庭经》，背诵如流，年及笄作《游仙诗》，投笔而逝。

胡文楷《历代妇女著作考》：《非非草》，（清）曹炯撰，《撷芳集》《正始集》著录（未见）。

炯字重光，直隶天津人。生而胎素，熟读《黄庭经》，背诵如流。及笄，作《游仙诗》，投笔而逝。

艳 雪

艳雪，满族，清代天津人，佟蔗邨妾。《国朝闺秀正始集》著录。

【散见收录】

悼金夫人

逝水韶华去莫留，漫伤林下失风流。美人自古如名将，不许人间见白头。

（清）恽珠辑《国朝闺秀正始集》，清道光十一年（1831）红香馆刻本

（阙题）①

其一

又看瘦影蘸清流，攀折残痕半已稠。古渡有人刚系马，深闺此日怕登楼。乍谙舞态风偏软，解绾离情力尚柔。回首汴河春更好，长堤不断翠烟浮。

其二

细腻风光二月天，曲阑干外画楼前。生来弱质愁偏重，占断芳姿恨总牵。舞态低回腰一捻，眉痕清浅月初弦。同时桃李休相妒，大道横陈更可怜。

其三

一种风流态自矜，东皇雨露最先承。新垂灞岸春愁乱，唱到阳关客思增。几处笛声江上起，谁家眉黛镜中凝。等闲总为莺花恨，金缕歌残意不胜。

其四

眠迟东风唤乍醒，莺声呖呖倍堪听。一行疏雨迟游骑，十里晴烟护短亭。折到长条应感慨，呼来小字记娉婷。天涯多少劳劳客，过眼轮蹄为底青。

（清）黄云湘撰《涵碧楼诗稿初刻》，清光绪二十一年（1895）朱格钞本

【辑评】

恽珠《国朝闺秀正始集》（卷六）： 艳雪，直隶天津人，佟蔗邨侧室。

李培筠

李培筠，字竹君，号莲溪，清乾隆嘉庆年间天津静海人。《十三名媛诗草》《中国妇女人名词典》著录。

---

① 黄云湘《涵碧楼诗稿初刻》录己诗《春柳（步艳雪女史元韵）》，后附艳雪原诗四首，并标明"录元唱"。

【**散见收录**】

十方院观牡丹

从来姚魏不寻常，春尽灵根托法王。别有檀心高俗种，如随仙子拟新妆。谁移天下无双艳，来植禅房第一香。昔日慈恩名已重，何时衔蕊入仙乡。

春　燕

玉剪随风舞，归梁万里春。呢喃声哜细，下上语言频。认主如知己，谈心遇故人。最怜花墅外，王谢旧精神。

兰　花

其一

空谷幽姿静，宣尼理素琴。淡香清夜发，雅态晓窗寻。品重名姝梦，芳添处士襟。猗猗深涧里，犹似楚江吟。

其二

拈毫近日写幽情，欲赋芳神未得成。遥忆沅湘清夜里，常同山月伴空明。

绵山怀古

峰岚耸翠夕阳边，绵上名山赖介传。高节自能轻印绶，赏功偏又索良贤。千秋凭吊空留迹，各处人家尚禁烟。最是清明存旧俗，招魂插柳晚风前。

大夫松

百丈凌云汉，材堪作栋梁。萧疏心自若，苍翠寿无疆。秀干栖鸾凤，青枝傲雪霜。森森千岁品，可以柱华堂。

温　泉

风流赐浴岂寻常，十六名汤胜此乡。金屋藏娇成往事，玉莲春涨有余香。离宫桃李埋幽径，旧苑梧桐落粉塘。太液昭阳尽禾黍，空留遗迹忆前唐。

和忆永乐官署韵

回忆名园春半时，花香鸟语隔年期。空怀红蕊凝新树，犹记黄莺哜碧枝。秦岭飞云横古渡，玉溪轻雨涨沧湄。中条圣地皆成梦，景物无端系我思。

春　雁

碧草依南浦，春风送雁声。谁怜一片影，万里故园情。

春 水

碧浪桃花涨，轻烟笼渡头。岸花红照水，岛树绿迎舟。

桃 花

彩影重重春色深，秾妆似锦艳芳林。渔舟欲访仍如昔，仙境何年可再寻。淡淡清烟笼极浦，霏霏宿雨润花阴。梁间燕子喃喃语，来说桃源春浅深。

小园即事

春回处处染胭脂，堪入云林画景宜。乘兴石栏斜点笔，寻芳花径偶题诗。青莲最胜红妆句，道蕴常吟弱柳丝。九十韶光应爱惜，杜鹃声里草离披。

春 望

村郭春容好，韶光似故乡。绿杨新点翠，红杏乍飘香。飞鸟来云外，征帆挂夕阳。遥看芳草岸，归客马蹄忙。

登 楼

高阁凭栏望远山，暮云无极雁声连。遥看丹桂含香处，秋在梧桐落叶边。

梅 花

新年梅信未曾差，来向名园访物华。影带夕阳真澹澹，枝横客舍故斜斜。自矜南国无双品，独占东风第一花。最是书窗相对处，清香频入梦魂嘉。

梨 花

小圃梨花发，书斋静有香。清光迷素影，淡月共寒妆。

重别东雍

又去江城感旧时，骊歌不断送行期。乱山红叶迷征斾，驿路黄花系客思。随宦天涯常赋别，回看乡国易成词。出门处处旗亭柳，莫折长枝与短枝。

立 秋

不断寒砧处处鸣，碧梧高柳最关情。千重红树西风急，回忆乡园月正明。

秋 夜

唧唧蛩声夜气清，一轮凉月入帘明。客情无那逢摇落，香梦成时雁又惊。

春日迟迟

斗柄东回日，光添万里春。娇红明媚闲庭院，弱柳笼烟拂水滨。此时花木明春艳，轻暖轻寒伴素人。春晖浩荡兮晴好，弱女如草兮难报。古人云：春宵一刻值千金，绕膝分柑春漏沉。朝临阁帖书窗静，午诵闺箴日影深。日影深，惜分阴，寸金难买寸光阴。

（清）纪玑文撰《重刻近月亭诗稿附十三名媛诗草》，清嘉庆十九年（1814）刻本

程德辉

程德辉，清代天津人，程钥女，孙洪（一作"泓"）室，三十三岁卒。著有《焚余诗草》。《畿辅书征》《国朝闺秀正始集》著录。

【散见收录】

雨霁

雨余晴自好，暮色蔼林端。斜景淡相媚，小窗空复寒。花明如欲语，鸠逐不成欢。满径苍苔滑，含情独倚阑。

（清）恽珠辑《国朝闺秀正始集》，清道光十一年（1831）红香馆刻本

告舅书

儿生不辰，坏墙痛恨，藐若寡鹄，上累椿庭。始以白首无期，黄泉可卜，顾殇子不嗣，恐若敖馁。而昔人言就死易，立孤难，儿何人斯，敢图其易哉？今幸螟蛉类我，夫无伯道之憾，菽水娱欢，亲无史云之忧，春晖永报，分合常依，独是生者托奉彤帏，死者委诸黄壤，举案相庄之谓何，而竟以幽明异视哉。况梨花空落，梦谶初婚，命薄自天，分应早谢，倘欲未亡人百年同穴，不且贻夫子泉台有悬望之鲽耶？兴言及斯，食息都废。所愿慈帏巩固，如冈如陵，儿虽九泉埋骨，三生含笑矣。

王秀琴编集，胡文楷选订《历代名媛书简》，商务印书馆，民国三十年（1941）四月初版

【辑评】

恽珠《国朝闺秀正始集》（卷一四）：程德辉，直隶天津人，孙洪室。德辉甫嫁而寡，欲以身殉，因舅老宜奉养且无子而止。越六年，洪弟明生子绍贤，立以为嗣，遂作书告舅明从死之志，阖户自经卒。

王秀琴《历代名媛书简》（卷七）：程德辉，绍兴程钥女，天津孙泓妻。幼沈敏耆读书。初婚之夕，梦吟梨花空自落之句，恶其不祥。夫妻静好，日以学问相砥砺。久之，泓客夷门，病没，无子，氏誓以死从。越六年，泓弟明生子绍贤，氏抚为己子，乃作书告舅自明从死之志，遂阖户自经，年三十三。

胡文楷《历代妇女著作考》：《焚余诗草》，（清）程德辉撰，《畿辅书征》著录（未见）。

德辉，其先浙江绍兴人，其父程钥来天津，遂家焉。适孙泓。泓病没，德辉自经死，年三十二。

李玉蟾

李玉蟾，清代天津人。《国朝闺秀正始集》《女世说》著录。

【散见收录】

过函谷关题壁

紫气今何在，青牛迹已残。空留五千字，流弊到申韩。

（清）恽珠辑《国朝闺秀正始集》，清道光十一年（1831）红香馆刻本

【辑评】

恽珠《国朝闺秀正始集》（卷一）：李玉蟾，直隶天津人。

严蘅《女世说》：津门李玉蟾《过函谷关题壁》三四句曰：“空留五千字，流弊到申韩。”议论绝高。

厉　氏

厉氏，清代天津静海人，夫为诸生吕登龙。《国朝闺秀正始续集》著录。

【散见收录】

戏咏长烟袋

如许长烟袋，妆台放不开。伸时窗纸破，钩进月光来。

（清）恽珠辑《国朝闺秀正始续集》，清道光十六年（1836）红香馆刻本

【辑评】

恽珠《国朝闺秀正始续集》（卷六）：厉氏，直隶静海人，诸生吕登龙室。

慕云芬

慕云芬，清代天津静海人。《国朝闺秀正始续集》著录。

【散见收录】

家大人引见回任诗以志喜

其一

东华振策马蹄忙，父老欢迎到洛阳。此日归装非昔比，宫袍新带御炉香。

其二

举家欢喜阿爷前，绣阁争开玳瑁筵。排日洗尘兼祝寿，又忙针黹又诗笺。

（清）恽珠辑《国朝闺秀正始续集》，清道光十六年（1836）红香馆刻本

恽珠《国朝闺秀正始续集》（卷八）：慕云芬，直隶静海人。

黄静临

黄静临，字叔月。清代天津人，夫为都司王宝善。著有《秋声阁吟草》。《国朝闺秀正始续集》著录。

【散见收录】

和兄鲁屏效阮嗣宗作

夜坐万籁寂，仰视碧云深。皎月盈我面，清风吹我襟。孤猿号古木，杜魄啼空林。昔贤今已矣，怀古空长吟。

淮阴吊古

晓发高邮道，晡至淮阴城。舟人云此地，自古出奇英。饥遇漂母餐，垂钓北城下。淮阴诸少年，岂识风云者。仗剑渡淮去，项楚作津梁。滕公刀锧下，仿佛见容光。一朝从飞龙，三秦如贡献。平齐七十城，破赵二十万。吁嗟燕蒯通，危言炫五彩。誓死若罔闻，不知菹与醢。功成天下一，此心如皎日。自齐徙于楚，是非转头失。近者日以亲，远者日以疏。一朝听谗佞，械系载后车。鸟死弃良弓，敌败谋臣殪。功成祸亦成，身逝名亦逝。哀哉淮阴侯，不逢太公世。

（清）恽珠辑《国朝闺秀正始续集》，清道光十六年（1836）红香馆刻本

恽珠《国朝闺秀正始续集》（卷三）：黄静临，字叔月，直隶天津人，都司王宝善室。著有《秋声阁吟草》。

胡文楷《历代妇女著作考》：《秋声阁吟草》，（清）黄静临撰，《正始续集》著录（未见）。

静临字叔月，直隶天津人，都司王宝善妻。

殷湘英

殷湘英，字云和，清代天津人，《国朝闺秀正始续集》著录。

【散见收录】

孙贞媛诗（并序）

名花倾国并洽欢情，香草美人竞抒哀怨，孙氏仙姬诗传有美，毕扬靡幽弗阐兹得，咏物数章，匪炫芳华，特标贞洁。庶使青楼红粉勿污仙姿，缘知素服黄冠自饶花态，词多未备，讵屡史臣采辑之心，意在相关窃慕风人比兴之例，陋深闺之寡识，恐大雅以贻讥，别有珠玑，用光典籍，自惭瓦砾，敢附枣梨。

其一

梅花岭上葬婵娟，便比梅花亦宛然。偏历严寒成冷艳，独将芳洁忏尘缘。烟鬟岂入罗浮梦，冰骨何惭姑射仙。零落春风倍惆怅，招魂须向月明天。

其二

狼藉梨花带雨鲜，玉容憔悴并堪怜。谢娘歌好终为妓，杨氏魂销未必仙。巢毁乌衣留弱羽，香含白雪殒芳年。游人寒食隋堤路，谁吊云卿访墓田。

其三

丰姿出水自天然，浊淖宁污九品莲。雨打红欹花冉冉，风翻绿败叶田田。鸳鸯孤宿难成梦，翡翠惊飞已化仙。可叹芳华易摇落，空江一片锁秋烟。

其四

桂花攀近月轮圆，紫府飞昇有夙缘。云路飘香在何处，天涯落魄忆当年。奚须玉斧愁人斫，底许霓裳跨鹤旋。翻笑姮娥因窃药，至今称作广寒仙。

（清）恽珠辑《国朝闺秀正始续集》，清道光十六年（1836）红香馆刻本

【辑评】

恽珠《国朝闺秀正始续集》（卷四）： 殷湘英，字云和，直隶天津人。

王如璋

王如璋，字衍波，清乾隆嘉庆年间天津宝坻人。

【散见收录】

又（题花鸟画册）二首用沈湘佩夫人韵

其一

吟余染翰写芳华，争向春风拜缝纱。八法早知兼六法，筼篮贮遍折枝花。

其二

未窥芝采挹清华，传到丹青护碧纱。我爱写生输妙笔，兰窗静对素心花。

（清）朱玙撰《小莲花室遗稿》，清道光二十五年（1845）刻本

◉ 承 德

陈宝四

陈宝四，字箴史，清代承德人，文登王者政继室。著有《蜀道停绣草》。《晚晴簃诗汇》《古余芗阁诗存》著录。

【散见收录】

哭寿荃外孙女即题其遗稿

其一

常忧后会总茫茫，一纸书来更断肠。雨暗灯昏浑似梦，不堪回首细思量。

其二

尚忆相逢乐意多，谁知一别邈烟波。剧怜咏絮深闺女，谱入文山正气歌。

其三

想别双亲万种悲，肝肠寸断有谁知。由来节孝难兼顾，再莫他生作女儿。

其四

不向人间再种缘，凌云一笑更超然。灵心勘破真烦恼，知返瑶台第一天。

其五

爱汝谈锋气吐虹，采云飞去太匆匆。玉颜只合书金管，不羡人间紫诰封。

其六

每谈忠烈皆刚果，今日思量始是真。岂独恩情惜骨肉，只伤今古少斯人。

其七

忆得当年意气豪，击残铜钵看挥毫。兴亡自古从头论，第一输他见解高。

其八

伤心后死太颓唐，痛汝频倾泪万行。掬把遗编再三读，可怜难觅返魂香。

《古余芗阁诗存》跋

盖闻古人有言曰："卫玠谈道，平子绝倒。"又云："见紫芝眉宇，使人名利之心都尽。"不知其皆为何状，自有吾女外孙寿荃方始知之。寿荃生而聪颖可念，迥异于人。后侍其父母官京师，十余年始归。貌益端丽，而神情朗彻，多才艺皆不习而工，善书，常代其父司笔札。予每戏之曰："女书记岁得脩金几何耶？"长于古文，所著论赞皆雄深雅健，每言苏文忠公乃宰相材，世人误以诗人目之，因嘱其作论，将来并其奏稿刻之碑，庶几后人知之。伊亦首肯矣。嗟乎！今不可复得矣。于书过目辄成诵，淹贯古今，言论出人意表，予每为之叹息折服，得知古人言为不谬也。予或与之论不胜，辄呼曰："相与有瓜葛，何为亦效斫树收穷庞耶？"因相与大谑。呜呼，此乐使人忘死，岂期今日之事乎？但其生平皆真才实学，言论间轻生重义，英气奕奕出眉宇间而不自知。故予闻张氏之变而深忧之，已而果然。其遗函有云："蓼虫心性不可更改。实不能艾敷萧荣，忍耻一世也。"噫！此语使千古英雄失足者闻之，当痛哭欲死矣。凡天地英灵之气所钟之人，其识力坚定，百折不磨，苍苍者又必降之非常之灾，意外之祸，或使其从容就死，或慷慨捐生，务令暴白于天下，而不肯埋没于寻常富贵之中，此固造物者牢不可破之结习，而为其至亲骨肉者，何能堪此？嘻！酷矣。其诗风骨高骞，无闺阁俗韵，所为七古及咏古诸篇共数百首，闻于殉节前，悉拉杂摧烧之，似不欲以才藻显者，良可惜也。今仅存者乃其在秦时，予寄函索此稿，录而欲贻予者，幸未为六丁收去。岂诗亦有幸有不幸耶？伤感之余，因赘数言于后。

（清）慕昌淮撰《古余芗阁诗存》，清光绪二十年（1894）刻本

绵州早行

白露犹沾草，晨光渐上时。乱云低欲堕，小雨暗相随。野色连修竹，秋花卧短篱。四围山尽瘦，寒溜正潺潺。

凤岭

举步蹑朝霞，凌空越飞鸟。排天万仞高，极目青未了。中有巢凤处，一峰瘦更好。云岫互吐吞，几莫辨昏晓。飒然长风来，山深秋先老。

徐世昌编《晚晴簃诗汇》，民国十八年（1929）退耕堂刊本

【辑评】

徐世昌《晚晴簃诗汇》（卷一八八）：陈宝四，字箴史，承德人。文登王者政继室。有《蜀道停绣草》。诗话：春舫夫妇并览古今人诗，箴史尤强记，过目成诵。其诗眺赏幽邃，气象豪放，绝无闺阁纤弱之习。

卷 二
直隶东部

◉ 唐　山

顾　荃

顾荃（？—1674），字芬若，清代丰润（今河北唐山）人，巡抚谥文毅马雄镇侧室（一说为妾），以节赐旌。善书，工写梅竹，著有《芬若诗草》。《畿辅书征》《国朝闺秀正始集》《小黛轩论诗诗》著录。

【散见收录】

题自画梅竹

欲写孤山处士诗，几回握管费寻思。水边篱落真清绝，万个琅玕玉一枝。

（清）恽珠辑《国朝闺秀正始集》，清道光十六年（1836）红香馆刻本

【辑评】

恽珠《国朝闺秀正始集》（卷三）：顾荃，字芬若，直隶丰润人，巡抚谥文毅马雄镇侧室，以节赐旌。芬若善书，工写梅竹，康熙甲寅，文毅公巡抚广西，值吴逆反滇南，檄提督马雄进剿，迁延不发。公具密疏遣子世济入都请援。会将军孙延龄叛应吴逆，以兵劫公，抗节不屈，遂并家属囚于土室。幕客陈文焕、标弁易友亮等感公忠义，潜负幼子稚孙间道入京告变。越二载，吴世琮至粤，迎公至乌金铺，百计诱降，公大骂，遂被害。土室闻变，芬若偕李姬及世济妻董氏、妾苗氏均自缢死，夫人李氏亲棺殓毕，北向再拜，举火自焚，婢妾十八人殉焉。详载《一统志》，蒋苕生太史演为《桂林霜传奇》。

陈芸《小黛轩论诗诗》（卷上）：纫兰抱月更遗芳，红蕊贞姿冷亦香。试

问愿为才子妇，何如一曲桂林霜。顾荃，字芬若，丰润人。马文毅雄镇侧室，善书画，随侍广西，值吴逆反，文毅被害，芬若携诸妇女殉之，蒋苕生太史谱为《桂林霜传奇》纪之。

胡文楷《历代妇女著作考》：《芬若诗草》，（清）顾荃撰，《畿辅书征》著录（未见）。

荃字芬若，直隶丰润人，广西巡抚马雄镇妾。工诗善画。康熙十三年，吴三桂叛，雄镇被害，芬若自缢。

窦莲溪

窦莲溪（？—1796），名字不详，号莲溪居士，清代丰润（今河北唐山）人。妹窦兰轩，弟窦徽榴。著有《莲溪诗集》一卷，有窦徽榴序，王庚识。

【整集收录】

序

自三百以诗名经，雅颂为庙堂之音，而国风多闺房之语。其后作者继起，须眉代不乏贤，而脂粉亦未尝绝迹。其间或鸿词巨制光耀人寰，或片语单词脍炙众口，均可以树美誉，播芳声，是知女子无才便是德之说诚荒唐之缪论也。余家本韬钤，世勤耕获，家武德君以余孱弱多病，命舍决拾而从诗书。负笈从师，三余肄业，吟咏之事，虽不能工，心向往之。同产女兄莲溪居士，性特温惠，幼喜读书，未经师授，通《鲁论》《周易》二经，诵唐律三百余首，间与余及次姊兰轩互相讲贯，多有题咏，年积月累，篇目渐夥，虽高文华册未之能及。而其清丽挺拔，亦自有不可磨灭者。余在岳卫署中，曾择其佳者与兰轩之作汇为一册。嗣去岁北归，则姊黯然病矣。二竖为患，八月有凶，遂至不起，残缣断纸，零落不收。余恻然以悲，悄然以忧，乃悉取而藏弃之。今岁四月，自古北平岁校归。孟夏日长，斋居多暇，乃悉取而简阅之，去其芜累，撷其菁英，都为上下二卷。凡近体二百余首，无古体者，君未之学也。呜呼！不栉进士已成地下之修文，青衫儒生尚作田间之散栎，述遗编于此日，忆旧雨于当年。成幻兴嗟，好多致慨，岂特为彰同气之才华，要不忍没已呕之心血。是用补辑为篇，弁言于首。至于姊平生之梗概，见余撰行述，兹不赘及云。

时嘉庆二年，岁次丁巳四月二十七日。弟窦微榴桂园氏叙。

· 《莲溪诗集》 ·

即　景

天净暮归鸦，风清燕影斜。窗前翻旧卷，竹里煮名茶。酒色分新柳，衣香染落花。春光看不尽，短句记芳华。

燕题八咏分得窥帘（丙午三月十三日社中题）

春来争戏舞斜阳，几度飞回过短墙。翠幕低垂窥绣户，红窗半掩绕华堂。霓裳弄影翻风软，玉剪留踪蹴蕊香。永昼呢喃惊梦觉，多情长近画帘旁。

雨　后

澍雨初晴候，风光是处鲜。山山生叠翠，树树锁晴烟。鸟噪音偏媚，花开笑更嫣。波涛千里静，景物十分妍。红日天中现，阴云岭外迁。赏心惟此际，把酒傲登仙。

夜雪初霁

遥望东南峰，忽然一夜变。朔风吹散云，寒色拂人面。处处梨花铺，行行碎玉践。光明承碧天，可意吾曹恋。

三月送夫子之淮上（时从武德君之官）

满酌杯中酒，送君淮上游。四方男子志，不必起离愁。

饯夫子饮河干园中

烂熳桃花满苑春，河边饮饯及芳晨。离情翻恨长流水，不为留人为送人。

燕

凭栏俯看燕飞低，飞去飞来绕碧堤。戏水不离池左右，蹴花常过院东西。清音几共莺声乱，玉剪还从柳絮迷。振翼双双何处宿，斑襟映月杏梁栖。

刘烈女满姑死林寇之难，年十六岁

台湾水色远悠悠，想像红颜赴国仇。玉洁贞魂随洁月，冰清弱质入清流。怀珍岂论年方幼，誓志应教士尚羞。自是圣朝多烈女，芳名赢得万年留。

吊刘瑞娘

刘氏女，浙闽总制兆麒公之裔，才色俱美，年十九未适人卒。

其一

绣阁余香在，青娥返洞天。思君几行泪，尽日落花前。

其二

玉貌归黄土，尘封宝镜台。美人泉下去，触景更堪哀。

早 起

雾散莺啼绕画阑，梦回早起倚窗看。加衣欲到花间坐，病体难禁晓露寒。

赠宗嫂

嗟乎吾嫂实堪伤，二九忽然分凤皇。含泪凄凄悲夜雨，励操凛凛似秋霜。贞心可并乾坤久，孝意应同日月长。慷慨深闺称烈妇，好传青简万年芳。

祝大父寿

和乐融融暑渐除，介眉旨酒孟秋初。清波池内莲方盛，拟向瑶池献玉书。

秋日杂诗

其一

青山缥缈昌云寒，飞鸟啼惊午梦残。暑退天晴山一色，秋宵长袖恰凭栏。

其二

抱病秋来小院游，虫鸣处处动人愁。玉阶凝满团团露，明月无声雁过楼。

其三

银河耿耿夜悠悠，月魄高悬万籁幽。一枕秋声眠不得，挑灯闲续杜陵愁。

其四

寒灯影暗最凄清，深夜无眠绕榻行。露白葭苍秋色里，邻家相送捣衣声。

自 寿

过目风光未可思，年来注意在毛诗。庆吾添岁一杯酒，正是菊花盛放时。

见 雁

魁梅犹未发，天畔度鸿群。嘹唳来燕地，翱翔别楚云。寅回双翅展，春转一声闻。兄弟怡怡序，肩随更可欣。

春　闺

翠幕低垂掩画堂，绿窗寂寞锁流光。近来情绪浑萧索，春色依依上海棠。

挽瑞妹

　　字馨芝，年十一岁，通毛诗四子书及唐人诗矣，尝有句云：花明红照院，蝶弱粉萦人。先辈称之得，赢疾以花朝卒。

天忌聪明夺尔魂，从兹玉骨冷黄昏。轻车发处连荒草，泪滴重重向九原。

答兰妹见问

其一

病废吟诗似未能，天寒玉砚尽成冰。阳和拟转香闺暖，春色如君亦渐增。

其二

愁思无限梦难成，起看梅花绕树行。惟有中天一片月，回环相照两人情。

其三

无多相处庆年华，两地分襟望里遐。满注金尊添岁酒，归来携手醉梅花。

家居有怀弟妹

砚田久废俗情多，愁病才艰白雪歌。猛见梅开思弟妹，浧阳春色近如何。

飘　絮

柳絮飞飞烟水村，飘将白雪作黄昏。梨花满院春无主，寂寞残莺欲断魂。

浣　衣

南窗静坐诵葩经，汗湿罗衫着未轻。呼婢好将泉水濯，浣衣何必待归宁。

秋　夜

良夜谁能图，霜华变枫叶。闲步下阶除，寒林印秋月。

再过徐园观桃花

桃园闲步好春光，一片繁花似洛阳。三月仙根生阆苑，百年嘉荫忆琴堂（徐氏先人曾掌新安卫印）。娟娟裛露杨妃醉，馥馥凝香倩女妆。寄语主人真乐境，天台何必羡刘郎。

秋 柳

其一

急雨疏风秋暮天，柔丝历乱褪芳妍。莫夸好句词坛里，剩有蝉声渡口边。灞岸低回情宛在，永丰摇落色凄然。行人莫唱阳关曲，流涕寒枝锁淡烟。

其二

淡淡垂枝媚态消，寒风飒飒雨潇潇。腰肢舞态真成瘦，眉黛残痕不用描。白帝只今持素节，青君回首忆花朝。不堪零落传佳话，犹有渔洋作解嘲。

寄 妹

归去迢遥意惘然，三秋握手倍堪怜。伤心绣阁平生话，垂泪西郊九月天。绡帐解围新作主，画堂咏雪旧联篇。嗟予寂寞空闺里，无伴同临玉镜前。

闻 砧

憔悴不堪夜色阑，无眠倚枕起长叹。忽闻冷杵凄凄韵，似觉深闺切切寒。寂寞秋光鸿雁度，萧条暮雨碧梧残。披衣欲到中庭坐，烟月愁人只自看。

夫子自南归述署中及道中情形命为诗，乃成数作幕府二首

其一

清秋幕府少人行，阶下寒虫切切鸣。丹桂花开牵客恨，碧梧叶落动人情。欲寻午梦抛书卷，顿触乡思弄玉笙。一曲关山才入调，不禁肠断两三声。

其二

悠悠幕府寄浮生，独伴残灯到五更。一曲笛音幽梦断，半帘花影旅魂惊。风吹罗帐寒人骨，月落纱窗触客情。已恨飘零消壮志，漫将感愤赋秋声。

桂园夫子诗稿后传

母舅桂园窦夫子，名徵榴，长逝者三十有七年矣。庚闻之母氏，舅负不羁才，然疏旷无当于世。年十余，读《世说》，即慕稽、阮为人，弱冠游庠，随外大父绪飞公任岳州卫，登楼赋诗，洒然有出尘之目。及遭外忧归里，家食萧索，弗顾也。偶适意，即舍馆，庚犹及受小学之传焉。居数年，仅得食饩。外大母李宜人旋没，舅乃筑斗室，终日坐卧悲至辄饮，遂撄痼疾。适有鸺鹠入室，叹曰："吾年亦三十余矣，岂遂自附于长沙乎？"未几殁，三日始殓。遍体现金色，虽盛暑而气类旃檀，殆所谓众香国中来耶？

至今浭阳人犹艳称窦才子云。嗟乎！庚闻舅当少时于书能一目不忘，乃抑郁自伤，而性情所寄，复不过长吟短讽而已。全稿经母氏手订，共若千篇，杂记共数页。

兹谨就李东桥夫子名根蟠所序录者，刊附母氏诗后。

道光二十七年四月朔甥王庚谨识。

（清）窦莲溪撰《莲溪诗集》，清道光间刻本

【散见收录】

咏柳联句附

杨柳何翩跹（兰轩），丰姿最可怜（桂园）。含风娇欲软，带露媚逾妍（莲溪）。睹此柔枝茂，因知春意全（桂园）。似迎还似送，三起更三眠（兰轩）。红杏空堆锦，青榆漫缀钱（桂园）。谁如此袅袅（莲溪），掩映画楼前（兰轩）。

（清）窦兰轩撰《兰轩未定稿》，清道光十一年（1831）平泺王氏刻本

【唱和及寄赠】①

略。

【辑评】

胡文楷《历代妇女著作考》：《莲溪诗集》一卷，（清）窦莲溪撰，《畿辅书征》著录（见）。

莲溪，直隶丰润人，守备窦文魁长女，兰轩姊。道光十一年辛卯（1831）平泺王氏刊本。前有窦征榴序。卷首不题著者姓名。凡诗三十五首。窦序云：去其芜累，撷其菁英，都为上下二卷，凡近体二百余首。此为其甥王庚摘刊，非全稿也。

---

① 有窦兰轩《送莲溪姊》（见本书第318页）、《秋日寄姊》（见本书第319页）、《秋日寄莲溪》（见本书第319页）、《题莲溪春闺诗》（见本书第321页）、《寄莲溪》（见本书第325页）、《中秋寄莲溪》（见本书第325页）、《清明邀莲溪远望》（见本书第326页）、《再送莲溪》（见本书第326页）、《哭莲溪》（见本书第326页），共九首。

窦兰轩

窦兰轩，名不详，号兰轩，清代丰润（今河北唐山）人，乾隆至道光年间在世。父窦文魁，姊窦氏莲溪，武举人王廷勋继室，子王庚。著有《兰轩未订稿初集》一卷、《兰轩未订稿二集》一卷。有王昌序，王庚识。《河北通志稿》《畿辅书征》《小黛轩论诗诗》著录。

【整集收录】

《兰轩未订稿初集》序

艺工于所好，才诎于莫知。余读兰轩诗而爽然失，怆然感也。兰轩者姓窦氏，号兰轩，丰润县辛卯科武进士，管理提塘事务，历任济宁、袁州、岳州卫守备，诰授武翼都尉讳文魁公次女，余联谱宗侄武孝廉陛臣内助也。陛臣虽业骑射，而恂恂谨饬，绰有儒风。计二十年来，与余相得无间。顾兰轩于余为侄妇，从未相见，素闻贤明，亦不知其能诗。嘉庆己巳，余以无孙故，欲为贱子承吉办置侧室。陛臣笃念宗谊，谋诸内，慷慨赠之。既于归，解其装，得送嫁诗三绝句，始知其能诗且工也。壬申冬，余小女来归宁，袖出兰轩诗二卷，言陛臣嫂请父安，并求序。盖小女于兰轩固同里姻家也。余阅之，赡博得未曾有，摘其粹者，字追句琢，间寓空谷幽兰孤芳自赏之意。余乃拊髀而叹，谓儿承吉曰："如汝陛臣嫂者，余愧之，汝更宜勉之。"夫文翰一事，谁或相强者，而造诣如此，观其诗则所学可知矣。抑余有感焉，假令兰轩出所学，岂第以诗见乎？乃以素守闺中，阃以外不移寸步，即间有哦咏，抑且深藏不闻宣播，则无论才德莫显于时。就此只词片语，其赓歌而传诵者，果何人欤？抱璞者思下和，操琴者思连成，以余之伧荒髦愦，曾何足为兰轩增重哉？乃不虑余之空疏而属序于余，余虽不欲妄泚其笔，其何以辞！

嘉庆甲戌三月立夏之日，素心堂老人愚宗叔昌梦斋拜撰，时年七十有三。

· 《兰轩未订稿初集》·

元 夕

一市灯方灿，晴空月涌轮。青丝骄宝马，绣幕护佳人。蹴鞠群争胜，笙歌谱竞新。一人真有庆，四海太平春。

秋 夜

怅望银河浅，遥闻玉漏残。回栏风露冷，伫立不胜寒。

月夜露坐

闲倚匡床夜欲阑，流萤点点拂栏干。月娥亦似知人意，偏送幽香下广寒。

咏玉鱼

宿酒阿环态正浓，沈香亭畔倚东风。却炎不必金茎露，爱汝樱唇一点中。

戏折桃花

三春风景最无涯，偶向园林玩物华。欲取伴妆好春色，隔墙偷折小桃花。

独 坐

双飞紫燕斗翩跹，芳草萋迷色正鲜。深锁重门人不到，柳花数点落帘前。

春日留别

望遍天涯倚遍楼，白云芳草远悠悠。半篙三月桃花水，几度离情上小舟。

登 楼

春日迟迟睡已赊，醒来无意觅韶华。登楼最是伤心事，惟见白云不见家。

闺 怨

春病恹恹睡起迟，春愁瘦损小腰肢。可怜三五如花貌，不似当年镜里时。

途中口号

渭城重唱若为情，莫惜芳樽须尽倾。归去雁行无伴侣，到门只有月相迎。

偶 感

偶迹江亭欲探春，感时伤别泪盈巾。旧游满目皆相远，惟有青山似故人。

竹斋居士幽居

其一

门掩苍松映水滨，青磐如几碧苔新。陶然一醉南窗下，便是羲皇以上人。

其二

了了闲情世事空，高枝不管鸟啼红。春风满院花开落，闻道人言是放翁。

春 晓

好鸟啼春晓，湘帘卷落花。那堪惊蝶梦，鹦鹉唤新茶。

独 坐

徘徊小院月娟娟，映我罗裳更可怜。永夜寂寥谁是伴？一窗梅影敛春烟。

悼瑞娘

翠帐人空香气余，好花凋折痛何如。月宫自许骑鸾去，想是姮娥旧侍书。

送莲溪姊

人生大抵等浮蓬，此日分襟乱寸衷。目极归帆何处是，淡烟缥缈有无中。

将 雨

霭霭重重覆地阴，震雷催雨洒寒林。朱栏一夜西窗下，展尽芭蕉数尺心。

贺桂园弟新婚

春女会仙郎，蓝桥七宝妆。玉台朝试笔，翠帐夜添香。欲卜熊罴梦，先温豆蔻汤。载歌宜室乐，桃蕊正芬芳。

月 夜

独倚栏干泪欲流，几重山路远悠悠。多情惟有今宵月，一派清光两地愁。

麦 浪

遥观陇上麦痕齐，误认春潮长复低。向日纷披田际暖，迎风荡漾望中迷。畴翻雪浪侵高岸，陌起云涛没远堤。几见挥锄耘籽者，依稀波里任东西。

纳 凉

槐阴匝地午风凉，新茗一杯伴昼长。傍晚持书池畔坐，白莲初放沁心香。

虞美人

不惜红粉委军门，一剑酬君数载恩。碧血化为原上草，春风夜夜泣香魂。

秋日寄姊

银河淡淡夜云轻，蟋蟀无情只自鸣。薄暮欲寻江上去，秋声一枕梦难成。

秋闺怨

其一

凄风入幕夜萧森，触景怀人百感侵。驿路驰驱征士泪，红楼刀尺美人心。五更丹凤鸡声迫，十载白狼雁信沈。回忆别时肠欲断，惟余涕泪满罗襟。

其二

秋光触目泪纷纷，欲向衡湘寄锦文。月下敲砧随永漏，楼头写恨望鸿群。潇潇风雨飞黄叶，杳杳山河隔碧云。最是含情无那处，蛩吟金井不堪闻。

秋　闺

宛转深闺里，秋来恨更多。灯花余断梦，夜雨响残荷。坐久闻哀雁，情深损翠蛾。他乡经岁客，消息近如何？

秋日寄莲溪

秋气清如水，芙蓉落玉池。纤云凝碧落，冷露下金墀。月色知君恨，蛩声助我思。良宵无限意，掩泪怨阿谁。

晚　景

萧瑟秋方至，妆楼晚更凉。芙蓉凝冷艳，杨柳淡秋光。在宇虫初泣，排空雁始翔。徘徊观望际，自尔意茫茫。

夜　雨

阴雷方霭霭，夜雨乍蒙蒙。淅沥连残漏，凄清带晚风。阶前寒络纬，牖外冷梧桐。独坐闻鸡唱，青灯豆许红。

晓　起

残更趁晓杂鸡鸣，罗帐莹辉凤胫青。四壁秋虫惊短梦，一痕落月下疏棂。苍苔径湿瀼瀼露，疏柳枝衔淡淡星。独步中庭人悄静，竹帘风细动金铃。

赠　剑

霜华灿灿冷相侵，感慨如知一片心。击缺唾壶银烛短，夜深寒雨听龙吟。

即景感怀

红霜染遍碧枫林，秋色无端已十分。残柳敛烟风飒飒，远山沈翠雨纷纷。有怀空对东篱菊，断梦长依南浦云。欲觅新题思未就，遥天嘹呖度鸿群。

洞庭晚秋

长江无际接天流，独泊扁舟暮霭浮。一雁翅拖湘楚月，小虫声近枕函秋。黄花亦解留吟客。玉笛偏能赋别愁。幸有清樽可相赏，何妨醉后一登楼。

白菊花

一丛斜倚小园东，姿态天然迥不同。瘦影最宜烟羃羃，暗香偏趁月朦胧。茅斋伴我甘为淡，逸韵饶他不羡红。谢绝时人携汝去，风流何必世尘中。

九　月

野阔山平接地阴，村村敲遍万家砧。红霜绛叶秋容老，白露黄花爽气深。雁去天边思杳杳，蛩来户下语沈沈。凄凉不作悲秋赋，涧水为吾操玉琴。

晚　秋

柳枝黯淡最堪怜，无限哀鸿度远天。满径黄花金欲绽，一林绛叶火初燃。坐看弓势初三月，拨尽云和廿五弦。爱惜良宵犹未卧，砧声偏向玉楼传。

水仙花

其一

独标清丽占芳春，玉骨珊珊迥绝尘。恰似美人归道教，铅华洗尽更丰神。

其二

幻出宓妃月下春，凌波小袜步微尘。珊珊自有倾城态，不待陈思赋洛神。

除　夕

斗柄遥东指，鸿钧淑气新。宜春贴绣户，彩燕送芳邻。柳色迎衣碧，花光照脸春。椒盘相共荐，里闬庆佳辰。

元夜试笔

星桥火树光璀灿，如此良宵岂易过。楼上王孙群逞技，灯前士女漫踏歌。

遏云处处调笙管，竞盛人人艳绮罗。羡我深闺烹茗坐，梅花月影共婆娑。

寄广南盟姊

忆昔相见解瑶琚，分手于今六载余。蓟北相思心不转，越南迢递境何如。
河山远隔七千里，鸿雁难传一纸书。梦里往还真是幻，知君应自叹离居。

闺情续桂园句

寂寥无语倚帘栊，望断天涯路未通。无计可传鸿雁信，有怀难托鲤鱼风。
曲成春草思何极，怨结丁香意不穷。杳杳归期何日是，相逢只在梦魂中。

题莲溪春闺诗

焚香独坐意迟迟，偶见佳章忆旧时。柳色亦能为恨种，桃花也自笑情痴。
纱窗月上曾何处，绣榻风来益所思。静掩重门人不到，断肠春色有谁知。

春 柳

其一

沿河倚岸雪初消，一簇青葱护板桥。少女学妆调浅黛，美人薄醉舞纤腰。
最宜叶隐黄鹂啭，不用香招粉蝶飘。拟折一枝留赠别，春风几度送归桡。

其二

东皇日日暗相催，几缕芳魂一夜回。玉润薄妆眉半展，日酣春睡眼初开。
六桥遥映金陵草，上苑应羞玉砌苔。态度多般难尽咏，江郎才短意徘徊。

病中问夫子春意若何，因以桃花见示，感而有作

含风挹露一枝寒，独抱幽姿背小栏。片片残红留不得，恼人春色病中看。

哭妹馨芝

其一

兰摧蕙折伤何已，韶龀风流岂易传。想是月宫求艳质，不留淑女在人间。

其二

故园燕来春漠漠，穷泉人去路漫漫。模糊一树桃花影，疑是香魂暮倚栏。

赠灌园苏史

椰瓢竹杖自倘佯，长伴娇花野草香。日日辛勤犹着力，意为闲暇意为忙。

像生花

一段丰神画不成，谁将人巧作天工。等闲不倩东风力，开落何疑色是空。

送 春

无端春去太匆匆，樽酒相酬意不穷。欲送韶光犹淡荡，渐来微暑尚朦胧。一林绿暗三更雨，满径红残半树风。小阁萧条闲眺望，天涯一带碧茸茸。

送春词

糁径杨花已作绵，海棠零落减芳妍。韶华自是难留住，却把春归恨杜鹃。

咏珍珠燕

占尽纤柔号雅兰，珍珠万斛压栏干。休夸佩解江皋上，漫说鲛人泣满盘。

偶过山村

偶过山村意自闲，炊烟几处出林间。溶溶春雪初流水，浅浅寒梅正满山。

荷 花

娟娟独立水中央，周子为标第一芳。霁色满地分绿鬓，朝容千朵映红妆。风流误认为仙子，艳冶何堪比六郎。想是有情怜雅会，回舟犹自送余香。

砍去柳

袅袅枝原弱，摧残亦足伤。舞腰惭白傅，画黛忆张郎。无复青丝影，犹思碧玉妆。萌芽能护惜，还可斗春芳。

重九忆诸弟

其一

鸣雁凄凄下远天，登楼一望尽寒烟。黄花高士今何处，风雨萧萧似去年。

其二

新霜遍地草初黄，秋意萧森雨意凉。兄弟难同当日酒，菊花犹似去年芳。

冬 夜

开帘闲伫望，亭院满霜华。长夜闻繁柝，寒灯结艳花。啼鸦惊梦断，冷月入窗斜。抚景情萧索，题诗只自嗟。

即 事

深闺浑无事，春初日渐长。柳眉描浅黛，桃靥绽幽香。尚觉莺喉涩，将看蝶翅忙。赏心无限乐，触兴尽余觞。

梅　花

冉冉疏篱下，浑疑爱淡妆。品同高士洁，花傍美人香。索笑纱窗外，流光玉砌旁。枝头谁与识，翠羽自相将。

春　日

垂帘似觉春光晚，闭阁还怜燕影斜。细雨翠添三月草，微风红落一庭花。闲同诸弟分新韵，坐看双鬟煮嫩茶。自爱吾庐多雅况，聊将诗酒作生涯。

柳　絮

一年春事过山村，寂寞闲庭晚闭门。偶伴落花思静女，岂同芳草怨王孙。高楼雨后频伤别，广陌风前欲断魂。莫向隋堤歌旧曲，锦帆春色半无存。

白鹦鹉

啄余红豆弄清音，刷羽临风唤晓晨。柳暗晶帘绡帐暖，花明珠树玉楼春。绿衣那许夸公子，缟袂还应认美人。十二帘开谁是伴，昭阳宫殿月华新。

晓望青龙山

晓望西南障，漾洄掩碧波。宿云低月蚌，朝雾拥山螺。雨沐仙人髻，烟披玉女蓑。千寻皆峭壁，岱岳更如何。

雨　后

郊野新晴后，独游兴未穷。山含云气白，花映日车红。蝶舞幽园里，蝉吟碧柳中。美人何处所，对景意千重。

夹竹桃

弄影傍帘栊，亭亭碧节重。干留高士品，花艳美人容。薄粉因风减，温香趁露浓。金闺独玩汝，差可慰情钟。

恶　蛙

溪畔青蛙不住鸣，愁肠唤起梦难成。我非邸部郎中比，何用渠当鼓吹声。

水红花

淡抹胭脂倚碧波，荡桨谁唱白蘋歌。月残风晓无穷态，一种秋思怨更多。

秋　柳

长短亭前水自流，那堪折取送行舟。行行且莫重回首，一带苍烟锁翠楼。

七 夕

佳会方为喜，相逢转作悲。迢迢一水岸，杳杳两相思。石结三生恨，花留连理枝。坐看牛与女，晤语尽成痴。

夜 坐

秋声惊我梦，虫语傍幽床。月冷千家杵，窗明一院霜。玉阶烟羃羃，银汉影苍茫。无限怀人意，凄凄漏正长。

中秋无月

惜将良夜共凭栏，酌尽芳樽漏未残。应是姮娥羞世态，故将清镜隐云端。

早 起

鸡鸣春梦残，月落闲庭静。起看院中花，垂苞含露冷。

蟋 蟀

唧唧复凄凄，万籁肃然静。如何深夜中，爱破幽人梦。

桃 花

桃花始放艳阳天，掩映疏篱态可怜。露浥似怀吉士泪，日酣乍醒美人眠。娟娟腻粉浓仍淡，细细幽香往复还。莫怪渔郎忘返棹，武陵风度总嫣然。

花里春禽

早卉迎时发，春禽处处鸣。正怜花寂寂，忽听鸟嘤嘤。隔叶频呼友，穿枝几唤名。有心邀伴侣，无谱自箫笙。玉阁容方媚，红楼梦未成。携柑欣往听，宛转助诗情。

庭草无人随意绿

碧草盈庭绿，无人只独芳。绕阶迷翠色，沿砌发幽香。向日时深浅，迎风任短长。有情生小院，随意绿空堂。寂寂重门里，青青别馆旁。蒙茸方满目，每自对斜阳。

余霞散成绮

羡他文绮丽，空际散霞光。疑剪天孙锦，如裁月姊裳。几回经宿雨，一片映斜阳。艳彩无烦织，奇文别有章。飘扬成黼黻，顷刻变丹黄。迥异人间色，青霄自短长。

月中桂

璀灿昭云汉，光辉近柳星。数枝随月出，一树倚天生。玉兔光相映，冰蟾色共清。姮娥应起舞，仙子自吹笙。叶贯千年茂，花当四照荣。远观真历历，何必问蓬瀛。

寄莲溪

几日别君春色回，溶溶春雪落残梅。乡书欲寄无由得，独坐高斋听雁来。

寄书与二弟

聚首花增色，别时草亦萋。睡余独酌酒，灯下自拈题。梦断蝉初咽，春归雁渐稀。寥寥书一纸，为寄数行啼。

咏柳联句附

杨柳何翩跹（兰轩），丰姿最可怜（桂园）。含风娇欲软，带露媚逾妍（莲溪）。睹此柔枝茂，因知春意全（桂园）。似迎还似送，三起更三眠（兰轩）。红杏空堆锦，青榆漫缀钱（桂园）。谁如此袅袅（莲溪），掩映画楼前（兰轩）。

·《兰轩未订稿二集》·

送桂弟侍亲之楚

尔侍严君去故乡，雁行乍断转凄凉。文星自此临荆楚，佳句从兹续岳阳。白发晨昏须着意，青云事业莫疏荒。骊驹唱处频催别，征骑匆匆倍断肠。

中秋寄莲溪

溶溶月色遍长空，良夜寂寥趣味同。桂子有心飘苑落，砧声何意傍帘栊。一时别恨分鸾鹤，两地离怀托雁鸿。坐到更深才入梦，山河迢递意难穷。

有　赠

乔木丝萝附已迟，闺中镇日苦相思。三千妾忆关河远，十二君伤子夜时。春草漫牵妆阁恨，丁香独结蕙心知。为卿拟作摽梅咏，好寄寒松耐雪枝。

桃花沟

桃李园中迹胜新，携柑人往听莺吟。羞他十里红沿路，羡汝三春香满林。

独立晓风情默默，谁怜夜月影沉沉。渔郎不是迷仙棹，淼淼清波何处寻。

吊于烈女

女滦州人，父旧家子，字同邑张氏，婿赴武闱，故于京。贞女闻讣，吞金卒。

丽质娟娟殒夜台，歌成黄鹄志堪哀。贞魂化向瑶池去，种作莲花并蒂开。

十　月

春信才归十月天，兰闺烹茗意悠然。纱窗月冷梅花骨，金篆香凝柏子烟。犀盏浅斟为侑梦，佳题小解悟参禅。寥寥清夜听城柝，坐对青灯忆往年。

清明邀莲溪远望

轻寒细雨浥芳尘，厄酒闲倾玩物新。天际远飞随日鸟，花前小立感春人。柳稍微润开青眼，杏蕊含苞点绛唇。漫道韶华如转瞬，风光流丽正良辰。

与去婢二首

其一

童稚相依两别离，十年勤苦慰吾思。琐窗犹记芳姿语，渡口谁吟桃叶诗。侍病晨兴亲药里，赏花夜坐理茶卮。红檀误教风吹动，莺鹉偏能忆旧时。

其二

心腹何堪掬示汝，眼前恩爱幻非真。他年试看罗帷里，画黛无复织素人。

再送莲溪

几回搔首望晴空，握手离情两意同。驿路不堪重极目，故园迢递乱山中。

海　棠

无言默默倚栏干，浥露临风取次看。几片落红增媚态，睡余妃子午妆残。

哭莲溪

业风无际飒茫茫，吹送佳人赴北邙。世上已消咏雪韵，人间难觅返魂香。拼将宝镜空诸色，尚有新词写断肠。再世遗缘如未了，与君重作弟兄行。

桂弟自岳州署回志喜

二载悠然别恨生，草堂今喜话离情。传闻驿路惊烽火，可有新词赋请缨。柳絮未能同炼句，海棠也解报春晴。归来欲慰严亲意，振翮秋风试一鸣。

题桂园书斋

不烦桃叶渡河涯，偶向君斋玩物华。帘幕遥遮君子竹，莓苔乱落女儿花。
碧筒着案初尝酒，红锦粘天一抹霞。归去更宜回首望，暮烟深锁两三家。

画眉鸟

雕笼巧语自生新，日傍珠帘索笑频。底事多情怜粉泽，前身应是画眉人。

闲　题

柳枝风袅碧缠绵，小立阶墀意欲仙。春色满庭看不尽，一双蝴蝶落帘前。

中秋闻笛

飘渺笛声出玉楼，露华明趁夜光浮。可怜三五团圞月，也共清音一样愁。

悲小女长泰

其一

平原草色绿芊芊，肠断春风二月天。朝露未干花溅泪，兰芽难护玉成烟。
嗟余一梦偏多验，怜汝三龄遽殒年。几度自哀还自慰，愿儿犹结再来缘。

其二

寂寞空庭日又曛，百般调护总虚文。一回长恸一呼汝，汝在重泉闻未闻。

其三

想是瑶台旧散仙，无端花月涉尘缘。青童携去归名录，枉使爷娘唤可怜。

夜　坐

独坐更深静，庭虚便是秋。仰观河汉近，直欲乘风游。

归　省

空有千行泪，难酬罔极恩。欲宽慈母意，频与省晨昏。

贫士苦雪

北风一夜响萧萧，吹满柴门雪尚飘。冷灶烟清妻拥絮，空山石滑子行樵。
围炉党尉初酤酒，僵卧袁安漫解嘲。斗酒百钱非易得，强将余意寄诗瓢。

自扫小院

方寸闲阶自扫除，何曾妨却静工夫。佛门真是无言指，不识高人意会无。

道中即景

墙里花兼墙外花，也将春色斗铅华。东皇更解怜吟咏，到处偏迎油壁车。

端节与桂园感旧

榴花竞艳吐新英，梁燕初巢乳未成。佳节自无俗事扰，谈诗更喜雅人迎。雨抽蕉叶当窗碧，风卷茶烟入幕轻。对坐不堪论往事，九疑何处吊屈平。

题桃花扇传奇

由来名士重倾城，一段相思笔下成。南国佳人推李妹，中原才子念侯生。珠帘月下飞娇燕，檀板风前唤乳莺。金粉几多零落尽，桃花扇底寄余情。

春　闺

晓起花间露未干，欲临明镜翠眉寒。晴霞片片拂窗曙，妆罢开帘看露兰。

咏染靛

文星蘸笔墨成池，染得纤纤玉几枝。斗草误疑青错落，吹笛真是碧参差。题笺好咏出蓝赋，雅意不殊濯锦诗。片片如云浑未已，天孙假借上机丝。

里有无赖娶知书女子棰楚不堪而赴水者感赋

忍将弱质赴清流，文字缘休业未休。开卷自知怜薄命，拈毫也解赋穷愁。摧残玉化风前蝶，飘泊花如水上鸥。自昔佳人多落寞，至今青冢怨还留。

柳堤风里钓船横

清和杨柳岸，潋滟绿波齐。小艇轻依水，长条翠拂堤。人眠新雨后，网挂夕阳低。佳景传天籁，清词倩画题。鸣蝉吟嘒唳，飞燕绕东西。不必胡麻饭，应知渡口溪。

小息皇姑庵瞻某大师遗像（相传前明敕建师为宫人），天府蛾眉，爱归三宝，敬仰姿容之丽，深惜姓字不传，率尔数语以寄慨叹

其一

一片斜阳照废堦，苍凉满目不胜思。古碑藤绕龙蛇字，断幅尘封水月姿。寥落翠华前迹杳，萧条金磬后人痴。残阶桃李花争丽，想见蛾眉披剃时。

其二

瞻罢慈云思黯然，风流真是散花仙。空门也有沧桑感，半壁琉璃剩老禅。

九日过临水岩

四山云气变晴阴，鸣雁迢迢度远林。未得携壶酬令节，聊题短句代登临。

赠旧戚某

破帽芒鞋自负柴，戟门曾与日徘徊。旁人不忍说家世，乞食山村正可哀。

阅绿春词效作

葳蕤深锁画楼中，帘里轻寒槛外风。欹枕鬓蝉金错落，搴帏腕钏玉玲珑。
魂迷洛水凌波杳，梦断巫云出岫空。一片春光描不就，胭脂薄醉上腮红。

读红兰主人诗效作一首

碧云芳草思悠悠，贝阙珠宫梦里游。瞥见星娥犹有配，岂云仙子本无逑。
数株花艳三时雨，一样情牵两地愁。消息东邻今已断，可能垂柳系归舟。

七夕露坐

其一

迢递银河一线横，烹茶小坐夜凉生。遥思云驾非难渡，想是仙人爱薄情。

其二

碧落沉沉绝点埃，天孙云驾此徘徊。兰闺多少痴儿女，争贮金盆待巧来。

其三

寂寥小院闭重门，淡月轻云已夜分。蟋蟀似知人意绪，吟成秋怨诉天孙。

秋　意

病已诗怀减，愁深酒意浓。西风一夜起，飒飒落阶桐。

抄红兰主人诗题卷末

金鸭香消漏下时，疏窗寒月影参差。夜深呵手调残墨，又写西昆绝妙词。

爰将桃叶遣侍凝之，漫赋俚言以寄忆念

其一

娇痴怜汝太憨生，未解依依有别情。最是小庭人静夜，茶烟影里月凄清。

其二

晓色侵晨映户新，雕笼鹦鹉解呼人。静思因果前生事，真是飞花堕锦茵。

其三

渺渺离怀未有涯，双桨送尔赴仙槎。签书捧砚饶清致，煮酒灯前愧党家。

九日闲题

欣逢令节兴无涯，风日暄妍景更赊。诗到佳时醇似酒，人居闲处淡于花。碧云空度随阳雁，红叶林翻送晚鸦。最是登临玩不尽，远山层翠锁烟霞。

夜看丁香花

朵朵趁开风力软，枝枝细结雨中愁。天孙机上呈新锦，一片光华夜未收。

哭桂园

一生真不愧儒风，三十年来一梦中。儿女艰难怜白傅，胸襟磊落羡元龙。诗筒欲寄征人远，鹏鸟空悲往事同。万卷青箱谁可付，茫茫千古恨难穷。

题新滦志

高华直笔寿千秋，多少才人费校雠。无限滦阳好风景，使君竹马占头筹。

水仙花

泠泠七弦下指迟，湘江杳杳水云思。阿谁差拟天然态，空谷佳人日暮时。

看杏花赠朱老人

华发仙人住碧城，偶随鸾鹤下瑶京。一家真是桃源侣，双桂欣占杏苑荣。秀岭浓花娇午昼，草堂新燕语春晴。耕田凿井唐虞世，翻笑巢由有令名。

清明祭先茔及桂园

犊车辘辘碾轻尘，一莫松楸泪满巾。想汝定依慈父母，九原膝下慰艰辛。

清明道中示紫野

十里青葱碾画轮，寻芳何惜步逡巡。东风杨柳尘随马，细雨桃花色映人。裘敝堪怜苏季子，诗成惟吊楚灵均。廿年回首繁华梦，话及存亡更怆神。

古　意

凄凄南浦暮烟浓，帝子情怀细雨中。迢递关山迷远梦，苍茫云水望飞鸿。碧梧亭院三更月，白浪蓬船万里风。最是凭栏无那处，胭脂血泪染花红。

谢人送海棠花

几枝浓艳占妍华，酗酒朱唇卷绛纱。深谢佳人多雅意，送将春色到邻家。

五月十四日

鱼鲜笋嫩酒初新，裙屐翩翩尽绝尘。最是清光今夜月，云山咫尺忆佳人。

寒夜挑灯闲翻旧卷，莲溪、桂园手迹依然，念及当日，
感恸盈怀，聊写短句以志闷意

忆昔初寒夜，挑灯共讨论。今宵开旧卷，洒泪忆前人。凋谢怜姊弟，艰辛恸二亲。流光撚指过，二十四回春。

题智朴上人盘山志

别是人间有洞天，前贤遗迹自今传。惜师未解无言旨，世上犹留文字禅。

古远行曲

漂泊琴书逆旅身，烟花回首总休论。红尘磊落消白日，青鬓凋零叹美人。见雁莫辞频寄字，望云何处转伤神。五陵豪气消磨尽，只有庭帏入梦频。

题　画

荷杖人偏静，烟村意自闲。是谁消永昼，写此雨中山。

辛亥七月，小园日暮，同莲溪晚酌，兼呈桂园，距今廿余载。
莲溪殂谢已十四年，今夏桂园又逝，独坐小庭，风景如同
昨日，人非昔矣。存没之念盈怀，爰用前韵，以志悲感

蝉声断续暮烟中，触景增悲恨不穷。觅句难同飞絮咏，衔杯忍对落花红。修文天上诗魂杳，埋玉人间墓草丛。太息此生浑泡影，风光今昔迥相同。

不　眠

团圞清影照阶墀，倚枕无眠夜半时。丽句芳醪何处觅，空教月姊笑人痴。

题旧阁

娇桃稚杏又依然，门掩东风向夕天。谁见云中归鹤驾，漫于海上觅成连。素琴音寂三更月，百合香消半榻烟。莫向麻姑问沧海，眼前人事已桑田。

乐亭阴烈妇挽诗

德门娴姆训，义重一身轻。皓月襟怀朗，孤云气概清。吹箫天上伴，咏絮世间名。慷慨托娇女，从容毕此生。竹筠标劲节，玉质厉坚贞。千古陪芳迹，凄凄帝子情。

句

疏帘迎淡月，小院带斜晖。（日暮）

论香已足倾兰草，问色合当傲海棠。（咏玫瑰）

柳含余雨润，花惹晚烟明。（雨后）

金风冷彻苍苔院，玉露凉侵白纻裳。（无题）

繁星满院金铃冷，淡月迎帘玉宇寒。（忆姊弟）

寒山寥落横苍霭，衰草萋迷锁淡烟。（和紫野）

宿云全隐岫，初月半迎人。（暮春雨后作）

极目远山衔暮霭，归巢飞鸟背斜阳。（同莲溪暮望）

花凝朝露潘妃步，叶挹清风楚客裳。（同莲溪看莲）

杏梁唤梦千声巧，碧落裁云两尾斜。（燕）

斜挂东风枝袅袅，低垂晓露影娟娟。（柳）

堕雨桃花自飘泊，辞春莺语尚间关。（和关字韵）

呜呼！吾母固不欲以诗见也，然吾母往矣，苟非及今诠次以传或至散失，庚罪滋甚用，敢泣请父命，照依旧本恭录百有四十余首付梓，以志不忘。

时道光十一年辛卯八月男王庚谨识。

（清）窦兰轩撰《兰轩未订稿》，清道光十一年（1831）平涿王氏刻本

【唱和及寄赠】①

略。

【辑评】

陈芸《小黛轩论诗诗》（卷下）：就兰人自进兰轩，秋色琴亭夕照昏。拟与霜花商叠翠，家山梦断月无痕。窦氏，字兰轩，滦州人，武举人王廷勋继室，著《兰轩草》。

胡文楷《历代妇女著作考》：《兰轩未订稿》初集二集一卷，（清）窦兰轩撰，《河北通志稿》《畿辅书征》著录（见）。

兰轩，直隶丰润人，守备窦文魁次女，武举人王陛臣妻。道光十一年辛卯（1831）平滦王氏刊本。前有王昌序。卷首不题著者姓名。书名下有男王

---

① 有窦莲溪《答兰妹见问》（见本书第313页）一首。

庚恭校一行。初集诗八十二首，附联句；二集诗六十四首，附选句。末有男王庚识。

高顺贞

高顺贞（1821—?），字德华，清代迁安（今河北唐山）人，父高继珩，夫刘清。著有《叠翠轩诗集》《翠微轩诗钞》《翠微轩诗稿三卷》。有高继珩序，高顺贞自序，王炳辉、史梦兰、郭功叙、汤云松、孙椿林题词，任式坊跋。《吴县吴氏小残卷斋书目》《河北通志稿》《畿辅书征》《小黛轩论诗诗》著录。

【整集收录】

序

人有真性情而后抒写之，文之以声调成为咏歌，于是乎有诗，故诗以道性情者也。性情不真，而欲以妃黄俪白雕刻为长，虽工何益矣。余表甥樾村大令，娶于燕京望族高氏寄泉先生女，曰佳耦焉。既能仰事俯育以助其家俭，又以暇时笔墨相倡和。樾村见余于粤东，出其近作若干首以示余。余读之见其温厚和平之气，□□□恳挚，颇近似于杜少陵，岂其曾步趋于此哉？盖□□□□□□□少陵忠君爱国之忱，有相合者。唯其有之，是以似之，而岂易得之闺阁中耶？至于气格苍劲，无脂粉气，不具论，论其诗之所以能工者，使与樾村，将益勉之，而异日衰然成帙，当必有以感发人之性情可传于世者，谅不至如好音之过耳，响尽而声销也。是为序。

同治丙寅季夏吴嘉善子登甫撰。

自叙

贞幼承先君口授毛诗三百篇，尝训之曰："《诗》贞淫正变，诸体皆备，可以验风土，可以达人情。有关治教，宜勤习之。"因学于诗。稍长，于织纴组紃之暇，趋庭问字，略涉史鉴。观历代贤妇人如敬姜德耀辈，未尝以才藻见长，是知妇职有在，未敢专力于诗。于归后，良人权榷居庸，身任井臼，兼之体弱善病，鞠育为劳，去笔墨益远。间或有作率不过思家忆亲，借抒其情而已。迨先翁弃养，移寓昌平，宦游十载，惟余两袖清风，嗣后寄住安昌，又值椿萱萎谢，池塘风木，触境伤怀，而诗兴颓唐，更少佳趣。偶尔拈韵，旋即弃去，故存稿无多，既无足传，亦不必望传也。乙丑秋，乐亭史香崖先生过访，先君谈次，索观《叠翠轩诗稿》，谬蒙奖许，选入永平诗存若干首。兹复检先生所尝点定者，抄辑成帙，略弁数语，以志生平之大概云尔。

同治十三年岁次甲戌荷月下浣叠翠轩自识。

天津樊彬文卿题词

家学由来远，诗成柳絮工。清才无俗调，好句夺天功。日下传高唱，风前忆乃翁。白头吟兴减，细雨愧秋虫。

又

唐代多诗人，高适名最传。未闻有爱女，嗣响著新篇。及读弥勒赞，高氏书深镌。卓哉闺阁秀，姓字留简编。渤海本古族，阀阅高幽燕。故居夜珠楼，历世出英贤。寄泉三世交，品学同青莲。怀中五色笔，灿烂春华妍。名门生淑女，掌上明朱圆。谢庭工咏絮，才不减惠连。东床得快婿，静好调琴弦。此唱而彼和，鸾凤鸣九天。裒然成大集，好句真如仙。老来夸眼福，文豹得窥全。诗学溯庭训，感旧涕泪涟。留补名媛传，不朽垂千年。

丰润鲁松香泉题词

其一

删尽风花月露词，渊源家学父兼师。性情真处有佳句，典故堆中无好诗。恐着丹铅污面目，从教巾帼愧须眉。采风太史须扬扢，文选楼高果属谁。

其二

经史纷披富五车，词宗雅健气清虚。讴吟岂止谙唐律，学识真堪续汉书。咏絮人夸才女句，浣花谁问少陵居。诗家嫡派传闺阁，獭祭虫雕总不如。

其三

达夫诗学绍唐初，中垒经传冠汉儒（谓槎村同寅）。柳絮联吟拟兄妹，椒花作颂献翁姑。随心机杼回文锦，抗手庭闱记事珠。如此清才如此福，贤郎伫看到蓬壶。

其四

幽静天怀涤俗襟，精深理窟薄艰深。家留黄绢传斋臼，帐设青绫助稿砧。论治堪登循吏传，著书足慰阿翁心。效颦老我忘形秽，流水高山一曲琴。

乐亭史梦兰香崖题词

其一

达夫老去几经春，喜见深闺有替人。林下清标推咏絮，谢家才媛本无伦。

其二

一编冰雪擅清辞，知是铅华洗尽时。芍药蔷薇春雨句，少游翻愧女郎诗。

其三

缄情五字托鱼鸿，蔼蔼仁言利不穷。他日名登循吏传，传家治谱出闺中。

（昌黎道中东外数律，蔼然仁者之言。为牧令者，皆当书为座右铭。）

其四

久闻巾帼胜须眉，诗卷流传不在诗。赠我一言堪愧甚，青绫障卷拜儒师。

江西郭功叙芑田题词

其一

咏絮庭前早著才，三生慧业现灵胎。玉梅高格水仙调，不着人间一点埃。

其二

绝无才调逞铅华，标举性灵学作家。美煞奁前携手读，可人夫婿似秦嘉。

其三

骨肉情真语可怜，寄怀赠别倍缠绵。吾乡太史操闺选，可惜遗珠失此篇。

（谓蔡籍盒太史选本朝闺秀一百家。）

南丰汤云松鹤树题词

东井江村后，灵钟不栉才。机丝摛锦绣，翰墨洒琼瑰。谢絮庭中咏，潘花县里栽。登堂他日拜，兰玉看滋培。

孙椿林晓珊题词

其一

君家三妹素能诗，更得生花笔一枝。万斛明珠流笔底，半由家学半天资。

其二

寄怀赠别最多情，洗尽铅华字字清。咏絮丰裁真不愧，椒花献颂许齐名。

·《翠微轩诗稿》卷一·

读全史宫词

阅遍兴亡廿史中，眼光如炬气如虹。褒讥别寓阳秋旨，遗意真堪补国风。

新 柳

依依连灞岸，才透几分春。鸭绿笼烟浅，鹅黄蘸水均。黛眉迟舞态，青眼到行人。迷望虹桥畔，低垂一桁新。

晚 眺

极目层楼上，苍茫落照微。断云含雨散，归鸟破烟飞。远树疑樯列，残星出塞稀。倚阑一声笛，山月吐清辉。

九月八日

兀坐疏灯畔，深秋觉夜凉。雁声过纸阁，虫语上苔墙。风竹敲寒月，霜花勒晚香。满城天气好，佳节近重阳。

怀叔新兄

首夏分襟后，秋光荏苒过。归期空怅望，何事屡蹉跎。风紧雁声渺，天寒雪意多。遥知客舍里，弹铗定高歌。

寒夜与萝洲兄围棋

剪烛敲棋夜未阑，吟肩频耸耐宵寒。橘成尚作林中隐，柯烂徒劳局外观。千古输赢争一着，百年日月走双丸。何时南望烟尘净，风雪连天正渺漫。

寄怀清湘

其一

栾台瀛海各天涯，苦忆阶前姊妹花。数载盟心投气味，一从分手换年华。云笺屡寄相思字，月地难邀访旧车。剩有痴情消不得，望穷红树与苍葭。

其二

人生难得是知音，暌隔芳容思日深。画到芙蓉怜共命，梦为蝴蝶亦相寻。乍醒犹恋超凡影，久别方知感旧心。珍重国香须自爱，异苔有日卜同岑。

哭笙侄女

其一

一纸书来未启缄，持封犹自祷平安。谁知已逐春冰化，肠断灯前不忍看。

其二

生性聪明最可怜，何堪紫玉竟成烟。回头往事浑疑梦，泪洒东风变杜鹃。

其三

记得河干判袂时，牵衣絮语泪丝丝。怪侬浑不知先忏，竟说今生少会期。

其四

昨宵得梦觉非祥，兰蕙无端竟萎霜。岂料果然为汝兆，返魂何处觅奇香。

其五

小谪尘寰仅十春，昙花空现刹那身。而今解脱依王母，慧业前生定有因。

其六

异地魂难剪纸招，弱龄讵识路迢迢。光阴转瞬清明近，卮酒临风为尔浇。

读桃花扇传奇

其一

莺花窟里帝王家，乐境浑忘日易斜。一曲深宫歌燕子，隋堤杨柳正飞花。

其二

清议纷纷起祸胎，阉儿得志气如雷。秦淮夜半灯船歇，余党重收复社来。

其三

烽火绵延遍九州，仓皇避乱一身游。重来不见佳人面，寂寞东风锁画楼。

其四

渔樵旧梦醒扬州，说到兴亡泪欲流。休向秣陵回首望，铜驼荆棘故宫秋。

其五

南朝多少兴亡事，都借云亭妙笔收。一种传奇千种恨，桃花零落水东流。

送萝洲兄应试

其一

此去云鹏万里程，行看振翮起家声。登科早遂澄清志，莫把先鞭让祖生。

其二

雁声嘹唳各西东，入耳离人感倍增。怕忆明宵当此候，客窗孤影剪秋灯。

菊 影

卷帘相对悄无言，何事离披上粉垣。松径移来秋有迹，槿篱隔断月无痕。

神传漱玉词人笔，梦幻柴桑处士魂。问答应同花解语，忘形伴尔度朝昏。

对菊怀清湘

东篱把酒强为欢，独对南山思渺漫。记得联吟蹑径畔，折来分插鬓云端。谱成定咏新诗赏，帘卷谁怜瘦影寒。收拾落英交驿使，当梅花寄与君餐。

水仙花

渺渺一仙姝，盈盈步尘境。微月照低徊，澄波涵素影。自从海上归，汉皋遗佩冷。清魂化此花，岂与凡卉并。独怀泉石心，雅称岁寒景。相对静无言，瑶琴弹梦醒。

煮 雪

红炉初爇品旗枪，六出纷飞茶事忙。火候未看翻蟹眼，凉痕先觉沁诗肠。入瓶花气融春液，沸鼎松风泻冷香。消渴最宜残醉后，一瓯时对玉梅尝。

送萝洲兄之保阳

腊尽无多日，何堪又远行。兵戈正满地，风雪况长征。滹水萦怀迥，燕云绕梦清。归期须早计，应念倚闾情。

留别琴卿二嫂

绣阁相随二十春，趋庭侍膳共晨昏。同心语胜芝兰气，知己情逾骨肉恩。此夜挑灯愁听雨，他时觅句怕开尊。感君无限箴规意，说到将离欲断魂。

晨 起

晨起慵临镜，开窗曙色微。梦随啼鸟散，愁逐落花飞。时节看频换，行人尚未归。遥怜驿路柳，霏絮点征衣。

渡滹沱

其一

驱车北向渡滹沱，流水年华感逝波。惆怅临风一怀古，青青宿麦满长坡。

其二

忆同大母共南辕，往事依稀欲化烟。十四年来重过此，春风回首泪潸然。

过安肃

返照余光散绮霞，长亭流水咽琵琶。寒原一望平于掌，日影萧萧见苇花。

初至居庸

天险何年辟翠螺，銮舆想见昔经过。山连上谷秋声壮，地近卢龙朔气多。曲洞成群嘶牧马，危岩作阵走明驼。时清不用防边戍，裕国长输例税科。

感 怀

本自愁肠结，况兼离绪侵。思亲时有泪，听雁更无音。兵火家书贵，关山客感深。浮生空碌碌，莫慰倚闾心。

初度寄怀诸兄

其一

又负春风廿四番，回头旧梦总如烟。持家作妇怜今日，学礼趋庭忆往年。绕屋梅花香似海，透帘歌管韵疑仙。灯前戏彩看儿女，剩有离情分外牵。

其二

阻迹雄关欲尽头，言归无计岂遑留。云山重叠家何处，烽火延绵客自愁。入世敢云逃俗累，不才偏愿附清流。偷闲呵冻吟诗句，念及兰陔笔辄投。

其三

宦况频年类转蓬，又司管钥万山中。一关冷抱闲于鹤，八口饥驱瘠似鸿。酒可浇愁拚尽醉，诗缘遣兴不求工。北溟振翮输黄鹄，刷羽南天待好风。

其四

聚散如云未忍论，惊看岁序欲更新。雪中鸿爪思前梦，海内萍踪感夙因。逝水年华将过腊，离家心绪懒逢春。遥知兄弟团栾处，定为今朝话远人。

寄 外

其一

何事销魂最，魂消远别离。停云增怅望，落月助相思。香寂鸳衾薄，宵寒蝶梦迟。金钱方罢卜，破闷复抄诗。

其二

不为谋衣食，严冬讵远游。君虽惯行役，妾岂愿封侯。看剑心逾壮，闻鸡志定酬。灯花连夜报，归骑莫淹留。

其三

屈指几旬日，天长少雁音。将穿盼书眼，时切望云心。两地愁肠结，三冬别绪深。拥衾眠不得，风栌听沉沉。

其四

梦觉疑窗曙，开门雪满山。临风念征客，何日唱刀环。裘敝霜侵骨，天寒酒借颜。琼瑶埋马迹，清磬出云间。

谢人画梅

梦里梅花见一枝，孤山月落晓霜时。多君绘出风前影，却付邮筒换我诗。

冬月十三常女弥月

鸿泥踪迹雨茫然，弹指驹光廿四年。忆我前生真似梦，看渠小影倍增怜。悬弧莫慰高堂望，汤饼徒为此日筵。回首慈闱千里隔，离情长绕白云边。

夜坐偶成

欹枕难成寐，疏灯映画屏。夜风吹虎啸，凉月伴人醒。诗境愁中仄，家山梦里青。望云情不极，雁语入苍冥。

雨中作（时外奉檄赴四海冶巡缉矿匪）

严居绝俗纷，晦明饶兴致。坐看白云铺，群山寂如睡。檐前走雷电，骤雨倾盆至。中庭鹅鸭浮，拍手欢童稚。身闲境亦安，悠然涤尘思。嗟彼行役人，长途策征辔。山径多崎岖，衣裳苦泥渍。劳勤不能分，恨少方缩地。直欲诉真宰，鞭策商羊类。驱之万里行，洗荡妖氛炽。更愿用世者，体此为霖意。会见海宇清，早慰苍生企。倒峡势渐平，螮蝀五色备。林际漏斜阳，遥峰犹滴翠。

家大人谒选入都由宝坻省墓顺道来关喜呈

其一

风尘磨炼鬓添丝，回首家山感不支。报国新猷夸制锦，趋庭旧梦冷含饴。松楸久别应无恙，桑梓重来定有诗。自愧伶俜归未得，乡云遥望系葭思。

其二

丁沽负米记当年，鸿爪匆匆岁月迁。多士规模尊著述，半生香火结因缘。春闱蹭蹬名心老，冷宦消磨铁砚穿。尤喜一经能早授，承家蕊榜盼蝉联。

其三

曾歼巨寇拥雄兵，又领花封谱治平。秉铎几人能却敌，分符从古重专城。北门锁钥思勋绩，东郡弦歌溯政声（祖父宦山东至今有遗爱焉）。料得头衔他日擢，口碑齐颂长宫清。

其四

忍话经时世网艰，向平无计得身闲。惊心海内犹传檄，谋食天涯苦抱关。两地有亲垂白发，故乡何处买青山。思归翻羡乌衣燕，旧垒寻巢任往还。

代柬寄萝洲兄

其一

闻说莲花幕，肩门校艺初。披沙劳五夜，刻烛惜三余。燕雀衡非易，珊瑚网莫疏。推敲如得暇，应寄大雷书。

其二

老父逾花甲，劳劳走四方。官贫家负债，愁重鬓添霜。养志惭鸠拙，承欢勖雁行。书香绵世泽，努力爱时光。

其三

同气几兄弟，飘零各一州。挑灯思听雨，对月怕登楼。骨肉何时聚，兵戈苦未休。离情消不得，归雁又新秋。

其四

极目沧桑感，南天夕照中。田庐归劫火，亲故化沙虫。作受因难料，家乡信不通。何时息兵革，搔首问苍穹。

其五

自住深山里，幽闲似野村。奇云常绕屋，流水镇当门。地僻官衙静，风清民俗敦。红尘飞不到，何必访桃源。

附

宗禹兄和章

其一

天外烟鸿到，传来绝妙词。开函无俗韵，触绪发清思。月下簪花格，风前咏絮诗。长城出闺阁，那得不惊奇。

其二

画罢双蛾笔，雕成五凤楼。仙心容易杂，慧业几生修。玉律输君健，金针度我不？愿持交勉意，千里质萝洲。

恭送家大人之任粤东

其一

东华羁迹忽经年，始见鸾书下九天。白首一官轻万里，青毡十载比三迁。身栖粤海诗应健，路接罗浮梦亦仙。赢得坡公吟兴在，饱尝风味荔枝鲜。

其二

文章早岁冠骚坛，乍喜头衔换冷官。老境谁期逾岭峤，诗名天遣继苏韩。半生归隐输彭泽，千古从征愧木兰。此去花田春正好，长途珍重勉加餐。

其三

休从宦海感升沉，食禄何方有凤因。改辙漫嗟迁左秩，出山无计息劳薪。愁看华发难为别，名到珠江那济贫。一语临歧须记取，风波稳处早抽身。

其四

骊歌高唱大江东，百粤遨游气自雄。涉世总能增阅历，谋生何暇问穷通。栖迟八口如巢燕，匏系孤身类转蓬。途次平安书一纸，南天早晚盼飞鸿。

送宗禹兄随任

其一

忆昔天雄别，光阴瞬一年。鸰原才聚首，骊唱遽归鞭。夜雨何时听，离情万里牵。流连方几日，别绪笔难传。

其二

白发椿庭健，珠江赋远游。劳君侍长路，使我忆罗浮。骨肉原堪倚，音书莫惮修。片帆风色稳，指顾到高州。

其三

此去栾台道，难兄莅讲坛。共为羁旅客，权作故乡看。力弱谋生拙，家贫菽水艰。相逢应问讯，为道勉加餐。

其四

百粤风光胜，繁花四季开。饱尝南国荔，好寄岭头梅。湖海增豪气，山川展骥才。高堂劳望眼，须早计归来。

题昌平吕莲舫刺史捕蝗图二十韵

蝻子歼除净，缘何又见蝗？田间频蠢动，山径惯深藏。莫慰循良愿，时虞稼穑伤。嗷嗷悲雁户，默默祷虫王。令甲颁休缓，人丁选最忙。沟通濠预掘，簿列网齐张。遍野金钲击，连阡火炬扬。焚之光耀赤，埋处壤翻黄。善扑鞋如掌，浓煎釜沃汤。侵陵纷堵御，剿灭比团防。惠政昭精白，仁心感上苍。薰风吹阵阵，霖雨濯浪浪。盐脑蛆群喙，穿胸鸟集翔。气充生不愤（虫名气不愤善食蝗），氛滲变为祥。捕逐遵前轨，兜擒普化疆。蜂头俱扫荡，螽股尽消亡。红粟筹官廪，青钱罄己囊。饮和占岁稔，乐业喜民康。上苑吞堪并，中牟异可方。绘图传伟绩，万口颂甘棠。

绣兰为外佩

兰生空谷中，托根期不朽。君子纫佩之，清芬长共守。

戊午孟冬得家大人湘潭九日手书记之

其一

寸函珍重抵南金，解释离情万丈深。遥想蓬窗挥笔际，布帆安稳过湘阴。

其二

江湖胜境足勾留，垂老看山愿竟酬。木落洞庭秋色好，朗吟应上岳阳楼。

忆　母

一叶金风动，天涯复授衣。露尝滋弱草，心总恋春晖。寒暑看频换，晨昏奈久违。日归空有梦，夜夜绕萱帏。

忆　父

远宦怜爷老，遥遥万里途。暮年还恸子，经岁懒裁书。风景他乡异，音容久客疏。未知湖海外，诗兴近何如？

忆　兄

骤觉乡心动，霜天雁叫群。乘风来远渚，排阵度秋云。粤海行中断，燕山序又分。衔芦真逊汝，惆怅对斜曛。

晚　霁

暑雨欣初霁，烟峦翠欲流。炎消苏病体，尘浥豁吟眸。近水垂虹彩，遥山挂月钩。谁家吹玉笛，风景似新秋。

代外作癸亥仲春同人邀看花以桃花能红李能白为题限七古

东皇作意妆春色，艳李浓桃开顷刻。淡白嫣红各斗妍，缤纷陵谷成香国。晓日烘花花气曛，红霞烂熳接梨云。青山掩映真如画，蜂蝶闻香也作群。抱关计日惭微吏，兴来偶着游山屐。张周与博结同心，携樽共踏寻芳迹。我住雄关近十春，眼看桃李几成阴。花开花落东风里，坐惜流光老壮心。看花忆昔偕同伴，春风岁岁同人散。敬亭踪迹转何方？午桥别后音书断。鸿爪东西各渺茫，看花再到剩刘郎。萍踪遇合浑疑梦，今雨相逢又举觞。飞觞斜月已东升，追欢感旧不胜情。醉来欲共花相语，桃李无言各自荣。

读沈芷香夫人感怀诗题赠（沈西雍先生女公子）

其一

早钦咏絮惯趋庭，家学渊源见性灵。手把新诗亲浣读，恍如林下挹芳馨。

其二

一编冰雪出新裁，万斛词源笔下来。赢得千秋传绝调，甘将庸福换清才。

其三

茹蘗和丸漫自伤，凤毛继美擅文章。他年鼎食寻常事，天意终教蔗境偿。

其四

大厦全凭一木支，高风想像岁寒姿。炎凉世事沧桑感，洗尽人间粉黛诗。

其五

研史镕经写正声，天机不是小聪明。少陵格律青莲笔，多少江山助得成。

其六

僻性耽吟近卅春，自披雅什涤根尘。瓣香倘许依纱幔，愿向天涯结比邻。

题范信生监水图雅照

止水如镜明，毫发无隐匿。明镜有时昏，止水常湜湜。岂无庄老流，相忘守元默。岂无豪华子，玩弄快胸臆。先生抱道心，殷勤述祖德。披图见真吾，得失参消息。坐石临清流，须眉勤省识。心清如水清，渊源不可测。念兹释在兹，勉勉永无极。

题昌平吕莲舫刺史捕蝗图代外作

今年捧檄来昌平，循良之吏见吕公。和衷共济掘蝻子，心心相印将毋同。斗蝻易以米一斗，黄发苍髻竟奔走。以工代赈古法良，除民之灾糊民口。旬日蝻子堆成山，或舂或扑须臾间。余种更以畀炎火，使君宵旦怀恫瘝。天鉴诚心降霖雨，八蜡神齐伐鼓。收拾遗孽无一存，禾稼芃芃生净土。吁嗟乎！捕蝗之弊传有唐，官符如火催下乡。鹅鸭既尽田苗荒，吏胥扰扰纷如蝗。使君仁心常鉴此，民困奚宜吸骨髓。轻骑减从周四封，不饮乡间一杯水。我闻中牟不入境，投海化虾存善政。古人成绩今人追，绘上新图互辉映。菲材佐治愧铅刀，但竭诚心敢告劳。公名高列循良传，骥尾应容附我曹。

正月十三偶成（甲子）

饯岁浑如昨，春风已隔年。良时徒自惜，久病倩谁怜。雪影灯初试，云光月欲圆。归途滞何处？夜夜卜金钱。

正月接家书知大人安抵栾城喜而作此

其一

年来出险几如夷，别后频牵万里思。今日还乡仍是客，开函喜极泪翻垂。

其二

经时二竖久缠身，十载离家苦忆亲。他日承欢双绕膝，转愁难慰白头人。

寄诸兄书题后

东风何处来？吹我梦中路。仿佛闻人声，全家忽相遇。双亲抚我笑，雪鬓同皤然。投怀效儿戏，恍若十年前。诸兄携我手，问我归何迟。别来数年景，过眼如斯时。翩翩众仙侣，栩栩开心颜。绕屋梅花香，知自罗浮还。幻境本心生，楼阁凭空现。上有新添人，眉目何能见？心绪纷如丝，欲诉无从剖。会当问家人，此境真同否？想像栾台云，还照蓟门月。缩地有神方，关山久飞越。宛转读家书，笔涩墨痕冻。缄取灯下光，题诗寄君梦。

甲子暮春省亲都门杨三世婶王宜人招饮赋此志谢

琅琊古郡钟灵秀，大家淑德芳堪漱。一见倾心林下风，闺阁仪型推领袖。记从冷宦结通家，几度随亲侍缝纱。萱阁围炉时煮酒，槐阴清话每煎茶。欢娱不觉时光换，匆匆袂向关河判。难忘身世等抟沙，常把离愁托鱼雁。风聚萍踪讵偶然，相知已在十年前。东华为祝椿庭健，又结闺中半日缘。华堂胜会足风雅，琴樽左右共陶写。座中董李各天人，倾盖谈心杯共把。回首天雄忆旧游，星移物换几春秋。相看不减今朝兴，坐少萱帏泪欲流。于归久住深山曲，听雨看云耐幽独。自怜相隔等云霄，何意西窗重剪烛。剪烛谈心夜漏长，前踪后会两茫茫。人生离合真如梦，难得花间且尽觞。飞觞同爱春光好，素心互印期常保。流辉逝水暗催人，一度相逢一度老。抚今感旧黯销魂，别绪如丝忍共论。投诗未敢言琼报，留作他年雪爪痕。

归途口占

恐作伤心语，临歧悔别轻。娇怜慈父意，友爱长兄情。折柳更何日，浮萍托此生。昂头视鸿雁，奋翼起遐征。

留别叠翠山

十年相对久，送我若为情。雨过看岚色，春来听鸟声。眉痕分镜翠，宦味比泉清。此后书窗下，相思空月明。

《翠微轩诗稿》卷一跋

抒写性灵，清新俊逸，的是咏絮才华，亦吾师家学渊源，故有此不栉进士也。内子昔在天雄，与宜人时相往还，谂知内则，素娴庄静，贤淑足资闺范，观思亲忆家诸作，可以略见一斑矣。

密云任式坊拜跋。

·《翠微轩诗稿》卷二·

赠 外

其一

归君近十年，琴瑟偕佳耦。清夜戒鸡鸣，勖君惭益友。时难愁禄养，抱关薄升斗。今子将出山，心知语难剖。敬为书管见，君其择可否。四海尚燔燧，劳民事奔走。既苦差役烦，生业焉能厚？或构雀鼠端，终岁罗枷钮。尽倾比户资，饱侵胥吏口。所赖长官贤，庶各安农亩。妇子同欣欣，欢乐逮鸡狗。拯民如拯溺，临渊急援手。教之诚务本，孝弟其为首。慎哉作牧难，民生关国久。愿子裕民财，勿为儿孙守。

其二

驱车过大田，永昼日当午。悯彼田中人，耘作何辛苦。春耕方播种，锄苗需夏雨。秋风禾黍登，输纳入官府。不辞力稼勤，免受催租侮。何故华堂中，日夜事歌舞。闲坐杂娼优，欢宴聚朋伍。酒尽付缠头，青蚨那能数。使君戒奢华，万民快瞻睹。君或理一邦，挥金休若土。白头亲已衰，黄口儿待怙。薄俸能几多，赡家犹不补。民间汗血资，忍更相剥取。青楼一夕歌，中人产一户。愿子识财难，毋为颜色蛊。

乙丑五月移居昌平喜雨

横空白云颓，众峰皆隐伏。跳珠碎万籁，撼我如舟屋。低槛转奔涛，垂檐走湍瀑。赖兹虎骨投，惊起蛰龙宿（时方祈雨）。迟苗庶有济，节逾播早谷。侧闻东岱间，群凶正驰逐。飞盖隰当营，战伐方野哭（阅邸抄逆匪窜扰山东僧王阵亡）。稽首祷阿香，霹雳疾推毂。倒峡挽天河，一为洗兵镞。悬知戍与农，同此快心目。膏乳满沟畦，赤子疮痍复。久病怯炎歊，清凉实锡福。开轩理素琴，弦涩曲难熟。昂首视征鸿，飞鸣去何速。十载守蓟门，幽居窈深谷。暑雨滴烟峦，涧流胜筝筑。螺鬟当户峙，秀夺人膏沐。韶光恍掣电，妙景失飘倏。移居俨梦中，空庭敞平麓。新种豆沿篱，秋花或可卜。兴至不自禁，涂抹动盈幅。莫名造物功，且寻书饱读。时送好风来，田歌杂樵牧。

途中即目

奇云敛尽敞遥空，莽莽平芜入画中。剥雨琳宫黯金碧，迎霜柿叶间青红。饥鹰怒掠高原草，牧马骄嘶大泽风。怀古苍茫无尽意，夕阳低映水流东。

又

侵晓闻铃语，轻车古驿中。凝霜天气白，浴日海波红。沙积龙堆雪，秋高雁阵风。野田遗石在，射虎忆英雄。

黄台夕照（迁安八景之一）

日薄众峰低，紫翠变俄顷。返照上孤亭，空山荷笠影。

峡谷影龙

峡口影蜿蜒，潜形阅今古。何不挟风云，与世作霖雨。

冷口温泉

昔重华清池，今出冷峰口。合配汤盘铭，一洗众生垢。

独木仙桥

试问洞中仙，何年置丹灶。采药示前山，时踏长虹到。

观音庵

曲径达禅境，松阴补石苔。泉声导尘去，山色破空来。花雨诸天象，钟鱼说法台。兹方离五蕴，无处着纤埃。

曹墨琴夫人墨迹书后

其一

集开渊雅睹琅编，跨虎人归韵已传。今日鸥波亭子外，又瞻笔阵墨华妍。

其二

端庄流丽总清华，翰墨林中数大家。自笑临池将半世，曾无妙格仿簪花。

中秋后外子扶榇旋里书此志别

其一

置足无锥地，全家等断□。期安营兆稳，敢怨别离轻。愧我机丝短，怜君宦橐清。时闻征雁语，风雪若为情。

其二

客况知君惯，中年系我忧。星霜催鬓发，负荷重山邱。胜事浮云影，欢场聚水沤。相期崇俭德，努力绍箕裘。

其三

歧路无多嘱，长途慎保身。廿年游倦客，千里独归人。寒暖谁知己，艰难仗所亲。春江潮信早，珍重附双鳞。

先严周忌志痛

一自苍天降鞠凶，光阴瞬息又隆冬。春秋空展坟前拜，色笑惟瞻梦里容。插架图书悲物在，当门几杖剩尘封。成仙成佛真何据，谁叩蓉城问去踪。

纪　梦

何事慈怀系，连宵入梦频。全忘生死隔，只觉笑言亲。矮屋沈梁月，残缸泣鲜民。自怜身世累，难慰夜台人。

题　画

柴门斜隔水迢迢，一树横铺胜小桥。折得溪芦归正晚，月明牛背学吹箫。

送宗禹兄赴广东

其一

遗爱应存粤海涯，喜看小阮竟承家。他年上考书循绩，好种河阳县里花。

其二

无多荆树况分栽，愁对将离次第开。何日一堂重听雨，西窗剪烛待归来。

其三

黾勉同心抵孟光，兰修代子奉高堂。宦成早蓄还山计，莫恋花田远故乡。

其四

文鸳比翼久分飞，海阔天长信亦违。诵到蓼莪余病骨，凭君传语寄当归。（月村时客恩平。）

寿史太夫人

其一

瑶池桃熟彩云萦，寿母徽音重一生。何止宜家稀淑德，早闻洁膳著贤声。卷葹励节清风峻，绰楔旌门湛露荣。浴佛良辰开八秩，琅璈仙乐满蓬瀛。

其二

茹蘖含冰数十春，承欢膝下有传人。脱身簪绂晨昏慰，养志林泉岁月新。谏果回甘娱老境，莱衣戏彩乐天真。期颐预上南山颂，福寿能兼总凤因。

其三

频年海崛鹤添筹，懿训常垂世泽留。家有文孙能继武，人钦大母善贻谋。凤毛延誉名超谢，鸾诰承恩德报刘。燕喜应占书上考，毵绵葍禄奉千秋。

其四

无才愧我托枌乡，遥望慈晖仰义方。孟母断机成宿学，范家贻砚迪前光。瞻将翠柏凌霜健，咏到金萱爱日长。犹幸溯洄非远道，介眉携酒愿登堂。

书 怀

寄食又经岁，流光转易过。有儿徒索栗，无屋可牵萝。身世耐浮梗，年华感逝波。朝来明镜里，青减鬓丝多。

悼小泉兄

其一

商飙一夕变中秋，难觅生香到十洲。佳节何堪成永别，蟾光添与一家愁。

其二

天道难云药饵诬，病源至死尚模糊。知君结习消除尽，直到弥留一语无。

其三

伯道无儿最可伤，盖棺身后太凄凉。七龄继嗣麻衣短，苦把熊丸累孟光。

其四

漫祝修文上九天，敢期成佛与成仙。愿君再世仍兄妹，留补今生未了缘。

其五

身家百计替经营，一度追思一泪倾。休戚相关生死系，哭君何止弟兄情。

其六

痛绝同袍又夜台，沈忧百疾更谁哀。九京倘得长依聚，寄语庭帏我欲来。

其七

手泽犹存助我悲，遗编检罢涕频垂。他年东阁妆台畔，断纸零笺辑者谁。

其八

哀辞错杂不成文，写向灵前借火焚。当作邮签传竹报，平安两字可知闻。

过前庭

其一

棠梨落尽柳飞绵，花下联吟忆昔年。书卷生尘琴在壁，更无人坐小窗前。

其二

记消长日赌楸枰，满地槐阴夏气清。时有斗禽檐际坠，尚疑花外落棋声。

留别家人

维持数载感情深，潭水桃花谊转真。此别偏逢明月夜，再来须待隔年春。相思且尽杯中酒，后会难凭病里身。咫尺天涯稀把袂，平安勤与寄双鳞。

昌黎道中柬外

其一

极目郊原阔，蓝舆趁晓行。远山环郭峙，古木抱村生。海气连云润，沙田积雨平。无才惭佐治，入境畏官声。

其二

邑属韩公后，遗型万代观。士敦文定富，民朴政宜宽。地势雄堪镇，岚光秀可餐（用放翁句）。高风与形胜，瞻仰藉微官。

其三

万井人烟集，相看等一家。察情周疾苦，问俗到桑麻。吾道诚能尽，民生自有涯。蒲鞭虽示辱，黎庶莫轻加。

其四

折狱须仁术，如山案定时。是非容己判，得失有天知。此俸能无愧，斯民未可欺。愿君常懔念，止水寸心期。

即景

自别居庸路，常怀叠翠山。三年住陬邑，百梦绕雄关。忽睹潭边影，重开镜里颜。白云如解意，飞上两峰间。

夜坐

夜静闻疏雨，轻寒觉骤加。秋心澄似水，诗骨瘦于花。遣睡聊翻史，清吟试煮茶。惟怜篱畔菊，忍冻傲霜华。

琴韵轩偶得

其一

也辟琴轩学种花，涓埃同未答皇家。病驱敢视民情缓，日诵鸡鸣勖早衙。

其二

长案均排笔墨丹，标题应识弊多端。到销两字成陈例，第一签差察役难。

其三

官厨鱼肉进随时，未必烹调味定宜。终胜田家糜粥奉，何曾下箸莫迟迟。

其四

幕僚落落两三人，相助他山谊最真。契合终须贤地主，休将寒煊异周亲。

其五

愚氓雀鼠构争端，闪烁情词喻解难。莫倚桁杨能用猛，庭前常作子孙看。

其六

早识瓜期在眼前，既膺民社敢安然。青山负郭浑如笑，相对犹余半月缘。

呈焦桂翁世丈兼酬感怀先君元韵之作

其一

记侍椿庭日，传闻化雨行。樽前论老辈，诗里识先生。名望高南斗，文衡持北平。皋比推首座，多士载欢声。

其二

得失寻常事，知公亦达观（先生前因部议去官主北平书院）。时艰臣力困，命在主恩宽。旧社梅堪赋（在津结梅花诗社先君预焉），高怀菊可餐。料应添著述，犹觉胜居官。

其三

听鼓惭微吏，浮萍转当家。弃书研律令，学治辨蓬麻。别梦常天际，秋心在水涯。幸依仁宇近，策勉望时加。

其四

五字颂新咏，临风雒诵时。交深卅载见，谊重九京知。肝胆诗犹露，头颅雪漫欺。一弹流水调，存没感心期。（来诗离离悲宿草白发为君加。）

冬　闱

坐久炉香散，房栊似水清。窗虚风借势，人静月含情。断句翻书得，新衣剪烛成。来朝知雪意，飞雁度先声。

春 阴

启户迎晨爽，花光润远岑。春迟连夜雨，寒酿诘朝阴。市静低珠价，泥轻称燕心。石栏凭眺处，幽兴寄清吟。

送月村奉调回省

其一

芰荷香里拂征轮，无限离情上酒樽。输与田家饶乐事，一犁膏雨课儿孙。

其二

何来薏苡拟明珠，谣啄凭他众口诬。两袖清风一片月，印将心迹在冰壶。

得外书戏寄

其一

冒暑奔驰底事忙，风尘赢得鬓苍苍。虚名只益天公笑，却倒银河为洗装。

其二

行装盼到卸泥途，旅店清樽酒漫沽。帘内琵琶帘外雨，夜深消得客愁无。

糊 窗

一色云光腻，新裁护碧棂。添将虚室白，隔住远山青。映日宜书案，笼花胜画屏。纹纱来岁补，翻觉太空灵。

秋暮感怀

薄暮西风紧，霜催九月天。囊空犹买药，衣冷待装绵。生计凭谁问，浮踪漫自怜。尚余身外累，儿女在灯前。

庚午初度

双雏绕膝小团栾，客里愁心强自宽。避世情怀聊习静，未秋蒲柳已知寒。一身多病欢容少，四海无家退步难。天末独留修竹倚，年年常此报平安。

赠荔香

其一

忆我归宁六载前，添香瀹茗北堂边。今朝送尔宜家去，回首庭帏意惘然。

其二

频年曾代浣淄尘，赠到将离也怆神。解识持家为妇道，挽车提瓮要师遵。

其三

明眸翦水鬓堆鸦，却扇人看众口夸。不数夭桃能结子，春光先到早梅花。（佳期十月杪。）

其四

荆钗裙布意安和，莫向侯门艳绮罗。试上田畴高处望，乡村终古绿阴多。

燕

华堂双海燕，怜尔岁依人。寄食犹偕侣，衔花解惜春。惯窥珠箔影，长惹玳梁尘。不觉秋风及，相看奈客身。

挽环侄女

其一

失恃相看仅数龄，他生未卜毕今生。开函重触存亡感，二十年前姊妹情。

其二

无端恶疾苦相侵（以心疾终），雪涕何堪到老亲。更有娇痴儿女不？争教奉倩不伤神。

其三

记从远嫁适栾台，怀抱思归郁不开。地下相逢应一笑，重帏鹤驭竟先来。

其四

形容几载隔天涯，小梦惺忪聚碧纱。怪底惊人风雨急，吹来远信陨昙花。

燕　子

梦闲压线对春晖，喜听乌衣社后归。莫傍朱门徒刷羽，云霄有路望高飞。

寄宗禹兄书题后

活活闻流溅，东风初解冻。河中双鲤来，岭外尺书送。缅怀同堂人，卓荦才殊众。弱冠据文坛，延誉名超凤。中年宦粤海，美玉加磨砻。官卑气不降，识高言易中。五载隔参商，一函披雾凇。临风三复后，作答趁灯空。亲饭虽未加，子书渐能讽。持慰羁旅思，较胜还乡梦。

李广石

怪石负嵎疑虎蹲，将军行猎出塞门。草丰原野盘马疾，乌号应手山灵奔。平明诣视石宛在，鹜翎没入青苔痕。精诚所贯坚亦破，狼牙直被於菟吞。猿臂挽强世无偶，至今佳话留乾坤。锁钥倘使当一面，边防砥柱长城存。徒闻临轩慎老将，封侯不到汉寡恩。数奇曷遭醉尉骂，黄沙绝漠沈忠魂。我来凭吊重怀古，功名成败何足论。柳营遗迹不可睹，但闻朔风怒吼吹。云根流传百世生，气足土花班剥谁。敢扪安得娲皇补阙手，炼为猛兽司天阍。

杏花下感旧

雨声一夜将春绚，催得枝头深色变。粉蕊含烟破晓风，轻霞转借朝阳烘。看花忆昔居庸住，茅檐长有青山护。芸窗乍拓百合薰，花林缺处奇峰露。阳坡高占迎春先，落灯节后山桃然。山桃未谢杏蕾结，棠梨树继堆香雪。石涧流泉筝筑鸣，松涛柳浪挼啼莺。画家总擅徐熙笔，难仿春山淡冶情。十年消尽看花福，鹊巢那更遭风木。海风吹我落令支，客中偏惜韶光速。回首旧梦等浮云，虚名徒在实何补。浇愁漫仗酒盈樽，解语应怜人寄庑。今岁春寒花放迟，插柳已过清明时。花间怅触前尘感，诉与东风恐未知。

梁氏双烈行有序

孝烈女，姓梁，静海人，世居独流镇。父凤翰，举进士，仕永平府教授。母氏赵。女生有至性娴礼让。母病，昼夜侍药饵，及卒，哀毁不欲生。母遗三子皆幼，女训养周至。父时未第，授徒于邻邑。咸丰三年九月，病归将属纩矣，女涕泣守之，数夜不寐。时粤西贼李开芳等率众数万渡河北犯，所过州县望风而靡。既陷静海独流镇，镇滨运粮河，贼筑垒为持久计。方贼未至，镇民相率远避，女外祖亦以车逆父，病不能起，请女行，辞曰："父行亦行，父死亦死，弃父独生，此心何忍？"固请之，终不去。未几，贼至家，虏掠日以千计。女惧为贼所辱，匿空室中，乘间取剪刀刺其喉，不死，又自戳其胸，血殷襟袂，犹不死。半夜出，泣语父曰："两创不死，可奈何？"父哭不成声，顾有晒衣绳曰："是可以毕命矣。"向父再拜，缢于别室，年二十一。贼至，叹曰："烈女也。"为覆其面。明年正月，贼去，始葬。同治六年，事闻于朝，旌表如例。先是女有妹适张氏，十月而病卒。女衰麻号哭三日，谓家人曰："有兄嫂事舅姑，我可殉矣！"止之不及，仰药死，时称梁氏双烈女。

黑云幂天尘盖地，独流镇前腾万骑。一片刀光掩日光，蜂拥粤西贼匪至。临危致命出纯臣，踢波蹈刃皆成仁。异哉闺中双蕙质，见义勇决能忘身。条山苍苍静海绿，灵毓婵娟孝且淑。母教从知四德兼，家世渊源出望族。严君雅抱伯鸾才，烧尾龙门待浪催。羽书未发木兰叹，雀屏已为缇萦开。春晖欲报沈渊速，寸草心灰杜鹃哭。失恃弟幼仅数龄，身任提携与抚育。那堪风鹤警深秋，兵气长虹亘不收。二竖无端频作祟，椿庭抱恙几时瘳。外家宅寄桃源阔，安车屡迓情难夺。人拚事极化沙虫，争忍背亲成独活。升堂群盗集如麻，搜括惊闻耳畔哗。岂为勋名垂竹帛，方教热血溅桃花。疾风凛凛灯明灭，床前再拜词呜咽。绣剪刚回颈上魂，长绳又挂心头铁。人生自古此严关，山岳鸿毛顷刻间。芳徽但使留青史，浩劫何须惜玉颜。先行有妹重泉伺，饮鸩早毕共姜志。烈魄相逢定莞然，不下人间儿女泪。欃枪净扫天威尊，建坊先后蒙殊恩。特书孝烈春秋笔，奇事争传萃一门。投江曹娥曾殉父，卫女就丧身得主。今日居然睹二难，高风颉颃同终古。环珮珊珊若有灵，岁寒松柏想仪型。只今沽水生蘋藻，留与千秋荐德馨。

题秋钓图即用元韵

垂杨夹岸水光连，一碧清波影接天。知道有人家然楚竹，隔林仿佛露炊烟。

月下独立

秋分才几日，霜重觉衣单。节候炎凉异，人情去就难。草间虫语碎，云外雁声寒。独立西风里，茫茫感百端。

灯

寒檠当斗室，一穗耿宵深。花助兰膏艳，光凝玉漏沈。关山儿女梦，风雨弟兄心。相对情何限，疏窗伴苦吟。

立春日作家书寄外东光署

大地青阳转，条风应候新。农心盼宜谷，人日恰逢春。未启龙蛇蛰，先施草木仁。葭灰飞隔岁，萍迹判兹辰。宦海升沈事，浮家去住因。谋生羡鸿雁，缄恨藉鱼鳞。苏蕙回文体，秦嘉久客身。感时增怅望，惜别任艰辛。听鼓随辕后，看人作郡频。旅怀半珠桂，乡思岂鲈莼。才质输长线，官阶俨积薪。但期梁案重，谁恤阮囊贫。剪烛论诗夜，衔杯话雨晨。前途宜自爱，旧梦未全泯。只愿民情朴，休夸吏绩循。痴云出岫懒，远志入山真。此际羁官阁，行当返析津。班荆到孔李，倾盖抵雷陈。为卜门投辖，从知榻扫尘。东郊胜车骑，北海集朋宾。畅饮刚宜卯，和衷定协寅。平安书彩胜，临颖意难伸。

呈史香崖先生

其一

海内声华久轶伦，手提乡序爱才真。韩苏品望灵光峙，濂洛薪传道气纯。万卷名山能寿世，一时大雅仗扶轮。儒林共喜增佳话，煦遍和风有脚春。

其二

青绫幛卷拜儒师，愧荷斯文累世知（承示永平诗存，祖父两兄暨贞诗均蒙选录）。林下清才输道韫，卷中遗墨感锺期。生叨骥尾名尤忝，诗到龙门句始奇。何幸一编贻手泽，心香爇罢系余思。

其三

乾荫骚坛昔骋雄，倾心枌社记推公。文扶八代胸罗宿，笔架千秋气吐虹。将母园林轻大隐，采诗朝野羡高风。知君亦切人琴感，无数泞泥印雪鸿。

其四

名园有约忆前秋，花下开樽愿未酬（曾约先君游园，因疾未果）。缘浅岂期成隔世，病余犹自惜清游。思亲意冷诗慵补，爱客情殷辖莫投。知有巨卿高谊在，鸿文惟乞阐泉幽。

治 盗

吏民美听断，动援召伯棠。古人已不作，余子何足方？心诚政自实，岂望名誉彰？譬彼耕与耘，除莠而安良。孰谓风霜冽，大道回春阳。不见水波柔，积溺亦须防。雷霆和雨露，中有日月光。三复子产言，怀古徒彷徨。

菊

铅华洗净爱秋魂，陶径新移玉一盆。别有精神超眼界，肯容霜雪压尘根。群空老圃余风骨，伴对疏灯现月痕。寄语高人休送酒，天涯离绪满金樽。

· 《翠微轩诗稿》卷三 ·

遣 兴

缀浣尘襟涤，维摩示疾才。垂帘明月退，展卷妙医来。守拙吾知命，匡时世有才。青虫相对语，篱畔几花开。

治 狱

其一

大府际圣丗，力振颓惰风。县颁平头格，朔望填过功。考语勖勤慎，曾计期年终。求治意逾切，掩瑕智愈工。鞫奸实讳盗，鞫斗将格充。是非惯倒置，朱碧相淆蒙。时恐吏不文，撙稿莲幕中。援例别出入，一字差异同。杀人凭片楮，不见刀光红。官符胜星火，民命非草虫。焚香对北斗，各拊区区衷。

其二

清晨呼囚来，上堂云点解。尘垢黄发枯，日炙红衣败。枷锁声银铛，环跪阶为隘。招房读前状，泻若瓶水快。官耳虽聪聪，囚心实愦愦。无乃平生魂，都缘三木恚。临行重叮嘱，勉应不敢懈。十步九回头，情似恋官廨。明知去不返，踌躇足懒迈。其如先死鬼，久候阎罗界。寄语世间人，勿为偿命债。

野 望

其一

惠风被黄柳，春意透溪烟。近水云根活，承桥石溜穿。人来孤嶂外，鹜起落霞边。不尽郊原景，题诗意蔼然。

其二

近郭垂杨晚，茅茨覆几家。墙低时过蝶，篱弹半欹花。赊叶春酬茧，分池雨沤麻。熙风还太古，城市抵天涯。

山 行

石势参天陡，危岩曲径开。螺梯旋树转，马足拂云来。突兀撑诗骨，嵚崎耸霸才。芙蓉真戕削，应倩五丁裁。

黄 昏

圆月窥人薄似冰，床前云母瘦堪憎。多应小玉催茶去，已下重帘未上灯。

寄王宜人

其一

回首春明判袂晨，别来几见草如茵。痴情拟化罗浮蝶，时向华胥访故人。

其二

朔风吹雪惠鸿音，秋水苍葭感燕心。欲写离惊寄鳞素，碧云无际海波深。

其三

奉到瑶华报转迟，全荒家学敢言诗。开缄已作移情想，风雨青灯落笔时。

海棠词

湿烟低压花昼暝，枝头百舌呼春醒。昨夜通明达绿草，护香敕勒条风冷。惊雷启蛰花始胎，萼点碎缀珊瑚才。东皇解意助媚斌，轻阴日日加滋培。半弓闲拓墙坳地，遗泽曾经手封植。不教定惠占嘉名，异种疑从西蜀致。文荫婆娑覆绮窗，垂丝丽品擅无双。中人花气浓于酒，何必花前倒玉缸。惜花生恐玉成烟，银烛高烧照不眠。金谷倚娇尘障复，华清罢浴醉妆妍。笑侬自少看花福，六年空寄花间屋。肝疾轮困怕见春，闭门却把华严读。风光艳极易魂消，日炙胭脂雪欲飘。蛛网冒枝张似幕，蜂声围树闹如潮。听说春归客意伤，留春无计送春忙。飞琼一去瑶台晚，芳草帘栊但夕阳。

丁香

珠蕾缀枝重，新晴拆晚烟。香浓风拂拂，影碎月娟娟。倚槛娇无语，当杯静可怜。怡情相对处，庄蝶亦欣然。

倚栏

瞥眼韶光换，寒暄警客心。草痕披宿雨，花气搁春阴。谷暖莺迁树，庭虚鸟踏琴。飞腾生意满，天籁助微吟。

牡丹

花池几簇傍回栏，不植鞓红植玉盘。记取先人当日意，特留清白子孙看。

出城书所见

题糕有约践佳晨，露洗秋空气象新。浓淡云峰皴似画，丹黄岩树媚于春。稻粱几处才登圃，箫鼓前村已赛神。信是张弛文武道，倾城争蹋陌头尘。

小除夕

逝水流年去，然膏惜夜分。人情惊腊鼓，世态幻春云。鳞雁三冬渺，萍蓬百绪纷。啄苔看海鹤，俯仰意殊群。

作家书

其一

星街似水柝声阑，清逼梅花梦未安。却忆相如消渴后，敝裘独御海风寒。

（月村疟疾新瘥奉差察夜。）

其二

竹报传来喜气加，阶前又茁小兰芽。临封抡指重新卜，可得秋闱撷榜花。
（大儿应试。）

其三

仰屋残年客绪凄，债台百尺更无梯。药炉细拨寒宵火，强把平安炙砚题。

示英儿

赴壑余蛇尾，开春逾冠年。童心犹放逐，文脉欠精研。生世萍浮水，时光箭去弦。如何同学辈，裘马日联翩。

偶 成

禁寒帘幕落灯边，渐觉条风动纸鸢。社燕未来花院静，轻阴做出困人天。

偶 见

柳花如雪闹晴空，牧笛吹来水稻风。坐对黄鹂话畴昔，人家多在绿阴中。

遣 病

药里浮生懒，栖心且作家。借书排永夕，插棘卫低花。浣暇诗程补，眠余纺课赊。骄人三径外，松菊饱烟霞。

病 起

肝气轮困病复迟，一春强半负花时。客怀多畏逢珠价，师俸难逋减药资。影瘦怕将修竹倚，愁深只任短檠知。低徊斗室翻成笑，结习犹存尚有诗。

破 窗

雨裂冰纹碎，疏棂补未完。蝇钻星孔仄，燕寝月光宽。灯闪诗方涩，风欺墨易干。撩人尘影外，花息透檐端。

孤 云

白衣苍狗外，孤影尚迟迟。出岫非无意，为霖或待时。阴晴由世卜，聚散任风吹。莫讶行踪幻，须叩日月知。

得家信

茫茫宦海问沈浮，去住皆成不系舟。弱骨轻尘拚共化，人间无地可埋忧。

梓培根堂集感作

其一

欣看遗集启雕镂，善本麻沙日校雠。展卷不禁增怅忾，生平真性此中留。

其二

卅年铸砚铁空磨，未得题名到大罗。根柢六经存正味，金针自昔度人多。
（制艺试帖文法金针均经及门诸士刊刻。）

其三

未必传闻尽子虚，寒毡闲坐续虞初。笔端尽有纲常在，轶事留征野史余。

其四

雪案钻研六十春，焚膏如睹旧精神。枣梨岂必期传世，护取吉光付后人。

望 月

月色小庭幽，清光已带秋。分来天外影，拚作客中愁。霜露思何极，萍
蓬迹共浮。静观凉意满，桐井耀宵流。

题 画

其一

眼明白鸟下汀洲，气阔寥空暑乍收。乌柏四围山一面，丹黄抹出塞垣秋。

其二

风梢月影墨光开，拔地参天出俊材。只恐清飙蘋未动，破空吹作雨声来。

感 事

铸铁真成错，深惭世网艰。临渊虽守训，洗垢奈求瘢。仰屋萝难补，当
门蕙定删。输他巢幕鸟，来去境安闲。

七月初六夜得句

其一

残釭兀对避尘嚣，客绪秋心两不聊。怪底蕉窗凉似水，星期又送雨潇潇。

其二

阅世刚肠剩有痴，针楼欲上意迟迟。年来觑得团圆破，修到神仙也别离。

花烛词贺明珠侄新婚

其一

三星明启鞠华天，听奏房中乐一篇。从此云衢攀桂近，霓裳新迓蕊宫仙。

其二

姆教曾闻戚鄙夸，定知淑德可宜家。镜台喜遂桃夭赋，烛影红摇并蒂花。

其三

妆罢堂前敛拜时，彩毫初试画眉宜。红丝特系贻谋远，兰祀明馨慰可知。

其四

庆溢重帏属望深，同声讵止协瑶琴。须知戒膳鸡鸣早，代补陔华廿载心。

其五

远山宜笑向人青，博议秋光护曲屏。良夜篝灯防佐读，压奁准备十三经。

其六

箫声引凤下瑶池，正是天香结子时。预祝来年征燕早，筵前重赋弄璋诗。

书乐亭董孝女事

董孝女，居海浔，父业农，名桂林。女生十二已失怙，蓼莪一恸感路人。上书北阙不可作，寒窗孑影依偏亲。静处蓬门洁蘋藻，德传里鄙知名早。郭氏红丝温镜台，援求媒妁纷遝来。手撤环瑱矢养志，自甘荆布安蒿莱。华萼连枝少棠棣，门祚单微复谁继。拚将臣任弱躯肩，承欢幸有萱帏逮。春把锄犁秋涤场，半充官租半粥粱。晨羞专借十指力，夜绩每窃邻壁光。仰搔那识流光苒，母疾难为羁枕簟。鬻尽沙田易椟材，附身经济殊无忝。贫家死葬力不齐，停柩牖下筑以泥。困极转成庐墓守，露霜顾复恒凄凄。风雨维持几廿载，麻衣泪渍朱颜改。借箸宁输邻女筹，守经岂预千人悔。乡闾率义企高踪，麦舟赙助足树封。岁时祭扫永不阙，争传孺慕出龙钟。慎终追远前哲矩，巾帼宗风诚罕睹。北宫之女齐婴儿，万古芳名同不腐。表闾荣荷天章垂，凌霄绰楔光门楣。俚歌敬作世人劝，生男勿喜女勿悲。年来我叹春晖匿，未报深恩辜罔极。读传兴起心肃然，白云望断涕沾臆。

卢龙郭孝妇诗

塞山峨峨，河水弥弥，人杰地灵，清圣所止（一解）。南有乔木，在山之阿，惟援惟系，施彼女萝（二解）。义为郭妻，情犹岂女，吾虽未合，名则已许（三解）。北堂有萱，西山有蕨，浮云无跟，井水不竭（四解）。既奉盘匜，既洁滫瀡，以养以葬，殚兹十指（五解）。揆厥畸行，援义归仁，不属毛里，纯笃天真（六解）。贞女事夫，忠臣委质，移忠作孝，天无二日（七解）。忠孝遗风，伦常振作，景此高山，廉顽立懦（八解）。

秋闺杂兴

其一

小雨才添襟袖凉，剪刀声里漏初长。晨兴忘却瓶花绽，垆鸭谁温隔宿香。

其二

梨枣工坚手泽存，遗文检校趁朝暾。妃狶恐误为曡耻，疑画重将字典翻。

其三

趋庭犹记父兼师，插架芸签任质疑。开卷望洋成自叹，读书深悔十年迟。

其四

志乘新编史笔遒，名山考献足千秋。艺文遗范先型远，愧煞闺名传尾留。

其五

无田应免吏催租，风雨重阳兴不孤。深巷打门缘底事，谪迁专使下诗符。（谓李晋九征诗。）

其六

蝶蛞家居百感并，药炉经卷绊浮生。累人尘务犹难了，日日山阴道上行。

其七

布衣浣后夕阳骄，浆粉浓铺杵细敲。濡墨临池偏手颤，涂鸦画蚓适增嘲。

其八

女伴争推压线功，绿窗深锁对秋风。那知蓬鬓梳妆懒，甘把蛾眉让画工。

其九

同侪叶戏哄良宵，凭仗残书慰寂寥。不是离群夸矫俗，年时胜念已全消。

其十

画梁双燕喜新晴，软语如商去住程。胜我有家归未得，朝朝仰屋听鸡鸣。

其十一

试检灵枢配八珍，河鱼困食动兼旬。鸰原雅荷同堂谊，煮药然须日费神。

其十二

检点寒衣寄客边，秋心熨贴细装绵。雁声惊破刀环梦，满榻西风月正圆。

其十三

倚竹浑忘翠袖单，频修双鲤劝加餐。书来似被灯花笑，又费兼金墨一丸。

其十四

规唐模宋苦矜持，一字耽吟下笔迟。寻亦不来推不去，能真只有性情诗。

（清）高顺贞撰《翠微轩诗稿》，清同治十三年（1874）刻本

【辑评】

陈芸《小黛轩论诗诗》（卷下）：就兰人自进兰轩，秋色琴亭夕照昏。拟与霜花商叠翠，家山梦断月无痕。高顺贞，字德华，迁安人，归刘知县垂荫，著《叠翠轩诗集》，有"风竹敲寒月，霜花勒晚香。诗境愁中仄，家山梦里青"等句，"菊影云槿篱，隔断月无痕"亦佳。

胡文楷《历代妇女著作考》：《翠微轩诗钞》，（清）高顺贞撰，《吴县吴氏小残卷斋书目》《河北通志稿》著录（见）。

顺贞字德华，江苏宝坻人，嘉庆戊寅举人高继珩女，刘清妻。吴县吴慰祖先生藏稿本。前有其父高继珩序，王炳辉题词。前卷诗二十四首，后卷诗二十七首。又藏有刊本。

《翠微轩诗稿》三卷，同上。

同治十三年甲戌（1874）刊本，前有自序，史梦兰、郭功叙、汤云松、孙椿林等题词，卷一凡十九叶，有任式坊跋。卷二凡二十叶，卷三凡十一叶。

《叠翠轩诗集》，同上，《河北通志稿》《畿辅书征》著录（未见）。

《畿辅书征》：高顺贞字德华，直隶迁安人，直隶试用知县江西刘垂荫妻。

郑 淑

郑淑，字荇洲，号琴亭女史，清代丰润（今河北唐山）人。父郑作艾，从父郑作肃。著有《琴亭女史残稿》。《河北通志稿》《畿辅书征》《小黛轩论诗诗》著录。

【散见收录】

残 句

白云黄叶寺，秋色夕阳山

（清）陈芸撰《小黛轩论诗诗》，民国三年（1914）刻本

【辑评】

陈芸《小黛轩论诗诗》（卷下）：就兰人自进兰轩，秋色琴亭夕照昏。拟

与霜花商叠翠，家山梦断月无痕。郑淑，字荇洲，号琴亭女史，归知府李希彬，早卒，著《琴亭女史残稿》。

胡文楷《历代妇女著作考》：《琴亭女史残稿》，（清）郑淑撰，《河北通志稿》《畿辅书征》著录（未见）。

淑字荇洲，自号琴亭女史，直隶丰润人，郑武女，滦州翰林河南知府李希彬妻。卒年三十。

卷 三
直隶中部

◉ 石家庄

甄皇后

甄皇后（182—221，一说183—221），谥文昭，三国魏时中山无极（今河北无极）人。上蔡令甄逸之女。魏文帝曹丕之妻，魏明帝曹叡、东乡公主生母。葬于邺城，曹叡即位后改葬朝阳陵。《古今女史》《历朝名媛诗词》《名媛汇诗》《名媛诗归》《宫闺文选》著录。

【散见收录】

塘上行

蒲生我池中，其叶何离离。傍能行仁义，莫若妾自知。众口铄黄金，使君生别离。念君去我时，独愁常苦悲。想见君颜色，感结伤心脾。念君常苦悲，夜夜不能寐。莫以贤豪故，弃捐素所爱。莫以鱼肉贱，弃捐葱与薤。莫以麻枲贱，弃捐菅与蒯。出亦复苦愁，入亦复苦愁。边地多悲风，树木何脩脩。从君致独乐，延年寿千秋。

（南朝陈）徐陵编《玉台新咏》，四部丛刊本

让长秋宫表

妾闻三代之兴，所以享国久长，垂祚后嗣，无不由后妃焉。故必审选其人，以兴内教。今践祚之初，诚宜进登贤淑，统理六宫。妾自省愚陋，不任粢盛之事，加以寝疾，敢守微志。

（明）赵世杰辑《古今女史》，明崇祯问奇阁刻本

【辑评】

陆昶《历朝名媛诗词》（卷二）：甄皇后。后，明帝母也。九岁喜书作字数用诸兄笔砚。兄曰："汝欲为女博士耶？"后曰："古之贤女未有不知书者。"入魏，为文帝夫人。帝建长秋宫，玺书迎之。后表辞谢言："后妃之德，宜登进贤淑，自省愚陋，加以寝疾，敢守微志。"玺书三至三让，词甚恳切。后贤矣哉！诗词婉厚而雅邕，从汉乐府脱来，惟行仁义，句不类或传写之说耳。

赵世杰《古今女史》（姓氏）：文昭甄皇后，中山无极人。明帝母也。九岁喜书，视字辄识，数用诸兄笔砚。兄曰："汝当作博士耶？"后答曰："观古者贤女，未有不览前世成败为己戒者，不知书何由见之。"袁绍据邺，为中子熙纳焉，及曹操破绍，文帝私纳为夫人。后为郭后所谮，赐死。明帝即位，追谥文昭。

钟惺《名媛诗归》（卷三）：……魏书：有司奏建长秋宫，帝玺书迎后诣行在所。后上表称谢曰："妾闻三代之兴，所以享国长久，垂祚后嗣，无不由后妃焉。故必审选其人，以兴内教。今践祚之初，诚宜登进贤淑，统理六宫。妾自省愚陋，不任粢盛之事，加以寝疾，敢守微志。"玺书三至而后三让，言甚恳切。

◉ 保　定

崔氏女

崔氏女，唐代范阳（今河北涿州）人。卢充妻。《古今女史》《历朝名媛诗词》《名媛汇诗》《名媛诗归》著录。

【散见收录】

盼卢充

煌煌灵芝质，光丽何猗猗。华艳当时显，嘉异表神奇。[①] 含英未及秀，[②] 中夏罹霜萎。荣曜长幽灭，世路永无施。不悟阴阳运，哲人忽来仪。[③] 会浅离别速，皆由灵与祇。何以赠余亲，金碗可颐儿，[④] 爱恩从此别。断绝伤肝脾。[⑤]

（清）陆昶辑《历朝名媛诗词》，清乾隆三十八年（1773）红树楼刻本

【辑评】

陆昶《历朝名媛诗词》（卷一二）：范阳卢充家西三十里有少府墓，充一日猎射一獐，走，充逐之。忽至一里，门如府舍，问曰，少府府也。迎充进见，少府曰："近得尊府君书，为君索小女婚，故相延耳。"以书示充。充见

---

① 《名媛诗归》此处注："二语简重，而志质贞幽，不似世人浮浊。"
② 《名媛诗归》此处注："此亦是伤怀语。"
③ 《名媛诗归》此处注："表出求配事并非玄感幽通，立言正大。"
④ 《名媛诗归》此处注："可住。"
⑤ 《名媛诗归》此处注："谭友夏云：汉魏古诗幽冥中，何得有此笔砚。"

父手迹，唏嘘无辞。崔即敕内令女妆严，使充就东廊成礼为夫妇。三日，崔曰："君可归矣。女有娠，生男当相还。"遂具车相送，执手涕别。充倏忽至家，见家人推问，乃知入崔府君墓居四年。三月，临水际，见一犊车，乃崔女与三岁小儿共载。充欣然就之。女抱儿还充，又与金碗，并赠诗，忽不见车，将儿还充。旋诣市卖碗，冀有识者。适有老婢问碗之由，还报其家，即女姨也。迎见曰："我姊女未嫁而卒，家亲痛之，赠一金碗着棺中，今视碗是也。"并令见儿有崔女状，曰："三月末产，春暖温也，愿归休也，即字温休。"儿后成令器，历世贵显云。诗大似魏晋人，作情文幽至，甚非浅浅。

赵世杰《古今女史》（姓氏）：卢充者，范阳人，家西三十里有少府墓。充一日猎，见一獐，举弓射，即中，獐倒而复起，充逐之，不觉远，忽见里门如府舍，中有一铃下，充前问，答曰："少府府也。"充曰："我衣恶，那得见贵人？"即有人提襆新衣迎之。充着尽可体，便进见，展姓名，酒炙数行，崔曰："近得尊府君书，为君索小女婚，故相延耳。"即举书示充，充见父手迹，便歔叹无辞。崔即敕内，令女郎装严，使充就东廊，妇立席头，共拜为夫妇。三日见崔曰："君可归矣。女有娠，生男当相还。"敕外严车送客，崔执手零涕，离别之感无异生人。充便上车，去如电逝，须臾至家，家人相见推问知崔是亡人，而入其墓居四年。三月，临水戏忽见一犊车，乍浮乍没，既上岸，充见崔氏女与三岁儿共载。充忻然欲捉其手，女指后车曰："府君见人即见少府。"充往问讯，女抱儿还充，又与金碗并赠诗，充取儿碗及诗，忽不见二车处囗儿还。四座谓是鬼魅，金遥唾之，问儿："谁是汝父？"儿径就充怀。众传省其诗，慨然叹死生之玄通也。充诣市卖碗，冀有识者。欻有老婢问充得碗之由，还报其大家，即女姨也。谓充曰："我姨姊崔少府女未嫁而亡，家亲痛之，赠一金碗着棺中，今视卿碗甚似，本末可得闻否？"充以对，姨即迎儿，儿有崔氏状，姨曰："我舅甥三月末间产。"父曰："春暖温也，愿归休也，即字温休。"盖幽婚也，其兆先彰矣。儿遂成为令器，历数世贵显。

锺惺《名媛诗归》（卷二）：卢充者，范阳人，家西三十里有少府墓。充一日猎，见一獐，举弓射，即中，獐倒而复起，充逐之，不觉远，忽见里门如府舍，中有一铃下，充前问，答曰："少府府也。"充曰："我衣恶，那得见贵人？"即有人提襆新衣迎之，充着尽可体，便进见，展姓名，酒炙数行，崔曰："近得尊府君书，为君索小女婚，故相延耳。"即举书示充，充见父手迹，便歔叹无辞。崔即敕内令女郎装严，使充就东廊，妇立席头，共拜为夫妇。三日见崔曰："君可归矣。女有娠，生男当相还。"敕外严车送客，崔执手零涕，离别之感无异生人。充便上车，去如电逝，须臾至家，家人相见推问知崔是亡人，而入其墓居四年，三月临水戏忽见一犊车，乍浮乍没，既上岸，充见崔氏与二岁儿共载。充欣然欲捉其手，女指后车曰："府君见人即见少府。"充往问讯，女抱儿还充，又与金碗并赠诗，充取儿碗及诗，忽不见二车处将儿还。四座谓是鬼魅，金遥唾之，问儿："谁是汝父？"儿径就充怀。众传省其诗，慨然叹死生之玄通也。充诣市卖碗，冀有识者。欻有老婢问充得碗之由，还报其大家，即女姨也。谓充曰："我姨姊崔少府女未嫁而亡，家亲痛之，赠一金碗着棺中，今视卿碗甚似，本末可得闻否？"充以对，姨即迎儿，儿有崔氏状，姨曰："我舅甥三月末间产。"父曰："春暖温也，愿归休也，即字温休。"盖幽婚也，其兆先彰矣。儿遂成为令器，历数世贵显。

张 氏

张氏，明代容城人，兵部员外郎杨继盛妻，《兰闺宝录》著录。

【散见收录】

请代夫死疏

臣夫原任兵部武选司员外郎杨继盛，因先任本部车驾谏阻马市，预伐仇鸾逆谋，圣恩仅从薄谪。旋因鸾败，首赐湔洗，一岁四迁，历抵前职。臣夫拜命之后，衔恩感泣，思图报效，或中夜起立，或对食忘餐，臣所亲见。不意误闻市井之谈，尚狃书生之习，遂发狂论，委的一时昏昧。复荷皇上天高地厚之恩，不即加诛，俾从吏议。臣夫自杖后入狱，死而复苏者数次，剜去臀肉两片，断落腿筋二条，脓血流约五六十碗，浑身衣服，尽皆沾污，日夜笼箍，备极苦楚。又年荒，家贫，常不能给，止臣纺绩织履，供给饷食，已经三年。该部两次奏请，俱蒙特允监候。是臣夫再蹈于死，而皇上累置之生，臣之感佩，惟有焚香祷祝万寿无疆而已。但闻今岁多官会议，适与张经一同奏请，题奉钦依，依律处决，臣夫虽复捐胆市曹，亦将瞑目地下。臣仰惟皇上方颐养冲和，保合元气，昆虫草木，皆欲得所，岂惜一回宸顾，下垂覆盆。倘蒙鉴臣蝼蚁之私，少从末减，不胜大幸。若以罪重不赦，愿即将臣斩首都市，以代臣夫之死。夫虽远御魑魅，亲执戈矛，必能为疆埸效命之鬼，以报皇上。臣于九泉，稍有知识，亦复衔结无既矣。

祭夫杨椒山文

於维我夫，两间正气，万古豪杰。忠心慷慨，壮怀激烈。奸回敛手，鬼神号泣。一言犯威，五刑殉节。关脑比心，严头嵇血。朱槛段笏，张齿颜舌。夫君不愧，含笑永诀。渺渺忠魂，常依北阙。

（清）周寿昌辑《官闺文选》，清道光二十六年（1846）本

【辑评】

恽珠《兰闺宝录》（卷二）：张氏，容城人，兵部员外郎杨继盛妻。嘉靖年间，继盛疏劾严嵩十大罪五奸，帝怒，廷杖下诏狱，张氏上书愿代夫死，嵩屏不奏，系三载竟以冤卒。

赵世杰《古今女史》（卷四）：李卓吾曰：为臣死忠，为妇死义。观此疏具见杨先生刑于之化。吴旭如曰：不特一字一泪，一字真数行泪，有心人仍堪多读几过。

王淑昭

王淑昭，清初雄县人，刑部侍郎王炘女，沧州左印奇妻。著有《王太孺人遗稿》一卷。有唐仲冕序，李之峰作墓志铭，左元镇跋。《畿辅书征》《沧州诗钞》《国朝闺秀正始集》著录。

【整集收录】①

序

嘉庆戊辰夏六月，左树堂明府以其先曾伯祖母王孺人遗稿见示，且述其

---

① 本整集收录部分所用底本为清嘉庆十三年（1808）刻王淑昭《王太夫人遗稿》，共三卷，其中多处标有"陈选""崔选""已付梓"字样，疑为此刻本问世后有陈氏、崔氏从中择选部分诗作另行刊刻，然未考得陈氏、崔氏为何人。部分被选诗作的文本存在他人手写修改痕迹，修改者为何人亦不知，或为陈氏、崔氏选录过程中所进行的修改。本书此处所录文本皆按刻本原貌，手写修改处不再体现。

孝亲相夫子，教弟训子，受知仁庙，诏为女师诸梗概。计其生年距今已百五十七年，卒年亦七十年，其家中落，所作多散佚无存，此从其戚家杂录者。以所得先后为上下卷，幽芬潜懿，久而弗传，谁之过欤？急谋付梓，而属叙寸余。余受而卒业，乃慨然曰：彤史之诗，自卫庄姜《柏舟》《绿衣》诸篇，共姜之《柏舟》，许穆夫人之《载驰》，皆采于太史，陈之王朝，其时徽音广被，岂无丽藻争抒，而独传此数章，垂为经典，非以其哀乐关乎风化，为二南教泽之留贻耶？汉有唐山夫人房中之影，著于乐府。班氏则婕妤团扇、大家女诫，亦合于风雅，大异乎《白头吟》《十八拍》诸作矣。阙后颂椒咏絮，以及鲍左诸媛，详于组织，略于伦理，唐宋以来，自郐无讥。何也？女子而有一言涉乎风云月露，其余尚足观哉？今读孺人遗稿，早年违难崎岖，尽礼怙恃，中年兼布相庄，内裨政学，晚年介弟扬历，奉为严师哲嗣之官。孙曾问字，皆于句律宣之。方其遘闵处约，怨欢离合之故，无不发乎情止乎礼义，周官择命妇之有德言容功者，以教嫔御。则仁庙之诏为六宫女师，岂仅赏其代弟应制之诗而已哉。夫以神圣天亶，而褒奖征聘之典，特贲于七品命妇。及其婉辞陈谢，则又俯俞其请。海内缙绅闺阁，争奉为女宗。孺人当之，亦可谓千载一时矣。余尝疑木兰一诗，所谓"天子坐明堂，木兰不用尚书郎"，不知为何代事，然其以女代男出于权宜，非典要也，及观国初沈云英之事，厉军雪仇，为时名将。归以经学教授乡邑，则可谓女中烈士大儒矣。孺人傥其流亚欤。惜其所撰表不可得而见也。其诗长于五言，有林下风味。诸体气韵亦高，近时巾帼，多以吟咏为贤。余尝影选闺阁一集，以期合于二南之旨，得孺人遗稿出，可以风矣，至其家世爵里，则有先辈李公之嶧志铭在，故不复赘。

是年秋七月三日陶山后学唐仲冕撰于海陵舟中。

皇清敕封孺人左太夫人墓志铭

王孺人，字淑昭，河间副宪左公之仲子妇，文林郎庸庵公之继室也。父炘，诰赠通议大夫、刑部右侍郎，世为雄州望族。当明末流寇猖獗，遂偕夫人孙氏避乱江左，以顺治壬辰夏生孺人于六合之黄岔河。幼具凤慧，颖异绝伦，而性复纯孝，母钟爱之。甫三岁，偶检案头书，辄色喜，母曰："儿嗜此耶？"因口授数帙，浏然成诵。赠君以才华非女子所尚，尝戒止之。孺人乃窃从诸兄问字，终日默诵，渐以己意测句读，触类引伸，不数年，凡赠君所藏书史无不遍观尽识，孙夫人亦未深悉也。七八岁时，会三藩不靖，余氛乘间虏掠，赠君携眷属止宿于山间李氏家。孺人问曰："李与吾亲乎？友乎？"赠君曰："否。乃难中仓猝相就耳。"孺人曰："嫌隙之际，虽仓猝当裁以义，儿死不敢出也。"卒与赠君徙之废庙而托处焉。年十三，母孙夫人见背，昼夜哀泣，几不欲生。当是时，仲兄以事旋里，三兄哭母继亡，四弟甫七岁，五弟三岁，一妹五岁，内无姑姊之依，外无姻戚之助，一老在堂，两枢停室，弟妹小弱，家计萧然。孺人乃勉强节哀，以一身仔肩厥事，备历诸艰，而内外肃然。一日，比邻火，风迅焰炽，延烧将及，时赠君在馆未归，孺人度不免，率弟妹伏枢前哭以待毙，俄而风返火息，咸叹为孝感所致云。孺人既失恃，虽诸务劳心，而诵读益勤。赠君稔其乐此也，因取数卷试之，皆朗诵无讹，又问及性理诸书，疏解明通，卓有见地。赠君惊喜曰："不意绍书香者乃在汝耶？向以女子博记诵，炫词华或非所宜，今汝克明大义，吾无忧也。"乃益购书，恣其博览。时与往复探讨，旁及诗古文辞，无不揣摩精练，遂以两弟一妹受学焉。后四弟殇，五弟企靖，乙丑成进士，官居清要。一妹适李氏，亦称博学善诗文，同受知于圣祖仁皇帝，皆孺人教学之功也。先是戊午岁，三藩既平，南北通道，孺人以赠公年老，母丧未葬，力劝北归。时年已逾笄矣，犹守贞不字。庸庵公以雄姿雅望，学行优崇，闻其贤，寒修求聘，而赠君又稔知庸庵公学有渊源，遂许焉。既成礼，互叩学业，相视莫逆，诗文唱和无虚日，而总理家政，纤悉俱中法程。岁时奉先，必躬必洁，尝以不获生事为憾，辄饮泣。盖其天性笃孝然也。庚申，庸庵公授广东恩平令，偕往，抵梅岭，恍暗赠君来别，于是泣告曰："父将弃予而逝耶！"已而果然，其精诚所感若此。既抵任，值兵燹之余草窃未靖，民多罹法者。孺人谓公曰："髋髀非斧斤不解，是未可以芒刃试也。"于是捕盗惩奸，扶良植弱，宣示朝廷德意。数月民俗一变。又建书院，培育人材，士风丕振。莅任三年，化行俗美。孺人内助之力居多。癸亥，解组归林下，与孺人读书稽古，分韵联吟，至是学益富，识益邃。郡西郭有思园，花木荫翳，差可养间，公与名贤十数辈结一品社，饮酒赋诗，诗成献邦伯甲乙之。邦伯亦雅好词翰，尝戏曰："吾固甘拜下风，然公有捉刀人，英雄何可当也？"公亦掀髯大笑。壬申，再补河南涉县令。孺人斟酌佐理，如在恩平，莅任十三年，称循良者辄屈一指。寻以老病卒于官，孺人率子扶枢以归，卧辙哭送者数千人。常训子曰："汝父每云：'居官要廉明，治家要勤俭。'是以两任县令囊空如洗，可谓不坠清白矣。嗣后克续家声，端在于汝，慎勿颣学业、荒田亩、蹈奢靡、习骄纵，庶慰汝父于地下也。"岁壬辰，五弟企靖已登显秩，虑政有阙，敦请孺人至京，以咨疑难，剖决如流。寻擢刑部右侍郎，时有大谳未协。上命九卿会讯，靖请于孺人，孺人曰："吾于此案筹之熟矣。但依吾言，自当立判。"及讯果服。上大喜，企靖伏奏："此臣姊淑昭所教也。"上惊异曰："妇人有此卓识，殊可嘉耳。"是时，仁皇帝以天纵之圣治太平之基，万几清宴，与词臣敷英揆藻，追唐虞赓歌拜扬之盛。适外域遣使赋诗，上颂命群臣属和，靖祈孺人代成二律以献，大蒙嘉赏，复以实奏，上由是知孺人之德与学矣。逾数月，诏为六宫女师，遣官赍金帛为聘，孺人以老眊不敢奉诏，撰表陈情。上省览良久，允其请，益重其品焉。辛丑，企靖有江右抚军之命，仍请同行，每事必咨，或稍有不合，必追述父命呵戒之。故绥理数年，吏治民风骎骎日上。甲辰始北旋。时孺人年逾七旬矣，数十年身厕中闺而经理皆国家重务，随所指授，多奏肤功，盖由熟习经史，深造自得，于历代名臣循吏是非成败，与夫方舆之情伪变态久谙，胸中无些子障碍故也。戊申七月，子方焕授河南确山令，请以安舆奉母往。孺人谕之曰："曩汝父令粤东河朔时，偕往，汝舅抚江右，我亦往。今老矣，不耐跋涉之劳，非能忘若也，但视国事如家事，爱民如赤子，愈禄养多矣。"焕拜泣而别，及莅任，谘访利弊，一遵母命，以不工取悦，匝月而罢。比归，孺人曾不芥意，惟含饴课诸孙而已。尤爱长孙玺，曰："是儿醇厚沉毅，他日成立，当不在吾五弟下。"后食饩邑庠，随交河王学使阅卷两浙，终于杭。孺人哭之曰："天不欲广吾传耶？何夺吾孙之速也。"至丁巳，仲孙埙巳列名太学，季孙垍复补弟子员，曾孙元钵、元错等亦皆知向学。孺人方锐意训课，以振家声，讵昊天不吊，越明年戊午而遽逝耶？孺人为先恭人仲姊母，予舅之姊母，予甥外孙。予髫时依恋先恭人膝下，即闻称孺人之学与德。少长，负笈河间，师事定斋舅氏，尝亲承训诲，故知之最详。孺人平生仁恕，居心笃于友爱，自高祖以来，亲族贫乏者，尤加意体恤，邻党姻娅，凡婚丧大故，亦必量力资助。酷嗜书，终身未尝释卷。自经史子集以及杂录琐记，靡不毕览，尤究心于《廿一史》，逐卷皆能默识，尝谓吾一生学识尽出于此。于子侄辈尤循循善诱，凡有疑义必反复开导，至夜分不倦。论文章推左氏及昌黎，诗歌以少陵、香山为最，语道学宗朱子，曰："吾每读其书，一字一句，辄喜其有令人下手处，独不喜时艺。"然训课子孙未尝不穷搜而详究之。唯许陈大士以其善相题，且道劲横恣，有磊落豪雄之概。其自为文，诸体皆备，不落一家言。方十龄，下笔千言立就，渊博瀜苍，不能窥其所际。素恶佛老言，惟以义理养心为本，终日凝神定志，悠然浩然，与造物者为徒。七旬后，齿重生，耳目聪明，发无半白，感微恙，端坐而逝。

呜呼！孺人生于顺治壬辰六月初三日午时，卒于乾隆戊午年五月廿七日亥时，寿八十有七。其道德文章，凡远近学者以及闺媛闺秀，无不仰为师范云。仲孙埃与予为中表兄，不惮千里之遥，持其手著行述，乞志于予，予亲炙其教泽及謦时得之慈训者，欣然操觚而为之志，复赞以铭曰：

维坤司载应无疆，毓为宝婺闪厥芒。倪天之妹来大邦，大家德曜与颉颃。九邱八索五车藏，焕为鸿文写天章。相夫佐政表循良，馥馥兰桂绍青箱。有弟师事显且扬，嘉绩上达黼座旁。温纶下贲来山庄，征为女师金闺光。陈情恻切周以详，耄而好学精力强。绩纺手不释缥缃，主敬薪传继紫阳。穷通生死浑相忘，徽音千载竹帛香。勒之贞珉地天长。

雍正癸卯恩科赐进士出身山西潞安府同知愚甥孙李之嶩顿首拜撰。

·《王太孺人遗稿》卷上·

自　赞

逸群处子，心怀淡然。栖身岩壑，娱目云烟。优游绿野，遂以终年。不希轩冕，不慕貂蝉。饥餐至道，渴饮清泉。内志已定，外物难牵。闻过则改，见善则迁。披省黄卷，追慕先贤。清风飒飒，独坐窗前。

寄怀纪氏表姊

客从北方来，为余语飞琼。父兄尽轩冕，累世皆簪缨。身齐罗敷年，学冠班姑上。弱岁习琴书，风流渺难尚。余本燕京人，飘零滞江滨。空怀嘤鸣愿，举世无知音。空谷闻人声，不觉蹶然起。仿佛想容仪，玉颜千万里。欲共浮云还，浮云不可攀。相思劳梦寐，日日掩柴关。

放言二首

其一

晓梦随碧鸡，直上昆仑山。山中五云起，楼阁置层峦。仙女四五人，言笑下云端。怡然接旧游，相对忆前欢。飞琼引余手，问我几时还。踟蹰莫能答，泪下空潺湲。

其二

日夕望蓬莱，沉吟莫能返。久淹尘垢间，芳菲看欲晚。再四启严亲，缓词相劝勉。待命两旬多，归期日遥远。岳家军可移，君侠意难转。命也归自天，微躯更谁怨。

效徐淑体戏为表姐纪氏作

妾生兮高门，盛年兮归君。箕帚兮既执，远别兮吾亲。喜配兮君子，不耻兮家岔。伉俪兮八载，牛女兮商参。君今兮弹铗，远涉兮风尘。临歧兮凄怆，分袂兮酸辛。君行兮万里，妾守兮荆榛。经年兮离别，雁杳兮鱼沉。伫立兮瞻望，郁陶兮余心。传闻兮君子，漂泊兮江滨。游困兮难返，旅馆兮逡巡。委书兮深箧，欲寄兮无因。君归兮但早，行李兮焉论。

绝 句

病中作

久病亲床榻，罗衣足暮尘。夜台早晚入，应见倚闾人。

答兄弟

未识严亲意，安能定去留。私心空有策，欲启恨无由。

寒 夜

阴虫切切漏将残，银烛无烟五夜阑。寒雁一声归梦觉，半轮斜月隐云端。

初秋夜坐

雨歇灯残夜不眠，起来烟月满庭前。此时惆怅谁能解？穷达应须一任天。

奉和家严戏示之作

寂寞空闺岁月频，可怜万事委逡巡。邑姜不作西周佐，尚父终为卖饭人。

丙辰夏日戏集唐句为邻妇作（时大归江北，其婿在江南）

其一

自从别后减容光，空插红梳不作妆。一曲离歌两行泪，此生何处访刘郎。

其二

自叹多情是足愁，惭时思去亦难收。薰炉玉枕无颜色，河汉三更看斗牛。

其三

看朱成碧思纷纷，金屋无人见泪痕。落尽梨花春又了，空留莺语到黄昏。

其四

柏叶飞霜落井栏，愁人倚月思无端。银筝夜久殷勤弄，泪滴罗衣不忍看。

其五

梧桐叶落满庭阴，梦忆仙郎夜夜心。相恨不如潮有信，相思空作陇头吟。

其六

鹊归燕去两悠悠，只有空床适素秋。明月下楼人不见，碧天无际水东流。

其七

班班血泪点成文，憔悴支离为忆君。小叠红笺书恨字，为予前谢鲍参军。

其八

冰纹珍簟思悠悠，情绪牵人不自由。欲寄春衣问消息，野花芳草奈相尤。

其九

秋风落叶正堪悲，叶上题诗寄与谁。一自有家归未得，白头吟望苦低垂。

其十

传闻天子访隐沦，见说陈平不久贫。一树梅花数升酒，不知今夜属何人。

其十一

玉钗重合两无缘，锦字愁教青鸟衔。此意别人应未觉，断肠春色在江南。

五 律

晨 起

秋风茅屋破，雨后布衣单。早起思调膳，晨妆欲问安。牵衣陈养性，绕膝劝加餐。重继来家事，高堂带笑看。

竹

丛丛茅屋边，移来今几载。疏枝兰蕙香，密叶烟云霭。万木老秋霜，岁寒终不改。无复山阴人，虚心更谁待？

晚 晴

荒郊带返照，秋景正依稀。草色连云水，霞光映牖扉。紫萍随溜转，黄叶带烟飞。处处渔歌起，菱花满钓矶。

晚 坐

独坐依衰柳，麻衣泪满襟。自从失恃后，无复欲归心。云鬟风前乱，愁容月下深。虫声出碧草，切切动哀吟。

中秋有感三首

其一

明月临茅屋，幽人欲拜慵。清光沾别泪，素魄惨哀容。云鬓经秋改，罗衣入夜重。阶前频怅望，无计得相从。

其二

两年今夜月，不得见慈颜。尘世垂千泪，泉台莫一还。殷勤陈素馔，寂寞掩元关。何日俗缘尽，同归冥杳间。

其三

人皆欢令节，我独恨重泉。恹恹心如割，丝丝泪欲悬。孤灯陪永夜，凉月照虚筵。惟问嫦娥子，飘零尚几年。

清明思母

沉忧过旦夕，倏忽又今朝。尘世千年恨，泉台万里遥。泪垂双袖湿，梦断别魂销。追忆劬劳日，伤心哭寂寥。

守 岁

万户争喧笑，柴门独不开。支颐伤往事，掩袂哭泉台。客况还如此，春风去又来。愁心将玉烛，相对总成灰。

初秋夜坐

炎蒸愁不寐，累夜坐柴荆。落叶随风起，残云拂月行。倚阑魂易散，欹枕梦难成。向晚闻蝉语，令人万感生。

春

日出鸟声繁，香闺理翠鬟。窗前怜素影，花下惜芳颜。景媚红盈树，风和露遍山。春光促流水，一去几时还。

夏

惮暑着轻纱，榴花插鬓斜。画堂看海燕，水榭听池蛙。玉貌怜朝镜，云妆妒晚霞。不知今夜月，流影照谁家。

秋

木落飞黄叶，闺人粉黛残。纱窗银烛暗，采帐玉炉寒。月色连霄汉，虫声出药栏。闲吟愁思永，吟罢烛长叹。

冬

楼外初飞雪，楼中欲换香。倚栏愁梦幻，伏枕恨更长。日短慵临镜，天寒懒作妆。无端归雁度，嘹唳断人肠。

答　姑

使者传姑语，招余返故林。空流儿女泪，难动父兄心。岁暮穷愁逼，春来客恨深。高风不相借，何日始成阴。

和五弟秋夜读书

短烛临孤榻，寒蛩伴夜吟。微风生远树，明月下高岑。野鸟将依主，穷猿未得林。不堪同学予，一半付簪缨。

春雨书怀五首

其一

积雨春光淡，初晴柳色深。花开游女意，雁去旅人心。世路每如此，生涯何处寻？幽情寄桃李，不语到于今。

其二

避乱依江表，逡巡二十年。客心悲日月，春色发林泉。野径浮云合，新花粉蝶穿。荣枯俱有分，安敢怨遥天。

其三

水国多春雨，村花二月红。卷帘瞻媚景，掩户避东风。野树闻啼鸟，江帆见钓翁。十年倚此地，长在去留中。

其四

寂寞寒窗久，空阶凝碧苔。诗书聊遣兴，词赋愧非才。蓬鬓朝慵理，柴门昼不开。行休应有感，掩泣读归来。

其五

万事悲犹豫，逡巡误此生。红颜成惨淡，绿鬓失芳荣。已过生前事，聊存万古名。时哉不我与，去后独伤情。

追吊莘远三兄

吾兄何处去，十载死生分。书史犹如故，音声独不闻。黄花开旧宅，枫叶落孤坟。一别成今古，伤心望碧云。

又

兄才素敏聪，总角擅文风。国语非虞氏，春秋癖杜公。三冬勤笔砚，一旦寝沙蓬。遥想泉台下，应怜事未终。

假寐

晚来凭几坐，箧匣未曾收。假寐魂遥散，含情泪暗流。鸟啼蓬户静，日落翠帷幽。万绪牵怀抱，伤心不自由。

秋杪闲居

其一

深居大江渚，茅屋接田家。红实来山雀，枯萝隐菊花。秋灯勤纺绩，春雨树桑麻。近识烟云好，生生自有涯。

其二

村墟霜落后，抚景念蹉跎。门外荆榛老，窗前夜月多。低檐临野岸，荒径接寒波。且喜嚣尘免，浮生托薜萝。

其三

秋风看欲尽，秋思转依依。更觉前途远，遥知始愿违。长贫因客久，多事恨才微。惆怅流光晚，无由驻落晖。

其四

乡关归不得，晦迹寄蒿莱。薜帷随风卷，云扃向雾开。诗书留素业，田舍没黄埃。为忆燕山月，何时返故台？

其五

寂寞万缘虚，忧劳感岁余。家贫亲井臼，时薄弃妆梳。静理徐能觉，尘心日渐除。自无轩冕分，非是乐樵渔。

中秋

秋露湿寒更，凉飙入夜清。鸟栖幽竹静，月上翠萝明。桂影横霄汉，虫声入幔城。倚窗凝坐冬，乡思若为情。

又

夜久绩麻倦，愁心逐月生。不眠思往事，危坐度残更。玉露凋芳草，银蟾伤旅情。萧条蓬户掩，万籁寂无声。

静 夜

夜久群声寂，空斋独坐时。月痕凝笔砚，花影拂帘帷。怅望情如结，沉吟泪欲垂。平生欢笑事，此日尽成悲。

纳凉二首

其一

独坐忧烦暑，空斋纳晚凉。风声催落叶，蝉韵逐斜阳。帘卷苔痕密，门开竹影长。案头书策乱，久不事篇章。

其二

月色明如水，清光上竹床。披衣结解带，蓬首去残妆。倚枕愁眠觉，凭栏归思长。不堪沉疾苦，摇落在他乡。

仲兄久游不归因而有怀

飘零来此地，数载恋云山。北里今秋返，吾兄何日还。路长为客久，家远寄书难。遥望西江水，烟波惨别颜。

纪氏表妹挽诗二首

其一

箫楼犹未筑，孤凤欲何之。门掩修妆日，庭闲刺绣时。九泉应有恨，四德永无施。徒遣同怀者，含悲献挽词。

其二

玉匣收金线，兰闺罢绣针。彩云随风去，明月向山沉。遗挂留虚壁，孤坟寄远林。慈亲哀不尽，朝夕泪盈襟。

七 律

咏 萤

雨余村落绝尘埃，素影依稀出草莱。野渚乱流临碧水，闲塘出没照青苔。凌虚对月飞还止，绕砌因风去复回。茅屋夜阑灯烛灭，清光照入碧窗来。

虞美人

楚汉雌雄识伪真，帐前挥剑独成仁。英雄有泪沾双袂，红粉无心恋旧春。玉貌肯为刘氏虏，罗衣终带项家尘。固陵若比彭城事，羞杀王陵面诤人。

梦 仙

寂寥蓬户掩尘埃，五夜清风月满台。素女无心窗下卧，仙娥有意梦中来。
烟霞识路常相忆，云鹤迷踪去不回。惆怅因缘多阻隔，几时携手入蓬莱。

生日二首

其一

平明窗下理晨妆，妆罢支颐泪数行。往事今朝偏惹恨，愁怀此日倍堪伤。
一身憔悴思慈母，举室飘零忆故乡。半世辛勤无所就，茫茫何处问行藏。

其二

惨惨阴风绕枢前，举杯无语泪潸然。自伤人世因缘薄，更觉穹苍造物偏。
香烛独燃情罔诉，音容永隔恨难宣。九泉应念偏怜女，总角无依又一年。

春日感赋

他乡零落失慈亲，万绪千条付此身。薪米莫余奴仆怨，裁缝不备弟兄嗔。
敢辞辛苦勤烦务，只恐襟怀惹俗尘。自叹稚年憔悴甚，前程遥想泪沾巾。

咏 柳

黄昏雨后带斜晖，万缕缤纷拂客衣。细叶每争芳草色，轻花常逐断蓬飞。
风吹疏影愁难定，露湿长条恨罔依。一自金城摇落后，江潭凄惨暮烟微。

冬夜缝衣

残灯寂寂对愁容，收却银针恨几重。架上诗书何日展，窗前衣履每宵缝。
芸窗月白图书静，尘室天寒巾栉慵。自叹辛勤成往事，半生攻苦为谁佣。

春杪思归

雨余杨柳絮初飞，日暮飘零满客衣。蜀魄听来魂悄悄，楚词吟后思依依。
愁看风景春光晚，梦忆家山心曲违。此地艰难生计尽，明年应与雁同归。

秋杪同弟妹观水

斜阳淡淡草堂边，弟妹追随望野田。坐久水光斜有月，兴阑秋景半藏烟。
枫因挹露垂红叶，鹭为寻鱼傍绿泉。念及当年全盛事，语余相对泪潸然。

放 言

三十年来堕世尘，羽衣零落厌残春。久抛玉殿辞王母，禾侍金门作汉臣。

燕雀低回心莫降，鸳鸿高举势难亲。此身进退浑无路，遥忆蓬莱入梦频。

长 律

述 怀

少年喜沉静，万事如浮云。不虞失恃后，家务委予身。鄙性素柔懦，井臼莫能任。憔悴难为女，安逸非处贫。裁缝全幼弟，甘旨慰严亲。议事心为碎，谋家泪落频。诗书消积恨，绵缕动酸辛。幽怨中宵集，愁怀纸上陈。容颜凋碧野，羁旅思青春。天意非云薄，予生自不辰。蹉跎红日晚，零落大江滨。

拟归不就

予发初垂额，归期已目前。迄今十二载，犹自滞江边。粉黛从兹尽，衣冠不自妍。空怀采薇愿，未赋首邱篇。为客愁孤寄，还家思重迁。逡巡徒有恨，去住两无缘。可惜扶风子，身穷志不坚。

二兄卧病山庄嫂侄并在故里汤药茶饭无人奉侍赋诗慨之

卧病缠绵久，空斋魂欲销。野禽天暮散，山鬼夜深骄。早晚一身苦，妻孥千里遥。温凉谁见省，汤药若为调。寝簟仍亲扫，茶铛亦自烧。有时收卷籍，无力护庄苗。赖得邻家叟，频来慰寂寥。

晨 起

檐下虫声催晓妆，妆成独坐几回肠。朝看筐筥忧绵絮，暮对仓箱惜稻粱。努力亲宾供酒膳，洁心宗庙奉蒸尝。篱边逐月裁新屦，窗下挑灯补旧裳。年长自知亲庶务，时危谁与计非常。乱来更觉乡关远，贫极翻悲日月长。半世身名埋草泽，一生心事问穹苍。翠鬟摇落肠千结，红粉凋残泪万行。流俗升沉无所定，为谁辛苦为谁忙。

和唐女威光嬴三人韵

茅斋寂寞无书史，一见芳词读再三。草阁日长藜藿食，云肩岁暮蕙兰衫。朝看脂粉千愁集，夜检篇章万恨衔。壮志未酬嫌作女，雄心欲展愧非男。木兰出塞教人羡，荀灌突围令我惭。喜听鹓鸿声杳杳，恶闻燕雀语喃喃。懒梳华发休临镜，爱着黄花不插簪。怅望天高情罔诉，追思往事泪空含。敢言诗赋才能豫，常恐闺闱事未谙。珠翠喧哗愁里尽，绮罗班列梦中参。久居尘世名因晦，未付清流死不甘。抚景那堪秋又老，红颜凋谢望江南。

·《王太孺人遗稿》卷下·

绝 句

送女回文安
握手难为别，情知不可留。相思若瀛水，无日不悠悠。

南归别弟
其一
残冬归故里，春尽又言旋。欲问重来日，梨花未放前。
其二
莫更伤离恨，须知有后期。明年三月尽，应是再归时。

除 夕
共饮椒浆听漏鸣，举杯无语独含情。豫愁明岁开微日，又送篮舆出雉城。

钱侍御夫人惠诗画感赋
其一
草阁芸窗向晓开，墨庄闲诵羡仙才。小鬟门外传笺帖，又送新诗与画来。
其二
开缄满目尽琳琅，惭愧无才和锦章。读罢欲收仍展玩，低徊仿佛见容光。
其三
玉蕊金英何处裁，远从宪府寄蒿莱。寻思独讶霜台内，那得红芳似锦来。
其四
独羡名花次第看，缤纷出水爱天然。高悬一幅蓬窗上，疑在秋风七月边。
其五
诸幼争来看画图，问予曾识此花无？买来数本阶除下，案上庭前似一株。
其六
弱岁摊书侍北堂，多年学步未成章。欲从环珮求师友，萤火焉能近太阳。
其七
欲悬高壁恐沾尘，绣作衣裳恨老身。愿得化为湘浦竹，移来葵扇伴幽人。
其八
弦歌百里愧邻封，未睹芳词与玉容。今日京华咫尺地，云泥隔绝杳难从。

秋夕得二妹家书

看云望月久徘徊，岭外音书日下来。苦恨贫居灯火绝，手持危坐待明开。

五　律

示仲男

年已齐方朔，三冬志欲同。业长终有就，蓄极自能通。训导为师事，勤修在尔躬。前程思大父，须继旧家风。

刘夫人忌辰

其一

扶病调姜橘，因君益自伤。诚心恭列豆，涤手净焚香。绣户音容断，泉台日月长。因看小儿女，相顾一沾裳。

其二

两年违白日，千载闭元扃。红粉离芳霭，青春入杳冥。房帏何寂寞，庭户自凄清。欲识婵娟貌，丹青想影形。

过张秋

又过张秋渚，风光似去年。残碑倚渡口，古庙置波前。蔓草没溪碧，村花隔岸妍。缄书回故里，欲寄情谁传。

过济宁

轻舟浮济水，北望泪沾巾。万里违诸季，孤帆寄一身。从夫纤组绶，别父去荆榛。遥想当年事，依依入梦频。

杂　诗

又是清明节，慈亲入梦频。五年虚拜扫，千里隔风尘。忽起泉台恨，因伤羁旅身。何时去岭表，重见故园春。

元　旦

其一

病里逢元旦，诗书不复持。因遵夫子命，强步颂椒词。顿觉春光异，偏伤岁月驰。朝来看庭树，春色满花枝。

其二

银烛暗无光，鸡声催晓妆。祥光萦锦署，淑气满琴堂。柏叶延龄久，椒浆献寿长。明朝风景好，又欲戒行装。

初春送外

腊尽方还署，春归又戒装。岁时因别促，奔走入官忙。酒进愁难遣，诗成意更长。不堪分袂后，新月满华堂。

祝夫子寿

玉烛照芳筵，桑弧此日悬。祥云知寿域，时雨见恩天。比翼期千岁，齐眉愿百年。微忱三祝后，欲赋不成篇。

赠　外

其一

劝君还故里，归去老邱园。泉石遗冠冕，诗书教子孙。烟霞留姓字，琴酒寄朝昏。莫羡轩车客，驰驱不足论。

其二

从军来万里，本欲避饥寒。命薄逢兹邑，时难笑此官。房帷茅盖冷，儿女布衣单。愿献还山曲，祈君早挂冠。

其三

三年莅兹土，囊橐愈萧条。岁月人将老，风尘鬓欲焦。长贫甘计拙，多病恨家遥。素抱柴桑志，如何肯折腰。

离恩平

晨起辞官署，归途不计程。鸡鸣荒店晓，日落远山明。行李图书重，衣裳绮绣轻。故乡千万里，何日到柴荆？

病中寄外

扶病送君行，篮舆惨别情。五旬虚觐视，百里望行旌。梦忆王乔履，魂飞潘岳城。何时丹诏下，来擢隐之清。

忆广女

龆年无可忆，聪敏独堪思。解语先寻字，能言便学诗。幽明忽异路，生死永分离。遥想临岐日，伤怀不自持。

检三女遗箧感赋

终年长似醉，触物更伤情。妆镜朝无影，书灯夜不明。新诗何日竟，业履几时成？偶到空斋里，如闻诵读声。

秋日忆广女

门外秋风起，思儿泪满裳。归途同逝水，去路似亡羊。尘世生年浅，泉台去日长。金环识旧处，犹异再回翔。

检三女遗筒

其一

出入无寻处，一朝复一朝。砚池残墨在，书句点朱消。父鞶留缝线，兄衣带制绡。服勤何日再？梦断九泉遥。

其二

底事无归日，空余旧坐存。尘封调膳鼎，蛛网问安门。览镜垂双泪，登床断旅魂。低回形伴影，恻惨向谁论。

其三

竟尔成长别，经年不一归。晨风开破牖，夜月掩空扉。台畔芳兰萎，阶前断絮飞。几时容臭佩，重见入庭帏。

中秋玩月

其一

一更山吐月，默坐思悠悠。令节谁同赏，空闺独自愁。残妆灯下理，蓬鬓镜前羞。倏忽炎凉改，荷衣不耐秋。

其二

二更山吐月，敛袖出堂前。卷幔金波入，开帘玉镜悬。焚香思往事，举酒忆初年。为问嫦娥子，乡关何日还。

其三

三更山吐月，皓彩满诸峰。隐几看青史，凭栏听夜钟。分瓜食稚子，把酒慰哀容。尘俗虽难免，其如性自慵。

其四

四更山吐月，倒影上兰丛。有病一身苦，无儿万事穷。死生随玉露，去住任秋蓬。自道前生孽，非关怨化工。

其五

五更山吐月，伏枕欲眠时。曙色催残漏，虫声动远思。凄凉形对影，憔悴发垂颐。往岁当兹日，同堂正赋诗。

忆幼子

客至无他问，开言独尔身。两年孤幼子，六十未亡人。梦寐萦怀切，饥寒系念频。遥知书到后，朝夕望归尘。

冬夜独坐

不忍饥寒苦，呼来就饱温。三冬仍短褐，四壁岂重门。夜月堪垂泪，晨风几断魂。何如三径里，耕读教诸孙。

归家感赋

归轩犹未至，索债已盈门。倾橐空偿母，明年又息孙。衣裳多少在，田舍几何存。勤俭先人业，而今若个论。

裁夫子寒衣

一样持刀尺，成衣寄那方？音声无处听，长短在吾旁。想像肠千结，寻思泪万行。百年何日尽，泉下再缝裳。

三月初九日作

入帏先掩泪，欹枕不能眠。往昔今朝事，都来到眼前。残灯微烬落，孤月半轮悬。坐待更筹尽，焚香化纸钱。

除夕示七孙

莫更贪游戏，开春十六年。一经犹未受，何日始成篇。不念含饴苦，惟争竹马贤。皆不好纸笔，祖业倩谁传？

归家感赋

六载辞乡国，还家心转伤。庭帏空寂寞，儿女半存亡。朽质悲形影，新人艳晓妆。可怜朝夕泪，湿尽旧衣裳。

归家哭幼子

入门思往事，举目尽堪伤。窗下临书帖，阶前晒药床。故衣犹在笥，生母忍辞房。一哭天为惨，声声欲断肠。

初度日示幼子长孙

甲子今朝满，穷愁觉倍多。百年看欲尽，前路恨蹉跎。画荻恒如此，含饴竟若何。谁为克荷者，堪守旧松罗。

走笔答李氏

只为虚名误，相逢便索诗。五年休执笔，今日强摘词。粗鄙惟供笑，流传非所期。愿藏深篋底，无令外人知。

七 律

过梅岭

其一

行尽山头又复山，松罗重叠出梅关。烟消远岫朝云散，路入巅岩宿雁还。风景不殊花鸟别，车书无异语音蛮。劝君莫饮贪泉水，只恐夷齐未易攀。

其二

昔看书史知南越，今日从夫出越关。乡国远违凋绿鬓，诗书空读误红颜。半生辛苦逢今日，万里崎岖过此山。多病自疑前路促，可迟官满共君还。

其三

樟江画鹢初停棹，梅岭烟霞又度关。故国有情催白发，还家无计驻朱颜。书回弟妹边鸿远，心忆庭帏旅梦还。安得北归重系彩，莱衣共坐草堂间。

中秋忆妹

别来无日不相思，况复逢君初度时。朝侍庭帏应暂笑，暮归兰室定含悲。金盘入座人皆醉，玉露零阶泪独垂。愿祝萧郎秋试利，桂香先取最高枝。

九 日

其一

每逢佳节动遐思，愁向西风强步词。篱畔共倾彭泽酒，窗前独诵右丞诗。误从轩冕心初悔，思返烟霞计已迟。蹀躞秋光看欲老，南天又复授衣时。

其二

几拟登高玩白云，懒将休咎问灵均。题糕暂搁刘郎笔，落帽还成孟掾文。绿蚁微衔愁寂寞，黄花独对叹离分。每将幽恨题诗句，欲托微词一悟君。

其三

他乡又复逢佳节，时序迁移感宦游。寂寞襟怀谁共语，蹉跎岁月若为留。筵开锦署朝光满，日照尘街宿雾收。抚字心劳催科拙，何时宿愿始能酬。

铜雀台

铜雀台高穟帐清，西陵遥望若为情。空余舞榭临漳水，不见銮舆入邺城。百代繁华留胜迹，千年遗恨寄瑶筝。可怜日暮青山里，惟有松声对月明。

腊　日

每逢佳节思君偏，灯下裁书倩若传。凉月半轮明似昼，寒灯一刻永如年。孤吟岂耐长宵夜，短褐难禁岁暮天。遥指故园千里隔，几时相见草堂边。

秋兴八首依杜韵

其一

五斗相牵不择林，每思民社自萧森。眼前一意争新艳，世上谁能念故阴。泾水徒兴卫女怨，锦书难挽窦郎心。班姑无路同芳辇，永巷凄凉但赋砧。

其二

独坐空斋月欲斜，诗成谁与寄京华。思家自断天边雁，避地心驰海上槎。孤客经秋同落叶，寒风入夜似悲笳。陶公重喜归来早，得向东篱醉菊花。

其三

同指西山叹落晖，浮云断续日光微。朝看贝锦心如醉，暮听青蝇魂欲飞。默默苟离群小患，庸庸深觉素心违。鹑衣百结虚从宦，何似当年食窍肥。

其四

弱岁膝前学赋棋，低回方静有余悲。诗书空读违前训，簿籍常看笑此时。羁旅十年人事改，家山千里梦来迟。自怜形影伤摇落，何处砧声动远思。

其五

朝来爽气出西山，烟郭云扃梦寐间。扶病几年留锦署，归休何日返柴关。恩纶晚锡荣衰质，明镜秋来改旧颜。三考未能移寸地，依然仍守乡时班。

其六

众里虚称居上头，空持团扇对残秋。蕙兰凋谢惟留恨，瑜瑾徒怀独自愁。出入鸡群怜野鹤，浮沉江岸似沙鸥。每看松菊思三径，无那终年滞远州。

其七

欲论肝胆效愚功，历历前车古籍中。宦况已知同晓露，归帆何必待秋风。

请看故剑千年利，为问新花几日红。每献刍荛惟一笑，痴聋方称作家翁。

其八

荒斋小径入逶迤，日暮虫声出野陂。莲蕊安能存并蒂，棣华徒自想连枝。病中独讶音容换，愁里偏惊岁月移。寂寞幽怀成老大，空余白发向君垂。

归家二日示长孙

每归乡里动经年，乍返田庐倍黯然。幼子独知街畔戏，诸孙尽解日高眠。鸡豚自饱仓厨米，奴婢亲支笥匣钱。男业女工俱若是，箕裘此后竟谁传。

附

长孙答

亲承提命已多年，祖训追思泪洒然。绳武有心勤夜读，遗言在耳敢朝眠。衣裳苦尽针头力，甘旨惭无杖上钱。从此弟昆争自奋，一经旧业有人传。

依韵和五弟春日感怀之作

其一

悲欢不复更相牵，已置炎凉无有边。团扇感怀虚半世，柏舟兴咏又三年。长贫久谢繁华事，垂老空怀寂静缘。唯有故园情独切，春风岁岁送归鞭。

其二

曾观女诫学持身，妇道应先主下人。将顺只知似形影，油从安敢问虚真。米盐长念饥寒日，罗绮难言富贵春。共德从来称俭节，桓车孟案可为论。

其三

棣华何幸复连枝，此别重来未可知。但愿缥缃如往日，莫因泾渭改当时。直均幼贱应多罪，分定尊卑杜妄思。更忆九泉长寐客，松楸无主怨归迟。

其四

未归先诵感离诗，谁拟山头更采芝。寥落阶除悲独反，凋零门户强扶持。已知前路何须卜，料得生涯不用著。颠沛至今缘底事，总因濡滞挂冠迟。

其五

寻思仕路尽虚名，欲挽征车似不情。悔吝常因疑处得，风波多向暗中生。曾经覆辙非先觉，行过危途岂见明。浅学但知思戒溢，一闻晋秩一回惊。

其六

从宦天涯岁月长，归来旧业总荒唐。一经未受怜贻厥，四壁徒存感未亡。他日恩纶谁可望，眼前茶蘼独先尝。尽将九百分邻里，琴鹤空还笑宦囊。

其七

容鬓休从镜里看，十年荣悴不同观。有如华发祈延算，何若青春早去官。

出入谩矜轩冕贵，优游那似水云宽。可怜去住多犹豫，梦忆乡园独永叹。

其八

不将生计问乾坤，独笑独言朝复昏。拨闷有时摘短句，凝愁终日掩衡门。匣中止剩残书卷，案上空留旧笔痕。三径就荒松菊老，惟余杨柳五株存。

其九

危巢偏惹猛风吹，堕尽春雏有泪垂。命薄但伤鞠育苦，才微岂料鬼神窥。实知宿世留余孽，敢向今生怨阿谁。归去只应随境老，悠悠往事不须追。

其十

忆昔分符漳水滨，微忧无路达枫宸。九年共笑催科拙，三考谁言抚字频。钩距尽除疑狱少，蒲鞭不试得情真。独怜卧辙归来晚，徒向邱原叹暮春。

咏六宫应制（限一二三四五六七八九十百千万两双半丈尺字溪西鸡齐啼韵）

一日思君隔九溪，尺书四六寄辽西。双双两两闻归雁，五五三三听晓鸡。万丈愁城人易老，百千情绪半难齐。栏杆十二从头数，七八黄莺不住啼。

后记

镇高祖念源公，由顺治己丑会试第一，历官副宪。生六子，先曾祖畏之公居四，伯曾祖庸庵公居次，王太孺人其继配也。聚族居河间之西门内，后中落，散处邻近州。邑间先曾祖畏之公自泗州解组归，先祖兄弟五人又析居。先祖静亟公以癸巳贤书观政西曹，未铨而逝。先君丹儒公转徙于沧，娶吾母方太孺人，生镇最晚。而镇于昆弟行又最幼，先型旧范，概未之睹焉。犹忆髫时趋庭，阅先君子谈先世言论风旨之余，备述王太孺人学问德行、政事文章，皆至性所发，阅历所得。处娣姒朴诚有礼，教子侄严厉有法，诗词犹其绪余耳。晚年家益替，复失明，犹纺绩课孙，安之若素，间有族亲执经请训者，口讲指画，详其源委，悉其流弊，常亹亹不倦云。及将终之先，取生平著作付之一炬，谓妇人笔墨不可传布于外。其识见又何如也？镇阅而志之，深以不及亲见为憾。嗣因先君年迈，望镇最切，肆力帖括，冀博一第以承欢，犹不果。戊戌服除，领青衿，又五年，癸卯，举于乡，居尝搜罗散佚，于族人亲串中之读者，得太孺人诗数卷，抄录成帙，又得表伯锐巅先生墓志弁其首，往复吟诵，无柔媚语、巾帼气。于此想见太孺人由少及长至老，艰难辛苦备尝之矣。乙卯需次吴门，携以自随，意取付梓。然忆太孺人之训，不敢决。乙丑莅皋，政暇披寻函帙，忽焉遗失，郁者数十月，后于败簏中得之，欣欣然如获拱璧。若再因循，咎益滋甚。因请质于通州刺史唐陶山夫子，深为推许，并撰弁言，亟嘱付梓人梓之。呜呼！阅太孺人墓铭，其一生为人，原不仅以诗章表见，然忠厚悱恻之意，缠绵告诫之词，流露于一唱三叹间者，旨不失三百篇遗意。则即词章一节，亦未尝不可以窥见全概也已。刻既成，侄曾孙元镇谨记于雄皋县署。

（清）王淑昭撰《王太夫人遗稿》，清嘉庆十三年（1808）刻本

【辑评】

胡文楷《**历代妇女著作考**》：《王太孺人遗稿》一卷，（清）王淑昭，《畿辅书征》《沧州诗钞》著录（存）。

淑昭，直隶雄县人，刑部侍郎王炘女，沧州左印奇妻。

嘉庆间刊本。

郝湘娥

郝湘娥，清代保定人。《闺秀词钞》《国朝闺秀正始集》《名媛诗纬初编》著录。

【散见收录】

虞美人

莫笑重瞳霸业湮，汉家遗迹已无存。宁知不及原头草，直到于今唤美人。

江南采莲曲

其一

绿鬓红裙映水鲜，荷香十里荡轻船。背姑撑入花漂处，暗自抛莲约少年。

其二

采莲乳妇小花香，罗袖新裁半臂长。为羡滩头交颈睡，戏将荷叶罩鸳鸯。

其三

十五吴娃惯弄潮，隔花回首向郎招。来时不用撑船访，门对垂杨靠小桥。

其四

荷花如脸叶如裳，日向南湖棹小航。梳得云窝光似镜，更将绿水照新妆。

和夫子

欲舒远目向南楼，岂为西风起暮愁。万里白云横绝塞，一声紫雁唳清秋。
书传圮上休违约，剑啸床头好自留。直斩楼兰酬壮志，期君谈笑获封侯。

黄莺儿（月夜）

今夕是何年，向南楼，月正圆，相看总是婵娟面。霞觞竞传，阳春共联，
盈盈笑语皆生艳。且调弦，莫教沉醉，争倚玉郎肩。

前　腔

玉宇回无烟，到更深，兴益添。庾楼乐事还应浅。人圆月圆，歌喧笑喧，
石家金谷何须羡。漫留连，平分秋色，狡兔乍离弦。

前　腔

桂魄自娟娟，笑嫦娥，镇独眠。何如一队同心，串冷冷管弦。霏霏篆烟，
金杯竞把檀郎劝。更堪怜，今宵情梦，知道阿谁边。

（清）王端淑辑《名媛诗纬初编》，清康熙六年（1667）清音堂刻本

决绝诗

翩翩侠气似平原，食客三千誓报恩。讵料一朝撄祸患，门庭萧索忽无人。
（滔滔皆是。）

又

无端一见作君灾，任侠谁知是祸胎。哭读鱼笺惊仆地，暗风吹雨入窗来。

又

君真怜妾妾怜君，恩爱原期共死生。阊阖欲呼天路杳，红罗三尺是归程。

又

一看罗裙并绣襦，可知恩宠与人殊。季伦自是多情种，直得楼前坠绿珠。

又

花晨月夕共徘徊，时刻相亲倒玉杯。誓作青松千岁古，宁知红粉一朝灰。

又

自悲自叹忽成痴，哭叫皇天总不知。欲借龙泉诛国贼，可怜妾不是男儿。

又

日落黄昏意转迷，黑云惨淡压城低。夜台若肯容相见，仍作鸳鸯一处栖。

又

一妇何曾事二天，今朝遄死赴黄泉。愿为厉鬼将冤报，岂向人间化杜鹃。

（清）范端昂辑《奁诗泐补》，1955 年胡氏复写本

清平乐

帘钩双控，时有薰风送。恼杀禽声宛转弄，惊破午窗残梦。

分明薄倖回家，醒来依旧天涯。且莫轻抛珊枕，再从梦里寻他。

前　调

鹅黄柳色，一抹烟如织，倚遍南楼莺语寂，又是暮山凝碧。

忽闻女伴相邀，踏青准拟明朝，单少绣花鞋子，呼鬟连夜双挑。

（清）徐乃昌辑《闺秀词钞》，清宣统元年（1909）小檀栾室刻本

【辑评】

恽珠《国朝闺秀正始集》（卷七）：郝湘娥，直隶保定人，窦鸿侧室。湘娥自幼鬻于窦氏，及长，工诗画，善弈，遂为鸿所宠。主人戚崔某曾见之，时有大姓欲纳妾，崔言湘娥，大姓力索，窦不允。遂使盗诬以死。湘娥即制绝命词投缳殉之。后崔某昼见湘娥披颓，暴卒，《拾芗录》详载其事，并有诗吊之，结句云：贞魂白昼能为厉，此处湘娥胜绿珠。

范端昂《奁诗泐补》：郝媛自经祸由，一见孽贼，所谓露藏诲盗也。诗可怨而不怨，更为蕴藉，更笃忠贞。

徐乃昌《闺秀词钞》（卷七）：郝湘娥，保定人，窦鸿副室。《林下词选》：窦为叛寇诬指毙狱，湘娥遂投缳殉节，见徐秋涛《美人书》。《听秋声馆词话》：湘娥以艳称，兼工诗画，时豪家某力索湘娥不得，遂嗾盗诬鸿至死。湘娥即赋绝命词，投缳以殉。后某昼见湘娥披颓，暴卒，《拾芗录》载其事，并吊以诗云："贞魂白昼能为厉，此处湘娥胜绿珠。"余谓金谷中人，不但坠楼而后，未闻灵异，即词翰亦无所见。似此奇女奇事，有人播之弦管，

恰是绝好传奇。

王端淑《名媛诗纬初编》（卷一八）：郝湘娥，保定人。修眉秀发，容色丽娟，年十一，鬻于本地巨族窦眉生家。年十六，能诗能奕，又善绘花草人物。年及笄，遂为其子鸿所宠。寻有山阴崔仲平者与京中大僚厚，而保定太守为崔戚，属来晤。崔以太守故晏之出郝相见。及崔入京，大僚欲纳妾，崔以郝告。窦不允，扳入盗情，下狱自缢。郝在家，亦于是日自缢死。崔后为窦生披颊而死。

端淑曰：受用不可太露，彼窦生者所谓鸣蜩之处乎。清阴不知螳螂之袭其后也。至若石崇自居，又其取祸之尤，正所谓当局者多迷也。至于湘娥以死报窦生，果然不愧绿珠。

（卷三五）：端淑曰，许多绮翠浮动笔端，有韵处，有庄处，韵是事实，庄是理路。

（卷三七）：端淑曰，出词霏霏，玉霭妩媚，娟娟依人，红牙新藻应付雪儿。

李　氏

李氏（1666—1743），博野人，李宗白女，尹公弼妻，巡抚尹会一（字元孚）母，诰赠一品夫人。著有《女训》。《畿辅书征》《国朝闺秀正始集》《小黛轩论诗诗》《兰闺宝录》著录。

【散见收录】

辞襄人建堂作

其一

辛苦教儿四十年，还将三楚作三迁。襄州风土本安乐，为感皇恩为谢天。

其二

堤名寡妇留江上，城号夫人在眼前。只有婆心三寸许，何劳士女竞流传。

（清）恽珠辑《国朝闺秀正始集》，清道光十一年（1831）红香馆刻本

【辑评】

恽珠《国朝闺秀正始集》（卷一）：会一，雍正初官襄阳府，屡摄篆荆鄂间。太夫人留居襄郡，每值祈晴祝雨，禳疫驱蝗，焚香默祷，若响应然。襄人德之，为建贤母堂，太夫人辞以诗，终不能止。事见王罕皆检讨文集。至今贤母堂尚在。乾隆五年，会一任河南巡抚，疏请终养。高宗赐诗褒之曰：聆母多方训，于家无间言。麻风诚所励，百行此为尊。名寿辉比里，孝慈萃一门。犹闻行县日，每问几平反。一时母贤子孝，同被宸章，洵可谓人臣荣遇云。

恽珠《兰闺宝录》（卷三）：李氏博野人，尹公弼妻。早亡守节五十余年，孝事老姑，课子会一，日授经书成进士。康熙五十九年旌，后会一官襄阳知府，郡人为建贤母堂。乾隆初，会一巡抚河南，圣制诗赐之，有"聆母多方训，于家无间言。犹闻行县日，每问几平反"句。

陈芸《小黛轩论诗诗》（卷上）：南楼不及寓楼遗，尹氏堂编贤母奇。独有瑶英瞻屺岵，零珠碎锦孝思诗。李氏归博野尹公弼，侍郎会一母。早寡，信程朱之学，子为襄阳府时襄人德之。为建贤母堂。李以诗谢之。后在两淮又作《女训质言》十二章。

赵尔巽《清史稿·列女传》：尹公弼妻李，博野人。公弼早卒，家贫，舅姑老，父母衰病，无子。养生送死。拮据黾勉。教子会一有法度，通籍，出为襄阳府知府，李就养。雨旸不时，必躬自踽祷，禳疫驱蝗亦如之。冬寒，民六十以上，量予布帛。襄阳民德之，为建贤母堂。李赋诗辞之，不能止。会一移扬州府知府，扬州俗奢，李为作《女训》十二章，教以俭。累迁河南巡抚，所至节俸钱，畀高年布帛，赒贫民，佐军饷，皆以母命为之。民间辄为立生祠，如在襄阳时。会一内擢左副都御史，李以疾不能入京师，陈情归养。复以母命，里塾社仓次第设置。居数年，高宗赐诗嘉许，榜所居堂曰："获训松龄。"卒，年七十八。

胡文楷《历代妇女著作考》：《女训》，（清）李氏撰，《畿辅书征》著录（未见）。

氏，直隶博野人，李宗白女，尹公弼妻。读书明大体，教子会一成进士，官至巡抚，有贤声，皆遵母教也。卒年七十八。

白　氏

白氏（？—1738），号香室女士，清代乾隆间高阳人，教授王棻（嘉庆己巳进士，官顺天府）室。著有《绿窗诗草》，嘉庆四年己未（1799）刊本，有王棻序，白氏自序，齐正谊撰传、作附记，刘升作赞。《河北通志稿》《高阳县志》《国朝闺秀正始集》《昆山徐氏书目》著录。

【整集收录】

序

甲寅秋，继娶河间白氏。白氏，余中表也，母陈太夫人，为文安望族，姊妹间皆工词翰。其仲姊学殖而运蹇，因不欲令氏知书。氏聪听强记，针黹之下，闻幼弟所诵书，即志不忘，兼通其义，如《吊古战场文》《答苏武书》诸巨篇一二过已成诵，不爽一字。暇即取书寻所志，辨其字画。学为诗，出语能中声律，嚼宫咀徵，天籁自鸣，往往暗合于古。自六岁随侍父坦园公任所者十八年，己酉归，自晋余得窥其所作。适余后为订其存稿，得若干首，取白乐天嫁晚孝姑之意，题曰：绿窗诗草。后以家累潆疏，吟咏惺明，发之思，拳拳窨寐，时托章句达之。方陈太夫人病革，氏力疾服役，割股和药以进，其发于至情至性，有由然也。余齿长健忘，奋典所不省记者，氏辄能述其巅末，余尝比之记事珠。今中道殂谢，失我良朋，短檠秋星，茫茫身世。回忆五年伉俪，怅然惘然，恐其遂归澌灭，乃并搣其近作，重加订正，授幼子崇勤藏之，亦以为是化者性情之所寄云尔。

嘉庆三年岁在戊午嘉平月既望高阳香甫王棻撰。

自序（初集）

家住瀛洲，系传冯翊，性灵犹在，好证前因。风雅常存，缅怀先哲。年年压线未修就传之文，日日趋庭窃预学诗之训。由是闲翻卷帙，少识之无，因而偶赋篇章，间通声律。纱悬帷幔，经绍韦母之传，草秀池塘，春入惠连之梦。诗偷常侍，寄兴梅花，婢似康成，爱吟黄叶。随官三晋，聊得助于江山，待字十年，爱咏宜其家室。自昔苏程谊重，叨承一字之师，于今袁马情亲，实切三生之幸。方谓裁成有自，巧乞金针，讵知刻划虽工，雕来朽木。比者闲消寒夜，负囊之锦，既倾倒乎香奁，且也追数前游，付海之瓢，更搜遗于珊网。碑原没字，殊惭幼妇之辞，质本无盐，勉副孝姑之望。春风所被，嘘纤草以成菌，香泽新沾，荣飞蓬于作鬌。所虑闻闻见见，诮等吴枫，或致尔尔云云，羞贻辽豕。风曾相妒，不妨再肆披猖，草亦可焚，何惜一为秉畀。第削余鼻恶，曾烦郢匠之斤，秃尽斑花，更辱江郎之颖。藏拙有地，投鼠者未免踟躇，饰美无端，沐猴而徒增愧赧。是宜呈之膝下，借慰儿女长情，或亦秘之枕中，用志瑟琴永好云尔。乾隆岁在阏逢摄提格，月建涂嘉平日识。

·《绿窗诗草》初集·

冬雪家严行役感怀示弟宪

朔风吹雪天漫漫，崎岖山路行道难。磴盘百折峰巑岏，虎狼横截姿踞磐。大吏有令勘荒山，谁往役者尔在官。老父耄矣何独贤，手足皲缩腊欲残。出门拍马催征鞍，牵衣儿弱涕且涟。忆昔从军女木兰，弯弓擐甲戎行间。千里明驼一日还，解装重扫双蛾弯。昧昧思之恶然，吁嗟噫嘻生长叹。向身能致青云端，板舆迎侍承欢颜。严亲何事衰暮年，饥驱远宦营粥馔。自恨闺质生弱孱，此事安能躬仔肩。回顾弱弟语诙诙，尔虽稚幼行加冠。鸡窗蠹简勤钻研，云程万里宜高骞。高堂属望方勤拳，时几将矣犹逝川。勉旃庶几母怠般，从来自立惟丁男。

夜 雨

坐喜宵来雨，莺啼过短墙。卖花声不远，风透隔帘香。

晓 晴

花径没新泥，晓风莺乱啼。邻翁忙底事，扶杖过桥西。

溪 上

四面方塘水浸沙，植桃曲曲绕渔家。东风涨腻吹红雨，晓日开帘现镜花。

闻 莺

香雨霏微浥曲尘，垂杨垂柳不胜春。寻诗谁作双柑听，隔叶莺声正可人。

花　朝

香阶花气扑帘栊，霭霭朝晖旖旎风。何处寻春双蛱蝶，轻黄和影上娇红。

白　燕

珠帘冰剪下云飞，故垒初还雪翼肥。柳絮午晴波滟滟，梨花春冷雨霏霏。奁前幻化双钗玉，梦里分明白板扉。寒素家风清望重，不须门巷号乌衣。

秋夜检书

小院暮烟浮，长空挂玉钩。耽书帘不卷，菊老未知秋。

月夜口占

水晶帘外月如霜，露湿秋花透夕香。清影半庭诗思冷，欲书梧叶就前廊。

秋　望

寒山石骨瘦嶙峋，红叶经霜几树新。长短旗亭斜日路，一鞭笠影画中人。

寒　夕

晚飔淅淅动秋砧，栖鸟惊寒噪夕林。小阁针停帘未卷，半窗凉月透松阴。

雪

瑶峰银嶙绝登攀，驴背诗人去未还。借问梅花何处落，风吹一夜满千山。（二句同高达夫塞上闻笛诗，尔时实未见也。）

看　雨

烟丝幂𫍢罥长空，远树微茫入画中。短笠牧童归去晚，笛横牛背夕阳风。

雨后二首

其一

沿堤芳草碧如茵，蘸水垂杨不染尘。昨夜溪村谷雨过，一蓑新绿半江春。

其二

雨歇林园晴鸟啼，春光又到小桥西。枝头风动移轻蝶，斜逐飞花粉翅低。

瓶中桃花

窗外桃花笑晚风，照人灼灼夕阳红。无言更向瓶中吐，一勺春泉小化工。

东皋

不到东皋久,林花处处开。闲云留客住,紫燕带春来。径软铺芳草,衣香点落梅。不知风景暮,惜去更徘徊。

雨中春望

山翠参差山径斜,雨中烟树几人家。青旗问酒留行客,一路春风见杏花。

落花

韶光几日到芳丛,砌上平分树上红。花落无言春欲尽,一双语燕咒东风。

桂花

纂纂攒金粟,西风绽早黄。燕山秋月近,吹送一枝香。

秋怀

秋空天气净,千里客心长。一夜西风起,萧萧送雁行。

览史阅吴越往事梦游湖上怅然有作,觉而记其前半因足成之

一叶扁舟棹水村,苍茫山色逼黄昏。烟迷岸柳西施恨,月冷江枫伍员魂。荒藓长埋浣纱石,寒涛空打射潮门。千秋遗事凭谁问,讹谬曾经梦里论。(世传西施随范蠡归湖者,妄也。梦中犹辨其讹。)

吊樊氏女

犹记追随总角年,谁知紫玉忽成烟。梨花暮雨荒郊外,宿草青回胃纸钱。

哭妹

城外悲风日欲斜,凄凉小冢噪寒鸦。笑啼忽忽身如梦,生死茫茫客是家(生卒皆于官舍)。亲惜掌中珠乍堕,儿堪堂上鬓双华。泪零弱弟还相忆,指问当年手种花。

秋夜

几点寒星月半弦,新诗吟罢未成眠。飘萧梧叶风疑雨,又起秋声到耳边。

秋眺

丹枫叶叶映霞雯,山下停车咏夕曛。何处秋风吹旅雁,一行冲断岭头云。

边　月

西风叶落动秋寒，月满空庭夜未阑。戍鼓数声孤雁断，龙沙堆上几人看。

送伯兄旋里

阴苔石磴百千盘，行说当年蜀道难。归语故乡诸弟妹，边城七月雪霜寒。

明妃冢

在受降城土人言，每旦有五色云护其上，或如裙或如带或如幡幢或如帷幔，变态不一，诗人罕有知者。

青草寒烟幂古坟，曲中哀怨说遗芬。谁携五色生花笔，回乐峰前纪彩云。

周将军墓

在宁武山溪侧，甲辰秋水涨溢墓将啮，俄土石上涌，墓前忽成大阜，樵者见之。

岿然封土砥狂澜，劲节常垂青史间。眼见沧桑终不劫，将军一死重丘山。

秋夜忆故园

闪闪寒星印浅流，银河斜没半轮秋。故乡兄弟三千里，南北同时望斗牛。

秋暮咏怀

一曲清溪绕碧岑，半坡残照挂寒林。丹枫黄菊凌霜老，相伴空山见素心。

留别官舍

廿载居停今别离，青山留赠有新诗。西风斜日频回首，重似辞家就道时。

别　燕

几度秋来送尔归，那知先自别乌衣。春风人卷疏帘坐，亭榭依然故主非。

别小桃

宦住边城十七年，无端辞署又言旋。梁间燕语还相识，阶畔桃红最可怜。香透疏帘来枕上，影移新月伴窗前。孤根载拟随江楫，别泪啼应变杜鹃。春色知今谁作主，斜阳愁对尔当筵。行行回首增惆怅，明日相思隔暮烟。

启行后一日作

得得长途落日垂，青山一带系离思。孤城回望知何处，沙鸟寒云无尽时。

途中忆官舍

山城回首背征轮，长短邮亭接晚春。忆在药阑吟坐处，玉壶清赏更何人。

宿泛沟

两日驱驰达泛沟，乡心旅思两夷犹。归程迢递二千里，宦迹追随十八秋。云隔山城横夕照，月低村店上寒篝。夜来一枕黄粱熟，官舍依稀到旧游。

平鲁道中

征车东指路悠悠，望里边城客子愁。塞窣风声寒日色，空山五月冷于秋。

入居庸关

天堑崔巍万壑间，风鸣晓角启雄关。人依古戍新成市，石作边墙（本古长城谣）半跨山。险阻惊心紫蝶梦，青苍回首认云鬟（过居庸渐达平陆）。行行渐近燕台路，已见层阴罨夕峦。

至南口

少小边城住，归来尚客心。故园知近远，童子渐乡音。

过卢沟桥

昔别桑干水，今来稔旧游。晓轮争月驶，浊浪喷沙流。监榷繻符肃，严城画角秋。近都风景地，佳咏几人留。

赵北口早发

一径双湖水，燕南好驿程。侵衣荷气润，泼眼浪花明。桥漾层虹动，帆移片叶轻。乡关行在目，风日若为情。

抵里后忆晋署

城高高入云，山高高无际。出城隔官舍，入山失埤堄。行行数日程，迢递横青翠。何年巨灵擘，豁此群山蔽。归来瀛海滨，却处卑湿地。岑寂忆晴峦，有无犹仿佛。每逢新雨过，云净尘无翳。登楼西北望，缥缈浮岚媚。遥想千峰外，孤城淡空霁。药栏婪尾春，斑斓弄佳致。安得携玉壶，小买阶前醉。千里关山上，依依劳梦寐。

家 居

获稻栽蔬学作家，田园生事计丝麻。篱边几点闲秋色，旧是儿时手种花。

毛公祠

毛公注经处，祠宇锁荒烟。香火仍新社，弦歌忆汉年。里缘君子重（予居里名君子馆，为毛公教读处，去祠数里），诗并郑公传。往迹多风雅，曾吟淑女篇。

寄棘津郑表姊

忆昔阳关送远行，丝丝垂柳系离情。何时姊妹同携手，吟扫花茵坐月明。

九　日

陶家秋色又芬芳，忆在边城露已霜。借问到南新雁字，东篱何似旧时黄。

秋　兴

几处连枷薄笨车，风高老圃雁行斜。墙隈废架余秋色，豆引疏红缀晚花。

春日忆晋中

暖风消雪净无尘，桃李香浓柳色新。却忆芳菲千里外，山花已放半坡春。

雨　霁

暖烟漠漠絮云晴，砌水泠泠赴涧声。闲倚绣窗书未卷，落花风里听流莺。

春日欣而成咏

旧燕唤回新暖，雨鸠啼破晴光。借问东君何事，一番催促春忙。

书　斋

一从倦绣上书来，知得春光几日回。风擘柳丝晴舞絮，隔帘犹作雪花猜。

杏　花

芳郊漠漠草凝烟，十里花繁锦帐连。风过香飘晴雪地，雨余红晕晚霞天。轻寒乍暖浑无赖，欲落犹开最可怜。折取一枝贮瓶水，蝶随人过午桥边。

秋　柳

衰柳如新柳，疏黄带暮烟。寒飔秋影瘦，犹作细腰怜。

暮秋送弟

去去征途远，西风送雁行。连枝分两地，无语自情伤。

哭适杜氏郑表姊

弹指光阴十八年（自予赴晋后未获一面），相思常在落花前。垂髫笑语犹萦梦，委蜕形容已化烟。杳杳只今成大暮，茫茫无路问重泉。叶家兰蕙同消歇（明吴江叶天寥长女昭齐、次女琼章相继殒芳，详窈闻记时仲表姊已先亡，故云），日望南云一潸然。

卧看盆菊

几种霜花绕砌栽，过秋移向案头开。隐囊卧咏陶家句，花气朦胧入梦来。

晓起看雪

窗前树影瘦槎枒，雾雪鬖松夜旋加。晓起卷帘寒彻骨，一枝和月冷梅花。

春 雨

窗外雨声幽，风凄冷似秋。湿云低屋重，积水入花流。梁噪将雏燕，林飞唤妇鸠。瀹茶呼小玉，垂幔下银钩。

哭适刘氏王表姊

姊妹别经年，相思两泪悬。那知成永诀，未忍忆生前。抱恨归长夜，缄愁入短篇。心头一掬血，可得到重泉。

清明日吊表姊

聚首于今不可期，犹逢佳节怅分离。棠梨花下春相忆，杜宇声中泪自知。判袂难忘携手处，遗簪怕见上头时。临风欲剪招魂纸，遥酹重泉酒一卮。

秋 雁

篱下黄花未吐香，陌头红叶已零霜。白云几片秋天远，雁阵惊风下夕阳。

雪 霁

擘絮云开雪乍晴，窗梅放暖蕊初生。六花消尽檐前白，鸳尾承阶作雨声。

春 兴

十里波光印早霞，暖云晴护野人家。樱桃欲谢绯桃晚，廿四番风到杏花。

即景（社日）

绿窗潇洒绛横纱，活火新泉自品茶。燕垒泥添春昼永，湘帘和雨看桃花。

· 《绿窗诗草》续集 ·

别　家

膝下侍团圞，朝来离别难。承颜望阿弟，好自慰亲欢。

舟中作

西风落叶已纷飞，吹得离人泪湿衣。烟水苍茫亲舍远，满天愁思对斜晖。

蔺相如里

家居蔺氏里，传是相如村。斯人去千载，流风今不存。暇日恣搜讨，碣断不可扪。延连十五城（近里名连城者甚众），命名或有因。或云隶蠡吾，于彼人则云。故迹久沦没，引据皆不根。人生有盛名，后世争攀援。马卿昔慕蔺，规仿犹龈龈。若彼牧豕儿，没没空朝昏。

夜　雨

点点空阶夜雨声，和愁滴入忆乡情。悬知堂上双华鬓，一样添愁到五更。

思　乡

故园东去路迢迢，秋日凄凉草木凋。双鲤书沉秋雁杳，欲凭鹦鹉说无聊。

不　寐

几家疏柝传秋点。四壁荒鸡乱晓更。叫月子规啼最苦，有人一夜听分明。

归　宁

宁亲已数日，时时别念深。夜来有归梦，犹作异乡心。

别家慈

牵衣何忍去，我心棼若丝。寒窗上明月，夜夜梦见时。

病　懒

病懒费吟哦，牵人离绪多。莺花空负汝，春向梦中过。

待　月

欲寐难成寐，开帘得句迟。闲阶看上月，露坐已多时。

辞　家

辞家时节值残春，绕砌花垂晓露新。十日相看千日别，似含珠泪送行人。

客　夜

浮家小住范阳西，梦里乡关路易迷。一枕离魂归未得，晓窗残月子规啼。

孙文正公墓

先生忠节自千秋，经济谁知媲武侯。一死差堪酬社稷，九原何处用才猷。已看俎豆光泉坏，应许云礽识冕旒（先生子孙今始有举于乡者）。欲展墓门瞻碣署，悲风萧飒起松楸。

椒山先生祠

早年荼蓼誓忠肝，慷慨从容两事难。抗疏于今悬日月，行人都解拜衣冠。风吹枷锁香犹昔，鉴隐魑魅胆亦寒。空有小臣忧社稷，千秋未补是心丹。

望新月

一痕纤印曲如钩，晃漾帘前细影浮。莫使暮云容易下，思乡人倚水边楼。

柳　枝

杨柳青青二月丝，绿蛾无力斗腰肢。东风吹老花飞尽，不向人间缩别离。

蝶

彩翼翩翩不染尘，一生生活百花春。金钱化尽归何所，梦入庄周是后身。

月下弈

离离花影叠如屏，滟滟芳尊凸醁醽。棋子丁丁人寂寂，盈盈明月照春庭。

客范阳分题咏古

贤台

神俊不恒有，有亦溷风尘。千金收骏骨，贵在识其真。士为知己死，感激如有神。巍然黄金台，霸业辉千春。

易水

荆轲昔入秦，送者尽于此。征车脂不发，悲歌声变徵。明知事无成，誓死酬知己。千秋一片心，有如此河水。

高渐离故里

渐离悲歌士，千秋怀往踪。击筑游燕市，睥睨慑群雄。慷慨奋一扑，意气凌秋虹。至今燕赵间，轻生蹑遗风。

咏寓中诸卉

水仙

罗袜不生尘，仙姿水一曲。月下小明珰，泠泠漱寒玉。

末丽

九里花田地，翠羽层层缬。日夕炎气清，玲珑缀香雪。

迎春

未春不作花，花开春至矣。何处探春还，春在花丛里。

忍冬

一架藤左缠，天寒抱幽馥。素心不见求，娟娟倚修竹。

玉簪

几朵玉搔头，莹净如初拭。独爱未花时，天然去雕饰。

金钱

宵来梦远人，拟借金钱卜。下阶数落花，私向花神祝。

罂粟

百里难为负，储无担石家。北堂萱未老，学种米囊花。

石竹

着色绣罗衣，浅深弄天姣。裙茵坐花丛，纤让东君巧。

桃花竹

天桃婉媚花，落风红簌簌。贞心不自言，叶长湘妃竹。

虞美人

芳草自春风，年年泣露红。闻歌且莫舞，失路是英雄。

佛见笑

天女试维摩，空花有时落。妙香心自闻，不待拈时笑。

秋海棠

泪洒断肠花，红粉秋思结。入地幽恨深，叶上丝丝血。

锦西风

寸草皆生意，秋风飐夕晖。植庭开昼锦，舞学老莱衣。

半枝莲

白不因施粉，红应陋点朱。徐妆嗤半面，知比六郎无。

荷苞牡丹

原是沉香种，娇多懒举头。红酣方卯酒，缄口最风流。

偶感

药栏西畔小堂偏，春月秋花结墨缘。今日旧游浑似梦，不堪回首十年前。

忆故园

络角银河拂尾流，砧声虫语坐闻秋。乡心一夜愁多少，露满空阶月满楼。

闻雁

雁声和影印寒流，断续风来搅客愁。带得故园秋信否，白云黄叶望瀛洲。

九日

白云叶叶影鳞鳞，残照西风下水滨。独把茱萸动怊怅，怕登楼是盼归人。

腊日

炊烟几缕晓窗晴，粥熟风香煮玉粳。春意一番年事近，隔墙担过卖花声。

寄北二首

其一

暮雨潇潇昼掩扉，余寒料峭忆春闱。缄书欲署平安字，徐淑帘前燕北飞。

其二

燕南草色得春迟，二月青青柳已丝。姑老北堂心望切，上林折寄好花枝。

肃水咏古

玉环台

址在肃宁城北，传为朱杨延昭夫人所筑，俗呼为望夫台。

夫人军寨南（肃邑旧为平卤寨），将军战河北。羽檄急声援，三关音书寂。策马陟高台，烟尘渺何极。至今望斜阳，疑有化人石。

钩弋夫人祠

王气销沉恩怨休，武垣故垒野风秋。余香消歇埋珠履，新月依稀认玉钩。尧母门闲春草碧，云阳市近白虹留。瓦钟布鼓空遗事，断柳寒烟起暮愁。

咏金钱花

西风昨夜入庭槐，恰报金钱及第开。叠落阶前收不尽，化身蝴蝶又飞来。

秋 眺

寒日散轻阴，残霞没远林。几行新雁字，一片故乡心。触景萦离绪，寻诗费苦吟。自嫌儿女泪，今夜恐难禁。

雪　夜

冻云叠叠雪霏霏，猎猎严风透薄帷。独拥寒篝急刀尺，北堂曾否着裘衣。

集句留别邸寓

南窗剪烛话寒更，未恨飘零过此生。何事明朝独惘怅，一年人住岂无情。

集句答外（时侍家慈疾作）

君问归期未有期，悠悠鱼雁别经时。近来情绪浑萧索，秋水芙蓉强护持。

志感三首

其一

一片寒云对夕晖，慈颜何日侍萱闱。伤心不敢东翘首，说着乡关泪满衣。

其二

几回梦里奉晨昏，觉后残灯照泪痕。记得去年归省日，慈亲含笑倚柴门。

其三

到眼萧条见白杨，西风独立我情伤。年来自悔多离别，泉路凭谁话断肠。

论　弈

孰无智巧，争在后先。知白守黑，可以自全。

秋　夜

乡月上窗棂，寻我梦归路。梦觉窗月斜，秋声满庭树。

溪　月

晚浦落霞明，渔岸炊烟歇。一叶采菱舟，棹碎秋溪月。

得影字三首

其一

池小涵太虚，镜揩波面净。洒然轻风来，吹皱闲云影。

其二

独坐倚雕栏，得句爱清冷。月色上人衣，半臂秋花影。

其三

衰柳变新黄，几点栖鸦冷。落日隔寒山，树杪见余影。

和廿四桥

金粉飘零霸业销，雷塘十里水迢迢。人生何处堪惆怅，廿四桥边话六朝。

分题得严子陵钓台

先生光武故人也，胡为披裘泽中者。富春山下江水清，爱此尽日长竿横。坐视万乘犹敝屣，何况慕宠假威儿。女子不见，钟室冤系淮阴侯，钓竿一掷无人收。

登　楼

飞花飞絮送春愁，尽日帘垂不上钩。欲看新晴远山色，添人乡思又登楼。

跋

香室为诗，每脱稿，辄散投奁具，己酉，登小楼缮录，所存半为风飘去。比寒夜，围炉瀹茗，追话昔游，凡从前曾经题咏者追忆补成之。积时既久，得诗廿余首。居恒念在晋署时，辄为神往。今辑成寘之几上，小暇展阅，俨在孤城乱山中，寒窗上日，坐见遥峰移影时也（甲寅腊月二日书）。

《绿窗诗》往往与古人暗合，如《咏雪》"借问梅花何处落，风吹一夜满千山"，此香室十四岁时作，时尚未读高常侍诗，后知其雷同，已削去。余曰：暗合前人，古恒有之，且意各有在，不相掩也。复为采入，并志以诗：绿窗染翰漫因陈，暗合翻令旧句新。宁向齿牙居后慧，却疑环印记前身。得心自许能先我，出口何须定异人。老屋寒窗同把卷，呼灯重拂笔床尘（灯下再题）。

乙卯春候晓都门得《木兰诗集》，中有《咏白海棠》句云：夜静看花人独立，水晶帘外月如霜。香室《夜月口占》首句亦相同，因赋七绝并写其诗寄之，他日西窗剪烛可资夜话矣：梧叶书成字有香，晶帘镜月共吟霜。梅花曾犯唐人句，又犯今人白海棠。香室答诗云：海棠佳句本清新，素影曾传月下神。七字吟成羞暗合，帘前却忆看花人。盖不敢以看花人自居也（都门旅次偶记）。

香室有婢不识字，能学为韵语。一日，落叶点阶，婢延伫中庭，若欲构思者。俄小鬟唤之，曰：妮子殊乱人意。香室尝改其句，云：目断秋天迷远树，不知何处是乡关。即自叙所谓爱吟黄叶者也。

香室拙于书，每得句，属余纪录。春日同咏落花诗，有句云：斜阳旧梦迷蝴蝶，夜月余魂化杜鹃。又云：东风惆怅吹红雨，邂逅莺花是隔年。余以其语不详遗之，竟为谶。此亦几之先见者耶。

香室在晋署，有《坐月》诗云：花气薰人露气清，银河洗出月华明。最怜边地秋光好，吟坐窗前一夜晴。集中脱去，补志于此。

香室性恬淡，适余后，裙布钗荆，泊如也。惟念归宁不置，意常郁郁，诗多凄楚之音。病既革，昏几不识人，试以书，犹了了。殁前一夕，余曰：犹记飞花飞絮之吟乎？即为历历诵之。卷末登楼一首，盖绝笔之作也。

《春渚录》载山谷老人为涪阳女子后身，窃尝疑之，未敢尽以为妄。余室白能记其孩提时事，又恍惚记尝为男子身后雇妪言某家事，颇合，憬然曰："是当为予前世也。"陈夫人止之，遂不言。归余后偶言之，尝赋诗志其异，又多异梦未来境，历之若已经意者。生具凤根，性灵犹在耶！今溘然以去，前后茫茫，正恐三生石上，漠然于烟棹横塘之际耳（稿已付梓，附记数则，时己未三月廿二日也）。

吾溪居士。

香室女士小传并序

齐正谊（蓉溪）

友人王子香甫内子有士行，余事及诗，庄而雅，以戊午辜月八日卒。香甫为辑其遗稿，同人曰宜寿梓，予亦怂恿之校录终卷。商所以署名者，盖孺人未立名字，不欲以才见也。予观孺人敦伦植品，卓然女丈夫，即其怡情风雅亦可称君子儒矣。题曰：香室女士且为传以附于后。

女士姓白氏，居河间四姓之一。祖讳宁，父讳平，皆以仕显。母陈太夫人，文安望族，工诗，故女士学有禀承。幼随父官晋，其为诗多得江山之助。洎自晋归，亲串间间有知其能诗者，欲求其只句不可得。后归吾邑孝廉王香甫，香甫为予葭莩交，至契，因得拜识。女士见其仪度闲雅，不事矜饰，语辄称引古人。退语人曰："是谢夫人林下风也。"读其诗，歌思哭怀，慷慨之中，自饶敦厚，无香奁绮靡旧习，尤能得诗人性情之正。女士与香甫为中表，白太夫人归省其家，女士奉事惟谨。及委禽，人咸为夫人庆。于归后，食性凤谐，羹汤手作，一堂之上融融也。闻陈太夫人寝疾时，女士有割股和药之事，创痕不以示人。人问之，则曰："此非圣贤所取，但此心无可自效耳。"抚前室子若己出，香甫戒其姑息，女士曰：予非远嫌也。君书课常亟，予又苛之，孺子何以堪？吁！观于此数者，洵可谓女子而有士行者矣。其居室以勤俭自力，不为时世妆。手制诸佩，随物赋形，自见心巧，亦闺阁师也。香甫为邑名士，得女士相唱和，茗碗楸枰，怡然相对，吾党推为福人。惜鬼胴高明，遽征炊臼。予尝谓香甫，女士必有夙根者，香甫为述往事，所见良不诬意者。自古慧业文人大都天真游戏尘世耶？香甫将为女士卜吉归兆，因传其梗概如右。至遗事可传者，集中散见，故不详。

女士赞

刘昇（东溪）

诗家多谓女子为女郎，郎之称，比于士也。曼倩称其妻曰细君，君者，主家政也。诗云：室家之壸，厘尔女士。女也，而以士称乎？读其诗者，当自得之，固不借揄扬之言为重轻矣。

（清）白氏撰《绿窗诗草》，清嘉庆间刻本

【辑评】

恽珠《国朝闺秀正始集》（卷一七）：白氏，字香室，直隶高阳人，教授王棻室，著有《绿窗草》。

胡文楷《历代妇女著作考》：《绿窗诗草》四卷，（清）白氏撰，《河北通志稿》《高阳县志》《正始集》著录（存）。

氏，号香室女士，直隶高阳人，教授王棻（嘉庆己巳进士，官顺天府）妻。嘉庆四年己未（1799）刊本。见《昆山徐氏书目》。

杨雨香

杨雨香，清代涿州人，《国朝闺秀正始集》著录。

【散见收录】

秋日病起简闺友洪井桐

翠冷黄枯半病容，修眉怯扫黛螺封。簟痕轻拭流波腻，幔影闲垂绿绮重。五夜挑灯烧豆蔻，三秋览镜瘦芙蓉。披衣小立裁桐叶，乱触吟情四壁蛩。

（清）恽珠辑《国朝闺秀正始集》，清道光十一年（1831）红香馆刻本

【唱和及寄赠】①

略。

【辑评】

恽珠《国朝闺秀正始集》（卷一四）：杨雨香，直隶涿州人。

姚佩馨

姚佩馨，字鹤楼，夫姓李，清代高阳人。《千里楼诗草》著录。

【散见收录】

《千里楼诗草》题词

其一

昔成佳会共传觞（壬子五月始晤湘湄），五载流光过隙忙。青眼偏怜蒲柳质，素心常感蓼莪章（君幼失怙恃）。雪泥陈迹怀联袂，风雨深宵忆对床。惜别芳踪分手去，重帘不卷尚留香。

其二

好景当前得意时，恰逢同调定心期。琼楼艳记三生梦（君自幼曾梦游仙境，因赋小游仙句），斑管花生一卷诗。幸有因缘成结契，愧无才德可称师。更深絮语都忘倦，话到知音恨见迟。

其三

绝代才华绝世姿，天然深秀种瑶枝。聪明自幼钟亲爱，孤冷应难与世宜。小座清谈情款款，倚栏待月影迟迟。持家久已勤中馈，执卷犹如在绣闱。

其四

惊坐瑶章独有君，女儿才笔傲公勋。清臞病骨同梅瘦，怅触离怀感雁群。冀北浮家怀旧雨，江南引领望慈云。好音慰我邮筒寄，如把芝兰气息分。

（清）周维德撰《千里楼诗草》，清光绪二年（1876）刻本

---

① 有洪井桐《答闺友杨雨香》（见本书第169页）、《和杨雨香女史秋日病起韵》（见本书第169页），共两首。

田莲瑞

田莲瑞，字俪江，清代范阳（今河北涿州）人，山西解州刺史涿州姚练江妻。著有《吟香阁诗集》一卷，前有赵之燮序，凡诗一百十三首，词五首。

【整集收录】

序

诗三百十一篇，首列《关雎》，传谓为后妃代文王作。甚矣，千古之诗人，必推千古之淑女也，然必有幽闲贞静之德，斯能为敦厚温柔之音旨哉。圣人之言曰：乐而不淫，哀而不伤。洵得风人之微旨哉！由此观之，闺秀工诗自古然矣。

俪江，田恭人，幼聪慧，耽吟咏，先大母之女弟也。及笄，经先大父执柯，归涿州姚练江太姨丈。练江为郡名士，能文章，工诗，过门后朝夕唱和，一经指授，而恭人之诗学益进。乙卯科练江登贤书，未及赴礼部试，即由难荫授官，宰山右岚县，以卓异荐升解州直刺，所至有政声。恭人随宦二十余年，事亲相夫，克尽厥职，而山川之跋涉，遭际之艰辛，眼辄寄之于诗。忆丙寅岁，恭人归宁至寒舍，时先大父解组家居，恭人呈自著吟香阁诗一卷见示。先大父曾赠诗数章，彼时燮侍左右，捧读数次，窃心向往之，以为足与随园女弟子诗并传不朽。甲申，燮以教习知县分发山西候补，三月抵晋，谒恭人于会垣，剪烛倾谈，恒娓娓无倦色，盖犹似二十年前与燮论诗时，耳提而面命之也。数日，恭人之解梁，濒行，出大著百十首，命燮校勘，并索弁言。窃思自束发读书从事帖括，六上春官不第，徒使三十年之心血尽销磨于时艺之中，实于古近体诗如隔十重楼阁，末由窥其奥窔，何足以登昭明之楼而操选政乎？辞不获已，方拟悉心点订，聊以报命。乃选未蒇事，即有雁平之役，奔波四阅月，往返数千里，而山川之雄伟，道路之欹巇，皆恭人前数年所亲历，而摘作吟料者。一经目睹，益叹恭人之诗之真而挚也。况在晋昌，又蒙冰如曾太恭人赐诗，并出自制孤舟入蜀图诸序见示。此一役也，不惟得江山之助，足以开拓心胸，而且为选闺秀诗，又得读名媛著作以鼓舞而振兴之，讵谓非天假之缘，以匡我之不逮欤？羞竣言旋，急取原本，详为编次，先五言，次七言，末以词曲终之，共得若干①首。拟恭缮副本，寄呈冰如女学士鉴定，俾臻完璧，再行邮寄。非特诗人必推淑女，即选诗人之诗，亦必推诸淑女也。燮虽执鞭，窃欣幸焉。

姻再晚赵之燮谨撰。

·《吟香阁诗集》·

自君之出矣

自君之出矣，懒见月当头。每到团圞际，添余离别愁。

自君之出矣，不复理瑶琴。理到衷肠处，无人识我心。

自君之出矣，几度断柔肠。意欲寻君去，迢迢怯路长。

自君之出矣，屈指一年过。思君千里梦，夜夜入南柯。（古意今情盎然满纸此卷耳，所以冠国风也。）②

何处堪消夏

何处堪消夏，凉亭绕芰荷。香风扬裙带，静听采莲歌。

何处堪消夏，花阴与柳阴。琴筝弹一曲，明月落遥岑。

何处堪消夏，林峦契我心。汲泉烹绿茗，小坐涤尘襟。（招凉珠耶，迎凉草耶，酷暑读此，能令却热除烦。）

忆 外

无限相思味，年余只自知。愁添堤柳色，泪洒海棠枝。向觉光阴速，今嫌岁月迟。金钱频暗卜，何日是归期。（缠绵悱恻，香艳绝伦。）

遣 兴

小立闲阶上，风来花自狂。蝶衔红蕊舞，鸟觅绿阴藏。柳学小蛮态，山如西子妆。卷帘待明月，静爇一炉香。（清词丽句必为邻。）

偶 成

弹琴邀月听，酌酒对花吟。镜影茶烟里，闲消世外心。（寥寥四语，而

---

① 刻本此处作"千"，然据本集实际收录情况，或为"干"，即若干首。

② 田莲瑞《吟香阁诗集》所收每诗后均有评语，评注者不详，或为一人。

一种贞静幽闲之趣溢于言表。此诗所以能道性情也。)

题外子红袖研麋伴著诗小照

墨渍碧杉痕，香薰红袖影。画意与诗心，幽趣谁能领。（但使长教红袖拂，也应胜似碧纱笼，觉当年有此妩媚无此伉俪。）

题水仙

冷艳绝尘埃，幽香胜空谷。洁白抱冰心，不与群芳伍。（借题发挥，自为写照，古香古色，品格双清。彼秾李夭桃对之，能勿一齐俯首乎？）

夜月感怀

寂寞兰闺夜，频劳对月吟。三更犹独坐，千里可同心。蟾影窥帘入，鱼书讶漏沈。空余一片白，偏是照孤衾。（低徊唱叹，一往情深。）

春　郊
其一

东郊几日迓旌旗，淑景暄妍好咏诗。柳叶迎风舒翠黛，桃花带雨抹胭脂。双双戏蝶穿香径，故故流莺觅远枝。笑语寻芳诸女伴，宜男草色更披离。
其二

紫陌寻春衬晓晴，香轮直碾落花行。青帝酒熟三义路，红板桥通十里程。蚕妇筐携桑叶嫩，牧童鞭袅柳丝轻。无边好景归来晚，又见春山笑靥迎。

（青春鹦鹉杨柳楼台，可以方斯绮丽。）

春雨夜有感

朦胧新月斗西斜，渐觉微寒透碧纱。愁思如云添屋角，漏声和雨滴檐牙。频推绣枕清无寐，闲剔银钉冷不花。安得东风解人意，吹将魂梦到天涯。（宋艳楚骚，凄惋欲绝。）

落　叶

飘摇一叶落梧桐，转眼萧疏迥不同。汉苑题诗沟水碧，吴江写怨岭霞红。归鸿嘹亮添乡思，瘦蝶伶仃怯晚风。惟有桂花新结子，他年终步广寒宫。（借萧疏之景写幽旷之思，翠怨红啼淋漓满纸，读至结联又如羯鼓一声、万花齐发，顿令衰飒笔墨尽化云烟，何灵妙乃尔。）

晓醒作

方欣好梦到家乡，燕子无端语画梁。惊觉迷离回首看，碧纱窗畔透曦光。

（似不经意，弥觉浑成。）

春 月

其一

春宵好景倍清新，月照纱窗绝点尘。欲起巡檐索梅笑，半床花影不离身。

其二

黄昏庭院寂无哗，闲倚雕栏理鬓鸦。忽见绿阴铺满地，始知月浸紫薇花。
（竟体雅洁，洗尽铅华。）

秋 月

其一

梧桐院落月华凉，拂拭寒砧欲断肠。但愿此身化征雁，关山万里照还乡。

其二

珠帘卷起影玲珑，桂子飘香堕晚风。窃药素娥应自悔，凄凉独住广寒宫。
（别具会心，不落前人窠旧。）

怀王太原

其一

殷勤携手立苍苔，饯别筵前酒一杯。今日匆匆分袂去，何时重见玉人来。

其二

思君丰韵忆君才，旧径重游意转哀。只剩莲踪瓜子样，徘徊不见玉人来。

其三

风飘柳絮落妆台，昼永心慵帐未开。风送琴声惊午梦，却疑窗外玉人来。
（藻思缠绵，兰情斐亹，暮云春树，共此呕吟。）

偶 成

月华如水浸前厅，小立闲阶户未扃。遥望银云澹河汉，不知何日渡双星。
（无限情怀欲呼天孙而诉之。）

思 亲

回首燕云隔故乡，山河迢递路茫茫。飘蓬宦海身如寄，一度思亲一断肠。
（情真语挚，节短音长，亲舍白云，不堪回首。）

采莲曲

银塘画舫弄婆娑，夜雨平添几尺波。行近花丛人不见，香风微送采莲歌。

（秀色可餐。）

秋夜与秀峰弟妇饮酒作

西风夜报桂花秋，并坐琼筵迭唱酬。酒满金卮君莫却，月明能得几当头。

（笔情超隽脱尽脂粉习气。）

题画美人四首

其一

柳眉描黛面凝酥，翠羽明珰次第涂。妙手凭将三寸管，嫣然写出美人图。

其二

芙蓉如面柳如腰，绰约风姿别样娇。纵使含情无一语，朝朝相对也魂消。

其三

环肥燕瘦总宜人，笑靥微含一段春。若使名花能解语，何辞千遍唤真真。

其四

雾鬓烟鬟点缀工，湘裙妒煞石榴红。凝眸无限娇憨态，谁与传神阿堵中。

（美人细腻熨贴平，裁缝灭尽针线迹，活色生香足抵曹子建《洛神赋》一则。）

送夫子之任吉州

骊歌一曲促征车，寂寞香闺并蒂花。愿化庄生小蝴蝶，梦中随子到天涯。

（黯然销魂，如读江文通《别赋》。）

寄怀夫子四章

其一

荏苒光阴一岁过，归期前度又成讹。累侬日傍朱楼望，柳色添愁十斛多。

其二

果然一日似三秋，始信人间有别愁。凤泊鸾飘千里隔，何年夫婿得封侯。

其三

问君自赋耿州游，可动离怀夜月愁。当日临歧相嘱语，别来曾否在心头？

其四

欲诉离惊托尺书，风尘鞅掌近何如。宦场不及贫家好，镇日双双挽鹿车。

（如怨如慕，如泣如诉。）

踏青词（仿香奁体）

其一

晓妆对镜整芳姿，粉自轻匀脂艳施。小婢无知偏窃视，恰逢夫婿画眉时。

其二

云鬟理罢下妆楼，女伴牵衣笑语兜。行近清波频顾影，匆忙忘却玉搔头。

其三

麝兰香醉杏花风，眉黛含青靥晕红。行转长街怯人看，低鬟一笑去匆匆。

其四

绣履双翘小凤红，着来缓步近花丛。情郎细掩苍苔迹，只恐人量底印弓。

其五

缓行踏遍短长堤，斗草寻花路半迷。好鸟催人归去也，绿阴深处几黄鹂。

其六

归来便觉路迢遥，细步伶仃过小桥。摘取堤边杨柳叶，明朝眉样要新描。
（柔情憨态体会入微，当以蔷薇露盥手读之。）

丙寅途次作

其一

滚滚征尘扑绣鞍，此行何日整归鞭。回头再望来时路，云树苍茫隔暮烟。

其二

数峰高耸数峰低，怪石嵯峨啮马蹄。日暮乡关何处是？黄沙漠漠夕阳西。
（冯夫人锦车持节，王昭君琵琶出塞，当日途中同此景况。）

别　意

归期屈指意凄然，打叠轻装附晓鞍。强笑恐招慈母痛，忍将别泪暗中弹。
（破泣为笑，曲体亲心，无限离惊，和盘托出。）

忆外四首

其一

踏青懒踱绿杨阴，绣阁春光似海深。何事杜鹃啼不到？思归未动宦游心。
（春）

其二

蝉声摇曳画楼过，底事佳音又报讹。倦绣停针心绪懒，倚阑孤负月明多。
（夏）

其三

迎风疏竹响萧萧，又见梧桐一叶凋。四壁蛩声半窗月，踪无离恨也魂销。（秋）

其四

迢迢银漏数更长，寒透重衾夜有霜。闲倚薰笼敲短句，频呼侍女为添香。（冬）

（锦心绣口，不让苏兰回纹诗。）

次外子七夕寄怀原韵

其一

迢迢银汉碧波明，灵鹊填桥羽翼轻。虽渡双星成好会，半宵能诉几多情。

其二

神仙犹自渡银河，谁挽行旌不我过。要识人间离别泪，酸辛更比女牛多。

（命意新颖，不袭陈言。）

马嵬怀古

其一

霓裳忆昔舞当筵，一别犹思梦里还。碧落黄泉无觅处，谁知海上有仙山。

其二

尺组埋尘骨亦香，当时曾记效鸳鸯。回思七夕良宵语，莫怨三军怨汉王。

（昔太王避狄犹与姜女偕行，乃后世贵为天子不能庇一爱妃，三郎有知读之亦当短气。）

葬亲毕随夫回晋途次作

雪泥鸿爪迹重重，从此乡关系寸衷。随宦天涯千万里，松楸回首白云中。

（陟岵兴怀风人遗旨。）

过清风店作

尘劳飘泊叹长征，独对孤灯一穗红。野店无花更无酒，负他明月与清风。

（抹月批风，情文兼到。）

寄　外

匆匆一自整行旌，梦里关山路未通。欲把愁怀托明月，可能相照到蒲东。

（结联从"可怜闺里月，长在汉家营"句生出，读之乃别有风味。）

题惠田先生小照

厌着尘嚣一局棋，溪头闲理钓鱼丝。其中幽趣谁能解，只有秋江鸥鹭知。
（不着一字，尽得风流，洵传神妙品。）

赠郭氏七表婶

其一

昔年回首瑟琴调，未卜祥麟梦一遭。孰意江心风浪恶？分开比目起波涛。

其二

井臼蘋蘩悼未亡，一生节操凛冰霜。九原不敢从君去，只为萱亲在北堂。
（阐扬苦节，彤管流芳。）

送秀峰妹荣任升车

骊歌一曲唱当筵，望断征尘眼欲穿。从此离怀向谁诉，惟凭青鸟寄鸾笺。
（契合之情、别离之苦，妙在含蓄不露，弥觉余味曲包。）

两儿出疹，前后五日而亡，痛不欲生，勉占断肠辞以哭之，平仄颠倒，韵脚参差，皆所不计，聊抒胸中之闷耳

其一

一双珠颗落尘埃，血泪抛残默自猜。既死何须悬影现，有生应带寿元来。
问儿可是庸医误，恨我还将药物催。望尔前途且相待，阿娘随汝赴泉台。

其二

虎狼猛剂令儿吞，宛转思量恨未伸。自我而生自我死，教儿何处问前因。
（千回百转，几断柔肠，令人不忍卒读，此离骚之嗣音也。）

光绪丙子新正初十日接秀峰弟妹吴安人凶耗痛赋四章以代哭

其一

讣函一纸寸心伤，哭奠泉台欲断肠。那是酒浆那是泪，个中滋味要君尝。

其二

雁序分飞怅各天（弟妹曾认我母为母，故有姊妹之称），骊歌曾赋断肠篇（吾妹赴任时曾赋诗赠别）。谁知从此幽明隔，芳讯难传到九泉。

其三

香烟盈袖酒盈卮，奠罢幽灵意转悲。倘遇吾儿在泉下，双双尚望妹扶持。

其四

无可如何泪满胸，鱼书雁信再难通。嘱君若念同胞谊，魂魄常来入梦中。

（和泪写诗，淋漓满纸。）

余子表外女夫妇双逝感而有作

其一

生生死死誓同行，抛却人间无限情。惟嘱前途且相待，双双好返旧蓬瀛。

其二

谁教牛女谪尘埃，此段姻缘费我猜。廿载酸辛应醒悟，不须留恋复重来。
（看破世情如老僧说偈，一空魔障。）

贺绍山花烛

其一

画堂箫鼓喜筵开，共说檀郎奠雁回。行到中庭且相待，姗姗惟盼美人来。

其二

莲花漏滴夜迢迢，碧汉居然接鹊桥。报道天孙今夕渡，彩云拥护驻星轺。

其三

簇簇争看新嫁娘，况兼夫婿赛张郎。羡他一管生花笔，画得春山别样长。

其四

梅雨荷风日正长，三多吉语赋催妆。香闺预祝熊罴梦，定卜来年庆饼汤。
（极有次序，语亦明秀。）

催妆诗戏代绍山作

神仙何事谪尘埃？疑假疑真忒费猜。柳叶微颦西子黛，桃花红晕玉环腮。芝兰气味梅为质，冰雪丰姿玉作胎。是否观音来显化，与卿连夜筑莲台。（结联涉笔成趣，绍山读之当叹，为先得我心。）

戏代绍山夫人作

其一

佳期风雨意彷徨，默默无言启锦箱。拣取文绫三五色，绣窗偷制扫晴娘。
（六月十六日阴晴不定。）

其二

扫将雨霁与云收，香火他时把愿酬。只为今宵明月满，团圞相照合欢裯。

其三

朝来红日映窗纱，轻挽双鬟理鬓鸦。留待张郎描远翠，镜台懒自对菱花。

其四

云鬟低嚲带罗长，脸晕红霞衬晓光。作罢羹汤奉姑舅，酸咸未识倩谁尝。（无姐妹故云。）

（体贴新娘情态，语语都从心坎中流出，直是惟妙惟肖。）

送次女兆麟于归

其一

曲谱笙箫赋好述，殷勤送汝下妆楼。夫君英俊翁姑喜，愿尔双双到白头。

其二

簇簇争看百辆迎，问儿应不负平生。于归试记晨昏礼，莫作闺中儿女情。

其三

宜家宜室乐欣然，此别休将阿母牵。姑舅亦怜还亦爱，多才夫婿貌如仙。

（中间以诗为训，可作一则女箴，读前后二首语亦蕴藉。）

归途杂咏

挑灯草草整行装，策马扬鞭道路长。茅店月残鸡唱远，板桥霜重马蹄凉。山开曙色烟消翠，树映斜阳叶带黄。已把离愁付流水，忽闻征雁又思乡。（写景言情，笔极灵妙。）

寄海门姊丈

千里迢迢一羽函，数行联寄写平安。邯郸入梦何时醒，傀儡登场欲退难。碌碌勤劳缘底事，年年飘泊付长叹。羡君修到清闲福，谢却尘嚣已挂冠。（宦场阅历有慨乎其言之。）

由岚县赴省途次作

匆匆揽辔拂丝鞭，红日东升破晓烟。马踏征尘黄叶路，人迎曙色白云天。荒郊古树寒鸦噪，野冢苍苔狡兔眠。一望迢迢肠欲断，前途飞瀑响山泉。（描写征途景况，一幅晓行图也。）

仿花月连珠体四首

其一

月节花影夜沈沈，半杂花阴半月阴。携酒观花邀月饮，凭栏赏月对花吟。月窗漫写簪花格，花径宜停待月琴。月愈清辉花欲艳，愿陪花月坐更深。

其二

月明偏恋好花枝，闲倚花栏对月思。月照花魂花欲睡，花摇月魄月频移。

修成桂月花开候，锄罢梅花月上时。沈醉欲同花月宿，丁宁花月莫相辞。

其三

月上纱窗花影横，花梢映月倍晶莹。月凉偶警花神梦，花好常怡月姊情。月共花移临枕侧，花随月转进帘旌。人生莫负花和月，几度花开与月明。

其四

月下花前兴不穷，寻花步月画楼东。鱼衔月沼花千片，鸟避花墙月一弓。月榭宏开花盛处，花筵小坐月明中。良宵闲咏花兼月，月愈光辉花愈红。

（清思浣月，彩笔生花，月夕花晨，读之足为花月生色。）

旅况无聊偶得小词一首

清明已过花朝早，荏苒流光非昔好。瘦尽残红绿转肥，盈阶遍种相思草。隔窗晓梦忽惊鸦，对镜愁看绿鬓华。幸有唱酬琴瑟乐，阿侬夫婿本秦嘉。（秀媚之色不减易安。）

浣溪沙·遣兴

镇日恹恹对酒卮，初春天气困人时。遣愁无计理桐丝。

一缕茶烟帘不卷，隔窗遥听鸟频啼。乱花丛外竹林西。（情景如画。）

菩萨蛮·七夕

萧萧冷堕梧桐叶，虫音绕室声凄切。莲漏正三更，秋风百感生。

推窗望碧汉，牛女应相叹。今夕会银河，明朝奈别何。（节短音长，饶有神韵。）

一翦梅·春郊

风漾荷钱动翠鳞。吹碎波痕，蹴碎香尘。踏青一路草如茵，树影拖裙，燕影依人。

蜂觅清香蝶逐群。花也如欣，柳也效颦。斜阳遥望堕朱轮，红满篱根，绿满苔纹。（唐太宗视魏徵如飞鸟依人，倍觉妩媚，吾谓此词亦然。）

喝火令·客夜秋怀

旅况添愁思，宵长影自怜。谱将离恨托冰弦，遥对碧空银汉，月当天。

野柝传清漏，孤灯照独眠。秋深谁虑客衣单？可是栖迟，可是整归鞭，可是凭他鱼雁，先为寄鸾笺。（其秀在骨，情致亦极缠绵。）

如梦令

小立绿阴庭畔，遥望云横天半。摇曳柳枝狂，一阵花飞絮乱。凝盼，忽被东风吹散。（轻倩无俗韵。）

放纸鸢不起感赋

久负凌云志，东风力不扬。此生惟抱恨，何日始翱翔？（词意悱恻，寄托不凡。）

晚 眺

凭栏遥望夕阳低，对对归鸦却向西。寄语寻巢群鸟道，碧梧只许凤凰栖。（语意含蓄。）

忧困无聊诗以遣之

诗心原与道心通，道与诗心却不同。诗总幽闲还着意，不如道意更空空。

卅年徒把岁消磨，近觉霜丝一半多。人事空将人事负，那如回首念弥陀。（徘徊叹唱，一往情深。）

玉人来

其一

焚香煮茗意徘徊，剪烛频频玉漏催。裁罢云笺还拣韵，推敲静待玉人来。（诗）

其二

绮筵开处默徘徊，自把醇醪欸欸筛。适口甜香谁共酌，擎杯不见玉人来。（酒）

其三

闲阶小立独徘徊，风软花枝次第开。携得瑶琴横膝上，聆音惟盼玉人来。（琴）

其四

一盘黑白互徘徊，赌胜争奇忒费猜。欲觅良师教几着，隔窗遥见玉人来。（棋）

其五

倚窗掩卷自徘徊，世变纷纭亦可哀。几代兴亡家国事，个中多为玉人来。（书）

其六

墨浓笔饱费徘徊，淡抹轻钩下笔才。几处山楼兼水榭，还须描个玉人来。（画）

其七

宝奁开处正徘徊，落叶萧萧堕碧苔。檐铁丁冬声到耳，却疑珮响玉人来。（风）

其八

绿阴缓步暗徘徊，花朵枝头带露开。摘得一枝谁与赠，举头喜见玉人来。（花）

其九

寒风飒飒怯徘徊，玉屑漫天掩碧苔。正好围炉同斗酒，书笺先报玉人来。（雪）

其十

凭栏凝望漫徘徊，花影横斜上镜台。恰欲携尊邀月姊，侍儿报道玉人来。（月）

夫子殁后，痛不欲生，勉占断肠辞数首，平仄颠倒，韵脚参差，皆所不计，聊述胸中之痛耳

其一

宵来无寐数更筹，追忆前情痛不休。四十四年偕伉俪，恨君一别不回头。

其二

盈虚无定是何因（张评①：夫子不善理财，公私甚多虚虚实实，已了此项，所剩无多，明言其数，夫子不信），不为私亲累我身（张评：予孑然一身，并无亲故）。淡饭粗衣侬已惯，恐君日后受清贫。

其三

痴情一点痛酸辛，剐骨持斋默祷神。日诵高王经数卷，愿将已算借君身。

其四

一载沉疴苦莫支，唾红不断血丝丝。恨侬劝进庸医药，追赴黄泉悔亦迟。

其五

君不谋生亦惯常（张评：夫子吃穿已惯，不理家事），自持家计自彷徨（张评：日费甚大，恐后不接）。而今检点遗珍物（张评：夫子书籍、字帖等

---

① 据本诗后所附"西席张芙尊加评"语可知本诗评者。

件），一度思量一断肠。

其六

孰意夫妻不到头，悔教言语欠温柔（张评：心中愁痛一时气绝，故云）。而今死也无人管，赢得千行血泪流。

其七

一字一珠一痛伤，不堪回首过时光。肠断断肠肠又断，可怜能有几回肠。

其八

恨我痴愚了不明，求神拜斗祝君生。谁知二竖相侵急，一夕严霜大厦倾。

其九

满拟沈疴早起床，不愁甘苦过时光。痴心日盼参苓效，广额丰颐再照常。

其十

桃李门墙柱自栽，杜门不见探丧来（张评：夫子三科同考，门生甚广，一人未来）。人情淡似秋云薄，时事而今实痛哉。

其十一

星陨山颓一霎捐，不来门外客三千。半生未遂凌云志，孤负胸中书万篇。

至性至情之语，宜风宜雅之词，非深于三百篇者，未克臻此。

七十五叟穗原拜读

情词痛切，声泪俱下，令人不忍卒读，当与杨忠愍公之张夫人《乞代夫死疏》并传不朽。

西席张芙蓉加评

情致缠绵，词意痛切，捧笺一诵，如闻涕泣之声。

愚侄李鸿宝拜读

附

牛竹吾步悼子原韵①

其一

双双宝树折尘埃，慈母恩深痛几猜。敢信麟儿终有去，相思燕子再归来。

---

① 此诗据原刻本位置录于此处，然与前一首诗似无关联，结合其主题及用韵情况，猜测此诗或为田莲瑞诗《两儿出疹，前后五日而亡，痛不欲生，勉占断肠辞以哭之，平仄颠倒，韵脚参差，皆所不计，聊抒胸中之闷耳》（参见本书第423页）原韵。

怀珠川媚非人定，韫玉山辉岂数催。廉吏可为千古训，孪生四乳庆熙台。

其二

太仓一粒寄尘埃，修短何须信与猜。不老非关节养到，长生原是炼修来。
虽云顾复情难已，要识轮回数默催。珠颗双飞如野马，请君还自保灵台。

其三

生生化化岂容心，时去时来古至今。谁是爹娘谁是子，尘缘一尽杳无音。

　　　　　（清）田莲瑞撰《吟香阁诗集》，清光绪二十八年（1902）
　　　　刻《一枝山房诗集》附录本

◉ 廊　坊

郑淑娥

郑淑娥，清代固安人。《闺秀诗话》著录。

【散见收录】

（阙题）

画屏银烛冷无辉，莲漏迟迟听已微。不敢庭前看凉月，一声孤雁正南飞。
（茗溪生评：闺中咏月诗最夥，大都忆别之作居多。此不敢看者。）

茗溪生辑《闺秀诗话》，民国十五年（1926）铅印本

陈蕊珠

陈蕊珠（1714—1778），字兰谷，清代文安人。知府陈玉友女，诸生符贵麟室。著有《焚余草》。《河北通志稿》《国朝闺秀正始集》著录。

【散见收录】

咏　古

堕井捐躯亦可嗟，倾城尽道后庭花。长城公自非明主，枉使千秋怨丽华。

（清）恽珠辑《国朝闺秀正始集》，清道光十一年（1831）红香馆刻本

【辑评】

恽珠《国朝闺秀正始集》（卷一六）：陈蕊珠，字兰谷，直隶文安人。知府玉友女，诸生符贵麟室。著有《焚余草》。

胡文楷《历代妇女著作考》：《焚余草》，（清）陈蕊珠撰，《河北通志稿》《正始集》著录（未见）。

蕊珠字兰谷，直隶文安人，知府陈玉友女，诸生符贵麟妻。

纪巽中

纪巽中，清乾隆嘉庆间文安人，举人纪蔼宜之女，刑部尚书刘榉嫡孙刘珅妻。著有《感怀诗草》。《中国妇女人名词典》著录。

【散见收录】

秋夜感怀

淅沥凉飙侵碧苔，漏深独自易徘徊。金飔乍泠帘栊动，布被生寒夜雨来。篱畔晚英招露秀，云边孤雁任风催。故园儿女能知否，老病频添鬓发衰。

> （清）纪玘文撰《重刻近月亭诗稿附十三名媛诗草》，清嘉庆十九年（1814）刻本

刘锡友

刘锡友，号义群，清乾隆嘉庆年间大城人。夫河北文安纪淑曾。著有《松鹤轩诗草》。《中国妇女人名词典》著录。

【整集收录】

· 《松鹤轩诗草》·

短歌行

今夕何夕，击鼓其镗。笾豆有践，琴瑟斯张。有舟在壑，式固尔藏。中

宵不见，徙之何方？朱颜近烛，烂然其光。昼夜迭代，谁云未央？时无重至，华不再扬。酌彼兕觥，勿使心伤。

野田黄雀行

野田黄雀，为鹞所贼。仓卒呼号，求援不得。翩翩少年，顾而叹息。恶彼凶残，加以弹弋。鹞飞戾天，雀伤其肋。淹然委地，见者心恻。翦拂我毛，喂食我食。愿衔黄花，报君之德。

寄轩春望

扶杖来高轩，邱壑罗深院。画栋入山云，竹窗向春涧。东风习习吹，坐拾落花片。凭栏望大江，来往飞帆便。琴台倚城西，大别枕江县。白云不可招，黄鹤隔春岸。云脚低远树，明霞带征雁。夕景澹烟横，时听归禽啭。罢吟寻幽径，月明人影见。凭吊贾公亭，此地足清宴。

白纻词

芙蓉屏开天气新，美人按舞上锦茵。白纻之白白如银，雪纬玉经稳称身。莲步纤纤不动尘，浓花烂漫照芳辰。尽日笙歌含笑矉，娅姹娇莺啼上春。[1]

战城南

千金治鞍马，功成岂顾身。朝出雁门千余里，暮宿沙漠十丈尘。忽然回首望乡邑，惟见银河清浅津。莫道古来征战苦，云台纪功谁与伍。

春　燕

燕子恋春晖，新巢识所依。海棠风里语，山杏雨中飞。掠水还循岸，衔泥自欸扉。莫言乡国远，岁岁自能归。

春　望

斗柄回东陆，韶光寓目新。云霞连四野，梅柳报三春。佳气催花早，和风入树频。他乡风景异，偏感宦游人。

春　晴

雨霁浮云净，开帘爱晓晴。山光含翠润，江气入楼清。柳弹莺声懒，花

---

① 刘锡友女纪昀文《近月亭诗稿》载此诗为："芙蓉屏开天气新，文石为砌锦为茵。白苎之白白如银，龙箫凤管舞回身。莲步纤纤不动尘，浓花烂熳照芳辰。尽日笙歌含笑频，门外娇莺啼残春。"

娇燕语轻。良苗满江汉，不负一犁耕。

登黄鹤楼

昔有仙人迹，今余黄鹤楼。烟笼云梦树，笛送洞庭舟。山色连城静，江涛带月流。繁华如转瞬，谁共白云游。

登秋兴亭

昔留秋兴在，今我复登临。素练江涛静，遥山日足森。空林含远翠，沙鸟喜轻阴。俯仰成今古，谁知杜老心。

送儿女归里

儿女归期近，相携作胜游。临行频着线，欲去更停舟。衰鬓留三楚，离颜对九秋。家书凭雁羽，千里慰予愁。

和秋槎夫子春怀元韵四首

其一

官舍临江渚，春风起绿波。湖光侵野树，雨气在山阿。远信凭谁寄，怀思当若何？空窗独眺处，寂寞赋长歌。

其二

江汉非吾土，凭栏望远心。月光寒静夜，山色淡微阴。节物看频过，离情念更深。萱庭他日语，重叙绿窗音。

其三

凤山亭一望，列坐共清谈。不在花间酌，偏吟雨后岚。流莺墙外啭，飞燕柳边参。此地留高会，新诗记汉南。

其四

独览庭前树，桃红带雨新。岚光映高阁，春色最宜人。有字凭鸿雁，临江问锦鳞。簪花千里报，日日望音尘。

独酌

独酌逢佳节，登临有所思。迢迢千里道，渺渺隔年期。红叶迷关塞，黄花识别离。雕栏闲倚遍，人影月中移。

晚眺

晚眺江城外，高楼动古情。寒风散山谷，森木响秋声。兰□幽香远，梧亭皓月明。宾鸿还未到，惆怅一天清。

春望

古树藏初月，空江映远辉。四山新草遍，十载故乡违。野色连云气，波光点翠微。梦悬千里念，怅望寒鸿飞。

晚霁

山雨初开霁，风飘暮景凉。浮花归别涧，新草映斜阳。步月凭高宇，看云接故乡。知亲忆游子，远意托潇湘。

望江

晚来凭画阁，极目见长江。帆影何飘渺，涛声自击撞。斜阳明岛屿，残叶入楼窗。微咏烟波暮，乡关意未降。

登垠阳千佛山

高阁通云汉，攀援一径长。锦江开蜀地，巫峡入荆疆。千树待归鸟，一僧迎夕阳。由来征战地，怀古意茫茫。

涉园即事四首

其一

景物逢初夏，园林雨露濡。梦余新草长，行处好风俱。花石供吟咏，江山入画图。他年还故国，应忆此名区。

其二

蛇山何峭蒨，当户巧安排。每向烟中没，尤于雨后佳。晨昏看不厌，木石意相谐。幽静平生志，因之托雅怀。

其三

前山吟不极，屋后更登山。石径穿云上，藤条引手攀。城中人语寂，树里鸟声闲。咫尺天涯回，仙踪何日还。

其四

花柳无多日，匆匆已送春。园林还似昨，物色乍更新。紫葚摇风堕，黄莺破梦频。光阴移换里，先感宦游人。

送永恭人

十年为宦共相知，南浦春风送别离。渭树能添秦地梦，汀兰还系楚江思。轻帆带雨千山隔，飞旆连云五马驰。驿使可传天外信，梅花遥赠索君诗。

有怀二首

其一

小院更深月正圆，金风疏影雁来天。凉生桂圃花开日，秋在梧亭叶落边。
节物惊心人易老，家山道远梦相牵。砧声到处催寒信，振触愁怀夜不眠。

其二

露下天高滞汉滨，无边秋色怆心神。窗前落叶方回梦，帘外黄花又送人。
旧病绵绵需药裹，新愁黯黯失佳辰。挑灯独向深更后，不尽遥思泪满巾。

有　感

云外飞鸿响远音，却缘书到一沾襟。寄将茅店挑灯泪，并入官斋听雨心。
篱菊着花秋淡淡，庭烟如织漏沈沈。燕山楚水三千里，地北天南共苦吟。

咏　梅

林园雪后倍精神，玉骨冰姿迥出尘。冀北未归驰驿使，岭南已有咏花人。
萧萧疏影长松伴，漠漠清香皓月邻。昨夜江边开最早，挽回天地一枝春。

咏　雪

密雪洒天涯，随风整复斜。千林皆一色，何处访梅花。①

怀四弟

一片秋声雁叫群，离家多病不堪闻。愧沾微禄趋庭远，定省晨昏独怀君。

清　明

岁岁清明动客愁，离情无际倚高楼。踏青折柳人如画，误认江乡作冀州。

忆长女玘文

膝前钟爱视如珍，弱女何堪客路尘。旅店今宵何处宿，梦中应念倚闾人。

送　春

残红点点落阶频，莺唱阳关别暮春。最是灞桥无数柳，送春兼送送春人。

　　刘锡友，号漱兰女史，大城刘公愚大司寇之曾孙女，文安纪秋槎方□元配

---

① 刘锡友女纪文《近月亭诗稿》载此诗为："密雪洒天涯，环村白屋赊。拥衾人未起，折竹
响偏加。愿过沧江渡，言寻隐士家。千林皆一色，何处访梅花。"

也。著有《松鹤轩诗集》，其子婿河间李煌尝为之序。刘芷衫明经称其诗曰："闺阁诗大抵皆绮语，余祖姑母诗独高古冲淡，金粉习气一扫而空。"今观其作，知非溢美，爰为校印，以广其传。

癸丑夏日东安马钊琇识。

（清）刘锡友著《松鹤轩诗草》，民国东安马氏味古堂刻本

【散见收录】

咏 史

其一

信陵公子本翩翩，曾向夷门识隐贤。不是奇谋通内宠，虎符何得擅兵权。

其二

宣武兵威掌赤符，闺中节制笑相趋。一枝带雨梨花泣，我见犹怜况老奴。

其三

六代金陵气数终，临春高阁竟成空。独怜盖代琵琶曲，响绝清溪一曲风。

游 仙

瑶圃晴和玉树新，仙台金母欲为邻。山前不管桃花落，炉内丹砂别有春。

（清）纪玘文撰《重刻近月亭诗稿附十三名媛诗草》，清嘉庆十九年（1814）刻本

纪玘文

纪玘文（1756—?），字蕴山，号德晖，清代文安人。湖南盐法长宝道纪淑曾女，静海拔贡李煌妻，李肇基母。著有《近月亭诗稿》四卷，嘉庆十九年（1814）刻本有刘揆序，李煌刻书序及自序，男绍堃、肇基序。《河北通志稿》《小黛轩论诗诗》著录。

【整集收录】

序

《近月亭诗钞》者，汉阳太守纪秋槎先生长女蕴山之所著也。世人多言

女子不当以诗闻于世，其持论近正矣，而余不谓然。《易·家人之卦》专言女贞，盖家之难正者，莫甚于女儿而正焉，斯无不正矣。言者心之所形也，诗者言之尤精者也。在心为志，发言为诗，故志之所至，诗亦至焉。三百篇尚矣，而《关雎》、《鹊巢》、《采蘩》、《采蘋》，实著二南。当时播诸萧管，编之乐章，后世章而分之，句而折之。其声足以乐而不流，其文足以论而不息，何其盛也！然则谓女子不当以诗闻于世者，岂通论哉！予汉南之散人也，蕴山之尊人识我于农田中，而以宾礼之。蕴山有兄曰云谷，从我问经，宾主欢洽，交好如家人。故蕴山之诗常得见焉，粹然一出于正。余迹年来所见四方名媛诗文，皆未有能几及者。蕴山之诗，蕴山心术之所形也。予闻秋槎先生之族，在文安者几四百年。自始迁祖以来，世有令德，簪绂不绝，□家以礼法为北方学士大夫之冠。其所以娴习于诗者，非一朝一夕故矣。蕴山许嫁静海李子孟檀，孟檀前年就婚于楚，亦从余游。其人忠信恂谨，庶几可与适道者。蕴山行且从孟檀偕归静海。诗不云乎："女子有行，远父母兄弟自是承事舅姑，宜其室家，修妇职而新妇德。"吾先于其诗信之矣。蕴山勉之，勿令父母以宫事不逮为忧，而令燕赵士大夫笑予言之妄也。

乾隆四十年仲秋月既望，汉南刘掞题于汉阳太守官舍凤鸣堂之南窗。

序

余自癸巳之冬，就婚南国。是时蕴山已吟诗累卷矣。知其五六岁时，秉承庭训，娴于四声，故得诗为多。予就学汉上，以穷经为急，未暇治诗。然自羁栖江汉，与蕴山偕居三年，每览其诗，亦偶和焉。丙申之秋，余同蕴山北归，私忧其未尝习劳，恐不能当我父母意。乃蕴山于同归后，温清定省，不敢违缺，家中诸劳悴事，任而不辞。吾父母甚怜爱之。吾母素工于诗，睹蕴山之诗，间亦称善。客岁之冬，复来长沙，予因卒学，淹滞不能遽归。而蕴山心念吾母不置，爰检箧中旧稿，梓数百篇，以贻吾母。余感其意，为叙其梗概如此。

乾隆四十三年夏四月丙申，静海李煌题并书于湖南长宝观察官署。

序

内子所作《近月亭诗集》，乾隆四十年于外舅纪秋槎先生湖南长宝观察官署刊刻。今重刻之者，一因昔之所刻不乏厄辞，一因后之续作亦有旨趣。其中有存者，有去者，有增入者。芟繁就简，黜华崇实，又不能不再付枣梨。

斯序也，为序其诗之始终也可，为序其诗之损益也可，为序其诗之始终损益，或得诗人之遗意也亦可。

嘉庆十九年岁次甲戌静海李煌题并书。

自　序

予自十二岁时，两大人宦游楚北，官署清闲，课予读经书及四唐古诗。又以其暇，讲说四声。诵习既久，辄不自禁，操管吟哦，牵衣索笺。吾父母顾之，未尝不解颐也，既而予兄云谷穷经之暇，每有题咏，必索予和。兄未尝不作，予亦未尝不和。及随夫子孟檀宦游山右，回忆始学诗时，至今三十余年矣，别而存之，得若干首，譬如田家之梧角，童子之芦笙，天籁自鸣，聊适己意而已。岂敢自托于风雅之林哉。然而声韵所寄，或有孩提之慕焉；埙篪之吹焉；琴瑟静好之音焉。因录而叙之，非敢谓此编堪传。盖以志天伦之乐于不忘也。

嘉庆十九年花朝日文安纪圯文题。

序

《近月亭诗稿》，吾母所作，已于外祖秋槎公官署刊刻。今复重镌，命堃等为序，并限燕山《近月亭诗稿》序八韵，勉以骈体赋之。其辞曰：广陵望族，汉县明贤。姓氏出平阳，崇勋炳耀；徽音播彤管，硕范昭宣。若古之人，高风堪仰。及今所衍，雅韵能传。材藻超谢媛，莫夸东晋；轩辕访姑姓，曾重南燕。毛苌所诵，孔子所删。承诲鲤庭，勖扬芬以立志；问经绛帐，勉撷藻于垂髫。黄鸟红蚕，庄咏实由勤俭；青蘋绿藻，长吟亦骋斑斓。稽古居今，引经据典。寻声按节，流水高山。礼让幼娴，诗书长训。永江广汉，托水月于清虚；蕙沚兰汀，写芬芳以神韵。荆襄南北，谁和阳春。吴楚东西，留题名郡。洞庭八百里，辞腾梦泽于无端；君山十二峰，笔卓云衢而相近。敬式丹书，孝征明发。埙篪唱和，之子幽间。昆季吟哦，好音清越。鸡鸣致儆，箴铭为言。获画教书，琼瑶作骨。宗圣经而立旨，峙岳停川参贤。传以舒怀，清风皓月。自归京洛，远隔湘灵，人如玉宇之仙；流商奏徵，地属金门之胜。桂馥兰馨，烟艇南旋，鄂渚尚余千顷碧；鹢舻北下，鹦洲惟剩一痕青。淀浦芙蕖，更传胜迹；丰台芍药，犹绕闲亭。流光荏苒，岁月迁移。魏境唐封，沧海文人专推元问；恒峰霍岭，辋川居士，首许王维。随宦晋阳，金辉兮玉粹；驾游汾曲，柏郁兮松蕤。凌汉冲霄，羲之有笔；披华启秀，白也无诗。

埏等敬企楷模，珍同典宝。菁华铸廿七史，左国纷纶；纯粹汇十三经，洛闽文藻。当年拈韵，南国秋云。此日言怀，西堂春草。拟朝霞，拟夕露，雅趣成编；可集秀，可联芳，名媛合稿。达汉魏之古音，绌齐梁之绮语。柔纤陋质，难期追琢于宗工；庄雅闳规，独擅风华而列俎。贻我矩薙，运之有神。钦若鼎彝，按之欲举。成人有德，既比事以属辞；小子何知，且含毫而作序。

嘉庆十九年，岁次甲戌端阳后五日，男绍埏、肇基谨题。

近月亭世系

曾祖遴宜，号毅亭，廪生，康熙甲子举人，甲戌进士。历任吏科掌印给事中。晋赠奉政大夫。康熙癸巳科山东乡试同考官。钦赐御书。貤赠中宪大夫湖南盐法长宝道。

祖晋，号企赡，廪生，乾隆戊午举人。壬戌明通。江南甘泉县知县。敕赠文林郎，诰赠奉直大夫，湖北沔阳州知州，又赠朝议大夫，湖北汉阳府知府，又赠中宪大夫，湖南盐法长宝道。

父淑曾，号秋槎，附生，乾隆癸酉举人。简发湖北试用知县，历升湖南盐法长宝道。诰授奉直大夫，例赠中宪大夫，乾隆己亥恩科湖南监试官。

玘文，字蕴山，号德晖，直隶顺天府文安县人。乾隆二十一年丙子十一月初九日子时生。长宝公长女，适天津府静海县李煌，号孟檀，廪生，乾隆己酉拔贡，分发山西试用州判，借补平阳府经历，保举应升知县，敕授征仕郎。

长子绍埏，国学生。

次子肇基，国学生。

跋近月亭诗

父秋槎

禄养时常违定省，分甘朝夕赖孙枝。（琛儿亦同北上）家山有梦能同到，儿女无多苦乍离。十载宦情江水似，九秋心事菊花知。故园三径新来好，只悔西风买棹迟。（时在汉阳）

休嗟如雁往来频，百里行程不隔晨。去日迟迟缘暮齿，归期望望趁余春。农家春磨供新岁，雪屋松梅寄病身。所喜从前诸累尽，老人今得作闲人。（时归广陵）

刘掞（蛰庵）

汝有近月集，陈仪类老儒。人物判优劣，鉴别在锱铢。学识有如此，宁难事舅姑。舅姑如父母，安用过牵拘。思媚固有道，养志在婉愉。孟檀我高弟，才气绝尘驱。汝其勉夙夜，勿令恁邅娭。何以慰我怀，临别几踟蹰。

彩笔题诗倚画屏，江天指点数峰青。他时重过休回首，忍向墙端见此亭（亭在汉阳官署）。

飘泊东西不自由，天涯曾度几中秋。明年此会知何处，蟋蟀声中忆旧游。

刘兴藻（碧溪）
其一
字字周南卷里来，篇章独把旅怀开。何能得借蔷薇露，浣手重吟第二回。
其二
近月亭前月漾波，清光如许总搜罗。晋阳自昔夸名胜，定有佳怀入咏多。

王志湉（千波）
其一
近月亭诗足楷模，卅年拜识向归途（余今岁归华下路，出平阳始得拜晤）。久闻道蕴称名士，果是宣文似老儒。帘阁古香堆史册，镜台秋影碧蕉梧。吟坛细话真三昧，流水栖鸦胜得无。
其二
回忆知名在碧湘，趋庭岁月感驹光（蕴山尊人纪秋槎年伯，官湖南观察。先大夫守长沙，寅好甚笃）。春山句夺桃花艳，秋月吟含菊影香（长沙吟坛，惟桃花、菊影二题，唱和成册）。诗伯群推女公子，才人今更老辞场。集成工过璇玑锦，读罢空惭两鬓霜。

王朝恩（笛楼）
其一
流水栖鸦点暮秋，翩翩女士耀南州。瓣香只说人间少，更有才名压上头。
其二
扁舟随宦到荆襄，一曲峰青绝妙章。岂是江干逢帝子，涛笺呕墨写潇湘。
其三
亭名近月最幽清，十二阑干奏玉笙。疑向广寒宫里住，羡他萼绿伴双成

（谓令嫂韫华）。

凌立仁

其一

闺中咏絮好才华，风味居然谢韫家。自有天机随处露，比将丽藻胜云霞。

其二

幽燕川岳钟灵气，今古名姝未及君。细读潇湘诗一卷，洞庭烟景此中分。

崔允昭（柳堂）

其一

佳句惊人大是难，不图闺阁妙铅丹。述怀似听生公法，论古真冲壮士冠。夫子才贤一生足，参军薄宦十年安。世间奇福从头数，不美诗人美孟檀。

其二

空空妙手笔嶙峋，绝代文章信有神。雅重曹娥题幼妇，应怜婢子学夫人。北方竞美燕山玉，南国争寻汉水春。拟待论文叙桑梓，萧疏面目愧风尘。

· 《近月亭诗稿》卷一 ·

夜　吟

荒城依古岩，展卷辄忘睡。闺窗夜悄然，官衙多野意。远峰鸣飞泉，松风写幽致。独具岑寂怀，灯下诵奇字。

咏　史

其一

六经灰烬恨难平，祸首端由李客乡。黄犬东门何足叹，九原含愧是荀生。
（本东坡荀卿论。）

其二

郿坞焚身义所当，缘何太息有中郎。谤书应乏南狐笔，还笑株连到子长。

其三

百战谁令道济亡，石头城上剧彷徨。长城自坏无多日，戎马纷纷向建康。

其四

冼氏奇谋竹帛垂，可怜巾帼胜男儿。休夸江总文才妙，尽是南朝脂粉姿。

其五

渔阳金鼓起尘烟，水绿山青尽可怜。抛却玉环难两顾，明皇始信九龄贤。

其六

零丁洋里叹零丁，丞相诗篇不忍听。还有遗民怀故国，一瓯麦饭拜冬青。

其七

底事齐黄建议多，晁谋弗善起干戈。捐躯信有芳名在，十族沉冤可奈何。

春 水

春日桃花锦浪平，孤村晚景觉潮生。遥看縠影重重皱，坐对沙鸥泛泛轻。红雨过时新涨满，绿杨低处野舟横。武陵溪路通幽境，两岸青山夹镜明。

五杂组

五杂组，系彩丝。往复还，斗龙旗。不得已，日影移。
五杂组，水芙蓉。往复还，采莲童。不得已，莲房空。
五杂组，彩蝶飞。往复还，入翠围。不得已，怨秋晖。
五杂组，绣罗裳。往复还，车与航。不得已，怀故乡。

春 柳

弱柳笼烟拂水滨，春光泄漏翠条新。绝裾当日非无志，何用杨花撩乱人。

铜雀台

高台耸翠出木杪，画阁朱楼在云表。魏王此日营菟裘，隐囊绣榻珠翠绕。珠翠绕膝宛转歌，双蛾皓齿流盼多。君王寻欢兴未已，落月西逝如金波。一从典午沧桑改，分香卖履人难待。炎精当涂俱消沉，只有邺中荒台在。荒台在眼霸业空，斜风细雨上牧童。美人一代化尘土，空留疑冢埋奸雄。

江村即事

尝闻南纪雄，气候变朝暮。疏雨洗前山，淡烟迷远树。空江带晚潮，沙屿濯清露。昔时人事非，空留帆影驻。遥看天际云，悠悠自来去。

月下闻笛

何处吹长笛，桐阴月正明。光添白露冷，韵入晚风清。江上梅花落，愁中杨柳生。关山无限思，砧杵更秋声。

秋 夜

寒气侵帘暮景清，团团白露下阶楹。照窗萤火灯初烬，欹枕蛩吟梦未成。

万里西风闻笛夜，几家新月捣衣声。哀猿吟雁巴东峡，多少征人此夕情。

小 阁

其一

小阁临南野，开窗向水滨。虫声秋入梦，月色夜亲人。适意琴三弄，消忧酒一巡。无劳悲宋玉，自觉赋才新。

其二

银汉横高馆，山光映小楼。一帘新月照，千里暮云浮。露下乌啼夜，林边蝉咽秋。商声偏入耳，触绪起离愁。

东郊迎春

斗柄初回日，东郊彩仗归。将心同寸草，何以报春晖。

箜篌引

涛吞云梦者八九，河流浩浩雷霆吼。良言直谏以为谬，鼓勇乘兴赴渡口。可怜河伯太无情，汩没波中负良友。七尺之躯顾而长，等闲轻生稚且狂。君不见临深履薄勿犯灾，箜篌之音一何哀。

公莫舞

筵前舞剑何飞扬，电掣芒寒不可当。雍容置酒临高堂，杯酒之间兵气张。意在沛公者项庄，虽无项伯庸何伤。重瞳原是天所亡，亭长豁达真帝王。

端 午

新蒲遍挥万家连，槛外榴花艳楚天。谣诼当年谁免妒，龙舟今日吊先贤。

禽 言

其一

婆饼焦，婆饼焦。荷叶裹饼入炉烧，前村后村一望遥。饼饵香生满碧霄，丰年之乐信富饶。

其二

泥滑滑，泥滑滑。两轮之陷不可拔，头如蓬葆遭风刮，斜阳疾下真愁杀。

其三

鞠辀格磔，展尔双翮。尔翮有文金带赤，怜尔毛羽当护惜，嗟彼恶少休弹射。

其四

得过且过，东邻之妇春且磨，糠中米屑勿扬簸，拾之往济途中饿。

其五

不如归去，离情如絮，深林频弄语，尔巢在何处。

其六

行不得也哥哥，南浮江淮北渡河，秋风满地弋人多。掩其机关艾而罗，失翅一坠可奈何。

落　叶

薄暮秋声急，凉飔竹树中。萧疏山影瘦，澄澈水烟空。夕径生寒露，霜郊下远鸿。高松仍自绿，不与众芳同。

悼七妹

其一

凄凄疏雨洒黄昏，独对寒窗泻泪痕。玉碎珠沉难再得，闺中哀痛与谁论。

其二

无计无聊对楚云，萧条心事向谁云。池塘草色辞春梦，肠断西风雁叫群。

其三

六年笔砚与君同，把袂牵衣事已空。无限伤心愁日短，阶前洒泪对西风。

其四

一朝永别向西楼，风景依然人已休。咏絮才高今不见，空教寒梦续离愁。

梅　花

孤山人去有谁怜，玉骨偏为百卉先。幽意横斜香梦里，冰肌浮动玉台前。天风岭路疏疏雪，野水村桥淡淡烟。最是相寻明月夜，一枝篱外藐姑仙。

枯鱼过河泣

渔子张网得，一旦化为枯。复来渡河上，相顾欲号呼。欲呼口无言，欲视目无光。河水长，河水长，昔何踊跃今何伤。

寄嫂氏韫华时归宁越中

梅雨气清和，夏云度高阁。雨过竹阴凉，云傍衣衫落。之子越中行，一片帆影托。诗赋昔追欢，琴书今寂寞。相怀游子心，因寄池塘作。君去向江南，承欢膝下乐。天涯寄瑶章，以慰我离索。

闻蛩

空阶月正明，草际乱蛩鸣。篱外烟初暝，灯前梦乍惊。深秋兼雁唳，静夜和砧声。切切无寻处，随风响倍清。

梧桐角

梧桐卷作角，田间春月鸣。一吹麦穗熟，再吹禾黍生。村南与村北，前声续后声。如闻吹苇籥，听者心和平。

红梅

其一

神寒骨重本仙姿，酒晕无端上玉肌。浓艳临风高格在，粗桃俗李莫相疑。

其二

寂寞空山处士家，暗香疏影几枝斜。就中一树谁浓染，风韵还能压杏花。

其三

不与琼姿共郁纷，偏从篱落斗红裙。绛衣月下珊珊处，也有天香静夜闻。

亡簪吟

《韩诗外传》：孔子出游少原之野，有妇人中泽而哭，其音甚哀。孔子使弟子问焉。妇人曰："向者刈蓍薪亡吾蓍簪，是以哀也。"弟子曰："刈蓍薪而亡，蓍簪有何悲也？"妇人曰："非伤亡簪也，盖不亡旧也。"

行行少原野，有妇方彷徨。坠簪不可见，号呼在路傍。见者问何簪，掩泪诉其详。非金亦非玉，蒿簪甚寻常。簪去亦何惜？曾伴往时妆。蓍蒿遍地有，旧物不可忘。吁嗟谷风意，千载为慨慷。

渴乌吟

《后汉书》作翻车渴乌，注：渴乌为曲筒以气引水上也。

曲筒竖池间，吸波灌田中。其法巧者造，端不费人工。桔槔尚不用，岂与抱瓮同。后人凿浑沌，踵事增无穷。甘霖如普降，巧拙两何功。

题王淡庵苍茫独立图

空江一片明，皓月随波上。天际有闲云，无心自荡漾。云影与月痕，到眼即尘障。深羡图中人，落落何闲旷。孤月没遥天，片云收层嶂。谁识孤迥意，写此苍茫状。

江 雨

溟涨江天阔,平吞吴楚间。水光迷白日,云气满青山。樯燕随风起,沙鸥带雨还。诸峰皆已没,仿佛露烟鬟。

晴川阁

揽衣上危阁,万古此奔流。江天插水下,星月自沉浮。隔岸吹玉笛,梅花散不收。举手招黄鹤,白云天际留。

鹦鹉洲

大江流日夜,万波去如箭。风景何曾殊,昔人今不见。往者祢正平,赋才一时绚。遂令芳草洲,嘉名终古擅。时来奸雄奋,事去风云变。如闻挝鼓声,深夜起江面。

秋兴用少陵韵

其一

商飔淅沥响空林,暑退凉生夜气森。别院梧桐初减色,疏窗杨柳暂为阴。闺中彩线还添绣,天外宾鸿易感心。差喜辽西无梦到,不防遍地起寒砧。

其二

独对寒山树影斜,千峰高爽月光华。金飔易坠残林叶,银浦难招旧日槎。断岸江喧如急雨,败窗风咽学悲笳。春生秋实知天意,何用临阶怨落花。

其三

空林暗淡掩残晖,一带晴川绕翠微。江树半从烟里没,燕云常向梦中飞。登楼怜粲情无极(谓孟檀),举案依鸿意不违。惆怅黄花惊岁月,何时从子奉甘肥。

其四

闺伴窗前偶著棋,凉风遣兴更何悲。宦随沔汉舟车路,身近椿萱笑语时。秋日悬辉清杲杲,琼杯献寿步迟迟(父母初度皆在秋月)。云鬟也缀斑衣后,还慰渊明弱女思。(陶诗:弱女虽非男,慰情良胜无。)

其五

秋风阅尽楚江山,苒苒流光十载间。舴艋曾经龙尾渡,篮舆频过虎牙关。有兄和句操斑管(男兄弟止云谷一人),阿妹沉珠惨玉颜(女弟二人丧其一)。试倚栏杆看碧落,稀疏雁影不成班。

其六

年光欲白少时头，壁上蛩吟早报秋。况对寒砧惊客绪，更看枫叶助乡愁。金丹有意骖云鹤，蓬岛空思望海鸥。多病未能离药裹，茫茫何地是仙州。

其七

凋残零谢惜天功，暗淡秋容在目中。雁字一行书北浦，蝉声几处咽西风。幽窗月上千林白，凉榻灯添四壁红。经史粗将章句了，也思占毕学儒翁。

其八

沌阳城下路逶迤，秋涨平添邰月陂（即邰月湖）。宝马香车皆玉笋，画航游女尽花枝。楼头一望云荼集，野外常惊锦绣移。寓目须赓多露句，深闺深处布帘垂。

秋燕行

八月楚天风露凉，燕子翩翩辞画梁。尔言今归归何处，海阔烟深恐路长。王谢巷口莫踌躇，杜陵茅斋休回翔。记取明年花时节，依然寻我旧画堂。我今种花南墙下，待尔补巢得泥香。

行路难

行路难，路险艰。人情之淡如秋山。吕梁虽深深可涉，泰岳虽高高可攀。班姬辞辇列青史，一朝失宠悴玉颜。

忽寒兮忽暑，乍雨兮乍晴。天犹不可信，况乃众人情。君子不尤亦不怨，四海人心尽和平。

白桃花

燕脂洗尽学梅妆，淡淡东风倚画廊。借比红儿终不类，惟应月底共清光。

百舌鸟

音比洛丝繁，如簧信口翻。来寻红雨路，飞近绿杨村。偏向三春候，能为百鸟喧。晴窗空絮聒，桃李正无言。

开池得古钗

宝钗几代受泥侵，池底拾来色尚黔。双燕琢成原北玉，一茎拭罢见南金。当年应有亡簪泣，此日差同获剑吟。还北楚弓衡得失，珍藏什袭又何心。

有所思

秋日矣，百花残。秋日花残龙塞寒。哀蝉饮露，不在盘餐。翰音不飞，何用羽翰。天南地北思千里，纤月临空两地看。

登大慈山

绝顶谁能上，天涯正渺茫。清猿升古树，废寺对斜阳。风至心犹壮，江流兴自长。山深同二酉，欲觅此中藏。

江 行

一林枫叶老，九月退秋潮。黄鹤还堪访，仙人不可招。水清窥石立，峰露喜烟消。沙鸟忘机甚，洲边不避樵。

郤月湖

澄清一水绕城纡，郤月城边郤月湖。游女汉南今似昔，有人曾赋错薪无。

伯牙台

锺期亡后绝知心，伯子当年遽辍琴。今日临台休怅恨，居然山水有清音。

闰 月

明月照重林，一望露华湿。病叶还恋枝，其如秋风急。披户望团栾，偶凭栏杆立。自问本无愁，一任寒蛩泣。

闻 莺

幽谷出新莺，娇黄一点轻。花间微露啄，柳外乍闻声。小榻惊残梦，余霞唤晚晴。偏催蚕作茧，豳国咏仓庚。

咏 砚

端溪一片石，磨墨相继续。朝迎帘外光，暮傍窗前烛。助我闺中闲，十年勤纂录。

春读书辞

窗前散帙招闺友，春日读书同坐久。花间有鸟唤韶光，书中乐意鸟知否。日暖烟轻草堂中，满案图书心不慵。尽日披吟未肯歇，一树梨花谢东风。

夏读书辞

雨过南轩一榻清，闺中读书葛衣轻。松风有意催课诵，槐阴助我诗赋成。萤照空檐蝉吟月，乘兴窗前不肯歇。何处风穿藕花来，架上牙签香蓊葧。

秋读书辞

井栏萧萧桐叶下，幽闺凉风正萧洒。浓磨松煤拈兔毫，芘经一编手自写。露华光满暑不侵，明月团栾照空林。促织檐头何唧唧，助我凉宵把卷吟。

冬读书辞

冬日烈烈百卉枯，独有梅萼吐冰珠。数枝似怜独吟久，故遣寒香到书厨。地炉烹茗烟初上，心清读书神更旺。徘徊不觉岁将除，但闻四怜爆竹放。

吾邱早发

旅栖未稳又登程，一径篮舆夜气清。残月犹悬高树影，疏星忽带早霞明。惊眠犬向征衫吠，含露花从马首迎。客路迢迢何日到，梦中仍是故园情。

秋　扇

虫声唧唧乍惊秋，处处楼台暑气收。但使炎蒸齐解散，甘心拚向箧中投。

渔　父

芦渚沙汀系短蓬，水云乡里兴无穷。冥然不答三间问，一叶轻舟卧晚风。

秋千辞

短垣绿杨争华年，绿杨影里见秋千。嫋嫋丝绳春风里，裙薄身轻凌空烟。凌空高飞无与比，黄鹂百舌俱惊起。少年女儿争高低，一春角胜那得止。君不见古来女功在蚕织，游戏寻欢安可极？路人指点亦太息。

樵　夫

花开花谢几经春，木石同居鹿豕邻。一入空山心便悟，何须更访着棋人。

咏　农

数椽茅屋性安然，世业传来负郭田。写入豳风图画里，一犁春雨一蓑烟。

金盘仙人辞汉歌

魏明帝青龙二年八月诏宫官牵车，取汉武帝捧露仙人欲立置殿前，宫官既折盘，仙人临行，潸然下泪。

建章宫外承露盘，金茎承露露不干。仙人之高二十丈，上倚霄汉出云端。汉皇求仙仙不得，兴尽悲来倾城色。茂陵风雨春复秋，留下金仙何雄特。何乃区区曹家儿，宫官牵车忽来移。当时仙人恋汉恩，可怜泪点如珠垂。乃知金石非无情，不然涕泪何为倾。汉家旧臣如见此，能不俯首包羞死。朝为汉臣暮魏臣，苟或华歆皆竖子。君不见朝送旧主到山阳，暮迎新主拜许昌。迎新但见欢且抃，何曾点泪沾衣裳。

蚕生三章

蚕既生兮，墙下有桑。明日或雨，落之盈筐。

蚕既长兮，桑条则长。升梯则慄，纂取远杨。

蚕既成矣，茧则盈矣。缲车鸣矣，梅雨晴矣。

秋风二章

思韫华在浙也。

秋风乍起，燕子初归。载寝载息，独搴罗帏。载行载起，素月吐辉。我之怀矣，精爽若飞。

我悴子悴，我安子安。之子同心，如蕙如兰。思之不已，写于毫端。

乌夜啼

乌夜啼，堕其儿。乌有慈心啼孔悲，四顾觅儿绕树枝。天阴月黑何处窥，乌有慈心何啄我？鸡雏为雌鸡，觅儿两翼披。

晨起渡汉江

江千天水正茫茫，晨起横舟渡武昌。两岸秋山烟里露，一川晓日浪中光。白沙羁雁还寻侣，赤叶残林又抱霜。击楫当年闻祖逖，鸡声过耳尽堪伤。

别汉署

其一

昔我秋风时，辞沔来江汉。今我秋风时，舣舟鄂城岸。忆在深阁中，绣线兼毫翰。晓日逼窗明，昏星当檐烂。彷徨一载余，虫禽几更换。别之岂无情，临风此三叹。

其二

我有手植竹，青青抽茎干。今我临别时，牵枝一把玩。雪迹留板桥，鸿爪印泥畔。江滨一帆悬，微风中流半。回顾汉市嚣，炊烟何弥漫。

冬 柳

碧月光浸水一池，霜花点点着枯枝。烟条雨叶今何在，无复风前管别离。

牵牛织女歌

织女处河西，牵牛处河东。经年一相见，传疑今古同。虫鸣唧唧江上秋，瓜果陈列羽觞浮。中庭儿女向天笑，乞巧还须拜女牛。却忆元和柳司马，巧宦会据要津者。摛辞再祷更何为，叹尔浮荣未能舍。

咏物杂言拟香山体

其一

衔草为巢夸鹊巧，鹊巢成后让鸠居。方知巧者何常足，拙性偏能得有余。

其二

从来荆棘锄难去，自古芝兰种不生。造物一同施雨露，此何零落彼何荣。

其三

良苗每受稗花掩，嘉树常遭蔓草围。造物何曾分美恶，鸱鸦鸾凤一同飞。

其四

牡丹自吐浓华朵，梅萼忽开冷淡花。同是天公雕刻就，莫偏吟赏莫偏夸。

题　画

丹青生古色，素壁出烟林。一卷秋光靓，千峰夕景深。目游惊浩渺，人倦得登临。似有清猿啸，裁诗向碧岑。

春日呈孟檀

夫子青云士，藏修在德门。顾予犹袜线，何以主蘋蘩。佳气生梅岭，条风入柳园。新春言努力，杂佩不须论。

菊残犹有傲霜枝

对菊曾倾月下卮，节过重九暮寒时。无妨绿叶飘深院，剩有黄花映短篱。瘦影独支秋色冷，余香偏借晚风吹。等闲桃李皆零落，好与苍松媲后知。

· 《近月亭诗稿》卷二 ·

登　楼

叶落秋山老，登楼夕照阴。片帆归别浦，征雁没寒林。野水清无底，闲云出有心。遥怜南去客，能不对蛩吟。

拟陶渊明归园田居

其一

世事荣辱多，归去田园道。篱下种黄花，开窗看山鸟。间时弄清琴，其音何飘渺。稚子戏衡门，老仆剥秋枣。对此潇洒时，明月忽皎皎。照我草堂中，焚香俗兴了。

其二

久在樊笼中，情怀今得展。行行阡陌间，嫩苗因雨善。今岁应有秋，农功常自勉。君看岩下云，无心自舒卷。生人贵适性，何苦恋轩冕。纵浪大化中，高歌聊自遣。

其三

百卉尽滋荣，和风吹绿野。何处箫鼓鸣，村民祷春社。二三白发翁，相牵扶杖者。再拜社坛前，绿酒自倾泻。愿祝稼如云，秉穗及孤寡。

其四

白日匿西壑，牛羊下暮烟。荷锄归三径，明月照篱前。四邻农人集，笑语何哗然。各道桑麻长，今年胜去年。稚子夜窗课，诵声朗朗宣。此乐何可极，岂为名利牵。

其五

湛湛秋宇清，金风报顺成。砧杵千家动，车箱万户盈。丰年多嫁娶，比屋笑语声。时平吹弹闹，吏廉租税轻。黄菊满篱下，含露吐繁英。招我素心侣，醽醁满易倾。回思簿书里，冠带日营营。何图得此乐，杯酒话平生。

春江花月夜

春风一年一回来，江水江波尽日催。江里月光动摇满，月底花魂次第开。春夜何人来游此，弄月吟花不可止。有月有光照江心，一花一影月光里。红者对月何新鲜，白者与月斗清妍。可怜长江流滚滚，可怜桃李弄年年。但知今春花月好，不知春江催人老。头上明月莫教遮，可怜落花风莫扫。日往则月来，忧迁而春改。花点点而落英，江浩浩而归海。念春夜之须臾，叹花月之难在。嗟尔爱月人，对月不须愁。叹尔赏花人，惜花且勿忧。月有盈缺月再明，花有开谢花复生。春归春来春不断，江涨江消江又盈。看月寻花年年有，莫负春江花月酒。王母蟠桃几次开，麻姑沧田君信否？乃知春江日日新，江月江花岁岁春。春江与我同无尽，长与花月作主人。

泰山高

东岳山居图经首，兴云降雨年代久。秀柏苍松夹路生，奇花异草迷涧口。七十二君向此来，封禅遗迹安在哉？空余秦碑汉碑在，风雨剥落使人哀。

怀古和母氏韵

开府当时此战争，沧江浊浪怒难平。几年北伐尘空起，万古南楼月正明。最爱庾公能会客，可怜殷浩尚谈兵。只今凭吊烟波满，无数渔船鼓楫征。

射虎行

白额之虎目如电，奔岩跳涧时隐见。划然一啸满林风，山边行人皆惊颤。官有严令催猎师，射虎刻期何敢迟？满山弓缴虎已尽，更入虎穴探虎儿。君不见田中野豕伤稼穑，虎能驱豕田害息。八蜡曾与猫同功，今日剪灭何太亟。

仪方歌

诵仪方，口吟哦。山不愁虎猛，泽不愁蛇多。命当逢蛇虎，呜呼！仪方其奈何。

门有万里客

门有万里客，来自五羊城。请说海洋事，荒诞使人惊。鳅尾摇山动，鱼眼射波明。鲛国恍惚见，蜃楼顷刻生。开洋不记里，程途惟数更。大浪迷南北，但瞻箕斗横。听客缕缕述，汗漫四坐倾。始信九州外，别自有蓬瀛。

为顾彦先赠妇

自我来京洛，草木屡变秋。一官长袍系，拘牵不自由。引领向南望，道路阻且修。之子在天末，单子抱幽愁。雨窗花落户，风帘月照楼。子其种萱草，把玩日忘忧。

代妇答

昔我结缡时，与君同朝夕。如彼鸳鸯飞，咫尺不相隔。自君入京洛，岁月忽已积。君参夔龙班，我守蓬蒿宅。人命安可常，白驹过窗隙。岂效儿女悲，人生会有役。敬身自寡尤，谦德乃受益。庶保金石躯，我忧良可释。

梦七妹

其一

萧条客况中，风急窗如吼。三夜频梦尔，共泣亦良久。依稀诉离愁，避逅同携手。我言久不见，尔讯亲安否。感此更伤怀，惊风入南牖。

其二

伤怀复就寝，仿佛又见君。相偕斗芳草，携手玩秋云。还如生存日，浑忘幽明分。醒来窥落月，孤鸿正叫群。

王积薪闻妇姑奕棋

仓惶蜀道中，从官俱星驰。王郎偶失路，觅宿叩村篱。妇姑夜谈奕，游戏出神奇。稗史岂真迹，传闻至今疑。当年长安地，反复似奕棋。嵚崟剑阁路，百官尽奔疲。岂知此山中，一局共游嬉。秦虢既灰灭，太真亦含悲。何如此妇姑，语笑声相随。可怜谈棋夕，马嵬埋香时。全局一以覆，雨淋空嗟咨。

对雪忆大人

寒光底事下长空，北望登楼兴不穷。絮冷江边封老树，花飞岭外逐飘风。泽民为国如膏雨，宦楚离家似旅鸿。弱女深闺相忆久，何时征铎到庭中。

二旬初度

雪花洒长空，冉冉仲冬逼。我年届二旬，采衣萱堂侧。犹忆随宦初，双鬟小儿饰。屈指八年余，流光何太亟。少小苦病缠，长资药饵力。忧我父母心，劬劳废寝食。自顾闺中姿，何由报罔极？夫婿来亲迎，合卺在南国。一滞三年余，晨昏疏妇职。婿学不能成，欲归归未得。我职不能修，展转心自恻。我闻日短至，一阳回九域。春风从此来，万物尽繁植。区区寸草心，慈亲应鉴识。

送蛰庵师归里

晴川一望柳依依，临水登山送别离。帆影匆匆风更急，烟波各在天一涯。无奈归来上高阁，遥望江天日已落。渔灯点点动人愁，山村野店舟应泊。回忆受业三载中，经史浩汗订异同。花晨月夕双轮急，我学无成将安从。凭桡应忆登高处，皎皎明月挂村树。水色茫茫何处寻，不见鄂城见烟雾。

拟古诗十九首

其一

驾言游鄂城，滚滚江涛怒。故垒已千年，悲风鸣高树。浩浩日月移，英雄即长暮。蜗角空相争，何曾得贞固。

其二

仙人寿无量，为乐应有时。人生能几何，不乐即愆期。秉烛上东阁，擎杯玩西池。寿无金石固，何必惜微资。

其三

入山采药去，采药亦忘归。凉风起樵径，高崖挂斜辉。不觉疏星上，缓步扣云扉。忽逢瑶池母，月下张琼帷。授我云母粉，心事一无违。

其四

深谷有仙人，策杖我欲投。白云夹道生，石乳滴高秋。仙迹洵可探，驾言山之幽。远道忽崎岖，绝壑阻难谋。停车惆怅久，世事感吾忧。

其五

皎皎清辉月，相映西阁中。抚几起徘徊，临栏望远空。南纪非吾土，愁思安可穷。

其六

孟冬寒气生，北风何萧萧。燕台虽可望，千里路迢遥。天涯一骋目，陟岵雪未消。

其七

之子栖南纪，频年江汉道。郁郁不成欢，千里伤怀抱。虽云道路长，交亲如邻好。子身非石坚，能不易衰老？

其八

阁外有浮云，之子起彷徨。明河斜未落，瞻望怀故乡。凉风伤子神，白露沾子裳。鸿雁从北来，声感九回肠。劝子长征迈，天路待翱翔。

其九

孔雀爱毛羽，顾影常自矜。乌不黔而黑，往往招嫌憎。披华启夕秀，云何谢未能。子云无著作，后世有何称。

其十

我步西园里，园中多芝兰。采之赠所思，相隔路漫漫。惆怅思未已，飞鸿音带寒。愿言借羽翼，不畏道路难。

其十一

融融春光中，艳艳桃花下。朝与红日朝，夜与明月夜。良辰在目前，美景不用借。俯仰一何宽，无为戚戚者。

其十二

芊芊逢春草，青青在河滨。迎风展细叶，碧色迷远津。云何秋霜至，倐忽随轻尘。赋质良脆弱，摧折非无因。

其十三

灼灼园中花，当轩耀霞彩。昨夜微雨零，已觉颜色改。今朝受狂风，更无残蕊在。当其烂漫开，时乎不可待。本不图久长，零落复何悔。

其十四

鹤不啄腥膻，骥不恋刍槁。古之非常人，别自有怀抱。百年旦暮间，容易至衰老。胡为不自立，靡靡随弱草。

其十五

清秋三五夜，海上生明月。浮云西北来，光辉一时灭。申生幽愤含，伯奇沉冤结。谗巧蔽君心，覆盆何由彻。

其十六

西邻小女儿，容颜才十五。良人列朝班，轩车曳华组。户外张彩屏，房中陈箫鼓。岂知东邻女，寂寞掩蓬户。愆期未嫁人，衣裳自缝补。已矣命不同，无为徒愁苦。

其十七

雨落不上天，水覆难再收。夫妇朋友间，贵在恩义投。嫌隙一旦开，决裂不自由。流涕求复合，弥缝终可羞。寄言闺中子，凡百省愆尤。

其十八

驾言远行迈，来向楚泽游。楚泽多香草，郁郁满沙洲。我来采兰芷，无意惊眠鸥。英皇不可见，日暮使人愁。

其十九

去者日以故，来者日以新。鼎鼎百年内，弱草栖轻尘。后浪催前浪，今人吊古人。古人身虽死，道义在其身。高风激顽懦，面目如可亲。今人碌碌者，未死身已陈。愁多知夜永，志士怀苦辛。

馈岁用东坡韵

岁暮俱消闲，退食谢僚佐。江汉源流长，贾贩通奇货。市井苴茞行，奔走无小大。冷署当此时，门静阒人卧。清风扫松庭，雪花满公座。日月穷纪次，疾如蚁旋磨。枣栗购市中，分甘聊可过。且哦苏仙诗，堂前相酬和。

守岁用东坡韵

桃符标新岁，纠结蟠龙蛇。启扉视星斗，忽来片云遮。楼头听漏滴，借问夜如何。颇爱官衙静，但闻市井哗。社灯既纷沓，街鼓亦频挝。清香绣阁外，梅萼一枝斜。酒阑追往事，日月悔蹉跎。觅纸漫题句，父母还相夸。

别岁用东坡韵

羁宦江汉间，归期一何迟。光阴客里过，冉冉不可追。斑衣侍膝下，相随到天涯。追忆六七载，已非总角时。杯中奠醽醁，几上荐鲜肥。祠灶有旧典，遥望故园悲。春风习习来，为我前致辞。长吹椿萱茂，勿令颜色衰。

银花歌

烟光火光乍明灭，银花当筵如电掣。万紫千红起空中，火里生花青天热。是时寒空飞严霜，青帝司令尚渺茫。人间草木未萌动，何来名花排成行。夭夭桃开朵，云是春色深。倏忽红莲放，夏景遽来临。亭亭菊吐秀，恍然见秋心。转瞬玉梅发，冬意不觉侵。箫鼓声里丛丛开，灯火光中霏霏谢。四时名花在眼前，一年光阴顷刻罢。岂风信之频频，非羯鼓之咢咢。乍摇落以飘零，旋奋迅而踊跃。开如春日夏日催之开，落如西风北风吹之落。开亦此一时，落亦此一时。寿无蜉蝣久，幻同蛇影疑。渔郎舟里遇，洛阳梦境通，此是火帝自游戏。休夸人巧夺天工，须臾火尽飞灰存，车马散去如雷奔。可怜万响一旦寂，惟有孤月悬金盆。

入山用陈简斋韵

挟琴度高岭，烟景夕漫漫。何处生空籁？松声万古寒。

出山用陈简斋韵

日晴风景好，深谷隐人家。兴尽归来晚，烟村半杏花。

拟劝农六章

其一

四民之业，惟农则劳。终年作苦，耒耜是操。严霜南亩，烈日东皋。生理在兹，夫焉所逃。

其二

嗟尔士女，春理其田。麦则已秀，蚕则已眠。我谷未种，何敢晏然。

其三

日炙雨淋，自朝至晚。稚子牧牛，幼妇裹饭。无小无大，何敢息偃。勿轻农夫，农为国本。

其四

荷锄已晚，月照草堂。妻成社酒，子治圃场。努力收获，以乐时康。

其五

亦有贾贩，囊中满金。跃马食肉，妇子淫心。晨耀其华，夕已消沉。岂如农夫，匪今斯今。

其六

先畴不改，旧德是循。蒸我髦士，为王国宾。农人之子，一旦跃鳞。深知稼穑，可以长民。

落花歌

暮春风雨闭门久，园中可怜落花厚。空负园丁一片心，何曾红枝对绿酒。狼藉纷纷踏作泥，深闺见此心含凄。濯以香水贮瓶内，呼童埋向画堂西。燕子不来莺又去，彩笔更为花魂题。

观熊舞

熊心失壮烈，忽落凡夫手。拜舞在堂前，跳跃亦良久。向人觅余餐，摇尾更低首。猛气安在哉？牵掣随羁叟。

采莲曲

其一

六月池边荷花放，红白重重浮水上。吴娃撑艇急如飞，荷花丛里笑相向。劝尔采花莫蹉跎，东溪西溪荷花多，过时不采流光谢，零落西风可奈何。

其二

女伴撑艇何急遽，撑入荷花花深处。叶底风凉忘采花，且隔荷花相笑语。红藕白藕花不同，一时攀折满船中。劝尔采花休采尽，可怜花空子亦空。

江上闻笛

日下遥岑烟笼岸，疏星数点在河汉。谁家羌笛乍飞声，梅花之曲随风散。遥怜吐音低忽高，为听引曲续复断。江上孤云静不飞，江边幽禽忽相唤。

止 水

一水何澄然，清秋平如掌。泉脉自山来，穿云微微响。汇为太古池，无消亦无长。中有骊龙眠，深夜珠光上。

杂 诗

其一

季子未遇时，嫂妻相贱鄙。一朝佩相印，喧闻洛阳里。嫂既匍匐谢，妻亦侧目视。骨肉有炎凉，何况行路子。乞人醉饱归，意气骄无比。宁知君子心，势利淡如水。

其二

西蜀杨子云，赋才比绣虎。太元续羲文，法言论今古。失身新莽朝，遂与匪人伍。文章虽堪传，名节终难补。

其三

诸葛未出山，躬耕南阳曲。一朝际风云，三分成鼎足。想其抱膝时，高瞻复远瞩。岂知龌龊徒，所忧在菽粟。

其四

渊明归栗里，闭户日清吟。池鱼归浩海，羁鸟入茂林。五字如夐玉，淡然吐古音。结想黄虞上，千载见此心。

题寒江唤渡图

一路寒山未歇鞭，忽惊白浪起江边。冒风因觅滩前渡，勒马相招港口船。远浦萧萧回积雪，遥村漠漠上炊烟。丹青一幅劳人画，堪续绵蛮远道篇。

长相思

长相思，在名山。青峰矗矗白云闲闲，巉岩绝壑曲折湾环。樵夫不能渡，猿猴不敢攀。愿言御长风，泠然坐其间。

水　仙

不随桃李着云霞，水上轻盈学道家。雪屋还留香满砚，灯窗相对影摇纱。洛神晓浴离云浦，汉女新妆对月华。遥忆西湖林处士，岭头何事爱梅花。

杂　诗

其一

淮上有王孙，饔飧恒不足。漂母怜其饥，一饭聊果腹。淮阴诸少年，随意相忤触。鳅鳝侮蛟龙，燕雀笑鸿鹄。及乎登坛拜，三军皆侧目。男儿奋风云，一朝惊流俗。

其二

武穆昔报国，锐志在精诚。十年功未就，三字狱竟成。每过相州地，庙貌何峥嵘。至今漳河水，尚有不平声。

其三

椒山自有胆，义气凌高峰。奸相执国柄，独以直言攻。丹心不见谅，西市竟逢凶。闺人身请代，谁为达九重。浮云蔽白日，岁寒留孤松。长望保定祠，凭轼起肃恭。

以鸟鸣春

百鸟唤春光，万物应时变。弱柳映池塘，夭桃发小院。远声入烟村，近声临几砚。风光正晴和，声声如依恋。

以雷鸣夏

暑月蕴隆候，天假雷以鸣。席前七箸失，树头鸟雀惊。九夏阳毕达，四畅交作声。雨收云净后，天末响未平。

以虫鸣秋

蟋蟀在我檐，秋气生我屋。庭中落叶多，篱下开幽菊。谁促寒虫鸣，哀音惊栖宿。因之望家山，千里空劳目。

以风鸣冬

最是三冬日，婆娑树不定。冲风从北来，山鸣谷亦应。尽日吹遥空，雪花飘满径。那知驴背人，正有寻梅兴。

瘠 鹤

仙禽立庭中，自秉天然德。不食虽云久，昂昂无饥色。除步稻粱前，高怀齐失得。尔有冲天能，何故依人侧？

战城南

战城南，黄埃起。塞外交兵不可止。大将领师俱衔枚，戴月披星沙漠里。秋色凄凄冷战衣，寒风烈烈无休时。一朝巢覆妖鸟尽，露布归来天下知。人生年月易蹉跎，要将带砺盟山河。男儿自有桑弧志，莫守雪窗吒波罗。

焦尾吟

《后汉书》吴人有烧桐以爨者，蔡邕闻火烈之声，因请裁以为琴，果有美音而其尾犹焦，故号曰"焦尾琴"。

孤桐历年久，中抱律吕心。云何遭樵斧，束来供釜甑。忽于火烈际，吐出山水音。厨人安解听，中郎鉴独深。拔之烈焰内，制为七弦琴。一弹声朗朗，再弹曲惜惜。胜事纪青史，焦尾传至今。弃物遭赏识，感此一开襟。

瘤女吟

《列女传》齐瘤女者，东郭采桑女也，项有大瘤，齐王游至东郭，百姓尽观，而瘤女采桑如故。王怪，问之，对曰："妾受父母命采桑，不教观王。"王曰："此奇女也。"乃聘迎之。

东郭有瘤女，父母命采桑。忽传齐王至，旌旗何飞扬。夹道咸指视，村妇走如狂。贤哉树上女，容止何端庄。父母命采桑，未命我观王。目不妄瞻视，女教即此彰。是宜加翚翟，充为后宫倡。德容苟端正，虽瘤庸何殇。

海鸥吟

《列子》海上有好鸥者，每旦之海上从鸥鸟游，鸟之至者，百类而不止。其父曰："鸥鸟皆从汝游，可取来吾玩之。"明日之海，鸥鸟舞而不下。

海上游行客，纯白以为心。纯白无机变，可以感飞禽。群鸥翩然集，晨夕互招寻。客止鸥亦止，客吟鸥亦吟。云何明日至，胸中俗虑侵。含机尚未露，众鸥竟不临。乃知感应理，如以磁引针。忠信通蛮貊，斯言可题襟。

供奉吟

《燕闲录》唐昭宗有弄猴，能随班起居。昭宗赐以绯袍，号孙供奉。后朱温篡唐，命取此猴于殿下起居，猴见温跳跃奋击，遂被杀。

供奉本弄猴，独能与贼抗。天赋以灵心，英风激颓浪。当时缙绅流，尽作脂韦状。不念国云亡，但求身不丧。人为物之灵，物反居人上。卓哉此弄猴，兽中之豫让。

聋虫吟

《淮南子》马聋虫也，而可以通志气，犹待教而成，又况人乎？注聋虫无知也。

聋虫未经教，扬蹄何剽疾。一旦加辔衔，俯首循纪律。物不灵于人，犹能凛呵叱。人心最有知，百骇百不悉。冥顽不可开，坊检居然出。坐令教者心，引导终无术。人心苦多知，知多转迷失。不及聋虫愚，其性常专一。

楚中怀古和韵

其一

六朝人物已成灰，汉水无情潮自来。沙鸟不知朝市变，翩翩还绕庾公台。

其二

遥望荆江翠黛攒，登楼慷慨兴何酣。才华绝世谁怜汝，独步风流在汉南。

其三

羽扇纶巾雅度存，殉忠绵竹有儿孙。可怜鼎足成空志，杜宇萧萧吊烈魂。

其四

日上长江影耀金，离骚读罢客惊心。香兰白芷还如旧，不见幽魂返故林。

客子三章

阿滥堆，江上来，客子听之能不哀。

梁甫吟，琴中心，客子听之白发侵。

蓁之心矣，鱼之沉矣，匪鱼之沉，维蓁之心。

凤山亭

试上高亭望，孤城入水浮。涛声原不断，帆影几时休。野渡连芳草，江云送晚鸥。凭栏吟赏处，身世两悠悠。

拟郭景纯游仙诗

其一

此身寄尘中，一往如飞电。五味令口爽，五色令目眩。胡为食色中，依依有余恋。泡影在须臾，风云转瞬变。何不超人寰？洲岛游行遍。丹成有余乐，往赴金母宴。

其二

朝菌不知朔，夏虫难言冰。世人拘目见，酣酒笑飞升。鹤驾还可驭，鹏路岂难登。往随松乔步，凌空我独能。下士谈道德，其声若苍蝇。

其三

春非我之春，秋非我之秋。炎凉有代谢，日月无停留。漂流洪波内，行止不自由。方寸苟不扰，世事百无忧。君问刀圭理，当与静者谋。

其四

片云还可驾，飘摇上太清。行行碧空里，麻姑忽相迎。双鬟两侍女，骑鹤吹鸾笙。倏忽不可见，飘渺有余声。遗我金刚草，服之四体轻。

嘲桃用李商隐韵

夭桃何烂漫，一树照墙东。本借东风力，无须更怨风。

春　兴

无端春色到江亭，红日三竿卧未醒。才有梨花香入梦，呢喃燕语太丁宁。

胭脂山同韫华玩月

素心之侣携我手，恰有团栾照山后。踏月寻花饮醽醑，涧下微风摇嫩柳。明月流光满林中，此时清兴与君同。缓步微吟望远壑，山光树色烟朦胧。月下题诗声喧乐，栖鸦惊起鸣江郭。四顾江天正悄然，三更衙鼓催残酌。

大别山

大别之山禹迹奇，江汉二水交奔驰。有时大块噫气作，架天高浪起雄吹。西眺荆川险且远，一带遥通三峡危。东瞻鄂黄在眼底，楚尾吴头帆参差。我生最有山水癖，从母篮舆屡陪追。每逢岩壑留胜迹，临风吊古意忘疲。矧此六朝津要地，英雄规画非等夷。烟消影灭今何在，空余江山助人悲。夕阳欲下犹未下，归路残霞满秋陂。牧人驱牛入村树，远寺钟声出林时。

纸　鸢

本无冲天能，仿佛具羽翰。偶然借东风，飘忽入云汉。疏疏柳树林，短短桃花岸。儿童争高低，参差凌空乱。盘雕眼乍惊，过雁首回看。劝尔莫太狂，风高愁线断。

·《近月亭诗稿》卷三·

登高山而望远海

独倚高峰望海岛，烟景迷漫日在卯。海上明霞逐鹜飞，峰上朝烟藏青鸟。浩浩烟霞无尽时，惟有人生易衰老。水气岚光旭景前，翠壑奇崖开清晓。偶有扁舟浪上浮，仙人来送安期枣。蓬莱宫阙指点中，回首天涯尘事杳。

淮南王篇

淮南昔学道，专心炼黄芽。向夜饮沆瀣，对日餐朝霞。金丹一旦就，飘然上云车。鸡犬亦仙去，纷纷不可遮。留下丹炉在，零落淮水涯。淮南不复反，客亦不还家。可怜八公徒，著作空才华。

幽涧泉

幽涧人不到，泉流响淙淙。此泉来何处，生自石隙中。湾环流向崖头落，散为细雨喷青松。猿当之而晚啸，鹤对之而夜吟。客有飘飘遗世者，听清响以娱心。丝桐发妙指，写声于瑶琴。人间虽云乐，此乐安可寻。

前有樽酒行

风和日丽，鸟鸣花开。乃速我客，翩然其来。山肴既陈，海物维错。黄流满壶，载欣载酌。主人奉爵，再拜献宾。降尔遐福，长饮此醇。宾还洗杯，敬来酬主。君子万年，母敢或侮。奏鼓坎坎，吹管锵锵。三星在户，其乐未央。

秦王卷衣曲

咸阳宫阙郁嵯峨，秦宫粉黛三千多。就中何人新承宠，明眸皓齿胜嫦娥。君王顾之嫣然笑，双手赠以紫绣罗。美人服之稳称体，长袖临风舞婆娑。舞婆娑，宛转歌，斜阳渐下南山坡，绮窗又见明月过。长安旅馆上书客，黑貂裘敝可奈何。

拟阮步兵咏怀

其一

折花置瓶内，烂漫照酒尊。瓶中虽云好，颜色不久存。何如着枝上，花落结子繁。寄言飘蓬客，勿轻弃本根。

其二

碧梧在高山，鸾凤长栖宿。饮啄自不同，翩翩轻尘俗。鸟鸢向朱门，膻腥饱其腹。忽逢少年郎，猎罢归华屋。见鸢恶其形，弹弋命僮仆。鸾凤在云端，叹息侧其目。性清者能荣，性浊者乃辱。

其三

艰难意气洽，富贵恩爱离。世态淡泊久，壮心终不移。零雨伤百草，凉风飘路歧。堪笑龌龊子，戚戚徒尔为。

其四

庭前有小鸟，宛转花间趋。地上衔余粒，往哺巢中雏。但求群雏饱，不顾一身癯。慈爱有如此，物性足感吾。

其五

偃鼠饮河流，满腹愿已足。嗟此俗士胸，役役长局促。所志在腥膻，所愿在菽粟。安知旷士怀，高揖谢宠辱。海波大如山，惟有群鸥浴。

其六

浮云何处来，片片起秋塞。带雨含轻烟，映日飞霞佩。铺空似轻罗，吹风忽破碎。苍狗及白衣，顷刻成变态。时去复时来，相向忽相背。惟有静者心，无言与之对。

上胭脂山同孟檀玩月

连霄皆好月，助我登山兴。昨夜月色明，微云还掩映。今夜月更圆，万里悬清镜。花间露乍含，枝头鸟初定。兴来偶一吟，人语空山应。

贫女吟

万花皆得地，孤云无所依。辛苦向机杼，幽静守柴篱。富贵不移志，衣服自随时。闲来招素侣，共赋采桑诗。

老女吟

春来花盈树，春去花落枝。春光容易逝，朱颜日以移。揽镜还自照，清霜点鬓丝。绿窗谁作伴，深闺似旧时。昔有北宫女，环瑱不复施。至老不愿嫁，长与父母随。闺中有如此，何用怨尤为。

走马引

天马下，自云中，疾如掣电，走可追风。我愿乘此马，上游于虚空。空中发清响，写怨在丝桐。一弹泉路泣，再弹剑气雄。君莫竟此曲，此曲难为终。

病　鹰

有鹰何憔悴，摧颓渴且饥。奇毛且半落，利爪不能施。飞抢庖厨下，蹲伏在阶墀。向人乞残肉，形貌苦低垂。猛气今何在，屡遭燕雀欺。尔病亦已久，品高遇必奇。阴阳有开阖，日月有盈亏。秋高毛羽健，是尔凌霄时。

秋胡行

其一

白发慈颜在高堂，五载不闻甘旨尝。新妇努力代孝养，朝朝暮暮事蚕桑。良人宦游佩金紫，归来离家止数里。此时未卜母存亡，此时安知妻生死。天属谊恩深复深，生死存亡两系心。岂有粲者寓诸目，驻马挑戏夸黄金。乃知荡子性行恶，堂前相见泪暗落。宁将玉颜就波涛，斯人焉可终身托。

其二

结发为妇恩不轻，职司中馈家道成。失意一人是永毕，岂有触忤遂轻生。秋胡之妇虽激烈，扬夫之恶成己名。雄雉诗人明大义，相勉君子慎鸡鸣。御者之妻昔请去，其夫改恶扬休声。胡不流涕相劝勉，即赴波涛未为贞。夜阑挑灯读列女，中垒编辑苦不精。寄谢闺中侠肠女，死比鸿毛未是荣。

读列仙传

其一

束带谒朱门，暑月汗流颡。有扇不能挥，无端挂尘网。何不入名山，逍遥披鹤氅。下有寒泉清，上有松风响。灵妃笑迎予，飘然出尘想。

其二

方朔居金门，王乔为叶令。何必栖山林，始得养真性。芝草腐中生，莲花泥中净。试看岩居人，烟霞恣啸咏。仙骨不在身，空劳修性命。

登秋兴亭

高峰直上望江渚，江光树色连遥浦。来帆去鸟无休时，江山俯仰成今古。秋兴亭高射晚霞，春林乳燕掠飞花。舍人贾至昔游此，挥毫作记信才华。我立亭前惆怅久，昔人不见惟烟柳。斜阳西没思悄然，明月临空几回首。冰轮遥照大江中，金波蹴舞齐向东。英雄鼎足虽已尽，江山犹是昔年雄。诗承辍笔吟不止，栖雅远没寒烟里。一幅新图画不成，晚风忽送笛声起。

近月亭歌

小亭结构存旧制，轩敞阅尽江山势。一片浮云何处来，霏雨忽若游丝细。须臾云净雨亦收，万里江天忽晴霁。乍雨乍晴黄梅天，变态满眼无拘系。可怜昔日百战场，惟有滔滔颓波逝。昨日流莺今日蝉，丈夫何必长挥涕。青史功名记注荣，不与苕华同根蒂。立德立功与立言，古人已往谁为继。千秋何人记姓名，男儿蓬窗当自励。

言　怀

其一

男儿生世间，桑弧万里道。弱冠请长缨，宁守故园老。鸾凤翔九州，高举入穹昊。天地可为庐，万物亦何小。

其二

明月照高林，庭院多清光。抚剑望皓月，怀古思茫茫。空桑崇道义，三聘登明堂。藏器姑有待，风云际会长。

其三

夫妇人大伦，雍睦在祇敬。勿以衽席恩，媟嫚伤天性。晨夕勉同心，琴瑟音亦正。所以南国诗，必采闺门咏。

偶然吟

其一

蝉鸣方得意，螳螂欲害之。岂知螳螂后，复有黄雀随。机关互相掩，攻取无休时。所以遁世子，高吟采薇诗。

其二

蚯蚓饮黄泉，吟唱每自得。秋蝉啜清露，还鼓凌风翼。于世有何争，其志不在食。盗泉安可贪，恶木安可息。君子固有穷，毋为利所惑。

江汉二章

江之水兮自岷峨，流浩浩兮卷白波。我登楼兮旷览，我扬棹兮几经过。将束装兮言旋归，燕赵兮隐岩阿。欲采蘋花兮江安在，望南国兮雨雪多，江兮江兮可如何？

汉之水兮日夕流，往且来兮浮扁舟。牵逆流兮缆急，泛顺流兮橹柔。念十年兮兹土，狎兰芷兮训白鸥。秋风告别兮不可以淹留，言归燕赵兮有梦来游，汉兮汉兮我心忧。

兰 花

其一

本是空山素淡香，忽然移种在南堂。一从尼父援琴后。旧曲何人鼓数行。

其二

茧纸当年骋兔毫，山阴亭下会辞豪。香清墨妙成双美，品格应同禊帖高。

归巢鸟

天开众鸟飞，各求饮啄便。高梧疏柳中，一一飞鸣遍。日暮归其巢，群雏相依恋。独有图南鹏，六月飞不倦。

留别两大人

秋风起南纪，登堂告离别。千里从婿归，承欢膝下缺。依依情难任，萧萧北风烈。慈颜日以违，念此心如结。丁宁语阿妹，晨昏奉欢悦。

赠韫华

相依五载余，闺中称丽泽。披书与子朝，吟诗偕子夕。春花赋芳魂，秋月题皓魄。斗句每终宵，相视两莫逆。本为共命鸟，何忍一日隔。今秋我于归，从此分鸿迹。所幸子归宁，车马尚同适。旅店相因依，联吟追畴昔。征车共几旬，风尘毋乃迫。豫想分袂时，忧思忽来积。女戒子所娴，妇职我未习。临别赠诲言，庶几免愆谪。

维鹊有巢三章

维鹊有巢，何不于高。畏风之怒号，乃颠其巢。

维鹊有巢，悔不于高。惟狡童之是遭，乃瞰其巢。

竹实之食矣，凤凰之息矣。盍往即矣，莫我弋矣。

骊驹二章

骊驹在门，我出也无言。匪我无言，思我骨肉之恩。

骊驹在路，我行也屡顾。匪我屡顾，实我婴儿之慕。

太白二章

其一

太白正高北斗低，霜风瑟瑟入马蹄。行过长堤又短堤，村中之人眠未醒，华胥梦里一声鸡。

其二

太白正高北斗没，行人眼中山突兀。后车催促前车发，天风吹动铃铎声，惊起山中千里鹘。

途中有怀父母

乍别椿萱欲断魂，离情秋色不堪论。萧萧去马催人泪，霭霭前山见雨痕。鸿雁有时凭素札，江云无际易黄昏。遥知粉署重阳日，对酒看花怅倚门。

秋日有感

并无暑气到空庭，已觉凉宵枕席宁。萤火安知更物序，还从檐外学流星。

示女婢

其一

烹茗折枯树，莫折松树枝。松枝翠满眼，不为雪霜移。留向北窗外，长此岁寒姿。

其二

簪鬓采花朵，莫采玉梅花。北枝全未放，南枝半吐葩。留向闺窗外，清香入梦嘉。

山亭独酌

螺杯山上酌，独坐迥忘吾。凉月初升后，江云淡欲无。

述 怀

其一

空江何浩荡，秋风送帆行。日薄西山暮，鼓楫问前程。岂不图栖泊，谋生各有营。庸人好燕息，志士务遄征。寄言圈枢子，怀安果败名。

其二

畴昔深闺里，曾读三百篇。雎鸠性情正，溱洧情欲牵。贞淫两俱列，劝戒何朗然。谷风夫妇怨，鸡鸣夫妇贤。杂佩报之子，我愿勿有愆。同心不宜怒，夫子其相怜。

其三

圣人贵名教，六经非糟粕。面壁事钻研，微言自昭灼。训诂必求详，勿徒观大略。措之为经纶，经术岂浮薄。所望惜寸阴，日日勤探索。

其四

入井怵惕日，牵牛觳觫辰。反躬我自问，此是本来真。痛痒相关切，物我共一身。云何隔膜视，捐弃骨肉亲。

其五

言报怙恃德，其德无有涯。所贵行已正，譬如玉无瑕。养子望扬名，养女望宜家。此是父母心，使我长咨嗟。

其六

人生各有役，安能聚一隅？女生本外向，洒泪即长途。在家事父母，礼数多疏虞。今我随婿归，登堂事舅姑。舅姑如父母，岂不宽我愚。感此长自愧，临风三踟蹰。

恭和大人游梅子山原韵四首

其一

官舍浑无事，身闲迥出尘。来寻丹桂色，招饮素心人。云气生秋径，风声下夕旻。遥知吟眺地，鸥鹤满湖滨。

其二

弹琴成往事，云影护空台。渔唱安知处，野风忽送来。更传仙客笛，遥隔楚江隈。景物随娱乐，花光照碧苔。

其三

好共游山侣，来登最上亭。浮鸥数点白，远翠一痕青。片叶乍辞树，孤帆偶泊汀。飞觞应不倦，极目望苍冥。

其四

南国西风起，偏惊弱女心。离情似湖水，急雨夜来深。归路叹如客，辞家感自今。杖藜吟赏处，幽梦许追寻。

和大人寄示韵

读罢篇章泪不禁，细询寝食夜沉沉。思亲屡望中天月，见雁常惊两地心。无奈书来添怅恨，可怜病久罢呻吟。悬知倚户长相忆，三处同为别绪侵。（父母游宦楚北，余归静海，大兄寄寓都门。）

和筠溪叔过卢生祠韵

昔日渔郎也问津，桃花流水认来真。谁知再理寻幽棹，重到仙源不见人。

大风望江

振衣上山亭，疾风来远道。大江横目前，白浪起浩浩。近水三四峰，疑触狂澜倒。一望绝征帆，黄叶飞如扫。愿乘万里舟，破浪游仙岛。

怀 姑

自从言告我言归，三月离家妇职违。纵是此身同弱草，中心还欲报春晖。

读参同契

屈指光阴去，浮生信有涯。当秋怜绿发，何日问黄芽。落日随流水，归帆带晚霞。丹经残卷在，三复益咨嗟。

重九得家书

碧天杳杳雁南征，篱下黄花淡影横。喜得平安书一纸，不妨秋雨满窗声。

阿干歌（阿干，兄也）

阿干别我日，麦花尚未残。迢迢千里霜风起，我念阿干衣裳单。山路崎岖河水冻，我马元黄归亦难。为我语鸿雁，何不借我阿干之飞翰，我生惟有一阿干。

哭伯父母和大人韵

其一

江城极目望南原，惆怅西风洒泪痕。异地呻吟终毕命，天涯印绶是缠冤。谁人拊衬存诸弟，忍见扬舲返二魂。最是双亲啼更苦，鹡鸰肠断不堪论。

其二

破泣为欢慰老亲，鸰原惨痛暗伤神。当年气概联双璧，此日分飞少一人。桂岭迢迢星下枢，江城黯黯梦中身。高堂无限悲哀意，苦望池塘草再春。

寄轩望鹦鹉洲

危栏俯瞰大江流，万古涛声绕荻洲。夏口帆樯烟外集，鄂城楼阁镜中浮。雄才一赋留芳草，往事千年问白鸥。日暮临风怀底事，沧波浩渺使人愁。

重九日步大人韵

思家九日独登台，官阁频看节物催。极浦沉沉秋色冷，遥峰历历夕阳开。北鸿声入南云远，桂蕊香从菊圃来。最是东篱吟好句，阶前凉月落金杯。

行行且游猎

朔风吹白沙，黄云惨无色。谁家少年郎，平原逞猎弋。苍鹰助腾拿，黄犬禀部勒。羽箭上遥空，飘落双飞翼。狐兔殪马前，凫雁堕马侧。归来向里门，路转斜阳逼。拔刀割鲜肥，上供高堂食。射是男儿能，烹乃妇人职。

四时最好是三月

红窗早起玩晴霞，三月春风望眼赊。暖气迎人初脱絮，凉衫称体未须纱。四时令节今朝美，一片韶光万物嘉。最是新蚕闲料理，桑柔攀折几枝斜。

夜 雨

荏苒春光动客情，蒙蒙酥雨夜寒生。凭栏忽听江头笛，又送梅花落楚城。

牡丹歌

去年花时在故国，浓艳风光开堂北。堂上承欢膳寝余，彩笔曾赋姚魏色。竭来江介又暮春，桃李飘落随轻尘。千枝牡丹一时放，晴云丽日信良辰。酣红影里百舌啭，浓香偶因微风送。葡萄美酒酬花神，莫道名花全似梦。回忆燕京此花稀，数枝摇漾朵不肥。长安朱门不辞价，檀板金樽对芳菲。岂如今日江城里，卖花声中堆红紫。瓦盆带土累担来，石家锦帐毋乃似。绣围中间笑语和，户外蜂蝶往来多。天涯骨肉聊相聚，对花不饮将如何。酒阑回首望京洛，万里寒暄应何若。安得移花向故园，三春常奉高堂乐。

白蝴蝶

南园来往净仪容，素质何烦设色浓。飘向黄昏还认影，眠依粉壁竟迷踪。漫同柳絮风中度，应在梨花月下逢。未必红尘全不染，冰壶一片托心胸。

题方采芝小照

闺中不少文章雄，谁其少龄侔宗工。充此才思富烟海，一扫今古名媛空。东淀西淀我故里，北望上京咫尺耳。丰台花时不一逢，湘江雪夜如相俟。君山茗香盆梅妍，绣余闲咏蕉窗前。此时诗思清到骨，湖光岳色生春烟。却出新图索里句，烟景西湖归练素。画栏曲曲俯清流，高柳差差破寒雾。小立者谁钦德容，楮外貌出林下风。吟篇早识味外味，诗人画手工力同。我才日退子日长，左家谢女逸思广。投契空成翰墨缘，何日相逢慰遐想。

新屋落成诗赠润圃妹

其一

画阁初开夏景新，名花一径碧无尘。堂前同进椿萱酒，绕膝偏怜最少人。

其二

联行雁序楚山阿，羡尔清心白雪歌。阶下紫荆开烂漫，香兼墨沈晚吟多。

九 日

楚客天涯忆故乡，寒砧西向起潇湘。疏林叶落风初急，小径霜清菊又芳。晚笛一声催去雁，空江九曲绕回肠。凭栏欲问燕山事，秋水兼葭归路长。

和方采芝原韵

数载潇湘作远游，芳邻今喜共南州。雕虫小技余差长，彩凤清音子罕俦。折柬未成连袂话，如兰难得素心投。从知慧业关文藻，岂独词源三峡流。

送陈（二三）世姊赴越

三年同作潇湘客，一晤经年心莫逆。人如别院植幽兰，香风时合秋堂夕。帆影忽闻挂晓烟，江城羁客正凄然。西湖画舫几千里，心逐凉蟾到远天。人生聚散寻常事，鸿雪东西那可记。纵是天涯若比邻，离情两地凭谁寄。

洞庭舟中和大人韵

烟中柔橹拨残星，天水相连望杳冥。风送轻帆千叶白，山明极浦一痕青。

梦边官阁仍湘渚（时大人告养北归），画里苏桥似洞庭（大人有苏桥卜筑图）。他日绿窗多粉本，拈毫闲写楚云汀。

南矶港阻风

画舫阻南矶，风雨何太急。阴云密不开，疑是鼋鼍泣。新燕翻春雷，林花经雨湿。商旅泊沙洲，南北罢征楫。独有江上翁，垂竿任蓑笠。

舟中忆方采芝

知音留别在潇湘，离思应同江水长。此去丰台花正发，怜君遥忆故园香。

岳阳楼晚眺

高楼直与暮云平，即目苍茫近太清。槛外涛光摇落日，坐中山色拥孤城。烟开远树千株露，水接长天一镜明。此去全家任青舫，春波鸭绿画中行。

新屋落成呈大母李夫人

新增广厦移芳树，曲径花留春色住。莺来燕拂艳阳天，疏雨微风隔帘度。乍晴对月净琴横，戛玉修篁夜有声。楚天最好是三月，兰芷香入春衫轻。随宦天涯岁月久，斑衣戏彩娱大母。画阁明灯赏暮春，一堂四世盈尊酒。

白菊花

凉天高爽晚窗明，霜信传来菊有英。十亩香含秋色老，一篱风静月痕清。羞同红蕊争时艳，且向瑶台觅素盟。多少缁尘君未染，岁寒梅雪共标名。

铁佛寺

不知何岁铸，卓立俨生成。秋月寒无色，松风静有声。深林清磬度，幽径落花轻。真性同空镜，含虚万古明。

新筑小阁诗赠嫂氏韫华

为客谙天涯，闲宜静者性。之子结知音，气味芝兰并。我移小阁西，子有阳春咏。素壁已生辉，虚怀还就正。值此暮春天，花月新笺映。

登岳阳楼用杜少陵韵

十年长作客，万里此登楼。山脊层城出，湖心落日浮。寒声东去浪，远影北归舟。今古临渊羡，湘江空自流。

登岳阳楼用孟襄阳韵

曲槛与云平，登临近太清。移家记鄂渚，残雪指湘城。夜色千帆集，人烟远火明。离心似湖水，不尽故园情。

贾谊宅

昔年贾傅感长沙，书上谁怜鬓已华。日暮临风重吊古，千秋哀怨入悲笳。

望岳麓山

雨余峰影隔江清，几叶轻帆下洞庭。山色湖光看不足，况闻鼓瑟有湘灵。

题河间左夫人诗稿

其一

篇章蕴藉即吾师，况是周南卷里词。翰墨既能成慧业，才华何故不同时。人生难得惟知己，我亦频年学赋诗。几度披吟泪沾臆，西风凭吊意迟迟。

其二

怜君素志隐山阿，只为家贫负薜萝。南国宦情秋水似，故园离思白云多。人如北斗瞻何及，曲至阳春兴莫过。恨我生平书未读，空教岁月易蹉跎。

哭嫂氏韫华

其一

十载交情岁月深，如兰如蕙订知音。闺中嫂氏兼师氏，鲍管相依道义心。

其二

双鱼每至细追寻，几度怜君多病侵。何意天涯风雪夜，正逢伯子辍幽琴。

其三

君如宝鉴壁高悬，别我妍媸亦有年。此后归宁回故里，谁人勉我孝为先。

其四

弱女膝前始六龄，学吟学字善趋庭。最怜幼稚悲风木，忍看依依索毋形。

再赋七古

韶龄之年多妙文，词章气概欲凌云。羡尔宜家更宜室，无非无仪独让君。昔从子学在深阁，尔我连床如棣萼。莫逆论心气味同，锺期伯子知音约。不意频年二竖侵，怜君何故病缘深。天涯对月思故里，九回肠转为知心。回念题襟在楚地，花晨月夕真堪思。彼唱我吟岁月多，清新诗句惊人意。雁行多病令予愁，几觅良方药饵投。不忆才华鬼神妒，终悲长夜在高楼。此音甫至愁难续，犹认故人有尺素。百感纷来泪不禁，伤心难作招魂赋。

拟白香山悲哉行

悲哉朱门人，昏昏在高阁。富贵反掌来，恣情耽宴乐。声歌昼夜繁，金钗围翠幕。日日食色中，戚戚无所著。岂知蓬窗子，襟怀自磊落。道义出性灵，如兰在幽壑。愿作出山云，不作笼中鹤。鹤尚不可为，何况鸡群托。

·《近月亭诗稿》卷四·

壬子夫子摄平阳司马篆官署有怀母氏

其一

随宦当年廿几秋，趋庭戏彩楚江楼。只缘同婿沾微禄，远隔天涯两地愁。

其二

正忆萱堂多病侵，况逢佳节倍沾襟。书来思极还相慰，更使乡心日夜深。

夫子署平阳司马卸篆回太原

匆匆征斾破寒烟，柳色参差傍水田。父老携壶远相送，平阳司马亦潸然。

吊豫让

按《水经注》：汾水过晋阳县东，水上旧有梁，清洴殒于梁下，豫让死于津侧，即赵襄子解衣之所焉。又考《太原郡志》：晋阳城建自秦昭襄王之三年，即今太原县也。则豫让桥宜在太原县之城东，今于赵城曲沃反建二桥不知何据。噫，世远年湮，惟凭吊焉而已。

由来侠客气如虹，况复君臣大义中。杯酒欲淋国士墓，敢云巾帼慕英雄。

过淮阴侯祠

昔日曾闻有此台，今经斯地易徘徊。千秋共识无双士，一庙仍留盖世才。高鸟既无应早退，齐王不请亦相猜。何如也学赤松子，天际翩翩去弗回。

明妃墓

征盖初经紫塞尘，一痕芳草历时新。常悲青冢依边月，不吊名臣说美人。故主自应怜素质，画工原不惜天真。汉家安危和亲事，千载谁知可济民。

介山怀古

介山来自太行西，山势崚嶒树色迷。父老含情前致词，云是焚推旧山溪。

遥想当时糜晋地，公子出亡五蛇义。攀龙附凤十九年，一朝得遂风云志。霸业复兴返故乡，赏功受禄报从亡。子推默默不言禄，负母远隐向云冈。故垒萧条成往事，烟景苍茫点青翠。寒食清明犹禁烟，千秋尚有遗民泪。前五霸，后七雄，朝市兴亡指点中。赵狐宠禄归黄土，惟有真廉实可风。君不见鲁连功高不受赏，九泉并可说幽衷。

题王继声侍姬牡丹桃花画扇

其一

丰姿只合在瑶台，露浥花容冉冉开。君是沉香亭畔客，愧予笔逊谪仙才。

其二

数枝娇艳伴天香，浅碧深红各样妆。始信桃根并桃叶，春风满面属王郎。

秋夜怀云谷兄

木叶萧疏百卉摧，空堂夜雨独徘徊。池塘有梦人千里，鬓发无端色二来。作客怯逢重九日，登高谁劝菊花杯。故园暂罢茱萸会，怪我天涯滞未回。

十方院观牡丹

自古名花北地胜，魏紫姚黄满幽径。洛阳富贵争高低，莲蕊红妆互相赠。昔在京华值暮春，彩云如锦报佳辰。二三之子携我手，几觅仙葩列绣茵。题诗吟咏夜已久，皓月清光泛春酒。花容月色影参差，兴会淋沥结闺友。共向丰台拾翠游，爱花逸士集名流。知音国色成双艳，歌罢清平自罕俦（谓李慧贞姊妹）。相逢未几回楚国，栏边又见倾城色。朝天映日信春游，凤尾瓜瓣喜再得。当时雁序正联行，和霭韶华映北堂。建安才子赋初就，高歌一曲写天香（时润圃妹赋牡丹诗最佳）。我来三晋风景异，那有奇花解忧思。粗桃俗李弄晴晖，舞絮飞花铺满地。回忆京师与汉南，千红万紫兴何酣。题襟夜雨连床话，觅句池塘待漏三。小游忽到十方寺，独对殷红思往事。人生踪迹本难凭，愿与花容壮游志。

题庄玉芝小照

其一

数载神交会合难，人如秋菊气如兰。何缘借得黄筌笔，能把芳容仔细看。

其二

秋水凝神玉作肌，铅华写出妙龄时。亭前花下遥相映，借问芳容数阿谁。

其三

静寄名园漫理琴，悬知兀坐忆知音。当年我亦寻幽侣，几觅丝桐托素心。

其四

廿年闺伴叹离群，妙墨传来喜见君。梁月已经倍惆怅，又从画里赋停云。

东雍官舍感怀辑词牌廿四首

春

其一

夭桃仍是武陵春，感极相思意倍真。回忆旧游峰壑变，锦缠道远已迷津。

其二

雨中花发满苍苔，燕舞春风玉剪开。欲启朱帘卷春色，小亭月上海棠来。

其三

闲中好理旧诗囊，欲诉衷情客异乡。遥忆故人情更切，垂杨丝绕九回肠。

其四

卖花声里艳阳天，粉蝶儿飞正可怜。斗百草时频住马，鱼游春水客留连。

其五

一丛花发映清潭，昔醉桃源佳兴酣。渔父小舟何处觅，惟临流水忆江南。

其六

芳园落尽小桃红，愁倚栏杆望远鸿。弱柳含烟春去也，离愁别绪怨东风。

夏

其一

夏云峰影拂柴扉，梅子黄时雨气微。芳草渡头孤棹远，白蘋香送钓船归。

其二

城头月是故乡明，百尺楼头碧汉横。几拟竹枝词未就，凭栏人自记离情。

其三

满庭芳草夕阳斜，谁忆王孙苦忆家。几醉花阴眠不得，柳长春去惜年华。

其四

疏帘淡月影娟娟，解语花开色倍鲜。莫道江南好风景，客中三度鹧鸪天。

其五

风入松阴暑气消，月当窗牖梦迢迢。芭蕉雨夜家乡远，几恋情深雁影遥。

其六

林边明月逐人来，秋蕊香含次第开。最惜分飞萦梦想，小重山影隔燕台。

秋

其一

梧桐一叶落新秋，偶梦江南是旧游。楚水吴山青未了，吟诗曾上最高楼。

其二

秋风清泠雁行斜，孤馆深沉客梦赊。如此江山未归去，空教深院月光华。

其三

小栏干外尽丹枫，每宴西园数落红。昨夜鹊桥仙子会，一丝秋雨一丝风。

其四

烛影摇红秋气深，满庭霜意起寒砧。最怜玉漏迟迟发，露浥黄花滴滴金。

其五

南浦迢迢波影横，潇湘夜雨助愁生。当年多少龙山会，落帽风光好赋成。

其六

商飚送入我门来，霜叶飞飞风更催。花自落时秋自老，浣溪沙畔雁声回。

冬

其一

雪花飞荡绕回廊，梅萼冲寒发暗香。似倩东风齐着力，传言玉女赏孤芳。

其二

霜天晓角漏沉沉，泠雪梅香似汉阴。欲问江乡近消息，一枝春报岭头吟。

其三

谁遣东风第一枝，横斜不向露华时。画堂春色应如许，月底修箫谱未移。

其四

休云无闷反多愁，记梦扬州旧日游。闻说越溪春最早，望梅谁肯寄江头。

其五

迎春乐事近年芳，昼锦堂开旭日长。感旧题诗青玉案，剔银灯下赋离肠。

其六

万里春回气象幽，柳梢青到可登楼。清平乐事年年有，愿醉花间作胜游。

忆汉南春柳用渔洋秋柳韵

其一

鄂渚韶光系客魂，绕溪烟锁映千门。青迷芳草洲边影，莺啭晴川画里痕。

谢女有诗吟弱雪，琅琊感旧忆荒村。关心怕读河梁赋，扶叶攀条不忍论。

其二

昔年闰月咏如霜，曾记书声近碧塘。每讶流光随逝水，空余诗卷渐盈箱。荒园西角皆新第，曲巷乌衣不姓王。送尽寂寥谁与诉，永丰何故不同坊。

其三

霸桥来往拂征衣，回忆江天是也非。旅梦频惊白下渺，笛声谁说玉关稀。含情曾供明湖句，有絮那堪客舍飞。廿载离愁胜不得，树犹如此自相违。

其四

桃花潭水两相怜，南浦新愁破暮烟。燕羽已伤春寂寞，酒帘犹曳恨缠绵。武昌风景殊当日（先君于癸卯岁告养北归），彭泽萧疏惨去年（先君己酉春去世）。寄语邮亭莫折尽，半留赠别楚云边。

送　春

其一

槛外韶光急，林花任乱飞。红随风里度，绿向雨中肥。南浦伤离绪，空阶怨落晖。最怜梁上燕，衔蕊故依依。

其二

不作伤春赋，偏多感别辞。莺啼残午梦，红落乱乡思。故国愁难破，长亭柳折枝。心依河畔草，几度问归期。

梦哭云谷兄

荆花憔悴痛难云，泠雨幽窗夜气氛。入梦不知成永别，论心犹共叹离群。神伤池草当年句，肠断鸰原隔岁闻。几向天涯泪沾臆，忍看梁月忆荒坟。

师猫篇

客邸无事春昼长，摊书消日百花香。饲养狸奴亦寻常，感人惟其不无良。有友深闺时相望，因鼠为害索渠防。殷殷向我致锦囊，呼奴送至友之傍。非同埋剑隐光芒，更可不比蒿簪亡。何意到彼思旧乡，奔归失路心仓皇。五日不停足匆忙，一餐未得音悲长。我梦家山正渺茫，号惊午夜入兰房。身已婉转依我床，恐仍被逐反潜藏。猫兮猫兮情何伤，只缘旧德不可忘。君不见，隙末凶终别有肠，能不奉此为师行。

灵石道中

其一

七年拙宦任奔驰，微禄那能可自持。故国鸰原常告急，天涯游子尚如斯。篮舆自笑经三度，仆债浑忘计四时。最是此身仍作客，往还何日得安枝。

其二

征车直上白云隈，回首诸峰次第开。曲径僧归层塔下，长林鸦带夕阳来。乱山突入行人眼，峭壁斜冲鸟道回。风景汉南今似昔，廿年重慨易徘徊。

题冉玉溪侍姬佩兰梅花画扇

其一

买就胭脂乞兔毫，横斜遥映月轮高。画工引入罗浮梦，解佩当年忆汉皋。

其二

岂云牛耳擅风骚，尽日闲吟慰寂寥。岭外忽传春色到，描来疏影剩魂销。

题李香圃桂花画扇（冉玉溪继配也）

昔随宦楚癖花木，几植此本映书屋。心昵芬芳廿载余，金粟氤氲香气馥。秋来淅沥报花时，闺伴闲吟日影移。几将太液池边种，写入诗筒客子词。傍蟾宫兮精神，含素馨兮方新。借吴刚之斧，拂王母之尘。别芳香兮日久，忆汉南兮搔首。每思君兮不忘，忽睹遗容兮非偶。谁谓黄筌有深意，一幅秋光催客思。楚地园林已渺然，燕山气宇钟灵异。得得幽姿夜气深，香飘云外月中寻。轻红洁白还相映，镂月歌成供素心。

检韫华手录

断简零纨起远思，挑灯合泪写新词。那堪和韵当年事，忽入天涯听雨时。谁谓多情徒自苦，终令感旧不胜悲。怀君更助鸰原痛，春草池塘无会期。

游三林镇观荷

平远江山秋气凉，篮舆直入水云乡。鱼歌欸乃穿林际，塔影玲珑透夕阳。千顷芙蕖花作锦，一川鸥鹭稻为粮。年来不作登楼赋，自愧才输君子香。

秋夜有怀

非关游子善悲歌，七载离情可奈何。几度寄书书未达，欲成归梦梦偏讹。空阶月冷愁难破，异地怀人病入魔。为语征鸿勿飞尽，天涯有客尚蹉跎。

寄弟书绅

弱弟翩翩颖慧姿，高堂垂白赖扶持。驰驱空有思归咏，风雨何年夜话时。
尺素经旬人易老，暮云无极雁飞迟。书香任尔能绳祖，砥柱中流慎自知。

戊子科群玉伯筠溪岱云叔同登乡榜，今科书绅弟、芦江侄复共举贤书，喜而赋之

其一

万里鹏飞羽翩抟，廿年辛苦伴熊丸。遥知月下飘丹桂，正是东山起谢安。
（芦江侄年已四十举乡荐。）

其二

扶摇直上羡联芳，千里传来姓字香。欲问燕山五枝桂，半因祖德半文章。

诗简四忆

其一

翩翩之子气凌云，下笔千言尽妙文。独步江东赓白雪，骚人郢客总输君。

其二

云梦何年得再探，江楼昔日供清谈。湘兰沅芷凭君咏，多少新诗寄汉南。
（右忆方采芝。）

其三

早闻风雅振京师，每读篇章恨遇迟。君似汪伦情更切，桃花潭水系相思。

其四

何事天涯病未除，离惊别绪廿年余。秋来无数云边雁，不寄燕山一纸书。
（右忆李慧贞。）

其五

如兰如蕙结同心，钟伯奇逢在素琴。二十五弦声调苦，他乡谁是我知音。

其六

棣萼齐名自罕俦，大家妙墨遍皇州。丰台红药今如昔，更有何人纪胜游。
（右忆李似漪已于庚子仙游。）

其七

总角心知不忍离，深闺幽静识威仪。九原那有香魂返，人去琴亡恨莫支。

其八

当时风雨对床眠，黄发相期共百年。不料多才偏薄命，空教旧泪滴新篇。

（右忆李韫华已于丙午仙游。）

玩月用灯字韵

其一

月是当时月，高歌昔亦曾。人生如幻影，佛教有传灯。对镜怜华发，参禅悟上乘。此中寻妙理，深羡辋川丞。

其二

回忆潇湘夜，清辉万里凭。疏星临远岸，映水讶渔灯。南浦情无极，江干梦有征。昔年赓白雪，误曲记吾曾。

留别润圃妹

其一

重整征车赋别离，雁行分首两心知。至今惟有池塘梦，无日能忘风木悲。匹马远从云外度，乱山斜拥夕阳时。岭头多少梅花使，谁向并州寄所思。

其二

欲去不忍去，依依可奈何。只缘兄弟少，而我别离多。千里同明月，孤情寄绿波。临歧羡鸿雁，连影度山阿。

己未秋夫子摄蒲州司马篆予同子女在太原阅手书诗以寄之

招贤里（永乐里名）指翠峦隈，竹马欢迎济世才。旅客十年如塞雁，音书千里托江梅。潼关秋迥供诗兴，华岳云飞听雨来。务布仁声绳祖武（明先汉臣公守此郡），当时桃李手重栽。

兰　花

其一

自别崇兰久，频年清梦赊。何期今日里，忽对楚江花。香馥袭人袂，芳馨感岁华。因君离绪起，幽思忆天涯。

其二

幽壑移芳卉，猗猗助客吟。无言凝淡素，有意结知音。室静香犹甚，人闲味更深。夜来常不寐，缓缓诉离心。

小园即事

天桃数点染胭脂，高阁初开百卉宜。喜此有花兼有月，笑余难画亦难诗。春光错向愁中度，华发偏添镜里丝。芳草池塘思往事，定园（先大人曾治定园）杨柳向离披。

题平阳范氏三世节妇

三世茕茕系此身，饮冰茹蘖倍艰辛。舅姑丧葬皆如礼，孙妇劬劳尽蹈仁。
金石为心光日月，山河誓志表枫宸。宜家宜室垂闺范，千载能令慕素真。

偶得廿八字

淡泊休歌行路难，园葵着雨助盘餐。多情最是东篱菊，瘦影亭亭耐岁寒。

题熊司马子妇绣墨山水

其一

楚水吴山画不成，故将针绣绘峥嵘。记曾我亦游江汉，有负名区无限情。

其二

昔闻司马称佳妇，今对新图意倍赊。漫道文心灿如锦，直同天女散琼花。

其三

小桥曲径路依斜，峭壁深藏处士家。曳杖来寻知己客，学仙学道定生涯。

其四

疏林落落染秋容，写出湖山意万重。有意怜余怀旧迹，潇湘八景慰离踪。

题孙兰坨鸣秋集

其一

戛玉吟成五字诗，惊人奇句费沉思。旗亭新奏鸣秋集，不数黄河远上词。

其二

名振江东绝妙才，建安曹子赋清哀。他年传唱南夷去，蛮女殷勤织锦来。

其三

默默乡愁病未除，西风往往忆鲈鱼。秋来万壑吟吴会，海内才人总不如。

其四

白门长啸凤鸾声，挦藻摛华笔底横。大器由来多晚达，为霖为雨济苍生。

题王存塘金台施诊图

早闻鸿术振京师，勒马桥边有所思。橘井共传苏老艺，平河争咏杜陵诗。
缥囊香静苓千岁，绮阁风清酒一卮。不但医人并医国，循声妙手总相宜。

赠赵慈舫

慧贞毫下诗百篇，色丝少女人争传。忆我京华结凤缘，春鹃秋蟀任流连。

小妹似漪才比肩，法书雅秀薛涛笺。卫家妙墨越前贤，龙蛇飞动扫云烟。韫华性敏能辩弦，广陵散绝泪潜然。彩芝丹青艳楚天，潇湘云梦绘朱铅。自我西来十七年，花晨月夕独相怜。昔时四美俱一遍，今闻慧业辑其全。江海从来汇万川，临风搔首惊汗颜。

寄长子敬臣
其一
念我离愁慰我深，书来千里细追寻。虽云发白身犹健，珍重休为屺岵吟。
其二
故园明月照书厨，几点梅花兴与俱。尔学当如匣内剑，殷勤磨炼击珊瑚。

钱夫人名馥仙者余未谋面，自山左以剪绒团扇相赠，诗以志谢
雅赠齐纨费剪裁，真如千里寄江梅。何期意会能投合，所谓伊人任溯洄。陈子爱悬徐子榻，张媛早逊谢媛才。他年山右芳邻接，共醉三生石上杯。

忆次子依清
去时杨柳发新枝，折尽长条缩别离。遥忆明湖鲈正美，秋风应起季鹰思。

九日游姑射山
其一
云山处处助新诗，异地登临触旅思。万壑松摇秋雨后，一天雁度夕阳时。菊花有意怜燕客，霜信偏能点鬓丝。乍到仙源空色相，庄生化蝶梦迷离。
其二
昔我湖山结凤缘，潇湘云梦任留连。他年心事诗盈箧，此日萍踪月满川。曾记茱萸清夜饮，难期风雨对床眠。西来棣萼多零落，酒地诗天倍黯然。
其三
高峰遥指堑秦关，乘兴能消半日闲。青挹岚光连二洞，红飘枫叶映三山。烂柯樵子无今古，入浦渔舟任往还。欲识南华秋水意，蹄筌隐隐醒人寰。
其四
丹崖翠壁似云车，鹤自凌霄水自斜。松桧清虚翻贝叶，烟霞寂静现昙花。回头客感成陈迹，转眼韶光悟岁华。见性明心无个事，惟余终日饭胡麻。

和崔柳堂跋诗原韵
其一
干将锋利与争难，应是昌黎受异丹。三峡词源归巨笔，一时文望重儒冠。

新诗远寄风云动，惠政欣闻众庶安。细嚼梅花香满纸，生公说法溯旃檀。

其二

笔法参差若碧峋，雄才博学见精神。凌云自昔曾希遇，流水何惭亦有人。薄宦远抛千里外，乡心久系廿余春。长城一望偏师拜，胜步依依蹑后尘。

送龚夫人之山左

如兰如蕙仰芳笺，折柬东窗意味深。早识风清传胜迹，何期雨夜订知音。论心共拟三生石，怀古高挥一曲琴。从此岱云天际渺，梅花频寄陇头吟。

和王千波园花四咏韵

其一

小桃谢后染疏林，二月江南思不禁。碎锦故园萦旅梦，辋川胜地畅文心。酒帘漫舞高低影，牧笛频吹远近岑。又听郢中赓白雪，何须花鸟怨春深。（杏花）

其二

东君何故为卿筹，蜀锦移来性自柔。中酒太真初解语，浣纱西子尚含羞。轻寒轻暖荣仙岛，宿雨宿烟说益州。昨日麻姑曾有约，蓬莱顶上看梳头。（海棠）

其三

韶光和煦暖芳丛，欲访仙源万树红。两岸繁英潭水上，数椽茅屋岭云中。养花天酿疏疏雨，乘兴舟摇欸欸风。回首武陵如咫尺，山村烟景日光融。（桃花）

其四

栏前素质本无愁，春夜溶溶态度幽。一树雪香述曲径，数声玉笛咽高楼。方壶有信传青鸟，姑射难诗感白头。君欲传神真色相，三更明月映帘钩。（梨花）

题王千波小照

高槐向午荫虚堂，披吟乘兴绛蒙庄。忽有词人启锦囊，肖形寓意写缥缃。绘图之岁本潇湘，各侍椿庭宦一方。当年吏治共文章，沅芷汀兰永不忘。翩翩公子意气扬，龙马精神卷里藏。柳桁金衣啭海棠，荷风玉沼泛霞觞。以菊为友菊有芳，折梅造句梅生香。君不见古之中子今渔洋，浩浩瀚瀚达沧浪，又不见古之摩诘今王郎，蓬蓬勃勃相颉颃。

和王千波韵

草堂日日乱山围，回首江干万事非。平水喜逢连雁序，潇湘得共忆庭闱。客中折柳情难别，马上看花人意归。两世文章缘道义，如兰如蕙意无违。

题王幼海墨刻

琅琊世系仰芳声，双凤齐飞振玉京。花鸟供吟辞烂漫，山河入咏笔纵横。当年惠政留江汉，此日仁风满晋城。最喜奇缘逢旧雨，西窗剪烛话平生。（去冬孟檀遇千波幼海于灵石署中，三十年故人剪烛夜话。）

题王千波辋川问津图

吾闻黄河之水天上来，波涛万里生风雷。又闻方壶员峤峙海外，奇峰历历皆蓬莱。王郎当年游楚地，阳春白雪惊人意。词源倒泻三峡波，挥毫如作游龙戏。诗人磊落真仙才，陶园佳境酌金罍。今作辋川问津者，欹湖成趣百花开。太华昭峣众山瞩，一坞一簾蓝田玉。自秉天机清妙姿，何须远寄裴迪蜀。孟城坳、华子冈，竹喧莲动助文章。菊径吟、荷池月，千秋正可供清发。常怀逸兴壮思飞，恰有著英写翠微。学道学仙参至理，朗吟妙句叩云扉。

（清）纪珆文撰《重刻近月亭诗稿附十三名媛诗草》，清嘉庆十九年（1814）刻本

【唱和及寄赠】①

略。

【辑评】

陈芸《小黛轩论诗诗》（卷上）：残梦楼和近月亭，南游诗草亦芳型。含英独著芸书阁，少女风随侍女星。纪珆文字蕴山，文安人。归静海李拔贡煌，著《近月亭诗钞》。

胡文楷《历代妇女著作考》：《近月亭诗稿四卷》，（清）纪珆文撰，《河

---

① 有方芬《纪蕴山、李韫华二女史以〈松云〉〈近月轩诗稿〉并所著〈多心经释〉〈女训注〉见遗》（见本书第 194 页）、《留别纪蕴山李韫华二女史》（见本书第 195 页），李学慎《送蕴山表侄女赴楚》（见本书第 502 页），李学淑《赠蕴山表侄女》（见本书第 504 页），李汝瑛《以梅花赠蕴山》（见本书第 507 页）、《苦雨和蕴山》（见本书第 507 页）、《病中蕴山常以肴馔相馈有感》（见本书第 507～508 页），共七首。

北通志稿》著录（见）。

纪文字蕴山，号德晖，直隶文安人，湖南盐法长宝道纪淑曾长女，静海拔贡李煌妻。

初刊于乾隆四十三年戊戌（1778）湖南长宁观察官署。重刻于嘉庆十九年甲戌（1814）板藏云香书屋。前有刘棪序，李煌刻书序及自序，男绍堃肇基序。世系一叶。卷一诗一百首，卷二诗九十四首，卷三诗九十六首，卷四诗一百零五首。附《十三名媛诗草》一卷。

◉ 衡　水

冯太后

　　冯太后（441—490），北魏（南北朝）信都（今河北冀州）人，谥号文明，史称"文成文明太后"，善诗赋。北魏杰出的女性政治家、改革家，文成帝拓跋濬皇后，献文帝拓跋弘嫡母，孝文帝元宏嫡祖母，辽西郡公冯朗之女。著有《劝诫歌》《皇诰》十八篇。《古今女史》《魏书后妃传》《魏书皇后传》《历朝名媛诗词》《兰闺宝录》《名媛汇诗》《名媛诗归》著录。

【散见收录】

青台歌

青台雀，青台雀，缘山采花额。①

（清）陆昶辑《历朝名媛诗词》，清乾隆三十八年（1773）红树楼刻本

【辑评】

　　陆昶《历朝名媛诗词》（卷三）：冯太后，魏文明太后也，善诗赋，登台见雀啄食，作《青台歌》。简古入妙，此词必有所指，令人味之无尽，诗之兴而比也。

　　恽珠《兰闺宝录》（卷六）：高祖母冯太后有俭德，能文，尝以高祖富于

---

　　① （清）杜文澜辑《古谣谚》卷五四同录此诗，于"缘山采花额"后有"颈着"二字，全诗云："青台雀，青台雀，缘山采花额颈着。"

春秋作《劝戒歌》三百余章，又作《皇诰》十八篇。

赵世杰《古今女史》（姓氏）：魏文明太后也，善诗赋，登台见雀啄食，作《青台歌》。

锺惺《名媛诗归》（卷一）：冯氏，魏文明太后也，善诗赋。登台见雀啄食，作《青台歌》："青台雀，青台雀，缘山采花额。""缘山"字奇，"花额"字秀，皆不经人道。古歌中一句成篇者有之，一句中却奥动质练，似谶似谣，似谚似诨，不必有所指。而恍惚成语，想像成歌。至于明明写出，亦复粲然成文者，盖未有也。此种著作，又似开辟许多简炼奇峻处。

胡文楷《历代妇女著作考》：《劝诫歌》，（魏）冯皇后撰，《魏书·后妃传》著录（佚）。《皇诰》十八篇，同上。

《魏书·皇后传》：文成文明皇后冯氏，长乐信都人也。父朗，秦、雍二州刺史、西城郡公。母乐浪王氏。后生于长安，有神光之异。朗坐事诛，后遂入宫。世祖左昭仪，后之姑也。雅有母德，抚养教训。年十四，高宗践极，以选为贵人，后立为皇后。高宗崩，显祖即位，尊为皇太后。承明元年，尊曰太皇太后，复临朝听政。太后性聪达，自入宫掖，粗学书计，及登尊极，省决万机。太后以高祖富于春秋，乃作《劝戒歌》三百余章。又作《皇诰》十八篇，文多不载。太后立文宣王庙于长安，又立《思燕佛图》于龙城，皆刊石立碑。

卢　氏

卢氏，唐代安平人，崔元晖母。《兰闺宝录》著录。

【散见收录】

训子崔元晖诚[①]

吾闻姨兄辛元驭云："儿子从宦者，有人来云，贫乏不自存，此是好消息；若赀货充足，裘马轻肥，此是恶消息。"吾尝以为确论。比见亲表中仕宦者，务多财以奉亲，而其亲不究所从来，但以为喜。若出乎禄廪可矣，不

---

① 《历代名媛书简》题为《训子书》。

然，何异盗乎？纵无大咎，独不内愧于心？汝今为吏，不务洁清，无以戴天覆地，宜识吾意。

（清）周寿昌辑《宫闺文选》，清道光二十六年（1846）本

【辑评】

恽珠《兰闺宝录》（卷三）：崔元暐母卢氏，安平人。尝戒元暐曰："比见亲表仕者，务多财以奉亲，而亲不究所从来，必出于禄廪则善；如其不然，何异盗乎？若今不能忠清，无以戴天覆地，宜识吾意。"故元暐所守，以清白名。

王秀琴《历代名媛书简》：卢氏，唐崔元暐之母。

◉ 沧 州

范景姒

范景姒，明代吴桥人，有文忠（景文）撰墓志。著有《冰玉斋集》。《国朝闺秀正始集》《池北偶谈》著录。

【散见收录】

题 画

翠嶂烟林叠复稠，黄茅亭子枕溪流。白云深处疑仙境，读倦焚香且卧游。

（清）恽珠辑《国朝闺秀正始续集》，道光十六年（1836）红香馆刻本

【辑评】

恽珠《国朝闺秀正始续集》（补遗）：范景姒，直隶吴桥人，著有《冰玉斋集》。按：景姒为前明大学士谥文忠景文女弟，通经史，尤工绘大士像。

汤漱玉《玉台画史》（卷三）：《池北偶谈》：吴桥节孝范氏，名景姒，文忠公景文女弟也。好读书，通经史，尤工书画，绘大士像，仿佛龙眠，有《冰玉斋诗》若干卷。归同邑王世德，二十而寡，年三十九卒，文忠撰墓志见集中。

胡文楷《历代妇女著作考》：《冰玉斋诗》，（明）范景姒撰，《池北偶谈》著录（未见）。

《池北偶谈》：吴桥节孝范氏，名景姒，文忠公景文女弟也。好读书，通

经史，尤工书画，绘大士像，仿佛龙眠。有《冰玉斋诗》若干卷。归同邑王世德。二十而寡，年三十九卒。文忠撰墓志，见集中。

曼　殊

曼殊，又名张阿钱（《闺秀词钞》载其名张阿钱，字曼殊）。清康熙河间人，一说顺天宛平人，检讨毛奇龄侧室。著有《留视吟》。《众香词》《国朝闺秀正始集》《女世说》《闺秀词钞》著录。

【散见收录】

病中吟
日色满窗红，鸳鸯睡枕同。披衣将欲起，又怕隔帘风。

（清）恽珠辑《国朝闺秀正始集》，清道光十一年（1831）红香馆刻本

减字木兰花·寄姊
离怀难诉。手摘莲花心自苦。别恨还多。长日无心画翠蛾。
绮窗自省。蝴蝶翩跹交扑影。寄语闺妆。不独薰风断我肠。

菩萨蛮·冬闺
酸风冷坑催人起，六花乱撒香闺里。阵阵打房檐，愁心不敢嫌。
临妆呵素手，梅蕊还依旧。插向鬓边斜，丰姿争似他。

（清）徐乃昌辑《闺秀词钞》，清宣统元年（1909）小檀栾室刻本

【辑评】

恽珠《国朝闺秀正始集》（卷三）：曼殊，顺天宛平人，检讨毛奇龄侧室。按：奇龄字大可，以诗文名。由廪生举鸿博授馆职，即告归。曼殊本丰台卖花张翁女，名阿钱，能以剪刻花鸟人物，容貌娟好，目有曼光。归大可，更名曼殊，始学为诗。年二十卒，陈其年、潘稼堂诸太史均赋诗吊之。

徐乃昌《闺秀词钞》（卷九）：阿钱，字曼殊，河间人。萧山翰林毛大可副室。《众香词》：曼殊幼聪慧，酷好诗词，落笔无脂粉习气。性佞佛，多病，

尝梦奶奶唤之去。奶奶者，北人呼观音通称也。北人每发愿舍身以他儿代之，有替僧替尼之例。阿钱仿其意，饰偶人，塑己像，被以衣，手捧一花，侍奶奶傍以待之。临行，自作诗送之曰："一病缠绵不肯休，捧心日日在床头。可怜阿母来相唤，欲别东君恐泪流。"又曰："百计延医病转深，暂归阿母案傍身。此身久已魂离壳，莫道含颦又一人。"临殁写照，名留视图，伏枕函自题诗曰："为送还家去，双螺绾百环。且将妆镜影，留视在人间。"

严蘅《女世说》：曼殊初名阿钱，丰台卖花佣张氏女，能以绣蒯刻花鸟人物，貌娟好，归山阴毛大可。年二十卒，诸名士赋诗吊之。赵秋谷曰："唤作佛花原是误，知君争肯住人间。"

胡文楷《历代妇女著作考》：《留视吟》，（清）张阿钱撰，《众香词》著录（未见）。

阿钱字曼殊，直隶河间人，萧山翰林毛大可妾。

金至元

金至元，字载振，号含英，一作金玉元，清代河间人。诸生金大中女，宛平解元查为仁妻。子查善长，儿媳严月瑶字阆娟，二女查调凤字鸣祥，三女查容端字淑正，五女查绮文字丽言，侄孙金钺，侍女宋贞娘皆传所学，俱能诗。有《芸书阁剩稿》一卷、《松陵集》，其中《芸书阁剩稿》有乾隆八年癸亥（1743）刊本，附于查为仁《蔗塘未定稿》后。民国初年天津金氏覆刻本。前有陈鹏年撰传，赵执信、王时鸿、胡捷、查为仁序。后有从孙金钺跋。《清史稿·艺文志》《撷芳集》《国朝闺秀正始集》《畿辅书征》《蔗塘未定稿》《小黛轩论诗诗》著录。

【整集收录】

序

在昔先王之世，太师陈风，凡所采于田野里巷间者，多闺阃房帏之作，若《伐桑》《采葛》《髦弁》《膏沐》及二姜、许穆夫人诸诗是也。下至名姓不登史册，其事亦无特异，如《草虫》《鸡鸣》《静女》诸诗，亦皆甄录不遗。要以志风俗之污隆、民情之好尚，使诵之者油然而知所感发耳，则洵乎房中之诗之足录也。含英金孺人为查君心谷德配，少娴姆训，织纴纫组外，博习诸书。长工声韵之学，清丽孤秀，无绿窗绮靡诸病。其媵于心谷也，未期而没。心谷不忍听其湮灭无传，裒其剩稿若干首，谒予序之。或者顾以篇帙寥寂为嫌，予谓在唐蔡省风编《瑶池新集》，所录能诗妇人自李季兰至程长文一十三人，诗仅一百十五首。以此方之，不啻倍屣，又何必存见少之意哉？使即不逮李程诸名媛之诗数，反复是编，而温柔敦厚之音有深契三百之遗者，是又足传于后无疑也。予旧史官也，微心谷请，予敢后彤管之书哉？

康熙壬寅年十月益都赵执信。

序

含英金夫人，予同年查君心谷淑配也。少工吟咏，有苏媛谢女之目。查金两姓交最厚，因申以婚姻之好。夫人甫笄，心谷以事陷于狱，越九年邀释，始成嘉礼焉。已而两人追溯往事，破涕为笑，各出诗卷相慰藉。此倡彼赓，评花睹茗，闻者艳之。时予妇尚无恙，熟夫人名，时时欲冀一见，愿未得遂。今岁首二日，妇遽去世。予从悲苦中作为行略以寄心谷，夫人见之，亦以不及一见予妇为憾。庸知二月下浣夫人亦复骖鸾天上耶？在予以三十八年之糟糠，历久而弥悲。心谷以未期之伉俪，促迫而较惨。予之悲也以贫贱，心谷之悲也以患难。妇死腹痛，予两人讵独身知之与？今中元日，予为亡妇修斋萧寺，心谷邮其悼亡诗并芸书阁唱和诸作见示。申纸雒诵，凄怆伤怀。乐天诗云："赖是心无惆怅事，不然争耐子弦声。"予顾瞻子影，惆怅实多。哀丝脆竹，读未终卷，不自觉泪之涔涔盈睫也。聊书数语于卷首以题之，且以志予两人之同病云。

康熙辛丑年七月华亭弟王时鸿题于京邸之半乐轩。

序

予友心谷幽羁九载，始邀矜释，与嘉偶含英夫人，遂其倡酬之愿。雨帘刻烛，花径分笺，致足乐也。顾绿绮才张，朱弦遽断，拂床簟冷，搴帷香销，泪渍春衫，情何以遣？心谷既作悼亡诗若干首，情深语苦，若鹃鸟啼春，冷猿啸月，使人难以卒读。寻复裒其含英夫人前后所作，并倡和诸诗为一集。迹其集中所载，大都哀楚之致多，而愉乐之声少。岂诗之果为人谶与？抑自知其慧福不能兼，而豫为是无涯之戚与？予尝深夜对酒，读之三叹，顾谓内子韵山曰："读此益增人伉俪之感。"韵山曰："生死固自有命，所恨者历忧患而未竟其乐耳。窃欲即其集中所咏夜合花之意，拈句吊之，可乎？"予曰：

"闺中偶咏，本不可以外播，然非所论于含英夫人也。汝试诵之。"韵山遂吟曰："嫣红取次敛幽姿，正是檐牙日堕时。可惜夜长难得旦，重开不见费相思。"予为之慨然，因命侍姬媚川执烛，捉笔而为之序。

康熙辛丑年八月稽山弟胡捷。

序

呜呼！此予亡妇金含英孺人之剩稿也。孺人少习《孝经》《论语》《内则》《女诫》，诸书无不通晓。稍长，诵唐贤诗，遂工韵语，然不轻作，作亦匿不示人。既归，予索视至三，偶出数首，旋复毁去，曰："吟咏非妇人所宜，聊以摅一时之怀抱耳。"其自矜重也如此。归予十月而殁。计十月中迫于予请，间有酬倡。既殁，镉置香奁，尘封蛛网，不启视者十年于兹矣。首夏曝书，从丛帙中检得零缣断楮，凡若干首，亟录以附予《蔗塘稿》后。呜呼，吉光片羽，孺人岂求世知？予之存此者，盖不忍孺人之淑慧能文，竟以夭折，终泯灭而无传也，亦借以写予哀于万一也。呜呼！其可悲也。

雍正辛亥年二月莲坡查为仁。

金孺人小传

孺人金氏，名至元，字载振，一字含英，河间府学生金大中女，适宛平查君为仁。凤娴内则，不苟恣笑。性极孝，事父母及舅姑，皆得其欢。幼读书，通大义，颖慧绝人。女红之外，书算琴管，无不精擅。尤工于诗，著有《芸书阁稿》。清拔孤秀，不染粉黛习气。平素秘不示人，既没，世争诵之。济南赵宫赞执信为序以传。

长沙陈鹏年撰。

·《芸书阁剩稿》·

春　日

午窗寂历听啼莺，澹沱春光画不成。坐拥熏炉寒尚峭，旋移花垒雨初晴。钩帘乳燕多寻垒，隔巷吹箫已卖饧。忽见侍儿来插柳，始知节物近清明。

朝　来

朝来几点雨催花，饯取微香入谢家。未到荼蘼春尚在，却闻杜宇意先嗟。

闲临褉帖红丝砚，暂试名瓷绿雪芽。天气渐长人渐困，琐窗梦转树阴斜。

古 意

倚熏笼子倦绣，日迟迟子春昼。步庭除子延伫，折花枝子独嗅。莺百啭子将阑，柳飞花子欲残。恨流光子难绾，掩罗袖子泫澜。

过草亭作

屈曲草亭入，萧疏远市哗。画阑斜抱石，翠幌薄笼纱。境僻蜗黏壁，林香蜂报衙。此间尘事少，一卷诵楞伽。

春尽日

九十春光剧可怜，难追羲辔夕阳边。桃花不识东风换，犹弄妖红几朵妍。

重过郊外园林

一番雨过酿轻寒，七月南塘水半竿。最是重来好风景，秋光如染隔林看。

弹 琴

拟将幽意寄金徽，拂干无言送落晖。我有千愁弹未尽，一声新雁碧天归。

夜 坐

夜阑人独坐，帘外露泫泫。静爱鸣蛩细，凉宜摊卷看。水沉留篆久，兰烬受风残。虬箭城头转，罗衣怯薄寒。

雨中感怀

门外凉飙猎雨声，凄凄撼撼梦难成。遥思北寺青灯里，此夕何堪泪独倾。

问 雁

借问天边雁，关程千里余。来时经帝里，可有寄侬书。

庭 花

满径苔痕清昼长，枝枝叶叶斗幽芳。嫣红姹紫知何限，争似疏梅浅淡妆。

闻燕语有作

十眉图懒试新妆，画阁无人黯自伤。不卷重帘留燕子，呢呢学语听雕梁。

初 夏

柳叶毵毵覆屋低，绿阴初满小轩西。沿阶碧草茸茸长，坐树黄鹂恰恰啼。

须识人生皆有定,自来物理本难齐。红闺久诵班姬诫,未敢拈毫着意题。

礼 斗

玉台拂拭理残妆,忍照菱花翠黛长。夜静星坛私祝罢,一炉香引泪千行。

催妆诗次韵

其一

句好如仙绝点尘,青莲原是谪来身。诗传彩扇歌偕老,籍记丹台署侍晨。(《松陵集》注:执盖侍晨,仙官贵侣)四照花开融瑞色,九微灯飐缔良因。牵萝补屋休嫌陋,得贮珠玑敢道贫。

其二

百和香浓结绮筵,云璈如奏大罗天。龙泉那肯丰城掩,冰彩依然桂殿圆。此日授绥休论晚,他时委畚计当先。试看欧碧鞓红种,留取春光分外妍。

附

莲坡催妆诗

十年香霭搅情尘,留得霜华百炼身。此夕星光盈锦幄,向来春色阻花晨。谁言蔗境甘无比,久识莲心苦有因。差喜高堂称具庆,鹿门偕隐莫辞贫。红烛双行照玳筵,凤箫吹彻下瑶天。璧存敢诩连城贵,珠在还欣合浦圆。赋就桃夭期觉后,迎来鹊驾路争先。梦中欲乞生花管,待写春山满镜妍。

夜话和莲坡主人韵

人生大抵游仙枕,已出邯郸君莫疑。世事浮云无定着,流光劫火漫寻思。试香午院宜煎茗,斗墨晴窗好赋诗。终卧牛衣吾不悔,只凭清课惬心期。

附

莲坡与内子夜话

此生已分难重见,今日相看转自疑。噩梦十年谁唤醒,离愁两地渺相思。冬釭夏簟通宵泪,闷翠慵红满箧诗。郑重与君栖岁晚,莫将清赏负幽期。

题花影庵诗集

清词丽句难为比,愁似秋猿巴峡啼。多谢十年相忆苦,口衔石阙寄无题。

附

莲坡内子为予题花影诗稿,依韵答之

抽丝已比原蚕老,聒耳还憎杜宇啼。留得袖中诗本在,挑灯和泪藉君题。

自 述

方期椎髻共林泉，鹤闭鸾拘痛九年。刘氏酒逾千日醉，姮神光负百回圆。今朝写翠欣开镜，往事愁红记拂弦。从此幽栖差可慰，不须缄恨再笺天。

偶 成

惜惜庭馆不飞花，如幕垂杨一桁遮。自是今年春较晚，红阑才茁牡丹芽。

附

莲坡同作

百啭莺阑点柳花，懒将旧卷眼中遮。苦吟只恐枯诗吻，乞检红囊渝茗芽。

中秋坐月

人间天上分盈阙，每负冰轮着意明。此夕团圞人共月，只愁云影掩三更。

附

莲坡同作

年年见月多愁思，今夕秋光泼眼明。纵使云鬟香雾湿，倚阑要看到三更。

夜坐寄莲坡主人，时客都下

潇潇细雨暗阶除，坐倚屏山慵检书。如豆一灯明欲灭，最伤怀是别离初。

附

莲坡答内子见寄原韵

离情无计可消除，三百邮程一纸书。寄语昨宵孤馆夜，不堪雨滴酒醒初。

水仙花

凌波微步当风立，似向芝田馆里来。堪与梅花竞标格，冲寒也向雪中开。

附

莲坡次韵

雪儿冰心夸绝世，分明鲜佩汉皋来。翠绡衣薄偏宜冷，不与凡葩一例开。

夜合花

朝来红艳尽教看，底事灯前欲见难。应是名花深自爱，五更风雨怕摧残。

附

莲坡次韵

向夕凭栏子细看，欲蹴小窗不愁难。卷舒未必花无意，银烛何人照夜残。

（清）金至元撰《芸书阁剩稿》，清乾隆八年（1743）精刊本

【辑评】

恽珠《国朝闺秀正始集》（卷五）：金至元字载振，号含英，直隶河间人。大中女，举人查为仁室。著有《芸书阁剩稿》。按：为仁字心谷，康熙辛卯解元，以诗名。含英甫笄，心谷以事陷狱。越九年邀释，始成嘉礼。房中倡和仅一载而卒。

陈芸《小黛轩论诗诗》（卷上）：残梦楼和近月亭，南游诗草亦芳型。含英独著芸书阁，少女风随侍女星。金玉元字载振，号含英，归查解元为仁，著《芸香阁集》。女调凤字鸣祥、端容字淑正、绮文字丽言、媳严月瑶字阆娟、侍女宋贞娘皆传所学，俱能诗。

胡文楷《历代妇女著作考》：《芸书阁剩稿》一卷，（清）金至元撰，《清史稿·艺文志》著录（见）。

至元字载振，一字含英，直隶河间人，诸生金大中女，宛平解元查为仁妻。乾隆八年癸亥（1743）刊本，附于查为仁《蔗塘未定稿》后。民国初年天津金氏覆刻本。前有陈鹏年撰传，赵执信、王时鸿、胡捷、查为仁序。后有从孙金铖跋。

李学温

李学温，字兰贞，号绀珠。清代直隶任丘人。翰林学士李中简长女，拔贡舒其绥妻，李学慎姊。卒年仅二十九。著有《丽景楼诗》二卷、《香雪阁词》一卷、《宜家琐语》一篇。《撷芳集》《国朝闺秀正始集》著录。有无名氏序，李中简撰墓志铭。

【散见收录】

济南学署归宁夫子字问归期敬答（甲午季秋）

高城秋色深，瑟瑟寒飙至。侵晓傍南楼，青天来雁字。节令过授衣，黄菊惊离思。展矣怀君子，卓荦才未易。昨日拆缄封，宛转深情致。上言秋雨多，窗兰向憔悴。下问归来期，循讽潜制泪。人事非乖舛，关山隔迢递。虽无帷车来，空愧宝钗寄。欲行还踯躅，暮野忧魑魅（时东郡有逆匪之变）。长吟感萧飒，浩叹悲阴曀。眺望连日夕，反侧不能寐。转蓬离本根，飞扬满天地。冈松与涧石，岁晚心同契。

（清）恽珠辑《国朝闺秀正始集》，清道光十一年（1831）红香馆刻本

春　水

春光何处好，溪水绿烟生。蘸柳偏多态，浮花最有情。泥融知燕喜，风静觉鸥轻。为问桃源路，渔舟小渚横。

落　叶

西风方劲叶黄时，寒影萧萧作意吹。晓月不遮砧响院，晚烟犹恋鹊巢枝。忽惊似雨敲窗急，惟爱如花扫径迟。剩有幽窗小横幅，春林无恙碧参差。

春　景

竹亭春草绿，小雨引花香。燕子来何处，衔泥镇日忙。

秋　蛩

晚风淅沥雁流初，促织微吟在壁隅。碎剪秋声无觅处，淡烟横草露如珠。

徐世昌编《晚晴簃诗汇》，民国十七年（1928）退耕堂本

【辑评】

恽珠《国朝闺秀正始集》（卷一二）：李学温，字兰贞，号绀珠。直隶任邱人。学士中简女，教授舒其绂室。著有《丽景楼诗集》。

胡文楷《历代妇女著作考》：《丽景楼诗》二卷，（清）李学温撰，《撷芳集》著录（未见）。《香雪阁词》一卷，同上。《宜家琐语》一篇，同上。

学温字兰贞，小名绀珠，直隶任丘人，翰林学士李中简长女，拔贡舒其绂妻。卒年仅二十九。有无名氏序，李中简撰墓志铭。

李学慎

李学慎，字以漪，清代直隶任丘人。学士李中简次女，沧州太学生左善询妻，李学温妹。著有《丽景楼集》。《沧县志》《撷芳集》《国朝闺秀正始续集》《小黛轩论诗诗》著录。

【散见收录】

送蕴山表侄女赴楚

鸰原何处哭寒云（余近丧伯姊），暖眼新知且乐群。翰墨有缘应念我，才华无似奈逢君。流连花月酬芳宴，容易关河饯晚曛。肠断池塘春草色，更教南浦动波纹。

菊 花

瘦影中庭黄菊静，初开偏爱格无双。十分秋色点陶径，几片落英飘楚江。红叶新霜明老圃，淡烟斜影带寒窗。眼前无限芳菲咏，每到东篱意未降。

早发平原

平芜一望天如盖，远树参差村舍外。回首乡国路转迷，白云渺渺随征旆。野庵殷地钟声发，归梦惊残成恍惚。寒星低水讶渔灯，树杪依稀见弓月。官陌飞蓬贴碧空，征人南北尽匆匆。买丝谁绣佳公子，怀古踟蹰意不穷。

落 叶

红叶因风影自移，如花点点坠阶墀。招来野色林开处，送尽秋声雁过时。寒鹊易翻侵月影，虚檐偏警带烟枝。殷勤谁寄愁心去，流水无情总未知。

咏班昭

东观书成帝用嘉，能将世业洗铅华。闺中韵事从头数，几个名姝号大家。

咏绿珠

轻盈无迹踏香尘，十二金钗一可人。玉笛声中金谷晚，谁将小幅为传神。

暮 砧

砧响疏林秋景分，谁家绮阁念游人。报寒乍觉鸣机歇，寄远那辞捣素频。月砌更催虫语急，霜天如和雁声新。画栏徒倚殷勤听，风过寒廊一倍真。

雪后见乞妪

饥躯乞食亦何颜，风雪偏欺敝裤单。念汝龙钟垂白发，倍人辛苦倍人寒。

雪后登四照楼怀伯仲二姊

晓妆人倚玉楼寒，千里关河晃朗间。惆怅雁鸿飞不到，曲阑干外有南山。

野　花

秋光摇落野花明，极目偏含无限情。掩映平芜如结伴，埋藏空谷似逃名。淡烟浓露皆增态，玉砌朱栏不羡荣。移向深闺绣裙钗，对挑红紫细摹卿。

（清）纪玭文撰《重刻近月亭诗稿附十三名媛诗草一卷》，

清嘉庆十九年（1814）刻本

题十美图

其一

雕弓金羽学男儿，十载从戎百战归。错认昭阳陪幸者，辇前一笑堕双飞。

其二

蕉簟清凉珊枕明，凉侵玉骨醉初醒。绿云一朵西风里，低衬仙裙上画屏。

其三

绝世天姿出自然，碧苔阶畔晓风前。相看似欲盈盈下，石上三生证夙缘。

其四

将飞未举态婵娟，谁识瑶台自在仙。见说汉皋虚解佩，流风回首怅长川。

其五

金屋群推绝代名，淡妆临镜转亭亭。化身却入丹青里，莫讶蛾眉斗尹邢。

其六

自从辞辇掩长门，旧事凄凉不可论。团扇曾牵怀袖影，几回相对忆君恩。

其七

汉宫明月照边关，马上啼红去不还。非是琵琶解愁思，玉颜容易到天山。

其八

东观书成帝用嘉，能将事业洗铅华。闺中韵事从头数，几个名姝号大家。

其九

轻盈无迹踏青尘，十二金钗一可人。玉笛声中金谷晚，谁将小幅为传神。

其十

霓裳妙舞对花丛，一曲山香扇底风。可是羊家张静婉，小垂手态似惊鸿。

徐世昌编《晚晴簃诗汇》，民国十七年（1928）退耕堂本

【辑评】

恽珠《国朝闺秀正始集》（卷八）：李学慎，字以漪，直隶任邱人，监生左善询室。著有《丽景楼集》。

陈芸《小黛轩论诗诗》（卷下）：遏云吟罢苏台冷，伫月诗称赤壁游。一自芸轩吊铜雀，南滨丽景总悠悠。李学慎字以漪，任邱人。归左善洵，著《丽景楼集》。

沈善宝《名媛诗话》（卷十）：偶见《十三名媛诗钞》，直隶居七。大城刘义群友义《有感》云："寄将茅店挑灯泪，并入官斋听雨心。"任邱李似漪学慎《落叶》云："招来野色林开处，送尽秋声雁过时。"李韫华汝瑛《晚眺》云："林静雅声晚，风高木叶秋。"《晚泊》云："征帆飞鸟外，乡思乱云边。"静海李莲溪培筠《春望》云："飞鸟来云外，征帆挂夕阳。"方采芝芬《过洞庭湖》云："万顷波连云梦泽，几行雁过岳阳楼。"纪巽中《感怀》有"布被生寒夜雨来"七字最妙。诗俱自然工雅。

胡文楷《历代妇女著作考》：《丽景楼集》，（清）李学慎撰，《沧县志》《撷芳集》著录（未见）。

学慎字以漪，直隶任丘人，学士李中简次女。沧州太学生左善洵妻。

李学淑

李学淑，号慧贞，清乾隆嘉庆年间直隶任丘人。《闺海吟》著录。

【散见收录】

赠蕴山表侄女

二十韶华羡女宗，扫眉才子古今同。袖中佳句裁明月，坐上清谈贮好风。鄂渚彩鸾初度影，凤城红药又翻丛。愁人暗洒荆花泪，欲语新知恨不穷。

（清）纪昀文撰《重刻近月亭诗稿附十三名媛诗草一卷》，清嘉庆十九年（1814）刻本

李汝瑛

李汝瑛，字蕴华，清代直隶任丘人。工部员外李中理孙女，诸生纪琛妻。

著有《金刚经注》《汝瑛诗钞》《松云阁诗集》。《河北通志稿》《撷芳集》《国朝闺秀正始续集》著录。

【散见收录】

纸 花

不费东君力，随人作态真。竞夸春色入，宜衬晓妆新。翠笼生春早，青衣问价频。可怜闺阁里，年事最相亲。

庭 草

闲庭春信到，芳草渐萋萋。煖日浮光合，轻烟染翠齐。屐痕侵砌浅，野色映帘低。遥忆王孙路，芊眠送马蹄。

钓台怀古

台尚高高在，江仍浩浩流。严光好男子，志不愿封侯。

秋 山

落日下山巅，清秋万象妍。泉声能泻月，峰顶欲摩天。夜静清泉冷，烟深白鹤眠。江城临眺处，今古枕寒川。

秋 夜

今宵何瑟瑟，徙倚怅离群。路隔三千里，书传几度闻。长江流皓月，征雁带寒云。独坐孤篷里，临风一忆君。

寄二姑慧贞

晨夕已三载，忽成千里赊。梦来共携手，觉后即天涯。君札寄秋雁，我心凭月华。徘徊又薄暮，傍阁听寒鸦。

暮秋闻捣衣声

高秋瑟瑟夜漫漫，落木西风逼岁残。几阵雁鸿霜满野，千家砧杵月临栏。闺中力尽谁能惜，塞上功成谅不难。寄语滇南征戍客，迅将捷檄报长安。

任邱留别大姑

欲去更联袂，别离何太频。伤心行迈事，偏感绿窗人。梦隔岱云远，诗传池草春。明年官陌上，车马莫逡巡。

小楼晚眺

三年长作客，万里一登楼。林静鸦声晚，风高木叶秋。烟中迷远树，天际失归舟。回首东山道，凭栏忆旧游。

晚霁泛舟

雨过天如洗，轻舟棹晚烟。残虹收极浦，孤鹭起江田。碧树斜阳郭，清风落涨川。渐看秋月吐，秋思正无边。

闻报（是秋山左盗叛）

归路沧波满，秋风雁罢飞。不安黔首分，敢与圣朝违。鼓震妖星没，军严夜气威。天兵闻扼险，群盗尔何依。

又寄二姑慧贞

有客欲北行，殷殷凭寄语。附与一纸书，言赠我仙侣。潇潇雨洒江，漠漠云连屿。清景满目前，遥情转无主。记昔捣丹花，共向小窗贮。别来三载余，君爪长几许。

晚　泊

其一

潮水晚来急，停舟枫叶红。乱云生极浦，峭壁起层空。荒渚夜多雨，长林秋易风。谁家一声笛，吹落未归鸿。

其二

一棹点江天，寒波夕影残。征帆飞鸟外，乡思乱云边。叠嶂明秋色，疏林咽晚蝉。犹怜清夜月，千里向人圆。

红　梅

何日西辞阿母家，冰肌犹自带流霞。分明夜静寒香出，莫向深山认杏花。

晴川阁

高阁危栏耸碧云，临风凭眺楚疆分。洞庭白浪明秋色，梦泽丹枫映夕曛。六代才华同逝水，三分霸业访遗文。乡关何处今犹昔，鹦鹉洲边雁叫群。

水　仙

海上仙姿骨最清，黄冠应已悟前生。欲从淡泊消尘事，岂有秾华恋俗情。

高阁无人香静吐，潇湘有梦月初明。凌波池畔风微起，疑是灵妃鼓瑟声。

泛 舟

风萧萧兮日短，江浩浩兮扬波。见乾坤之浮动，哀日月之蹉跎。寒山突兀如招泊，枫叶纷纷向人落。渺矣轻舟且自娱，飘然欲续游仙作。

观熊舞

熊臂大如猿，熊势猛如虎。一朝羁庭下，低昂且拜舞。剪尾如畏人，乞食亦良苦。雄气安在哉，指挥供戏侮。人能役万物，兹焉信可睹。自昔记豢龙，区区宁足数。

战城南

紫骝嘶，旌旗晃，城南杀气连天上。沙场纷纷点甲兵，疲卒生死将军掌。万骑从戍几人归，白骨如山复辩谁。山头草木色惨淡，城上金鼓声凄悲。站站坠水乌鸢急，不肯回头望乡邑。丈夫志岂在封侯，但愿不见生民泣。

以梅花赠蕴山

瘦骨冰姿不染尘，堪同女士结芳邻。涛声绕遍三江路，疏影携来一片春。远梦依稀惊玉笛，明窗潇洒伴幽人。凭君彩笔供清兴，挥写寒香半幅新。

古 意

深谷有幽兰，猗猗吐奇光。不采以为佩，于兰庸何伤。物性能自洁，岂必为人香。君看桃李花，争夸时世妆。

苦雨和蕴山

惊风密雨催新句，知君笔阵挥云雾。尽日愁霖不复休，阴阴恐是蛟龙怒。登楼难认黄鹄山，当轩失却晴川树。紫燕湿翎飞复低，白鸥狎浪轻来去。大地空蒙云气中，九十春光等闲度。倚槛消愁兴未阑，万里空江烟景暮。

病中蕴山常以肴馔相馈有感

其一

同居苦暂离，远别亦云已。与子隔萧墙，恍如隔千里。我病常伏床，子忧亦隐几。柬字每相通，频烦遣爱婢。德义使人钦，况兼才调美。形神虽暂睽，謦咳尚密迩。

其二

花间赋新诗，月下弹素琴。笑语生清风，怀抱观古今。依依兰蕙交，之子情独深。相怜在同病，佳馔长馈临。非言贵微物，所贵见子心。忧来不能寐，感此泪沾襟。锺期与伯牙，千古为知音。

乳　燕

随母穿帘复度花，翩翩短羽向风斜。春晖欲报知何日，莫学深闺负白华。

游　仙

一心阅群动，扰扰何时穷。速如驹过隙，狂若絮随风。欲住不得住，劳攘亦归空。修士早闻道，辟谷访赤松。瑶池不在西，员峤不在东。无限逍遥地，止在灵台中。

独不见

一别燕山岁月久，绿窗之子交情厚。形影各滞天一涯，携手河梁君记否？咏絮池头日又曛，此时相忆不相闻。当年故是同枝萼，冀北荆南两地分。

赤　壁

削壁崔巍楚江曲，俯视江烟断复续。南连溪洞接乌蛮，西上帆樯通巴蜀。孟德当年智且雄，舳舻东下气凌空。宁知一炬成灰烬，三分霸业王江东。纷纷征战无时歇，铁锁沉江孙氏灭。怒浪犹疑鼙鼓声，山头惟见当时月。曹刘战垒归荒凉，坡仙两赋亦渺茫。惟有扁舟蓑笠叟，乌篷相对醉斜阳。

拟有所思

其一

春日暖，春草肥，寸心何以报春晖。陟岵陟屺，瞻望庭闱，白云渺矣，涕下沾衣。越天迢递三千里，正是临风倚户时。

其二

有所思，思立身，天地之性，莫贵乎人，之子同志，相勉日新。秋非我秋，春非我春，惟有德音能不已，纷纷过眼皆浮云。

（清）纪珏文撰《重刻近月亭诗稿附十三名媛诗草一卷》，
嘉庆十九年（1814）刻本

【唱和及寄赠】①

略。

【辑评】

恽珠《国朝闺秀正始续集》（卷六）：李汝瑛，直隶任邱人。员外中理女孙，诸生纪琛室。著有《金刚经注》及《诗钞》。

胡文楷《历代妇女著作考》：《金刚经注》，（清）李汝瑛撰，《撷芳集》《正始续集》著录（未见）。

《汝瑛诗钞》，同上。汝瑛字蕴华，直隶任丘人，工部员外李中理孙女，诸生纪琛妻。

霍 双

霍双，字秋贞。清代东光人，《国朝闺秀正始续集》著录。

【散见收录】

暮 春

东山下林影，西阁日光残。脉脉春风里，幽花生暮寒。

寒 食

人倚雕阑竹倚衣，女桑遥听子规啼。陌头杨柳休攀折，系住春光不许归。

徐世昌编《晚晴簃诗汇》，民国十七年（1928）退耕堂本

【辑评】

恽珠《国朝闺秀正始续集》（卷一）：霍双，字秋贞，直隶东光人。

---

① 纪昀文有《寄嫂氏韫华时归宁越中》（见本书第445页）、《秋风二章》（见本书第451页）、《胭脂山同韫华玩月》（见本书第464页）、《赠韫华》（见本书第468～469页）、《新筑小阁诗赠嫂氏韫华》（见本书第474页）、《哭嫂氏韫华》（见本书第475页）、《检韫华手录》（见本书第481页）共七首与韫华相关诗作。纪昀文嫂为李汝瑛，汝瑛字蕴华，与纪昀文诗中"韫华"当为同一人。

夏之蕙

夏之蕙，字楚香，清代献县人，《国朝闺秀正始续集》著录。

【散见收录】

新野题壁

其一

南阳已过近襄阳，两汉兴基事渺茫。只有美人故乡里，依然绿水护鸳鸯。

其二

宛转河滨好驻车，无人结网乐鱼虾。秋风黄到垂杨岸，处处金针发冷花。

（清）恽珠辑《国朝闺秀正始续集》，清道光十六年（1836）红香馆刻本

【辑评】

恽珠《国朝闺秀正始续集》（补遗）：夏之蕙，字楚香，直隶献县人。

张 辇

张辇，字梧卿，清同治光绪间南皮人。

【散见收录】

题 词

其一

闲情收拾入君诗，蕙质翩翩恨识迟。尽得元和新变体，吟哦萧飒似微之。

其二

由来诗思巧如春，裁剪烟霞字字新。文采风流凌道韫，才疏何敢步余尘。

其三

闺中学士擅才华，远寄邮筒逸兴赊。满纸琼瑶谁补缀，唱妍酬丽自君家。

其四

三生慧业未消除，佳句须烦柿叶书。闻说长安盛名士，纷纷竞道女相如。

（阙题）

其一

渺渺吴山入望遥，故交云散总魂消。自从携手河梁后，梦绕扬州念四桥。

其二

寂寥最是夜阑时，一卷离骚手自持。蓟北春来冰未泮，教侬频怨挂帆迟。

（清）汪清撰《求福居诗钞》，清光绪二十九年（1903）刻本

【唱和及寄赠】

寄怀张梧卿

汪　清

犹忆连床絮语亲，不堪回首隔香尘。每多况味离方觉，无恨交情别后真。云树凄迷劳怅望，雁声嘹唳倍驰神。知君生有梅花癖，珍重梅花当故人。

（清）汪清撰《求福居诗钞》，清光绪二十九年（1903）刻本

刘文嘉

刘文嘉（1861—1930），号古遗，沧州人。父刘肇均，母张氏，为张之洞妹。年十八归张之洞长子、光绪戊戌进士四品京堂张权。刘文嘉年十三即解吟咏，一生著述甚丰。著有《古遗诗钞》一卷，收诗一百六十首，起清同治十二年（1873），迄清宣统元年（1909）。

【整集收录】

序

　　古遗女兄性颖慧，年十三即解吟咏，追属天授，至老不倦。四十年来积诗约千余首，少作多描写风月，寄情草木。中岁更事既多，其境愈进，则不徒状风月草木已也。洎①乎国变以后，忧思感愤，一寓于诗，其旨深，其言微，读之顿增身世之感而不伤于时。盖又深契乎骚雅矣，洵可贵也。己酉夏，旅次燕都，女兄亦以事至自杭，其诗仍未厘订，乃谓之曰："此半生心血，何尚任其凌乱不整耶？"曰："我所作距诗尚远，不过借以消遣岁月耳，乌足存也？弟既爱之，其为我编之，夫我则不暇。"鉴敬受教，按年之先后而编次之，起癸酉，讫己酉秋，厘为八卷，共存若干首，即以晚年别号，颜之曰《古遗诗钞》，旬有八日而竣。余家自伯洵世父上溯祖曾祖皆能诗，惟余兄弟衣食奔走，未遑学问，窃引以为憾。深喜女兄之能嗣其遗响也。夫女兄不独长于诗，其德行尤足为世楷范。嗟嗟！辛亥而后，中原鼎沸，宗社为墟，圣可姊夫悯国祚之陵替，志首阳之清操，当世屡征，高卧不起。丙辰春，复卑辞厚币，聘女兄诲其家人，亦婉却之。能姊夫之所志，其识量之高远，操行之淡泊，有非寻常侪辈所能跂及者也。

　　己酉闰七月九日，从弟修鉴谨序。

永清刘用锟题词

　　文华一代付高人，醉竹香兰自有真。江管生花贻后觉，献陵毓秀证前因。回环庄诵钦遗稿，什袭收藏胜异珍。李杜未应夸擅美，大家续史是前身。

·《古遗诗钞》一卷·

蜀道杂咏七首

其一

　　漫说无家客，能轻万里游。露华滋别泪，风柳系离愁。马首虽西向，乡心自北留。乱山残照里，前路正悠悠。

其二

　　旅枕惊寒梦乍醒，卧闻马铎认檐铃。伴人剩有闺中月，犹为依依照驿庭。

---

　　① 钞本为"泊"，语义不通，疑当为"洎"。

其三

月转孤城欲四更，一车砺碌绕山行。何人夜唱伊凉曲，客子偏伤故国情。

其四

一声哀雁客心惊，触耳徒增逆旅情。此际销魂人不见，灞陵桥上月三更。

其五

虚壑银云冻不流，严风吹雪上重裘。锦城屈指犹天末，才见崎岖莫便愁。

其六

鸟道盘纡几滞留，今宵风雪宿商州。滴残乡泪千山里，不待溪声为送愁。

其七

无人折杨柳，独客益堪悲。日近巴陵道，心心怯子规。

早发新都

初日无光略辨途，半溪烟柳白模糊。升沉有定无劳问，空过君平卖卜庐。

闻子规有感

帘外春雨微，花底杜鹃飞。莫对无家客，声声只劝归。

九　日

多病懒登台，黄花莫再开。客愁如落叶，扫尽又飞来。

祀灶戏占

火铄烟熏苦不支，一盘饧又送行时。自家苦恼无从说，肯与闲人说是非。

春　雨

东风又绿柳梢头，漠漠轻阴罨画楼。花外子规啼不住，一庭微雨酿春愁。

与鄂华表妹夜谈感赋

黄莺求友尚嘤鸣，琴遇知音盖自倾。敢与左芬同赋茗，深惭伏女独传经。栖迟仿佛梁间燕，身世悲凉曙后星。那更从人说幽恨，与君竟夕话平生。

检先人遗著感赋

百年心事付云烟，检点遗篇涕泗涟。王在楼中惟自秘，星孤曙后更谁怜。中郎有女难名世，伯道无儿欲问天。辽海西风应恸哭，空山午夜听啼鹃。

清明有感

每逢令节独凄然，故园何人扫墓田。万里纸钱飞不到，只应蝴蝶舞荒阡。

舅氏命题弃园十咏与鄂华表妹同作

其一

槛外新滋九畹兰，葳蕤长叶拂琼栏。十年前识春风面，曾向湘皋月下看。
（蕙畹）

其二

紫云香重绿云深，曲榭清华耐醉吟。昨夜谢庭陪内集，春明胜景说藤阴。
（藤花榭）

其三

小斋新筑象浮槎，万卷图书四壁花。皓月一庭凉似水，教人误说米颠家。
（书画舫）

其四

紫薇花发小斋东，碎锦攒成万点红。应似玉堂清夜值，帘纹如水月如弓。
（紫云精舍）

其五

空庭废圃久荒凉，今得幽人甃石塘。荷盖临风覆圆影，一天清露白莲香。
（石塘）

其六

金粟飘香拂玉栏，小廊回合月团圞。分明蟾窟高寒象，莫作陈宫璧月看。
（印月廊）

其七

百尺高梧翠接天，清阴满院护苔钱。西风一夕潇潇雨，写入青琴尽日弹。
（听秋院）

其八

夹道篔筜曲径通，森森浓翠拂东风。朝来会见泥中笋，一夜春雷尽化龙。
（竹径）

其九

几曲疏篱满径苔，新秋早桂数枝开。天香自是蟾宫种，谁向常仪乞取来。
（天香篱）

其十

小巧茅亭号踞觚，东邻芸阁北邻厨。不须艳说康成婢，爨下雏鬟解读书。
（踞觚亭）

游浣花溪谒杜公祠

浣花溪水碧潺潺，背郭堂深万竹环。青简遗文悲往事，锦城故址喜追攀。千秋信史诗篇在，一代鸿才遇合悭。今日开花拜遗象，尚疑忧国带愁颜。

游二仙庵二首

其一

林杪斜阳霁色开，四山环翠拥楼台。庭阴雨过微风起，尽送花香入座来。

其二

虚窗面面受山光，花气缤纷竞送香。偶向碧阑干下立，绿阴空翠点衣裳。

游赵顺平侯洗马池（集唐句）

蒹葭杨柳似汀洲，风物凄凄宿雨收。人事几回伤往事，白云犹似汉时秋。

九　日

斜阳影里一登楼，风物苍苍蔓草秋。闲把茱萸不成醉，卷帘坐对菊花愁。

病中除夕

爆竹声中意独惊，凄然伏枕百忧并。频年客思萦乡梦，终岁生涯伴药铛。无可语人惟涕泪，敢云误我是聪明。幽闺寂寞寒如水，多恐东风亦世情。

守岁与鄂华妹同作

画烛烧完欲曙天，玉楼花底擘红笺。物华暗送晨钟转，客里风光又一年。

丙子元日同鄂华妹作

红炉银镯照明妆，献岁辛盘柏子香。绿酒殷勤能醉客，壶中何地是家乡。

弃园早春同鄂华妹作呈舅氏

过了烧灯日渐长，物华潜转绿微茫。满庭积雪融犹冷，一坞梅花落尚香。鱼乐春波游水沼，燕寻故垒到金堂。东风昨夜寒如翦，裁出垂杨几缕黄。

登　楼

远山叠翠雨初收，四面湘帘上玉钩。故国斜阳烟树外，也如王粲赋登楼。

雨　窗

卧听潇潇雨，频令百感生。一灯依瘦影，万木变秋声。乡思怜归雁，酸吟答夜猱。江关摇落恨，不独庾兰亭。

送别鄂华表妹四首

其一

别酒盈樽饮莫辞，消愁无计且论诗。那堪把袂西窗夜，又值潇潇苦雨时。

其二

万里桥边柳色黄，暮云秋水太凄凉。樽前莫唱阳关曲，听到滩声已断肠。

其三

张翰扁舟不可留，河梁携手恨悠悠。怪他万里桥头水，不为离人咽不留。

其四

江上归舟欲放舻，依依把袂夕阳汀。更愁酒醒蓬窗底，两岸猿声君独听。

游华山麓玉泉道院

百尺长松护石扉，半钩山月照苔衣。凭谁唤起希夷睡，为向劳人说息机。

重过旧居有感四首

其一

景物依稀未尽更，乌衣门巷怕重行。东风不管人惆怅，偏送秋千笑语声。

其二

莳花小圃旧雕栏，门外天涯欲见难。只有过墙红杏色，尚容车里隔帘看。

其三

暂向墙阴驻画轮，绿杨还似昔年春。守花黄耳休相吠，侬是当时旧主人。

其四

经过那得不神伤，花径红栏梦未忘。何必麻姑见东海，才知人世有沧桑。

闻 雁

户外明河迥，帘前落叶深。一声天末雁，唤起感秋心。

奉怀温月波表妹

忆否春风伴绛纱，曾容倚玉似兼葭。午窗共涤琉璃砚，晨镜分簪茉莉花。两地相思劳梦境，三年消息隔天涯。心情仿佛梁间燕，故垒常怀道韫家。

读开元天宝遗事

雨霖铃夜泪沾巾，南内凄凉置此身。汾水秋风惟有雁，骊山明月更无人。宫中七夕盟空负，海上三山语未真。寂寞楼东曾不顾，马嵬何事独伤神。

题李易安酴醾春尽图

东风多事误娉婷，蹙损眉弯两点青。莫怪乱红飞不定，可知身世也飘零。

哭鄂华二妹四首

其一

当年形影日依依，惜别常愁见面稀。岂料竟成千古恨，那能白首得同归。

其二

白杨萧瑟正飞霜，地下悲秋也断肠。埋玉青山何限恨，九原谁与话凄凉。

其三

银河平地起风波，一现昙花赴刹那。却叹才人真福薄，玉台无分见青娥。

其四

浮生如梦等尘沙，黄土青山万古家。他日鹿车人共返，与君营墓拜梅花。

听 雨

灯尽欲三更，愁吟睡未成。芭蕉窗下雨，着意作秋声。

寄怀月波表妹六首

其一

迢递关河几度秋，一缄手札未尝修。伶俜雁翼无多力，只恐难将万斛愁。

其二

伯劳飞燕各天涯，陈梦如烟记未差。忆否红闺诸女伴，灯下同持凤仙花。

其三

记逢时节届朱明，翦彩攒花角技能。互向钗头观巧制，虾蟆如豆虎如蝇。

其四

谁云秋气最凄清，每到秋来笑语生。齐把金盆陈小案，争看蟋蟀斗输赢。

其五

沉沉更析夜初长，转忆寒宵旧对床。为爱梅花同不睡，挑灯闲说蔡中郎。

其六

楼上凭临落日斜，江鳞消息怅天涯。鹦鹉不识人情绪，为说新开姊妹花。

珠江竹枝词四首

其一

旧年不空近消闲，许得观音愿未还。检出雨遮同木屐，会头去拜白云山。

其二

峨峨高髻挽英雄，细嚼槟榔醉颊红。姊妹相邀同乞巧，凤仙花好供当中。

其三

竞渡龙舟一水香，灵符遍贴过端阳。荔支熟透荷花好，多少游人上半塘。

其四

歌舞冈头路已芜，素馨斜外草平铺。刘王往事随流水，惟有东风啼鹧鸪。

登镇海楼四首

其一

登楼极目旧山河，千古兴亡几逝波。明月当头笔在手，不妨痛饮且长歌。

其二

声声啼鸟唤春风，碧海微茫接远空。最爱晚晴斜照里，桄榔浓绿木棉红。

其三

鲸波无际暮云平，徙倚层楼对明月。独凭危栏吹铁笛，夜寒应有老龙听。

其四

无边雪浪接长空，谁问当年陆贾功。霸业销沉歌舞散，暮笳声里夕阳红。

航海二首

其一

浮沉身世浪花中，尘思翛然似御风。数点苍烟分岛屿，一声长笛醒蛟龙。方壶圆峤仙踪杳，徐市虬髯事业空。万劫不磨惟此月，团圞升向海云东。

其二

果然身世等浮鸥，直欲乘槎犯斗牛。天水难分深浅碧，风波不尽古今愁。成连一曲谁能继，秦帝三山未可求。俯仰乾坤还独笑，晴霞几缕艳中流。

秋　阴

独步闲庭院，清寒入袂罗。虫声喧暗壁，云影障明河。风劲丹枫落，霜浓碧藓多。谁家砧杵急，午夜答悲歌。

秋　夜

昨夜西风急，萧萧雁阵过。凉痕生碧沼，秋意入庭柯。菡萏消红粉，垂杨老翠蛾。良宵清不寐，倚立望明河。

喜官军克复谅山四首

其一

捷书忽报复重关，遮道壶浆乐凯还。岂待三年征鬼国，只凭一战定天山。威声早已吞骄虏，恩诏旋看赉蠢蛮。矜伐勋劳非圣法，不留铜柱镇荒阛。

其二

乍看节钺出南雄，旋见红旗报帝宫。入蔡未须风雪里，复关只在笑谈中。小邦蛮貊惟怀土，大树将军耻计功（冯军门子材统师出关）。最是圣朝柔远意，不教一径取黄龙。

其三

熙朝天与出材雄，鸾鹭振振尽效忠。冯异宜劳专阃外，萧何筹策寄关中。扬威寰海无双士，图像云台第一功。昭代典仪过汉制，登筵不用叔孙通。

其四

帝泽如天遍迩遐，勋劳虽大不矜夸。圣心直欲齐三代，虏意犹难便一家。自笑杞人忧社稷，欣闻边土种桑麻。时清但作投壶饮，莫向青门学种瓜。

白梅一株，生近厕侧，花时使人怅然。今岁造屋，污秽尽清，为花一快。而西向一枝，有碍檐角，为工匠伐去。此亦有幸有不幸耳，因缀一绝以志感

尽清浊秽现琼姿，可惜寒香弃一枝。比似长沙迁贾谊，独怜憔悴圣明时。

游仙十二首

其一

招得群真汗漫游，厌乘白凤与青虬。爱他弱水平如镜，同泛莲花一叶舟。

其二

月地云阶启绛扉，姮娥曾不秘珠玑。琅函捧出霓裳谱，节奏分明授玉妃。

其三

手把芙蓉下玉京，关心最是许飞琼。露桃花底殷勤嘱，莫向人间说姓名。

其四

敕下瑶池五凤飞，璇宫催理七襄机。要成霞锦三千匹，赐与云英作嫁衣。

其五

持家金母耐凡嚣，北斗南箕事太劳。玄圃年来严锁钥，不教曼倩窃蟠桃。

其六

底事迟徊闭七襄，盈盈一水永相望。夫耕妇织无余获，十万天钱不易偿。

519

其七

玉阙巍峨启九重，谁教黄犬卧当中。张仙挟弹休轻发，变相由来是毒龙。

其八

万顷琼田郁紫霞，相将正好种胡麻。刘郎再到尘缘尽，安卧天台不忆家。

其九

孰肯陈词奏玉皇，神仙底事忒闲忙。璇宫岁岁明霞锦，裁作天魔舞袖长。

其十

饱挹流霞学醉颠，凭他道侣笑顽仙。胡卢携得三山药，施遍人间不卖钱。

其十一

游到蓬山月正中，惊涛无际卷长风。乘鸾恰值殷仙过，戏幻莲花万顷红。

其十二

麻姑昨夜降瑶天，捧出天书墨未干。道是玉皇亲手诏，要看东海变桑田。

民女金姓，年廿余，姿首明艳，而所天不淑，遭其凌虐以死，约诸同人为诗以悼之二首

其一

絮果兰因事事差，萋萋芳草怨天涯。夭桃一树浑无主，信是东风薄命花。

其二

无端鸩鸟为求凤，哭向穷泉怨阿娘。月黛烟鬟人似玉，不教十五嫁王昌。

谒三君祠

三君祠外啼鹧鸪，三君祠前路盘纡。妇孺瞻仰长官拜，三君者谁虞韩苏。昔日天涯叹沦落，天遣先生为木铎。不教庙廊展经纶，却向蛮荒兴礼乐。党祸无人鉴覆车，石工姓字不忍书。汉庭指佞无屈轶，海外尊贤有鳄鱼。致君尧舜古难必，蛾眉谣诼偏多嫉。百年荣瘁总成尘，千古浮云能蔽日。当时行迹没苔钱，此日崇台锁暮烟。应羡山堂阮太傅，圣朝际遇胜前贤。

张贞女吟

清河有静女，绰约似桃李。世系出簪缨，生小闻诗礼。刲臂疗阿母，至性人莫比。媒妁致冰言，许昏冯氏子。昊天胡不吊，冯氏运倾否。悲风生堂上，椿萱并凋萎。冯君亦至孝，灭性日哀毁。一朝玉楼诏，修文人遂死。女闻噩耗传，入房脱簪珥。上堂告父母，儿心古井水。缞绖入冯门，哀恸动邻里。路人为酸辛，邑人为罢市。大节凛冰霜，高风感桑梓。为之卜牛眠，三

棺免尘滓。为之继螟蛉，一门承祭祀。为之葺茅屋，暂可托栖止。为之积斗粟，暂免呼庚癸。女志既已酬，生计赖十指。荼苦甘如饴，九死志不徙。我翁时镇粤，兼摄抚粤使。旌扬达枫宸，天书诏闾里。我初闻之悲，继也为之喜。节署与贞庐，两屋相栉比。斯人难晤对，长吟仲景止。

过汨罗江吊屈原

念昔八九月，放舟荆楚游。四山阴云合，两岸哀猿愁。云是汨罗江，江水鸣咽流。言念古屈原，被放怀百忧。行吟江泽畔，感君实无犹。君恩似此水，既去不可留。寸心日千结，乃向此水投。嗟嗟怀沙志，岂欲传千秋。后人勿凭吊，为增其君尤。

贺佛卿十妹梧卿十二妹新居

醉月评花兴不乖，诗人清福住幽斋。应容紫燕依罗幕，肯放红尘到玉阶。珠箔银屏新位置，牙签缃帙细安排。更宜添种忘忧草，好奉慈萱乐老怀。

贺莱卿十三妹新居二首

其一

香凝小阁俗氛无，坐拥琴书兴不孤。线帖针箱频检点，肯教妨却绣工夫。

其二

盈架缥缃玳瑁函，频添芸草护书龛。窗明几净无余事，正好薰香送二南。

登冠冕楼

凌云楼阁贮缥缃，四壁图书溢古香。槛外荷花千万朵，一花一叶尽甘棠。

钓 台

冉冉红蕖印绿波，斜风细雨湿青蓑。不知石上垂纶叟，可是神仙张志和。

谒岭学祠

芭蕉添绿上帘栊，一院莓苔衬落红。岭学诸公祠庙在，瓣香亲奉拜花中。

谒濂溪先生祠

小桥流水漾晴霞，曲榭回环一径斜。为是先生祠庙地，银塘十亩种莲花。

大雪送式三弟沙市归省用坡公郑州西门别子由韵

别酒欲倾愁兀兀，客子听鸡待明发。陟屺无辞行路难，莫使倚闾悲寂寞。

咫尺天涯言笑隔，行迹旋看雪花没。严冬于役愁衣薄，舟楫马蹄销岁月。行人嗟叹农人乐，雨雪载途寒恻恻。从来志士耻温饱，居无求安尔毋忽。起登高阁望归人，人去江空景萧瑟。莫因别去惨离愁，色笑娱亲供子职。

见韵婉弟妇致钝成仲弟书因为长句戏赠

两幅红笺扑手霞，珍珠密字报秦嘉。机中锦是心头锦，笔上花争脸际花。颇怪酒人常酩酊，从来闺秀出琅琊。刘郎再到天台日，同种胡麻好作家。

对　雪

雪窗对松竹，倏然心目清。玉宇与琼楼，化工顷刻成。老梅初着花，霜菊余金英。寒威入重帘，积素明闲庭。有生如此雪，宇宙暂寄形。奈何世间人，蛮触长斗争。哀鸿遍郊野，沟壑偷余生。健儿数十万，铁甲寒于冰。孰能挽银河，为之洗甲兵。

钝成仲弟新婚集唐人句以贺之二首

其一

寒鬟钗斜玉燕光（李贺），六朝宫样窄衣裳（韩偓）。郎君下笔惊鹦鹉（李商隐），帝子吹箫逐凤凰（白居易）。紫阁丹楼纷照耀（王勃），罗帏翠被郁金香（卢照邻）。双杯行酒六亲喜（王建），笑倚东窗白玉床（李白）。

其二

宫样轻衫淡淡黄（王涯），细环轻佩响丁当（唐曹）。良人为渍木瓜粉（段成式），侍婢先焚百合香（权德舆）。蜡照半笼金翡翠（李商隐），罗裾宜着绣鸳鸯（张孝标）。水晶帘动微风起（高骈），双宿双飞绕画梁（卢照邻）。

寒夜独酌适得式三弟书走笔代简

弟函昨夜至，询我近何如。每借嵇康懒，聊全柳子愚。消寒一杯酒，遣闷数行书。卒岁能无恙，题诗寄索居。

板桥垂钓

红桥几曲照湖明，十顷琉璃镜样平。香饵不施竿在手，悠然物我两忘情。

村居大雪

雪拥柴门未扫除，朝来更值爨烟虚。且拈冻管亲冰砚，学写平原乞米书。

知　命

明年五十二，太岁在壬子。尝闻星家言，吾年止于此。人生如朝露，早睎亦常理。儿女各长成，向平愿粗已。先为同牢人，入穴驱蝼蚁。奉匜侍舅姑，次媳具甘旨。长男赍志殁，恨不如汪锜。小姑最同心，情话石投水。我生即鲜民，望云陟岵屺。先陇亦非遥，归宁无百里。重泉聚骨肉，乐事从兹始。其言若不雠，幸存亦可喜。余生皆傥来，此身即敝屣。春草满阶除，春花艳红紫。夏木择榆槐，秋圃莳菊杞。冬雪掩关坐，万树梅花里。眼前有生意，一一出琴指。偕老歌负戴，归来乐耘耔。鸡鹜足稻粱，儿孙抱经史。行乐贵及时，上寿百年耳。贤愚总一邱，知命静以俟。

早春喜雨

墙头柳色见微黄，门外清溪碧玉光。已觉东风到穷巷，一畦春雨野蔬香。

弹　琴

良夜调素琴，弦和指复柔。一弹声泠泠，再鼓心悠悠。缓若片云停，急如三峡流。雍雍和鸣雁，泛泛不系舟。松风起深谷，修篁响清秋。飘然凌云思，恍挟飞仙游。聊以自怡悦，何必知音求。信哉欧公言，可以瘳幽忧。

初夏即事

闲与乡娃共治麻，茅檐晴日响缲车。忽惊篱角如堆锦，新绽几丛君子花。

落　花

天涯芳草绿初匀，肠断庄周醒后身。寂寂小园空有恨，茫茫大块竟无春。斜阳细雨过三月，浅白长红隔一尘。紫玉成烟丽华死，三生何处问前因。

漫　兴

人海风波无定时，沧桑过眼几更移。忏除结习花难著，脱尽眉毫句未奇。养得幽兰胜娇女，长亲书卷对严师。青镫尚有儿时乐，竟夜长吟子美诗。

江岸步月

信步微吟度浅莎，夜深形影独婆娑。天高云让团团月，江净秋生渺渺波。千古兴亡蕉下梦，百年哀乐隙中过。不复更为湘娥吊，孔跖同归一刹那。

孤竹堂读魏果敏公诗（堂在卢龙县境）

昨登孤竹堂，得观魏公诗。肃然再拜读，向住兴遥思。公诗若元气，能入人肝脾。丹诚所团结，挥洒何淋漓。从来忠直士，最难逢主知。公生当圣代，鱼水遇合奇。宜其独对日，感激涕泗垂。悠悠三百载，仿仿见须眉。空堂剩遗墨，鬼神为护持。羡此苍髯翁，亲见留题时。（堂前后三松皆千年物。）

哀双烈女三首

其一

浩气能令贼胆寒，可怜慈竹泪阑干。他年写入华阳志，巾帼于今有二南。

其二

茫茫天道果难知，弱女争禁巨猾欺。事急从容拚一死，重泉有路可肩随。

其三

铁铸风波患已成，相期坚白了平生。丰碑绝妙中郎字，不数苔华刻玉名。

双烈女吟

女贞树高风不折，上有津桥杜鹃血。居人指点路人叹，下马秋坟吊双烈。生不逢辰万事差，青泥那得污莲花。一家姊妹同日死，仁人志士长咨嗟。阿父黄泉喜相见，慈母泪如手中线。愿化干将与莫邪，贼头生研光横练。空林月暗花冥冥，秋江鼓瑟招湘灵。澧兰沅芷同芳馨，魂兮仙去云为軿。海枯石烂事或有，大节千秋照汗青。

述怀（谨按此即却项城聘后之作鉴注）

人生露电本如寄，我生不辰百忧萃。幼遭家难曙星孤，今值时危天帝醉。牵萝且饮在山泉，摩云不羡排风翅。耕馌相随未有田，负戴赓歌自行意。但诵叠山却聘书，那管长信昭阳事。

捡书得见赠诗吟讽久之书此却寄（谨按捡书湖上两首及女兄寓杭时寄韵婉弟妇作鉴注）

谢家秀句最清真，秋水芙蕖不受尘。寄我粉笺浑忘却，一番展看一番新。

湖上梅花盛开苦吟不就寄题索句当有佳篇也

暗香疏影澹丰神，绿萼丹砂竞早春。我老砚枯无好句，封题遥嘱咏花人。

哭长女南华（厚庄）四首

其一

重闱慈爱婿温良，自汝于归我愿偿。致病多缘殇两子，远来赢得一声娘。（闻女病来自杭次日即逝，仅伴一面。）

其二

泉下如闻哭女声，悔因殇子遽伤生。诸婴自有重堂爱，莫再萦怀儿女情。

其三

空房寂寂黯生埃，蛛网凝尘掩镜台。魂魄有知应念我，月明环佩好归来。

其四

一生一死见情真，我佛曾云莫造因。何似任儿鸦角老，免教遗袿感安仁。

再哭厚庄女二首

其一

十年为妇幸无尤，人去春归事事休（女于四月六日逝，立夏仅二日）。夫婿才多名可附，尊嫜恩重若为酬。胆瓶香断花全谢，缃帙尘封卷未收。仲嫂长兄如聚首，相将地下说离忧。

其二

鬼伯相催为底忙，片言决别太仓皇。犹能强笑宽予意，惟恐衰年为汝伤。玉燕徒占双梦吉，哀猿竟断九回肠。一棺萧寺空房掩，月照虚廊满地霜。

题叔母唐太宜人画册家书

念昔我祖守黔地，至今黔民诵廉吏。叔父随侍舞勺年，能赋高轩有奇志。忠孝门楣遵义唐，金闺有女称贤良。刲臂和药疗母疾，敦诗悦礼工篇章。硕儒郑（遵义郑珍）莫（独山莫友芝）两夫子，两家绛帐传经史。殷勤执斧致冰言，门墙桃李偕连理。镜台聘定始经年，昌谷呕血竟不起。叔母笄年屏罗绮，断发毁容甘九死。朝朝零泪缘系缨，环瑱永撤北宫婴。未容寡鹄归鸳家，长傍灵萱植女贞。三十余年如一日，后有承桃心事毕。晚年妙理悟南华，皎洁冰纨工点笔。丹青画本摹滕王，蛱蝶图成超谢逸。孤飞雌凤甫将雏，遽控鸾骖返太虚。数纸家书明夙志，行间犹见泪凝珠。柏舟诗赋无遗稿，此扇此图独完好。片羽吉光幸尚存，栩栩如生集芳草。八千里外韩凭墓，双飞影见交枝树。遥忆松楸涕泗挥，都梁手蓺纪遗徽。子孙百世藏宗祐，彤管常增家乘辉。

回乡杂事五首

其一

白头兄嫂尚相庄，欢喜呼儿具酒浆。生计艰难怜弱弟，同垂老泪两三行。

其二

十载重游旧草堂，更堪人事换沧桑。白头阿嫂欢无限，握手先惊两鬓霜。

其三

贫居井臼费操持，儒雅偏多唱和词。钟郝家风盛文彩，连宵刻烛细论诗。

其四

垂髫娇女最温良，管髻荆钗不作妆。偷得余闲诵闺训，天吴紫凤补衣裳。

其五

村边日夕下牛羊，孺子移镫夜课忙。执卷殷勤频问字，吾家大胜魏公庄。

谒墓二首

其一

丰碑剥蚀长莓苔，麦饭椒浆谒墓台。瞻恋松楸不能去，此生更得几回来。

其二

尝闻叔母伤心语，薄粥寒浆亦觉甘。蜑雨蛮烟八千里，纸灰飞不到黔南。

见子江兄遗墨

末世人情薄，吾兄道谊尊。贤推乡祭酒，节比宋遗民。家室贫能乐，图书老益亲。屏间存手翰，相对一沾巾。

留别滇溪二嫂

十年一相见，垂老别尤难。欲去频回首，含啼强作欢。殷殷期后会，切切劝加餐。执手柴门外，丁宁慎晚寒。

赠族媛福珏兼以解月川侄意

其一

冰雪聪明迥出尘，翠眉玉颊好丰神。丹山雏凤期鸣世，姑射仙姝证化身。

其二

名重禁林唐学士，图开笔阵卫夫人。须知生女休悲怨，如意珠能胜石麟。

归途车中口占寄滇溪二嫂

马足车轮印浅沙，出门半日即天涯。思君预订明年约，携手村南看杏花。

中秋感事十首

其一

皎洁清辉遍大千，迢迢天汉共婵娟。琼楼玉宇寒如许，幽独嫦娥只自怜。

其二

闲阶独步影随身，怅望长空月满轮。秋水蒹葭霜露冷，美人千里隔音尘。

其三

良宵侍馂午桥庄，天上琼楼近可望。此夜悲笳明月里，前尘历历不能忘。

其四

闻说江南剧可哀，乌鸢遍野啄残骸。月临废垒无人迹，新鬼烦冤哭草莱。

其五

碧海青天月一丸，枕戈谁向战场看。空闺时有刀环梦，野死征人骨未寒。

其六

鹡鸰原上点秋霜，旅雁分飞逐稻粱。今夜月明千里共，怀人五处对清光。

其七

轻舠夜泛碧琉璃，犹忆湖楼就养时。此夕西泠桥畔月，也应流照白公祠。

其八

中庭蹀躞一凄然，覆掌珠沉已数年。想得西溪霜月苦，长眠或恐未成眠。

其九

南飞乌鹊未安栖，令节无端听鼓鼙。感逝伤离何限意，行吟不觉玉轮低。

其十

皎皎秋空孤月轮，茫茫大地莽烟尘。仙源松下房栊静，欲棹渔舟径问津。

故宫四首

其一

宫柳苑花雨雪凋，彤庭丹陛莽萧萧。平明金殿无人扫，惟有寒鸦早晚朝。

其二

寥落空宫月欲低，门横金锁草萋萋。凤皇只似闲乌鹊，绕遍寒林未敢栖。

其三

荆棘丛生百子池，蟏蛸网结万年枝。夜深一片荒凉月，照见铜仙堕泪时。

其四

御榻凝尘金殿寒，雪深辇路罢鸣銮。陇山剩有白鹦鹉，犹向行人问上安。

己巳元旦试笔戏占

井华饮罢意怡然，元旦清和物候妍。戏共诸孙写春帖，吉羊文字满红笺。

春 寒

闲庭积素净无尘，敝垢羊裘未去身。九十韶华将过半，不知大地有阳春。

满庭芳·感瑜瑨二太妃事

徐惠陈疏，左芬献颂，二南雅化温柔。桂宫椒殿，彤管粲银钩。一旦虞渊日落，苍梧暗、龙驭难留。分金镜，孤鸾寡凤，湘竹泪痕稠。

沧桑。更眼底，黍离麦秀，王气全收，化冤禽，衔石此恨无休。肯似签名降表，龙沙路、翟茀蒙羞。漫漫夜，杜鹃啼血，梦绕凤凰楼。

谨按：古遗女兄诗，己酉秋，余曾序而归之。旋即就食浙中，匆促之间，未暇留副。以为暂相离也，终有合时，取之当可如意。讵意竟成永诀！兹索遗稿，闻经其孙携之南游，卒不可得。搜诸行箧，仅得曩所唱和寄示者百余首。虽非精华，较之率尔操觚者所可同日而语也。敬编集中，庶不辜其一生之苦吟。

戊寅夏历冬十二月，从弟修鉴敬志。

（清）刘文嘉著《古遗诗钞》，清代钞本

刘芸阶

刘芸阶（1863—1888），字仙洲，号铁真，又名素萼，清代直隶任丘人。著有《妙香阁遗稿》。

【整集收录】

李鸿藻序

庚寅夏，予于公暇，辄读纲鉴一二页，以为消夏计，殆犹东坡之以汉书下酒也。适在偃卧时，有款关者，乃康绳武茂才，持《妙香阁遗稿》属为作叙。阅之，知其人乃刘芸阶女史，丁卯解元刘业亭之女公子也。卒于戊子岁九月望日，年二十五。噫！诗以言志，文以立言。是编诗虽游戏题，亦必寓箴劝之意，其性之贞也可知。文则禀经酌雅，不落时趋，其人之正也又可知。持此以求之士林，尚恐不易，而不意竟于巾帼中得之。惜天不假年以终其业，只留此区区者，聊以见其性之贞、人之正，亦可悲矣！予虽笔墨久荒，而有此可敬可传之事，亦乐缀数语于简首，以为后世风云。

序

云龙仲弟鼎，丁卯举于乡。同年生刘业亭，居顺天榜首，而光绪二十年前未面也。既见之明年，出其第四女妙香阁遗稿五卷，属云龙叙。按女名云阶，字仙洲，小字素萼，铁真其号也，任邱人。八岁籀四子书，年十三通五经，自是旁通子史。工诗文，无巾帼气，能谈五大洲事。时与其父纵论治乱所由，视墨守高头讲章之丈夫子何如耶？依亲以终，孝可知已，是即学所从来也。是编卷一杂体诗，卷二古义，卷三赋，卷四文外编时艺，卷五诗外编试帖。即此区区数卷，其德之纯，学之粹，概可见已。惟赋年不永，惜哉！

时光绪二十一年冬十一月既望，德清傅云龙叙于学自强不息斋。

·《妙香阁遗稿》卷一上·

剥枣（甲戌十一岁）

小院人声怒，力撼珊瑚树。满地滚丹球，打落苍苔露。

玉簪花

玉蒂含清露，花开一院秋。可怜簪不得，侬尚未梳头。

蛙 鼓

黄梅时节雨纷纷，水国蛙鸣乱夕曛。昨夜龙宫新教战，鼓声直促鹳鹅军。

春 雨

喜得连朝雨，夭桃欲发时。似嫌春色淡，处处点胭脂。

蜻 蜓

绣罢出妆楼，蜻蜓满院游。似怜人妩媚，飞上玉搔头。

薛灵芸

忍痛别双亲，啼痕晕倍真。后宫师事否，千古此针神。

木兰花

替父从军者，千秋只木兰。香魂贞不灭，化作好花看。

梅 花

东君昨夜岭头回，一点春痕着早梅。不是冲寒矜吐艳，此花原是百花魁。

美 人

其一

珊珊秀在骨，清绝琼瑶树。不敢倚阑干，恐惹花儿妒。

其二

态度自幽闲，蛾眉淡远山。较量肥与瘦，环燕二妃间。

秋 桑

飘零莫怨马头娘，无限空枝覆短墙。衣被万方清愿足，任他载绩咏元黄。

咏 菊

三春资灌溉，九月傲冰霜。未到重阳日，谁知晚节香。

菊 花

此花开后更无花，载酒东篱兴倍赊。自是清芬堪入赏，爱伊原不独陶家。

小斋雨后（乙亥）

数椽书室小于舟，雨过凉生景物幽。花树含香蕉漾绿，雕阑一曲上蜗牛。

新 秋

一枕新凉乍入秋，碧天无际望中收。晚来一席全家卧，阿母闲教拜女牛。

菊 婢

西风料峭卷帘时，意态娇娆强自支。最是新霜天气冷，忍教扶影上东篱。

浇 花

小园日暮独徘徊，唤得儿童汲水来。闲里工夫人不惜，更分余润到苍苔。

乳 燕

夕阳残影小楼衔，乳燕新披紫领衫。满院峭风飞不得，碧桃花下学呢喃。

采 莲

裙如莲叶面如花，画舫帘开笑语哗。相遇不须凭问讯，胭脂水是阿侬家。

题 画

青山绿树匝溪流，一叶轻舠出荻洲。雨过潮平明月上，老渔独钓五湖秋。

昭君墓

一曲琵琶万古愁，月明非复汉宫秋。都将朔漠无穷恨，化作青青土一邱。

垂　钓

碧荷飐飐浪生迟，一丈风丝傍晚垂。爱向画图浓处坐，绿蓑青箬未扫时。

小斋红蓼

小斋浑入画图中，半壁斜阳映蓼红。疏似山榴初着雨，艳如绛树不禁风。诗情摇荡台阶冷，庭院清凉水国同。浊酒一杯花下醉，狂歌也欲傲渔翁。

秋　燕

浩荡风云万里秋，何人神怆夕阳楼。临行订下归来约，梁上香巢为汝留。

乞　巧

瓜果陈来薄暮天，相将乞巧绮楼前。可怜小女情痴甚，也把花针对月穿。

簪　花

侬家别自有丰神，风送花香一院春。随意摘来随意插，不将宜称问旁人。

烹　茶

红尘不到竹林深，风动茶烟篆不真。自汲清泉还自煮，才知世上有闲人。

雪中即景

冻云连朔北，寒絮扑篱东。阶砌全铺白，阑干乍掩红。天开银世界，山拥玉屏风。翘首蓝关路，程程入画中。

谒城怀古

人世几代谢，荒城自终古。不见谒王宫，萧萧遍禾黍。纤月耿不明，潜狐夜深语。动我怀古情，秋虫助凄楚。

秋　草

霜风凛凛卷荒芦，流水斜阳景色殊。塞外烟光俱冷淡，窗前踪迹已模糊。销他南浦春前恨，瘦我西塘梦里躯。寄语王孙莫惆怅，明年依旧绿平燕。

口　占

密密松林得月迟，青苔独坐苦吟时。多情却恨姮娥懒，不伴侬家夜赋诗。

春日即景

黑云敛去白云浮，一片轻阴护小楼。桃李含娇杨柳媚，故将春色惹离愁。

水仙花

勺水拳山处，飞来世外仙。湘娥新格调，汉女旧因缘。对月浑无影，凌波欲化烟。拈花逢鹿女，一笑更嫣然。

题慈恩寺浮图

万古慈恩寺，浮图此最高。乾坤留胜概，我辈足游遨。绝顶栖仙鹤，灵基托巨鳌。皇州何处辨，杜老是诗豪。

听 鹂

柳密不知处，交交时作声。风吹音断续，烟锁树纵横。能使尘寰客，俱生风雅情。双柑兼斗酒，相对夕阳晴。

临江观兵

十万楼船涌大江，吞吴气势水云扛。天心久欲分南北，魏主偏思拓国邦。鼙鼓冬冬京口震，波涛滚滚海门撞。汪洋如此真难渡，聊引旌旗返石矼。

月中雨

丁丑仲夏，正在月下谈笑，忽黑云生于头上，珠零衫湿，知是雨催诗也，遂成一绝以志异。

黑云华月一时生，大造神功转瞬成。高挂晶球布甘泽，雨人也似要分明。

中秋月

怪杀中天月，光明更在秋。乾坤清有韵，风露冷无愁。此夜宜张宴，谁家不倚楼。姮娥如可致，杯酒快相酬。

老 将

生长幽燕胆气豪，将军虽老志犹高。马驰北塞嘶秋草，驴跨西湖醉浊醪。麟阁峥嵘新气象，乌员肃穆旧勋劳。干戈收拾山河定，闲与群英讲六韬。

闻 雁

孤馆凄凉客梦惊，长风万里雁飞鸣。萧条楚岸枫初落，嘹唳霜天月正明。此处骚人停浊酒，谁家少妇动离情。清砧莫更敲深巷，只听嗷嗷泪已倾。

寻梅（戊寅）

癯仙高士两知心，雅契常从世外寻。前路香霏春似海，谁家调逸夜横琴。微云淡月无余思，流水空山有赏音。折得 枝清兴足，蹇驴背上自讴吟。

乘车荷锸

鹿车载酒欲何之，荷锸人随旦暮时。狂药不辞连日饮，逸情可许六贤知。生前松寿凭妻祝，死后糟邱任子为。满径落花全不管，陶然一醉到天涯。

菊 花

怪他风紫更鹅黄，绝色偏教殿众芳。瘦影不须羞我对，秋心可是为谁香。淡容写月时将晚，傲骨凌霜径未荒。劲节岂随兰蕙萎，一丛留得艳重阳。

雪天独钓图

满江飞雪拥渔舟，独钓苍茫泊乱流。两岸芦花听有韵，一身柳絮悄无俦。兴耽驴子谁裁句，寒到鱼儿不上钩。抱得竹竿僵欲仆，青帘远扬酒家楼。

山 居

其一

曦光照高树，幽斋门尚关。竹阴沈碧涧，松韵满空山。朝携藜杖出，暮采菊花还。世事一无著，此心常闲闲。

其二

箕颖虽云远，岂曰非人寰？此心无俗累，到处皆云山。入赏花千树，空心水一湾。藤阴清兴发，日暮不知还。

中流击楫（己卯）

楼船无数压江头，击楫雄风万古留。宝剑常思提五夜，狂澜直欲挽中流。悲看荆棘铜驼委，誓靖山河石虎愁。战舰声催飞电疾，蛟龙惊起暮天秋。

柳 眼

倩谁染就黛眉鲜，青眼惺惺更可怜。曾向灞桥看去棹，每于绣陌盼征鞭。沾来宿雨疑含泪，眺尽平芜欲化烟。生恐春随流水去，朝朝怅望大堤前。

老 马

关河驰逐不胜悲，垂老谁知骨尚奇。自惜风霜摧断鬣，岂因刍豆损雄姿。

云山浩渺途空识，岁月销沈力竟疲。曾记幽燕酣战日，遍身血汗洒淋漓。

姑苏台

姑苏山侧姑苏台，荒烟落日空徘徊。楸梧凄凄雨夜滴，犹似吴王离别哀。忆昔西施沈醉处，脂红黛绿霏烟雾。采香径畔桃李春，响屟廊中歌舞暮。至今桃李花犹烂，无奈捧心人不见。乌啼千古霸图空，野苔秋草生宫殿。

人 柳

当年张绪旧容仪，写向春风不少差。若个丰姿如媚我，者般袅娜恰怜伊。烟光淡荡传神候，日色凄凉写恨时。袅袅不知宫女妒，灵和犹复斗腰肢。

子陵钓台

垂钓先生何处寻，荒台日暮白云深。逸情耻作中兴将，流水青山自古今。

采莲（有序录三）

己卯夏，雨脚初晴，云容乍敛，予垂帘默坐，忽觉清香袭人，急揭帘视之，乃池莲乍开，好风送香也。因思池莲才数朵耳，而触予清兴如此，不知湖中万茎更若何引人入胜也。予欲往游，方苦无侣伴，而邻家诸姊妹适至，爰命小鬟携花笺湘管，偕诸姊妹而登画舫焉。于是穿荻港，过蒲塘，不数里，见红霞灿烂，翠盖高低，几于迷不得路，盖已身在画图中矣。斯时诸姊妹或掇叶为筒，或折房剥子，其乐盈盈。已而日将晡，泛归棹，予乃于舟中抽毫伸纸，聊成数绝，以志此日采莲之乐云尔。

其一
湘帘一桁隔兰房，风送荷花阵阵香。约得邻家诸姊妹，同浮画艇入陂塘。

其二
湖光潋滟水生香，惹得闺中一日忙。贪折并头忘路远，橹声惊起宿鸳鸯。

其三
红衣未脱锦成窠，人影花香水面拖。藕作画船花作壁，大家同唱采莲歌。

禁 烟

累累荒冢野苔生，几见从亡谢宠荣。千古禁烟缘一十，算来远胜晋公卿。

项王墓

枉设鸿门宴，山河属大风。渡江惭父老，伏剑自英雄。鹿失原堪惜，狐疑竟累公。一抔分汉土，寂寞谷城东。

·《妙香阁遗稿》卷一下·

圮桥怀古（庚辰）

古今奇遇归英才，我来桥上频徘徊。一卷阴符从此受，四百余年汉祚开。张子房，黄石公，人鬼相逢顷刻中。功成身退愿辟谷，见几弓狗超韩彭。遗踪渺渺阅千秋，只有当年水尚流。更欲谷城山下问，不知从否赤松游。

夏 夜

暑夜不成眠，起向中庭步。明河耿在天，残月影入树。松杪起微涛，竹叶滴清露。宵深邃阁来，默默焚兰炷。

夏夜雨后闻笛

深宵俄然雷雨收，数声亮笛江天秋。湿云飞去碧天外，明月走上青山头。谁家少妇欲开阁，此地骚人曾倚楼。听罢龙吟不知处，幽壑潺潺水尚流。

秋柳用王阮亭先生原韵

其一

瘦损诗家一段魂，西风披拂映柴门。花随逝水空留恨，汁染春衫尚有痕。乌鹊带霜啼晓月，烟波拂岸冷江村。飘零剩有南飞雁，满腹秋心不忍论。

其二

飘摇身世倩谁怜，万缕萧条带晚烟。白下新愁添雨后，青闺旧恨忆春前。一生憔悴关离思，六代豪华惜暮年。记唱阳关三叠曲，笛声吹彻碧云边。

暮秋晚眺

料峭西风数点鸦，秋塍闲步夕阳斜。黄花几本陶公宅，寒菜一畦庾老家。野水无舟难问渡，枫林有客正停车。吟毫暂放先摹画，四面云峰望眼赊。

菊 影

月冷秋斋梦欲苏，香魂淡薄色全无。几回醉眼朦胧认，一幅冰霜水墨图。

菊 韵

每于淡处写丰神，风致萧然世外身。不必地偏心自远，晓霜残月见幽人。

秋　夜

凉月转空阶，照到花开处。惊起草头萤，飞入书帷去。

凤　台

呜呼高哉！凤台北枕关山之险固，东争函谷之崔嵬。鸳鸯作瓦，玳瑁为
梁。忆昔秦穆女，曾配萧史郎。夫妻夜月弄琼箫，箫声直把凤凰邀。彩凤飘
然下九霄，乘之直上青天遥。神仙一去不复返，寒云漠漠荒台高。

月蚀行

不见月盈，但见参横，昂头四顾心胆惊。天地惨淡黑烟生，山河影陷，
广寒宫倾。俗谓黑虎神，食月最不仁。人间众响一时发，挫其凶焰不使伸。
啬夫驰，庶人走，伐鼓鸣钲蒲牢吼，夫人击镜妇楔搔。十分晶球吞八九，寒
光明灭如抖擞。安得屠龙补天手，救出冰轮如固有。初蚀扬州之二分，头旋
目眩如醉醺。再蚀鹑首宫六度，山愁海闷生烟雾。迨至深更，寂然无声，桂
影婆娑满太清。宛然照神之古镜，一经拂拭弥精莹。开函发笥证往事，剥蚀
原为阴失精。方今天子正修德，宵旰经营郅治成。日为重光星重曜，四海清
宴欣销兵。景瑞方欲重轮现，暂食何至损其明。抽毫摅思诗已就，坐对花间
杯自擎。

书　怀

黄河飞下九天高，气概伊谁似此豪。道韫漫夸吟柳絮，木兰不惜葬蓬蒿。
千行血泪何堪掬，三寸毛锥岂欲操？杯酒销愁销不得，西风万里看鸿翔。

题碧霞轩

风光细腻最移情，小院春深物自荣。竹拂微风飘凤尾，鱼游新水戏龙睛。
菊畦散漫花初布，梅雨淋漓燕自鸣。数卷唐诗数樽酒，一轮明月一楸枰。荔
墙雨过烟俱润，苔径人稀磴欲平。消受此间清福惯，不知何处是蓬瀛。

潇湘八景（录四）

平沙落雁

日落银沙照眼明，数行飞雁下来轻。墨痕点点从天降，雪色寥寥扑地平。
一派秋光萦荻浦，半张画稿贴江城。长风回处雄心在，且看翱翔万里征。

渔村夕照

隐隐斜阳照渡头，数家茅屋恰临流。当门椿系穿花艇，隔岸旗明卖酒楼。

一带寒烟藏泽国，半天归雁下沧洲。无端听得巴人曲，莲影依依出钓舟。

湘江夜雨

飞电流光月影收，清湘夜半雨声遒。青芦叶战惊孤艇，翠竹云迷覆野鸥。霎霎散将千缕恨，潇潇洒作一江秋。英皇别泪知多少，添入洪波万古流。

远浦归帆

日光沈浦影霏微，万里征帆傍晚归。缆带湿云行似重，橹摇华月疾如飞。汪洋大地疑铺练，出没危樯转钓矶。五两飘飘风力满，雁行惊起认依稀。

古　琴

虞帝作琴为解阜，后人弹之以寄情。南风不奏数千载，此琴尚在世间鸣。尾焦轸脱雁柱阙，落落朱弦暗恨生。圆能象天方法地，制作不似瑟与筝。临风一奏广陵散，龙吟虎啸天地清。挂壁尚余清庙梦，封尘犹含太古声。我不知音惟好古，绿绮为重黄金轻。购来闲自评声价，月朗风清杯数倾。

古　剑

古有宝剑号龙泉，莫耶干将名字镌。无端飞入襄城渊，韬光匿彩数千年。斗牛紫气倏冲天，神物不受尘沙填。玉函三尺出秋莲，宝光夺目人莫前。沙沈土蚀虽非全，龟文龙藻尚皎然。忆昔白帝横山巅，屠来大泽皆腥膻。晋郑不下楚城坚，指麾所及血光鲜。神呵鬼护今尚传，光芒未殒神存焉。每当雷雨震坤乾，龙吟虎吼生寒烟。莫教利器空中悬，愿赐朝廷斩佞之英贤。

冯异（辛巳）

滹沱冰解马萧萧，转战英声震汉朝。几度槛车铭惕励，千秋涓底想丰标。论功踊跃情何陋，倚树雍容意独超。纵使圣心常眷眷，芜蒌进粥岂相要。

芜蒌亭怀古

冻云惨澹朔风号，豆粥甘于玉色醪。但识介推能割股，岂同弥子献余桃。连朝仆仆诸君馁，一盏盈盈百姓膏。大树将军何处所，寒烟深锁野亭高。

陈　平

忆昔曾传割肉均，果然才略更无伦。解围击楚真长策，蹑足封齐岂直臣。六出奇谋扶圣主，几回鏖战逐强秦。淮阴缚去诚何意，长使千秋说不仁。

王褒圣主得贤臣颂

九重承旨礼雍雍，圣主贤臣颂倍恭。遇顺鸿毛来汉陛，依旬甘雨洒尧封。

一篇词藻轻珠玉，万古经纶托虎龙。可惜益州持节往，碧鸡金马叹难逢。

杨雄校书天禄阁

坐拥皋比雨鬓霜，校书也欲继前芳。但将翰墨邀新主，无复精忠奉汉皇。一代师儒隳节义，半生辛苦误文章。法言元理终何益，空使千秋说短长。

梅 福

满眼山河势欲移，忠言进罢不胜悲。他年渺渺吴门去，无限凄凉只自知。

张 汤

舞智逢君恶，怀诈欺主明。文深兼法刻，腹诽杀忠贞。从来刀笔吏，不可作公卿。

公孙弘

窃得一朝位，身居黄阁中。自将才智用，伪作大儒风。

汲 黯

言不避权贵，行不期有功。居然命世才，严惮动宸衷。

成连移情

龙吟兼虎啸，云气四围浮。目极三山远，琴弹沧海秋。波澜翻活活，禽鸟乱啾啾。曲罢声俱寂，相迎一叶舟。

卫青（壬午）

朝为牧羊子，暮取汉公卿。乾纲君独断，不敢擅尊荣。身虽出微贱，志已矢忠精。譬如采葑菲，无以下体轻。

簪 菊

晓妆初罢菊新开，折得花枝邃阁回。欲插满头还住手，恐招蜂蝶鬓边来。

画 菊

较量浓淡费工夫，霜叶重重略带枯。摹出东篱真色相，问他陶令肖来无。

窦宪登燕然山

萧萧班马水云环，大将西征出汉关。青嶂嵯峨排玉笋，红旗闪烁绕螺鬟。三军气作争先路，一战功成悦圣颜。刻石铭勋休自负，奸心已著永元间。

夜 雨

不断雷声震，金蟾忽蔽明。破空飞急点，寒气通孤灯。

隐 居

其一

门外落花颠倒，檐前峭壁嶙峋。松竹梅花作友，烟霞泉石为邻。

其二

碧涧弯环水激，白云萦带人行。松下忽闻犬吠，墙头时有鸡鸣。

琼岛春云

堆琼叠玉神仙岛，一段卿云护上头。杰阁峨峨深处见，孤峰隐隐画中求。参差应拟开天阙，暧曃曾知恋帝州。天下苍生望霖雨，不须在此尽句留。

金台夕照

依然古木与高台，兴废存亡一瞥才。海内珊瑚收铁网，馆中冠剑宿苍苔。空余落日啼鸦树，不见当年市骏材。千古英风今已矣，何人驱马复归来。

太液晴波

白玉阑干四面横，澄波宜雨更宜晴。金鳌背闪长桥卧，琼岛阴铺古镜明。垂钓有时停辇毂，观鱼无客不簪缨。熙朝膏泽深于此，万载山河颂大清。

居庸叠翠

冲天黛色莽重重，大块文章此地钟。南望燕都迷万堞，北连朔部失千峰。夜深古塞闻嘶马，秋老乔松欲化龙。天下关山真第一，宦游留滞几秋冬。

玉泉垂虹

忽睹长虹落九天，螭头喷雪玉为泉。风吹石隙千声应，雨过山巅一道悬。全势东流朝玉陛，余波南下灌桑田。吕公岩外鸣环珮，疑是霓裳舞众仙。

西山晴雪

不分峭壁与奇峰，晓日光烘雪岭重。画阁峥嵘一堆玉，琼林缥缈万株松。阆仙有句寒人骨，恒岳无云荡我胸。疑是梅花遍岩谷，晚来好称月溶溶。

蓟门烟树

老树槎枒拥蓟门，年年过客总销魂。烟连督亢天俱碧，翠带居庸日不暄。

数里氤氲前夜雨，九原盘屈古时根。来春仍发今春绿，不辨新痕与旧痕。

芦沟桥

狮伏严于虎负嵎，石阑干下水声粗。无风波涌千重雪，有月光分万颗珠。名士几经题断柱，英雄时坐泣穷途。浮沈往事何须问，直北云山是画图。

歌风台（癸未）

不见古时人，但见古时迹。西风吹起暮云飞，寒鸦卷去苍烟寂。忆昔赢秦方黩武，群雄历历皆吞取。惟有一人号沛公，胸中磊落空今古。能羁萧樊之英杰，能驱周魏之奇才。干戈到处收秦项，四百余年汉祚开。狡兔死，走狗烹，一时豪杰俱无踪。大风起兮空部伍，谁复鸿门将剑舞。韩彭功名悬日月，歌风之台一堆土。

残　菊

漫把贞魂葬九原，篱根犹见系朱幡。纵教零落随秋去，无限凌霜志尚存。

桃源行

武陵渔父撑钓舟，溪中宛转逐波流。宛转逐波将数里，桃花俄然散如绮。十树五树向人开，一峰两峰傍头起。舍舟登岸洞口圆，信是壶中别有天。鸡鸣犬吠互相答，风景依稀太古前。溪边竹影摇轻浪，窗外松阴白鹤眠。初入寥寥无人语，再入农夫耕蓝田。农夫自云避秦乱，在此逍遥不计年。不知茂陵天子起，安知晋魏何所传？片言未尽日已昏，乘舟嬉嬉返山村。此事喧传闻太守，太守使人探其源。遥看一片红霞烂，依旧寻来锦浪翻。锦浪空翻失旧程，苍山漠漠水纵横。摩诘先生闻太息，援笔为作桃源行。

秋　夜

月涌沧江天倒开，清风习习净纤埃。银河远隐芦花白，孤雁一声西北来。

李陵台（甲申）

李陵台上独徘徊，日落浮云画角哀。百二山河悲汉土，五千兵甲葬胡埃。朝为报国中原将，暮作降臣塞下材。西望子卿城尚在，重门永闭不轻开。

浣衣里

忆昔何人说断头，血痕常在帝衣留。生前劲节千秋著，死后丹心几点愁。名字不随流水去，精忠长使逆臣羞。侍中渺渺归何处，依旧山川惨暮秋。

咏怀（乙酉）

朗月清风自苦吟，书怀岂必为知音。推窗时有蟾辉入，写出光明一片心。

七夕遇雨

鹊桥云拥渡双星，微雨传来滴泪声。做到神仙还惜别，笑他牛女太多情。

咏寒菊

料峭西风送晚凉，幸他三径未全荒。飘零半亩悲秋色，冷落数枝撑夕阳。
人到暮年方炼骨，物非坚节不禁霜。淡情应共诗情远，吟到寒英唾亦香。

咏梅花（丙戌）

曾向花中据上游，繁华队里耻同侪。评兰可敌香千缕，问菊应输傲一筹。
青女凭栏寒不寐，素娥拥雪冻无愁。半生消得清风惯，唤作癯仙愧也不。

秋晴早起

破晓清光到处同，银河斜月影朦胧。碧荷淡荡宜含露，翠荇参差不耐风。
一带凉烟横远岫，半江秋水浸寒空。最凄迷是长堤柳，不数三春桃李红。

病起（丁亥）

蓬山一劫太漫漫，尘海风波数改观。春到懒看花富贵，风来喜报竹平安。
妆台镜启菱花暗，书案尘封药纸摊。堕地重生始今日，前身合作古人看。

戊子春赴都留别叔祖母（戊子）

其一

一杯浊酒劝加餐，明月明朝两地看。千古英雄说儿女，耻将别泪向人弹。

其二

恐教风日损花姿，临别聊将数种移（有花数种托代养）。自是人投花更好，对花权作对人时。

附

叔祖母送别二绝

其一

云山万叠路悠悠，写出苍茫一段愁。极目长途看不见，痴心欲上最高楼。

其二

初将微雨浥轻尘，一路车前碧草深。最是长安多女秀，何愁此去少知音。

到 京

一别家山到凤城，月华曾见两回盈。梦还故里醒犹喜，心挂离愁睡亦惊。宫阙嵯峨仙境界，人才奇伟汉公卿。英雄志气由来壮，添入胸中十万兵。

消夏八咏

把钓

曲曲池塘浅浅洲，荷香竹影一竿收。个侬爱向矶边坐，争为鱼儿始下钩。

弹琴

半庭修竹半庭阴，琴榻萧然物外心。自是调高人和寡，何须世上觅知音。

采莲

几日前头女伴邀，邀来曲港荡兰桡。香中忘却归来晚，明月呼他送过桥。

着棋

早把兴亡局外观，疏帘清簟日盘桓。闲人爱领忙中趣，置得楸枰对客弹。

对酒

不作周旋不理妆，日来草草具壶觞。绿藤阴下酣腾处，那管人间热恼场。

煮茗

晓来涧底汲清泉，活水仍教活火煎。诗已能清还嗜饮，知他陆羽是神仙。

观画

恍有松风响石头，林峦满壁足清幽。炎天怕受登临苦，聊向匡床作卧游。

品香

购得新来海外香，曲屏深处试焚将。闻根别有三生慧，破费些儿细较量。

净业湖观荷遇大风雨

其一

叠绿层红绕帝州，天开胜境恣遨游。奈他诗酒流连处，风雨催人快下楼。

其二

绿杨倒插蹴狂澜，莲叶飞空万柄残。天意似嫌风景淡，鼓钟楼外涌奇观。

（清）刘芸阶著《妙香阁遗稿》，光绪三十一年（1905）季秋刘世骏业亭监刷，华新书局排印本

卷 四
直隶南部

◉ 邢 台

郭皇后

郭皇后，号文德郭皇后，三国魏广宗（今河北威县）人。《古今女史》著录。

【散见收录】

与刘斐敕

诸亲戚嫁娶，自当与乡里门户匹敌者，不得因势强与他方人婚也。（赵世杰评：魏文帝郭后，安平广宗人。外亲刘斐与他国为婚，后闻之，与敕。）

与诸家敕

今世妇女少，当配将士，不得因缘取以为妾也。宜各自慎，无为罚首。（赵世杰按：《魏书》，后常敕戒表、武等曰"汉氏椒房之家，少能自全者，皆由骄侈，可不慎乎"。因姊子孟武还乡求小妻，后止之，遂敕诸家。赵问奇曰"通算妇女怜念将士，执词颇正，然酸气逼人，几为妒妇助焰"。褚云生曰"勒石为戒，省却许多中庭之泣"。）

（明）赵世杰辑《古今女史》，明崇祯问奇阁刻本

谢　表

妾无皇英釐降之节，又非姜任思齐之伦。诚不足以假充女君之盛位，处中馈之重任。

（清）周寿昌辑订《宫闺文选》，清道光二十六年（1846）本

【辑评】

赵世杰《古今女史》（姓氏）：文德郭皇后，安平广宗人。文帝即位为贵嫔，黄初三年立为皇后，亲自上表三让不听。

宋若莘

宋若莘，《旧唐书》作若华，《新唐书》作若莘。生年不详，贞元七年（791）总领秘阁图籍，卒于唐宪宗元和（806—820）末年，赠河内郡君。唐代贝州清阳（今邢台清河）人。父宋廷芬，初唐宋之问后裔，妹宋若昭、宋若伦、宋若宪、宋若荀。著有《女论语》十篇，《新唐书·后妃传》《闺阁女四书》《宫闺氏籍艺文考》《说郛》《兰闺宝录》著录。

【散见收录】

嘲陆畅

十二层楼倚翠空，凤鸾相对立梧桐。双成走报监门卫，莫使吴歈入汉宫。

（清）曹寅、彭定求等编校《全唐诗》，清康熙四十五年（1706）扬州诗局刻本

女论语

立身章第一

凡为女子，先学立身，立身之法，惟务清贞。清则身洁，贞则身荣。行莫回头，语莫露唇。坐莫动膝，立莫摇裙。喜莫大笑，怒莫高声。内外各处，男女异群。莫窥外壁，莫出外庭。窥必掩面，出必藏形。男非眷属，莫与通名。女非善属，莫与相亲。立身端正，方可为人。

学作章第二

凡为女子，须学女工。纫麻缉苎，粗细不同。机车纺织，切莫匆匆。看蚕煮茧，晓夜相从。采桑摘柘，看雨占风。淋湿即替，寒冷须烘。取叶饲食，必得其中。取丝经纬，文匹成工。轻纱下轴，细布入筒。绸绢苎葛，织造重重。亦可货卖，亦可自缝。刺鞋补袜，引线绣绒。补联纫缀，百事皆通。能依此语，寒冷从容。衣不愁破，家不愁穷。莫学懒妇，积小痴慵。不贪女务，

不计春冬。针线粗率，为人所攻。嫁为人妇，耻辱门风。衣裳破损，牵西遮东。遭人指点，耻笑乡中。奉劝女子，听取言终。

学礼章第三

凡为女子，当知女务。女客相过，安排坐具。整顿衣裳，轻竹缓步。敛手低声，请过庭户。问候通时，从头称叙。答问殷勤，轻言细语。备办茶汤，迎来递去。莫学他人，抬身不顾。接见依稀，有相欺侮。如到人家，且依礼数。相见传茶，即通事务。说罢起身，再三辞去。主若相留，礼筵待过。酒略沾唇，食无又箸。退盏辞壶，过承推拒。莫学他人，呼汤呷醋。醉后颠狂，遭人所恶。身未回家，已遭点污。当在家庭，少游道路。生面相逢，低头看顾。莫学他人，不知朝暮。走遍乡村，说三道四。引惹恶声，多招骂怒。辱贱门风，连累父母。损破自身，供他笑具。如此之人，有如犬鼠。莫学他人，惶恐羞辱。

早起章第四

凡为女子，习以为常。五更鸡唱，起着衣裳。盥漱已了，随意梳妆。拾柴烧火，早下厨房。磨锅洗镬，煮水煮汤。随家丰俭，蒸煮食尝。安排蔬菜，炮豉舂姜。随时下料，甜淡馨香。整齐碗碟，铺设分张。三餐饭食，朝暮相当。侵晨早起，百事无妨。莫学懒妇，不解思量。黄昏一觉，直到天光。日高三尺，犹未离床。起来已宴，却是惭惶。早起梳洗，突入厨堂。容颜腥觑，手脚慌忙。煎茶煮饭，不及时常。又有一等，啜哺争尝。未曾炮馔，先已偷藏。丑呈乡里，辱及爹娘。被人传说，岂不羞惶。

事父母章第五

女子在堂，敬重爹娘。每朝早起，先问安康。寒则烘火，热则扇凉。饥则进食，渴则进汤。父母捡责，不得慌忙。近前听取，早夜思量。若有不是，改过从长。父母言语，莫作寻常。遵依教训，不可强良。若有不是，借问无妨。父母年老，朝夕忧惶。补联鞋袜，做造衣裳。四时八节，孝养相当。父母有疾，身莫离床。衣不解带，汤药亲尝。求神拜佛，指望安康。莫教不幸，或致身亡。痛入骨髓，哭断肝肠。三年乳哺，恩德难忘。衣裳装殓，持服居丧。安埋设祭，礼拜烧香。追修荐拔，超上天堂。莫学忤逆，咆哮无常。才出一语，应答千张。便行抛掉，说着相伤。如此妇女，教坏村坊。

事舅姑章第六

阿翁阿姑，夫家之主。既入他门，合称新妇。供承看养，如同父母。敬事阿翁，形容不睹。不敢随行，不敢对语。如有使令，听其嘱付。姑坐则立，使令便去。早起开门，莫令惊忤。换水堂前，洗濯巾布。齿药肥皂，温凉得所。退步阶前，待其浣洗。万福一声，即时退步。备办茶汤，逡巡递去。整顿茶盘，安排匙箸。饭则软蒸，肉则熟煮。自古老人，牙齿疏蛀。茶水羹汤，莫教虚度。夜晚更深，将归睡处。安置辞堂，方回房户。日日一般，朝朝相似。传教庭帏，人称贤妇。莫学他人，跳梁可恶。咆哮尊长，说辛道苦。呼唤不来，饥寒不顾。如此之人，号为恶妇。天地不容，雷霆震怒。责罚加身，悔之无路。

事夫章第七

女子出嫁，夫主为亲。前生缘分，今世婚姻。将夫比天，其义匪轻。夫刚妻柔，恩爱相因。居家相待，敬重如宾。夫有言语，侧耳详听。夫有恶事，劝谏谆谆。莫学愚妇，惹祸临身。夫若出外，借问途程。黄昏未返，瞻望思寻。停灯温饭，等候敲门。莫学懒妇，未晚先眠。夫如有病，终日劳心。多方问药，遍处求神。百般医疗，愿得长生。莫学愚妇，全不忧心。夫若发怒，不可生嗔。退身相让，忍气吞声。莫学愚妇，斗闹频频。粗丝细葛，补洗精神。莫令寒冷，冻损夫身。家常菜饭，供待殷勤。莫教饥渴，瘦瘠苦辛。同甘同苦，同富同贫。死同棺椁，生共衣衾。莫学泼妇，巧口花唇。能依此语，和乐瑟琴。如此之女，百口传闻。

训男女章第八

大抵人家，皆有男女。年已长成，教之有序。训诲之权，实专于母。男入书堂，请延师傅。习学礼义，吟诗作赋。尊敬师儒，束脩酒脯。五盏三杯，莫令虚度。十日一旬，安排礼数。设席肆筵，施呈樽俎。月夕花朝，游园纵步。挈榼提壶，主宾相顾。万福一声，即登归路。女处闺门，少令出户。唤来便来，教去便去。稍有不从，当叱辱怒。在堂中训，各勤事务。扫地烧香，纫麻缉苎。若出人前，训他礼数。道福逊声，递茶待步。莫纵娇痴，恐他啼怒。莫纵跳梁，恐他轻侮。莫纵歌词，恐他淫语。莫纵游行，恐他恶事。堪笑今人，不能为主。男不知书，听其弄齿。斗闹贪杯，讴歌习舞。官府不忧，家乡不顾。女不知书，强梁言语。不识尊卑，不能针指。辱及尊亲，怨却父母。恶语相伤，养猪养鼠。

营家章第九

营家之女，惟俭惟勤。勤则家起，懒则家倾。俭则家富，奢则家贫。凡为女子，不可因循。一生之计，惟在于勤。一年之计，惟在于春。一日之计，惟在于晨。奉箕拥帚，洒扫灰尘。撮除搕擸，有用非轻。眼前伶俐，家宅光明。莫教秽污，有玷门庭。耕田下种，莫怨辛勤。炊羹造饭，思记频频。耘耨田土，茶水匀停。莫令晏慢，饥饿在身。积糠聚潲，喂养牺牲。呼归放去，捡点搜寻。莫教失落，扰乱四邻。夫有钱米，收拾经营。夫有酒物，存积留停。迎宾待客，不可偷侵。大富由命，小富由勤。禾麻粟麦，成棧成囷。油盐椒豉，匜沓张盛。猪鸡鹅鸭，成队成群。四时八节，免得营营。酒浆食馔，各有余剩。夫妇享福，欢笑欣欣。

待客章第十

大抵人家，皆有宾主。蔌滚汤瓶，抹光囊子。准备人来，点汤递水。退立堂前，听夫言语。若欲传杯，即时办去。欲若相留，待夫回步。细与商量，杀鸡为黍。物味调和，菜蔬济楚。五酌三杯，有光门户。红日含山，晚留居住。点烛擎灯，安排坐具。枕席纱厨，铺毡拥被。钦敬相承，温凉得趣。次晓相看，客如辞去。别酒殷勤，十分注意。夫喜能家，家称晓事。莫学他人，不持家务。客来无汤，荒忙无措。夫若留人，妻怀嗔怒。有箸无匙，有盐无醋。争啜争哺，打男骂女。夫受惭惶，客怀羞愧。有客到门，无人在户。须遣家童，问其来处。客若殷勤，即通名字。却整容仪，出厅延住。点茶递汤，莫缺礼数。借问姓名，询其事务。记得夫归，即当说与。客下阶去，即当回步。奉劝后人，切须学取。

和柔章第十一

处家之法，妇女虽能。以和为贵，孝顺为先。翁姑有责，曾如不曾。姑嫜有责，闻如不闻。上房下户，子侄团圆。是非休习，长短休争。从来家丑，不出外传。东邻西舍，礼数周全。往来贺问，款曲盘旋。一茶一水，笑语忻然。当说便说，当行则行。闲是闲非，不入我门。莫学愚妇，不问根源。秽言污语，触突尊贤。奉劝女子，量后思前。

守节章第十二

古来贤妇，九烈三贞。名标青史，传到而今。后生莫学，初匪难行。第一守节，第二清贞。有女在堂，莫出闺庭。有客在户，莫出厅堂。不异私语，莫起淫言。黄昏来往，秉烛擎灯。暗中出入，恐惹不情。一行有失，百行无成。夫妻结发，义重千金。若有不幸，中路先倾。三年重服，守志坚心。保家持业，整顿坟茔。有生有死，一命所同。此篇论语，谈尽题容。后人依此，日月相逢。切须记取，不可朦胧。若依斯言，享福无穷。

（明）陶宗仪著《说郛》，文渊阁四库全书本

【辑评】

王建《宋氏五女》诗：五女誓终养，贞孝内自持。兔丝自萦纡，不上青松枝。晨昏在亲傍，闲则读书诗。自得圣人心，不因儒者知（一作资）。少年绝音华，贵绝父母词。素钗垂两鬓，短窄（一作穿）古时衣（一作仪）。行成闻四方，征诏环珮随。同时入皇宫，联影步玉墀。乡中尚其风，重为修茅茨。圣朝有良史，将此为女师。

刘昫《旧唐书·后妃传下》：女学士、尚宫宋氏者，名若昭，贝州清阳人。父庭芬，世为儒学，至庭芬有词藻。生五女，皆聪惠，庭芬始教以经艺，既而课为诗赋，年未及笄，皆能属文。长曰若莘，次曰若昭、若伦、若宪、若荀。若莘、若昭文尤淡丽，性复贞素闲雅，不尚纷华之饰。尝白父母，誓不从人，愿以艺学扬名显亲。若莘教诲四妹，有如严师。著《女论语》十篇，其言模仿《论语》，以韦逞母宣文君宋氏代仲尼，以曹大家等代颜、闵，其间问答，悉以妇道所尚。若昭注解，皆有理致。贞元四年，昭义节度使李抱真表荐以闻。德宗俱召入宫，试以诗赋，兼问经史中大义，深加赏叹。德宗能诗，与侍臣唱和相属，亦令若莘姊妹应制。每进御，无不称善。嘉其节概不群，不以宫妾遇之，呼为学士先生。庭芬起家受饶州司马，习艺馆内，敕赐第一区，给俸料。

元和末，若莘卒，赠河内郡君。自贞元七年已后，宫中记注簿籍，若莘掌其事。穆宗复令若昭代司其职，拜尚宫。姊妹中，若昭尤通晓人事，自宪、穆、敬三帝，皆呼为先生，六宫嫔媛、诸王、公主、驸马皆师之，为之致敬。进封梁国夫人。宝历初卒，将葬，诏所司供卤簿。敬宗复令若宪代司宫籍。文宗好文，以若宪善属文，能论议奏对，尤重之。

大和中，神策中尉王守澄用事，委信翼城医人郑注、贼臣李训，干窃时权。训、注恶宰相李宗闵、李德裕，构宗闵憸邪，为吏部侍郎时，令驸马都尉沈𬞟通赂于若宪，求为宰相。文宗怒，贬宗闵为潮州司户，𬞟柳州司马，幽若宪于外第，赐死。若宪弟侄女婿等连坐者十三人，皆流岭表。李训败，文宗悟其诬构，深惜其才。若伦、若荀早卒。

宋祁《新唐书·后妃传下》：尚宫宋若昭，贝州清阳人，世以儒闻。父廷芬，能辞章，生五女，皆警慧，善属文。长若莘，次若昭、若伦、若宪、若荀。莘、昭文尤高。皆性素洁，鄙薰泽靓妆，不愿归人，欲以学名家，家亦不欲与寒乡凡裔为姻对，听其学。若莘诲诸妹如严师，著《女论语》十篇，大抵准《论语》，以韦宣文君代孔子，曹大家等为颜、冉，推明妇道所宜。若昭又为传申释之。

贞元中，昭义节度使李抱真表其才，德宗召入禁中，试文章，并问经史大谊，帝咨美，悉留宫中。帝能诗，每与侍臣赓和，五人者皆预，凡进御，未尝不蒙赏。又高其风操，不以妾侍命之，呼学士。擢其父饶州司马、习艺馆内教，赐第一区，加谷帛。

元和末，若莘卒，赠河内郡君。自贞元七年，秘禁图籍，诏若莘总领，穆宗以若昭尤通练，拜尚宫，嗣若莘所职。历宪、穆、敬三朝，皆呼先生，后妃与诸王、主率以师礼见。宝历初卒，赠梁国夫人，以卤簿葬。

若宪代司秘书，文宗尚学，以若宪善属辞，粹论议，尤礼之。大和中，李训、郑注用事，恶宰相李宗闵，潜言因驸马都尉沈𬤊厚赂若宪求执政。帝怒，幽若宪外第，赐死，家属徙岭南。训、注败，帝悟其谗，追恨之。

胡文楷《历代妇女著作考》：《女论语》一卷，（唐）宋若莘、宋若昭撰，《新唐书·后妃传》著录（见）。

明末多文堂刊本，列入《闺阁女四书》，琅琊王相笺注。书凡十篇：《立身》《学作》《学礼》《早起》《事父母》《事舅姑》《事夫》《训男女》《营家》《待客》。前有自序。又《说郛》本。

自序曰：大家曰，妾乃贤人之妻，名家之女，四德粗全，亦通书史；因辍女工，闲观文字，九烈可嘉，三贞可慕。深惜后人不能追步，乃撰一书，名为《论语》。敬戒相承，教训女子，若依斯言，是为贤妇，罔俾前人，独美千古。

《宫闺氏籍艺文考》：《唐书·后妃传》载若莘著《女论语》，若昭为传。而《艺文志》又云：尚宫宋氏《女论语》十篇，其自相抵牾如此。

宋若昭

宋若昭（761—828），享年六十八岁，[①] 唐代贝州清阳（今河北清河）人。元和十五年（820）穆宗拜为尚宫，后封梁国夫人。注《女论语》，著

---

① 据宋申锡撰《大唐内学士广平宋氏墓志铭（并序）》（墓志拓本见于赵力光、王庆卫《新见唐代内学士尚宫宋若昭墓志考释》，《考古与文物》2014 年第 5 期）云："春秋六十八，大和戊申岁七月廿七日属纩于大明宫，就殡于永穆道观，以其年十一月八日祔葬于万年县凤栖原先茔，礼也。"可知其卒于公元 828 年，证两《唐书》载"宝历初卒"有误，以"春秋六十八"反推可得生年当为肃宗上元二年（761）。

《宋若昭诗文》，有自序。《新唐书·后妃传》《闺阁女四书》《宫闺氏籍艺文考》《历朝名媛诗词》《说郛》《古今女史》《兰闺宝录》《名媛汇诗》《名媛诗归》著录。

【散见收录】

奉和御制麟德殿宴百僚[1]

垂衣临八极，肃穆四门通。自是无为化，非关辅弼功。[2] 修文招隐伏，尚武殄妖凶。德炳韶光炽，[3] 恩沾雨露浓。衣冠陪御宴，礼乐盛朝宗。万寿称觞举，[4] 千年信一同。

牛应真传[5]

牛肃长女曰应真，适宏农杨唐源。少而聪颖，经耳必诵。年十三，凡诵佛经二百余卷，儒书子史又数百余卷，亲族惊异之。初，应真未读《左传》，方拟授之。而夜初眠中，忽诵《春秋》，起惠公元妃孟子卒，终智伯贪而愎，故韩魏反而丧之。凡三十卷，一字无遗，天晓而毕。当诵时，有教之者，或相酬和。其父惊骇，数呼之，都不答。诵已而觉，问何故，亦不知。试令开卷，则已精熟矣。著文章百余首，后遂学穷三教，博涉多能。每夜中眠熟，与文人谈论，文人皆古之知名者，往来答难，或称王弼、郑元、王衍、陆机，辩论锋起，或论文章谈名理，往往数夜不已。年二十四而卒。今采其文《魍魉问影赋》著于篇。其序曰：庚辰岁，予婴沈痛之疾，不起者十旬。毁顿精神，羸瘁形体，药物救疗，有加无瘳。感《庄子》有魍魉责影之义，故假之为赋，庶解疾焉。魍魉问于予影曰："君英达之人，聪明之子，学包六艺，文兼百氏。颐道家之秘言，探释部之幽旨。既虔恭于中馈，又希慕于前史。不矫枉以干名，不毁物而成已。伊淑德之如此，即精神之足恃。何故羸厥姿貌，沮其精神，烦冤枕席，憔悴衣巾？子惟形兮是寄，形与子兮相亲。何不诲之以崇德，而教之以自伦，异莱妻之乐道，殊鸿妇之安贫？岂痼疾而无生赖，将微贱而欲忘身。今节变岁移，腊终春首，照晴光于郊甸，动暄气于梅柳，冰解冻

---

① 清代陆昶《历朝名媛诗词》误收为宋若宪所作。
② 《名媛诗归》此处注："归重君德上，得颂扬休明礼体段。"
③ 《名媛诗归》此处注："说德立如此和被，觉光天化日犹粗。"
④ 《名媛诗归》录此句为"万寿觞朝日"并注："觞朝日，即如日之升意。"
⑤ 据赵世杰《古今女史》卷三及《全唐文》卷九八录为《牛应贞传》。

而绕轩，风扇和而入牖。固可蠲忧释疾，怡神养寿，何默尔无营，自贻伊咎？"仆于是勃然而应曰："子居于无人之域，游乎魑魅之乡。形既图于夏鼎，名又著于蒙庄。何所见之不博？何所谈之不长？夫影依日而生，像因人而见。岂言谈之足晓，何等物之能辩，随晦明以兴灭，逐形体以迁变。以愚夫畏影，而蒙鄙之性以彰，智者视阴，而迟慕之心可见。伊美恶兮由己，影何辜而遇谴。且予闻至道之精幻兮冥，至道之极昏兮默，达人委性命之修短，君子任时运之通塞，悔吝不能缠，荣耀不能惑，丧之不以为丧，得之不以为得。君子何乃怒予之不赏芳春，责予之不贵华饰？且吾之秉操，奚子智之能测？"言未卒，魍魉惕然而惊，叹而起曰："仆生于绝域之外，长于荒遐之境，未晓智者之处身，是以造君而问影，既谈元之至妙，请终身以藏屏。"初应真梦制书而食之，每梦食数十卷，则文体一变，如是非一，遂工为赋颂，文名曰遗芳也。

女论语序

妾乃贤人之妻，名家之女，四德粗全，亦通书史。因辍女工，闲观文字，九烈可嘉，三贞可慕。深惜后人，不能追步。乃撰一书，名为《论语》，敬戒相承，教训女子。若依斯言，是为贤妇，冠俾前人，独美千古。

（清）周寿昌辑订《官闺文选》，清道光二十六年（1846）本

【辑评】

锺惺《名媛诗归》（卷十）：宋若昭，贝州人，世以儒闻，父棻能词章，有五女，若华、若伦、若宪、若荀皆慧。长若华善属文，若昭其次也，文尤高洁，不愿归人，欲以学名家。若华著《女论语》，若昭申释之。贞元中，李抱贞表其才，德宗召入禁中，试文章问经史。帝每与侍臣赓和，五人皆预焉，蒙赏赉，又高其风操，不以妾侍命之，呼为学士。穆宗以若昭尤通练，拜尚宫，历宪、穆、敬三朝，皆待以师礼。宝历初卒，赠梁国夫人。

若昭姊妹诗皆凝深静穆，有大臣端立之象，使人诵之亦如对苍松古柏，钦其古肃之气，不复以烦艳经心也。

赵世杰《古今女史》（姓氏）：宋若昭，贝州人，世以儒闻，父棻能词章，生五女，长若华、次若昭、若伦、若宪、若旬皆警慧善属文。若昭文尤高洁，不愿归人，欲以学名家。若华著《女论语》，若昭传释之。贞元中，李抱真表其才，德宗召入禁中，试文章问经史。帝每与侍臣赓和五人皆预焉，蒙赏赉，又高其风操，不以妾侍命之，呼为学士。穆宗以若昭尤通练，拜尚宫，历宪、穆、敬三朝，皆待以师礼。宝历初卒，赠梁国夫人。

胡文楷《历代妇女著作考》：《宋若昭诗文》，（唐）宋若昭撰，《女论语注》著录（佚）。

《女论语》王相注：宋若昭，贝州人。世以儒闻。父棻好学，生五女，若莘、若昭、若伦、若宪、若荀，皆慧美能文。若昭文词高洁，不愿归人，欲以文学名世。若莘著《女论语》，若昭申释之。德宗贞元中，卢龙节度使李抱贞表其才，诏入禁中，试文章，论经史，俱称旨。帝每与群臣赓和，五女皆预焉。屡蒙赏赍，姊妹俱承恩幸，独若昭愿独居禁院，不希上宠。常以曹大家自评。帝嘉其志，称为女学士。拜内职，官尚宫，掌六宫文学，职与外尚书等。兼教诸皇子公主，皆事之以师礼，号曰宫师。历德、顺、宪、穆、敬凡五朝。宝历中卒，赠梁国夫人，有诗文若干卷，并所订《女论语》行世。

宋若宪

宋若宪，生年不详，卒于唐文宗太和年间末，因李训、郑注乱被文宗赐死。唐代贝州清阳（今河北清河）人。《古今女史》《历朝名媛诗词》《兰闺宝录》《名媛汇诗》《名媛诗归》著录。

【散见收录】

畅酬诗

粉面仙郎选正朝，偶逢秦女学吹箫①。须教翡翠闻王母，不禁乌鸢噪鹊桥。②

（清）陆昶辑《历朝名媛诗词》，清乾隆三十八年（1773）红树楼刻本③

---

① 《名媛诗归》此处注："'偶逢'字、'吹'字俱说得闲远。"
② 《名媛诗归》此处注："两相开说渐渐有轻薄之意矣。"
③ 陆本若宪一条另有两首《奉和御制麟德殿宴百僚》，其一"垂衣临八极"，据《全唐诗》卷七为若昭作；其二"睿泽光寰海"，据《全唐诗》卷七为鲍君徽所作（《全唐诗》录此诗首句为"睿泽先寰海"）。
  陆本收若宪《催妆诗》（云安公主贵）一首，据《全唐诗》卷四七八为唐人陆畅所作，题为《云安公主下降奉诏作催妆诗》。《名媛汇诗》亦收此诗。

宛转歌

风已清，月朗琴复鸣，掩抑非千态，殷勤是一声。歌宛转，宛转和且长，愿为双鸿（一作黄）鹄，比翼共翱翔。

日已暮，长檐鸟声度，此时（一本无上二字）望君君不来，此时（一本无上二字）思君君不顾。歌宛转，宛转那能异栖宿，愿为形与影，出入恒相逐。

长相思

长相思，久离别，关山阻，风烟绝。台上镜文销，袖中书字灭。不见君形影，何曾有欢悦。

采 桑

春来南雁归，日去西蚕远。妾思纷何极，客（一作君）游殊未返。

奉和御制麟德殿宴百僚

端拱承休命，时清荷圣皇。四聪闻受谏，五服远朝王。景媚莺初啭，春残日更长。御筵多济济，盛乐复锵锵。丰镐谁为敌，横汾未可方。愿齐山岳寿，祉福永无疆。

（清）周寿昌辑订《官闺文选》，清道光二十六年（1846）本

【辑评】

恽珠《兰闺宝录》（卷六）：宋廷芬，贝州人，能辞章。生五女，皆警慧善属文，长若莘，次若昭、若伦、若宪、若荀。莘、昭文尤高，性皆素洁，鄙薰泽浓妆，不愿归人，欲以学名家，家亦不欲与凡裔为姻对。听其为学。若莘诲诸妹如严师，著《女论语》十篇，大抵准《论语》，以韦宣文君拟孔子，曹大家等为颜、闵，推明妇道所宜。若昭为传申释之。贞元中，昭义节度使李抱真上言，召入禁中，试文章，并经史大谊，深加咨美。德宗能诗，每与侍臣赓和，五人者皆预。又高其风操，不以妾侍命之，呼学士，擢其父饶州司马。元和末若莘卒，赠河内郡君。穆宗以若昭尤通练，拜尚宫，嗣若莘所职。历宪、穆、敬三朝，皆呼先生，后妃与诸王、主率以师礼见。宝历初卒，赠梁国夫人，以卤簿葬。若宪代司秘书，文宗尚学，以若宪善属辞，粹于论议，尤礼之。若伦、若荀早卒。廷芬男独愚不可教，为民终身。

赵世杰《古今女史》（姓氏）：宋若宪，若昭妹也。若昭属若宪代司秘

书，文宗以其善文辞，尤礼焉。

锺惺《名媛诗归》（卷十）：宋若宪，若昭妹也。若昭属若宪代司秘书，文宗以其善文辞，尤礼焉。

若宪诗较之若昭稍觉灵转。若昭神体皆丰，故镇重而无运动之妙。若宪则能标神于淡，约体于远，时时行以疏畅之气，使其声情不复黏滞，反觉绵密缜致，此正虚实相衍之间也，不可不知之。

陆昶《历朝名媛诗词》（卷四）：宋芬，贝州人，有女五人，皆读书能文辞。长若华，次若昭，文尤高，不愿适人，欲以学名家。若华著《女论语》，若昭释之。贞元中，李抱贞表其才，德宗召试文章，问经史，厚赐赉之，高其风操，呼为女学士。穆宗时，拜尚宫，历三朝，皆待以师礼。卒，赠梁国夫人。若宪尤聪慧，若昭属代司秘书，文宗重其学，更加礼焉。

若昭之诗，有端穆深静之度，非复女流声口。若宪风采秀赡，典重不佻，其畅酬一首，不脱女娘本色。

戚逍遥

戚逍遥，唐代冀州南宫（今河北南宫）人。《古今女史》《名媛汇诗》《名媛诗归》著录。

【散见收录】

静室歌

笑看沧海欲成尘，王母花前别众君（花前别众君，何等顾盼，何等矜傲，始知仙人胸中泾渭自分）。千载却归天上去，一心珍重世间人（世间人却烦珍重，一心二字，悲悯救度，俱无用处矣）。

（明）锺惺点次《名媛诗归》，明末刻本

【辑评】

赵世杰《古今女史》（姓氏）：戚逍遥，冀州南宫人。年二十，父母以适同邑蒯浔。舅姑严酷，责以蚕农怠惰，而逍遥晨昏以斋洁修净为事，殊不以生计在意。蒯浔亦屡责之。逍遥白舅姑，请返于父母家，愿独居修道。父母有疑，而逍遥但以香水为资，绝食静想，自歌云云。人皆以为妖狂，夜闻室内有人言语，至晓独坐。后三日，屋裂如雷，但见衣履在室，半空有鸾鹤仙乐幡幢相迎，遥与众仙云中分别言语。蒯浔驰告父母，到犹见之，邑郭之人咸奔望惊叹。

锺惺《名媛诗归》（卷一二）：戚逍遥，冀州南宫人。年二十，父母以适同邑蒯浔，舅姑严酷，责以蚕农，而逍遥晨昏以斋洁修净为事，殊不以生计在意。蒯浔亦屡责之。逍遥白舅姑，请返于父母家，愿独居修道，父母有疑，而逍遥但以香水为资，绝食静想，自歌云云。人皆以为妖狂，闻室内有人言语，至晓独坐。后三日，屋裂如雷，但见衣履在室，半空有鸾鹤仙乐幡幢相迎，遥与众仙云中分别言语。蒯浔驰告父母，到犹见之，邑郭之人咸奔望惊叹。

萧鹤娘

萧鹤娘，字琼宜，清代邢台人，《国朝闺秀正始集》著录。

【散见收录】

吟　诗

整罢新妆向小帏，营营终日为耽诗。拈毫想到忘言处，落尽梨花总不知。

（清）恽珠辑《国朝闺秀正始集》，清道光十一年（1831）红香馆刻本

【辑评】

恽珠《国朝闺秀正始集》（卷九）：萧鹤娘，字琼宜，直隶邢台人。

沈德贞

沈德贞，字仁英，清代柏乡人。《国朝闺秀正始续集》著录。

【散见收录】

寄 外

月暗西隅渐欲收，不曾愁处也知愁。流萤似解予幽寂，却趁风吹上小楼。

（清）恽珠辑《国朝闺秀正始续集》，清道光十六年（1836）红香馆刻本

【辑评】

恽珠《国朝闺秀正始续集》（卷九）：沈德贞，字仁英，直隶柏乡人。

康　邺

康邺，字湘云，又名漳灵。清代邢台人。夫为黄更生。著有《临风阁集》。《闺秀词话》著录。

【散见收录】

菩萨蛮（残句）

徙倚听疏钟，临眠愁杀侬。

玉楼春（残句）

妾颜自愧石边花，君心莫化花边石。

小重山（残句）

春雨萧萧杜宇愁，绮窗惊晓梦，蹙眉头。

（清）雷瑨、雷瑊辑《闺秀词话》，民国五年（1916）扫叶山房石印本

【辑评】

雷瑨、雷瑊《闺秀词话》（卷一）：康邺，字湘云，直隶邢台人。黄更生内子也。所著有《临风阁集》。王西樵有《赠更生》词云："殿前笔札凌云赋，楼上莺花织锦妻。"盖美康之能文也。

　　胡文楷《历代妇女著作考》：《临风阁集》，（清）康邺撰，《然脂集》著录（未见）。

　　邺字漳灵，直隶鸡泽人，邢台黄更生妻。

◉ 邯 郸

王政君

王太后（前71—13），又名王政君，孝元王皇后，西汉元城（今河北大名）人。汉元帝刘奭后，汉成帝刘骜生母，阳平侯王禁之女，与王莽为姑侄关系，汉哀帝刘欣时尊为太皇太后。葬于渭陵。《古今女史》《宫闺文选》著录。

【散见收录】

褒中山孝王卫后诏

中山孝王后深分明为人后之义，条陈故定陶傅太后、丁姬悖天逆理，上僭位号，徙定陶王于信都，为共王立庙于京师，如天子制，不畏天命，侮圣人言，坏乱法度，居非其制，称非其号。是以皇天震怒，火烧其殿，六年之间，大命不遂，祸殃仍重，竟令孝哀帝受其余灾，大失天心，夭命暴崩，又令共王祭祀绝废，精魂无所依归。朕惟孝王后深说经义，明镜圣法，惧古人之祸败，惩近事之咎殃，畏天命，奉圣言，是乃久保一国，长获天禄，而令孝王永享无疆之祀，福祥之大者也。朕甚嘉之。夫褒义赏善，圣王之制，其以中山故安户七千，益中山后汤沐邑。

（清）周寿昌辑订《宫闺文选》，清道光二十六年（1846）本

【辑评】①

赵世杰《古今女史》（姓氏）：王太后，名政君，魏郡元城人。元帝后，生成帝、哀帝，尊为皇太后。② 王莽篡更命为新室文母。

罗 敷

罗敷，又名秦罗敷，东汉建武（今河北邯郸）人。《古今女史》《历朝名媛诗词》《名媛汇诗》《名媛诗归》《宫闺文选》著录。

【散见收录】

陌上桑

日出东南隅，照我秦氏楼（锺惺云："我"字就立意了）。秦氏有好女，自名为罗敷（锺惺云："自名"二字狂甚）。罗敷善蚕桑，采桑城南隅。青丝为笼丝，桂枝为笼钩。头上倭堕髻，耳中明月珠。缃绮为下裙，紫绮为上襦。（锺惺云：每事铺张，人知其为下文观者张本，不知其实为贞静张本也。慧心艳质往往风流戏动，使愚痴人见之，便将淫宕工目之矣。真艳丽人，胸中自有一段志节，尽有故作情态，颠倒愚惑，相为嗤笑，味罗敷语气，早已笼络尽许多人丑态，然非最上根器，最上才识女子不能。）行者见罗敷，下担捋髭须（锺惺云：三字妙甚，可想不可说。谭友夏云：想其情态，忽发一笑）。少年见罗敷，脱帽着帩头。耕者忘其犁，锄者忘其锄。来归相怨怒，但坐观罗敷。（锺惺云：一解。"但坐"二字痴得妙，妙尤妙此句即是"相怨怒"口中语音。）使君从南来，五马立踟蹰。使君遣吏往，问是谁家姝？秦氏有好女，自名为罗敷。（锺惺云：覆说一遍，妙。谭友夏云：琐琐答语，减一字不妙。）罗敷年几何？二十尚不足，十五颇有余。（谭友夏云：口角

---

① 班固《汉书》、王夫之《读通鉴论》、《乾隆御批纲鉴》等均载其生平处事，与文学无涉，故不录。

② 王政君为汉成帝刘骜母，《汉书》卷八九《元后传》载"元帝崩，太子立，是为孝成帝。尊皇后为皇太后"，卷九九上《王莽传》载"成帝崩，哀帝即位，尊皇后为太皇太后"可知王政君于成帝在位时即为皇太后，赵氏此处言哀帝尊其为皇太后与史书记载相龃龉，于礼亦不合，当有误。

媚，摇摆语态之妙，在一"尚"字一"颇"字。）使君谢罗敷，宁可共载不？（锺惺云：述使君一语，形容其愚状，如在目前。）罗敷前致辞，使君一何愚！（谭友夏云："愚"字妙，骂尽势力中淫横一流。）使君自有妇（谭友夏云："自有妇"三字，骂得不轻），罗敷自有夫！（锺惺云：二解。名言，断男女妄想却板甚，然又趣甚。）东方千余骑，夫婿居上头。（锺惺云：以下盛夸夫婿，妙妙，正以绝使君之望也。一字不必对使君矣，比不乐宋王语更省力，板人以为性情不正矣。）

何用识夫婿？白马从骊驹。青丝系马尾，黄金络马头。腰中鹿卢剑，可值千万余。（锺惺云：没紧要数来妙。）十五府小史（锺惺云：一作"吏"），二十朝大夫，三十侍中郎，四十专城居。为人洁白皙（谭友夏云：女人情深在此），鬑鬑颇有须（锺惺云：细）。盈盈公府步，冉冉府中趣。（锺惺云：出语温然栗然。止说富贵还压不定愚人情事，直说到文采韵致，使人再动不得邪淫念头。使君至此亦当羞杀。）坐中数千人，皆言夫婿殊。（锺惺云：三解。"皆言"二字横甚、骄甚。谭友夏云：如此结了妙甚。妙在贞静之情即以风流艳词发之，艳亦妙于正也。罗敷不特表贞，亦可谓善言情矣。儿情到至处，必非淫悍者所能，于此可想。）

（明）锺惺点次《名媛诗归》，明末刻本

【辑评】

锺惺《名媛诗归》（卷二）： 旧说邯郸女子，姓秦名罗敷，为邑人千乘王仁妻，仁后为赵王家令。罗敷出采桑于陌上，赵王登台，见而悦之，置酒欲夺之。罗敷善弹筝，作《陌上桑》以自明。案：其歌辞称罗敷采桑陌上，为使君所邀，罗敷盛夸其夫为侍中郎以拒之，与旧说不同。

陆昶《历朝名媛诗词》（卷一）： 旧说邯郸女子，姓秦名罗敷，邑人王仁妻，为赵王家令。罗敷出采桑陌上，王登台见而悦之，欲夺焉，罗敷作歌以自明。按：歌所云乃为使君所邀，与旧说不同。此诗或他人作，以叹美罗敷者，如行者将须，少年脱帽，来归怨怒等语，岂是罗敷自为耶？其后半首之盛夸其夫亦近于愚妇人语，未必为罗敷作也。而诗自磊落古峭，甚佳。

赵世杰《古今女史》（姓氏）： 邯郸女子姓秦名罗敷，为邑人千乘王仁妻。仁后为赵王家令，罗敷出采桑于陌上，赵王登台见而悦之，置酒欲夺之。罗敷善弹筝，作《陌上桑》以自明。案：其歌辞称罗敷采桑陌上，为使君所邀，罗敷盛夸其夫为侍中郎以拒之，与旧说不同。

窦 氏

窦氏（1677—1717），清代大名人。隐士日严女。陈朝荫室，著有《贞奁阁集》。有龚缨序。《畿辅书征》《国朝闺秀正始续集》《小黛轩论诗诗》著录。

【整集收录】

序

嗣子茕茕一室，风雨漂摇，有寻常人所不能堪者，贞奁以一弱女子恬然安之，无几微介于色辞。而更益务养生丧死，拮据卒瘏，岁时伏腊，修陈氏之祀，事无少缺，凡飶香椒馨之属必躬必亲，竭情尽慎，致其敬而诚若焉。盖生平才与节兼，俨然有古烈丈夫风，然亦卒未闻其偶以一辞自功也。而独于归宁之际，以文字娱亲，稍稍形为有韵之言。噫嘻！此岂非所谓择可言而言之，言无溢辞者耶？顾又深自覆匿，多毁弃其稿，不以示人。当其生存时，自父若兄外，几无一知闻者。呜呼！此岂所称不可以传而妄觊其传者耶？卒不幸疽发，皆归首丘于陈氏。于是其尊公洎其哲兄，始为料捡丛残，寿诸梓而公之世焉。呜呼！此岂非所谓不忍其不传，而不欲以秘其传者耶？呜呼！是宜可传也已。大名为古卫地，卫与邶鄘列十三国风之首，而次于二南，篇什较诸风为独富。而三风懿美之诗，顾多出于女子。戴妫大归于陈，不以诗传，庄姜作燕燕之诗以传之，其卒章曰：秉心塞渊，终温且惠，淑慎其身。何其于离赠之由，不烦称也。其他《泉水》之女子兴怀于载脂，《竹竿》之女子流连于桧楫，而许穆夫人、宋桓夫人一赋《载驰》，一赋《河广》以传焉。噫嘻！此岂非皆所谓发乎情，止乎礼义者耶？夫以彼其才，于其所遭，弗克自遂何难尽播之声诗，而所传亦仅止此。然则古人之诗，言其所言，其必有不言其所不言者也，此诗之教也。抑余又有思焉。风之诗孰传之？太史传之。其传之也孰永之？删诗之君子永之也。而其先闺闼之所沉吟，篚衍之所流示，以暴诸世而启其传者，非其亲昵，谁实任之？是故《载驰》之诗人，其终传之者，其大夫国人，《泉水》之诗人，其始传之者，必其伯姊诸姑父母兄弟无疑也。然则兹刻也，以言者传其诗，以不言者传其心，以始之传者传之家庭，以终之传者传之乡国天下，将无不言而同然以几于永久者，其庶几继三百而有传矣乎！爰不辞夫称传善举也，而为之序。

冶麓龚缨。

序

是集不欲示人也，而终以示人者何？盖不欲示人者，妹之志；而终示人者，又家大人与余怆然不容已之心也。妹幼娴姆训，长习词章，自伤《柏舟》早赋，不欲以能诗闻于人。尝曰："诗词非女子事，况未亡人理宜长斋绣佛，以毕余年已耳。顾瞿昙净业，未易参悟，而茕茕索居，无以自遣，不得已勉事诗书，从吾所好。况大人笃嗜吟咏，余女子不能跻显荣报劬劳，唯以春花秋月之夕，偶得一句一联，呈览膝下，以博片时欢。此余作诗之意也，何堪示外人哉？"其闺范谨饬有如此。以故二十余年，虽至亲族，人鲜有知其能诗者。然妹与风雅之道，实有夙契，居恒端坐一室，足不逾阈，惟与毛锥砚田为伍，每一展卷，欣欣忘倦。尝冬夜观书，漏下四鼓矣，犹闻吟哦声。生平所著甚多，不自爱惜，用以拭几燃膏，故散失颇众。余尝令其存稿，唯笑而不答。忽于去岁长夏，汇集其平日所作诗若干首，手录一帙，举以示余曰："此妹之近草也。吾兄试览焉。"余受而阅之，且从而评之，因谓曰："汝素志不轻以诗示人，盖以齿正少，且孀居，不欲以此钓名耳。今已四十，期以十载后当为汝授梓焉。"呜呼！谁意天道叵测，蕙兰易萎，不数月而告病矣，又阅月而竟殂矣，所留无一长物，惟此遗草数十幅，横陈于芸窗竹榻之间，而复令其湮没无闻，与石火电光倏忽同灭，岂能忍哉！岂能忍哉！此家大人所以亟命校雠，用付剞劂之意也。妹孝友出于天性，甲午秋余病痢甚危，妹愀然曰："吾在世真若赘瘤然。"因焚香祷天乞以身代。及患疽病剧，自知不起，凡大人就视必强作欢容曰："儿病稍愈矣。"大人其无忧。易箦之辰，举家环视，人尽掩泣，妹徐曰："吾死得所归矣，惟高堂垂白，涓滴莫报，从此永违色笑。余真不孝人耳。"言讫，遂瞑目而逝。悲夫！其贞心苦节，饮冰茹蘗之操，家大人既传之矣，余复叙其梗概，阐其幽隐，弁诸简端，至于诗之工拙，当代之词坛宗匠如肯赐览，自有定评，何待余之喋喋为。

康熙丁酉元夕前二日愚兄瓒题于倚雄堂。

· 《贞奁阁集》卷一 ·

仲 春

迟日春风暖，贪眠懒起妆。槛梅全吐玉，堤柳半吹黄。院静莺声碎，堂深燕翅忙。早来经片雨，芳草润池塘。

不 寐

笛声何处发，宛转动人忧。风乱千林叶，鸿飞五夜秋。寒灯燃梦断，霜月捣衣愁。倦坐浑无寐，天空碧汉流。

杨 花

寂寂春归三月暮，柳绵无那使愁添。落花伴去逐流水，飞燕携来上绣帘。庭院成团风细细，旗亭舞影月纤纤。群芳此际多摇落，惟尔悠扬乱堕檐。

春 半

韶光荏苒尽芳菲，愁过清明游兴稀。野草初匀浓更远，林花半吐色方肥。新泥因燕才添户，香雨为莺细洗衣。楼外柳丝笼淑景，阴阴万缕暗柴扉。

盆梅三绝

其一

只合瑶台斗晓妆，肯将仙魄伴凡芳。小盆移近床头立，梦里犹闻玉骨香。

其二

傲骨冰心绝点尘，腊残更觉有精神。暗香拂槛胎如玉，独冠群花绽早春。

其三

琼姿半吐玉痕鲜，满树清芬正可怜。雪积窗棂更漏永，青灯寒夜伴花眠。

秋 怀

秋来景物尽苍苍，萧索枝头木叶黄。万户寒砧动寂寞，一声孤雁唤凄凉。荻花漫吐含清露，菊蕊新开带晓霜。倚遍栏干听漏转，悲筇此际断人肠。

蟋 蟀

微物生荒草，凄凄报早秋。兰闺幽妇叹，客舍旅人愁。天静浮云散，江清碧水流。坐听浑忘寐，檐月下帘钩。

秋　日

其一

桐叶纷纷带露零，秋霜夜落满沙汀。晓妆意懒犹蓬鬓，闲折花枝倚画屏。

其二

秋老梧桐落叶黄，桂花开处有清香。西风吹动愁无限，伫看南飞塞雁忙。

春　水

雪消春水漾高楼，倚遍雕栏景自幽。碧色浮花江里艳，清溪映月镜中钩。
双双浅处衔泥燕，片片深流渡水鸥。风静溶溶飞细浪，柳阴闲泊小渔舟。

旧　城

其一

小桥一带碧桃花，日暮登楼对晚霞。何处野烟遥伫望，深深柳内几人家。

其二

鲁闻此处是王都，画槛楼台一望无。蔓草连天惟牧竖，颓城古树落啼乌。

书　怀

秋容分野色，寂寞坐寒斋。废绣因书卷，消愁赖咏怀。新凉入绣幕，败
叶下空阶。索句常过午，推敲尚未谐。

游息园

流水板桥傍绿杨，风吹麦穗拂车香。槛前芳草茸茸碧，架上蔷薇淡淡妆。
带月慈鸦栖古树，采花粉蝶绕回廊。农家老妇谈心苦，蚕事经营田事忙。

暮　春

其一

风动帘钩响绣椸，沉沉夜漏雨蒙蒙。明朝但看枝头色，应是红稀绿满丛。

其二

潇潇细雨晚生凉，满地榆钱白昼长。莫道困人花正落，风来犹自散余香。

秋　柳

栏前几树尚依然，霜落条柯倍可怜。憔悴纤腰妆舞影，飘零野圃栖寒烟。
春来巧语穿林鸟，秋送长鸣抱叶蝉。系马不堪持赠别，寻枝愁锁灞桥边。

秋　响

枫落寒潭爽气生，乱飘桐叶满窗鸣。悲秋应是怜虫语，不寐多因听雁声。夜半清砧起隔壁，更深明月上花棚。挑灯独坐闻秋籁，风竹萧萧正怆情。

赠女伴

因何离月阙，飞下我庭间。弱态风前柳，弯眉镜里山。罗衣笼翠带，蝉鬓敛云鬟。奇丽含娇笑，何人不解颜。

送　燕

度水穿帘高复低，呢喃如诉又如啼。明年社后春归日，应记雕梁有旧泥。

闲　咏

湘帘高卷燕飞斜，落尽群花闷转加。惟有松筠堪作伴，肯将清韵送窗纱。

蝶

穿篱绕径觅春香，玉剪轻飞过粉墙。最是梦魂清绝处，深宵稳睡宿花房。

秋海棠

窗前含露逞秋红，西子新妆立绿丛。莫道伤情偏对尔，花中怜尔断肠同。

迎春花

日暖和风动，竹栏发嫩黄。群花犹未吐，独绽一枝芳。

春日回文

春残飞絮轻，径草乱蛙鸣。人闷倚栏曲，新花夜露清。

秋日回文

林霜染叶红，孤月映庭空。深院幽凄夜，禽啼乱菊丛。

送二兄应试

新秋仗剑赴神京，翘首云山十日程。疏柳蝉鸣人志壮，古槐花绽马蹄轻。平时埋首甘辛苦，此际扬眉待显荣。伫看捷音早晚至，还期帝里听春莺。

秋　雨

其一

冷雨催风入夜凉，半黄芦叶雁南翔。芭蕉淅沥声偏急，独坐秋窗欲断肠。

其二

霜染疏林落叶秋，空庭寂寞日凝眸。那堪促织杂风雨，点点啾啾入耳愁。

寄 姊

暮春一见到中秋，草内吟蛩似诉愁。为动离情余独苦，因知相忆尔同忧。
清谈争照窗前镜，索笑携登月下楼。寄语新诗无别意，只看群雁下汀州。

雨 夜

淅沥空檐心欲灭，潇潇风雨入秋来。寒鸦拥树枝头冷，孤雁穿云雨内哀。
敲响松声来枕上，打飘梧叶下尘埃。幽窗独坐消更漏，寂寂无言诗自裁。

题 画

一带幽篁敲晚风，白云深锁夕阳红。邃然茅屋柴门掩，野旷人归山径中。

暮春雨后

一夜潇潇生嫩凉，晚妆犹怯薄罗裳。枝枝杨柳添浓翠，淡淡蔷薇送细香。
燕语呢喃催曙色，莺声宛转逗春光。飞红满地景偏好，索笑花丛送羽觞。

牡 丹

绰约芬芳色倍新，晨妆清露洗微尘。翩翩自任风吹艳，为荐天香一种春。

暮春月夜

漠漠群山断复连，满庭芳草柳翩跹。绿肥红瘦春将暮，露重星稀月正圆。
槛外落花逐逝水，窗前归燕语长天。东风历乱伤人意，飞絮飘残又一年。

秋 兴

其一

寂寞帘栊小院幽，疏萤纨扇冷清秋。纱窗铁马杂砧响，浅水荻花逐浪浮。
风剪霜林叶欲坠，云笼淡日雨初收。空庭四壁寒虫语，衰草苍苔满地愁。

其二

漠漠苍烟遥望微，寒催败叶雁南飞。时闻砧杵经宵发，但见银潢永夜辉。
丹桂吹开风细细，芭蕉滴响雨霏霏。林端一片秋声急，帘卷轻寒透绣帏。

其三

送雨江云障碧空，风来吹散月如弓。窗前耿耿度萤火，天外嗷嗷叫塞鸿。
暮霭千林飘败叶，晚香一径发寒丛。栏干倦倚寂寥甚，巧说秋情是草虫。

其四

帘卷清霜漏正长，仙槎泛水暮烟苍。秋来落叶桐将瘦，雁叫庭寒菊尽芳。棋局深宵度寂寞，笛声何处送凄凉。幽窗一夜芭蕉雨，伏枕无眠欲断肠。

雁　字

长林飒飒觉秋凉，忽见群鸿过草堂。乱泼墨痕天外转，齐排人字楚云翔。随风羽掠三更月，度水声寒五夜霜。鲁代苏卿传汉信，飞来犹似寄书忙。

河　灯

升平佳景歌声长，箫管旌幡竞小航。月映水天同一色，分明星斗乱寒光。

赋得惜花春起早

清明节至群芳吐，惜春正欲几点雨。花丛惊觉宿黄鹂，池边扑起睡白鹭。一钩斜月影微茫，莫待阳鸟映画梁。小嬛休去开妆镜，且秉明烛看海棠。

赋得爱月夜眠迟①

银蟾喜对明②如昼，夜凉寂静三更后。素魄将移花影斜，清光已射窗纱透。斗转银河碧汉流，牡丹带露弄轻柔。熏笼③香烬浑忘寐，倚遍栏杆几曲楼。

赋得掬水月在手

荧荧月色银波漾，恰喜姮娥常相向。冰轮高捧离妆台，宝镜轻移讶掌上。闲濯秋水满池塘，素手擎来竞流光。芙蓉叶颤微风细，明珠频动影茫茫。

赋得弄花香满衣

迟迟长日东风急，相同女伴花丛立。手攀蔷薇恐刺伤，袖拂幽兰防露湿。撷罢群葩方欲归，游蜂簇簇傍人飞。午睡醒来堪惆怅，香气犹余满绣帏。

春

夜露寒湿秋千索，栏干欲倚怯衣薄。暮雨才收明月悬，牡丹初吐海棠落。时闻亭后子规啼，春光明媚草萋萋。风送轻香拂满面，雕栏一带粉墙西。

---

① 此本原注："《正始续集》无'赋得'二字。"
② 此本原注："《正始续集》作'宵'。"
③ 此本原注："《正始续集》作'炉'。"

夏

牙床闲倚开书卷，小婢相随挥团扇。庭前松影拂阶斜，窗外柳阴依岸转。院静帘垂昼正长，午眠香汗湿罗裳。睡起晚来无个事，池边掷豆打鸳鸯。

秋

倚栏对月十分魄，清光可爱当窗射。落残碧梧随风飘，消瘦芙蓉逐浪拍。秋声万籁动凄凉，黄菊纷纷晚节香。夜阑独坐多愁寂，一阵鸿鸣一断肠。

冬

檐前铁马声凄切，日暮诗成天又雪。飘飘满院堕琼花，滚滚当帘舞玉屑。最是梅边景倍嘉，一枝斜覆压窗纱。同人夜坐开棋局，频呼侍婢煮新茶。

去年春，与大嫂黄氏同谈月下，两人欢甚，已而嫂忽告殂，今经一载，又当春日矣，风景依然，而音容莫睹，不胜畴昔之感，因述一绝以志怆怀

往事闲思倍惨然，韶光转瞬又春天。同心知己人何在，莺燕啼花似旧年。

咏　燕

秋去不知何处乡，春回还觅旧雕梁。池边一对呢喃巧，却似别来语话长。

秋　晚

其一

西风吹木叶，万户动寒砧。静院凭栏久，愁心无限深。

其二

萧索亭前树，吟蛩四壁鸣。晚风窗外促，满院尽秋声。

其三

桐凋秋欲暮，篱菊含清露。明月满空阶，同人相与步。

垂丝海棠

依然西府坠柔条，露染嫣红湿绛绡。弱态如同飞燕舞，轻盈争似小蛮腰。风前宛转疑无力，雨后参差更吐娇。静院无人明月夜，锦屏拂槛影摇摇。

春日饮于倚雉堂赠甥妇

春日开樽倚雉堂，锦屏曲曲篆烟香。当阶柳叶迎人舞，隔径棠枝妒面妆。

燕语喃喃频劝酒，莺声呖呖故催觞。莫言明媚园林好，镜里春山画更长。

寒夜闻雁有感

林树萧疏将暮秋，哀鸿嘹呖过南楼。寒窗拈管心如醉，空户停针意转忧。翼扑山岚云气散，声随笛韵夕阳收。徘徊立遍苍苔月，古木寒烟永夜愁。

九日饮花下

晚霞几片夕阳收，苔色斑斑夹径幽。开宴东篱期尽醉，玩花西院共登楼。窗前冷露清砧发，天畔寒烟野水浮。寂寞茱萸懒插鬓，一声落叶一声秋。

春日闲咏

万里山河丽，卷帘望远岚。游蜂飞簇簇，归燕语喃喃。地暖桃初吐，春和柳半含。闲来寻女伴，促膝共清谈。

暮秋月夜

其一

霜月当窗白，闲庭夜正幽。忽闻过塞雁，嘹唳唤人愁。

其二

月华明照户，霜落染苔斑。红叶千林老，白云一片闲。

秋 夜

野岸含烟细，寒花浮槛开。送愁蛩语乱，惊梦漏声催。秋色桐先见，疾雷雨后来。倚栏清夜永，玉露湿阶苔。

蝉

亭馆夕阳断续鸣，暑光催去唤秋情。池塘疏柳梧桐里，一片寒声梦亦清。

旧城同女友登楼赋赠

曾记登楼望，今来春正和。系舟渔父饮，驱犊牧童歌。携手相逢少，谈心兴转多。美人相对处，疑是伴姮娥。

暮 春

春水如天碧，垂杨覆板桥。鸣蛙池内聒，飞絮槛前飘。花落地妆锦，雨收云带潮。枝头啼鸟乱，清韵绕松寮。

清 明

流莺啼过碧窗纱，遣兴裁诗景物嘉。霭霭暮云低翠柳，蒙蒙香雨润桃花。

偶得双鸳鸯花

温香异种更翩翩，偶得鸳鸯几朵鲜。忽忆韩凭精魄化，双魂何事到花边。

雨 夜

停针无语对灯残，冷雨潇潇窗外寒。独坐裁诗清夜永，秋声落叶入雕栏。

赋得好雨知时节

春正晴和日正长，朝来甘澍润池塘。麦沾灵雨层层绿，柳带轻烟淡淡黄。
风动千林含暮霭，云开万里见夕阳。漫言花鸟逢时悦，且喜农人耕耨忙。

暮春有感

空庭寂寞倦残春，落尽群芳草色新。薄命自怜思往事，半生辛苦忆慈亲。

咏锦笺剪花

手持名锦费踌躇，欲剪犹停问女奴。回道清晨梳洗样，居然制出晓妆图。

秋 夜

其一

熏笼斜倚谩徘徊，枫叶敲窗月照台。自是愁多添不寐，非缘寒夜雁声哀。

其二

玉露沉沉落叶多，寒生昨日雨新过。乱虫四壁难成梦，不住悲鸣奈若何。

闻 笛

无语拥衾闷转频，月明凉夜倍伤神。笛声听处心多感，落尽梅花一夜春。

晚妆花

朝日朱颜倦，慵妆恋晓帏。墙隅新月下，才肯斗芳菲。

茉 莉

居然清韵压群葩，罗列窗前映碧纱。绰约冰姿香细细，折来和露点新茶。

新 秋

商飙随序至，一叶下窗棂。残暑时光改，新秋露气零。庭中连蟋蟀，池畔点蜻蜓。疏雨经初霁，幽篁色倍青。

仲春雪后寄姊

悠悠着意点苍苔，霁后寒光入户来。闺梦正酣莺唤起，绣帘未卷燕催开。朦朦云隐天边月，细细香生雪里梅。专待归宁休负约，烹茶共坐画屏隈。

立　秋

梧飘一叶送秋声，风动凉生暑气清。万户寒砧催木叶，草根深处乱虫鸣。

暮秋雨夜书感

其一

秋老雁声寒，林疏霜叶丹。断魂惊暮雨，况是夜将阑。

其二

世情难自保，无事闲居好。枝上看秋残，秋光容易老。

其三

兀坐对灯残，愁声入愁耳。空阶夜雨鸣，滴向幽篁里。

暮春送女伴

其一

携酒花前兼饯春，春归别意总伤神。明年堤柳吹金日，莫作无凭未至人。

其二

东皇归去百花残，人别情牵坐夜阑。今日奕棋同笑语，明朝独自倚阑干。

春　日

碧纱窗外日迟迟，斗草寻芳正此时。花片忽惊蝴蝶梦，诗思又到海棠枝。黄莺有意催春色，绿水无声泛酒卮。戏罢秋千深院里，月明侍女笑相持。

春　晚

满径残红铺绣茵，日长人困减精神。子规说恨声声切，碧草连愁处处新。梧院轻寒来暮雨，柳塘弱絮散余春。韶光荏苒惊心剧，兀坐闲窗过雁频。

落　花

微雨敲新叶，清风堕故红。乱铺苔径上，细衬草丛中。帘卷落英入，窗开香气通。争泥小燕子，衔去粉墙东。

秋 怀

其一

雨洗黄花不染尘，愁人兀坐减精神。晚来拂槛看征雁，写就秋云几字新。

其二

暗虫四壁说秋情，夜里犹闻梦易惊。风吼松巅成淅沥，月明竹籁起凄清。

其三

凭栏罢绣转踌躇，飒飒凉飙动井梧。蝴蝶不知秋意惨，寻香犹自过墙隅。

其四

寂寂黄昏恰断肠，一栏明月晃寒光。萧条秋景人皆感，况是凄凉转自伤。

其五

雁叫平沙夜已深，不关忧愤也难禁。清霜晓染千林醉，暮雨寒催万户砧。

腊 梅

细细幽香淡淡黄，空阶寂静傲风霜。仙姿只恐罗浮妒，巧换春光别样妆。

班婕妤

月照长门素练寒，裁成纨扇忆合欢。当时谢辇君王后，肯惜秋深梦里单。

江采蘋

几点梅花伴寂寥，上阳深锁暗魂消。珍珠空惹蛾眉恨，纵入新声不见招。

除 夜

守岁独徘徊，凄然心欲灭。腊方随漏去，春又逐梅来。忧愤应难遣，韶光任自催。世情无意久，节物总堪哀。

邑侯吴公夫人卒于官署，公作诗五章挽之，予读而哀焉，为作二首

其一

未见倾城也泪垂。不知丰韵似阿谁。旧梁紫燕添新恨，新冢香魂忆旧悲。芍药花残急雨堕，海棠枝断暴风吹。拈毫欲写忽停手，只恐诗成污翠眉。

其二

欲戒伤心难自由，只凭笔砚挽风流。蝶眠不返寻香梦，莺唤难分惜玉愁。可叹黄沙埋粉面，最怜明月照妆楼。骤来风雨彻宵急，谁念花开色正柔。

兰

纤芽弱干玉人姿，露洗新妆欲绽时。久立芳丛闲折玩，月明随我下阶墀。

仲春雨夜书感

年来忧愤有谁知，默坐残灯夜雨时。乍冷最怜梁燕子，不禁犹怕海棠枝。欲从纸上寻佳句，又恐诗中书怨词。种种艰心写未了，侍儿聒聒说眠迟。

暮　鸦

薄暮登楼望，鸦翻万点忙。水边残照里，天外断霞傍。敛羽寒惊月，长鸣冷怯霜。投林知暂息，待曙更翱翔。

冬　月

皎皎清辉满，零零白露团。蟾光当绣户，冰影上雕栏。万里海波静，九州山岳寒。惊鸦栖不定，长噪绕林端。

雪夜书怀步家大人原韵

雪霁窗虚觉倍寒，阶除积素映朱栏。鸿迷远渚声偏怯，鸦噪空林栖未安。父健不须灵寿杖，兄才宜着进贤冠。庭闱命赋学联句，咏絮难追任夜阑。

附

原唱

雪罢庭除分外寒，厌厌夜饮起凭栏。风摇帘幕声何壮，气透衾裯卧未安。年老久无轩冕志，时清宜制鹿皮冠。欲追谢傅当年事，儿女同题到夜阑。

男瓒恭步原韵

其一

晚霁黄昏薄袂寒，阶除徙倚俯雕栏。膝前命咏心还怯，酒后挥毫句未安。孤棹乘宵思访戴，残编映雪望弹冠。题诗自愧拟盐句，也共长吟到夜阑。

其二

小阁初晴夜正寒，月光雪色上花栏。冷侵竹塌怯衣薄，瑞慰农人卜岁安。一夕诗情付玉斝，半生身世误儒冠。庭前赓和消更漏，惆怅年华又欲阑。

其三

雪满长空四野寒，小轩曲曲接雕栏。云浓鹤羽浮天白，风静梅花落地安。世事尽同蕉鹿梦，人情浑似沐猴冠。欲浇块垒凭杯酒，五字吟成兴已阑。

赋得灯雪月争光

元夕从来说艳阳，今宵佳节倍辉煌。高悬蜡炬雪光映，碎踏琼瑶月影长。晶彩难分摇紫陌，迷离不辨灿兰房。升平万户连箫管，到处游人乐未央。

卫河雨望

烟浦看无际，登楼兴不穷。雁沉惊电里，树断乱云中。雨气吞堤没，溪光入野通。渔灯近夜望，明灭渡头东。

冬夜家大人屡命题咏，书此见志

新诗方改罢，兀坐自长吟。火烬风偏急，宵寒漏转深。敢矜题句妙，且喜慰亲心。小院人声寂，霜天月满林。

春霁偶题

其一

自嫌览镜对愁容，且立池头看碧峰。新雨乍晴春正美，一钩岚气翠眉浓。

其二

草亭闲坐展书函，花落春泥燕子衔。任是愁人无意绪，也怜香气满罗衫。

其三

沉沉静院雨丝丝，正是韶光明媚时。霁后隔窗遥寓望，飞云乱度海棠枝。

其四

雨余春色映湘帘，景物清和觉倍添。树杪莺啼花历历，柴扉人倚月纤纤。

二兄纳姬偶成二咏，前一首赠嫂，后一首赠姬

其一

问君含笑意如何，闺阁相怜韵事多。试看明窗临晓镜，凭肩指顾画双蛾。

其二

海棠羞与斗妖娆，轻步香尘环佩遥。欲换衣裳还自忖，新妆只待侍儿招。

前　题

细挽云鬟意不穷，含娇初起绣帏中。玉容羞闭梨花月，罗袖轻分燕子风。只倚高情如海阔，敢矜弱态自春融。惊人最是湘裙下，雨点红鞋弯似弓。

戒　婢

避事先宜戒女奴，寻常饶舌费踟蹰。休因闲事论长短，莫向邻姬话有无。

庭院时时勤洒扫，裁缝细细用工夫。留心粒米防抛掷，须念贫家珍似珠。

偶得秋菊别种二盆红蓝可爱珍藏小阁因赋二绝

红 菊

姿容不让海棠娇，草阁珍藏灌小苗。似带余醺逞舞态，风来摇曳玉环腰。

蓝 菊

篱边一样待秋光，却早黄花几日香。浓翠生成如黛色，晓妆闲杀画眉郎。

赠李表嫂

暌违已四载，相见倍相亲。风透湘帘静，雨侵苔色新。诗凌谢氏句，字擅卫家神。良会心方惬，别情又恼人。

赠李表妹

爱尔倾城貌，今朝始一寻。花香侵案细，竹色映杯深。丰韵窗前镜，凄清月下琴。闺中乐聚首，相对慰知心。

秋日桃树复花偶咏

西风已透小窗纱，忽见夭桃色倍嘉。岂是隋宫巧剪彩，非关唐苑善催花。岁寒将近犹争艳，秋景方阑又吐葩。渔父寻源惊乍见，错疑洞口逗晴霞。

暮春夜雨

独坐挑灯夜已深，疏棂陡峭冷难禁。惊心凉雨宵偏急，转瞬时光愁屡侵。读史常怜曹氏制，学诗每愧谢家吟。西园遥忆花全落，欲挽春归何处寻。

赋得洞口桃花上己山

三月融和景物嘉，风风雨雨遍天涯。山巅日暖千层锦，洞口云穿几片霞。倒影清流垂古涧，落英芳甸扬轻沙。仙源寂静人踪少，一半春禽一半花。

人日即事

腊尽冰消几日春，韶光屈指又灵辰。谁家巧剪为花胜，何代遗风竞贴人。步月露浓梅影瘦，卷帘风暖雁行新。悲欢莫恨浮生累，苍狗白云那认真。

采莲八韵

罢绣挥团扇，采莲斗小航。钓丝牵翠带，荷露溅红裳。歌逐清流转，燕随彩袖扬。罗裙裁叶色，粉面共花芳。恰出横塘曲，如离云岫傍。含情折并蒂，不语打鸳鸯。脉脉催归棹，纷纷笼暗香。晚来人散后，月影逗波光。

病中新秋

蛩语蝉鸣乱入愁，恹恹思睡意悠悠。不知暑尽时光改，槛外桐飘几叶秋。

木芙蓉

肯逐春葩斗艳芳，只随篱菊傲风霜。明皇若见倾城种，不把腰肢说海棠。

春　阴

山色浓浓翠，雷声隐隐鸣。云阴含雨气，天暝觉春清。纤柳莺梭度，裁花燕剪轻。窗开人意怯，帘动峭寒生。

良宵夜话

最爱良宵景，黏衣桂子香。窗鸣云吐月，几静砚生光。茗战情无减，清谈兴更长。笑呼诸女伴，莫厌话荒唐。

红　梅

一般春早发寒枝，月下疏狂带醉时。想为玉容人写遍，故匀红粉换新诗。

制　帐

闲缝罗帐坐窗纱，不画山川不绣花。惟有愁人能点染，斑斑血泪尽成霞。

月　下

最怜一片中天月，花影帘疏上绣床。独自凭栏贪看久，不知寒露堕衣裳。

书　愁

遣去复来难自由，重重乱上两眉头。肯随云影经时散，偏逐江源不断流。满院落花杜宇晚，一庭凉月塞鸿秋。半生薄命多悲感，筱管能书几许愁。

次二兄野外看桃花韵

寻幽芳甸望偏赊，处处撩人春正嘉。雨过长堤添野色，云归远岫带晴霞。深林莺啭香尘软，小店风摇酒旆斜。何事迟留归骑晚，应观碧水泛胡麻。

上巳日有感

日暖风和上巳天，隔帘细雨望如烟。夭桃夜静莺儿卧，翠柳春深燕子穿。对景虽然悲薄命，醮油何用卜流年。愁连芳草时时长，不逐东皇竟渺然。

新 秋

飒飒商飙至，新凉透薄衾。云浓迷塞雁，雨急断疏砧。竹韵拂窗细，苔痕上壁深。暑光惊又尽，不觉动愁吟。

与同人挑灯夜话偶而成章

林花无语月无声，一任悲欢自动情。憔悴不关花百媚，断肠休怪月偏明。

题牡丹图

不待和风动，芬芳引蜜蜂。青莲曾入赋，妃子对描容。色向指尖发，春从绢上浓。四时长弄艳，绰约倚高峰。

初夏晚霁

嫩凉吹薄袂，细雨浥轻尘。榆叶当窗绿，荷钱抱水新。月窥书案静，花落鸟声频。会得幽栖意，何须苦怨贫。

闻 蛙

蛙鸣阁阁雨新过，几处溪中与碧莎。休把官私嗤惠帝，人情两字竟如何。

秋日忆二兄北行家信不至

霜落惊寒动别忧，如何尺素又迟留。系舟野渡村砧晚，跃马云天鸿雁秋。白发高堂频问讯，青年客子漫遨游。家园正望泥金至，整顿霜毫书凤楼。

虞美人花

汉楚争雄事已非，为谁浓艳斗芳菲。当时几许兴亡恨，慷慨香魂逐剑飞。

不寐偶成

其一

窗外黄昏罢绣工，又拈诗草坐庭中。悠悠凉夜人声寂，惟有西风动碧梧。

其二

穷闺寂寞断人肠，坐对残灯泪两行。乌鹊不知更漏永，却将明月唤晨光。

其三

帘前落叶正纷纷，天外嗈嗈雁几群。满院凉飙秋色暮，愁心不肯似浮云。

其四

触绪闲愁不可降，那堪深夜对银釭。惊心最是檐前树，只把秋声送到窗。

其五

对人谈笑强开颜，罗袖谁知泪染斑。风竹萧萧清夜永，愁来转觉绣针闲。

其六

月明霜露满庭除，花影摇摇上壁疏。已把秋情蚤说尽，凄凄犹自欲何如。

其七

绣被重熏怯暮寒，魂消铁马响珊珊。愁来莫恨难成梦，血泪长从梦里弹。

即 事

沉吟无语自徘徊。何事愁人心最灰。满院春残添雨后，一庭秋气逐鸿来。身轻空念昆情重，命薄长怜余意哀。词翰知非闺阁事，不禁忧愤只频催。

立春不寐书怀

艰心对景转成灰，谈笑人前强自开。竹里棋枰对姊奕，闺中诗句倩兄裁。松声唤梦随风去，梅信传春向夜来。渐渐帘前花月好，韶光可惜带愁催。

和山左女子题壁二绝

其一

阿谁舍怨自怜香，粉壁留题字几行。拨尽琵琶乡梦渺，明妃愁换汉宫妆。

其二

离情别绪乱纷纷，困顿征鞍更断魂。不似馆娃承宠日，蛾眉空比苎萝村。

对书偶成

牙签锦帙映雕栏，灯下开函坐夜阑。抛去几番还自索，不知何意戒心难。

七 夕

节候频催昼掩门，却逢七夕拜天孙。欢呼赌胜谁乞巧，病怯愁吟我断魂。隔岸双星明碧汉，驾梁灵鹊起黄昏。相怜聚会惟今夕，又洒经年别泪痕。

咏牡丹灯

隋宫剪彩怜同调，又讶清光满槛前。瓣坼指痕辉夜色，蕊藏蜡炬斗春妍。清馨巧借瓶梅细，晶彩浓分舞袖鲜。谁向洛阳分几种，裁成国艳代金莲。

春日饮女友村庄

便风送牧笛，惊犬吠荒村。蔬酒偏劳劝，桑麻却细论。桃花当板牖，溪水横柴门。坐久忘归去，栖鸦报日昏。

倚雉堂月下观梅

玉骨玲珑映月光，模糊远望白如霜。疑无似有难分色，欲断还连只辨香。数片残英飘尸内，一枝瘦影挂窗长。行来翠羽惊飞急，倚遍横塘几曲廊。

玉簪花

抱蕊含香压鬓蝉，最宜点缀绮窗前。玉钗疑堕苔茵里，忙欲拾来唤小嬛。

栽　花

名葩几簇绕栏栽，入眼春光次第开。寄语封姨休吹落，长怜香艳傍帘来。

白　雁

霜禽何处起，素羽任轻飞。岁岁衔芦返，年年带雪归。冲烟应绝影，掠月共争辉。沙渚闲鸥鹭，同盟戏钓矶。

评吾妹诗不禁慨然有感也。吾家忝列士大夫之族已六世矣，掇巍科通仕籍者代不乏人。家大人幼攻举子业，淹贯经史，所恨数奇不售。虽以明经筮仕，历官太守，然居常怏怏，以不由制科为终身遗憾焉。因以承先裕后，望儿子辈。不幸先兄早世，余又善病，兼之赋质驽钝，数赴棘围而屡进屡刵，不克一慰倚闾之望。妹负如此隽才，使为男子歌鹿鸣题雁塔，拭目可俟耳。顾屈在巾帼，沉迹于穷闺幽阁之中，且结缡甫及三载，良人早逝，柏舟自矢，纵一吟一咏，与道韫、苏蕙诸名媛争能，亦何益哉？古人云：吾家有一进士，所恨不栉耳。可叹也夫！

丙申菊月兄瓒漫识。

·《贞奁阁集》卷二·

十六字令·秋

桐叶落，随风细雨中。关情处，嘹呖过冥鸿。

闲中好·染甲

芸窗外，一片凤仙花。要染纤纤指，金盘捣彩霞。

南柯子·立秋

一叶梧桐落，寒声万里同。月照碧天空，倚栏闲伫立，语秋虫。

渔父·秋海棠

占得秋容独傲霜，微微香气媚晨妆。西子醉舞罗裳，似语含娇诉断肠。

忆王孙·秋夜

萧萧秋景夜寒轻，雁去声留月色明。玉漏沉沉天气清，晚风生，吹动窗前桐叶声。

长相思·秋晚

云影流，月影浮。阵阵寒鸿落叶秋。霜天人倚楼。

思悠悠，闷悠悠。无奈邻砧不肯休。凄凉一片愁。

又

树苍苍，水茫茫。露滴窗棂秋夜长。香消冷绣床。

菊正黄，雁正翔。明月疏桐最惨伤。清宵人断肠。

又

月满帘，霜满帘。秋色惊人怕倚栏。疏砧晚渐添。

更半阑，灯半残。闲咏闲题减夜眠。敲窗枫叶颠。

浣溪沙·端午

槐影涓涓护小窗，新荷出水漾池塘。一双紫燕乱飞忙。

浴罢兰汤人独立，饮残蒲酒盏飘香。晚来帘幕透新凉。

菩萨蛮·秋千

佳人钗挂桃花树，纤腰飞起轻轻处，两臂软如枝，彩绳高复低。

下来空伫立，香汗罗衣湿。娇笑倚秋千，凝眸整鬓鬟。

又

秋千欲上鬟先挽，绣裙拂拭檀香板。攀索玉勾忙，微风起暗香。

拍肩同笑语，翠带高飘起，捎落树头花，轻盈实可夸。

又·暮春

柳梢枝上莺声哢，纷纷乱落残香片，飞絮弄轻团，蝶飞绕画栏。

堕红添寂寞，无计留春住。多闷日偏长，庭前碧草芳。

又

潇潇一夜清明雨，晚来闲立花阴处。满地砌残香，柳梢飞燕忙。

蛙鸣莺更唤，相接声何断。偶步到池边，新荷小似钱。

望仙门·秋晚

黄花篱畔傲西风，发寒丛。秋声一片在梧桐，碧天空。

绣幕轻凉透寂寥，小院帘栊。晚来窗外雁嗈嗈，雁嗈嗈，衣捣月明中。

朝中措·夏夜

雨收月现魄堪怜，倚遍画栏干。竹畔飞萤似织，水边宿鹭如拳。

池荷带露，摇摇叶舞。灼灼花燃，开宴传觞笑语，几罗桃李冰盘。

惜分飞·暮春

日晚风来帘半揭，寒峭罗衣尚怯。闷对黄昏月，怎禁此际心摧折。

夜半子规啼更切，枝上空留新叶。阵阵飞红雪，春光归去清明节。

青门引·春景

徙倚雕栏曲，看落英相追逐。晓妆尚怯薄罗裳。梨花零乱，雨后堕残玉。

峭寒阵阵东风飔，敲响窗前竹。小园淡荡风景，一溪流水垂杨绿。

鹧鸪天·春景

乍暖还寒雨后天，海棠含露倍嫣然。流莺枝上啼声巧，弱柳娉婷堆翠烟。

看霁色、卷珠帘，一双小燕舞翩跹。喃喃似诉离情绪，飞绕池边又画栏。

又·咏牡丹

荏苒韶光日正迟，姚黄魏紫斗新枝。沉香笔洒青莲赋，禁院妆怜妃子脂。

风细细，雨丝丝，天香馥馥染人衣。一春拈绣心情懒，偶向芳菲对酒卮。

南乡子·重阳夜灯下漫成

塞雁叫云天，霜满栏干月满帘。染袖花香人独立，篱边把酒，黄昏菊正妍。

惊梦不成眠，窗外秋声窗里寒。景物萧条桐影瘦，凄残兀坐，徘徊整翠鬟。

踏莎行·春景

春色融融，云开雨定。卷帘好个清和景。嫣然嫩绿映娇红。双双燕语如相应。

日下雕栏，风摇竹径。绣帷惊动人方醒。转嗔女伴晓妆新。隔花撩乱秋千影。

糖多令·春闺

迟日下檐楹，春眠尚未醒。早莺枝上一声声。半晌欲言人意懒，庭竹敲响窗棂。

柳眼乍娉婷，新花夜气清。立遍香阶任闲行。风送过轻轻几片，不辨粉蝶梅英。

女　传

窦日严

女子职在蘋蘩酒食是议，有何懿行可书彤管，不必有传也。女子之有传者，大率皆身遭乱离，或矢志全贞或伏节死义，世人嘉其节烈，故书其生平以敦风化焉。吾女生于宦族，归于名门，又当太平之世，身无意外之遭，更何须传。独是赋命不辰，一生坎坷，极人世未有之奇穷奇苦、抑郁无聊之境，皆一身而备尝之。又以其性稍聪慧，幼习篇章，虽万万不逮古名媛，而时出隽语能解人颐。不甘与草木同朽，故辑为一帙。倘世有好事者怜其穷悯其苦，选刻一二首附于当今闺秀之末，则女身虽死，名可常存，亦不幸中之至幸也。故忍痛须史，为作小传焉。

女行三，生于康熙丁巳岁五月十二日。年十二，母卒，依吾膝下，吾抚之不啻一男也。十七，归于陈氏子。陈元城望族，婿朝荫博士弟子员太学生候补州同袁余公之男，出继于亲弟七门为嗣子。犹忆癸酉之春，予补任叙守，因蜀道险远，留女于家，以候于归。及冬，瓒儿家信至曰："妹嫁矣。新婿丰标玉立，聪颖异常，真佳倩也。"予闻之，心甚喜。后谢政归里，婿迎于郊，果如瓒儿言，予心益喜，以为女得所天也。琴瑟和好，人生乐事仅三载，而婿以病殂，女年二十而称未亡人，于是仰天号痛，几不欲生。予劝之曰："孀姑在堂，此良人未了事，若毅然殉于地下，而使孀姑失养，良人之目将不得瞑矣。"遂勉进粥食，以慰姑氏之怀。然而终身之困穷，自此始矣。与姑同居一室，每当酷暑沍寒，烈风暴雨，二人相对欷歔，血泪如飞，点点滴衣襟上。虽门外之檐溜，不如是之多也。闻者皆酸鼻焉。未几而姑又亡，女复仰而大痛曰："嗟乎！天之困我，何如此其甚也！十二而母亡，二十而婿死，今姑又见背矣。"柔肠有几，能堪此寸寸断耶？予又劝之曰："尔家两代无亲产，所赖绵尔世系者，止此嗣子耳。嗣子在，汝不得辞其责矣。"女泣而从命，遂就本生舅姑以居焉。舅，豪侠士也，好宾客，喜结纳，所交皆当世显贵人。以此车马盈门，饮食宴衎，梨园杂剧，日陈于庭，后稍不给，女即出簪珥以助之。更不给，虽步摇条脱，衿绣绽衻，皆鬻以佐用。数年之后，陈氏之产告匮，即女之囊箧亦告匮，至于今，惟土室三楹，破榻一具而已。不数年，而本生之舅又卒，予迎之归家，与吾相依，聊以糊口耳。丙申冬，疽发于背，医药罔效，腊月廿一日申刻而亡，年仅四十。

呜呼痛哉！夫人生在世，最可欣豫者，不过堂有高年，膝多爱子，夫妇唱随，家道丰盈而已。女一无所有，孑然一身，兼之食不充口，衣不盖体，念及终身，何所归结。吾尝潜察之，衾枕之间泪痕叠叠，知其心实愁苦，无日不然，特不向人言耳。如是安得而不病，又安得而不死哉？女性纯孝，虽独守空闺，囊无一钱，每遇公姑与夫之生辰忌日，并春祀秋尝，必竭力以供乃事。二十年中，从无一次缺而不举，风雨必亲，称贷不恤也，又温良和易，自幼无疾言，无厉色。于归之后，事嬬姑以敬，处姒娌以和，即婢子臧获，亦不以恶声。

挽 诗

窦日严

励节松筠贵始终。茫茫寿算岂能同。轻生激烈情原矫，守志从容道在中。教子有方勤诵读，养姑无策赖红工。九阍首重崇贞孝制就芜词待采风。

吾女既没，外孙并子侄辈皆各有挽诗呈余。余览之命刻于《贞奁阁集》之后。盖诗以志感，果其薤露伤心，则触目皆堪下泪，况此有韵之言。岂容秘诸笥中乎？倘大雅君子有怜其守志全贞，食贫苦节，锡以鸿章，则天球拱璧①

（清）窦氏撰《贞奁阁集》，清康熙五十六年（1717）刻本

【辑评】

恽珠《国朝闺秀正始续集》（卷一）：窦氏，直隶大名人，隐士日严女。陈元城室，著有《贞奁集》。

---

① 书页不全，此后文字不可见。

陈芸《小黛轩论诗诗》（卷上）：纫兰抱月更遗芳，红蕊贞奁冷亦香。试问愿为才子妇，何如一曲桂林霜。窦氏，大名人，归陈元城，著《贞奁集》。

胡文楷《历代妇女著作考》：《贞奁阁集》一卷、《诗余》一卷，（清）窦氏撰，《畿辅书征》著录（存）。

氏，直隶大名人，知府窦日严女，元城诸生陈朝荫妻。卒年四十。康熙五十六年丁酉（1717）家刊本。有龚缨序。其兄梓行。一作贞松阁。

张锡龄

张锡龄，字佑之，清代磁州（今河北磁县）人，著有《遗芳轩诗草》。《河北通志稿》《国朝闺秀正始集》《小黛轩论诗诗》著录。

【散见收集】

立秋后作

凉风消息至，团扇怨如何。细雨收残暑，嫩寒生薄罗。酒怀因病减，诗思入秋多。一叶下金井，洞庭应始波。

秋日送别二姊

相逢喜未定，倏忽又离群。客路遍黄叶，秋山多白云。别筵宜尽醉，征雁不堪闻。却恨无双翼，乘风远送君。

（清）恽珠辑《国朝闺秀正始集》清道光十一年（1831）红香馆刻本

【辑评】

恽珠《国朝闺秀正始集》（卷一一）：张锡龄，字佑之，直隶磁州人，盐运司知事璛女，著有《遗芳轩诗草》。

陈芸《小黛轩论诗诗》（卷上）：纫兰抱月更遗芳，红蕊贞奁冷亦香。试问愿为才子妇，何如一曲桂林霜。张锡龄，字佑之，磁州人，著有《遗芳轩诗草》。

胡文楷《历代妇女著作考》：《遗芳轩诗草》，（清）张锡龄撰，《河北通志稿》《正始集》著录（未见）。

锡龄字佑之，直隶磁州人，盐运司知事张瓛女。

姚瑶琴

姚瑶琴，清代邯郸人，夫为诸生王朱。著有《芸轩草》。《鄞县志》《撷芳集》《国朝闺秀正始续集》《小黛轩论诗诗》著录。

【散见收录】

铜雀台怀古

白日照荒台，凉风吹薄暮。笙歌不复来，西陵皆尘雾。

> （清）恽珠辑《国朝闺秀正始续集》，清道光十六年（1836）红香馆刻本

【辑评】

陈芸《小黛轩论诗诗》（卷下）：遏云吟罢苏台冷，伫月诗称赤壁游。一自芸轩吊铜雀，南滨丽景总悠悠。姚瑶琴邯郸人，归王朱，著《芸轩集》，有《铜雀台怀古》诗。

恽珠《国朝闺秀正始续集》（卷七）：姚瑶琴，直隶邯郸人，诸生王朱室，著有《芸轩集》。

胡文楷《历代妇女著作考》：《芸轩集》，（清）姚瑶琴撰，《撷芳集》《正始续集》著录（未见）。

瑶琴，直隶邯郸人，鄞县王朱旦继妻。《鄞县志》作：姚碧琴，燕人，著有《啜芸轩集》。

崔幼兰

崔幼兰，清代魏县人，崔述妹，刘观成妻。著有《针余吟稿》一卷。《河北通志稿》著录。

【整集收录】

· 《针余吟稿》·

雨　霁

雨后天初霁，停针倚画栊。萋萋芳草碧，淡淡野花红。入坐茶香薄，穿帘日气融。闺中同阿姊，携手笑东风。

病起偶作

年来多病懒裁缝，翠幕轻开野草茸。新柳拂楼烟漠漠，碧波映日水溶溶。风前宛啭莺声滑，雨后朦胧蝶睡浓。彩笔慵拈书未就，半窗明月夜闻钟。

新秋雨夜

风飘桐叶入雕栏，冷雨潇潇阵阵寒。停针女伴谁相问，独自吟诗到夜间。
（颉刚案：疑是"阑"字。）

九　日

对酒看花怅雨蒙，荒城那复惹秋风。每逢佳节思诸姊，不把茱萸插坐中。

和次兄赴馆高儿寨原韵送大兄入关

同归方半载，雁侣又东西。辘辘征车远，萧萧班马迷。孤村风俗异，长路燕莺啼。去去难为别，一樽清酒携。

上巳怀张氏堂姊

寒食思君处，春归满院芳。何时重会面，携手看春光。

书　怀

芊芊绿草又春天，日暖风和倍可怜。花下鸣琴常自乐，年年惟愿笑尊前。

即　事

其一

云浓窗自黑，院静雨初霏。花落一枝瘦，苔生三径微。

其二

纱窗听雨时，滴滴细如丝。只为吟诗苦，翻忘刺绣迟。

寄张氏三姊

随任贵州，八年始归宁一面。别又六年，有怀奉寄磁州。

八年离别乍相亲，西望云山又六春。何日归宁同绣闼，窗前携手笑声频。

雨夜书怀和大嫂韵

飒飒西风吹薄裳，更烦苦雨送秋凉。寂寥旅馆愁孤客，迢递关山思故乡。蟋蟀声中催夜漏，鹡鸰飞处忆行装。埙篪孺慕谁同我（大兄在都，时二兄就馆院家堡），问视晨昏慰北堂。

忆逯氏四姊成安

新柳依依触我愁，登楼闲看水中鸥。可怜独立窗前影，转瞬韶光忆旧游。

秋雨步家大人原韵时大兄在北都

风雨潇潇湿碧苔，绣余闲自绕楼台。已怜满目秋将暮，无限离愁雁送来。

和二兄归城中故居原韵

蟋蟀灯前促补衣，杏梁又见雁南归。水余破屋犹容膝，风过闲庭忽掩扉。三姊于归鱼信杳，长兄出外雁书稀。双亲独累吹篪客，幼妹痴愚未识机。

重　九

何处登高赏，闭门王谢家。几人同白酒，独我插菊花。罢绣方裁句，呼鬟为煮茶。龙山已往事，今古不须嗟。

家大人赏菊代作

落帽谁家兴，闲来就菊花。东篱人未醉，邻酒可能赊？

纺车同长嫂赋

弦正轮圆运不穷，丝抽万丈疾如风。谁知无限经纬意，却出闺人纤手中。

寄陈氏大姊

砧杵遥闻怯倚楼，黄昏望里暮云收。萧条小院桐阴瘦，惆怅寒庭玉露秋。远水连天明月冷，荒城匝地野烟浮。埙篪对处心如醉，欲向征鸿寄别愁。

送二兄会试，时大兄已在都

草绿瀛洲暖，莺啼上苑春。联飞双凤客，同作看花人。

除夕以病不得与家宴

年年椒柏酒，岁岁我先尝。可怜今夜酒，不得侍高堂。但为身多病，非关孝思凉。早晨承色笑，阃室乐未央。

八春诗

春还春色美，春日倚春台。春鸟啼春树，春去复春来。春草春方动，春花春月开。春暖寻春伴，春酒饮春杯。

戏赠二婢

著柳东风景正妍，双鬟争笑倚秋千。彩绳低拂裙拖地，月入斜窗未肯眠。

夜坐怀三姊西及长嫂东

独拥薰炉火正红，绣针初罢夜方中。光穿朱户一轮满，影度重楼几点鸿。弱体清癯人寂寞，寸心牵扰梦西东。凭谁说与无穷意，写向新诗诉北风。

夏日偶兴

绣罢看窗午，吟余觉昼长。帘开来燕语，人困厌莺簧。柳色侵衣碧，花风过枕香。重楼幽静地，随意到羲皇。

长嫂偕兄馆武安

其一

一行雁字几何曾，地岂衡阳到不能。应是左芬新有赋，武安纸价一时增。

其二

残灯独对小窗幽，寂寂虫声欲替愁。多少襟怀无计写，一行雁字正横秋。

春　晴

东风著意到帘帷，细雨才收添绿肥。烟柳枝头莺乍啭，露桃花底蝶初飞。闲烹雀舌偕兄语，醉染貂毫倩嫂挥。放眼春田芳草外，青莎短笛牧童归。

闻　笛

落梅何处起？宛转出重城。可惜今宵梦，何能诉别情！

梦中作寄大嫂大名成氏

飒飒寒风画阁幽，清宵夜雨泪双流。遥怜黹绣谁同伴，两地相思一样愁。

月夜登重台

其一

极目漳川上，荒城似画图。月明人语寂，烟静夜村孤。啸听蛙声眹，吟看鱼泪呼。微凉多病怯，风露冷罗襦。

其二

寂寞空斋里，登临晚乍晴。柳阴依浪转，波影澹沙明。雨过蝉声乱，风来蝶粉轻。遥看新月上，绮阁夜弹争。

拟仙子洞中怀晨

岚重迷仙径，胡麻可共浆。水清花自艳，风暖草含香。乍会乾坤别，离思日月长。百年空有梦，无路访刘郎。

二兄在都，梦中寄二兄

千里驰驱只一身，离家数月傍风尘。遥怜秦市单衣客，有几绨袍赠故人。

赋得好雨知时节

雨暗芸窗黑，风高石燕轻。王孙归怨湿，父老悦春耕。卷帘看细线，隔幔听微声。明朝甘雨足，岚带绕孤城。

感　怀

独坐残灯夜，凄然心俱灰。自嗟新旧事，何若在天台。

不寐有感

开卷窗前夜已深，空阶点滴冷难禁。自怜薄命愁如许，写向新诗泪满襟。

送女伴归里

忆汝初来时，宛若发如髫。爱尔卫夫人，素与成兰契。相聚五六年，倏尔忽分袂。今行虽不远，后会茫无际。明年雁归来，莫使空相忆。

题画菊

醉后杨妃别样妆，裁成婀娜玉肌香。生前不与群花比，留取芳魂独傲霜。

夫子就学二日即归因感乐羊子而作

君乃乐羊子，愧妾未断机。所以学不成，相对空嘘唏。

慈母命咏金雀丁香桃花三事

小院花如锦，春深二月时。雨润黄金嫩，风翻白玉脂。左右芬芳茂，上下影参差。遥知洛阳处，更有一株奇。

秋雨怀夫子在外

其一

雨湿苔初嫩，秋声老碧梧。可知窗下客，杨玠窃余书？

其二

金风飘败叶，四处起寒砧。欲寄回文锦，劳君动别心。

自　悼

拜佛常求寿，吟诗慰北堂。课儿思曹母，举案愧孟光。昔时比翼鸟，倏忽参与商。众人同炊食，取妇各分浆。泉水儿女饮，藜藿欢成粮。新妇为饿鬼，次女葬路傍。夜寐缺毡被，日出无完裳。险衅成疲病，颠沛方寸狂。追思父母言，何可诉衷肠。仰天惟叹息，嗟乎空自伤。

感怀二首

其一

薄命从来缺五伦，广寒宫内谪仙真。闺中弱质如男子，黧黑羸膝（颉刚案："膝"字疑误）何处陈？

其二

生男育女已成空，五十余年一梦中。少米无柴随夫主，夫荣子贵付东风。

成氏长嫂寄侄原韵

曾闻闽地有仙霞，不许闺人赴海涯。贫苦只因儿女累，饥寒冻馁向谁家。

秋日哭王氏姑母灵座前

日月光辉性格慈，柔肠欲断永离思。窗下蘋蘩勤教女，几前阅史（颉刚案："阅"疑当作"经"）自传儿。锦帐乍空人寂寞，妆台仍设魄迁移。西归鹤驾诚遐逝，无限伤怀寄万枝。

丁丑年六月亢旱京都大雪因而有感

六月飞霜雪为雨，怒恼穹苍旱干土。只因世人多鸥类，不重爷娘重儿女。

七旬自叹

忠肝义胆在闺门，一生碌碌似浮云。旧时女伴多为鬼，只有饥寒丐乞存。

偶　兴

志气冲霄汉，常怀报国心。闷来寻知己，南窗一曲琴。

言　性

刚烈丈夫性，忠义心自存。空怀治国志，不得定乾坤。

悲痛三首

其一

力尽马牛婢子身，蓬头赤足敝衣人。三餐炊爨犹嫌懒，不念劬劳多苦辛。

其二

一生辛苦无人晓，屡逢谤突①何时了。愧我贫②穷天地间，不如走兽与飞鸟。

其三

遍体疼痛少人知，井臼亲操泪暗垂。满腹愁恨思往世，真心耿耿独③自悲。

翁姑弃逝

三十余年几变更，污耳终朝不可听。但得树窠安寐室，沧浪之水濯吾缨。

望　雪

四野茫无际，梨花风乱舞。飞来衣袂湿，穿窗更穿户。

风雨夜坐忽忆旧日此时长妇杨氏夜送绵衣

暮雨纷纷涕泪潸，朔风折骨敝衣寒。室中只有痴儿女，膝下空存伴夜阑。

贫　妇

生成辛苦命，智拙更痴庸。伏腊常炊爨，春秋衣敝同。摩锅兼洗镬，曷浣并补④缝。吾乃儒家子，不能争雌雄。

（清）崔东壁等著《崔东壁遗书》，民国二十五年（1936）亚东图书馆顾颉刚编订本

---

① 　此本原注："一作'被凌辱'。"
② 　此本原注："一作'君子固'。"
③ 　此本原注："一作'迂拙悠悠空'。"
④ 　此本原注："一作'描鸾与裁'。"

◉ 濮 阳

吴彩鸾

吴彩鸾，唐代兖州濮阳（今河南濮阳）人，吴猛之女，夫文箫。《宣和书谱》《庚子销夏记》《古今女史》《兰闺宝录》著录。有项子京跋。

【散见收录】

歌

　　钟陵西山馆，中秋游女甚盛。太和末，有书生文箫，睹一姝甚妙，相盼不去。复为山歌，歌罢，穿大松径，扪山险上升。生蹑其踪，姝相引至绝顶，忽风雨，有仙童持天判云："吴彩鸾私欲，谪为民妻一纪。"乃与生下山，归松陵。
若能相伴陟仙坛，应得文箫驾彩鸾。自有绣襦并甲帐，瑶台不怕雪霜寒。
　　　　（清）曹寅、彭定求等编校《全唐诗》，清康熙四十五年
　　（1706）扬州诗局刻本

（阙题）

一斑与两斑，引入越王山。世数今逃尽，烟萝得再还。箫声宜露滴，鹤翅向云间。一粒仙人药，服之能驻颜。
　　　　（宋）陈元靓撰《岁时广记》，清十万卷楼丛书本

【辑评】

恽珠《兰闺宝录》（卷六）： 文箫妻吴彩鸾。吴彩鸾南昌人，猛女。少通

道术，工书。适书生文箫。箫贫不自给，彩鸾日写孙愐《唐韵》一部鬻之，得钱五缗，如是十载。人觉其异，乃往越王山各跨一虎，陟峰峦而去。

赵世杰《古今女史》（姓氏）：吴彩鸾，濮阳人，吴猛女也。猛有道术。彩鸾亦传父秘法，父子于分宁乘白鹿车上升。太和末，有书生文箫，寓钟陵紫极宫。一日游于西山，乃中秋节也。见一女子甚丽，步月浩歌。文箫闻歌中有"应得文箫驾彩鸾"句，意其神仙，檀足不去，姝亦相盼。歌罢，独秉烛穿大松径而去，陟山扪石，冒险而升，生蹑其踪，姝曰：莫是文箫耶？相引至绝顶，设帏共坐，俄而风雨裂帏，有仙童持天判曰：吴彩鸾以私欲泄天机，谪为民间妻一纪。姝乃与生下山归钟陵。箫贫不自给，彩鸾写孙愐《唐韵》，运笔如飞，日得一部，鬻之，获金五缗，尽则复写，如是仅十载，稍为人知，遂潜往新兴越玉山，二人各跨一虎，陟峰峦而去。

胡文楷《历代妇女著作考》：《唐韵》，（唐）吴彩鸾写，《宣和书谱》著录（见）。

《宣和书谱》：彩鸾，女仙。鸾自言西山吴真君之女。太和中进士文箫客寓钟陵。南方风俗，中秋月夜妇人相持踏歌婆娑月影中，最为盛集，箫往观焉。而彩鸾在歌场中，作调弄语以戏箫，箫心悦之。伺歌罢，蹑踪其后，至西山中，忽有青衣燃松明以烛路者。彩鸾箫遂偕往，复历山椒，有宅在焉。至其处坐席未煖，而彩鸾据案如府司治事，所问皆江湖溺死人数。箫他日询之，彩鸾初不答，问至再四，乃语之：我仙子也，所领水府事。言未既，忽震雷迅发，云物晦冥，彩鸾执手板伏地作听罪状，如闻谪词云：以汝泄机密事，罚为民妻一纪。彩鸾泣谢谕箫曰：与汝自有冥契，今当往人世矣！箫拙于为生，彩鸾为以小楷书《唐韵》一部，市五十钱为糊口计。然不出一日间，能了十数万字，非人力可为也。钱囊羞涩，复一日书之，且所市不过前日之数。由是彩鸾《唐韵》世多得之。历十年，箫与彩鸾遂各乘一虎仙去。《唐韵》字画虽小，而宽绰有余，全不类世人笔，当于仙品中则有一种风气。今御府所藏正书一十有三，《唐韵》平声上，《唐韵》平声下，《唐韵》上声，《唐韵》去声，《唐韵》入声，《唐韵》上下二，《唐韵》六。

《庚子销夏记》：吴彩鸾龙鳞楷韵后，柳诚悬题云：吴彩鸾，世传谪仙也。一夕书《唐韵》一部，即鬻于市人，不测其意，稔闻此说，罕见其书。数载勤求，方获此本，观其神全气古，笔力遒劲，出于自然，非古今学人所及也。时惟太和九年九月十五日题。其制共五十四叶，鳞次相接，皆留纸缝，天宝八年制。前藏故宫博物院，末有明项子京跋。

◉ 长 垣

蒋春喜

蒋春喜,清代长垣人。进士王振祥侧室。《国朝闺秀正始续集》著录。

【散见收录】

明妃纸鸢

谁为明妃诉不平,敢将薄命与天争。马辞白草黄沙路,人傍青云赤日行。在昔若非颜色误,至今难占画图名。飘零莫恨毛延寿,汉帝曾无一线情。

> (清)恽珠辑《国朝闺秀正始续集》,清道光十六年(1836)红香馆刻本。

【辑评】

恽珠《国朝闺秀正始续集》(卷七):蒋春喜,直隶长垣人,进士王振祥侧室。

◉ 附录一　无作品存世但见于典籍记载的直隶女性

序号	姓名	生活时代	籍贯	评价辑录	作品集
1	桓少君	汉代	渤海郡（今河北沧州一带）	鲍宣妻桓氏，字少君，渤海人。宣尝就少君父学，父奇其清苦，以女妻之，装送甚盛。宣谓妻曰："少君生富骄，习美饰，而吾实贫贱，不敢当礼。"妻曰："大人以先生修德守约，故使贱妾侍执巾栉。既奉承君子，唯命是从。"乃悉归。侍御服饰，更着短布裳，与宣共挽鹿车归乡里。拜姑礼毕，提瓮出汲，修行妇道，乡邦称之。宣哀帝时官司隶校尉，子永，中兴出为鲁郡太守。永子昱从容问少君曰："太夫人宁复识挽鹿车时不？"曰："先姑有言，存不忘亡，安不忘危，吾焉敢忘乎？"（恽珠《兰闺宝录》卷二）	
2	刘氏	东汉	安平	崔寔母刘氏，安平人。有母仪淑德，博览书传。寔为五原太守，母常训以临民之政。寔有善绩，母有助焉。（恽珠《兰闺宝录》卷三）	
3	阮氏	三国魏	高阳（今河北保定）	阮氏，高阳人，貌奇丑。初适许允，交拜毕，允嫌其陋，问曰："妇有四德，卿有几？"氏答曰："所乏者容耳。士有百行，君有几？"允曰："皆备。"氏曰："君好色不好德，何为皆备？"允惭，遂成礼。后为吏部郎，多用其乡里。魏明帝遣虎贲收之。氏诫允曰："明主可以理夺，难以情求。"既至，复问允，对曰："《书》云举尔所知。臣之乡人，臣所知也。若不称职，臣受其罪。"乃释还。初，允被收，举家号哭，氏自若曰："勿忧，可作粟粥待。"顷之，允至。后官至中领军，为景王所诛。门生欲	

序号	姓名	生活时代	籍贯	评价辑录	作品集
				藏其子，氏曰："无预诸儿事。"景王遣钟会看之，若才艺德能及父，当收。儿以语母，氏曰："汝等虽佳，才具不多，率胸怀与会语，便自无忧，不须极哀。会止便止，可少问朝事。"儿从之。会反命，具以状对，卒免其祸，皆母之教也。（恽珠《兰闺宝录》卷五）	
4	邵氏	晋代	曲梁（今河北曲周）	刘遐妻邵氏，曲梁人续女，骁果有父风。遐尝为石季龙所围，妻将数骑拔遐出于万众之中。（恽珠《兰闺宝录》卷五）	
5	李氏	北魏	柏人（今河北隆尧）	李氏，柏人人，太守叔引女，适范阳卢元礼。性至孝，父卒，号恸几绝者数四，赖母崔氏慰勉得全。及归夫家，事姑以孝谨著。元礼亡，追亡抚存，礼无违者。母崔终于洛阳，凶问至，哀恸气绝，一宿乃苏，扶病奔丧，攀榇号踊，遂卒。有司以状闻，诏号贞孝女宗，易其里名为孝德。（恽珠《兰闺宝录》卷一）	
6	唐氏	隋末唐初	博陵郡（今河北定州）	崔琯祖母唐氏，博陵人。事姑长孙氏至孝，姑老无齿，氏每旦栉縰笄拜阶下，升堂乳母，长孙不粒食数年而康宁。一日病，召长幼言：吾无以报吾妇，愿后子孙皆如妇孝。世谓崔氏昌大，有所本云。（珠*谨按：明乐平崔继勋妻黎罕璧，孝事祖姑，嚼食以进，事颇相类。）（恽珠《兰闺宝录》卷一）	
7	王舜	隋末唐初	赵郡（今河北赵县）	王舜，赵郡人，父子春，与从兄长忻不协，长忻与其妻谋杀子春。舜年七岁，妹粲五岁，璠二岁。舜抚育二妹，阴有复仇之心，长忻殊不为备。二妹长，舜谓之曰："我无兄弟，致使父仇不复，何用生为？今欲共汝报仇，如何？"二妹垂泣，曰："惟姊所命。"是夜，姊妹各持刀逾墙而入，手杀长忻夫妻，以告父墓，诣县请罪，高祖嘉叹，特原之。（恽珠《兰闺宝录》卷一） 孝女王舜者，赵郡王子春之女也。子春与从兄长忻不协，属齐灭之际，长忻与其妻同谋杀子春。舜时年七岁，有二妹，粲年五岁，璠年二岁，并孤苦，寄食亲戚。舜抚	

序号	姓名	生活时代	籍贯	评价辑录	作品集
				育二妹，恩义甚笃，而舜阴有复仇之心，长忻殊不为备。姊妹俱长，亲戚欲嫁之，辄拒不从。乃密谓其二妹曰："我无兄弟，致使父仇不复。吾辈虽是女子，何用生为？我欲共汝报复，汝意如何？"二妹皆垂泣曰："唯姊所命。"是夜，姊妹各持刀逾墙而入，手杀长忻夫妻，以告父墓。因诣县请罪，姊妹争为谋首，州县不能决。高祖闻而嘉叹，特原其罪。（《隋书·列女传》）	
8	李妙法	唐代	博野	李妙法，博野人。适他州，闻父亡，欲奔丧，其子不能去，割一乳以行。既至，父已葬，号踊请开父墓视之，宗族不许，女持刀刺心，乃为开墓。女见棺，剪发拭尘，庐墓左，手植松柏，及母亡，庐墓终身。（恽珠《兰闺宝录》卷一）	
9	卢氏	唐代	范阳（今河北涿州）	卢氏范阳人，适郑义宗。夜有盗劫其家，人皆匿窜，惟姑不能去。卢氏冒刃立姑侧，为贼捽捶几死。贼去，人问何为不惧，答曰："人所以异禽兽者，以其有仁义也。今邻里急难尚相赴，况姑而可弃耶？万一不幸，有死而已。"姑曰："岁寒，然后知松柏后凋，于妇见之。"（恽珠《兰闺宝录》卷一）	
10	刘元佐母	唐代	匡城（今河南长垣）	刘元佐母，滑州匡城人。元佐贵，母尚月织绚一端，示不忘本。数教元佐尽臣节。见县令走庭中白事退，戒曰："长吏恐惧，卑甚，吾思而父吏于县，亦当尔，而据案当之，可安乎？"元佐感悟，待下益加礼。（恽珠《兰闺宝录》卷三）	
11	王氏	唐代	邯郸	武宗妃王氏，邯郸人，善歌舞，年十三入宫，性机悟。武宗嗣位，妃阴为助画，遂有宠，进号才人，状纤顺，颇类帝。每畋苑中，才人必从袍而骑，服从略同，至尊相与驰骋出入，观者莫知孰为帝也。寻欲立为后，宰相李德裕曰："才人无子，且家不素显，恐诒天下议。"乃止。武宗惑方士说，饵长年药，后寝不豫，才人每谓亲近曰："陛下日饵丹，欲求不死，今肤泽消槁，吾独忧之。"俄而疾大渐，才人悉取所贮散遗宫中，审已崩，即自经幄下。当时嫔嫒虽常妒才人者，反皆义之，为之感恸。宣宗即位，赠贤妃。（恽珠《兰闺宝录》卷四）	

序号	姓名	生活时代	籍贯	评价辑录	作品集
12	郑氏	唐代	范阳（今河北涿州）	李惟简母郑氏，范阳人。李惟岳叛，郑与惟简奔京师，德宗拘于客省。及出奉天，惟简将赴难，郑曰："尔父立功河朔，位宰相，身未尝至京师，尔入朝未识天子，不能效忠，我不子汝矣。"督其行，曰："而能死生事我，不朽矣。"惟简乃斩关出追及行在，讨贼有功。帝徙山南，惟简以三十骑从比还，封武安郡王，图形凌烟阁。（恽珠《兰闺宝录》卷三）	
13	郭氏	北宋	阜城	郭氏，阜城人，王昭远祖母。善相，尝指昭远谓其母曰："此儿他日必至公侯。"指昭懿曰："此儿俸钱过二万，不能胜矣。"后果如其言。（恽珠《兰闺宝录》卷六）	
14	傅氏	金代	冀州	路伯达妻傅氏，冀州人。伯达使宋还，欲献所得金银以助边，未及上而卒。傅氏言于朝，章宗以金还之，傅泣请，弗许。傅以伯达尝修冀州学，乃市信都、枣强田以赡学。有司以闻，上贤之，赐号成德夫人。（恽珠《兰闺宝录》卷二）	
15	冯淑安	元代	大名	冯淑安，大名人，李如忠继妻也。如忠初娶蒙古氏，生子任，数岁而卒。大德五年，如忠病笃。冯引刀断发，誓不他适。既殁两月，遗腹生一子，名伏。李氏及蒙古氏之族来山阴，尽取其货及子任以去。冯不与较，一室萧然，朝夕哭泣。久之，鬻衣权厝如忠与蒙古氏两枢，携子庐墓侧。时年二十二，羸形苦节，为女师以自给。父母怜其孤苦，欲使更事人。冯爪面流血，不肯从。居二十年，始护丧归葬汶上。齐鲁人敬之。（恽珠《兰闺宝录》卷二）	
16	刘翠哥	元代	房山	刘翠哥，房山人，适李重义。至正二十年，大饥，平章刘哈喇布哈兵乏食，执重义欲烹之，氏涕泣伏地曰："吾家有酱一瓮、米一斗五升，窖地中，可掘取以代吾夫。"兵不从。氏曰："吾夫瘦小不堪食，吾肥，愿就烹以代夫死。"兵遂释其夫而烹刘氏，闻者莫不哀之。（恽珠《兰闺宝录》卷二）	

序号	姓名	生活时代	籍贯	评价辑录	作品集
17	苏氏	元代	真定（今河北正定）	武用妻苏氏，真定人。生子德政，四岁而寡。夫兄利其资，逼嫁，不听。未几，夫兄举家死，余三弱孙，氏取而育之。德政长，事母至孝。苏氏死时，天大旱，德政方掘地求水以供葬事。忽二蛇跃出，随其地掘之，果得泉。有司以闻，旌复其家。（恽珠《兰闺宝录》卷二）	
18	曹春桃	明代	阜城	曹春桃，阜城人。正德六年，流寇陷城，被获，女言宁死不从，即投水。贼急援之，迫令更衣，女怒骂，贼忿乱，挫之而死，时年十五，知县刘良卿立祠祀之。（珠谨按：祠在今直隶阜城县治西，称贞烈祠。）（恽珠《兰闺宝录》卷四）	
19	窦妙善	明代	京师（今北京）	窦妙善，京师人。年十五，为姜荣妾。正德中，荣以瑞州通判摄府事。华林贼起，寇瑞，荣出走。贼入城，执其妻及婢数人，问荣所在。时妙善居别室，急取府印，开后窗，投荷池，衣鲜衣，前曰："太守统援兵数千，出东门捕尔等，且夕授首，安得执吾婢？"贼意其夫人也，解前所执，独舆妙善出城。适所驱隶中，有盛豹者，父子被掠，其子叩头乞纵父。妙善曰："是有力，当以舁我，何得遽纵？"贼从之。行数里，妙善视前后无贼，低语豹曰："我所以留汝者，以太守不知印处，欲借汝告之。今当令汝归语太守。自此前行遇井，即毕命矣。"呼贼曰："是人不善舁，可仍纵之，易善舁者。"贼又从之。行至花坞遇井，妙善曰："渴甚，可汲水置井傍，吾将饮。"贼如言。至井傍，跳身入。贼惊救不得而去。豹入城，告荣取印，引至花坞觅井，果得妙善尸。越七年，郡县上其事，诏建特祠，赐额贞烈。（恽珠《兰闺宝录》卷四）	
20	高氏	明代	武邑	高氏武邑人，适诸生陈和。和早卒，高独持门户，奉翁姑甚孝。宣德时，翁姑并殁，氏以礼殡葬，时年五十矣。泣谓子刚曰："我父洪武间举家客河南虞城。父死，旅葬城北，母以棘木小车辄识之。比还家，母亦死，弟懦不能自振。吾三十年不敢言者，以汝王母在堂，当朝夕侍养也。今大事已	

序号	姓名	生活时代	籍贯	评价辑录	作品集
				毕，欲异吾父遗骸归合葬。"刚唯唯，随母至虞城，抵葬所，冢累累不能辨。氏以发系马鞍逆行，自朝及夕，至一小冢，鞍重不能前，即开其冢，所识车辋宛然。远近观者咸惊异，助之归，启母窆同葬。（恽珠《兰闺宝录》卷一）	
21	贾氏	明代	庆云	贾氏，庆云人，诸生陈俞妻。正德六年，兵变，值舅病卒，家人挽之避，痛哭曰："舅尚未敛，妇何惜一死。"身服斩衰不解。兵至，纵火迫之出，骂不绝口，刃及身无完肤，与舅尸同烬，年二十五。（恽珠《兰闺宝录》卷一）	
22	李氏	明代	鸡泽	李氏，鸡泽人。适同邑田蕴玺，遇乱，蕴玺兄弟被杀，李抱女同姒王抱男而逃。王足创难行，令李速去。李曰："良人兄弟俱死，当存此子以留田氏后。"遂弃己女，抱其子赴城，得无恙。（恽珠《兰闺宝录》卷二）	
23	李氏	明代	鸡泽	李氏，嫁曲周郭某。遭乱，举家走匿，翁姑旋被杀，李携幼男及夫弟方七岁者共逃，力罢，不能俱全，或教之舍叔而抱男。李曰："翁姑死矣，叔岂再得乎？子虽难舍，然吾夫在外，或未死，尚可期也。"竟弃男负叔而走。（恽珠《兰闺宝录》卷二）	
24	梁氏	明代	大城	梁氏，大城人，嫁尹之路。岁余，夫乏食，负贩山海关，少有资聚，又娶马氏，生子，二十余年不通音问。梁氏事翁姑，艰苦无怨言。夫客死，悲痛欲绝，徒步行乞迎夫丧，往返二千里，扶枢携其后妻、二子以归，里人叹异。（恽珠《兰闺宝录》卷二）	
25	王氏	明代	隆庆州（今北京延庆）	贾义妻王氏，隆庆州人。宣德间，义樵古城，山中遇虎。氏闻之，踉跄往救，义已死，氏奋身号叫，夺夫尸，负之而归。虎随至，绕其屋咆哮，久之去。氏以舌舐血，易新衣，令匠为大棺曰："欲实以衣衾也。"追夜，自缢死，遂同棺葬焉。（恽珠《兰闺宝录》卷四）	
26	王玉梅	明代	沙河	王得时女玉梅，沙河人。正德六年，流贼至，得时多力，夺贼刀伤二贼。贼怒，复率众焚其家。时女年十七，贼驱之行，女且行且骂，贼杀之，仍三断其尸。事闻旌表。（恽珠《兰闺宝录》卷四）	

序号	姓名	生活时代	籍贯	评价辑录	作品集
27	张端庄	明代	邢台	张女名端庄，邢台人。流贼至其家，女奔投井中，贼出之，逼令易衣，女大骂被杀，亦旌表，乡人为建双烈祠。（珠谨按：祠在今直隶顺德府城南关。）（恽珠《兰闺宝录》卷四）	
28	范氏	清代	满城	易州范女，许田氏子，未嫁田殁，女仰药以殉。庭中海棠数十本，一夕尽变为白。魏寒松赋诗吊之。（严蘅《女世说》） 范良萧女，满城人，早失恃。寄养于姑。许字易州田仓，未娶而仓亡。女闻痛悼，请往成服，姑勿许，乃赋诗自矢，饮鸩而死，竟与仓合葬。燕地寒，二月无花，田氏庭中海棠一夕俱花，色尽白。一郡异之，歌咏其事。（恽珠《兰闺宝录》卷四）	
29	李氏	清代	保定	李氏，保定人，适黄中理。遭兵难，夫家惟存一幼叔，父家惟存一幼子。氏抚育两孤，艰苦万状，后俱成立，两姓得不绝嗣。（恽珠《兰闺宝录》卷二）	
30	宋贞娘	清代	天津	残梦楼和近月亭，南游诗草亦芳型。含英独著芸书阁，少女风随侍女星。侍女宋贞娘皆传所学俱能诗。（陈芸《小黛轩论诗诗》卷上） 草亭诗草，（清）宋贞娘撰，《畿辅书征》著录（未见）。 贞娘字草亭，直隶天津人，查为仁侍女。《津门诗钞》：是诗俱见澹宜书屋六咏诗册，友人王任庵所收藏也。（胡文楷《历代妇女著作考》）	《草亭诗草》（未见）
31	王氏	清代	静海	残梦楼和近月亭，南游诗草亦芳型。含英独著芸书阁，少女风随侍女星。王氏天津人，归栾樟，著《南游草》。（陈芸《小黛轩论诗诗》卷上） 南游草一卷，（清）王氏撰，《畿辅书征》著录（未见）。 氏，直隶静海人，副贡王麟之女，天津诗人栾樟妻。读书教子有家法，工诗，恒不欲人知。就养其子立敬武昌卫千总署中，旋病痢，不服药，赋一绝而卒。（胡文楷《历代妇女著作考》）	《南游草》（未见）

序号	姓名	生活时代	籍贯	评价辑录	作品集
32	王氏	清代	河间	刘清涟妻王氏，河间人，家贫，事姑甚孝。姑病，会兵变，家人争走匿，氏独不肯，曰："姑在床褥，正须侍奉，奈何为自全计？"兵至，欲害之，具以实告，兵环顾嗟异，悉散去。姑殁，日夕哭泣，遂至失明。（恽珠《兰闺宝录》卷一）	
33	查调凤	清代	天津	残梦楼和近月亭，南游诗草亦芳型。含英独著芸书阁，少女风随侍女星。金玉元字载振，归查解元为仁，著《芸香阁集》。女调凤字鸣祥，端容字淑正，绮文字丽言。（陈芸《小黛轩论诗诗》卷上） 《鸣祥诗钞》，（清）查调凤撰，《畿辅书征》著录（未见）。 调凤字鸣祥，直隶天津人，查为仁次女。（胡文楷《历代妇女著作考》）	《鸣祥诗草》（未见）
34	查绮文	清代	天津	《丽言诗草》，（清）查绮文撰，《畿辅书征》著录（未见）。 绮文字丽言，直隶天津人，查为仁五女。（胡文楷《历代妇女著作考》）**	《丽言诗草》（未见）

* "珠"指本书《兰闺宝录》作者恽珠。

** 陈芸《小黛轩论诗诗》卷上"残梦楼和近月亭"一则载其名与字。见本表"查调凤"一条。

◉ 附录二　燕赵文化背景下的纪玘文诗歌创作

纪玘文（1756—?），字蕴山，号德晖，直隶顺天府文安县人，纪淑曾长女，静海拔贡李煌妻，著有《近月亭诗稿》四卷，存诗近四百首。纪玘文是清代直隶独树一帜的女诗人，与整个古代女性创作趋势不同，她的作品里没有旖旎软媚的浅唱低吟，没有春花秋月的无端悲愁，甚至少有女性作品中常见的学力弱、格调浅的弊端。她的《近月亭诗稿》质朴自然，有着浸润了燕赵文化的慷慨大气。以下从生平家世、诗歌创作、燕赵文化与纪玘文诗歌创作的关系三部分来探析纪玘文其人其作。

一　纪玘文的生平与家世

纪玘文为文安人，文安纪氏家族是我国北方历史上不多见的文化巨族，其绵延明清两朝五百余年，享有盛誉。敬文尊学的家风与守德重教的传统保证了文安纪氏的繁荣与家族优良传统的延续。纪氏家族血脉里对于文化的重视与对于知识的崇尚使得家族名人辈出，声名远播。在明清时期，纪氏家族就涌现出 15 名进士，38 位举人，难以尽数的贡生、太学生与秀才。具体到文学创作上，家族内部现统计共著有作品集 20 余部，且质量上乘，并被陶梁《国朝畿辅诗传》和徐世昌《晚晴簃诗汇》广泛收录，这些都展示了纪氏作为文化巨族的光辉过往和深沉积淀。

纪玘文的父亲纪淑曾即为文安纪氏家族的第十二世子孙，是家族成员中的佼佼者。纪淑曾于乾隆时中举，官至湖南盐法长宝道。在官场上，其政绩显赫，亦有悲天悯人的情怀。他曾在饥荒之际慷慨解囊，广散家财，赈济灾民，颇得百姓拥戴。在家族上，他捐钱买地，建家祠、办义学，扶持贫弱，家乡亲朋多有赞许。在文化上，他曾在担任湖南盐法长宝道期间，创建书院，教育士子，并且还经常亲自讲授，使诸生获益匪浅，表现出了对于文化学识的特别重视。纪淑曾还著有《汉皋诗集》，展现了其在文学创作上的才华。

纪昀文母亲刘锡友，号义群，直隶大城人，生活于乾嘉时期。著有《松鹤轩诗草》，作品多表现闺中传统情怀，诸如怀乡、咏物等，亦有少量咏史与游仙之作。其《和秋槎夫子春怀元韵四首》其二云："江汉非吾土，凭栏望远心。月光寒静夜，山色淡微阴。节物看频过，离情念更深。萱庭他日语，重叙绿窗音。"① 虽题材是常见的闺情，但语言清丽，"月光寒静夜，山色淡微阴"更是呈现出春寒料峭之际，月夜清冷之感，画面优美可感。展现出其身为诗人的灵动思致和语言功力。

家族的传统和家庭的熏陶，使纪昀文幼时即随父母学诗，受到了良好的家庭教育，得到了学识的基本积累。其诗稿自序云："予自十二岁时，两大人宦游楚北，官署清闲，课予读经书及四唐古诗。又以其暇，讲说四声。诵习既久，辄不自禁，操管吟哦……"② 这正是纪昀文少年学文生活的写照。纪昀文自叙曾跟随父亲宦游两湖，及嫁，又随夫李煌在山西行走。这些经历使她在游览名山大川的同时，开拓了眼界，丰富了自身的学识。这些阅历和经验都被她写入了诗篇，极大地丰富了其诗歌题材，也让其诗风呈现出别样的美感。

二 纪昀文的诗歌创作

纪昀文的《近月亭诗稿》共分为四卷。根据诗歌内容大致可将其分为四类：闺情、寄怀亲友、咏史怀古以及咏物题画诗。纪昀文的诗歌多有较强的飒爽之气，甚少寻常女性沉溺于脂粉红翠中的无端伤怨。以闺情诗为例，多数女性笔下闺情的抒发都充满着春去秋来的时光飞逝之感，充斥着对于寂寞闺阁的无望感伤，风格也以哀怨缠绵为主。但纪昀文的闺情作品却展现出了不一样的思致。如其《夜吟》，诗云：

　　荒城依古岩，展卷辄忘睡。闺窗夜悄然，官衙多野意。远峰鸣飞泉，

---

① （清）纪昀文：《重刻近月亭诗稿附十三名媛诗草》，清嘉庆十九年（1814）刻本，第2页。若无特殊说明，以下所选作品均出自于此书。

② （清）纪昀文：《重刻近月亭诗稿附十三名媛诗草》自序，清嘉庆十九年（1814）刻本，第2页。

松风写幽致。独具岑寂怀，灯下诵奇字。

诗中描写，在静寂的夜晚，诗人独坐闺中，一边享受着飞泉与松风的闲雅，一边诵字学诗、展卷忘睡，此情此景颇有文人之雅致。与此相映成趣的是武进钱孟钿的"分灯夜读，擘纸晨吟"①，吴中张滋兰的"居常卷帙不去手，声琅琅彻牖外。夜则焚兰继之，每至漏尽不寐。灯火隐隐出丛林，过之者咸谓此读书人家"②。这些女诗人的创作体现了文人化的特征。她们的闺阁生活并非没有柴米琐碎，也并非没有伤怨哀愁，但她们依然把一部分精力分配在诗词书画上。这使得她们的作品与生活显得不那么的局促，女红家事之外的爱好也使她们的精神生活显得不那么贫乏，从而在诗词创作上显示出与文人相似的雅兴，并体验享受到相似的乐趣。纪昀文的这首闺情诗即是如此，在荒城、古岩、野意、悄然的环境中，她用诗词为自己营造了一个自由的精神世界，诗文伴随着远山上的飞泉，流泻过松树之上的风，使她在夜半依然能够意兴不减，盎然遨游在虚幻却实际的自由之中。因此她的夜晚不是无聊难挨的静寂，也不会随着油灯的燃烧而耗尽等待的耐心，而是充满着闲雅诗意，其精神世界由此得到休憩，具有了超越生活庸常的可能。

不过，纪昀文诗歌里最为出色的还要数她的古体诗，这些作品或针对时事与社会现象针砭时弊，如《射虎行》《观熊舞》；或对新奇现象进行记述，如《门有万里客》《银花歌》；或对古人古事发表评论，如《鹦鹉洲》《战城南》《泰山高》《大别山》；等等。这些作品多有思致，反映了清代女性对于社会及历史的思考。以下选取两首诗歌以对其创作风貌详加说明。

其《观熊舞》诗云："熊心失壮烈，忽落凡夫手。拜舞在堂前，跳跃亦良久。向人觅余餐，摇尾更低首。猛气安在哉？牵掣随髶叟。"这是作者对马戏表演的看法。在她眼中，原本威武雄壮的熊落入凡夫之手，不得不为了生存，向老者低尾乞怜，进行种种舞蹈与跳跃的表演，丧失了本应刚烈的猛气。虽然作者并未在诗中直接表达自己的评价，但是她对于表演者熊的同情甚至怒其不争的感慨是寓于其中的，另一方面，这未尝不包含对于老者即禁锢者的谴责，甚至对围观者的批判。对于马戏表演，多数人是抱着欣赏的态度去观看动物们的憨态可掬与被驯兽师训练的听话聪明，但是作者却另辟蹊径，从另外一个角度看到了熊被禁锢被牵制的痛苦。作者尝试以平等的立场

---

① 胡晓明、彭国忠：《江南女性别集初编》上，黄山书社，2008，第226页。
② （清）任兆麟：《吴中女士诗钞》，清乾隆五十四年（1789）刻本，第1页。

视角去观察动物，揭示了动物们被残害的命运。

其《门有万里客》云："门有万里客，来自五羊城。请说海洋事，荒诞使人惊。鳅尾摇山动，鱼眼射波明。鲛国恍惚见，蜃楼顷刻生。开洋不记里，程途惟数更。大浪迷南北，但瞻箕斗横。听客缕缕述，汗漫四坐倾。始信九州外，别自有蓬瀛。"这篇诗歌写出了熟悉海事的异客的叙述与作者的慨叹。作者写到这个来自羊城广州的海客讲述了许多奇异的海事：巨大的鳅尾鱼眼，恍惚的海市蜃楼，在迷失航行方向时看到的海上群星……这些对于长期居住在内陆的女诗人来说毫无疑问是新奇的，几乎相当于为她打开了通往另外一个世界的一扇窗，让她知道，除了自己习以为常的大河山川、亭台绣阁，世界中还有自己不曾目睹的别样的风景与事物，还有如同传说中蓬瀛仙岛的存在。这种眼界的开拓同时丰富了女作家的心胸与作品，使纪珏文作品中洋溢着异国的情怀与新奇的境界。

因此，纪珏文的作品超越了女性题材中常见的春花秋月与悲苦愁怨，试图将视野拓展到广阔的社会生活中去。她用质朴的笔触描写亲身见闻，记述登山涉水的艰险与乐趣，也在五光十色的社会现象中记录自己的感怀与思考，这些思考即使显得平实甚至浅显，也已经显示出了清代女性逐渐社会化的痕迹，以及她们尝试将这样一种趋势逐步地表露在诗歌创作中的倾向。这对于女性文学的创作题材而言，无疑是一种开拓和进步。

三 纪珏文诗歌中的燕赵文化风貌

纪珏文为直隶文安人，虽然其有随家人游历的岁月，但燕赵文化却浸透在她的血脉之中，文安家族的书香传统也被她继承，成为她精神和诗魂的一部分。司马迁在《史记》中对燕赵文化的内涵曾经进行过概括。《史记·货殖列传》有云："中山地薄人众，犹有沙丘纣淫地余民，民俗懁急，仰机利而食，丈夫相聚游戏，悲歌慷慨。"①《重修大清一统志·正定府县志》亦有："性缓尚儒，仗义任侠，质厚少文，多专经术，风物蕃衍，地广气豪，人习为文，则彬彬其质，习为武，则赳赳其雄。"在人们的集体意识中，基本都达成了这样一种共识，北方地区由于地理环境、经济因素、民生习俗等的影响，人民普遍具有好气任侠、慷慨悲歌的性格特征。

---

① （汉）司马迁：《史记》，上海古籍出版社，1986，第355页。

　　纪玘文耳濡目染燕赵文化，即接受了这种文化的熏陶。她的一部分作品明显体现出燕赵文化的精神，慷慨、任侠、顽强不屈等精神内核成为灌注在纪玘文作品里的灵魂，而她的作品也成为典型燕赵文化的一种反映。具体来说，燕赵文化在纪玘文作品里体现在以下几个方面。

　　一是慷慨报国的豪气。在燕赵文化中，舍身报国、昂扬奋发的豪气是非常重要的组成部分。纪玘文作品里也展现了这种豪迈之情。其《战城南》云："战城南，黄埃起。塞外交兵不可止。大将领师俱衔枚，戴月披星沙漠里。秋色凄凄冷战衣，寒风烈烈无休时。一朝巢覆妖鸟尽，露布归来天下知。人生年月易蹉跎，要将带砺盟山河。男儿自有桑弧志，莫守雪窗吒波罗。"《战城南》为乐府旧题，原本描写战争之残酷。纪玘文作品首先描写塞外作战时黄沙弥漫、秋风凄厉的艰苦环境，接着写将士们披星戴月，与敌人小心谨慎的周旋对抗，为的就是有朝一日能够打败对方，让天下人都收到捷报。人生年月本来就容易蹉跎，所以更要在有限的生命里酬壮志，报天下。在这首作品中，将士们的无所畏惧与英勇杀敌报国的热血之情充溢在文字之间，他们矢志不渝的豪气也借助艰苦的作战环境与紧张对抗的气氛更加凸显出来。作品中的兵将慷慨英勇，深得燕赵文化中悲壮豪气的浸染。

　　二是舍生取义的侠气。燕赵地区人民多数性情耿直激烈，颇有路见不平、拔刀相助的任侠之气，甚至甘愿为了朋友之义、君臣之义牺牲性命。纪玘文作品也对这样的侠气进行了歌颂和赞赏。其《吊豫让》云："由来侠客气如虹，况复君臣大义中。杯酒欲淋国士墓，敢云巾帼慕英雄。"豫让是春秋时期晋国人，为智伯家臣。晋出公年间，智氏被赵、韩、魏三家所灭。豫让为替主报仇，伪装身份，混入赵襄子宫中欲刺杀之，被赶出后又以漆涂身，吞炭使哑，毁掉本来面目，等候在赵襄子出行路过的桥下，然刺杀未遂。临死之际，他请求得到赵襄子的衣服，以剑击衣，表示报仇，随后拔剑自刎。豫让身上有比较明显的慷慨悲歌的侠义精神，也有为报主恩、舍生取义的侠士情怀。这种舍生忘死的行为饱含着豫让在生死和侠义之间的坚定选择。纪玘文对于豫让的悼念同样充满了对这种侠义行为的赞美与羡慕，同时流露出了内心满怀的侠义之情。

　　三是善猎知德的民风。燕赵因与北方游牧民族接近，也沾染了他们骁勇善猎的风习。燕赵儿女擅长骑射，习于战斗，并且把这种民风浸染到了自己的血脉之中，展现出游牧文化与儒家文化的交融。纪玘文作品也对这种交融的民风进行了描述。其《行行且游猎》云："朔风吹白沙，黄云惨无色。谁家少年郎，平原逞猎弋。苍鹰助腾拿，黄犬禀部勒。羽箭上遥空，飘落双飞翼。狐兔殪马前，凫雁堕马侧。归来向里门，路转斜阳逼。拔刀割鲜肥，上供高堂食。射是男儿能，烹乃妇人职。"作者描写在朔风黄云的大漠之上，有一位骁勇的少年郎，他箭法精准，天上高飞的云雁，地上迅捷的狐兔，尽收囊中。这是游牧文化中善猎的典型体现。接着作者叙述少年郎归家后，以鲜肥之物上供高堂，这又有儒家文化孝顺的影子，尤其诗的结尾对男性与女性职能的不同划分表现出浓重的儒家色彩。可以说这样两种文化的交融互动在燕赵大地是频繁且常见的，这首诗正鲜明地体现出了游牧文化与儒家文化交融的痕迹。

综上，纪玘文是直隶女诗人中存在感较强的一位，她继承了家族的优秀文化传统，接受着家族的养育教诲，并曾出游随宦，扩大自己的见识，增长自己的阅历。因为这些深厚的积淀，她的作品更多的以古体诗的格式展现社会生活面貌以及自己对于社会的思考，体现出女性诗人逐步社会化、个人化的蜕变痕迹。并且因为生活环境的影响，她的作品里充满了对于燕赵文化的叙述与赞美。她肯定慷慨报国的豪情壮志，赞扬舍生取义的任侠行为，记录燕赵少年骁勇善猎的民风，而这些都熔铸为她作品里飒爽质朴的灵魂，成为我们解读作者的一种重要途径。因此可以说纪玘文代表了直隶女诗人中最典型、最具燕赵文化烙印的部分，她在诗作上的开拓与坚守对整个清代女性创作有一定的意义。

图书在版编目（CIP）数据

真事女诗人暴作辑录 / 韩荣荣，陶灵灵编著. -- 北京：社会科学文献出版社，2023.12
ISBN 978 - 7 - 5228 - 2640 - 0

Ⅰ . ①真… Ⅱ . ①韩… ②陶… Ⅲ . ①名诗传播—书集—中国—明清时代 Ⅳ . ①I222.74

中国国家版本馆 CIP 数据核字（2023）第 200237 号

真事女诗人暴作辑录

编 著 / 韩荣荣 陶灵灵

出 版 人 / 冀祥德
责任编辑 / 杜文娟
责任印制 / 王京美

出 版 / 社会科学文献出版社 · 人文分社 （010）59367215
地址：北京市北三环中路甲 29 号院华龙大厦 邮编：100029
网址：www.ssap.com.cn

发 行 / 社会科学文献出版社（010）59367028
印 装 / 北京联兴盛业印刷股份有限公司

规 格 / 开本：787mm×1092mm 1/16
印张：39.5 字数：681 千字
版 次 / 2023 年 12 月第 1 版 2023 年 12 月第 1 次印刷
书 号 / ISBN 978 - 7 - 5228 - 2640 - 0
定 价 / 298.00 元

读者服务电话：4008918866